姑苏雨

王稼句　编

苏州新闻出版集团
古吴轩出版社

引　言

王稼句

一九一一年十月十日武昌起义后，各地风起云涌，湖北、湖南、陕西、山西、江西、上海、贵州先后宣布独立，成立都督府。十一月五日，江苏也宣布独立，江苏巡抚程德全出任中华民国军政府江苏都督府都督，他令人挑落抚署大堂的几爿檐瓦，以示“破旧立新”，苏州地方就从封建专制而变为资产阶级民主政体，兵不血刃，民不受惊，这本是改朝换代的大事，就这样平静地过渡了。

光复后，江苏都督府发布安民告示：“照得民军起义，同胞万众一心。所至秋毫无犯，莫不踊跃欢迎。各省各城恢复，从未妨害安宁。苏省通衢大邑，东吴素著文名。深虑大兵云集，居民不免震惊。今特剀切宣告，但令各界输诚。愿我亲爱同胞，仍各安分营生。外人相处以礼，一团和气不侵。旗满视同一体，抗拒反致死刑。共和政体成立，大家共享太平。”程德全在资产阶级革命党人和社会各界支持下，在政治、军事、经济上都采取了一些措施，努力维护苏州的社会安定和经济运转。

自民国成立，至一九三七年抗战全面爆发，苏州经历了五四运动、五卅运动、声援支持“一·二八”淞沪抗战、营救“七君子”等历史时段，除一九二四年江浙战争时，齐燮元部溃兵在阊门外抢劫商肆住家，在郊县掠抄杀戮外，苏州社会总体是和平安定的。

这一时期，整个苏州古城正迅速向现代开放城市转进。一九一四年至一九一八年，先后开办了苏经纺织厂、振亚织物公司、东吴绸厂等股份制丝织企业。一九二七年北伐战争后，革除厘卡制度，形成国内统一市场，推动了民族工业的全面发展。苏州工业生产已普遍使用电力机器，苏纶纱厂进入期货市场，鸿生火柴厂、华盛造纸厂、华章造纸公司、太和面粉厂等也欣欣向荣。电力、金融、交通、邮电等行业，也都有新的发展。在经济发展的同时，市政建设也按现代城市的要求而改善。一九二〇年翻修了阊门外大马路，建起毗连的三层高楼。一九二八年开始实施新的城市规划，拓宽和改造了护龙街、景德路、观前街等十条主要道路；开辟了平门、金门、相门、新胥门，改筑了各城门外的跨河桥梁；在王废基建造了公园，并在其中建起了图书馆、电影院、音乐厅等现代文化设施；在北局建造了国货大楼，与周围的戏院、书场、电影院、酒楼、茶馆等形成繁荣的商业、娱乐中心。信孚里、承德里、同德里、同益里等海派住宅小区，也出现在旷地和街巷里，给居民带来现代生活享受。厕所和垃圾箱也在街头巷尾建造起来，改善了苏州的公共卫生状况。与此同时，苏州的教育事业发展极快，东吴大学以外，各专科学校也相继创办，中小学已遍布城乡，改革教育体制，增设职业教育、成人教育，教育质量之高，居于全国首列。新文化运动对苏州有直接影响，出现了叶圣陶、顾颉刚、俞平伯、范烟桥、程小青等进步文化人。为挽回昆剧的衰落之势，在五亩园成立昆剧传习所，培养了“传”字辈一代艺人；评弹则异乎寻常地繁荣起来，流派纷呈，名家辈出；苏滩、滑稽戏拥有较多观众，话剧也受到市民欢迎。传统吴派绘画得到继承和发展，又引进西方美术，颜文樑、吴子深等创办的苏州美术专科学校，代表了现代美术教育的成绩，标志着苏州美术的新趋势。

新旧交替时代的苏州，固有的城市风貌和文化精神依旧具有醉人的魅力，而现代生活内容的进入，给人以安静、舒适、方便、丰富的生活感受。

郁达夫一九二八年三月出版的《奇零集》，收入一篇《苏州烟雨记》，记下了他游览苏州的感受：“总之阊门外的繁华，我未曾见到，专就我于这葑门里一隅的状况看来，我觉得苏州城，竟还是一个浪漫的古都，街上的石块，和人家的建筑，处处的环桥河水和狭小的街衢，没有一件不在那里夸示过去的中国民族的悠悠的态度。这一种美，若硬要用近代语来表现的时候，我想没有比‘颓废美’的三字更适当的了。”同年，他在《感伤的行旅》里又说：“苏州本来是我依旧游之地，‘一帆冷雨过娄门’的情趣，闲雅的古人，似乎都在称道。不过细雨骑驴，延着了七里山塘，缓缓的去奠拜真娘之墓的那种逸致，实在也尽值得我们的怀忆的。还有日斜的午后，或者上小吴轩去泡一碗清茶，凭栏细数数城里人家的烟灶，或者在冷香阁上，开开它朝西一带的明窗，静静儿的守着夕阳的晼晚西沉，也是尘俗都消的一种游法。”惟有在苏州，才会有这样的感受。

一九二九年十二月，徐志摩在苏州女子中学作题为《匆忙生活中的闲想》的演讲，他充满激情地说：“苏州——谁能想像第二个地名有同样清脆的声音，能唤起同样美丽的联想，除是南欧的威尼斯或翡冷翠，那是远在异邦，要不然我们得追想到六朝时代的金陵广陵或许可以仿佛……所以只剩了一个苏州准许我们放胆的说出口，放心的拿上手。比如乐器中的笙箫，有的是袅袅的馀韵；比如青青的柏子，有的是沁人心脾的留香。在这里，不比别的地处，人与地是相对无愧的，是交相辉映的；寒山寺的钟声与吴侬软语一般令人神往，虎丘的衰草与玄妙观的香烟同样的勾人留意。”

自北伐战争至抗战全面爆发之前，苏州是一个经济发展、文化繁荣、生活舒适，并充满了风物人情之美的城市。

一九三七年八月十三日，日军进攻上海，淞沪会战开始了。日机对苏州持续了三个月的轰炸，大晨《沦陷后的苏州》说：“轰炸的成绩，以阊门外最惨烈，从石路口真光大戏院起，一条大马路的两对过，直到阿黛桥，背后至小菜场止，昔日的金阊繁荣，尽成一片大瓦砾场，从今听不到娇滴滴惑人的卖花声，阿黛桥头的灯红酒绿，不知何年始可重见！巍峨大厦的火车站，只剩残壁断垣。城内东白塔子巷、曹胡徐巷一带，因戒严司令部、中央党部办事处等，一度移驻该处附近，故更为投弹目标，侥幸剩馀的房屋，仅及十分之三。苏州‘南京路’的观前街，落炸弹二枚，国华银行和华达利钟表行，都遭了‘祸从天上来’的赐予。府前街县政府、玄妙观中山堂，亦是轰炸的大目标，早为一般人所预料，但结果竟未蒙垂青，实意想不到。北局国货商场、县立图书馆，虽未炸及，亦已焚毁。”

十一月十九日，日军第十军海劳原部攻入苏州，烧杀抢掠三天，毁屋四千七百馀间，死三千七百馀人，十之八九居民逃离城区。许家元《劫后之苏州》说：“当斯时也，重门深锁，满目凄凉，横尸遍野，行人绝迹，居民咸惴惴焉匿避山谷间，不敢一步履踏城市，号称东方威尼斯之苏州，形同死市，其愁惨阴森之气象，正有不忍以言语形容者。”此后未久，居民陆续回城，市面逐渐恢复。一九四〇年汪精卫南京国民政府成立，苏州成为江苏省城，省府设东北街八旗奉直会馆（拙政园址），城市人口畸形骤增，商业也畸形发展，当局亦以最大努力维持苏州的“繁荣”、“模范”局面。《劫后之苏州》说：“今则街市两旁，店肆如云，新建房屋比比皆是，自晨至暮，行人不绝于途，景德路、观前街、临顿路等处，汽车相接，风驰电掣。商店玻橱布置美观，五光十色，绚烂夺目。北局一隅，新苏、皇后等旅社，新亚、味雅等菜馆，咸设于斯，酒绿灯红，辉煌金碧，妓馆歌场，亦荟萃于此。苏垣妓馆，向称发达，阊门外鸭蛋桥畔，钗光鬓影，燕瘦环肥，吴侬软语，更不知颠倒几许众生，但自民十七年一度禁娼后，妓业生涯，致一落千丈，曩昔歌舞楼台，遂门前冷落车马稀矣。事变而后，大有中兴气象，阊门城外及城内北局妓馆林立，每当华灯初上，粉黛如云，缠头一掷千金者亦大有人在。初不料事变后，艰难困苦之际，竟有如此景象也。”又说：“且大小饮食品店，皆雇用女子招待，可供侑觞，一曲清歌，令人忘归，此亦事变后之新兴事业之一也。”与此同时，日本人和“维新政府”充分合作，成立三个垄断鸦片销售的机构，即戒烟总局、宏济善堂和特业公会，借名“戒烟所”、“戒吸所”的烟馆遍布城乡，一九四〇年前后，苏州有烟馆一百四十家至一百六十家，吸食者八千至一万人。

苏州沦陷时期，由于受日本和汪伪政权的掠夺和统制，经济凋敝，工商业、金融业萎缩，农业衰退，再加上粮食紧缺、日用品匮乏、物价高涨，民不聊生。

抗战胜利，内战爆发，苏州经济陷入困顿，面临崩溃，失业者数万人，货币贬值，百物腾贵。烟馆、赌场、妓院在社会黑暗势力庇护下，泛滥如昔。街市破残，市面冷清。署名局内人的《百业萧条话苏州》说：“可是苏州这种繁盛情形，在胜利后不久就昙花一现地消灭了。省政府仍旧迁到镇江去，大批省府人员都跟着王懋功到镇江去，苏州的市面立刻由闹猛中冷落下来，现在苏州变成了一个既无消费亦无生产的死城。现在苏州百业都呈现极端萧条的状态，观前街各大商店都门可罗雀，按月能勉为敷衍过去的，不及十之一二。昔日生意鼎盛的酒楼，如新雅、味雅、红宝、红叶等等，现在‘十桌九空’，挣几万只老洋的小公务员、小店员，吃阳春面、大饼还嫌太浪费，哪里还有馀款可以作大酒楼的座上客?”程小青《苏州杂写》也说:“观前街是天堂的心脏，往年每逢废历岁首，总是红男绿女熙熙攘攘，圆妙观里更是灯彩耀目，百技纷陈。今年胜利来临，群丑敛形，可是街头行人未见拥挤，高跟、皮大衣之流，近乎凤毛麟角，敝衣补缀的倒触目皆是。观里点心店中的食客，也寥寥可数。杂耍摊的生意决不能用‘利市百倍’的成语来形容，也许一倍也不倍。三清大帝虽仍别来无恙，高高在座，可也有些愁眉苦颜，比较战前香烟缭绕烛光辉耀中的眯眯笑，当然也不可同年而语。大街上的店铺虽还林立，但是橱窗中的货物只是薄薄的一层，有些简直是稀疏零落，空空如也的也未尝没有。除了若干囤虎把物资至今还深深地埋藏之外，大部的小商人都在吃存货，等存货吃完之后，进一步就准备吃生财。泥水木工的工资，一再地自动提高了，但是实际上好像在被迫怠工，原因是没有人造屋，连墙塌屋圮的修缮工程，也没有人敢轻轻发动。”苏州百姓和整个城市就这样苦撑着。

一九四九年四月二十七日，人民解放军分别从娄门、平门、阊门、金门入城，满街唱的是“解放区的天是明朗的天”，历史终于平静地翻过这沉重的一页，一个新的时代开始了。

民国时代已经远去，往事如烟，弥漫飘散，记忆越来越淡薄，印象越来越浮浅。有鉴于此，我计划编选民国苏州读本，初刊两册，《吴门柳》收游记，《姑苏雨》收杂记，各一百二十六篇。正因为前人留下了这些文章，我们也就可以凭借着慢慢走入苏州的昔年烟景里去。

二〇二四年三月十八日

目　录

“苏州光复”

叶圣陶

革命，一般市民都不曾尝过它的味道。报纸上记载着什么什么地方都光复了，眼见苏州地方的革命必不可免，于是竭尽想像的能力，描绘那将要揭露的一幕。想像实在贫弱得很，无非开枪和放火，死亡和流离。避往乡间去吧，到上海去作几时寓公吧，这样想的，这样干的，颇有其人。

但也有对于尚未见面的革命，感到亲热的。理由却很简单，革了命，上头不再有皇帝，谁都成为中国的主人，一切事情就办得好了。这类人中以青年学生为多。上课简直不当一回事，每天赶早跑火车站，等候上海来的报纸，看前一天又有哪些地方光复了。

一天早上，市民相互悄悄地说：“来了！”什么东西来了呢？原来就是那引人忧虑又惹人喜爱的革命。它来得这么不声不响，真是出乎全城市民的意料之外。倒马桶的农人依然做他们的倾注涤荡的工作，小茶馆里依然坐着一壁洗脸一壁打呵欠的茶客，只站岗巡警的衣袖上多了一条白布。

有几处桥头巷口张贴着告示，大家才知道江苏巡抚程德全换称了都督。那一方印信据说是仓卒间用砚台刻成的。

青年学生爽然了，革命绝对不能满足他们的浪漫的好奇心。但是对于开枪、放火、死亡、流离惴惴然的那些人却欣欣然了，他们逃过了并不等闲的一个劫运。

第二年，地方光复纪念日的晚上，举行提灯会。初等小学校的学童也跟在各团体会员、各学校学生的后面，擎起红红绿绿的纸灯笼，到都督府的堂上绕行一周；其时程都督坐在偏左的一把藤椅上，拈髯而笑。

在绕行一周的当儿，学童便唱那习熟了的歌词。各学校的歌词不尽相同，但大多数唱下录的两首：

苏州光复，直是苏人福。

……

草木不伤，鸡犬不惊，军令何严肃?

我辈学生，千思万想，全靠程都督。

哥哥弟弟，大家在这里。

问今朝提灯欢祝，都为啥事体?

为我都督，保我苏州，永世勿忘记。

我辈学生，恭恭敬敬，大家行个礼。

可惜第一首的第二行再也想不起来了。这两首歌词虽然由学童唱出，虽然每一首有一句“我辈学生”，而并非学童的“心声”是显然的。

革命什么，不去管它。蒙了“官办革命”的福，“草木不伤，鸡犬不惊”，什么都得以保全，这是感激涕零，“永世”不能“忘记”的。于是借了学童的口吻，表达衷心的爱戴。此情此景，令人想起《豳风·七月》的末了几句：“跻彼公堂，称彼兕觥，万寿无疆。”

(《未厌居习作》，叶绍钧著，开明书店 1935 年 12 月初版)

苏城光复小记

范烟桥

苏城光复，为宣统三年九月十六日，尔时余方读书于草桥中学。先是武汉义旗举，长江下游大震，学校虽未辍弦歌，而怯弱者已相率归去。十五日午间得海上友人书，谓已易帜，益怦然动乎中，知旦夕有变。入晚，朱梁任先生至，问有械否？答以皆一响前膛，且未经习练，必不济。朱先生去，临行犹叮嘱云，今夜若闻枪声，毋惊恐自扰，但竖一白旗足矣。于是乃各戒旦，顾终夕未闻一异声。天明出门，则白旗已张于门楣之上，虽宫巷小肆，亦以竹竿缚白布撑檐下，仓卒不具者，甚至以被单为之。凡商廛市招，有“满”字者，皆掩以白纸如丧次。市人熙攘如故，惟相值偶语，叹为神速而已。是诚所谓鸡犬无扰、匕鬯不惊者。余即于是晨出阊门，就日人理发者去辫发，盖国人但薙而弗剪也。于城墙见榜示，书黄帝四千六百零九年。午后至抚院，已易为都督府，士卒缠白布于左臂，巡骑络绎于道，并有紧急命令张通衢，如奸淫掳掠者杀，造谣生事者杀，凡十馀则。其实苏人爱和平，罕有犯者。惟若干日后，谣诼渐起，则以金陵未下耳。城中有商团，至是更益以民团、学团，为安辑闾阎助。总其事者魏旭东也，魏为光焘犹子，以杀人逃吴，吴下学校咸以军事训练委之，纪律甚肃，苏人呼以魏教习而不名。今童子军副总干事薛嘘云，面有瘢如指掏者，即当时习射击所伤也。光复之际，人人存括垢磨光之心，故事事有朝气，曾几何时，而故态复萌，依然暮气沈沈矣。

（《茶烟歇》，范烟桥著，中孚书局 1934 年 12 月初版）

吴箛追怀录

黄转陶

江浙肇衅，大军隳突，吴中徼天之幸，未经兵燹。齐氏再起，梁溪、澄江首遭荼毒。吴门地处战冲，竟免于危。岂三吴多福，不应罹劫耶。当齐氏淹留白门，城外五、六两团构祸之时，阛阓未尝不惊魂欲碎，计闭城凡半月，全城居民，如釜中之鱼，六街三市，行人绝迹，百业亦因以停滞，几若墟城，诚洪杨以还未有之浩劫也。

北京既命令免齐，齐乃恋恋不遽去，召各军官开密议，苏常镇守使杨春普及旅长陈孝思皆应召晋省。枫桥炮兵营营长秦绍文（洸）乃乘间崛起，谋创独立，以驱齐迎卢为号召，邀地方绅士集议于留园，勒提犒饷，达十数万。吴中残覆之馀，筹应乏术，而秦洸挟索厉峻，急如星火，士绅奔走呼号，得幸苟全。越两日，秦又自居镇守使，强据镇守使署，拒杨春普回苏，且逼士绅晋省，疏通当道，冀达其署镇守使之妄念。士绅不敢拂逆，乃推代表费仲深君赴宁洽商。虽仆仆道途间，效果仅得韩省长允以代署镇守使印。秦洸犹以为未足，以故兵变消息，时有所闻，风声鹤唳，草木皆兵，居民大为震恐，相率避地沪渎。时一月一日至八日间事也。

九日，旅长陈孝思由宁返吴，煽动其所部六团驱秦，事为秦洸闻，架机关枪于胥门之大洋桥，两军严阵而待，有一触即发之势。时方薄晚，城中官绅，闻而骇然，群出城谋调停，得未冲突，士兵归营时，天已曙。此一夜中，居民闻风相惊，不敢入寐，间有挈眷避地外人医院、教堂者，惶急之状，难以言宣。迄乎东方既白，未闻枪炮之声，始各安然就枕。官绅辈即于是日晚间，宴秦、陈于阊门东吴旅社，杯酒言欢，请释前嫌。方谓云暮之岁，暂时当可宁靖，孰知祸殃之来，其骤迫有所不及料者，然吴人心胆俱裂矣。

十一日之午，城门骤闭，市肆相率扃户，保卫团、商团及消防队皆全体出防。

阖闾居民，乃大骚扰，知有变端，而莫测其由。于是道途传说，有谓张允明溃兵已至苏站者，有谓城外兵士大肆劫掠者，纷纭不一。历一时许，未有变动，吾民虽虚惊饱受，然未遭剧变，不无庆幸。消息如何，不得而知，沪报未到，足证铁路有阻也。晚六时间，城外五、六两团有开火之讯，然犹未能证实。至八时许，城中无论远近，耳际爆竹之声，绵绵不绝，意者两军方轰击欤。时虽夜阑，不敢熟寐，坐以待旦，盖恐一旦危及城池，仓卒不奔避耳。

十二日，消息传来，陈部六团败退四乡矣，不闻枪声者半日。士绅恐再起骤变，乃推代表宋积成、费仲深、张云抟等七人，驾一叶小舟，出水城门，与秦洸商善后。方集议于东吴旅馆中，忽兵乱陡作，兵士大肆劫掠。士绅闻枪声，出旅馆，飞弹略过，声飕飕然。枪林弹雨中，七代表几陷绝境，避入普益社教堂中，得脱于危。破晓，由阊区警官护送进城，锋镝馀生，其险甚已。

越几日，齐氏又发兵于上海。大军过苏，声称捕秦，秦不获已，乃表示下野。十七日，卢、齐战于镇江之龙潭。三日后，齐势大挫，二十一日至二十六日间，齐军退兵，达四十节车，由地方人士给资遣散。二十七日，齐氏自乘铁篷车淹留苏站，由官绅敦劝不去，将有所谋逞。幸奉军先锋队瞬息且至，齐氏始仓皇遁沪，溃兵亦窜散净尽。斗大孤城，幸赖苟全，是冥冥中福吾吴黎也。

团圞生曰：齐氏称兵，不特为甲子政变之一导线，亦民国十数年来之一大纪念，且为百万小民之一大浩劫。兵燹之区，恐百年后不能恢复。吴下两临战冲，虽经小创，未遭大祸，不可谓非徼天之福。然民国十四年一月间，吴人所罹难危，其隐痛有甚于浏河、黄渡者。是则此篇所记，亦吴乘中之一页信史已。

（《半月》1925 年第 4 卷第 13 号）

国难中的苏州

范烟桥

“一·二八”以后，苏州的空气，充满了激昂和恐怖。激昂的结果，产生了一个地方治安会，充分的准备后方的供给，连带组织了服务团，有许多平时娇养惯的公子哥儿和女士们，大着胆到前线去救护和慰劳，把“三吴文弱”的老招牌揭去了。无线电台播送新闻，党部和民众教育馆也按时有壁报，在中心地点、冲要地点露布，尽一点有利于我的宣传。只是三月五日，误信了大中华的捷报，全城的青天白日旗，在连绵不绝的鞭炮声中飘扬着，十九路军的教导队和后方病院的游行，使苏州人的血液，鼓荡得几乎到了沸点。那时群众的心理，有些狂易的模样了，虽不至当街跳舞，随处开香槟，可是面上都有一种“破涕为笑”的神气了。到了第二天，知道这捷报不能证实，那时群众的失望和愤懑，又是拙笔所不能形容的了。这种忽哭忽笑的变态，在二十四小时内，成了天差地远的现象，恐怕不仅是苏州罢？恐怖的结果，第一个时期是掘地窖，第二个时期是逃难，掘地窖的很少，虽没有统计，但是可以断定，比后来在城内所掘的壕沟少得多呢。因为许多人认为非逃难不可，那些枝枝节节的防御工程，不必麻烦了。逃难的分析，大概为两种，一种是到上海，认为租界一定可以庇护的；一种是到乡间，还是依着老话说的“小乱居城，大乱居乡”。虽没有调查，是否十室八空，可是看到晚上观前街上“荡观”的人，一天减少一天，就可以推想逃的数量是很可惊了。记得有一天，我在晚上八时三十分左右，从松鹤楼出来，走过一条观东大街，只有水果店和烟兑店的门还开着，其馀都是漆黑地连门口的电灯也熄灭了。还有一天，在晚上九时许，从大郎桥巷还到悬桥巷，只碰见了十位穿短衣的同志（因为不逃难所以引为同志），试想这形势可严重么！

金融界总是随着时局而浮动的，在三十日，各银行停止钞票兑现，各钱庄只付不收，付也有限制的，另在公款公产处组织一个公兑处，每人每次以五元为限。这么一闹，市面就顿形紧张，那烟兑店就拒用钞票，直到后来公兑处始终维持，没有露过窘态来，人心稍稍安定些。因此觉得经济的势力，实在足以支配社会的一切！最可笑在停战会议签字前的两三星期，现洋忽然又充斥于市面了。据说苏州的现洋，本来很充足，很够应付钞票的兑换，因为对于将来的局面，不能预测，所以银行、钱庄都把现洋封锁起来，后来又觉得纸币放在苏州很险，等到水路交通顺利以后，都捆载到上海去，这现洋就按捺不住，涓涓滴滴地流出来了。

苏州的外侨，除掉日本人以外，大多数没有离开。虽是美国驻沪总领事克银汗曾经有急电来，叮嘱他们最好离开苏州，但是那些美侨却始终不为所动。项烈——乐群社总干事——说："苏州很可爱，我不忍离开它！"文乃思——东吴大学教授——说："抵死不走。"这种态度，真使苏人惭愧，可是有一部分人，就因着这种参考的资料，加添了镇定的精神不少，比县政府劝勿搬家的布告，有效得多。

十九路军退至第二道防线以后，上海的新闻记者，都是绕了一个大弯儿到苏州来采访了。他们虽也到昆山、常熟等处去，但是要打听浏河、嘉定等等地方的军情，仍是很困难。因此那很惹起人们注意的苏州电，还是合着苏州人的老话"二门上听铳"。只消举一个例，就得使我们太息战地消息的不易采访了。不知道哪一天城里旧学前的地上，发见一颗子弹，岗警拾着了，送到治安会。过了一天，上海某大报的苏州电，就说，那天日本飞机，在旧学前的天空里，放了一排机关枪。还有某大报说，日本飞机在数天之内，到苏州城外，前后掷下炸弹六七十枚。可是实际只有二月二十二日曾有日本飞机在盘门外新筑成的飞机场掷了几个炸弹，毁了三架停歇在场上的中国飞机；二十六日又来掷一次，大约也不到十个；三月四日在车站一带放机关枪两排。此外实在不能更有如何的证明，因此一部分人以为"尽信报不如无报"了。

在严重局势下的苏州，应该人人存"鸡鸣戒旦"的观念了。但是电影院、书场，特别兴旺，常常宣告客满。有时铁鸟盘旋的声音，冲破了放映机窣窣的转动，和弦子琤琤瑽瑽的拨弄，或者足以使观众和听众顿形不安。可是铁鸟去了，他们的精神又恢复了。据院主和场东说，惠顾者比平时反而踊跃，难道真的救国不忘娱乐么？这是一种什么现象，我不明白；这是一种什么心理，我更不明白！

神话当然在这时候容易活跃了，最为智识界所传诵的是："三三九九，寅申卯酉，干支冲开，光射牛斗，胡马嘶风，睡狮震吼，日暗星稀，群英竞走，美不胜收，法不可守，德孚于中，饮黄龙酒，比比奥援，终执牛耳，此指顾间事。"这种不可索解的文字，亏着那些文人学士，逐句地解释，居然有一种肯定的判断，和前线军士安慰后方人民所说的"最后胜利归于我"，是相同的。咳！没有除掉"天朝"的观念呢！

火车中断以后，苏沪间的交通最妥当的有三条路，一条路是至南京，趁长江轮船；一条路是趁直放的内河轮船；一条路是趁轮船到嘉兴，搭沪杭车。论时间，论经济，自然第二条路最适宜了。因此平添了许多的"野鸡班"，最快的十一小时可到，各轮船的接水，步哨似的直放到南新桥，这一笔生意，倒不亚于上海租界上的客栈呢。

在过去的一百多天里，工商业的衰落，是无须说得了，可是自来水笔特别的销场好。还有一位西医对我说："六〇六和九一四的生意也不差。"至于这两项的主顾，是哪一等人，我不忍说了！

忍痛签字了，一切都忍痛地恢复原状了，这过去的回溯，留待社会学者去研究罢！

（《珊瑚》1932 年第 1 卷第 1 号，署名含凉生）

端阳旧节话姑苏

孙筹成

苏俗每逢端阳，家家门口均悬蒲剑，午膳俱饮雄黄酒，小孩额上皆以雄黄书王字，室内咸烧苍朮、白芷以驱疫。政府虽提倡国历，废除此端阳节，民间狃于积习，依旧举行。今岁因日人犯境，十九路军退守第二道防线时，城内外中等以上之家，均迁避一空。此次重返苏垣，劫后馀生，倍觉快慰。故是日各小菜场之拥挤，与三月前所陈食物无人顾问者，盛衰适成反比例。除党政机关以及大小各校，限于禁令，均照常办公与上课外，其他工商各界，乘此休息者，男红女绿，熙来攘往，途为之塞，城内外各游艺场所，均利市三倍。驻苏十九路军六十师一一九旅第一团团长黄茂权，睹此情形，叹为奇遇。故亦率领所部，整队游行街市，并赴城中王废基公共体育场举行全团会食，藉此观俗联欢。菜虽不甚精美，质皆清洁异常，举杯起箸，均听口令，动作画一，官兵共乐。观众莫不赞其军纪严肃，精神亲爱，其乐融融。食毕又导往公园游览。最奇者，吴人胆小，素怕军人，每遇士兵，不称之曰灰骆驼，即名之曰兵老勇，远而避之，畏与交接。讵料是日该团兵士往游公园时，园中各界游客之举动，与平素截然相反，不特青年男子，咸趋与各兵士畅谈淞沪抗日经过情形，即妇孺亦趋至枪架附近，细查杀敌之枪炮，并赏鉴名闻全球之箬帽。足征人民心理，咸以十九路军之兵士为国争人格，为民除巨憝，确系国之干城，与其他鱼肉人民之武人不同。该团游行时，除以军乐为前导外，并佐以广东锣鼓，甚形热闹，故观者如堵。好恶发于人民本性，非强权所能强求。语曰："以德服人，乃心悦而诚服。"观此次吴人之对十九路军而益信，愿国内佩虎符者以此为殷鉴，而整顿其所部，使枪口对外也可。

（《申报》1932 年 6 月 14 日）

姑苏忆语

周瘦鹃

淞沪战祸发生的次日，我像难民般在内河小轮船上蜷坐了一日一夜，回到苏州我的家里，一家人团聚，悲喜交集。在小园子里弄弄花，玩玩鱼，倒过了半个月优游自在的生活。

但在二月十七日那天，那可厌可恶的日本飞机，竟也出现在苏州的一片柔和的晴空之中，给苏州人一个绝大的威胁。初来一共是三架，绕着城飞来飞去，轧轧之声，聒耳欲聋。三天后，三架变了六架，就在葑门外宝带桥附近新辟的飞机场中，投下了几个小炸弹和一个重量的大炸弹，震得我们的门窗都响动起来。过了两天，又来投弹一次，直把我们胆小的苏州人的胆给震破了。自从这两次投弹之后，每天仍有一二架敌机飞来侦察，大概早上八点钟左右，定要到空中来，每来一次，至少半小时到一小时，有时上午来了不算，下午还要来。我们眼见着祖国的领空，给敌人们如此横行，真恨得牙痒痒的，然而又无可如何！回忆当年我受了第一次五月九日的刺激，曾做过一篇《亡国奴的日记》，和泪和血地描写亡国奴的痛苦。不料今日会身历其境，虽说目前河山破碎，而国尚未亡，但我们辗转于敌人的铁蹄之下，与亡国奴有何区别呢？唉，痛心极了！

每次敌机来时，好像和我开玩笑似的，往往在我早上吃点心的时候，吾妻给我弄好了很好的点心，正待举箸，而那可恼的轧轧声，早又破空而来，一时老母失色，妻子惊心，我也只得抛下了箸，大家赶到园中去向空中怒望着，咒诅着，默祷上天惩罚它，使它掉落下来，任是压坍了我的屋子，我也甘愿。咈，银灰色的铁鸟啊，你是地狱的使者，你是恶魔的代表，我恨不得生着翅儿飞入空中，将你捣成粉碎，散之四夷。

（《礼拜六》1932 年第 454 期，署名瘦鹃）

两月来敌机轰炸苏州记

鹤　仍

在揭开了华北的抗战以后，京沪局势也就一天紧张一天，等到虹桥飞机场事件发生，谣言纷纷，所以几乎整个的苏州也就陷在同上海一般的不安状态中了。有“怯病”而又有财力的人都开始向上海租界上搬去，后来“八一三”的战事发动，有些人深悟这“小乱居城，大乱居乡”的至理，向四乡（木渎、东西山等）漂移，但是大部分的人，却仍旧很镇定而无恐。

我记得是八月十六日上午六时馀，苏州城区防空机关，曾经发出一次警报，但是在城里，却未见到敌机，据说在半路上就给我们打退了。同日下午三时半，听到在东南方的空中，有嗡嗡的飞机声，接着就发现了四队飞机——十二架——虽然在平地上瞧着仅一二寸大，但是声音却很响。机声由“嗡嗡”而变成了“贡贡”之声，警报也随着听到。看着有一架向下一侧，就有“轰轰”两声，因为震动不大，所以还以为是高射炮，但是却有一排机枪声。等到我由廊下退到屋里的时候，飞机声忽变成了“呜”的怪音，接着就“轰轰”的四五下，地上宛如被打桩一般被打了几下，门窗不住的响动，一时自己的精神似乎有些特异，眼看在左右的家人，瞪着眼灰白了嘴唇。在没有几分钟后，就解除警报了，街上比较平时反又多了些人，议论不一，后来传说阊门和老五团都经轰炸，并且死伤几个人。

第二次轰炸就是在第一次炸后的二小时，警报是在轰炸后再发出。一共是九架，有几架随在其馀的后面，似乎比较低些，有人说后面的三架，是我国的驱逐机，我在那个时候虽不深信，但是经过方才的小惊吓，心里也未尝不盼望能有几架飞机来应战。上一次是注重城外，此次的目标，却都在城里了。九架红色肚子的飞机，不停的在头顶上旋转着，结果在附近几处都被掷了弹。屋根不住的被震动而摇摆，电灯更摆着大幅。在每次听到飞机往下降的声音，心中虽然想极力谋镇定，但是眼睛却会不自主的闭起来，等到听见了“轰”的一声之后，神经似乎又恢复些。听到声音渐小，所以就走到后园里去瞧看，暮色苍茫，心里似乎是舒了口气。没有一刻，忽然有一架飞机的声音，由城东向城南来，接着见有一架很低的飞机，尖尖的机翼，还垂了两盏灯。因为飞得很低，所以我又疑心是我们的飞机来了，可是在将要飞到我头上的时候，却就向下一斜，我的眼前只看到一片机身的红色，下面有一个黑色瓜形物往下堕。在那个时候，想躲避是已经来不及了，所以我就望一堆泥上伏下去，听着似乎一阵风声，这个时候周身的血，好像都停了一停。后来“轰轰”的炸了两下，跟着是些屋子坍塌的声音。我抬起头看自己住的屋子，幸未坍坏，心中定了些，自己两只手却不觉的还坚坚的握着两把泥土。机关枪声却尚在屋上，飞机又去远了，然而警报却未解除。事后知道我住处的附近和后街（瓣莲巷、西善长巷、高等法院等）也被炸坏了几处。

就在这夜里，任何街巷，都未停肩挑背负之声。到早晨，人力车价最低也涨了十倍，街上仅看见小包大箱的移动，店是都关上了门。城里在这一天，大约就有十分之七八向四乡搬去，到下午路上行人也少极了。观前街、北局几处最繁盛的地方，除了有几个壮丁、警察以外，好像到了平时夜半的情形一样。乡村里因为人去得太多，房价和一切也就特别涨高，到后来常常有钱租不到屋子，城里的房屋，因为十室九空，故而时常被人开了门，用车子或者船，公然的搬去。警察还当作是屋主呢，所以这也可以说逃难的意外损失之一了。

各种商店都停业，可是吴苑等——茶馆——反而座客常满，生意兴隆。原因是为了这茶馆是上、中、下三级人物聚集之所，每张桌子上围着几个人，谈东说西，或以有为无，或以无为有，一则可以解闷消烦，一则又可听些新闻。虽然所听到的未必可以证实，好在这一班茶客，素来听惯弦索叮咚的弹词，譬如听着一段公子落难、私订终身的故事，一般的感觉到兴趣。

敌机天天飞来，大家越觉得战事的严重起来，有些平时不大看报的人，居然也会睁着眼，等候卖报的人来，先睹为快。无奈因为经过了轰炸，报贩也顾全自己的危险，不肯跑到街上来，所以连本地的日报也很难买到。

本地日报，以《吴县日报》销数为最大，此外《明报》、《早报》，都还好。就在那几天，这三家都有临时号外，大约是中午和晚间都有一次。号外的售价，朝晚不同，初出版的时候，要卖到七八分，以后逐渐递减到一两个铜元。听说成本很轻，所以一块钱的本钱，有时也会赚三四倍以上。在号外销数激增的时候，有几家关门的报馆，也投机发行号外，次数是特别加多，在早晨九时到下午六七点钟，最多的可以刊发八九次。把这相隔几次的号外来参阅，可以说略为加减了一两项无足轻重的消息以外，其馀则完全相同。因为希求能得到些新消息的人很多，所以销路却也不坏。

经过这次空前轰炸之后，连着几天都很安静，每天虽有一二次警报，可是敌机都系经过苏州，所以并未来“炸”。本地的行政当局在通衢大道，贴了几张勒令开业、违令拘办的告示。商店门首，居然也有“照常营业”的红纸牌放着。除了各娱乐场外，没有几天大半都复业了，但是买卖却清淡得可怜。有些迁移到乡村里去的人，很多因为乡居的不习惯，又觉悟到这次战争的结束，决不是短期的原因，所以有不少渐渐再由乡间回到城里来。观前街又挤满了行人，但是多数是臂上缠着“×× 抗敌后援会”、“民众服务指导处”等等的布条，武装的人是多过了穿长袍的。种种式样的军用汽车，有些盖了草，或涂了黄泥，不绝的在路上经过。救护队的人不时也抬了伤兵向城里来，很多空的担架，布是已经染满了血斑，看见了心里确有些不舒服，但是又说不出个原因来。从几条大街上去观察，可以知道苏州是已经到达和两个月前迥然不同的地位，所谓“天堂”到现在已一半要渐沦为“地狱”快了。

静寂了几天的苏州空中，在“九一八”的前一日起，连着两天，又来轰炸了两次，每次都是九架。第一天在离开观前很近的城隍庙，是被投掷两弹，除泥菩萨稍受损失以外，幸而没有死伤人。据说是有汉奸做信号，火车站左近被炸了几个洞。等到“九一八”，敌机的目的是炸火车站，几辆难民车被炸剩了车底，传说死了几百人，后来因为已经认不清了尸骸，只可以用火烧后埋葬起来。像轰炸这种无辜的难民，我很怀疑，这些飞行员回去，是否在功绩簿上，也要加上一项大功？如果有功就可以升官的话，我倒可以指示他们这些毫无人道的敌人，这是一条升官发财捷径呢。

苏州火车站，最近又承敌机的垂青，十月三日上午八时四十五分，再被投了二十八枚炸弹，几个乘客和三辆货车是被炸死炸毁了。因为车内有少数弹药放置在内，所以在敌机去了之后，还可以听到断续的爆炸声。这次炸后，据说捉到了几个汉奸。苏州自从战事发生以后，天天都有汉奸捉到，同时枪毙了的也不少，形形色色实在太多。汉奸的罪恶已无词可形容了，如若没有这些利令智昏的人，敌人炮火飞机的威力，或者就会减到更低。如何根本消灭这些汉奸？这确是在抗战中，第一件最大的工作。

苏州的人，经历了几次的轰炸，恐怖的意念似乎渐次减少。名闻全国的印光法师，他就抱定了自己的主张——生死有定——拒绝人家请他离城。虽然大部分的人并不相信这生死有定这句话，但是却有许多人明瞭，现今全中国已没有什么“安全地”了，逃离的结果是劳民伤财，明白的人逐渐加多，所以苏州的情况，将来一定可以日好一日。

双十节又在目前了，许多人设想，如果不像这两天那末大雨，敌机或者不免又要来凑凑热闹。我想在这未来的十月十日，日本报纸的死亡表上又要有几个航空员的名字，当然是亦未可知的。

二六，双十节前二日

（《宇宙风》1937年第50期）

苏州城的火焰

谢冰莹

谁相信呢？清早从观前街走过，高大的洋楼还是那么整齐地排列在马路的两边。虽然店门都紧闭着了，但来往的士兵，逃难的老百姓，还是那么络绎不绝地走着。我想苏州到底还有福气，最热闹的街道，能够不被敌机轰炸，也许真如他们本地人所说“这街上住有汉奸和大资本家，日本人不会来炸的”吧？

唉！谁知仅仅相隔两小时，当我从原路归来时，观前街、护龙街已经炸得一塌糊涂了。什么国华银行、金城银行、交通书局，炸得只剩半块招牌、几个残缺不全的字迹，其馀大小店铺尽成了一片瓦砾。

路上被机关枪扫射死了的士兵、老百姓，横一个直一个地躺在血泊里，有的正在流血，有的虽然死了，眼睛却睁得很大。是的，他们是不甘愿死的，他们没有消灭敌人，却被敌人先消灭了。

从玻璃、瓦片、屋梁、泥土、血肉混在一起的血路上走过，你的心会不知不觉地沉重起来，眼睛里藏着的不是水汪汪的泪珠，而是像烈火似的怒焰。在这儿，环境不容许你停留，不容许你凭吊那些被牺牲者的幽灵，细认那些被轰炸的区域，因为敌机并没有离开苏州，而且还在你的四周继续轰炸。你明明看到一个受伤的在对面血泊里呻吟，你想去找副担架床来抬他，但不到五分钟，你还没有找到你所需要的东西，那个伤兵却第二次被炸成两段了。

最惨的是当我们走过马路时，听到无数的呼救声，发自那些已经倒塌了或者正燃烧的瓦堆下：

“先生，救救我呵！做做好事！”

“先生，我还没有死呵，救一救！”

“我们活埋在底下，爬不出呵，救一救！”

声音是惨极了，悲极了！谁听了不痛心呢？然而当你放开瞳孔，拚命地把视线伸长向各处扫射时，你只看到浓黑的青烟冒上天，鲜红的火焰烧得劈劈啪啪作响，你找不出那些悲惨的声音发自何处，你立定脚跟静静地听着，忽然声音由大变小，由急促变成缓慢，由缓慢而变成断断继续地听不清楚了。

"哎呀！救命呵！……"

有时，一声大的惨叫后便没有再听到声音了，只是从鼻子里钻进了一股人肉烧焦的异样臭味和血腥气。在另一个角落里，救命的呼声仍然在继续着，但一声比一声微弱，一声比一声更沉痛了。你想跑去寻找活埋他们的所在吗？敌机又呜呜地来到你的头上了。

天，这还是人间吗？到处是死尸，到处是血迹，到处是惨叫悲号的声音，到处是火焰！为什么没有人去扑灭火，为什么没有人去拯救那些遇难的人群？是自己的生命要紧吗？是救火的人逃走了吗？还是因为看到死的人太多了，脑筋麻木，心肠变硬了呢？不，大家都是和他们一样的命运，谁知道在五分钟之内，自己的生命会不会被敌机的炸弹、机关枪毁伤呢？在敌人的大屠杀政策下，我们的生命是特别的宝贵的，因为我们要消灭敌人，保卫祖国，保卫广大的中华民族。

——死的就让他死去吧，活着的要加紧杀敌的工作才行哩！

这么一想，于是只得挺起胸膛来走上自己的路。

"同志，你看那边的房子还在燃烧，整整地一天一夜了，火还没有熄呢。"

一个受轻伤的士兵这么指着阊门那边的火焰告诉我。我扭转头来一望，呀！像火山爆发似的把天都染红了！

苏州，美丽的天堂呵，如今完全成了地狱，成了瓦砾，成了一片焦土，一座埋葬忠骨的坟穴。

路愈走得远，发现的死尸也愈多，英勇的战士在前方受了伤回到后方来，不但找不到医院，而且反被敌机送掉了性命。我想他们如有知，在九泉之下，也会含恨吧！

完了，苏州就这么在敌机轰炸之下葬送了它的躯壳；但是它的灵魂永远存在，它是不会死的，在灰烬里建筑起我们的天堂来，在血泊里会开放出民族解放的鲜花来。

一九三七年十二月一日于汉口

（《谢冰莹作品选》，湖南人民出版社 1985 年 9 月初版）

沦陷后的苏州

大　晨

人间天堂的苏州，自去年十一月十八日沦陷后，便成了人间地狱。现在把几个月来的情况，告诉读者。

苏州陷落后，东吴大学美籍教员梅乃魁等友邦人士，看到无辜民众的遭遇可怜，仗义组织国际救济难民会，经日军当局同意，将光福、香山、东渚划为难民区，设立难民收容所数十所，经费由各乡居民负担。

城内城外的一般穷极胆大的莠民，常常乘火打劫，全苏州的商店住宅，差不多全遭到空前的大洗劫，翻箱倒箧，狼藉满地，钱财衣物，搜括一空，有的连门窗用具，都被掮去作烤火燃料。

轰炸的成绩，以阊门外最惨烈，从石路口真光大戏院起，一条大马路的两对过，直到阿黛桥，背后至小菜场止，昔日的金阊繁荣，尽成一片大瓦砾场，从今听不到娇滴滴惑人的卖花声，阿黛桥头的灯红酒绿，不知何年始可重见！巍峨大厦的火车站，只剩残壁断垣。城内东白塔子巷、曹胡徐巷一带，因戒严司令部、中央党部办事处等，一度移驻该处附近，故更为投弹目标，侥幸剩馀的房屋，仅及十分之三。苏州“南京路”的观前街，落炸弹二枚，国华银行和华达利钟表行，都遭了“祸从天上来”的赐予。府前街县政府、玄妙观中山堂，亦是轰炸的大目标，早为一般人所预料，但结果竟未蒙垂青，实意想不到。北局国货商场、县立图书馆，虽未炸及，亦已焚毁。

拥着大众读者的报纸《苏州明报》、《早报》，损失极微，东中市《吴县日报》，中硫磺弹，全部机器付之一炬，受损奇重。

近来，居民纷纷回苏，但是回到家里，万事皆空，为勉强维持生活，设法摆摊子或做托盘的小买卖。因此，摊多成市，玄妙观也恢复旧日的繁盛，观前街上亦排列着不少摊头，以前的大商店如大亨、乾泰祥、同仁和等绸布局，都检出些布料，摆设布摊，采芝斋、福春村、东禄等糖食号，亦摆设糖果摊，维持职工的生活。

讲到交通，苏州至各乡除了民船，东山、光福、木渎已有轮船可通。长途汽车，苏福公司亦已恢复。城内黄包车，亦有一部分通行。从苏州到上海，水路有民船、轮船，陆路有利吴公司的汽车，不过车费比较贵一些。听说，近日火车也通行，假使从上海到苏州去，可由国际旅行社汽车送到北火车站。

在畸形的市面下，娱乐场所似雨后春笋，开明大戏院开演平剧，角色是走江湖的王家班；金城大戏院演平剧，小张文艳为台柱。其馀国泰、新东方等剧场，也演唱平剧、苏滩。茶馆书场的评话、弹词，虽然票价都十足平民化，但营业却清淡不堪。

苏沪邮政，在失陷前，就阻断不通，音信隔膜，幸而绝迹已久的民信局，死灰复燃。首倡的是吴县横街益苏民信局，雇人专差走送；后来海红坊潘宅和上海苏州旅沪同乡会，也合办信件传递。电灯、电话，城乡区多已恢复。田赋也已经征收了多日，不过去完粮的寥寥无几。

（《孤岛生活》1938 年第 1 卷第 2 期）

苏州纪行

孟　才

素以“天堂”著称的苏州，经过这次空前的浩劫，根本变换了一重面目。因为交通梗阻，我和苏州不觉已小别了八月，怀着一颗思乡的心，终想找个机会去探望一次。可是，现在的去苏州，不如以前这样的方便了。假如走内河轮船，必须要经过北新泾，那里停船搜查，说不定要耽搁一天二天，全程终要估计到三四天之上；假如走公路的汽车，就是用最快的速率开驶，也得要四小时半。此外，更有一件麻烦的事，就是每次往返，必须先备好了自己的照片，去向上海的“市民协会”，或苏州的“自治会”，领取通行证后（每证约纳费一元，证上黏附照片，并写明姓名、籍贯、职业、行程起讫点及其动机的原因等等），方可启行。

一、启行

“青春结伴好还乡”，我事先约定了几个伴侣，都从苏州领到了通行证，就在租界中某饭店里接洽到了一辆小汽车，每人纳费八元，同车者共有五人，其中有一位女士，能通日语，专随汽车往返，代作舌人，亦所以便我们行旅而设的。

我们的车在早晨的八时三刻启行，出外滩，上外白渡桥，在桥面上就停了车，给日籍的工部局警察来检查通行证，等他一张一张地验对过了，然后开车再行。车沿苏州河开，折入北四川路，我们看见新亚饭店门前，排列着全新的汽车，共有十辆左右，想见里面有看一种畸形的热闹。我们从北四川路进虬江路时——这是“上海驿”的出口处——又大略地被检查了一次。在这里，我们已算离开了孤岛，开始我们往苏州去的征程了。

二、在公路上

虬江路是闸北战事最激烈之区，所以两旁房屋已打得粉碎，残瓦颓垣，全成了一片砖场。在路的转弯处，有一个布篷子张着，外面挂的旗子上写是“兵马酒保处”。

中山路上也是战痕累累，路旁的房屋，都受着奇重的损害，大都墙倾壁倒，独饭灶得能保存的很不少，有的烟突还是安然地兀立着，这也是很奇怪的事。其中有一家的房屋，已经完全塌圮，可是门面还孤立着，上面挂有一扇招牌，写着“明兴”两个字，这大概是一个典当的原址吧？那黑字金地的招牌，光耀灿烂地点缀在瓦砾堆中，很受到旅客们的注意。

出中山路又是一个检查的关口，此处搜查很严，除了检查通行证外，乘客都要下车让日兵们搜查车箱，摸索身上，就是女客亦不能免。此后经真南路行，该处是当时东战场的一个重镇，两旁战壕，蜿蜒曲折，有如长城，当时国军布阵的一番苦心，现在空留着给我们凭吊而已。路旁的电杆，都是坚固的钢骨水泥造成的，可是有几根已倒折在地下，断下的电线，任意地飘荡着，这些也可想当时被轰炸的猛烈了。暨南大学，从门前挂的牌子上知道，已变成为日军的伤兵疗养院了，门前的一片草地，也做了他们的牧马之场。公路两旁，都是农田，也看不到什么房屋的毁损；好多具的棺木，因为它们的小屋被毁，都曝晒在露天。还有红十字会里的人，正在两旁田畦里收拾那些无名的尸骨，久为风雨所侵，已认不出什么面目了。

真南路高低不平，开车要用劲且慢，但是还颠扑得很利害，像海中的浪击着船身一个样子。有一批日军的工兵，还正在赶修着这段崎岖的路面。

过南翔，经嘉定而抵太仓。远望城墙连绵，依然完好，以前城墙上所写的标语，现在都给涂抹。经过了太仓的入口和出口两处，都受过检查，就是行箧也要查看，其实我们所带的，只是一些吃的东西而已。

在太仓附近的路旁，我们看见有一个“皇军军马”之墓，一抔黄土，居然也植了一块木牌作碑。还见有一辆坦克车的空壳，搁住在草堆里，它的铁皮，已为风化雨蚀，发生黄锈了。沿路稻畦青葱，农夫照常地经营着他们的春耕，并不因为河山变色之后而停止他们的勤劳。

过太仓，我们的车是走常熟的。此段路较平正，车可增加速率，且沿路绝无检查，风飙疾驰，行驶无阻。自常熟至苏州，路尤平坦，车也驶得更快。据老于往返的人说："此段路上，如汽车开驶最快的速率，只需五十分钟，即可直达苏城。"在将近苏州的时候，两旁的田野里，常见到一个高高的竹架上飘扬着一面红白色的小方旗，不知这是做什么标记用的。不一时，真的北寺塔尖，已从依稀的远树巅上透出来了。故乡在望，可惜久别后已经变了它的本质，使我心头交织着欣喜和惊惧的两种心理。

三、城区近情

出公路，我们看到了平门，车上梅村桥，抵城门口，城门原有出入两口，在右边的一个早经关住了，只留着一个左边的入口通行。这里我们的车又停了下来，预备受最后一次的检查。递过了通行证，真出我们意料之外的，那守城的日兵不过随意地翻阅一过就完了事，我们终算安然地进了城。

我在街路上走，看到最触目的就是"自治会"警察的制服，我记得以前是钢盔式的帽子，现在变成了软顶式，并且镶上了一道耀目的黄边；制服是变了黑色的，又加上了一对黄色的领章。

景德路是变成了城里最热闹的一条通衢，非特官署林立，并且日本化的商店很多，酒家、料理店是开满了街，飘扬的旗子上，都写着日语的广告，屋子里也模仿着日本的习惯，雇用了美丽的侍女做招待。其馀像写真屋、时计修缮屋、印章店也开设得很多。此外在中央饭店里，还设立了一个"士兵慰安所"——其实就是我们所谓的妓院——所以这条路上，差不多已成了日军的娱乐之区了。所谓官署，像"自治会"的办公处和职员寄宿舍，日军的宣抚班和警备部，都聚在这里。宣抚班是日军的最高级机关，我们的通行证，就是由它给发的。"自治会"是办理当地的内政，可是一切都得听命于宣抚班的意旨。

城中区有好几条的街口，都挂着“下官士兵通行禁止”的旗子，这是日军司令部为维护市面计，才下了这一种禁令。观前街也是通行禁止的街道之一，市面是很不如从前了。观西的银行，已被搜劫一空，现由“自治会”加上了签封。代之而起的，只有许多卖旧货和贩日用品的摊子。大部分的店肆，还没有正式复业，只在原址摆着零碎的摊子，就是几家菜馆也做了零售的经济食堂。有很多的店都兼营着应时的汽车业，倒亦利市三倍，并且也算繁荣着苏沪之间的交通。

玄妙观是别来无恙，依旧巍然独存。“妙元统一”的大殿里，三清菩提仍是金光灿烂地，并不因为又经历了一次沧桑之变而减损他的庄严，不过拈香的人已少得多了。大殿里的画铺子，空场上的杂耍摊，照旧经营着他们的买卖，可是生意清淡堪怜，因为游观的人远不及以前这样的多了。虽然季节已经到了春天，但是苏州一般的人，还如同蛰居在严冬的气候中一样。玄妙观西角的中山堂尚算完好，据说现在已做了图书馆的暂时地址，凑巧关闭着门，我也不得进去参观，料想来此阅书的人也不会多的吧?

玄妙观里的三万昌、品芳居和宫巷内的吴苑，是苏州城里最著名的茶肆，生涯依然很不差，茶客都坐满了屋子。这古老的恶癖，还是传统地保存着。吴苑日夜场的说书，已改成了接连的两档，一直从下午二时要到五时为止。

国货公司是北局里最新的建筑，可是也遭了一次劫火，房屋变得破旧不堪。里面摆设着一个个的摊子，就用木板架成了柜台，简单地铺陈着货物，根本没有什么装潢可言。实在，这不能说是一个公司，只是摊的集团罢了。

小公园的钟柱，玻璃框已被打得粉碎，只留着空的钟面。一个炸弹的模型，倒还保留着，不过上面写的标语，也被涂得看不清楚了。

青年会和新苏饭店，各做了日军将校们的餐室和“慰安所”。附近的红玫瑰，是苏州城里著名的女子理发店，房屋尚好，仍旧在继续营业，我想他们的生意，也不过是找些“慰安所”里妓女们的光顾而已。

苏州大戏院也做了咖啡馆，大光明大戏院曾于劫后做过一度“慰劳皇军”的营业，现在已经停闭了。开明大戏院正在重整旗鼓，开演着《乾隆游江南》，不过仅有日场，卖座自二角至五角，听说生意尚佳，可见城内无聊的人也多。

一般的市面，在外表看来，似乎已得到了一点复苏的气象，可是根基还很恍惚不稳，只要受到些微的谣传和风声，就会影响到这芽芽儿的营业市面。现在城里除了景德路是特殊区域外，其馀街上的店肆和摊子，一到晚上就早收闭起来了。晚市是完全没有的，因为许多的街上，还没有恢复路灯，很多的人家和店肆，也还没有用电灯，只置备洋烛和油灯而已。所以在每天下午七点钟后，夕阳在山，你走到几条小巷街头，这时人家早深深地闭了门户，街路上益发冷清地已经看不到什么行人了。

青年会、乐群社还进行继续着他们的工作。青年会已迁在东首太监弄前办公，乐群社则仍在原址。他们所做的事，像举办小本贷款，平价售米，和布种牛痘等等，都是很有意义的社会事业。布种牛痘，是"自治会"有布告规定的一件事，凡在公共场所，像料理屋、理发店、浴室、茶肆等服役的人，都要施种牛痘，得到了种痘的执照后，方才可以继续营业。

靠近公园一带，在五卅路上的金城新村是受损最重，墙壁上留着一个一个枪打的伤痕，沿街楼房的墙壁已经坍下了一半，屋子里的水汀，也都露在外面了。每幢屋子的门都随意地开着，里面的家具，凌乱杂处，好的东西早已劫掠殆尽。

公园里一片青青，草已长得很高，和矮的树差不多长了。图书馆早被焚毁，仅存了一个空壳；东斋、西亭两个茶铺，都安然无恙。新柳初绿，碧桃含葩，公园里却静悄悄地找不到一个游人的影子，在这凄凉的景物堆里，只偶然地听到几声鸟鸣，从树枝里传出来，暗示着春已到了人间。

公园对面的王废基，就是公共体育场的原址，以前是民众会集活动的地方，现在做为日军的跑马场了，每日早晨总有十几匹马在这草场上驰骋的。记得以前在这里，许多学生曾建立过童子军营的大露宿，训练一种军国民的精神；也曾集会演说，聚着千百万的人头，高呼着激烈的口号。现在这些表面的意气，只得暂归沉寂，让我们暗地里继续努力，期待着一个劫运的转变吧!

三元坊、沧浪亭是著名的学校区，现在被日军占领后，都变成了他们的营房和马厩。在每个学校门前，都堆上了一角沙袋，站着荷枪的卫兵，戒备是很森严的。每逢星期三和六是日兵的假期，所以逢到这两天在街头巷尾，常可看到一批批的黄色制服者结队而行的。

城里的学校是完全停顿了。现在仅有在“自治会学务处”立案的某某私塾等，开设在城区里的每个地段，他们所教的课本是《千字文》、《神童诗》和《大学》、《中庸》等，都不过是小学的程度，教授着这些腐旧的书本。中学以上的学校，可以说绝对的没有。

在战事之前，苏州正厉行着六年的禁毒计划，当局办理已很有成绩，可是此次河山变色之后，毒又弥漫了全城，雅片已能公然地在市上出售，烟灯、烟具的摊子，也和日用物品一样地罗列着发售。在每条街上，你常容易看到“吴县城区×记售吸所”的牌子，狭窄的屋子，矮小的楼面，都做经营“售吸”们的营业所了。

城内户口，已由“自治会”重新编查过了，门牌也产生了新和旧的不同。苏州户口确已减少得很多，在门牌上，你常能看到“空户”的字样。每个人家的门上，大都黏上了各种不同的字条，有的写着“屋内无人，东西已经抢完”，有的写着“欢迎皇军”，并且画上了一个日本的国徽，有的黏上了“自治会”的一张证明书，用日文写着“当家确系良民，请日本官兵，幸勿留难”的字样。还有极少数的人家，黏有宣抚班的通告，也用日文写着“此系某某厅长的亲族住宅，请日本官兵，应予保护”，或“此系某亲日学者的住宅，请予保护”等等。

其实，上面所讲的这些字条，是否有效，还不得而知。平心而论，有一部分的日本兵是“同情”于当地的百姓的，假使你言语不通，可以用中文和他笔谈，他们约略能懂得一二，尤其宪兵的知识，程度更高，认识比较清楚，所以他们很会“同情”的。

苏州被轰炸的地方，以城外和沿铁路一带，最为猛烈，城区之内受到轰炸的，并不如所传之甚，不过每个人家内在的损失，却都很严重。所以就表面上看来，房屋大都是完整的，可是屋内的床帐、衣服、铜炉、铁镬等，早被劫空如洗。几家缙绅之家，平生搜藏素丰，这次也猝不及防，所有珍宝古玩、名书古画，千百年传下来的珍品，都落于人手了。

在市上交易，依然通用着国币。虽有时亦用军用票和老头票，所幸宣抚班规定每星期的一日，可以用军用票等问指定的米店交换食粮，再由宣抚班向米店收回，所以在市面上还可勉强流通。

苏州的消息，是非常隔膜的。《苏报》是惟一的地方报纸，专载着一批东京电和上海电（日方自己的电报）的消息，凭空虚构，多不和事实相符。实在，上海的消息，车船往还的人很多，这些非驴非马的消息，怎会使人家相信呢？所称“消息灵通确实”的《新申报》，在城里也有得发售，不过销路不广，还不如《苏报》的普遍化。

现在住居城里的人，不像以前地这样少了，因为四乡匪乱如毛，反不如城里安静。年轻的女子也都回到了城里，不过在她们进城的时候，都剃去了头发，穿着了农夫的衣帽，乔装男子进城的，这是恐防受到日兵的注目。现在我们在街上走，还可以看到男化头式的少女，这就因为当初乔装的缘故。苏州，在表面上是显得很安谧，但暗地里每个人的心中，都呈着一种恍惚不安的意志。

四、返程

这几天住在城里，凑巧因为捕捉便衣队，风声很紧，听说还关过城门而临时戒严，结果当局也未有所获，捉到了几个嫌疑犯就释放了。我们耽心着交通的中断，所以逗留了三天，就匆匆地预备返沪。我们先到景德路一家商店里接洽好了一部车辆，原来的价目，每人仅需六元，可是因为近来时局起了一些动荡，从苏州到上海的人很多，所以车价涨到了八元。我们一车坐了七个人，并且各人都带有一点东西，使得座位更挤，还不如来时的舒服了。

出平门，照例要停车搜查。我们都下了车，给日兵检查通行证，摸索身体，检视包裹、箱箧等。他们对于报纸、书籍都非常注意的。这个搜查的兵，不知在那一辆车上找到了一本《新生活日记》，因为上面印有蒋委员长的肖像，目为禁品，便要搜查我们身边有没有类似的日记。其实，我们袋里，除了皮夹之外，没有什么东西可给他们检查呢，幸而我们同道的有一个人能讲日语，同他再三说明之后，方始作罢。

出城，仍循公路行，不过我们这次是取道昆山而不走常熟，以其路程较近，但路多崎岖不平，车行很颠扑，没有来时这样的舒适。此段公路与铁路并行，远望见有火车一辆，冉冉地向前开来，满载着黄色制服的日军，普通乘客是很稀少的。车长约七八节，其中两节是普通列车，其馀的都是铁皮车。

昆山防范很严，经过此处，总计检查了五次。全镇轰炸惨重，路旁民屋，都成瓦砾，间有几所比较完善的空屋，也被日兵们做了马厩。镇上驻兵很多，昔日青阳港之国防线，今已成了他们的军事要塞！

昆山之后，即抵太仓，此后路线，仍同来的时候一样了。我们车上的水箱苦漏，常在中途停车加水，所幸公路两旁，均有小溪，可以随地汲取，不致成了涸辙之鱼。在停车加水的时候，农夫们每来车旁询叩我们自何而来？现在战局的情形怎样？地点在那里？他们目前在这里种田有危险吗？等等问题，可见他们对于时局的消息是非常地隔膜，并且不知道他们自己这样继续地耕种田地，能不能得到一个好的收获而做他们的“一年之计”。他们的处境，和他们的无知，也是非常可怜的！

在嘉定、南翔间，我们遇到了不少的步队，扯着太阳旗向西行进，有的荷枪步行，有的鞭策着马和牛，拖着双轮的木板车，车上装的尽是饭锅、水瓶、军毯等物件，还有极少数像军官模样的戴起了风帽，腰佩了指挥刀，骑马而行的。步队联联，络绎不绝，都以自东向西的为多。

公路上自沪去苏的客车很少，偶然碰到几辆，也大都是日本军官的私人汽车和日商洋行的运货卡车。可是向上海开驶的汽车，都是行李装满了车箱，像搬家似的。内地的人群，正向着孤岛上拥来，都希望在这个特殊的避难区域里，呼吸一点稍较自由的空气。

我们的车，每过一站，必加检查，只在程度的严和宽的分别而已。进中山路，是搜查最严的关口，乘客都出了车箱，让站岗的日兵仔细检查安置车内的行箧和车身坐垫之下有没有私藏的物品。我们身上的长衣，也要解开了给他们搜查一过，屡次检查，受累非浅，殊感难堪，所好这已是最后一次的麻烦了。自中山路经虬江路、北四川路直抵外白渡桥，在桥面上停了车，也和来时一样地给日兵看过通行证，我们就随车开进租界了。

租界中的熙熙攘攘，车马往来，与我在苏州和公路上所见的景色，大不相同，真判若两个世界。

廿七，四，廿八

（《旅行杂志》1938 年第 12 卷第 6 期）

苏州沦陷以后的衣食住行

苏　民

“上有天堂，下有苏杭”，这句话是早已藉甚人口，耳熟能详的，是啊，苏州与杭州，确可以和天堂相比，称之为人间的天堂，当之无愧。可是自从去冬以后，这两个人间的天堂，先后失陷，真合着英国大诗人米尔顿氏著名的诗篇的名字，变做“亡失的天堂”（Paradine Losi）了。

我是苏州人，不知杭州事，杭州人可以夸口地说一声“钱塘苏小是乡亲”，而我是攀不上这门亲的。如今不谈杭州，且说苏州。苏州古称名胜之区，一处处山温水软，一重重柳媚花娇，说不尽的美丽。至于衣食住行四大项，比起上海来也觉得样样都是价廉而物美，所以生活程度比上海至少低下三分之一，无怪全国的东西南北人，都喜欢到苏州来作寓公了。记得去秋避难皖黔时，曾见旧友紫罗兰盦主人有《苏州》二绝句云：“苏州少女柔如水，况有明眸比水柔。数遍东南金粉地，竟无一处似苏州。”“元都观里莺声脆，七里山塘水亦香。借问君家何处是，料难柔媚胜吾乡。”又有《柳梢青》一词云：“七子山幽。虎丘塔古，映带清流。邓尉梅稠。天平石峭，任尔优游。　　穰穰五谷丰收。好鼓腹、诗书触忧。酒洌茶香，花明柳暗，好个苏州。”读了这两诗一词，也可见他醉心苏州，是何等的热烈啊！

最近我因探望亲戚，曾到苏州去过一次，仿佛丁令威化鹤归来，有城郭犹是人物已非之慨。对于苏州人最近的衣食住行，曾留心考察，表面上似乎生活相当安定，然而市面萧条，商业停顿，盗贼白昼横行，目无法纪，今日的苏州，已非昔日的苏州了。

观前街上的两大衣料商店乾泰祥和同仁和，虽已开门应市，但是新货稀少，顾客不多。因为在这大劫之后，富有购买力的太太小姐们，早就迁地为良；其他留居着的人，则可省即省，不再考究衣着。况且沿街的人行道上，都是衣摊，新的旧的，男的女的，中的西的，大的小的，一应俱全，应有尽有，你只需把眼光去瞧，身子去配，也许可以把很低廉的代价，买到一件合适的衣服，也不用再去出了大价钱买新衣料，并且好省却一笔成衣匠的工资哩。听说在去年十二月和今年一月之间，连黄包车夫也穿着西装，穷光蛋都穿着狐裘，大模大样地招摇过市。至于皮衣的代价，也廉得无可再廉，出了五元十元，就可买一件挺好的獭皮袍子了。

吃食店，毕竟仍是一种颠扑不破的行业，菜馆如松鹤楼、义昌福、天来福等，茶食店如采芝斋、稻香村、悦采芳、叶受和等，点心店如鸿兴馆、观振兴、黄天源等，都已先后复业，营业还算不恶。一块钱的和菜，三盆一汤，内容充实，居然有大虾仁可吃。采芝斋的脆松糕、桂圆糖，稻香村、叶受和的月饼，等等，依然有人光顾，卤鸭面过桥，卖辅币二角五分，大馄饨卖辅币一角，这是苏州人最爱好的点心，依然可以大快朵颐。但我不知道怎样，踏进了那些吃食店，对着那些可口的东西，总觉不大能够下咽，大约伤心之馀，连一只胃也受了伤了。除了食以外，还得谈饮，吴苑、蓬瀛、汪瑞裕诸茶馆，仍是其门如市，座上客仍是谈笑风生，不知人间有忧患事。而最使人注目的，便是景德路、护龙街一带，忽然开了许多咖啡馆，招牌花花绿绿，全是画的写的，也记不清许多；门口挂着一桁疏帘，或一张布幔，里面坐着几个女招待，大抵都是小家碧玉或二三等的公娼私娼改造过来的。曾见紫兰主人也有二十八字咏叹这回事："蛾眉曼睩斗芳菲，夜半人造叩玉扉。一笑千金齐贬价，海红帘底卖加非。"唉，说甚么千金一笑，早就不值一个大了。

说到住的问题，那么苏州是洞天福地了。上海像豆腐干般的亭子间，要二三十元一月的租金，在这里尽可以住高堂大厦，舒服非常。要是主人家在上海纳福，而托你照顾照顾，那你尽可住在里面，不用出一个钱。至于此次战祸中，损失最大的，还是推那些所谓洋房的新式屋子，如公园西面的金城新村，曾受过飞机炸弹的洗礼，虽没有全部轰掉，而糟蹋得不成模样。其他沿街的洋房和石库门屋子，也往往被人洗劫得空空如也，连门窗也不保，地板也撬去了。反是那些如说书说《三笑》中，秋香得得得得走过备弄的那种四进五进的旧式大厦，倒幸免于难着实不少，有的人家因为躲在堂奥之后，没人留意，竟有不少一草一木的，这真是天字第一号的幸运儿了。现在四乡的人，大都迁居来城，所以苏州虽逃跑了许多人，又补进了许多人，人口的总数，似乎差不了多少，但啼笑皆非，这日子也是不容易过的。

护龙街、十梓街、临顿路、葑门大街这几条干路，战前已拓宽重造，尚未完工，现在因军用车往来频繁，已勉强的填平了一些。人们大约为了经济问题，安步当车的，居大多数。黄包车和私家包车似乎比以前减少，汽车更好似凤毛麟角，大概汽车阶级，都在上海十里洋场中大出锋头了。现在苏州大街上所见坐汽车的，倘不是赳赳武士，便是所谓“省政府”中的各位新贵而已。

（《申报》1938 年 10 月 27 日）

人间地狱的苏州

斯　琴

“专治梅毒五淋，不灵包退还洋”，“×× 花柳专家到苏开诊”，当我跨出京沪特快，走进标着“吴县驿”三字的月台上的时候，这许多印有鲜艳颜色的广告，纷纷映进我的眼里来。战前这里一直是酒腻花香的城市，而现在却又是充满了荒淫与罪恶的地方，跟着卖春妇的增多，梅毒是在暗中开始剧烈蔓延着，真的，我这枝拙劣的笔，不知怎么来写述污浊的地方才好呢。

挤在纷杂的旅客中间，我照样在出口处受了两个敌方的宪兵的检查，他们流露着凶焰的眼珠在不停地打量着每个旅客。月台的东边，有个矮胖的敌兵在殴打一位褴褛的苦力，血流满在苦力的脸上，而敌兵还是粗暴地咆哮着，用皮鞋脚狂乱地踢在他的身上，究竟为着什么？在周围广大的人群中，竟没有人愿意去问一声，似乎在这里，公理是永远不会存在的，“人类的同情心”，也不远是一个好听的名词而已。

急忙离开车站，我立刻跳上进城去的马车，车夫老了，他懒懒地挥动着马鞭，一路上不胜感慨似的对我诉说着生活的困苦。他说，苏州现在是再不像从前一样的能够过活了，飞涨的米价，使穷人成批成批地大量死亡。我一面有意无意地回答着他，一面探望着路边的景色，初夏的阳光，照在平静的马路上，有几辆黄包车从身边拖过，上面坐着几个涂红了嘴唇的女人，那种妖艳的风骚的模样，在后方是难得看到的。

在城门边又经过一次伪警的搜索，然后我算是进城了。但进城后第一个困难的问题是找不到旅馆，不是旅馆没有，也不是因为到处客满，而是苏州有一种规矩，住旅馆是必须要铺保的，据说是为了避免“捣乱分子”，从这一件事情上，就可以知道敌伪方面是怎样的恐惶不安了。幸亏在一家小饭馆里，我化去一笔较大的小账的数目，那老板答应给我做铺保，然后才得在 ×× 旅社耽搁下来，看时间正好是五点，街灯已络续地辉煌起来了。

夜饭后，我去逛观前街。大街上虽然拥挤着各式各样的人流，但各自的脚步都显得非常慌张，像在逃避着什么祸害一样。东吴大戏院和开明大戏院的锣鼓，常是一阵阵响亮地传到马路上来，可是一些也引不起行人的注意。伪和平军第三师的士兵，他们褴褛不整的衣服掩映在灯光下，仿佛一群颓丧的乞丐。妓女们在街头做着媚眼，南京大饭店以及新闻旅社门口更是她们集会的场所，脂香粉气藉着夜风的传送，在强烈地引诱着行路人。

所谓苏州最出色的商店“百货商场”，这时在临街的楼窗上也闪亮着灯光，里面的女职员，不时发出淫荡的笑声（商场内全都雇用女职员），到这里去购买货物，是必须使用敌方的“军用手钞”的，白天常有三三两两的敌兵在里面与女职员调笑，而实际上这些失却灵魂的女人，也就是变相的妓女，总之，肉、香、笑、媚，原是苏州独有的特色，它确是一个色情的世界。

“大利世界”是著名的赌窟，里面附设有临时的当铺，赌客们如果把现款输完了，可以立刻卸下身上的衣饰来估价押当，准备再作孤注一掷，并且附设烟馆，鸦片、白面、红丸，什么都有，敌人是这样狠毒地在残害我们的同胞！它替我们一批无知的同胞安排下无数杀人的陷阱，渐渐使他们走向贫穷与死亡。

晚上我睡在床上，还听到隔房的卖唱女唱完好几只下流的小曲，但她颤抖的声音，就和哭泣没有两样，无限的个人身世之痛，都可以从带有哭音的调子里听得出来。同时我还得特别提出来说的，这晚，电灯共熄灭了三次，茶房告诉我是因为电线被游击队所剪断，这事情是常有的，他要我即使听到枪声，也不必惊慌。

第二天一早，我又被一些闯进房里来兜卖白兰花的小女孩们所扰醒了，她们何尝不是好人家的子女，只是铁蹄下的高压生活，迫她们不得不来干这些抛露色相的勾当！

最近在苏州，还流行着两个奇怪的传说：一个是谣传南京城里的敌兵快要全部撤退了，它的理由是一个居留在南京城里的敌酋，常常使用着一头恶毒的狼犬来咬毙我们的同胞，有一次一个黄包车夫不知怎样得罪了他，于是他就跳下车来，呼唤着忠实的狗子，照例执行着咬的任务，这时一个过路的伪救国军营长，目击了这幕惨剧，忽然良心发现，就用手枪打死了这条恶狗，并且击伤了这个毫无人性的敌酋，事后伪军和敌军大起冲突，然而因为伪军事先已有准备，敌军竟被击毙了好几百，这样，敌伪两方在南京城里就常有接触，终于敌方为企图避免不幸事件的继续发生，就准备退出南京，把维持治安的责任全部交给伪军了。另外一个是说，汪逆精卫已潜赴重庆，现在被我方拘留，因此许多小汉奸都深感惴惴自危。这两个传闻都很有趣，其实都是沦陷区民众苦闷心理表现的结果。

汪记的特务机关十六号，是在观前街的大成坊巷里，这条巷一般当地的民众，是没有人高兴随便进去的，除非那些被汪组织所雇用的流氓式的男女们。

汪逆的宣传机关，在苏州规模最大的是“苏州新电社”，其次是“江南日报社”，这两张报纸，每天都登载着些同盟社或者伪中央社捏造的消息，民众都不爱看它。关于它的销路，我曾问过一个报贩，他说城里的十个报贩，每天承派《苏州新报》数目是两百份，《江南日报》却更少了，总共还不过一百份。两百份，你想是如何可怜的一个数目。

在苏州我住了三天，一种窒息的空气，实在使我难受，跟着封锁太湖消息的传出，恐怕归路的一旦竟被切断，所以我又渡过太湖，脱离那个丑恶的城市了。回来后，有人问起我对于苏州的概念，我的回覆是“昔日为充满欢笑的天堂，今日是人间血腥的地狱”。

（《苏讯月刊》1942 年第 32 期合刊）

魔鬼统治下的苏州

燕　良

敌伪自在江南实行所谓“清乡”后，苏州已为李逆士群的天下，势力遍及于各部属，而且通属文武，上下一脉，利用师徒组织，包揽全省政权。最近“委任”之伪吴县县长蔡逆宗熙，亦为李逆门下，登台伊始，别的都不管账，专心致力于更换“良民证”及指派人民捐助毛竹，以作编扎封锁长篱之用，据闻即此两项如经办到，就可空手取得横财一百万。其他苛捐杂税，指不胜数，单看全城冷街小巷门户上悬挂的税局照牌，多过医生牌子，这些都是承包性质的，上下交征，无孔不入，真像一只老虎的馋口。至于下级胥隶军警，根本朋分不到刮削来的红利，于是另开生路，霸占各要口，勒索无名小捐，一而再，再而三，甚至一件物从乡间运城，要经过二三十次的需索，需索而不得，则硬取物品抵偿。公然劫掠，全无忌惮。扯捉“反动分子”，已形成最恶辣的流行手段，因为“机关”既多，各有系统，被捕者非但不知罪状，并且不知捕者为何等样人，瞎猫拖死鼠，加以私刑拷打，欺骗硬诈，结果总是化钱了局。

买官鬻爵的风气，早已大开方便之门。最近悬价“县长”一等者额定八万元至十万元，二等五万元至八万元，三等三万元至五万元。“区长”在苏州虽无标价，但被“委”后必须当面论定，大概是四六或三七拆账，意外支出如婚丧喜庆及节盘等不在其内。“警察局署长”及“巡官”，除实缺费而外，还须上峰孝敬及推荐人酬劳，亦视所入多少而定，大概为三四分配，本人取的是四成。

最近，李逆因为锋头大健，目中无人，不得南京方面信任，密嘱前任伪省长陈逆则民调查其舞弊情况，讵事机不密，为李逆察知，在会议席上大骂特骂，为泄忿计，将陈逆在东北街所占住宅，强行押迁，陈逆知不敌，只得忍气吞声，暗中则愈加破坏，刻此事已为敌人所悉，亦不直李，提出“清乡”

不信任警告。闻南京方面已有所藉口，不日即将下令改组伪省府。

将新生活改头换面而创行的“新国民运动”，推进极力，标语传单，到处发贴，学校中甚且作为教材，保甲里还发起“国民宣言”。总计全县宣传费用，截至目前止，已消耗二十馀万元；其实真正用去的不足三万元，其馀十八万元扫数流入大小奸逆袋中，可称为“新国民消灾费”。

伪省警察局长唐逆建勋，敛钱手段，也颇老辣。举其一例，最近观前街由商人合创皇宫舞厅，“照会”答出，已由特务机关与伪省府两方面通过，伪警局虽得运动费，可是不肥，唐逆认为未能满意，遂于该厅开幕后一日，发贴“违背局令，着停营业”布告，以为要挟，后经挽人疏通，卒以一万五千元了事，唐逆独得一万元。又其分属各伪局长，照例都有月贴陋规，最近某分局内核减定献额，触唐恼怒，暗中勾结不肖记者，刊布新闻，逼分局长辞职，一面又示意该员，勉为其难，使某分局长哭笑不得。

去年田赋收入，以湘城及太平桥一区为最可观，合计不下三百万元，废历正月十五日通知业主领取租金，纯粹是分赃式的，除一应开支以外，业主净得约百分之二十强。

就一般比较，苏州“薪水阶级”的生活待遇，以小学教员为最低，黄包车夫月可得二百馀元，店铺职员连膳约百二三十元，“机关职员”最低百元，工人自百馀元至三四百元不等，元妙观里的乞丐，月亦可得百馀元，而小学教师月薪额最高值六十元，近因实在不敷开支，要求普加。据说拟定是六成，计划分送到伪县府，改为四成；再转呈伪教厅，已改为二成。究竟属如何，还未决定。可怜小学教员，开口“和平”，闭口“友邦”，始终是被压迫在恶劣环境中，颇有些不堪支持的活动分子，相率改操他业，故吴县小学界男性教员已形成缺货。

米价飞涨，第一个原因当然为出口，第二个原因为囤积，限价虽严，绝不生效，其故实因米商与敌伪方面都有相当勾结，“限价”两字不过欺骗民众的烟幕而已。

（《苏讯月刊》1942 年第 37、38 期合刊）

东山之旅

赵一山

在一个春寒料峭的早晨，我怀着一种愉快的心情，到车站预备搭乘慢车到苏州转到东山去。车站上是满满的人，都在售票的门口那儿挤，挤得连口气都喘不过来，黑帽子手里的藤鞭，雨点似的往下打，打得每个旅客的心里都充满了忿怒，含着恨火的眼光，望着黑帽子底下一颗露着獠牙带着吃人般狞笑的脸，这是一个悲痛得不可想像的场面。这样足足等了有二个多钟点，路局方面临时贴出通告，说是今天的慢车暂停，挤的人群开始由兴奋的希望里跌到失望的沉渊里，带着懊伤的心情各自散去。我探听到这几天路局的慢车时有时无，没有一定，我因为急于要往东山，二来很想看看沿公路到苏州去的情形，所以决定改乘汽车。在新垃圾桥北堍有专门搭客的小汽车公司，去接洽的结果，当天的车子都客满了，只有一辆载货的卡车，尚可在装货之馀，带几个乘客，于是化了二万三千元的代价，于九时三十分坐在装满香烟的卡车上，像货物一样地开始走上了去苏州的旅途。

沪苏道上

到苏州去的公路，因为战事的关系，沿途的路面都有了破坏，尤其到苏州去有近百座木桥，损坏得很利害，有的简直不能通过，就是勉强地走了过去，也是非常危险。大部分汽车到苏州去，都是沿交通路经杨家桥转真南路，出昆太路直达苏州。在离苏州不远的地方外跨塘，前几天有一段公路不能行走，汽车就要经锡沪路到常熟再抵苏州。我去的那天，那段公路说是可以走了，可是到了那个地方，车子的后轮陷入泥中，乘客都得下车，暂时充当小工，把车子上的货物一件一件地搬下来，几几乎就是抬着车子走了一段路，才能到苏州，这一下耽误了三个钟头。我是由上午九时三十分起程，到夜里十一点才到苏州，足足走了十三个半钟点，经过的地方是真茹、南翔、嘉定、外岗、太仓、昆山、正仪、唯亭、苏州等。沿途旅客及货物检查的机关，有中山路财政部查缉处、江海关中山路支所及监视所、外岗财政部查缉处、嘉定县胡家桥大检问所、太仓大检问所、昆山大检问所、苏州大检问所，尚有其他很小的查缉处多处，简直是三步一关，五步一卡，沿途皆有。每个关卡，车子都须停留，时间的长短，就要看去办交涉的人手腕如何而定。沿途的米价，由沪到苏是渐渐地低下来，上海买十万，真茹是九万，太仓是七万，昆山是六万，苏州是五万。南翔到上海之间，走单帮的人很多，大都是将米粮搬至上海，每个人能背五斗左右，有的骑了自行车，那就能攒足一担了。据这样走单帮的人说，也不过是为了糊口而已。沿途治安很好。

苏州现况

“上有天堂，下有苏杭”，这是一句人人都知道的话，事变后的苏州，虽然比不得从前那样的天堂，可是在上海大米卖到十万一担的时候，苏州的米价还只有四五万之间，这不能不说是仍保持着天堂的幸福。苏州近来的情形像是很活跃，单看那几家咖啡座，从上海请来了能唱歌的女明星，在“麦克风”前唱上一二段流行歌曲，一杯清茶的代价就化去了近千元，可是座客还是挤得满满的。那些普通的茶楼，如吴苑、红星等亦是夕无虚座，年纪大的老人以及年幼的孩童，都是捧着茶壶悠闲地在消磨时光。观前街上人马来往、喧喧嚷嚷热闹的情形，不亚于上海的南京路。旅馆的生意，也是天天客满，普通一点的房间，房租在一千元以上。租房屋近来很有些困难，好的房不要说租不到，就是有，也同上海一样的要顶费，房租是以米价计算的多，大约在一二担左右一个月。近来这几日，因电力限制，晚上有的时候电力没有，因此夜市很受了一些影响。“马车到虎丘”，还是依旧在街市叫唤着，虽说游客不如前时，马夫们也还可以度过最低的生活。玄妙观里的玩黄雀的人依然不少，一手放雀，一手取食，那种自得的神气，你不会想到这是一个战祸蔓延的世界。苏州人的悠闲自在，使这句‘上有天堂，下有苏杭“的话，的确有它的存在性的。

东山一瞥

东山是属于吴县管辖下一个孤峙太湖中的岛屿，全山周围约六十公里，气候良好，土地肥沃。自苏州去东山，去时是在胥门外面搭船，船是用一艘木炭机动轮拖着走，速度不十分快，行走得很平稳。船公司目前只有一家，名叫保兴轮船局，每天由东山、苏州对开一班，票价每人一千三百元，饭金连小账一千五百元，每船可坐三百人左右。早晨九时开船，坐在随波前进的船上，两岸风景秀丽，经横塘、溪上、木履、横泾、浦泾、石塘、渡村而到东山。在横塘后的石湖，木履桥过去的白杨湾二处，这是二个太湖的口子，汪洋浩瀚，碧波万顷，但是盗匪的出没为害行旅，所以船经过这里有点危险，从前曾经有船在这里出过事。最近在船只经过的时候，有几个武装同志在岸上持枪保护，这一来还没有什么意外发生。在横泾有横泾检问所，检阅的手续并不十分麻烦。船约于下午五时左右，到达东山的前山。东山全山分为前后二部，以莫釐峰为界，南为前山，北为后山。全山的人口原有二万六千人，最近增至三万馀人。最高的行政机构是旧第十二区区署，负责区长的人现在是赵式民氏，另有警察所，保安队，最近治安情形颇为良好。全山空屋多数拆毁，有的也是一小部分，空地很多，尤其是可以开垦的田地为数不少。最热闹的街道是东街、西街，也可以说是全山的商业汇聚地。商业方面最大的是米业，有同泰生等几家；洋货次之，有计顺兴等几家，小工业尚付缺如。电灯没有，电报不能直通。有邮局一所，转递信札。米粮全赖邻近横泾、吴江、平望、湖州等地输入维持，量的方面，不甚充足。日前米价约四万左右一石，肉价市秤八百馀元，蔬菜老秤一百五十元一斤，鱼类六百馀元一斤。全山居民大半以养鱼、种植果木为主，过去也曾有过一些好的日子，现在情形也不如前了，因此生活很苦。全山一年的出产，有三月茶叶，产量约五担，五月的枇杷约三千担，六月的杨梅约六千担，七月的白果、栗子一千五百担，鱼虾全年约有二千担，还有一种出名的羊肉，甚为可口。竹木产量相当富饶，用之造屋，十分相宜。全山有文昌、务本、锺秀、莫釐、西坞、潦里等学校，山民受教育的还占着少数。全山以前山比较为热闹，后山僻静一点。山民的性情勤俭，刻苦耐劳，对于外来旅客很是和善。假如能够在这里举办一些小工业的科学管理的农场，是极有发展的一种事业。

疏散问题

记者在该山逗留数天之久，观察之馀，对于项康元氏创议将洞庭山为疏散目的地一议，甚为赞同。正如项先生所说的，切不可作为战时避难的权宜措置，而应抱着百年大计的方针，即在承平以后，更应继续经营，发扬光大。我们与其拿东山作为一时避难的场所，倒不如作为永久的经营较为适宜。东山有着它丰富的生产和良好的环境，尤其在这到处烽烟的时候，东山孤立于太湖中，倒也可以算避世的桃源，要是经营得宜，不难成为一个风景秀丽的住宅区，但在此移民之先，必须有周详的计划，方能事半功倍。

目前东山民居约三万馀人，如项先生提议第一次前去为十万人的话，那么平均一幢平房住上二十个人，就需要五千幢平房。现在东山所有的空屋为数甚少，毋须事先建筑简单的平屋，以备十万人的住所。山上建筑五千幢平屋的空地决不发生问题，全山水电的设备应建立起来，多创办小工业来能解决移民的日常生活，应与当地居民合作办理规模宏大的农场及水产公司，增加山上的生产，这些都可以作为投资的办法来做，较为易办（事实上这种投资是合理而有成效的）。目前东山的居民大半从事种植和贩卖的，工业十分缺少，以环境上来说，决不是绝对的不可能。十万人中必须有公共医院五所，程度不等的学校二十间，扩大邮局的组织，这些必须由当局协助建设。至于行政机构的扩大与治安的确保，那当然尤须当局协助，方能成事。民政协议会的组织是不可缺少的，在一个庞大的新建设之下，协议会有其协调和推动的力量，合作社是需要成立的一个组织。利用移民质的方面差别，达到互相合作互相发展的状态。目前山民的生活，颇行艰苦，必须事先想定办法，如何使山民与移民的经济取得协调，不致发生摩擦（按过去大量的移民，是会发生与原居民间种种不幸的，这决不是用压力可以解决的一件事）。山上的食粮不甚充足，非事先取得充分的补给不可，好在邻近各县产米甚丰，以物资交换的办法，取得充分的食粮，尚非难事，但是计划与执行者的周详严密是不可忽视的。至于运输移民及其物件，尤须雇定专轮，每次至少以三千人为一大队，每船规定三百人为一分队，派定队长管理行旅上必有的事项，由沪直驶东山。船上备有自卫的武装，沿途检查机关事先取得连络，避免不必要的留难和麻烦。旅费的规定，最好是将沿途用支统计分派，较为公允。

总之，东山的居民，因为在生产技术方面不加改进，将成退化的形势，假使借助移民的力量，增加资金，改进技术，则全山的生产必能增加，所以移民往东山的主旨，决不是消极的避难而已，是有着积极的建设性的！

（《申报》1945年3月26日）

百业萧条话苏州

局内人

苏州在敌伪统治时期，曾经一度给日伪改为江苏的省会，改了省会以后的苏州，立刻就闹猛起来，大小伪员纷纷把家眷带到苏州来，当时苏州的繁华情形，在京沪线上，除了京沪两地以外，是可以首屈一指的了。

可是苏州这种繁盛情形，在胜利后不久就昙花一现地消灭了。省政府仍旧迁到镇江去，大批省府人员都跟着王懋功到镇江去，苏州的市面立刻由闹猛中冷落下来，现在苏州变成了一个既无消费亦无生产的死城。

现在苏州百业都呈现极端萧条的状态，观前街各大商店都门可罗雀，按月能勉为敷衍过去的，不及十之一二。昔日生意鼎盛的酒楼，如新雅、味雅、红宝、红叶等等，现在“十桌九空”，挣几万只老洋的小公务员、小店员，吃阳春面、大饼还嫌太浪费，哪里还有馀款可以作大酒楼的座上客?

玄妙观旁边的大东茶室和红运茶室，因为有歌女卖唱，倒还能拉牢一部分“苏空头”，不过苏州的“遗少”，今非昔比，他们所能结交到大东和红运的实在也有限得很。

只有吴苑的生意历久不衰，最好的蟹壳黄和生煎馒头只售四百元一客，鲜肉汤团每客五百元，经济实惠，“小儿科”的苏州人无不表示“落胃”云。

(《海星》1946 年第 20 期)

苏州杂写

程小青

别离了八年多的苏州，这一次重践故土，心头自然有一种甜酸参杂的说不出的情味。苏州的一般景况也不同了，现在就耳闻目击的拉杂地写一些下来。

苏州的街道放宽的不少，如濂溪坊、临顿路、十梓街、严衙前等，都已变成了马路形式，可是只是形式而已，街面大半不曾铺砌过，乱石碎砖和泥土混合的自然路。小街巷里，垃圾堆得像小丘，几乎和行人争道，难于通过了。市况比较冷落，物价跟着上海而“亦步亦趋”。

观前街是天堂的心脏，往年每逢废历岁首，总是红男绿女熙熙攘攘，圆妙观里更是灯彩耀目，百技纷陈。今年胜利来临，群丑敛形，可是街头行人未见拥挤，高跟、皮大衣之流，近乎凤毛麟角，敝衣补缀的倒触目皆是。观里点心店中的食客，也寥寥可数。杂耍摊的生意决不能用“利市百倍”的成语来形容，也许一倍也不倍。三清大帝虽仍别来无恙，高高在座，可也有些愁眉苦颜，比较战前香烟缭绕烛光辉耀中的眯眯笑，当然也不可同年而语。

大街上的店铺虽还林立，但是橱窗中的货物只是薄薄的一层，有些简直是稀疏零落，空空如也的也未尝没有。除了若干囤虎把物资至今还深深地埋藏之外，大部的小商人都在吃存货，等存货吃完之后，进一步就准备吃生财。泥水木工的工资，一再地自动提高了，但是实际上好像在被迫怠工，原因是没有人造屋，连墙塌屋圮的修缮工程，也没有人敢轻轻发动。

著名的普罗点心店观振兴，一向是生涯鼎盛座无隙地的，如今不但隙地宽敞了不少，找座位也用不到发愁。一碗红雨鲜的代价是伪币四万五，除了来自农村和卖“力”的顾客以外，大都市民不无有些“手软”了。就说农村主顾，数量上也疏疏落落，因着乡郊不靖，捐税繁多，农村的黄金时期也许还在夜间，电灯像疲倦人的眼，而且这种倦眼也孤零零地分散着。行人自然是绝无仅有，据说“剥猪猡”的风气也已“海风苏渐”了。报纸相当发达，有《苏州日报》、《苏州明报》、《大华报》等四五种，似乎比战前多了些，报纸的售价比上海报贵，上海报纸到苏州的时间也比战前迟了些。上海出版的杂志期刊，尤其是像本刊这样的一型流行性周报，在苏州最受欢迎，各茶馆中，几于人手一册。学校已大体复原，省立和县立都早开课。教会学校如东吴大学等也已全部复原。敌伪时期任职的小学教员方在集中甄训之中，地点在草桥省中，日期为十天，参加的“少长咸集”，全数在二千人以上。

城内治安上，驻兵甚多，都是“定平”部队，纪律很好，操练甚勤，服装配备也整齐新式，但多数寄住在民家，未免彼此不便。最近七十一军八十八师移苏，各商店都在橱窗上贴着欢迎字条，该师也有一条动人的标语，“京沪地区是本军的摇篮，京沪民众是本军的保姆”，从这里可以见到军民融洽的一斑了。

（《快活林》1946 年第 4 期）

苏州风
——告诉你几件吴门近事

吉　平

春风是慢慢儿从东面的上海吹来的，在上海已没有人穿皮大衣的日子，苏州还可以看见一礼拜。

苏州是有名山明水秀的地方，不过这是在城外，这是供给有钱的人和外埠来的人欣赏的。城里的大街小巷，全是扫不完的垃圾山和永远取缔不尽的尿池，并不是“山明水秀”，简直是“山崩（垃圾山崩下来）尿臭”了。

以前苏州是汉奸的乐园，现在是汉奸的集中营，司前街第三监狱附近，立刻热闹了起来，如山阴道上，奸气直冲。

陈逆公博押解来苏，由南京挂了专车，军警森严，到苏州沿途戒严，汽车代步，且随带老妈子。苏州报纸上说，究竟是来吃官司，还是到虎丘来看梅花？

省政府在镇江复员之后，首受影响的是苏州旅馆。以前逐臭之夫，钻营之徒，群集苏州，旅馆天天客满，现在禁止麻将，取缔女向导，旅馆已日暮途穷。中央饭店、金山饭店，先后开设书场，苏州听客是说书的长期孝子。

一个叫化在观前拾着了一只“小蚱蜢”，快乐得宛如梦里，到元妙观里商量如何处置。被一个警察看见了，立刻接收，一场空欢喜。真是“三两黄金四两福，穷人拾着要充公”。

伪币也分真假，在调换法币的时候，凡是有假伪币发现，便打了几个洞作废。最近有向“地下工作”的钱庄里，领到了一叠很整齐的伪币，中间还夹着几张已打过洞的。有人问这批伪币是哪里发出来的，无人回答得出。

（《快活林》1946 年第 6 期）

我想苏州

周瘦鹃

我虽是一个苏州人，但我生长上海，一个舌子被上海白做了根据地，再也不能软软脆脆地说吴侬软语了。就为了这言语问题，我偶然在单本子小说后面版权所有下，写上了“吴门周瘦鹃”五字。一般人就起了怀疑，当我是假陆稿荐冒了真陆稿荐牌子，差不多要像我们中华民国的大国民，对于日本非法提出的二十一条，死不承认的一般。其实我原也不妨做做上海人，何必定要做“苏空头”，只为我的列祖列宗都是苏州人，我当然也是苏州人啊。

每年清明节，我或者到苏州一次，往七子山去扫墓。有时事忙，不能到苏州，便暗暗向祖宗告个罪，说：“对不起，今年不来了。”每次到苏州时，总觉得恋恋不忍回上海，任是观前街恼人的黄包车铃声，也当做音乐般怪好听的。叵耐我衣食住的来源都在上海，不得不一百二十个不高兴地回上海去。平日既不能常到我可爱的苏州，就好似情人害相思似的，常要想苏州了。

我想苏州，我总要想到新婚第一年，同老母和内子凤君到七子山上坟去，叫做甚么“上花坟”。我们上过了坟，就一同爬山去，采了许多红的黄的野花，乱插在衣上、帽上、鬓发上，仿佛变做了花蝴蝶。

我想苏州，我总要想到七子山下的祖坟，冬青和松柏，团团围住，结成了一片乱绿。母亲指点着墓门口的一棵柏树说：“二十三年前来葬你父亲时，这树不过四五尺高，如今却长到二三丈高，亭亭如盖了。”我唯唯答应，想怪不得我一个六岁小孩子，如今也长得这么长这么大咧。

我想苏州，我总要想到留园荷花池里许多美丽的鱼，我曾把许多饼和桃花瓣儿抛在水面上，看那些鱼抢着衔去。如今这池里的鱼，可又多了几条？我倒在这里暗祝它们多福、多寿、多男子呢。

我想苏州，我总要想到西园中的大癞头鼋，据说有台面那么大。我曾和凤君在池边立了一点多钟，脚立酸了，仍不见它上来，真上了那癞头鼋的大当。

我想苏州，我总要想到那鸾铃琅琅的骡子，我曾和天虚我生父子、李常觉、丁悚、涂小巢等骑着过山塘街，骡夫跟在后面，则则地喊着，涂小巢是个胖子，却骑着一头瘦骡，我很替他们两位仁兄担心。

我想苏州，我总要想到李公祠中的临时狼虎会，大家抢蟹吃。小蝶和他的老弟阿宝坐在两庑茶几上吃蟹，李常觉便调笑天虚我生说："你是华太史，你两位令郎真像是华文、华武啊。"大家都和着笑，连口中嚼的蟹肉都喷了出来。

我想苏州，我总要想到观前街采芝斋的脆松糕、桂圆糖，又甜又香，上海竟买不到，就是粽子糖也不错。记得往年曼殊上人给柳亚子的信中曾说，不能骑骡子过观前，吃采芝斋粽子糖，以为是莫大恨事呢。

我想苏州，我总要想到虎丘山上的千人石，我往时曾在那里拍过照的，不知道这千人石上，春来又着了游人几多屐痕？现在的顽石多极了，可能请生公活过来说说法，使它们点头么？

我想苏州，我总要想到虎丘山上那座古塔，它一辈子立在那里，可觉得厌烦不厌烦，像它这样阅尽兴亡，为甚么不开口向人说说？

我想苏州，我总要想到西施妆台和真娘墓，想伊们生时到底有多么美丽？不要是歪嘴拐脚大麻子，全是当时的史家和诗人们编着诳话，在那里骗我们啊。

我想苏州，我总要想到……喔唷唷，要想的正多得很，再想下去时，可真要想出相思病来。对不起，我只得不想了。

（《小说素》，竞新书局 1926 年 7 月初版，署名瘦鹃）

吴门杂碎

郑逸梅

新近在下又回里一次，往返只三天，匆遽得很。曾和樊少云、吴子鼎两画师及眠云、孔章品茗赌酒。下一天，又和吟秋、子彝赏了一回沧浪亭的芙蕖。其馀许多很要好的朋友，竟没有空闲的时间约叙，那真惆怅极了。如今把一二天内所见所闻的，记些在左面。

公园的游人，更形热闹了，东斋咧，西亭咧，茶客拥挤不堪。然西亭的地位，不及东斋的畅快，斋前菡萏，绿遍一池，风挟清芬，薰吹衣袂，日处尘嚣的在下，到了此地，头脑不觉清醒了许多，那真是一个好所在啊。东斋本来兼卖酒肴，今因公园章程，禁止游人吸烟饮酒，所以一般有刘伶癖的，尤有买醉无地之忧，但吸烟虽悬着禁令，总不能实行其事，衔了淡巴菰，吞云吐雾的，依旧不少。

电影院，座位既舒适，地点又相宜，选片更精严不苟，所以生涯很不恶。吾友程小青、徐碧波、钱释云都是老板一分子，莫不日进大拉斯，几乎把很清苦的文丐事业抛弃了。

孙中山像，依旧踏着高跷似的站着，一任风雨飘摇，不加修整，这未免太觉简陋了罢。

公园中尚有一个缺点，就是没有音乐亭，否则也像海上外滩公园似的设着一座，暑夜纳凉，风飘韵调，那是多么有趣呢。

人体影片，哄动了沪市，吴中青年会羡其卖座之盛，设法租来演映，果然吴侬一窝风地前去观光，几无插足的馀地。惜乎片非全璧，有好许多轩豁呈露的地方，都被戴着道学面具的执事们，临时剪去了，于是一般观光的吴侬，莫不大呼负负。

城中又开设了几家旅馆，什么大陆咧，中央咧，几乎家家客满。附近小家碧玉，荡女娇娃，都可嘱侍者招来，销魂度夜。吴下淫风，为之更盛，负地方责的，不知作何感想哩。

学友颜文樑，办着一所美术专门学校，成绩很好，兹闻文樑拟赴法调查美术事业。同社吴闻天，也抱有大志的青年，秋间亦拟渡太平洋，赴美留学。我们星友，预备开一个公饯盛会，届时在下自当回苏参与咧。

（《联益之友》1928 年第 84 期）

吴门话雨记

郑逸梅

瑒来海上，故乡几如传舍，繁星渡河日，偷闲旋里，聊以盘桓。是日长车早发，抵阖闾城，尚未及午，远见北寺塔巍然云堞间，似表欢迎之忱，中心爽怿，不可言状。驱人力车至胥溪枣花墅，与眠云把晤，拙荆已先在，系于前星期来者。旁晚浴后，眠云及其太夫人陪同愚夫妇作遂园之游。园本为毕秋帆故宅，花径纡回，堆阜突怒，素为吴中名胜。兹由园主罗致优孟柳敬亭之流，串剧平话，藉以号召游客，且标名小世界，极鱼龙漫衍之盛。而七夕张灯，闲情送巧，如云士女，倍形喧欢，陂塘中缀以电炬，照映藕花，水烟凝碧，而弦吹之音，依微杳妙，尤为幽绝。吾侪既聆昆曲摊簧，又于映红轩中，一听燕人某某之奏乐。某某能以鼻腔吹笛，成《梅花三弄》之调，足畔列傀儡十馀具，傀儡各执一器，络以彩索，当某某吹笛时，手足更牵制高下，诸傀儡遂灵动而为乐班，钟鼓铿鞫，管弦晔煜，疾徐共节，兢响万殊，洵神乎其技哉。轩中人气氤氲，不堪久驻，乃出而坐竹树间，爽籁飒至，声韵泠然如戛玉，心脾为之一清。惜多妖姬荡妇，娉婷往来于花下，秋波斜睐，玉腕轻飏，极弄姿送媚之致。盖阿黛桥畔，莺燕纷飞，半入城中为私窝子耳。园中备有酒肴，吾侪即凭水榭以饮啖，夜香浮月，清风在襟，其乐有非尘俗中人所得梦想。饮啖毕，便谋归息。

初八日，晨起辟旧居之室，则积尘盈寸，蛛网罥人。略检书籍，《来鸿集》已遭鼠牙之劫，封面蚀落，其中所黏，如抱存贶愚之隽札，指严报癖诸遗简，泰半残裂，不可收拾。子神之威，殊不亚于曩日之祖龙也。饭后进城至公园，东斋、西亭间，佳客盈座，品瀹冰瓯，一种闲适优游之态状，顿使饥走海市之不佞为之羡煞。盖海市中人，受物质文明之毒，且又压迫于经济势力之下，终日碌碌奔营，绝尠此种情致可睹也。既而于西亭晤画师吴子鼎乔梓，谭笑甚欢，坐可半小时，即辞别至玄妙观前。观前市廛，以让路故，均鸠工卸筑，气象为之一新，而尤以护龙街为城中模范路，坦阔可并数车，较诸夙昔窄隘如沟渠者，不啻霄壤之判矣。略购一二食品，乃往憩于吴苑深处。俄顷，眠云挟一箑头自饮马桥伽念盦画室来，展视之，则所绘为一蝟，厥体蜷缩，毛刺似针，而藤蔓间离离金瓜，颇见设色挥洒之工，真精构已。眠云拟出《心汉阁藏扇三集》，为人物、走兽，而走兽中独缺伽盦所作，故特踵其门，立求一蝟之惠也。移时，伽盦、柳村、惕安、範九均莅止，子鼎又来会。近来吴苑四面厅上，每晚颇多卖书画古董者流，出示其品物以求售。柳村、惕安富于识见，举凡汉之瑰玉，宋元之书画，以及种种玩好之物，胥能加以藻鉴，别其真赝。眠云购得某名人之琴联，及十三太保之鼻烟一盎。乃相率至北局某酒肆小酌，肆之附近多菜馆，有纯粹之苏馔，有欧化之新肴，客之所需，咄嗟立办，至便利也。数觥既罄，有卖状元糕者来，此君鸠形鹄面，为黑籍中人，然于二十年前，固亦翩翩佳公子，恋名妓金凤，侍眼波于妆台，掷缠头以示阔，卒之金尽裘敝，堕落为窭人，藉兹小业，聊代吹箫。时眠云已薄醉，卖糕者来献殷勤，则谓之曰："糕无所需，尔能饮以助兴乎？则当饷尔以酒食。"卖糕者有樊哙卮酒不辞之气概，就隅座竟倾觞焉，尽花雕二斤许无醺色，吾侪为之粲然。旋丹青家顾彦平移樽轰饮，眠云遂为之酕醄，归即对榻酣卧，罗浮一梦，不啻置身大梅树下也。

初九日，秋雨霏微，时淋时止。晨起赴金昌亭苏州饭店，与居停但杜宇把晤，盖先期约定来苏摄剧者，同来者为殷明珠女士，暨其弟鲁孟，又但二春、韩兰根、汪吉鑫诸人。见不佞至，即倩为向导，入城购物。杜宇近来颇喜从事国画，然海上苦无较佳之洋红、花青诸颜色，兹于阊门中市姜思序堂购得多种，试之确为上品。该肆又名黄绘林堂，驰名大江南北，洵非处士之纯盗虚声可比也。既而又于观前购得精工之雀牌一盒。尚拟至范庄前，买红木画桌，而天又霡霂，且时已亭午，便于附近中央饭店之园中，作餐膳之计。而是日适为星社雅集，不佞不克奉陪，即辞别，冒雨至沧浪亭，吟秋、明道、烟桥、菊高、赓夔、剑花已先在，多时不见，存问愈密。临轩外瞩，池水中敷披的皪者，悉为菡萏，露摇珠点，霞圻金须，绝妙一幅周茂叔爱莲图也。俄而大雨丰注，一片迷濛，田田之叶，顿如孔程之遭途，而倾其盖，红葩酥润，又如出浴之真妃，使人销魂欲绝。正瀑练披拂中，瞻庐、小青、眠云至，衣均沾濡，而以眠云为尤甚，烟桥遂解衣衣之，且曰："今日可联句，以'最难风雨故人来'为首唱也。"是集也，社友计十人，其他或抱恙，或客异地，不克与会，欲求曩时之盛，不可复得。偶忆郭频伽词句云："年来俊侣都散。便登山临水，只恁蕉萃。"不禁感慨系之矣。陈簋设盏，听雨觞酌，溢霤倾盆，牖户俱不能启辟，而郁蒸烦热，饮冰汽水以解之。席间，烟桥提议星社成立已还，将届十稔，拟出一十周纪念册，佥表赞同。册中图画，有社员个人小影，雅集合影，社员之书画手迹，以及曾所辑述之书报，均摄取其封面一角，铸版刻于其中；文字则小说也，杂作也，星社十年之历史也，可谓应有尽有。投票选举，不佞与明道同负征集之责，固义不容辞者也。至于刊资，亦由社员分任，法至美善。肴核半残，忽金季鹤赏临。明道出美人名士新酒筹以助兴，凤凰相求，同性则饮，且屡有背诵古诗之罚，腹俭之不佞，几如有限公司之破产矣。席未终，不佞先行。杜宇伉俪等本约来沧浪亭一游者，兹为雨阻，遄返旅邸。不佞遂趋苏州饭店，稍坐，偕杜宇伉俪等同至枣花墅寓所，时眠云亦返家，杜宇素慕心汉阁藏扇，亟欲一睹以为快。眠云出扇一二百柄以供鉴赏，杜宇尤爱观岱、超然之人物，程瑶笙之翎毛花卉，袁雪庵之仕女，樊少云之走兽，谓为炯然精采，神化之笔也。又吴兰洲小册页，所作仕女，娟逸无伦，写景物尤工致，叹为绝构。读画移时，垂暝始去。

初十日，零雨其濛，途泥滑滑。不佞至饭店，杜宇等已起身，正愁天不做美，有妨摄剧工作，少顷，汽艇司机者来，谓所定之艇，已泊止广济桥头。于是姑下艇雨游，杜宇伉俪渴欲得嫩藕鲜菂，艇乃直驶葑门外荷花宕，两岸净植亭亭，叶稠刺密，古人诗"水天倒浸碧琉璃"，洵为真切之写照。雨珠敲盖作清响，素花朵朵，涵重欲折，间以一二芦苇，萧瑟摇曳，秋意益形酣足。且今岁娼禁綦严，金昌艳薮，凤去巢空，画舫泛秋，已成陈迹，更觉沧茫净冷，了无尘滓。而村氓亦因雨故，皆蛰处不出，欲求藕菂，无从问津。及后见一舠子，榜人谓可代谋，舠系汽艇，在绿漪云锦中，行可三四里，始抵一港汊。榜人解维登岸，二春、兰根冲雨随之，约吸淡巴菰一卷顷，榜人果掘得藕来，计数十斤。二春、兰根童呆气重，摘翠盖以遮身，《楚辞》有“缉菱荷为衣”之语，不图今竟目击之。继而诸氓泅水负莲蓬来，堆舱几碍行动，吾侪剥而啖之，味清隽无可言喻。明珠女士更削蓬梗而成烟斗，用吸茄立克，殊饶清趣也。时已近午，乃嘱司艇者直驶木渎。过七子山下，身挂黄袋之愚夫妇络绎于道，因适逢三元大帝诞，故香虫竞集也。抵香水溪畔，同上酒家楼，一谋醉饱。醋鱼炝虾，肥鸡腴裁，烹调之美，海上不易尝得者。饭后，天忽呈霁色，始预备化妆，为摄剧工作。杜宇慕袁雪莽画名，相偕至下沙塘访之，轩楹寥豁，绕檐植夹竹桃，方吐丹葩，掩隐于帘幕间，对之神为之怡，想当年诸葛庐、子云亭不是过也。雪莽出示其近作人物横幅，元气淋漓，以浑厚见长，不觉叹赏久之。辞别返艇，折至楞伽山下，碧浪相拍，滇溷淼漫，厥为石湖，宋范成大隐居之所也。艇泊岸旁，明珠、二春各易泳衣以涉水，颠波奔突，狂赴争流，杜宇因命诸助手置开茉莉于水中以摄之。盖《妹妹我爱你》片中，有飞屋一幕，人自屋下坠，适入巨浸中也，兰根为剧中表兄，于岸次见之，亟援之去。惟是日飚发生寒，涉水者皆肌肤起粟矣。工作既竣，驶艇至车站，杜宇伉俪等乘晚车去。翌日，不佞亦偕拙荆来沪。劳人草草，良可慨也，书此小文，以志鸿雪。

（《紫罗兰》1929 年第 4 卷第 6 期）

苏州行

侯霞俪

阴历的月圆时节前十二天，我这给苏州人所厌恶的人，又踏着苏州的尘地。走在什么润生桥上，望望眼前的景物：凌霄的宝塔，古旧的城垣，舒齐流着的河水。啊，它们是依旧无恙！可是，我这个给苏州人所厌恶的我呢？唉！别来虽仅四月，已是历尽人生途上的风霜了！

在上海朝夕听到的喧声，上了火车后辗碎旅人之心的车轮声，下车后的洋车夫兜揽生意的狂噪声，现在，都远在他处了，静静苏州，仅仅只是静，您就够给人们誉为天堂了！何况您是秀美，产生着秀美的女人们！

有上帝作证人，我的双足踏到苏州，我的身边仅只剩了六角多钱。但这不足悲，进天国的人，原不须带金钱的财富的。上帝，我在这里展露我的笑容了，——然而那是苦笑！

在这里，我该赞美天国的一切了！

第×号尿池——车辆靠左走

进了天国的城门不多远，我置身在一条崎岖难行狭得不能三个人并行的“街”上了，因为带有一些书籍与被褥，文质彬彬得因而手无缚鸡之力的书生，不得不借车来代步。在这条蜀道式的街上，我瞻仰了要使苏州造成美的都市的市政当局的德政：一块尺多长的洋铁皮订在电杆木上，写着“车辆靠左走”的告示，那洋铁皮是涂着白垩，字是蓝色，这大约是美罢；所以要有这块牌示，大约是表示是都市罢。然而，美是我欢喜的，这块牌示的色彩美不美，我是不反动的，当能上体当局之“美意”。至于表示都市，则恕我不敬，我要哂笑了！都市的街道该要几多阔，我非市政专家，恕不能奉答，但三人行，已形拥挤也的街道，我想，大约总非都市之道罢。苏州街道之狭窄，我不想抱怨及上任未久的市政当局，况且他们正在拓宽中，尤足见德政。不过三人行，已见拥挤也的狭道上，钉着煌煌的“车辆靠左走”的牌示，则“小民期期以为不可”。试问，市政当局的老爷们，假如你们肯像举行清洁运动时的捻几分钟扫帚般的在那狭道上拉一下车子，看您们能把车辆靠左走而收到靠左走的效果不？

当车子将出狭道时，在街头，我又发见了一种天国里的奇迹！奇迹云者，街头展览的尿池上钉着一块青白色的牌示，上书“苏州市第 × 区第 × 号尿池”是也。

街头巷口陈列着尿池，大约是美的都市中的美底表征罢？小民不才，恭制一表如下：

美术展览会里，陈列美术品若干件，下以纸片标明物件号码及作者姓氏。

美的都市里，陈列尿池不计数件，上以洋铁片用美的色彩标明该池属于苏州市第 × 区及号码。

看了上面的表一对照，对于美的都市的苏州，除了美哉美哉的赞美以外，上帝！您能再使我说些别的话吗？

狗——鸟

惟其苏州是美的都市，所以狗这东西少不得！

到苏州后的明天，我到一家面店里吃面去。那家面店是苏州的最著名面店之一，坐落观前大街。总算去吃面者的不幸，坐在凳子上双足竟不能舒畅一些地伸展，原因是前有狗将军挡驾！我起初“阿曲”，用脚踢了它们一下，但这驯美的狗，却只略动了动而并不动身；踢得重些，动身了，但不久就有它的同胞再来。没法，我只得放任了。

下午到公园，在东斋右边的椅上闲坐，看了一忽儿男女勾搭的把戏。把戏完后正感到乏兴时，可喜，跑狗上场了！那与跑的共有六只，倒统是国货，只见它们一只只从东斋蹿出来，在浅草地上狂奔疾驰不已。力绝之后，便也男女勾搭去了。苏州真可称为都市了，都市所有地跑狗场也有了。苏州人，您们是把观前街与公园路称为苏州南京路与苏州爱多亚路的，那末，我这异乡人再给您们锡公园以一个荣衔罢：苏州公园者，苏州之申园或明园也！

说到此，想起了很久以前在报纸上所见到的苏州狗新闻。新闻大意，是说市公安局提议半载馀的捉狗政策，将以公园作先例开始实行；如在公园行之无碍，再施行全市。呵呵！大约公安局要把苏州成为都市，然无都市所应有的跑狗场，所以才以公园作跑狗场的先例吧？

狗，在苏州，你是有福的！

现在，让我说到鸟。其实，说到鸟，也无非说说人罢了。

你们假使有闲，那你们到了苏州当然会光临到玄妙观的。玄妙观怎样子，我不想说，因为我的感觉中的玄妙观是可爱的反面，美的对方。那末，说一下玄妙观里的各种景物之一吧，那就是鸟。

你们瞧，三万昌、品芳居茶店一直线并设着的不是鸟店？各式各样的鸟的鸣声，和茶店里各式各样人物的喧嚷相和着唱奏；在春天里，一处处空场上有养鸟的人，很灵巧地把鸟放去，又很似有魔力般地叫它飞回他的掌心中。

要说到和鸟有关的人吧，那当然是一般有闲阶级了。他们是有闲，左手托着鸟笼，右手一挥一挥地像舞台上的戏子拂着袍袖，安步当车地步到玄妙观去，让娇美的鸟儿接触一下旷阔的世界；或者，托它们到茶店里去。

我要说的鸟话是尽于此了，至于您要问我说了这些有什么意思，上帝！我可没话回答了！

鸟，在苏州，你是点缀着天国的美景的！

报纸及其他

报馆，据朋友告诉我，苏州一共有十五家。这是可惊喜的事！我看报，是只看书店广告的，其他，或者看些本埠增刊上的电影广告。但这看法也仅限于在上海。到苏州可两样了，书店是有的，可只登教科书的广告，我不需要看；电影吧，只要你一走到街上，就能见它们的墙招。那末看些报屁股罢，不幸，十有九家是没有屁股的。就有，也好看极了。

小报告：

本报编者某昨购皮鞋一双，计洋四元。

本报编者某昨打牌四圈，赢洋四元。

但是沙里总给我淘着金了，那就是不定期刊的小苏。不过，这金至多也只是九成金。新是新的，但新得老是女人呀肉呀穷呀地乱喊！但我总对小苏有希望的，我想在这里寄语给它的编者一声：努力吧！给苏州的死寂文坛以一些生气，但这努力，可不能全仗女人呀肉呀那么乱嚷的！我是这样的寄语。我虽然明知道那位编者或许要哂笑："《红玫瑰》也要来说我了！'礼拜六派'会懂得新文学，就不会被称作'礼拜六派'了！"

无聊时一翻各报的广告，就有许多新闻在城里的旅馆广告入目。这使我初而惊奇，继而欣喜：苏州并不是什么通商巨埠，似乎用不着许多旅馆，这就是我始而惊奇的缘故。但苏州既被尊为都市了，则旅馆的多，正是必然的事，这就是我所以要终而欣喜了。

万能的上帝啊，愿以你底万能，使苏州成为永远的天国而别变了堕落的地狱。

阿们。

（《红玫瑰》1929 年第 5 卷第 25 期）

柔靡的苏州

达　祖

苏州位于首都之东南，处京沪铁路中心，北邻大江，西南滨太湖，水路交通都很便利。春秋时，吴王阖闾曾建都于此。区域的全部面积，约十七万七千四百七十七亩，合六百九十九方里，物产殷富，商业发达，而水明山秀，风景十分美丽，天然富于诗意。所以，历代产生诗人不少。不过这作为风景，仅算是幽秀，而不是雄伟，所以人民多半是多愁多懦弱者。人民的性格，多半是以弱畏强，而少好勇喜战的魄力。所为诗歌，多缠绵悱恻之情，乏悲歌慷慨之气，这都由于所处环境使然。记者生于斯，对于故乡的社会状况，当然多少有点知道，现在把它来随便的说说，而于风气民情等，尤加注意。实在现在苏州的风气民情堕落了，苏州的社会，已成为一个病态的社会了，大部分人民，追求阔绰、时髦、享乐、安闲，消费奢侈，于国家多半有害无益。记者要在这里特别表而出之，希望政府注意很正当的训导和宣传，使苏州的社会有所改良。

奢侈商业异常发达　苏州工业不甚发达，商业却很繁盛，城中的观前街是苏州商业最繁盛的区域，商店林立，市面十分闹热。苏州人有同样的心理，以为观前街上的货物，件件都是好的，所以不论什么东西，都喜欢到观前去买。观前有很多的绸缎店、洋货店和糖食店，苏州人性爱华丽，大多都穿着很轻飘的绸缎衣裳，并喜用洋货，中国的不时式而又不美观的国货，城市中人很少去问的，所以绸缎、洋货在苏州营业很盛。至于糖食店呢，这类营业发达极了，在观前街上最著名的，有稻香村、叶受和、采芝斋、一枝香、东禄、悦采芳等，苏州人爱吃零星小食，差不多已成了各人共有的嗜好，所以营业都是十分兴隆。

表明阔绰，实际空头　苏州人虚荣心很甚，好事阔绰，尽是经济不宽裕，但外表还要装得阔气。尤其衣食住中的一个问题，在他们认为最是重要，一切都可以马虎，但衣裳必须时兴漂亮，女子如此，男子亦如此。其实，日间在外面极时髦的，晚上回家去，夜饭米还不曾解决的，很多很多。这并非过甚其辞，来拆我们苏州人的台，事实确是如此。所以外埠人有一句讥笑我们苏州人的话，叫做“苏空头”。意思就是说，苏州人喜欢装空场面，而没有实在的。

有闲阶级生活一般　苏州人享乐心很甚，好安逸而不思长进。一间精美的书房里，一个人躺在沙发上，手里拿着一枝香烟，嘴里吃着西瓜子、杨梅干、松子糖等，桌子上堆着几部《广陵潮》、《啼笑姻缘》等一类的小说，无聊了便随便拿一本翻览翻览，或者邀几个朋友弹琴、吹箫、唱歌、哼戏，再或者邀几个朋友打八圈。这便是苏州一部分略有财产的有闲阶级在家庭中的生活状态。

茶馆书场消遣一生　苏州人平时消遣方法，大概可分四种。一、上茶馆吃茶；一、进书场听书；一、向观前街一带徘徊；一、苏州电影场近年来开设了很多，营业却很发达，家里有钱而又没有事做的人们，多半齐集在电影场里。至于吃茶听书，这又是苏州人很有名的消遣法，茶馆书场之多，为其他各县所望尘莫及的。人们没有事做，大多都上茶馆去消遣；谈论什么事务，也大多都上茶馆去解决。很有许多人一起身便上茶馆去吃早茶，到下午再到那里去吃第二次茶，数年如一日，或甚而至于数十年如一日，他们的一生，便全在那里混过了。再有听书的风气，也是苏州特盛，什么《三笑》、《珍珠塔》、《白蛇传》，和英雄气概的《水浒》、《三国志》、《七侠五义》等，说书的人说得神气活现，手舞足蹈，而听者也都是津津有味，静悄悄地坐着，有几个还张大了嘴，仿佛吃得着的样子。苏州人不知不觉地在茶馆书场中虚度了一生的，很多很多。再说在观前街一带徘徊以当消遣的，也不乏其人，不过，这大多限于一辈青年人，年龄老大的，比较少些。他们很随便地慢慢地在街上徘徊着，看着各商店橱窗里所供着的五光十色的货物，望望街上来来往往的很时髦的女性，虽是吃不到拿不到，可是在他们的心里，却是认为很有趣的。苏州人

玄妙观

大多很安闲，他们的心里大多很慢性。在观前和公园里去走走，只看见许多人都仿佛没有事做的。街上走着的，都是慢慢的，而很少急匆匆的。坐着吃烟吃茶的，也都是慢慢的，不慌不忙。在他们面部上充分的表现着安闲的样子，似乎天崩地溃，与他们都无关。这种情形，是苏州人的特色。

报纸满载恋爱新闻　苏州社会的风气，本来很浮华的，近年来呢，更是日趋于摩登化了。女子们的装饰都是妖妖怪怪，竞尚时髦。繁华的观前和公园里，每多穿着露臂袒胸的衣服，以为新式，以为美观。男子们又喜欢搽朱粉，作妇人女子状态，竭力装做文弱温存，以迎合女人的心理。苏州人的审美观念，和外国绝对不同。外国人以健康为美，身体高大强、肌肉发达的谓之美男子。苏州人以文弱为美，反把身体高大强壮、肌肉发达的，视之为丑。年来各地受了新思潮的鼓动，风气都较前浮华，而苏州更是特别维新，关于“社交公开”、“自由恋爱”等新名词，在十二三岁的小孩的头脑中，便深深地印上了，所以恋爱的新闻，天天可以听到。而本地有几种小报，专载些某某姑娘和某某少爷的恋爱问题，以及某某小姐的近况，某某小姐和某学生的恋爱经过。更有许多无聊朋友，做只《五更调》或各种时调新曲，去赞美他们，或讥笑他们，仿佛他们办报的宗旨，全在这个上面。报纸所负的使命，专在姑娘小姐之间，当然是不兴的。

谄富骄贫到处如此　苏州人势利心很甚，只要你地位高而又有钱，那末你要什么都可以办到，反之地位低，而又没钱，便处处要受人冷眼。上店家去买东西，也是这个样子，你身上衣服穿得漂亮，他们招待你便道地些，反之衣服蹩脚，而手里又仅拿着几个铜板，那末他们一定不会来招待你，并且面上又要竖起，仿佛买东西的人是向他求乞一般的样子。

漫天要价，就地还钱　苏州人大多很圆滑，虽表面上看，民情温柔而没有粗暴残酷之态，但圆滑的手段，实在十分高妙。应对朋友，似乎出之至诚之意，实在，靠不住是忠实的。在苏州买东西很不容易，必洞悉其内容，否则势必吃亏。因为苏州有许多店家的货物定价都有虚头的，譬如梨每只八铜板，但卖主必定说十二铜板，或者还要把虚价更高一些，所以外埠人有形容苏州做买卖的一句话，叫做“杀半价”，意思就是说各货物的定价，一半是虚头。他们说梨每只十六铜板，实在我们给他八个铜板便够了。不过，这类情形，最近已日趋改革，但多少有些小虚头的商店还是很多。

玄妙观是热闹地方 苏州城里最有名的地方，厥惟玄妙观。那里有茶馆、书馆和各种摊头，卖吃食的，卖玩具的，卖洋袜的，卖手巾的，五光十色，不可胜举，总之，家常一切应用品大概多有。居中有一座三清殿，里面有很多的字画、对联悬挂在墙壁上，不过笔法粗俗得很，大多卖给一辈乡下人的。三清殿后面的一片场上，有卖拳头的，出戏法的，唱小曲的，诸如此类的游艺，大多专供给一般孩子和无产阶级者去消遣的。再后面，又有拆字算命的摊。实在，玄妙观虽很有名，然无一可玩之处。在那里可听到的，惟有人声和锣鼓声的喧噪；可看到的，除了许多游人以外，惟有三清殿后面的下等游艺；可嗅到的，惟有吃食摊上所蒸发出来的油气和各种难闻的气味。

（天津《大公报》1931 年 7 月 24 日）

苏州话

光　宜

一、序

这是一本随笔集，我在很短的十五天内写成的。“随笔所至”（Following the Pen），随了笔要写什么就写什么，很高兴，很随便，正像厨川白村在他的《出了象牙之塔》内所说的一样：“如果是冬天，便坐在暖炉旁安乐椅上，倘在夏天，则披浴衣，啜苦茗，随便谈谈，和好友任心闲话，将这些话照样的移在纸上……兴之所至，也说些以不至于头痛为度的道理罢。也有冷嘲，也有警句罢。既有（Humor）语妙，也有（Pathos）感愤，所谈的题目，天下的国家的大事不待言，还有市井的琐事，书籍的批评，相识者的消息，以及自己的过去的追怀，想到什么就纵谈什么，而托于即兴之笔……”

所以在这数十篇不足道的东西里面，你是决不会寻到什么高深学理的，同样这本书也并不在于指示你吃着嫖赌的门径，或者什么揭破黑暗神秘的陷阱，它仅不过像我们几个很知己（Bosom）的朋友，在暖炉旁边，坐在沙发上，嚼嚼瓜子，很舒适的随便的谈谈日常见闻——假使你万一不高兴起来，也可以抱着膝打打瞌睡，并不见得就有伤大雅。要谈出一种兴味来，使我们感到生活上一种趣味，做适当的调剂。

写这部东西的动机，其实也并不是偶然的，记得今年一月二日同洪深先生等一起到苏州去玩，苏州是我的故乡，“小马”识途，大家也不觉兴致百倍，沿路他还讲些关于苏州的零零碎碎的事，很随意，很有趣。回来以后，我就动手把许多零零星星和苏州有关的事，陆陆续续写下来，费了十五天功夫，就成了这一本小册子。

这苏州——美妙的古城，你想起来总还呒啥（蛮好）吧！那绿山软水，那飘飘乎的夜半钟声，那罗曼底克的鸳鸯坟，“一帆冷雨过娄门”那种幽闲的诗意的情景，至少会使你留下一个深刻的影像！尤其是夜的苏州，黄昏的时候，暴露了十足的古城底美妙！田汉先生在他《苏州夜话》的剧本里，有这样一段歌：

去呀，去呀！（注："去"字在苏州读"く"。）
到夜的街上去！
夜的苏州多么有趣！
你可以看见罗马似的城头的月，
你可以看见威尼斯似的街头的水，
你可以看见"弓陀拉"似的船，
你可以看见船上"诰婆西"似的女！

田先生曾否到罗马和威尼斯，我虽不得而知，不过苏州至少也许有几分和这两处古城相似，所以我希望这几段小东西，能够给读者一点儿橄榄样的滋味。

二、人文的苏州

"山明水秀，人杰地灵"，这两句话要是拿来形容这人文的苏州，是再确切也没有了。记得前年夏天苏州青年会曾经举行过一次星晨学术演讲，《华年周刊》的主笔潘光旦先生，当时也来讲过一次，他对于这人文的苏州，做过很详细的统计，他说："中国人文大概的趋势，是由西北到东南，而江苏的人才，大概在唐以前是列在第二，五代时也列在第二，宋时列在第三，元时列在第二，而明清时在各方面江苏占着第一，譬如说，在清代的状元，江苏省占有四十九个，巡抚四十个，诗人五百十七个，画家有二千七百二十六人，学者也有一百十八人，而在这许多人才中，苏州人占了一个很大的数目。至于人才多的原因，莫不因于地方优美和时代太平，积此二因，一般聪明人都向这里迁移过来，于是遗传，而文化就因此产生。"云云。我们对于潘先生的演讲，除了其中的一部分赞成以外，有两点是觉得可憾的，第一，关于这些诗人画家和学者的数字统计，潘先生并没有给我们一个标准；第二，根本状元是一个粉饰太平的活东西，并没有什么了不得，更其不能说："多状元就可以代表这地方的人文。"虽然有这两点可憾之处，但从潘先生的演讲里面，至少可以使我们稍为明白一些苏州人文的概况了。还有一点要讲到的是关于苏州的教育状况，据十八年度统计，共计市立小学四十一所，入学儿童，连未经立案各私立小学一齐包括在内，共有二万零七百七十二人（学龄儿童则有五万人），名称上苏州虽然是"文物之邦"，其实还不是一个半斤，一个八两，但比较别处地方已是好得多了。记得十九年五月举行第二次全国教育会议的时候，有人提议"实施义务教育"，照这方案上讲："全国应有学龄儿童四千三百万，未入学者尚有三千七百万。"以此看来，受教育的真是渺乎其小，沧海一粟，无怪大家称苏州要加上"人文的"三个字了。

三、苏州的女人

今天你一看见这个题目，心里总不免有些怦然而动吧。你决计要说，"女人"两个字已经多么含有诱惑的意思，何况又加上了"苏州的女人"！确实的我告诉你，"苏州的女人"是可爱的，她，婀娜的身材，伶俐的举止，说着那温软的道地苏白，真够你消魂！"我昨日去看戏格，倒还呒啥！倷想那亨？"你看，这是多么柔、多么软的语言呀！

你将来有机会也许要到苏州去玩玩，那么我对你说七里山塘是值得你去走走的。这是一个素来以出产漂亮女子而著名于世的地方。它靠河分为两边，在西北角的叫下塘街，西南角的叫上塘街，还有一条叫山塘大街，是很繁盛的出入要道。这地方的居民大都以种花为其主业，听说虎丘的麦柴扇和玳玳花是苏州输出品的大宗，确否待证。不过据我们观察的结果，种花确实是他们的主要职业之一，每当春光明媚、百花竞放的时候，以一年的辛劳，换得些许鲜花，就叫他们的妻子或是女儿，左手提着一只花筐，放了一些白兰花或是茉莉花，在寂静的街道上打着纯粹的苏白，嚷道："阿要白兰花，茉莉花！"我最爱听这卖花声——这个清脆的"阿要白兰花"。

现在所还要研究的是苏州女人的人口，据最近统计，占全苏人口（二十六万一千七百零九人，根据十八年苏州市政府统计）百分之十四，这百分之十四的女人，大半住在家里做少奶奶或是太太的多，因为我们看见，在五十五所工厂里面，女工只有三千二百人。苏州真是一个享乐的“天堂”！

就因为欢喜舒服和适意的缘故，这享乐的“天堂”是正在那儿一天一天的变成没有精神，萎靡，消沉。现在春已经降临江南了，愿它给些生气，让苏州比较的能够稍为振奋一下。

四、过年和吃年夜饭

我在序里曾经说过，我们所要谈的是日常见闻，习以为常的事实。今天写这篇文章的时候，恰巧逢在阴历二十八，家家户户都在那里过年，吃年夜饭，远处传来隐约可闻的爆竹声，偶尔也听得一些震耳的声音，因此就想来谈谈苏州的过年和吃年夜饭的景况了。

现在先讲过年，过年必定要豫先定一个黄道吉日，这个黄道吉日旧式历本上都有，普通大概在十二月二十七或二十八为多，到这天晚上，先把红烛点起，中间插了一支香，香上写有“日进千金”或是“岁岁平安”，总不外乎说些类乎的吉利话，烛后供着三盆水果，水果后面还有一只万年粮——就是用斗盛了些米，中间插了一枝柏树，缚了些铜钱的玩意儿，万年粮背后更是赋为大观，有四只干的蔬菜，四只湿的蔬菜，还有两只是米和面，一共十只碗，外加猪头三牲（肉、鸡、鱼），把一只小小的桌子上陈列得五色缤纷。听说那还是简单办法，道地的苏州人过起年来远不止此数。然后主人穿好了马褂，率领了家人，一个一个的恭恭敬敬行三跪九叩礼，保佑全家平安。叩好了头就闹闹元宵，胡闹一阵，等到烧好欢喜团（炭墼）以后，这种一年一度的过年礼节就算了事。

过年以后，就要豫备吃年夜饭，为了吃这“一”顿饭，早已“杀鸡宰猪”的忙过不了。这时候先要祭祖，主人照样行三跪九叩，然后正式开席。

食桌上放满的是菜，炒的，炙的，炸的，烤的，煮的，好像平常日子是没有吃过的，今天来这么一个“总吃账”。那时候主人是最烦劳了，他一方面要应酬许多客人，他方面还要招呼仆人，不要打翻了碗，弄污了客人的衣服，在桌子对角线的两端放了一副大红烛，很辉煌的照耀着，名曰“守岁烛”。照例吃的时候还要讲些吉利话，用个肉圆，“团团圆圆”；吃些花生，“长生不老”。主人一个一个的代客人掯菜，末了开始吃饭，饭碗底放了些荸荠和黄豆，这两种东西是代表金元宝和银元宝的，等到客人把筷子拨见了黄豆和荸荠，他（指客人）就立刻假作惊奇的高喊一声："掘着藏了！发财！你看，这么多元宝！"大家也立刻回声般的向他胡一下调："大家发财！"席面就在这尾音声中散掉了。

五、听书（上）

今天所写的题目是"听书"，也是有兴味的一回事，待我慢慢讲来。讲到"说书"，无论你是大人或是小囡，总对于它抱着特别的兴味，"龙冬龙冬"弦子声的"小书"，弹唱那动人听闻的《西厢记》，张生，红娘，莺莺，直使得听众悠然神往，不过听"小书"的听客，起码肚里要有些相当资格，至少总要认识几个字，不然的话，包你"山东人吃麦冬，一懂也不懂"。大书与小书恰巧相反，有人说："大书说个筋，小书唱条情。"大书总是"五筋吓了六筋"；小书呢，却很委婉的弹唱些才子、佳人、恋爱、罗曼司，到了终究来这么一个大团圆。

考究的茶馆另外有一个书场，门口用一块板贴了一张红纸头，把说书先生的姓名、开书的时间，都写在上面。书场的门口放了一只桌子，是买座位的地方，听客一进门以后，门口的茶博士就喊道："一位！"里面当下立刻回声："啥！"我们来看一看书场的布置，是一只很小的演台，台上放些桌子和椅子，一把弦子放在桌子的中央，墙壁上却是琳琅满目，两旁挂了两副对联，上联是"四座有声倾妙语"，下联是"片时无事品新茶"，两副对联之中还挂了一块匾，写着"敬亭遗迹"四个字，匾的下面插了两面党国旗，听说非如此是要受党部干涉的。

有的听客在那里嚼瓜子，有的抱着膝打瞌睡。等到说书先生一来，空气立刻变成沉静，连地下落个针儿也能听见。

六、听书（下）

上面所讲的那块匾上四个字“敬亭遗迹”，敬亭究竟是什么时代的人？他为什么是说书业的鼻祖？他的技术究竟如何高超？读者诸君不免要问个清楚。据黄宗羲（清初人）说，“柳敬亭者，扬之泰州人，本姓曹”，他起初在十五岁的时候是“犷悍无赖，犯法当死”，后来“变姓柳，之盱眙市中为人说书”，那时已早“能倾动其市人”，后来遇见了儒生莫后光，经他的指点以后，再加了“敬亭在军中久，其豪猾大侠，杀人亡命，流离遇合，破国失家之事，无不身亲见之，且五方土音，乡俗好尚，习见习闻”，所以他以后，“每发一声，使人闻之，或如刀剑铁骑，飒然浮空；或如风号雨泣，鸟悲兽骇。亡国之恨顿生，檀板之声无色”，真是“有非莫生之言可尽”了。

要做得到像柳敬亭的地位，可真不容易，第一在学习说书以前，先要问一问自己可有“机变”的天才？因为“说书虽小技，然必拘性情，习方俗，如优孟摇头而歌，而后可以得志”。然后从师练习，凝神定气，简练揣摩，起码要做到“言未发，而哀乐乎其前”，否则那能去混饭吃？学习的方法，据他们内行说：“千教莫如一听，千听不如一说。”倒也是确实最新式的教育方法呀！

说书有的时候也要用典故，然而都是信手拈来，一些也不露出饾饤堆砌的痕迹。说白抑扬铿锵，语句整齐有度，设科打诨，俱有别趣。所以从说书先生嘴里说出来的人物，往往能够面目精神，活跃如生。

说书先生的集团叫光裕社，取“光前裕后”的意思，成于清朝光绪年间，创办人是马如飞。这团体在苏州颇占有相当势力，组织也很稳固，苏州每逢开游艺会时，常常有他们会员的化装表演。

七、听会书（上）

每到阴历年底，苏州一般有闲阶级所最感觉到有兴味的事，莫过于“听会书”。所谓“会书”这两个字，读者之中恐怕不明瞭的是很多吧。我们都知道普通说书先生所弹唱的书，都是长篇的“说部”，从阴历正月唱起，可以一直唱到年底才完，为酬答一年以来听客的盛意起见，同时因为要考查这说书先生是否有真实本领，所以他们才有“会书”的组织，换句话说，“说会书”也是说书先生的“学期大考”。普通说会书一共差不多有四五档，末档的最好，像唱京戏一样，梅兰芳、马连良总是在末脚的，最末一档，照苏州人俗语所谓，名曰“送客先生”。说会书的时候大小合璧（大者，大书也；小者，小书也），要是你喜欢去研究苏州弹词的话，你可用不着平常天天去听，你简直可以从说会书的时候去瞭解一切。说书开头总是说说笑笑，有时也要说说“死话”，很好笑的也有，很语妙的也有，不过普通说老笑话的居多。

笑话说完以后，就来这么一个他自己认为的得意杰作。《西厢记》必定要唱一段什么“张生游殿”，《三笑》要唱一段“点秋香”。总而言之，他们唱起来都是很卖气力的。

我为得要使这篇文章真实起见，也特地往附近胥苑茶馆去听一次会书。那一天送客的叫范玉山，他是说大书的，素来以说“济公活佛”著名于本地。他的说书，真是能够“言未发，而哀乐具乎其前”，只要警木一拍，面孔一板，活像个济公。他开头先说几句“死话”:“天好日头出，雨落阶沿湿，风吹树头动，月小呒三十，赛过呒不说!”然后东讲西说，唱唱江北空城计，哼哼苏州京调，末后来一段“济公吃白食”的正书，使得在座的听众都笑得不可开交。

八、听会书（下）

有些说书先生在说会书的时候，欢喜用急口令:“一个胡子，骑了一只驴子，一个驼子，挑子一担螺丝，胡子格只驴子，碰翻驼子格担螺丝，驼子拉牢胡子格只驴子，要叫胡子下驴子，拾还驼子格担螺丝，胡子无法下驴子，拾螺丝，驼子挑螺丝，胡子上驴子，胡子，驴子，驼子，螺丝，螺丝，螺丝，驼子，驴子，胡子……”

要是双档的话，聪明些的说书先生也会这么回答一下子:“矮子，子矮，矮，矮子大，大子矮，子矮，矮，矮子肚里，里肚子矮，肚子矮，子矮矮，矮，矮子肚里个，个里肚子矮，肚子矮，子矮矮，矮子肚里个搭，搭个里肚子矮，个里肚子矮，里肚子矮，肚子矮，子矮，矮，矮子肚里个搭多，多搭个里肚子矮，搭个里肚子矮，个里肚子矮，里肚子矮，肚子矮，矮子，矮……”

万一说书先生说得不好（并不指急口令），那么听众可以随意喊下，叫他不要继续唱下去，被喊的经此一喊，往往弄得在本地站不住脚，因此出外开码头的也有。除了这种普通会书以外，还有一种叫特别会书。特别会书比较普通会书有四个不同点，一、价格较普通贵一倍；二、档数较普通增加一倍；三、唱得倘使不好，不可以随意喊下；四、普通说会书的钱是用来捐办小学（裕材小学）的，说书先生只能拿一些车钱，现在特别会书所卖的钱，却并不用为作捐款的，由说书先生和茶馆二一添作五平均分配。

九、吴侬软语

无论大书小书，其所以动人听闻，大概语言的婉转好听也为它发展的重要因素之一。换句话说，只要叫一个山东人或江北人来弹唱《西厢》、《三笑》，也许你就不会感到像苏州人说书这样的好听，这好比苏州人学唱京戏，同样是不会比北平人来得讨好一些的。

原来说书先生都是“生于苏州，食于苏州”的道地土著，有时他们的苏州话往往比较苏州的女人还要婉转好听，他自己叫起来不称“我”，而称“奴”，不称“你”，而称“倷”或“侬”。光绪时有位文人叫“云间花也怜侬”，他曾经用道地的苏州土话做过一部《海上花列传》，全书分有三十二回，兹录一段于下：

“杨家姆向赵朴斋道：‘赵大少爷，耐来做个媒子罢。’朴斋正和陆秀宝鬼混，装作不听见。秀宝夺过手说道：‘教耐做媒人，倽勿响嘎。’朴斋仍不语。秀宝催道：‘耐说说喤。’朴斋没法，看看张小村面色要说，小村只管吸烟不理他，正在为难，恰好庄荔甫掀帘进房，赵朴斋借势起身让坐，杨家姆见没意思，方同大姐出去了。庄荔甫对着洪善卿坐下，讲论些生意场中情形。张小村仍躺下吸烟。陆秀宝的手按住赵朴斋的手，不许动，只和朴斋说闲话，一回儿说要看戏。一回说要吃酒。朴斋嘻着嘴笑，秀宝索性搁起脚来，滚在怀里，朴斋腾出一手，伸进秀宝袖子里去。秀宝掩紧胸脯，发急道：‘勿要哩。’张小村正吸完两口烟，笑道：‘耐放来哚水饺子勿吃，倒要吃馒头。’”

一九二八年六月，清华大学研究所曾派赵元任、杨时逢二君出发到江苏的东南部及浙江东北部调查吴语的发音，归后著有《现代吴语的研究》一书，该书对于吴语的发音，有很详细的讨论，下面一段就是从这本书里搜集得来的，这是一只民间故事，在苏州是很普遍的，名字叫《北风搭太阳》，照录于下：

“有一转北风搭太阳恰恰勒浪争论啥人格本事大，讲勒讲来仔一个走路格人，身浪著仔一件厚褦。俚笃两家头就商量好仔说，啥人能先叫格格走路格人脱脱俚格褦啊，就算啥人格本事大。好，北风就用起仔劲来尽管吹，落俚晓得俚吹得越利害，归格人就拿褦裹得越紧；到后来北风呒不法子，只好就算哉。一歇歇太阳就出来刮喇喇一晒，葛葛走路格人妈上就拿褦脱仔下来。所以北风勿能勿承认到底还是太阳比俚本事大。”

读者之中，有的是苏州人，有的却不是，假使你不是苏州人，请你不妨把上面二段文章照字细细讽诵，声音最好轻而慢，语调能够怎样柔软就怎样柔软，你或许可以很锐敏的感觉到“吴侬软语”究竟是一件什么回事。

十、街头相骂

苏州人的心胸是很狭小的，无论什么小事，人家说：“大事化小事，小事化无事。”苏州人恰巧相反，买东西的时候，店里的伙计少数了一个铜板，从来苏州人是不会不去同他争执的，弄得不好，也许会来一幕“街头相骂”的活剧。《霓裳续谱》上有两段，一段叫数岔（骂鸡），还有一段叫前腔（回鸡），语腔虽然不是苏州话，但至少从这两节里可以知道一些相骂时候的神情，把它抄在下面，你不妨读读看，多么有趣！

数岔（骂鸡）：

“王奶奶住在街西。呀呀哟！只因昨日晚晌没了一群鸡，各道处去找去影儿稀。勒上条手帕，系上条裙子，没奈之何哀告邻居。哈！偷鸡人儿你是听知，我养活鸡儿不是什么容易，积绺（字典无此字，疑音暂，聚也）钱钞去买好鸡，赶集上店各道处找去，抱在家里，解开绳子，撒上把子高粱，任凭他们嗛吃。公鸡打鸣，还有些油鸡。母鸡下蛋，还会孵鸡。我的鸡儿都是有名的，红边鸡，大斗鸡，芦花鸡，还有凤头鸡。白毛黑爪是个乌鸡，红冠子，白身子，两只短腿是广东鸡。从不野性，只在家里，闹闹哄哄一院子，只因一会不在家里，怎么个瞅了个空都偷了去，只剩下半死不活的一只草鸡。”

前腔（回鸡）：

“骂鸡听知，呀呀哟！你的鸡儿在这里不必着急。你那只鸡儿飞在我院里，鱼缸打碎，水洒了一地，活跳跳的金鱼儿吃在嗉儿里。才要赶他，到飞在屋里。蹬倒了花瓶，砸碎了磁器。小孙孙坑上正吃着东西，吃了块黏糕，卡在心里。砸了我家伙你与我买，卡着我的孙孙请太医。砸了我的家伙值多少，唬着我的小孙孙难难调治。蹄子！难道说我小孙孙敌不过你遭害人的一群小鸡！”

十一、谈谈苏州的茶馆

今天的题目叫“谈谈苏州的茶馆”。第一我们不妨先从统计上来观察一下，据确实调查，苏州一共——除了小茶馆不算，有二十二处之多，每处平均能容纳茶客六百位至八百位，假使每一所茶馆算它有七百人，那么二十二所茶馆就要容纳一万五千四百个人了，从这个可惊的数目上看起来，我们可以知道苏州人是怎样地具有茶癖了。苏州的茶馆不但布置幽雅，并且高朗爽恺，中间以吴苑地方为最大，茶客平均也最多。我们跑进去最先看到的是两副对联，每句第一个字，就用他们的店名：

“吴宫花草已无存，骚客消闲，应怀古迹；苑宇幽深称独步，雅人品茗，胜读茶经。”

你一进茶馆，只看见一堆一堆的人，坐着，谈着，笑着，很舒适的吸吸烟，喝喝茶，是消遣吗？是会朋友吗？我只是不能得到确切的回答。我们同乡叶绍钧先生以前做过一篇文章叫《隔膜》，他讲茶馆里茶客每天所以聚集的缘故，竟不可得。他说，他们“欲会见某某么？不是，因为我没有见过两个人在那里倾心谈话。他们欲讨论某个问题么？不是，因为我听他们的谈话，不必辩个是是非。不必要什么解答，无结果就是他们的结果了。讪笑，诽谤，滑稽，疏远，是这里的空气性质”。所以到了后来，“有几个人吐畅了痰，吸足了烟，喝饱了茶，做得懒了，便站起来拂去袖子上的烟灰，悄悄地自去了，也没有什么留恋的意思。我只是不明白……”读者诸君，你可明白还是不明白？

十二、论茶博士

记得《封氏闻见记》（这是唐朝封演撰著的，一共七卷，我们知道唐人所做的小说，往往多涉怪诞无稽之事，独是这本书却处处语必征实，大部分讲掌故及轶事）上有云：“李季卿宣慰江南，时茶饮初盛行。陆羽来见，既坐，手自烹茶，口通茶名，区分指点。李公心鄙之。茶罢，命奴子取三十文钱酬茶博士。”这大约就是茶房被呼为茶博士的出典了。

茶房既称为“博士”，自必有其可“博”之处，这好像梅兰芳被称为“文学博士”，他自有他“男扮女”的可“博”之处一样。据我个人平日饮茶时候观察的结果，要做一个茶博士，必定需要下列数资格：一、手上要有坚厚的鸡眼，这样绞起手巾来，方才可以不会烫伤皮肤；二、要有超人的记忆力，今天张三欠多少，明天阿二还多少，王先生吃三十个肉馒头，六只，免葱，厚嘴唇的老钱要一碗肉面——硬面，去皮，免青，加红油，那时候做茶博士的就要一丝不紊的去处理，否则“生意兴隆，前吃后空”，关门大吉，自是意中事；三、要有“五筋吓六筋”的喉咙，喂！唔！雨前一壶！再来个哉！红茶两壶！从楼上唱到楼下，或者从后堂唱到前堂，在在要有能喊高声的喉咙。这样说起来，“天下无如吃饭难”是再对也没有了，做一个区区茶博士，他倘使没有上开这三种本事，做起茶博士来，恐怕就很不能“博”了。

苏州各茶馆的茶房（或称堂倌），他不但有上列三种本事，并且能够随机应变，茶客摸摸袋袋，他连忙就会去划火柴，虽然有的时候，客人摸的不是香烟，但是从这一点上，至少可看见茶博士所以为“博”的道理了。

十三、好吃的苏州人

有人说在苏州做生意，最好开吃食店，无论糖果茶食，炒面糕点，只要你有钱去开的话，包你“生意兴隆”。因为苏州人最大的嗜好，并不是“色”，也同样不是“赌”和“穿”，而却是那“吃”字。在苏州，所谓“脍炙人口”的糖食铺、熟食店，倘若要统计一下，那么糖食店大概有十馀处之多（都是著名的）；菜馆，西式的有四处，京馆有两处，苏馆最多，有十八处，徽馆有十处，教门有一处，素馔有两处，新式三处。其中糖果店中以采芝斋、稻香村范围为最大。熟食店中以专卖酱肉、酱鸭的陆稿荐最著盛名。说到陆稿荐，赛过（好像）杭州的张小全（剪刀店）一样，同店名的在苏州城内或城外是很多的，大家都在招牌上写着“大房真正陆稿荐”，究竟谁是真正陆稿荐？我想他们自己也许弄不清楚，所以苏州有“无陆不荐，无张不全”的一句谚语，就是讽喻这件事的。

除了现成制就的食物以外，天产佳品也是很多的，南塘鸡头，大荡莼菜，山塘花圃的代代花、玫瑰花，洞庭白沙枇杷及杨梅，洋澄河蟹，车坊荸荠和黄埭香瓜，吃的东西真多，一时也写不尽。俗语说得好：“只有两脚的爹娘不吃，四脚的眠床不吃”，可见中国人吃的范围之广，真可使别国人为之吃惊。实在讲起来，“吃”比较别样的确是实惠些，所谓“著威风，吃受用，赌对冲，嫖全空”，什么都是假的，惟有“吃在肚里”方才是真的。

在苏州，客人一到，男主人出场应酬，女主人立刻奔到厨房里豫备吃场（吃的排场也）。等到吃完了饭、菜、茶、瓜以后，客人拱拱手说声“叨扰”，主人还要拉着客人的衣服，说：“吃了点心再去！”“吃了夜饭再去！”

假使我们相信佛家六道轮回分众生为天、人、修罗、畜生、地狱、饿鬼的话，我相信苏州人前世里一定是个饿死鬼转世的罢。

十四、苏州的茶食

周作人先生在《泽泻集》上曾经说过："我们于日用必需的东西以外，必须还有一点无用的游戏与享乐，生活才觉得有意思。我们看夕阳，看秋河，看花，听雨，闻香，喝不求解渴的酒，吃不求饱的点心，都是生活上必要的。"本来所谓"点心"二个字，仅不过"点点饥"，顾名思义，原来不是叫你"狼吞虎咽"的。

所以我以为"点心"这件东西，要越小巧越好，愈精炼愈妙，外表和实质都要一样的精致可爱，这才算真是"点点饥"的点心。

苏州人好吃，我前面已经说过，而且心灵手妙，所以做出来的茶食都很小巧精美，往往你吃一件点心，它的馅和皮，在你舌头上总分不出各自的滋味，而浑然融合出一种使你想"再吃一个"的需要。

上等精致的点心，在"色、香、味"三方面，做起来都很当心。苏州茶食铺子里有种点心，名字叫"米枫糕"，那是一块长方形或圆形的用糯米发酵制成的点心，它的颜色雪白，糕的中间嵌了一粒黄色的松子玉，有的时候也许要涂些玫瑰色般的店印，那是更美丽了。这块糕发酵得很松，味儿甜得适中，一经入口，软绵绵的你觉得舒适，这滋味好像你同你的爱人在热烈得发火，四片嘴唇一合的时候，一种软绵绵的感觉差不多。

除了"米枫糕"以外，好吃的点心很多，以前周作人先生曾经说："我在北京彷徨了十年，终未曾吃到好点心。"朋友们，假使你到现在像周先生一样还没有吃过好点心，那么你为什么不到苏州来尝试一下呢？

十五、苏州的歌谣（上）

你没有听过苏州乡下女孩唱歌谣吗？那够玩味！"姐在房中笑嬉嬉，荷花缸里掏烂泥，掏着一个小荸荠，洗了泥，剥了皮，十指尖尖撮在郎口里，问声郎啥滋味，苏州小荸荠，好比山东嫩水梨，谢谢好姊姊。”语语自然，颇堪回味。

关于爱情方面的歌谣，更其繁多，略举一二，以见一斑。一、“约郎约到月上时，看看等到月锉西，不知奴处山低月出早，还是郎处山高月上迟”。二、“濛淞雨儿漫天下，偏偏情人不在家，若在家，任便老天下多大，劝老天住住雨儿，教他回来吧，湿了衣裳事小，冻坏情人事大，常言道黄金有价人无价”。

还有些很滑稽的歌谣，读了往往令人喷饭，譬如："一个姐女七寸长，坐在树荫底下乘凉风，长脚蚂蚁扛仔去，笑煞亲夫哭煞娘。”从这一首歌谣看起来，我们可以知道天下做母亲的往往不能洞见女儿的短处，所以有了七寸之丑的女儿，就有哭煞的母亲，同时相反的却有笑煞的亲夫。

还有一首歌谣，叫“钉杀瘌虫筋”，那也有趣，全文如下："一瘌痢生病，二瘌痢望病，三瘌痢问阿好，四瘌痢道死哉，五瘌痢道尿坑板，七瘌痢道啥个钉，八瘌痢道毛竹钉，九瘌痢道多钉钉，十瘌痢道钉杀瘌虫筋。啥人扛棺材，长脚蚂蚁扛棺材，啥人哭，蚊子苍蝇哭。”句句对白，咒骂泄愤，“钉杀瘌虫筋”这一句话真是“骂尽骂绝”！我们自来只听见“同病相怜”，而这些瘌虫筋却“雅不相怜”，所以才有“钉杀瘌虫筋”的活剧发生。

十六、苏州的歌谣（中）

我平日所听见过的歌谣，其内容以描写姑嫂妯娌间不和睦的情形居多。在苏州，阿婆和媳妇不知怎样总是不和睦的较多，在阿婆方面说起来，不是“儿子给妖精迷住了”，定是“他们合一帮欺侮我了”；在媳妇方面呢，又是什么“老太婆怎样还不死掉呢”，诸如此类，不胜列举。

歌谣是日常生活反映的结晶品，它对于这样日常家庭的变态行为，曾经有下列的描叙："亲家亲家你请坐，你的女儿不是货。叫她扫扫地，拿着笤帚舞把戏；叫她烧烧饭，一半生来一半烂；叫她开开门，拿着门闩来打人；叫她揩揩桌，躲在屋里裹臭脚；叫她缝缝衣，拈着针线穿荸荠；叫她拔拔葱，站在田里哭公公；叫她看（平声）只鹅，坐在池边哭婆婆。”

上面一段是描写婆媳相骂后阿婆向亲家的哭诉。还有一首叫《养媳妇诉怨》，它道："养媳妇，苦弗过，日里做仔千千万，夜里摇纱摇到半夜多，肚里饿弗过，偷根咸菜垫垫肚，巴巴望望个年夜过，过仔年来搭我们大阿大，两只小床并只铺（音破），三年养个小阿大。"

在这首歌谣里面，所谓"日里做仔千千万，夜里摇纱摇到半夜多"的非人生活，确实也有相当事实的证明。

至于嫂嫂和小姑口争的活剧，在歌谣内也有如下列的描写："月亮尖尖，女儿来望娘，娘道心头肉，爷道百花香，哥哥道亲妹妹，嫂嫂道搅家王。"

十七、苏州的歌谣（下）

小姑接着回答道："吾又不吃哥哥饭，我又不穿嫂嫂嫁时装，开娘箱，著娘衣，开爷柜，吃爷米。"从这几句歌谣看起来，一副尖嘴姑娘的九腔八调，在我的脑海里，留下一个很深的影像。

最后我们要提到妯娌间的不和睦情形了。讲到妯娌，她们是处于同一的辈分和环境的，照理是要互相水乳相融，但按之事实，却又不然，妯娌间不和睦的也往往占了多数。歌谣中有云："蔷薇花儿朵朵开，大娘吃酒二娘筛，三娘摆出果子菜碟来，四娘骂我狗奴才。"这里所谓"四娘骂我狗奴才"等语，都活现出一副好像要豫备打架的模样来。我们都知道，家庭是世人惟一的理想乐园，我们从普通唱的"甜蜜之家庭"的高尚底歌曲中所表现的家庭之愉快，已经就很可想而知了。英国有首童歌叫《家庭乐》，这里面有两句道："东兮西兮，家庭其乐兮！"从这首童歌里面，我们至少可以看见家庭是何等的甜蜜了。

关于描写风景的歌谣，我也听见过许多，但是好的比较甚少，下面所抄录的一段是从一个乡下女孩子口里听来的，这一段有情有景，有色有香，读者诸君不妨把它细细的讽诵几遍："月亮光光，照见汪洋，鸳鸯水漫过菱塘，风送莲子香。"倘使当我们月夜散步的时候，把它拿来念几遍，那么"蠲烦涤嚣，心旷神愉”，自是意中事无疑。

十八、东方威尼斯美妙的消失

以前西谛在《小说月报》上曾经说过 :“黄昏时候的观前街是最可以感到东方威尼斯的美妙。”西谛写这篇文章的时候，还远在观前街未开拓以前，那时的观前街仅不过是一条很狭窄的街道，路的两旁挤满了商店，每当黄昏的时候，行人不绝于道，真“是可以感到东方威尼斯的美妙”。不过自从大前年街道拓宽以后，这被称为东方威尼斯美妙的观前街，便渐渐地在那儿消失它的“美妙”了。

现在观前街所能给我们看到的，仅不过是些高大的楼，石子铺平的马路，时代的姑娘，一种所谓“渐趋大城市”的气象，在在使我们感觉到。

不说别的，就拿观前街的地价来讲，可以证明苏州正是渐渐的趋向于“大都市”。在未开拓以前，观前街每亩地价仅五六千元，等到开拓以后，每亩价格涨得很高，几乎到二万元一亩。因此上海人的“口头禅”所谓“黄金地”，也渐渐的适用于苏州了。

一方面因为观前街是处在城的中心，他方面又为游人群集的地方，所以这一条小小的街道上，根据苏州中学朱、吴二君的调查，共有二百六十四家店铺之多，分起类来，共有六十五类，其中以银行与鞋庄为最多，一共各有十七处，次则为绸缎店与糖果店，再次为烟兑店，刺绣店，最少为饭店、面店、棺木店、理发店、药店、旅馆等。

十九、玄妙观

在观前街的中央，有一个地方叫玄妙观，差不多和上海的城隍庙仿佛。据父老讲起来，玄妙观还是创办于晋咸宁二年，那时候叫真庆道院，后来到唐的时候叫开元宫，到宋的时候叫天庆观，玄妙观这个名字是直到元时方才开始的。

在这玄妙观里，我们所见到的是一片混乱，卖卜的，相面的，卖技的，唱戏的，奇形怪状，无一不有。乡下人初到上海，要去玩一下大世界，要是初到苏州的话，他必定要去玩一下玄妙观。就因为这些缘故，我们这个玄妙观慢慢的在那儿变为下流有闲阶级的洞天福地了。

玄妙观内的店铺子，有历史渊源的很多，最著名的是文魁斋，专卖梨膏糖，种类是很多的，听说这所铺子还是在乾隆时候创始，所有糖秘制法，都是历代相传，从来不肯传授给外面人的。店的中间，供着一个木刻的魁星像，这个魁星像还是乾隆时代遗传下来的，从这个雕像看起来，往往可以使我们发生一种历史的憬憧来。

除了文魁斋以外，还有两个地方也是很有名的，说来却很有趣。苏州人有句俗语，叫“吃茶要到三万昌，撒尿要到牛角浜”，确实的三万昌和牛角浜同样负着盛名，一个吃进去，一个撒出来，真是分之则为二，合之则为一哩。

听说最近玄妙观有改建为商场的消息，不知确否，但至少要使一般有闲阶级听了皱眉，那可是无疑的。

二十、论苏州有闲阶级

有闲阶级在苏州，从统计上我们所看到的，占全苏人口百分之六，它的类别可以分为二种。一、高等游民，所谓高等游民，一般人给它的定义，是仅不过他们有了些臭钱而已。这些高等游民从外表看起来，举止很文雅，口才很流利，实则内心阴险的居多。每日的起居很是刻板，早晨九点起身，就到茶馆去吃茶，一直吃到十二点钟左右，方才回去吃中饭，饭后踱出来打八圈友谊麻将，五点左右到书场里去听一回书，或是浴堂里去洗个澡，然后在观前街散散步，酒店里去吃几杯干烧，一日大事至此方才完毕，回家以后，要是高兴的话，仅尽可再来一个十六圈，好在他总没事的。二、下等游民，恰巧同上述相反，既没有什么钱，而同时举止行动，都很粗俗下流，所谓“日里吃太阳，夜里吃月亮”，就是这些人们惟一的职责。

在这里，我们对于那些有闲阶级，所感到的是，他们未免太可耻了。

日本武者小路实笃在他的大作《母与子》书内，对于有闲阶级曾有下列之批评："我想同大家立于地平线上，因为有钱，可以不死；因为有钱，可以读书用功；因为有钱，可以做小说；因为有钱，可以结婚；因为有钱，可以出版著作；因为有钱，可以役使人；因为有钱，能够安乐，能够安逸，能够奢华，能够自由侮辱女性。我真讨厌极了！在男子方面看起来，没有比这再可耻的了。"武者小路先生继而又道："我愿以男子的资格光明正大的生活。假金钱之力方能生活，未免太侮辱人，我以为凡富翁的子弟，无论谁，在那一点上，都应觉得可耻，应该再多少振作一点屹然的立在地面上，所以资产阶级的子弟也应该高举双手等待着，希望着新世界，所有的人都可以生活的世界之来临。"

在这里，我希望那些卑怯的和自己侮辱自己的有闲阶级，能够对于这篇文章有深切的注意。

二十一、伟大的悲剧

在这民气非常柔弱的苏州城里，我们所仅见到的慷慨激昂的伟大悲剧，是五位义士的被杀，这五位义士是颜佩韦、杨念如、马杰、沈扬和周文元。事实是这样的，在明代天启七年，蓼洲周公触怒了魏忠贤，魏忠贤下令捉他，被逮的时候，士民数万为他请命，旗尉厉声叱骂，大家就把他驱逐，那时候做江苏巡按的是魏忠贤的私人——毛一鹭，据说周公的被逮，还是他指使的。当天毛一鹭就请命于魏忠贤，魏下令杀尽苏州人，义士颜佩韦等五人听了不忍，就慷慨激昂的认了那次起义的主动者，到后来终于被杀了。

当下就有一般士大夫先生买了他们五个头，合函葬在虎丘山塘惠普生祠，名曰"五人之墓"。像这种慷慨的牺牲一己的伟大悲剧，在民气素来柔弱的苏州城里，可以说是仅有的了。

张溥在他的《五人墓碑记》上说："然五人之当刑也，意气阳阳，呼中丞之名而詈之，谈笑以死。断头置城上，颜色不少变……"继而张溥又说："由是观之，则今之高爵显位，一旦抵罪，或脱身以逃，不能容于远近，而又有剪发杜门，佯狂不知所之者，其辱人贱行，视五人之死，轻重固何如哉?”这几句真是“感慨淋漓，激昂尽致”的话。

韩骐有七律一首云：“英风飒飒绕回塘，旧冢累累侠骨香。一击自同椎博浪，百身何异痛三良。头颅敢为忠臣惜，贩负能增党籍光。变例春秋墓前碣，先人持笔凛严霜。”数百年后的苏州，看了这首律诗，能不惭愧欲死。

二十二、卖弄小聪明的苏州人

“饱食终日，无所用心，好行小惠”，苏州人真是“难矣哉”！所以在苏州，诸凡篆刻雕虫，书画法帖，莫不有特殊的发展。

“落笔点蝇，披图舞蝶，妙或通灵，奋能致雨，吞丹篆于胸中，梦生花于笔底”，这种种的一切，都是苏州式文人日夜所企求而终于不可得的。至于“经国济世，民生疾苦”，苏州式的文人都不曾梦想过。

虎丘山的土产，其中有一种叫“珠兰火纸”，很可以用来象征苏州人的卖弄小聪明。“珠兰火纸”是什么东西呢?原来火纸又名纸吹（用表心纸卷成的条儿，吃水烟的时候用来点火的），把些珠兰花干压在上面，使这些纸卷儿能够发出一种幽芳的香味，读者诸君，你想苏州人的卖弄小聪明竟一至于此！

这还不过我所能现在想到的一个好例而已。明代有个叫魏学洢，做过一篇《核舟记》，他描写艺人王叔远把曾不盈寸的核桃，雕刻成一只船，要是统计一下的话，共有人五，窗八，箬篷、楫、炉、壶、手卷、念珠各一，字三十四，像这种“经寸之木”，而果然能够雕刻得如此精细，“因势象形，各具情态”，怪不得那位魏老先生要叹一声“嘻，技亦灵怪矣哉”了。在苏州，关于这些奇巧也是很多的，最著名的就是“小摆饰”，那是一种用红木雕刻成的各式各样小物件，高堂华屋，陂池花木，风亭水榭，更通俗的，是喜事或丧事的排场，照样有木刻的新娘、和尚、道士，都是不满二英寸的小东西。我以前在苏州看见过两次，一在养育巷，二在牛角浜。听说陈列在牛角浜的

“小摆饰”是一个姓吴的家传宝物，他最近还花掉他家财的大半去修理这些“小聪明的结晶品”哩。《板桥集·家书》有云：“大丈夫不能立功天地，字养生民，而以区区笔墨供人玩好，非俗事而何？东坡居士刻刻以天地万物为心，以其馀闲作为枯木竹石，不害也。……门馆才情，游客伎俩，只合剪树枝、造亭榭、辨古玩、斗茗茶，为扫除小吏作头目而已，何足数哉！”我不晓这些专门“卖弄小聪明的苏州人”，看了这段家书，有何感想？

二十三、盗去的钟

自从唐朝张继《枫桥夜泊》：“月落乌啼霜满天，江枫渔火对愁眠。姑苏城外寒山寺，夜半钟声到客船。”那首七绝输入倭国以后，倭男倭女遂“不远千里而来”，骑在驴子上，一颠一摆到苏州来观光。看天平山红叶，写生，访寒山古寺，实则暗地里在那儿计划他们的盗贼勾当。

“夜半钟声到客船”的那只钟，还是在明朝嘉靖年间（有人说是唐朝）铸成的，现在这只铛铛的“寒山寺听响而时惊客梦”的钟，是永不会再听见的了，早被那些倭冬瓜偷盗去了。“古寺寒山上，远钟扬好风”，现在还有什么风可扬？“十年旧约江南梦，独听寒山半夜钟”，请问现在可还有些什么好听？

康有为以前游玩寒山古寺的时候，看见钟已被倭奴拿去，不禁感慨系之，当下就写律诗一首，立了块碑，其中有两句道：“钟声已渡海云东，冷尽寒山古寺枫。”还有一个跋，云：“庚寅二月廿五日，偕韩树园征君文举同游吴下枫桥寒山寺，则唐人钟已为日人取去，故吾于龙寿山房善继血书《华严经》，亟保存之。临风感慨题诗，康有为。”这个“夜半钟声到客船”，这个钟，“钟声已渡海云东”，你不妨把这两句互相对照一下，其有不痛哭流涕而惭愧欲死耶！

苏州人有句俗话：“死人还要看口棺材。”我们苏州人连一只古钟还看不住，那里配说别种事呢？

现在，你听，听！这个古先烈幽灵的呼唤之声，好像在三岛上叫喊求助哩。

二十四、怪诞无稽的仙人洞

在虎丘山五十三参的东面，荒草乱丛里，有一个石洞，叫仙人洞，只可容一个人走，深不可测，据说从这个石洞可以一直走到无锡，确否也没有人证明过。父老们说：“从前有个卖橘子的，到这个石洞去游玩，在这个石洞里，看见二个老头儿在那儿围棋，歇了会儿就看不见了，卖橘的当下立刻退出，人间已经寒暑数易了。”这些怪诞无稽的传说，在苏州真是数见不鲜。记得美国文学家欧文曾经做过一篇《李迫大梦》，内容与仙人洞颇相仿佛，略云：“有一个惧内的懦夫，到山上去行猎，因为流连风景的缘故，回去得很迟，在路上忽然有人喊道：‘李迫！李迫！’李迫四顾，并没有看见什么人，李迫还以为是耳鸣，仍旧向前走，忽然看见有一个发蓬蓬然，须作灰色，衣饰作古荷兰妆的倭子在那儿喊他，李迫就此跟他走，逾过了山径，进了山洞。只见怪石矗立，为状益奇，石洞里面有一大群的人，立了个木柱，老远把木球去推陷，做蒲戏的玩意儿。这些人衣服都是一样的，面貌也很奇古，李迫进来以后，大家就停止游戏，怒目睨视着他。后来有一个老头儿示意叫他司酒，他就乘众人没有看见的时候，偷自饮了不少酒，等到酒醒以后擦擦眼睛，他却睡在草地上。回到家里，老婆已死，子女已长大成人，原来已时隔二十年了。”

事实虽然是虚诞无稽，但对于一般人“茶馀酒后”，用作为谈话的资料，亦不无小有帮助。

本来一个至高的艺术作品，是无所谓真假的，孙福熙先生最近在《艺风月刊》创刊号《望梅止渴》一文内有云：“艺术是说假话，骗了人们走长路，不叫苦。在这年头，这个国度里，要想远大舒服，这是万万不能够的，我们叫一声，前面有梅林，赶快上去，就可解渴，不论如何的冻饿，不论如何的困倦，我们应该用艺术的鼓励，用艺术的慰藉，来代替津津的口水……惟有艺术，有如流水桃花，取之无尽，用之不竭，它的鼓励与慰藉，普通的给一切人。……”

我希望我们的文坛能够多产生些这种艺术品，使我们枯燥乏味的人生，得到一些相当的鼓励与慰藉！

二十五、冷水盘门

周围蜿蜒三十六里的苏州城，到现在一共有八个城门，一阊门，二胥门，三盘门，四葑门，五齐门，六娄门，七平门，八金门。其中以盘门最为萧条，故苏州人有“冷水盘门”之称。

盘门的开辟成为商埠，还近在光绪甲午《马关条约》的时候。那时候自从中日开战以后，中国仓猝出兵，一方面海军既没有什么训练，同时陆军又缺乏战术，海陆两方因此完全失利，日军就一面陷旅顺，占领威海卫，清政府大惊，与日本议和，订《马关条约》，其中一条是开辟沙市、重庆、苏州、杭州、长沙为商埠，这就是盘门被开辟为商埠的前因后果。

盘门外日租界现在又称青阳地，这几年来萧条得不堪言状，据说盘门起先是很繁盛的，自从京沪铁道通过城北以后，所有商业完全被金、阊二门吸收干净，因此盘门弄得像现在这样的冷静。

现在，我们要是到盘门去观光一下，我们立刻可以感到盘门的萧条和冷落，那城头上淡淡的“盘门”二个字，几乎儿渐渐的消失它昔日的光彩了，你在盘门从不会看见高大的楼，摩登的姑娘，或者什么好吃好玩的东西；你止不过可以感觉到一些阴沉、无聊、绝望，好像在黄梅时节住于低湿的小屋子里，一样的无聊，一样的沉闷。

每当春光三月，苏州一般所谓幽雅之士也者，往往“不辞长途跋涉之苦”，喊道：“到青阳地去看樱花!”就在这个时候，盘门比较不“冷水”一些，市面稍为有些生气，然而不出十日，又照常回复了它的萧条和阴沉。

二十六、水乡

我们从地理学上所看到的水乡，一共有三个，一、意大利的威尼斯，二、暹罗的曼谷，三、同我们的苏州。

威尼斯是意大利东北角的一个商埠，全市水港纵横，相通以桥，远望全城，宛在水中央，全城以小舟作交通的要具，游客坐在上面，让船任意去徜徉，沿途还可以看见不少古色古香的小楼，听那远处传来的悠扬的乐声，你简直感觉到所处的地方似乎是在另一个世界上了。至于曼谷，湖沼也是很多的，它是暹罗的国都，位在湄南河口，风景同样也很郁秀。但是上述这两个地方，要是同我们苏州来比较的话，那可总是比不上的。我们苏州有最雄壮伟大的三万六千顷七十二峰的太湖，东洞庭山和西洞庭山浸沉其中，河山的清嘉，风景的优秀，更不待言。

最近听说有人提议将太湖改为国家公园，其意与美国的黄石公园差不多，在太湖的周围筑一条环河马路，通以汽车或电车，这园里什么都有，电影院，图书馆，咖啡馆，跳舞厅，医院和各式商店。人们在秋高气爽的时候，也可以在太湖里赛赛船。在适中的地方，可以建造一个体育场，将来大一些的运动会就可以在此举行。那时东西洞庭山起伏的冈峦里都建满了别墅，一座一座的红色小屋子在绿树丛中显露，益发使人可爱。理想的太湖是如此，能够实行或是不实行，倒也是一个值得讨论的问题。

总之，这水乡的苏州，是值得我们去流连的，什么威尼斯、曼谷，藐尔小城，何足道哉！

二十七、不鲁日（Bruges）式的街道

不鲁日（Bruges）是比利时西北角的城市，如果拿中国的城市来同不鲁日比，苏州是再像它也没有了。最近有位徵言先生在《生活周刊》第七卷四十二期《环游比利时一周》文内云，“浦玉聚”（按即不鲁日）全城环绕了很多小溪，街道狭隘，走十步的路，也许要过两个桥，有时小屋之旁，流水潺潺，陪衬着郁绿的鲜草，红晕的落日，轻妙幽雅，真是一同天然图画，任你不是诗人画家，也要伫足而观，流连赏玩，因此有许多艺术家，不在浦城生长，却被浦城自然之美所引诱，而来此工作，于是有浦城画派的创立。我想这些艺术家假使到苏州来，他们也许会发生同样的惊奇，流连赏玩，伫足而观，

因此或者还有“苏州画派”的创立，也未可知呢。

读者诸君，你也许现在还没有到过苏州，但不久的将来，你总是有机会的。我在这里告诉你一个地方，将来不妨走过去散散步，那地方叫金狮河沿，从府前街转弯，在金狮巷口的那条街就是，那是一条很狭隘的街道，两辆街车是不能并列走的，靠左有一条小河，潺潺流水，陪衬着些绿色植物，益发使人流连忘返。在不到六七百步的街道上，你可以走过三顶桥，中间的那个桥年代最久，古色古香，你看了自然会发出一种思古的幽情来。

在城外，到七里山塘，也同样可以感到这种美妙，这不鲁日式的街道，在七里长的山塘上，有一种不可思议的幽妙。

二十八、论“苏空头”

俗语说得好：“苏州人空头，杭州人铁头。”事实上苏州人确实是十足的“空头”，往往事事不肯求其实际，专以虚伪为尚。苏州人有种习俗，小孩子生出来第一次到人家去游玩，等等回家以后，这人家必定要送一份礼物给这小孩子，名曰“待慢盘”。“待慢盘”中最重要的有两件东西，一、兴隆，二、代代，兴隆是普通一种小的肉包子（苏州人叫它紧高馒头），那是无足奇怪，至于代代却很可以象征苏州人的“空头”来，原来“代代”是一个长约七英寸阔约四英寸的“袋袋”，这个“袋袋”是用红纸头做成的，红纸头的表面还画一些粗陋的图，都是几笔头，图意总不外乎说些吉利话，以“一团和气”为最多，袋的里面，放了四块云片糕，用纸包着，其馀袋的空间都把草纸塞满。从外表看起来，这个膨膨然的大东西，里面一定藏了不少食物，何况送起来不止一包，起码还要四包呢，这个四包东西，外相“交关”好看，但是你可不能把它扯开来，否则“西洋镜就要弄穿”了。

这不过还是“小焉者”，“空头”的苏州人，有时打起架来，才是十足的“空头”呢。他有时当然不免要同人家发生争执，甚至打起架来，他气不服的时候，或许也会缉缉衣袖管，说：“你来！干，你来！”说话的时候，还摆出“其势汹汹”的样子。但你老放心，他是绝对不会打过来的，只要和事老走过来一劝，虽然对面的那个打手真是要想打，事情仍旧是会照常完结的。所以苏州人只能在背后喊、闹，甚至于哭，他都做得出。这好像雷马克《西线无战事》小说里的教师，他会残酷的鼓励学生到战场上去死，而自己躲在家里一样。

二十九、理想的苏州

因为苏州一方面东制于上海，他方面西制于镇江，所以不能够变为一个通商的大埠，这原来是地理环境的使然，而无法可以避免掉的。

在作者方面所理想的苏州，是一个环境很适宜的住宅区域。这个区域的住民，大家有并不怎样湫隘的住宅，很健康的度者共同生活。

我们都知道住宅状况的不好，往往可以影响到人们的康健。根据一八八五年柏林市所调查家屋状态与死亡率的关系，我们可以得到更加确切的证明：

住一室之家其死亡率：千人中占六三点五。

住二室之家其死亡率：千人中占二二点五。

住三室之家其死亡率：千人中占七点五。

住四室之家其死亡率：千人中占五点四。

试观上表，那么家屋状况不好，其有害于住民的康健，是再明显也没有了。所以在这里，我希望不久的将来，大家能够有很安适的而比较宽大的住宅，在这区域内大家度着舒服的生活。

更有者，作者理想将来的苏州人一定是个能说能行，非但脑子能够想得到，并且手也能够做得到。陶知行说得好：“人生两个宝，双手与大脑。用脑不用手，快要被打倒。用手不用脑，饭也吃不饱。手脑都会用，才是大好老。”何况苏州人本来就很敏捷巧慧，只要能够再注意一些关于体育方面的训练，用了我们的脑，动了我们的手，来创造一个光明灿烂的理想苏州！

然而理想终是理想，事实终是事实，要是将来我们民族仍旧像现在这样没有出路，那么这个“理想苏州”的梦，是终于要变成泡影的了。

"理想为事实之母"，我只好把这句格言拿来聊以自慰。

"室"意即（Room），"家"意即（Family）或（Home），所以"一室之家"四个字，它的意思就是"一个家庭只住一间屋子"，馀可类推。

三十、尾声

这组随笔是从一月廿一号开始动笔的，一共写了十五天，到今天（二月四号）方才脱稿竣事，现在乘结束的时候，我稍为还有些话要说说。

本文所有数字，完全是根据十八年十一月苏州市政府的简明统计，因为要使得读者们能够对于苏州有明确的观念，所以才采用了数字的统计。

虽然这仅不过是一种小小的随笔录，但我却也曾苦心孤诣地伏案和奔走了好些时候，譬如讲到"听书"，我确实为了这个题目同光裕社的社员谈过好几回话；讲到"歌谣"，我也曾向乡下的女孩子详细询问过。文章自己虽然觉得写得不好，但文字的内容和事实，我确实是费过不少气力的。

文章内对于苏州人的批评，有时未免说得过火，我自己确也知道，但我爱苏州，十分的爱苏州，所以不知不觉就流露于口了。好在我自己是个苏州人，俗语说："要打人嘴巴子，先要打自己。"不然的话，你是要被人家打的，想到这层，我的心也就安适如初了。

脱稿后，曾蒙李青崖先生替我校阅过一遍，他花费了不少宝贵的光阴，为我指示出许多错误，老师对我如此的热心，我是永远不会忘记的。

简陋当然不免，诚恳的希望读者诸君善意的赐教和批评！

（《时代》1933 年第 4 卷第 5—10 期）

苏州观光

张其昀

去年初夏，吾友王以中君在苏州订婚，余自京往贺，曾应苏州女子中学之请，讲演此题。稿置箧中已久，顷以中自北平寄来《苏州闲话》一篇，余因附刊此文。近苏州方举行淞沪抗日阵亡将士追悼大会，诵范文正公“先忧后乐”之语，不禁怅然者久之。

诸位女士：诸君虽是都很年青，但都是“老苏州”。俗话说的“百闻不如一见”，鄙人对于苏州，却还是第一次的观光。现在把我粗浅的观察，说与诸君听听。苏州的特色，有下列几点：

（一）水之都

仁者乐山，智者乐水，勇者乐海。论理，应该说“乐水者智”，这自然是水运便于陆运，接触频繁的缘故。那末，苏州人应格外勤奋些，敏捷些，方不辜负天然环境。太湖真是所谓泽国，近来建筑环湖大道，若汽车每小时行五十里，约十小时方可绕湖一周。太湖周围有许多较小的湖，尤以苏州附近为多，如上方山下的石湖等，都是很出名的。大运河也在苏州通过，在苏州城外有五十三洞的宝带桥（长一百二十馀丈），即跨在大运河上。小的湖叫做荡，小的河叫做塘，像苏州通常熟的元和塘，小轮可以往来。吾所谓“水之都”，其意义还不止此，苏州将来可做到“江海朝宗”的地位，江河湖海，会流于此，这才是中国的水都呀！因为据总理的《实业计划》，要开辟一条中贯太湖的大运河，向西延长到安徽芜湖入江，向东延长至东方大港入海。长江、太湖之间，在历史上本有通航捷径，现在不过加以浚深，使汉口下来的船只，可以直达苏州，迳行入海。有人以为江苏省会设在镇江，很替苏州失望，殊不知镇江建设省会，原为顾全目前事实。照我们的理想，太湖流域应自成一省，苏州为惟一的省会地点。凡省会不仅须为一省之会，尤须成为各省之会，苏州是合乎这个条件的。

（二）花之都

苏州真可以代表南国风光，尤其是太湖湖心的洞庭山，常绿树木，种类繁多，大有暖国气象。老樟橘园，触目皆是，大概山麓为橘树，其上为枇杷，更上为杨梅，最上为马尾松，自远望之，瞭然可辨。这种常绿树木，葱然可爱，在隆冬积雪的时候，掩映得分外佳丽，与木叶尽脱、四顾萧然的地方，迥乎不同。所以洞庭山可以称为众香之国。其次邓尉山的梅花，以“香雪海”名闻全国。我国古来以“探梅”为佳话，中间含有种种心理，最重要的是教人爱惜光阴，莫负良时，尤戒人不可有“华而不实”之弊。梅花能结梅子，邓尉山人多以种梅为业。虎丘春秋二季花市，交易达百馀万元之多。山丘之地，原不宜于农业，若辟为花园，正是爱惜地力之道，世人幸勿以赏花为无价值也。苏州荡藕亦为名产，当荷花开时，十里湖荡，何等清芬可爱，及荡藕上市，又是很值钱的。

（三）园之都

中国园林之胜，以苏州称最。园有二种，大者曰苑（相当于英文之Park），小者曰园（相当于英文之Garden），前者如历史之上林苑，后者如历史上之华林园。苑与园之分别如下：其一，园大都在都会里，苑大都在山野里。其二，园的面积很小，常为私人所有；苑的范围很大，往往是国有的或公共的。其三，苑常豁然开朗，车马直驰；园则精心结撰，虽规模甚小，而变化甚多。其四，苑是尚武的，所谓“平原落日，古木寒烟”，可状其风景；

园是文学的，所谓“小桥流水，曲径通幽”，可状其风景。其五，苑是利用天然形势，园则代表胸中丘壑，所以名园都是高士名家的“匠心”所造成的。欲看中国的园景，不可不到苏州，苏州许多名园，都出于著名文学家、美术家之手，而且大都是公开的，更示与众同乐之意。倘若更进一步，把苏州乡下的名山，都修筑为名苑，尚武尚文，各极其致，那就更好了。

（四）吴山

吴山的佳处有四：（1）苏州没有超过千尺的山，山虽不高，而皆为石山，不致平淡无奇。如虎丘的千人石，可以罗列千人；天平山的一线天，即一人亦难穿过。天平的花岗岩，可供建筑，总理陵墓石料，原欲取材于此，后因天平有“万笏朝天”的奇石，故尔作罢，改采苏州金山之石。太湖石以玲珑美观著，即产于洞庭山。（2）山都离城不远，如虎丘只隔着七里山塘，天平、上方等山离城不过数十里。如沿着胥江水道，可以游览不少名山，分布均匀，以逸待劳。在船中进餐，特名船菜，本地风光，别有滋味。（3）有湖山掩映之胜，如上方山下即有石湖，山上可以凭眺太湖。曾有人主张如果江苏省会迁到苏州，当在上方山建筑省府。（4）苏州在历史上是扬子江流域最老的城市，故吴山皆富于历史的兴趣。如灵岩山有吴王的宫殿故址，天平山有范文正公的坟墓，“天平看枫”，真是所谓故国乔木之思。邓尉山的四棵大柏树，有清、奇、古、怪之名，亦是因为邓禹庙里的树，旁人不敢伤害它。

（五）吴语

从前苏州称为中国第一个产状元的地方，那翰林之多，更不待言。文人众多，当然表示教育的普及。苏州人善于谈话，长于修辞，吴语可说是一种近于文学的国语。即村夫俗子的山歌，以及所谓“菱歌清唱”，都是很能动听。至于“吴侬软语”之诮，那是因为生长于水云乡中，语音不免偏于轻柔，并非矫揉造作如此，不足为病。吴语之表现于地名方面的，亦均足令人起快感。例如我们出城至虎丘道上，什么青山桥、绿水桥、斟酌桥、山塘街……都是又真又善又美的地名。山塘街便于沿山跨塘的大街，确切得很！好听得很！

（六）吴娘

中国女妇叫做千金，我想苏州乡下的吴娘，真可以当之而无愧。她们能种田，能抬轿，能打石头，能养蚕，能刺绣。据说太湖上七枝风帆的大船，把柁的必为女子，可见其体格的强壮和其耐心。我常想为什么世界上人口最稠密的地方，不是荷兰、比利时，而在中国的太湖流域呢？这一定是女子生产力很强，水上陆上山上，都有她们的踪迹，男女合作，才有这样美满的成绩。可是近来常常听见“苏州娘姨”的名称，一般人更有由吴娘而连想及于妓女者，这确是可忧的现象，也就是苏州衰落的趋势。诸位女士，身受高等教育，对于如何救济乡村经济的衰落，都应负有一种责任。乡下女子果能衣食无虞，常叙天伦之乐，谁愿意出外当女仆呢？关于女子生计问题，范围甚大，举例言之，观光业亦为一种有利的生计，像瑞士、日本、坎拿大等国，均以此为一笔大宗收入，苏州对于此道实最为相宜。鄙人到宝带桥时，见桥道已坏，又到天平山，见御道失修。今天从天平冒雨归来，道路泥泞，不良于行，因此很为叹息。白乐天诗云：“十只画船何处宿，洞庭山脚太湖心。”诗情画意虽足诱人，可是现在并无游湖的设备。夫衣香鬓影，仅属个人；湖光山色，普惠人群。女子修饰自己身上，何足为贵；若能修饰湖山，利人利己，才不愧为新式的千金小姐。据日本内阁统计局报告，各国国富以每人平均计算，中国每人为一百日金，美国每人为六千日金。精确的讲起来，诸君只配叫做百金，不配叫做千金。我奉劝诸君努力学问，努力事业，不但要做千金，还要做万金，不但要使苏州女子能致万金，也要使全国女子都致万金。女子尚且如此，男子更要努力，固不待言。

（《时代公论》1932 年第 10 期）

苏州闲话

王　庸

三四月前的随笔，现在再翻来覆看一过，觉得不但冤枉了苏州人，而且中国似乎到处有这种“苏州人”在，尤其多的是智识阶级里面。老实不客气说，亦许我自己亦是一分子。

我希望真苏州人不要生气，更希望这“闲话”真是闲话，没有一句话说对。

“中国民族”的“救星”，不是这种“苏州人”，是许多充满着活力的反“苏州人”。

五月十九日附记。

从前在《春潮》杂志上有人——记不清是什么人了——讲过下面几句话：

“虎丘代表苏州的风景，梅兰芳代表苏州的艺术，稻香村代表苏州的商业。……”（？）

这话很有点意思。不过，第二句不很对（也许我记错了），因为梅兰芳既非苏州人，亦非苏州人所深爱“艺术家”。我只觉得“昆曲”或“说书”确可以代表苏州的艺术。

许是我自己生性喜欢粗野之故，对于昆曲的“委宛”、“扭捏”之态终觉得不合“胃口”，还是“京剧”可以欣赏一二。“说书”更是清淡得可以，“粗豪”的人更觉得不耐烦。其实，这亦许正是苏州文明的精致微妙之处。

大土堆似的虎丘，苏州人却当作名山，这要给四川云贵等地的人笑煞。可是，苏州人的高妙之处就在能“小中见大”。苏州现在还遗留着许多私人的园（有的是公开游览），足以代表苏州的旧文明。其伟大庄严虽远不如北平的苑囿，但能在很小的地方做出许多回廊丘壑，其精秀巧妙，却非北平所能及。

可惜较好的苏州旧园，多逐渐地颓废，而不中不西的公园，俗腻不堪的狮子林之类，却正为一般“摩登”仕女们走逐之场。这不但代表苏州文明的现状，亦正是象征着中国旧文明之没落，和新文明之幼稚。

苏州人很聪明，做事很能计算。他们不大肯牺牲目前利益，去求将来不可必得的幸福。这是苏州人的稳当处，亦便是苏州人所以干不起大事业的缘故。老练的将军不大能打大胜仗，其苏州人之谓欤!

苏州以外的冒牌稻香村不知有多少，而苏州的真正稻香村却依旧只挂着“只此一家，并无分出”的老牌子。苏州人是以真牌子和老牌子去竞争的，“险”都不敢冒的。

“出门一里，不如家里”，苏州人多数在有意无意中遵奉着这“格言”的教训。所以在国内，离苏州很远的地方，便不容易碰到苏州人。如果说“旅行是人生的幸福”，苏州人多数要当作呆话。

苏州人在外面的虽然很少，而苏州城里的土著怕不很多。有些所谓“英雄”、“豪杰”之士干过了一番“为国为民”的“大事业”之后，多跑到苏州去“退隐”、“韬晦”，与世无竞了。这个“内移”潮流如果不从今日始，那么苏州人的稳健、和平、不革命，决不是苏州人天生的特性。

如果地理环境可以决定人类生活状态，那么苏州和无锡的地理环境并没有特别显著的差别，可是为什么无锡的工商业发达得很快，而苏州早有的工商业反日渐衰落呢？这其间实在找不到十足的地理原因可以解释。

无锡和苏州虽是邻县，而风气很有差别。无锡人像暴发户，苏州人似破落乡绅，无锡的绅士带着商人气，而苏州的商人却有点绅士气。无锡人的生活当然不如苏州人精致、风雅，可是苏州人的“生命力”差得多了。

中国并不缺乏有聪明的人，亦不缺乏有气力的人，中国只缺聪明和气力平均发展的人。苏州人大多是有聪明而没有气力的人的代表。

人和人争闹，通常是先相骂而后相打，湘粤一带的人，可以不经相骂的阶段，即便相打，而苏州人却永远在相骂，而达不到相打的阶段。那是我在苏州的街道中亲自看的，一位中年人和一位少年人，为了自行车撞人的事故而争闹，少年人声势汹汹地握着拳头，卷了好几回袖子，“像煞有介事”地做出要打人的姿势，可是，直到被路人劝开为止，那少年人的拳角，终不曾触着中年人的毫毛。我又亲自在苏州茶馆里看见一位少年人很勇敢地打了另一位少年人几个"耳光"，而这被打的少年，终于没有以很严厉的恶声相报（里面当然有深微的原因）。这两件小事都可以表示苏州人的和平、善良、稳重，而且"文明"。

苏州人做不出大坏事，所以同时亦做不出大好事来。

在苏州的军士、警察，以及重要行政人员，也许有十分之七八不是土著（并未经科学的统计）。这情形在苏州人看来不算是十分吃亏的事。

一位苏州的教育家说，中国如果都像苏州人这样和平，中国可以太平了。我说，中国人如果都是苏州人，中国早已变为"日本"的殖民地了。

可是，苏州人并不和善到像"佛爷"一样。假如看准了对方的势力并不利害时，他们是很能勇敢地"奋斗"的。这便是所谓能屈能伸之大丈夫也。

苏州人作恶起来不会做得过分凶狠，可是在暗中捣鬼，"捉狭"，不负责的掀风作浪，那手段便很高明。他能使得你不痛不痒，恨亦不是，笑又不好。

苏州连歹人多有些巧妙的风趣，这是苏州人的好处，可是在粗野的"乡巴老"看来，那是连好人都不大合得来的。

苏州人说话大都很幽默。尽管你一大篇高论说得怎样庄严，怎样正经，只要给幽默的苏州人在旁边加上一二句冷话，包管你的"至理名言"，立刻半个钱不值，而且你的一团高兴，亦可以从此冰炭消融。

所谓世事洞明，人情练达的人，苏州大概是很多很多。他们不大肯得罪人，亦不肯轻易给人家占便宜。这在老年人是不算特别，只可惜苏州有好些少年人其世故人情，竟通达到同老年人差不多。在"乡下人"看来，这恐怕不是"苏州民族"的好兆。

苏州的女子是道地的女子，而苏州的男子却带上几分"女性"。如果在最近的将来，女子还不能在文化上占有一重要位置时，那么，"苏州文化"将不免有退无进了。

所谓"文物之邦"的苏州，只能从平均程度上说，要讲伟大杰出的人才，苏州是不大产生的。无论过去或现在，苏州的普通文人学者，一向不少，却是不大容易找出一二个大文豪、大学者来，尤其是近代。

许是为了“绅士式”的苏州社会太安逸了的缘故，所以，产生不出“动心忍性”的大人物，有如养尊处优的少爷们干不出大事业一样。

苏州人的阶级差别，大概和城镇与乡村之别约略相合。地主、资本家以及小资产阶级，大部住在城里及四乡的市镇上，而纯粹的乡村里，大部分是农民、工人和小贩。常州、无锡似乎不如苏州那么分得清。

据我在苏州坐人力车的经验，“文绉绉”地跨着小步跑，往往是苏州口音的车夫，而能跨着大步飞奔的车夫，常是江北人。这是据个人极少的例证，不能作合乎逻辑的推论，但是我觉得这也许不是苏州人体格纤弱退化的征兆。

苏州城市里的人既大部分是外来移民，那就不能以他们为真正苏州人的代表。真正的苏州民族应该在乡下。以前所说的话大抵指城市里的苏州而言。那么，真正“苏州民族”的文化，也许并不如是云云。我们如果希望“苏州文化”不一直退步到纤巧平庸的路上去，只有希望“乡村民族”活力的参入。不过，苏州的“乡村民族”是否比较“城市民族”的活力更大些，那还是可以成问题的，而且这问题并不限于苏州。

（《时代公论》1932年第10期）

天堂夜谈

范烟桥

老话说 :“上有天堂，下有苏杭。”杭不管，单言苏，就觉得这份礼物，却之不恭，受之有愧。或者以前够得上这资格，现在落伍了，不过“觇国于其微，何妨拆骨见”呢。

“苏州”这两个字，确乎充满着美征和诗意，似乎杭州还差一点。但，一时又说不出什么理由来，或者和“空头”这个雅谑有些关系。好像有人把苏州旧府属各县比拟过，苏州比作纸，再确当没有了。不信，试瞧苏州城里城外的装池——裱画店——这么多，不是可以证明纸在苏州的地位，是何等隆重了。以前，自然“白圭”、“毛太”风行于读书群中，现在“夫字”、“磅纸”取而代之，同样的外货侵入，却有分别，前者是省际的经济战，后者是国际经济战了。

苏州不产纸的，但，纸的应用却比别处广大，譬如桃花坞的画张、楹联、神模、扇面，都为各地商人所推重。杭州舒莲记的扇子，不是驰名久远了么，谁知白扇面大部分是苏州制造的。我们倘然到北方去，瞧见南纸店的招牌，一定可以引起一点苏州观念，其实南纸店里苏州货还不及杭州货的多呢。

苏州人用纸最擅长，最考究，最经济。无论小至无可再小的一家馄饨店，新开时总有人送一副红纸对去的。对的应用，无所不能，死亡，结婚，开业，纪念，做寿，送一副对最合算，又是最体面。因为尽管蹩脚，总得挂起来的。不过送对还得请人做句子，费唇舌、脚步，现在风行了立轴，只消写四个字，那些纸店就可以代办，不取分文，好得玄妙观三清殿，有着“触黑”朋友，恭候台驾光临呢。还有一层，送对的回力，比送现钱和其他物品来得大些，用人也开心。此外送礼券，也是妙不可言的法子，并且苏州人以收受现钱为小家气，送现钞的也同样以为不大方，因此秀才人情纸一张，便成为礼物的最有权威者。那账房先生每在礼券的背后，记上一个号码，譬如这张礼券是六〇六号，倘然是关店货，就可以按号查簿，将来等他家有事，原璧奉还，不受损失。我看见一张礼券，背上已经记上三十多个号码，可算得饱经世故了。

还有道士打醮的疏，和尚拜忏的榜，以及其他，不胜枚举。

苏州的书家画家，每年东涂西抹所费的纸，也不在少数，苏州书画生产过剩，可想而知。不相识的外地书家画家，偏要到苏州来开展览会，结果都是生意寥寥，只好背地里诅咒苏州人不懂书画。

书画家的惰性，也是苏州人创始的。明朝沈石田因为欠人家的画过久，吃了两记耳光。现在苏州有几个画家，也是常常搁着两三年不动笔的，因此到他家里，每每瞧见纸积如山，一定要惊异他的生意兴隆，其实是幌子。

不过自从商店赠纸扇以后，出钱请人写扇画扇的也大大减少了，青年们差不多没有人折扇轻摇了。我们听听苏滩的《借茶》“慢整衣冠手拿扇”，说《三笑》的唐伯虎“当扇”，便可以联想到苏州的士大夫阶级，折扇是他们的表识，方弗外国士大夫的司的克呢。

说书少不掉扇子，双簧、变戏法也如此，又是一种神秘的问题。记得有人分析过，夏天用扇的态度，可以代表他们的地位，譬如扇裤裆是轿夫，扇胸的是三姑六婆，扇手心的是和尚，扇背心的是女佣。不过现在有些转变了，尤其是妇女，已经多数不用扇了。

谈到妇女的扇，便想着以前妇女的扇，特别象征着幽娴贞静，总是用三十方狭扇骨，表示其玲珑精致。一面写着蝇头细楷，一面画着花卉，尤其是蝴蝶水草最多，表示其轻灵细巧。我家有一位女祖宗，能够把真的蝴蝶翅粉，剥下来画上扇去，更见得栩栩欲活，因此被称为花蝴蝶。但，前天见我的朋友，用女扇赶蚊子，他说，已经到过字纸笼了。

（《新上海》1933 年第 1 卷第 1 期）

苏州之夜

范烟桥

夜生活和社会的繁荣是成正比例的，但是许多罪恶，也附丽着夜生活而滋蔓。我们究竟要不要夜生活呢？在初民，“日出而作，日入而息”，何等的合理化，为什么到了现在，竟反其道而行之？以前很有人讥笑瘾君子，俾昼作夜，可是瘾君子的夜生活是孤独的，是不与社会发生什么影响的。不比现在的夜生活，是普遍的，是与群众有密切关系的。这其间的利害怎样，可以推想而得了。

我们的苏州，在京沪线上，论起资格来，除上海和南京以外应该占第三位，但是苏州的夜生活，还不及无锡，这是何等可怪的一回事。我们到了傍晚，最热闹的观前街上，真是熙来攘往，当作一个无树木的公园，往来闲荡的不知道要几个回合，挟着海风的几家商店，播送着雷电华，绸缎店、丝线店里挤满着娘儿们，玉笑珠香，花团锦簇，这景况还不差。可是老天垂下了黑幕以后，寥若晨星的霓虹灯熠耀着，都在那里对着娘儿们目逆而送之，曾几何时，竟会一个也找不到了。社会失了重心，自然萎靡不振。到了九点钟，只剩水果店、糖食店、菜馆、旅馆还开放着，其馀都是拉铁门，或是上排门，打烊大吉。一条观前街静悄悄地，连街灯和岗警都是没精打采的了，只有旅馆里还有些竹声肉味，为苏州夜生活点缀点缀，可是寥落而憔悴，远不及上海二三等旅馆的场面。

阊门也是这样，虽然有一家戏院，两家电影院，可是浮游在市上的，只有神女和流民占多数，并且在表面上是十足的规矩人，绝对不敢像上海的放恣，因为公安局是标榜禁娼的，所以在酒楼下经过，也不能听到一点胡琴和女儿喉的交响。苏州之夜，真是寂寞极了。

但是被称为住宅区的原因，也在这一点上。的确，除掉有例外的应酬，或是特别的习惯，我们总是在十点钟左右要走入甜蜜之梦乡了。试问那时的上海怎样？所以我到上海，老实有些怕，怕的什么？就是晏眠。

我以为走到一个市集上，看见很多粥店一类的小吃馆子，就可以知道这市集的夜生活是充实的。还有一张夜报，也是夜生活的报告书。我们的苏州，通宵营业的粥店，统计城厢内外不过十几家，恐怕上海一条大新街就超过此数目了。至于夜报，曾经有人发行过两三回，可是蚀本亏折，现在就没有人敢再尝试了。此可以说，苏州的夜生活，在京沪线上，要降到第五位了。

如此苏州之夜，我们应当诅咒，还是歌颂，随大家的便罢。

（《新闻报》1934 年 5 月 12 日，署名含凉）

萧萧暮雨话苏州

范烟桥

古时苏州的民间，有一支《萧萧暮雨曲》，见于唐宋诗人的歌咏，曲词已经失传了。可是我在苏州，深深体味到萧萧暮雨的风趣，真是别有一般滋味在心头。可惜小巷积水成潭，和久未扫去的垃圾，混流融合，人力车如醉汉般颠颠而来，轮辗泥溅，要避到人家的墙门间里，才得无碍。我家所在的一条街，沿着城河，成为垃圾的吐纳之处，更是没有一天干净的了。而且有所谓“抽电”也者，常有几条街巷，连路灯都没有，更使人不敢宵行。我在九点钟坐了人力车经过公园路，寥若晨星的街灯，满蒙了水点，好似罩上一个蛛网，更见得灯光的黯淡。路上已经没有人往来，静得连雨点落在油碧的车篷上，瑟萧凄清的声音，也听得很清楚。这时候真有些惊怖，至听是懊恼。因此就急于到归宿处所，再没有欣赏苏州的雨夜之美的心情了。朋友们说，除掉喝酒，谁也不会夜归的。苏州已经是静得像地壳变动后的邦贝城，那里还有威尼斯城的夜色迷人。在暮雨萧萧里，更见得秋气充塞，不是春天。所以我想去访问阔别八年的老友，都裹足不前，实在懒和怕兼而有之，还得请老友原谅。

（《铁报》1946 年 4 月 20 日，署名含冷）

苏州是天堂

吴赞廷

“上有天堂，下有苏杭”，苏州是天堂！

苏州的恬静幽美，闲情风逸，的确是任何都市所望尘莫及的。

春天的公园，无论是一草一木，无论是一人一物，都笼罩着春意，透露着春情。赤裸的腿，高耸的乳，布满着全园，公子们追逐着。夏天的观前街，这样的美丽热闹，这样的浪漫神秘，建筑着好像专门供给一辈无事的青年们闲荡的，有二三十个警察保护着他们，有二三千盏电灯光照耀着他们，大商店的门口都装置着无线电发音机，正播送着各种戏曲歌词，从街的这头闲荡到街的那头，能够连续不断地送进耳朵。秋天的黄鹂坊，弯曲的街道，二旁人行道上的柔软的树，晚上没精打采睡眼惺忪般的灯光，罗马古城头的月，处处显露着苏州人的特性“闲、逸，文、弱”，你看，走过那里的人，那一个不是在闲荡。冬天是蛰伏期，少爷小姐们在家里围了火炉赌博听无线电。

的确，整个的苏州城，找不到一个人是匆匆忙忙地在奔走，都是在闲荡。无事的人太多了，所以街上只要有些微的小事，就“一窝蜂”地围起了许多闲荡的人们。

苏州的寓公是特别地多，有曾抗日的英雄，有曾革命的志士，有当过什么总长的，有做过什么总理的，有大腹贾，有小官僚，也有……总之，都一是用种种手段发了财，乔迁到这天堂里来享福的。

这一辈寓公，大都是想设法拉住这时代的巨轮，思想是这么旧。开拓街道了，却在街心留着一座很丑陋的郡庙牌楼，上面四个字“威灵显赫”，寓公们同声地说是古迹；建设环城马路了，却因为路线要经过死人的住宅——坟，几位寓公不答应，中止了；双塔倾斜得快倒了，下面有一二千小学生性命天天危险着，学校当局呈准了党部拆了，但寓公们不准，又是古物；街道已经拓阔了，可以通行汽车了，但寓公们不许，说这种市虎要轧死人的；邻县来举办自来水厂，寓公们反对，说本县的事怎能人家来代庖，但他们自己却又不干。他们虽没有组织什么“寓公公会”，但他们却很团结的！

他们太空闲了，因此供给他们消闲的糖食店、点心店，供给他们坐谈的茶楼、酒坊，特别的多，还有电影院和弹词场，差不多天天客满，因为他们的公子、小姐、少奶、太太都很喜欢这种娱乐。

女人，苏州的女人的确很著名的，朱自清先生说过：“苏州是江南的女人城。”蓬蓬的头发，掩曲而柔软，显示出一种紊乱的美；半裸的衬衣，罩着轻薄的长衣，现出白嫩的皮肤，显示出一种模糊的美；新蒸面包般的足胫上，丰满地紧紧地包着淡色的丝袜，闪闪的鲜嫩的光，从长衣里透露出来，因为有长衣的烘托，更显示出一种曲线的美。有这许多美，才能够引起这辈寓公和小寓公的爱着呢！

并且苏州有着七八十处救火会，他们的目的不只是救火，最大的用途是供给这辈寓公们的妻子小老婆或者自己，死时当出殡仪仗用的。还有保卫团的团丁，公安局的军乐队和飞巡队，孤儿院的学生，他们都预备着齐整的服装，准备着送出殡的。因为盛大的出殡，差不多天天有，专门有一群人探听着这消息，在观前等大街守候着观赏的。

苏州——最适于闲荡的苏州，的确是一个“恬静幽美”的住宅区，——一个供给寓公们的别墅区。

“上有天堂，下有苏杭”，苏州是天堂？

八，一三。

（《生活》1933 年第 8 卷第 38 期）

苏州永永是天堂

吴赞廷

“苏州是天堂!”居住在这苏州城圈子里的少爷小姐们，当然是和天堂里仙子们般的闲暇，闲暇，第三个还是闲暇!

在这样一个三闲阶级的特产区里，当然消闲事业是畸形地发展着，最讲究的是闲吃，“老桂花开天下香，看花走遍太湖傍。归舟木渎犹堪记，多谢石家鲃肺汤”。这是苏州的一位预约寓公——现在在苏州已经盖造公馆的于右任先生，吃了苏州石家饭店里的鲃肺汤做的诗。你想鲃肺汤的味儿是怎样地鲜美，能够使一个国府要人出了菜价还要写联去谢。的确，苏州的烹调术是十分高明的，只是烹调的方法就有到许许多多，什么烤、炖、风、蒸、酱、卤、炸、熏、糟、烩、醉、炙、溜、炒、拌、攎，真是名目繁多，不及备载。

他们喜欢闲食，吃了东西总希望着容易消化的，因此他们就又爱闲荡。街道上的人几乎都是在闲荡，街上只要发生一桩很小的事，就一窝蜂地围起了许多闲荡的朋友，尤其是在夏天的观前街，你身上虽不洒香水，但是当你也闲荡一小时的话，你身上一定也同样地被染到香气了，因为和你摩肩擦掌的闲荡的摩登青年们是这样地多。

他们喜欢闲荡，当然也爱闲逛。

苏州本来是一个恬静幽美的风景区，苏州的少爷小姐们是怎样的会闲逛啊! 在春天一群一群的乘了汽船到溪壑幽深的邓尉山去探梅，在夏天一群一群的划着小艇到微波荡漾的荷花荡去采莲，在秋天一群一群的坐了山轿到古逸清粹的天平山去看枫，到冬天一群一群的乘了包车到雕梁画栋的花园里去赏雪。

他们闲荡，他们闲逛，疲倦了当然要想一个固定的消闲地方，闲坐闲坐，因此苏州的茶铺、酒坊和戏院是特别地多，散处在全城的街头巷口，“三吴毓秀”，苏州毕竟是一个文化之邦，茶铺子的名儿是多么的典雅啊！吴苑深处，小仓别墅，锦帆榭，迎春楼，不只名儿典雅，里面的茶也是很高贵，有一家叫什么汪瑞裕的茶铺子里有一圆一壶的好茶。

因为苏州是这样一个恬静幽美世外桃源式的天堂，因此有许多用了各种手段——压榨佃农，重利盘剥，革命，抗日，做官，办教育等等——发了财的，就都一起乔迁到这天堂里来做寓公享福，他们所吮吸来的贫民的脂膏，有的是存储在银行里生息——苏州银行、钱庄非常多——有的是在各地投资生利，但是大多是在苏州城的圈子外面购买了许多田亩，租给大批佃农耕种着，每年到十月左右就有着一群一群的可怜的农民，把他们辛苦得来的大部分金钱献给他们，供他们的子女——苏州的少爷小姐们一年消闲的费用！所以居住在这苏州城的圈子里面的这辈青年们的和天堂里般的优闲逸乐的基础，是建筑在居住在这苏州城的圈子外面的这辈佃农们的和地狱里般的辛苦忙碌上的。他们天没亮工作到天黑，但结果还是不够还租钱，因为荒年不用说起，熟年谷又卖不起价，田主不要谷要钱，在从前他们还有着副业——养蚕、织布、捕鱼——但现在呢，养蚕的都和《春蚕》里老通宝般气个半死，织布者受到价廉物美的洋布的影响，捕鱼呢，太湖里尽多着匪，并且城市里的消闲工具——香烟、赌具、酒——又传到了乡间，农村间往往是男子成天价赌——城市里有一群一群流氓到乡间去骗农民的钱——女子在田间工作。你想是女子，一群女子，用着上古时候神农氏教授的生产工具和方法，来耕种，本来怎能和机器生产的大批美麦做对抗呢？

在他们米刚出田的时候，米商知道他们一定要变了钱还租钱的，所以有意压低着米价，但是农民们也知道这些，所以都把家里的比较值钱一些的东西抵押到当铺里，变了钱去还租钱，但现在呢，米店无论怎样压低价格，他们也只能把米售去了，因为他们家里的值钱东西都完了，连年蚀本蚀完了！他们于是开始欠这天堂里寓公们的租钱了，这样经过多年的高利贷借，当然，他们是更一年不如一年，结果他们实在没有力量去还租钱了！但是寓公们和地方官是声息相通的，于是就派着公安局逮捕监禁。

这种公安局每乡都至少有着一个，他们的作用不是保卫公共的生命财产，不是维持公共的秩序治安，因为每一个公安局里只有六七个警察，五六枝不能开放的枪，一个大贼也没有实力去捕捉，只能鱼肉乡民，动不动罚农民的钱。还有，还有就是欠了寓公们租钱的时候逮捕解城！

这一群辛苦忙碌的农民，他们都是非常驯良的。他们尽量减低自己的生活去还租钱。他们对于生产的方法和工具，一些也不知道改良。他们惟一的方法是求鬼神，一定的每年的岁首，有一起一起的迎神赛会，耗费着许多香烛、钱粮、爆竹、猪羊，还有许多农民在手臂上用针穿着线，在线上挂着石礅、铜锣，都是三四十斤重的东西，还有一个人身上站三四个小孩。这一种举动，在精神方面、物质方面都有着极重大的消耗，但是他们无智无识地一年一年地干着！

你想，他们田产受到谷贱灾荒的影响，他们副业受到物质文明的影响，还加着烟、酒、赌、迷信等的消费，再受到土豪劣绅的压迫，他们怎样呢？女子们跑到城市里做这辈寓公们的奴仆，男子们也跑到城市里做着劳动后备军！

这一辈寓公们实在没有方法能够压榨出这辈佃农们的血汗了！于是只得紧缩着经济，不能尽量的消闲了，他们也将跟着农村而幻灭了！

但是，苏州的消闲事业是一些也没有受到打击，他们不会幻灭的，苏州永永是一个天堂！因为这一辈寓公幻灭了，但另外又有一大批在各地用各种手段发了财的会新陈代谢地乔迁到这里来做寓公的，所以“苏州永永是一个天堂”！

（《新生周刊》1934 年第 1 卷第 3 期）

在苏六小时

周越然

余在苏任职有五年之久，对于苏人风俗习惯，知之极明，而于其大街小巷，亦甚熟悉，然皆在清末时也，今者道路加阔矣，洋房加多矣，出门乘车矣，驴马绝迹矣，平门变为要道矣，废居改成公园矣……种种新事业、新发展、新建设，指不胜屈，皆为余居苏时所无。尚有未改去者，士绅之往吴苑饮茶一事也。

苏地茶园与申江异。苏人之往之者，大半皆士绅，且彼等所谈者，非国政，即哲理，绝无粗声暴气、相打相骂等事。倦时躺躺椅子，看看日报，吃吃小食，费钱不多，而能寓休息于尽知天下事之中。苏之茶园，实即欧美之国俱乐部；而申地茶园，大多为“茶会”所据，可往讲话，不便谈心。

余此次因要事与内子趁一点十分车往苏。车未离站之十分钟前，一操苏白搭客云：“对面格铁甲车，勿晓得装格啥末事。”其旁坐之人，似为彼之至亲或好友，向对面一看，即以苏白答云：“该种铁甲车，是耐常常坐格，吾是叫俚铁篷车格。”铁篷车运猪牛，铁甲车运士兵，二者本有判别；一人误用物名，其同行者欲更正之，不以直言相告，而转弯抹角说出一大片来，内含讥刺之意，使彼自觉，后来不敢再将物名误称，足见苏人伶俐，亦足见苏人之慎于用字也。余与内子到苏后，先在公园路将欲为者料理清楚，即往公园散步。是日虽为星期日（十二月二日）而冷静异常，园中坐椅已收藏，茶棚已全闭，因天气已凉，鲜有入之者之故。后往十梓街拜客，两家主人均外出未遇。五时许步行至观前街购糖果。大侄（现在苏任事）云：“采芝斋最好，因无宿物故。”余等购一大包，重十馀斤，连瓜子在内，约洋八元。吾二人往来车票只七元八角，而在苏人力车、茶、饭、糖果等等，反费去十馀元，此真谚所谓“囝伍（女儿）大（音‘杜’）是娘”也。归家后，大儿谓“采芝斋之货，实与采芝村相等，斋价贵而村价贱，村系原主人之孙所设，普通人不识货，专认牌面，故斋多生意而村几无也”。大儿学银行业，近来言语富有“钱鬼”气，余不信也。

余等在松鹤楼晚餐后，因离十点三十分回申之车太早，又在吴苑一坐。是时正在七点半，早班已散，晚班未至，或因天冷不来，亦未可知。余等见者，只一白须老翁与书画掮客坐一桌；又一桌则为三四壮年人也，中有一人，颇似老友王伯翁，面赤身肥，绉袍缎褂，出言清楚，全用苏白，作种种苏式手势，然此人决非伯翁。伯翁俭朴，衣布衣，谈史学。此人谈吃，余尚记得其数语，如“苏州人贪吃，无物不可口，最妙在本处无特产，而能精制他处之产。他处人来苏，出重价重运去……”其语固为原理，彼或见余等之大包糖果，而有意讥笑亦未可知。余最喜闻真苏人之语，以其软而雅也。余自己亦能作之，惟于“好”、“老”、“毛”、“帽”等字，则不能精。大侄云：“倘不能说‘帽子’二字之苏音，可改说湖州‘墨盒子’三字之音，颇多似之。”试之果然。大侄学工程，然幼时曾受语音之训练，故有此种方法乎，一笑。

余老夫妇此次在苏，实计不过六小时，然在此短时间内解决人生最大问题之一，又遇见重要人物多人，如中央大学全国著名之外国语教授某公，及舍亲某厅长、李法官等是也。此数人皆非余等所往访者，教授在观前街遇见，厅长与法官，则在车站之酒吧间。法官曰：“吾等因申来车误，四时后直坐至此刻。君可搭九点七分锡申加车回去。”余曰：“哪里有此种车。”彼曰：“时间表上无此，然实有之。”后果然。临别时，法官又云：“吾们真是先落（趁也，搭也）船，晚（音‘满’，迟也）上岸。”盖谓彼等待车数小时，尚不能回镇，而余等只站不到十五分钟，即能搭车也。

最后又见一摩登女子之奇口，其状如枣，而其绉纹亦如之。内子狂笑不已，余问何故，彼曰：“看她的嘴。”余曰：“我早见了，身体上的缺点，是天意而非人为，犯之者已自觉自丑，旁人再加以一笑，彼亦更觉难过。汝若以为不雅观，当注目他处，断不可向彼细看而发狂笑。汝非小姑娘，何以作此种孩子之态！”后来车中面余等而坐之男子，其状貌与皮色与猴子无二，且其举动如嚼食物亦颇似之，幸余已将不可笑人身缺点之理告吾妻，否则彼必狂笑至上海不止。而邻座不知细情者，必疑余等为野鸳鸯，在车中谋特别事矣。

（《晶报》1934年12月8日，署名九一三）

苏州一瞥

碧　星

大概可以算是江浙交通的枢要了吧，陆路有京沪线的火车，水路有运河里的轮船，此外还有公共汽车直达嘉兴。就因为了交通的便利，距离上海的近便，所以帝国主义势力的波及，也便首当其冲。城墙虽有二三丈高，但是怎能抵得住那洪水样的汹涌呢?

维持礼教的君子虽多，道德会的设立也有，但三十岁以下的女人，就很少不是腥红的唇，头发像鸟巢似的蓬松，五家电影院开映着香艳迷离肉感的影片，三家戏院开演着“恍惚”、“紧张”神怪武侠的新旧戏，于是男人身上也洒上了香水，脸上也敷起了白粉，妆得和女人不相上下。

农村经济的破产，也使这古旧的城池，遭了最大的打击。本来这城底繁华所系的是一般拥有田产的大地主，而自从前年丰收成灾之后，地租的收成只打了二三折之后，地主阶级中衰了，于是赖以支持着的市面也跟着倒落下来，商界在去年决算，盈利最多的只能维持开支，所以街道上虽然满目都是五光十色的招牌，墙壁上满贴了花花绿绿的广告，还有喇叭和大鼓不竭地吹打着，然而骨子里，正像气球一样空无所有，而且一样地经不起打击啦!

观前街这城市的中心和重心，最热闹的一条街，这里所表现不景气也最热闹，商店里都装着无线电，也都放送着本地风光的弹词，吸引住了一班低级的群众站在店口听着，店伙也寂寞地倾听着。

苏州是明文禁娼的，不过在严行开始之后，热闹的阊门，几可罗雀，于是现在非但可以左拥右抱，而且只要你有兴致，来个“嘉兴八美”或者“金钗十二”都办得到。这种情形只需你出了极低的价钱，住一夜旅馆便可知道，苏州旅馆是非常便宜的，因之不论经济困难，恋爱失败而轻生的，都上旅馆来了。

巷里，碎石的街和黑色的高墙，城里惟一的交通工具——黄包车经过，常有使行人让到墙上碰了一身黑，或是踏着水塘弄到一脚水的危险，不幸你碰到了，也许不念出声咒骂的，因为四周的沉寂使你不好意思高声地响起喉咙来。

全城仅有一个公园，冷天是没有人去光顾的。虎丘，天平，灵岩，也只是供给外来的游人们一种赞叹罢了，苏州人已是不愿享受的。苏州人自有他自己的茶馆、书场，去消磨他不值钱的岁月，苏州的文化能代表了全中国的文化，苏州人的劣性，也就是中国人劣性的代表。

上海最热闹的是公共租界，天津最热闹的是日租界，汉口、重庆最热闹的也是租界，然而苏州的日本租界（苏州有日本租界，大概谁都忘去了吧，如果把这话来问一个苏州人，那末他也许惊异得跳起来，因为它和别处的租界太不同了），却像连鬼也捉得出似的冷静。

（《人言周刊》1934 年第 1 卷第 6 期）

姑苏印象

岳　仁

“上有天堂，下有苏杭”，这句话我从有知识就知道，也就是羡慕着的。最近趁在假期内我就来到了这久悠梦想的苏州，当跨下了火车，我就觉到苏州并不是像自己所理想一般。

道路无一不崎岖和狭小，交通的利器除人力车外，就仗着腹下都显露出一根根肋骨的饿马拖的车，这种车如若坐在上面，走的时候，总能时常觉得自己是被颠离了坐垫。

在苏州城内外，住着有前清的遗老，息影的军人，土豪，劣绅，更有一班年轻的公子哥儿，他们依靠着父祖的遗产，每天除吴苑吃、看影戏、逛街外，就不做一些事；他们没有高深的学识，所以也就没有什么大的野心。但是近几年因为天灾人祸的关系，田价的低落。这班人也就一天少一天，然而因为苏州是衔着天堂的虚名，寓公天天在产生出来，永久的不会消灭的。

城里满布着无数大街小巷，无一不染上些臭气，因为无论在什么地方，大小便都能任意的。这大约是为了这种管人小便的事，太不登大雅了，大家都不值得去谈到它，换言之，就不去干涉它，绝对任人自由。

广济桥边是城外最热闹的地方，从早到晚，始终拥挤着行人车辆。在这里没有大的商店、公司、菜馆，仅不过多数旅馆开在那里罢了；苏州天天高呼着禁娼，什么院呀居呀，当然是没有了，但是这班形似私娼的就一天多一天了，“钱能通神”这句话的确在任何一种情形都放得上，所以在华灯初上的时候，这班野鸡、咸肉之类，就整个的将旅馆塞满了，仅在阊门一带，据他们份内谈起，至少也有一千五百左右，大多数是苏州四乡的人。由此可知，虽在天堂的农村，大部分也都破产了，我想在内地更不堪设想。

观前街是全苏州最繁华的集中点，道路也比较广阔和平整些，所有一切商店公司，都完全开设在这里，人和车辆虽然也一天拥挤到晚，但是除去少数糖食店以外，差不多也都没有什么生意，满街挂着大减价、大廉价、不惜血本的旗帜，但是并不能增大他们的生意，反而觉到营业一天不如一天。这惟一的原因，是受了农村的影响所致。从这点也就可以知道苏州的百业凋零了。

苏州有的是名胜古迹，但是被我所看见的却多少有些失望。留园，虽然地位宽广，风景幽丽，然蔓草丛生，荒凉满目，走遍全园也可以不见一个游人，我代留园可惜。虎丘，还不是一座乱石堆，经过了这班闲情别致的无聊人一说，就说得天花乱坠，我真不明白这虎丘的好处。其他尚有天平、灵岩等山，我因为时间的匆促，和多数的失望，就没有去游，在理想上谅必也没有什么能使我满意的。在那里盗匪很多，抢劫是司空见惯的事。

这大约也算苏州人惟一特点了，就是很难听见苏州人会发出厌人的噪声，差不多在相骂时的语气、声音，都能使一个异地人觉到没恶感。无论男女。面上都搽上了白粉，高高的衣领，娇弱的身体，处处表示着苏州人的软弱。

匆匆的光阴，送了我来又要送了我去，我觉着此次的失望，苏州之不足留恋，但是“人间天堂”这句话，却被我参透了。

二月二十日写于苏州

（《人言周刊》1934 年第 1 卷第 4 期）

苏州印象记

沈圣时

揣着一种乡曲的心情，最近又上苏州城去了一趟，苏州，好地方哩！一切名分全被占有过。那地方是“三吴毓秀”的天堂，有瓜子脸的好女人，飘飘逸逸的西装公子；有洋楼、艺术宫、花园、公馆、娱乐场；一切美、享福、梦，濛迷了这东方的威尼司！

拔着重浊的脚，一拐一拐地，走上观前街去。——东方威尼司之街啊！

彳亍在街边，楞着眼走马看花地，赞赏着午后的观前街，国货商场楼窗口的大鼓喇叭，吹捶得着力地；大门口，广告旗帜，红、黄、白、青，闪过眼。一种购买欲在我心上爬，自家拍着那只空袋儿像煞有介事地挺到门口里去，羊毛绒的什么，什么，真多，看到眼花，然而没有闲钱带点回去，瞧瞧场里面跟我一样地在瞧得眼花的顾客真多，尽是在里边蹓跶蹓跶着。

挺亮的西装少年，拥着皮大氅的时装姑娘，拥着一张感伤主义脸巴的流浪汉……，在国货商场门口里穿流着，各色脸儿，一批一批地。

我惘然地走出来，闲荡到街头，上几家书铺去瞧了一遍，没有要买的书。

拐个弯，上护龙街去，那条街，我一向感到很厌恶，那些颓废的灰色的古玩收旧铺子，挂上一块烟客的照牌子，一走上那条街，我总觉到苏州的古老，像没改换世纪似的。

街景，灰暗，寥落的路人，踱闲步绅士，乞丐，喘气的车夫冲下桥，颤落的铜铃声一同地。

第二天一清早，我坐着车，赶第一班回乡汽船。

呜的一声，船从吴门桥开出去。

——再会！苏州！

（《七日谈周报》1934 年第 1 卷第 3 期）

古城春雨

沈圣时

“清明时节家家雨。”

从阴沉雨意的街上，匆匆到报馆来，心境也似雨意的天空那么的，阴沉浮不起欢笑。

屋沿边的洋铅皮水檐在淅淅发响，天光更暗，望到楼窗外，一片春雨打在一排比栉着的鸽子房似的屋背上。

为生活，文章不能不写。一个人静下来的时分，时常会感到精神与良心上的痛楚。

一路上从护龙街跑过来，没寻到一个题材，然而“按时出货”的文章仍然不能不写的。

窗外一片春雨，轻轻绵绵的，对楼的袜厂里，好多营养不足的女织工，在雨声里忙着摇动袜机。

生活的辛酸也织在春雨里啊！

春雨中的街景是郁沉情调的。

破旧的黄包车张起了褐色的油布篷，披着暗绿的油布衣，戴着破凉帽的车夫，草鞋在湿滑的石子街上狂奔着。一联队铜铃声，幽灵似的。

小贩们叫卖的嗓音，在雨声里也显得低沉了。

一片市声，在春雨中颤着。

古老的街路上，石子在代代行路人的踏过中擦磨得一颗颗扁滑了。被轻微的春雨湿润之后，古老的街似乎显得古典的妩媚了。

春雨飘落在古典味的街路上，幽深的长巷里，洒上朱漆的大墙门上，雨色抹在古老的城墙上。

古人的诗是幽味的，记起来了：

——小楼一夜听春雨，

——深巷明朝卖杏花。

诗人的梦早在风雨的时代里击破了。今天对着春雨中的古城，我们还有那么闲幽的轻感吗?

一个人儿在紧密的春雨中上街去。

行路人伞的阵线，接连着，眼花，结连成一幅弧形的图案了。

人世的辛苦，抹在匆忙忙的雨色的行路人脸上呵!

一个流浪歌者，拉着胡琴，蹶躄的破皮鞋，在我身后跟上来。

春雨里的胡琴声分外悲凉调子的。

一颗被生活殴打过不知多少次的创伤的心，随着流浪人的琴弦哭泣了。让银灰色的雨丝飘湿衣衫吧!

一九三六,四,一七，春雨中

(《落花生船》,沈圣时著,自印本,1936 年 5 月初版)

苏州印象

顾自珍

在一件事突然发生后，我才得着回故乡去的机会，回到那离别了五六年的苏州。按理我应该很透彻地明了它的一切风光才对，但自七岁时随着双亲到处留连，故乡对我的印象已经模糊渺茫了；中间虽曾回去过，然而因时间短促，始终不曾得到过深刻的印象。这次得以回去观光一切，心里不觉含有一种欢悦的感觉。听说故乡已经随着时流改变了，不知改变得如何，心里很关怀着。

火车在苏州城外蠕动的时候，周围只见茫茫的大片低陷的水田，绿油油的稻秧，与北地所有的黄土高原的情况，显然是大不相同。两夜一天之隔，前后所见竟会完全相反，不能不使我感到科学力量的伟大——在短促的时间内能走长远的路程。苏州的城郭映入我眼膜时，我几乎要跳跃欢呼起来，苏城，我终于又和你会面了！

我兴奋地跳下火车，看看车站上的行人、景色，听听言语，我整个的人已在新的空气中包围了，说不出的，只觉得一切新的景象，新的反应，都一齐奔进我的脑中，连走路的两条腿也觉着所踏的地是新的地，慢慢地踏下去，又慢慢地举起来。车站在城外，看不到什么景物，除了些旅店招徕生意的店员外，只有多数赤着脚，戴着破草帽，穿着褴褛短裤衫的洋车夫。包围着我们这一群新到的旅客的洋车夫们，性情是那么粗野地互相争夺生意，这种现象差不多是各地一律的，没有什么出奇。于是我们跳上了雇好的车子，开始向老家园奔去。

车子走动后，首先使我感到异样的是不停颠簸的车身。我的身体自然也随着车身颤动，简直没有一分钟能安静平稳地坐着。整条街都是用碎石铺成的，石块的表面虽然光滑，但是坎坷不平的裂缝，是最能颠簸甚至倾覆车辆的。当时我曾盼望我快要看见平坦的路了，不想进了城门后，所走过的路，依然都是石块所铺成的。苏州的街道没有很长的，走不了多少路就得转弯，忽然间我觉得四周围的空气异常紧迫。车的两旁只有一些些空隙，而且所见的天也仅是一线型似的；两旁的店铺彼此相连，这与在壕沟内走着有什么分别？这种新的感触，使我觉着好玩，而又有些闭塞。一线天，应用在这里是再好没有了。车身在狭窄的巷中走着，随时得嚷着“当心”、“靠边走”一类的话，使我常感有车与人相撞的不安，其实这只是我的神经过敏罢了，因为每个车夫与行人都是很会让路的。苏城的桥梁很多，车夫们走惯了，每当下桥的时候，总是飞快地跑着；要是一个有心脏病的人，经过这颠簸直冲高耸的桥时，也许是要饱受惊吓呢。在我直等到到了家门口，这久经震荡的身心，才得到安舒。

回家乡后，每遇到闲暇清凉些的早晚时光，总喜欢拉着家人一同出去，不是到远处去，或有要紧事的时候，我是不愿受那洋车颠簸的苦。不单是我个人有这种感觉，许多人也都感觉到走道比坐车方便安适些。最初我走在狭窄的巷中，无时无刻得留神车过和让车的情形，真有嫌脑力太不灵活之感；再加以石子路的不平，多走些路，脚底就会感到麻痛。如果穿皮底鞋，就比较好得多了，这恐怕是异乡人初来此地才有这样的感觉罢？因为当地的车夫、男女仆役和做买卖的小贩们都赤着脚在地面上走，很坦然地一点也不觉痛苦似的。在苏州的街道除了洋车外，只有少数的自行车；不消说，在这样狭窄而热闹的街道上骑自行车，是很危险的。电车汽车不必说是绝迹的，就是马车也轻易见不着。

观前街是苏城最热闹的中心，等于北平的王府井大街，上海的南京路。观前街路旁有极狭窄的人行道，一切大商店、电影院都建设于这一带。沿观前街走去，看见最多的是糖果店，而且门面都很大，无怪人都说苏州人好吃零食。虽然不是每个人都好吃，但有这么多的店铺，在一条街上共同存在着，而且听说生意还不算坏，比较其他一切店铺买卖好，这却是一个铁证。其次则推鞋店、南货店及洋货店等。书店只有商务、世界、中华三几个，而且它们的招牌远不如糖食店来得显耀。最初几使我疑心在这么一条大街上竟会没有书店，因为有几家都在街尾。然而国货公司、青年会、电影院等却建筑得很高大富丽，不下于别的都市。在观前街的附近，有一大片空场，名为玄妙观。在那里有许多杂摊，陈列着各色各样的东西。还一班卖苦力的和走江湖的人在此地表演魔术、拳术一类的游戏，看情形倒有点像北平的天桥，不过没有天桥那么杂乱。

在街巷中还有些特殊的现象，就是有许多小户人家，拿着板凳在自家门口、街巷旁边坐着，做活或是吃饭，尤其在晚间更多，甚或就在街旁铺张席卧躺着，也不足为奇，至于在街上乘凉那是多得很呢。（这些都是夏日特有的现象，到了秋冬谁也怕风，不敢过户外的生活了。）因为当地的小户人家，家里差不多全是没有院子的，一进门就是正房，在炎夏时没有法子，只好以街为院了。就是有许多大户住宅，有的是一进进的大厅空关着，有的是长的走弄，然而院子也是不很大的。苏州人名院子为天井，真是很妙而恰当的名称。在傍晚要得点凉风，自是很难，于是也有以街道为乘凉所的。其实这种狭窄的街道，也享受不到爽心的凉风。当地的公园极少，而且其中有几处是私人的花园，白天可以去玩，晚间当然不能借以乘凉。大公园，可说只有一个，在那里才见有较多的树木和湖荷，进门不用买票，却是附近人乘凉的惟一胜境。普通街巷中都看不到多少树木，实在是无地可种。

住家房屋的狭小密接，与上海、南京等地的普通民房倒很相似，在一排排的外面，我们能看到每家都是白的墙壁，黑的大门，只有少数的墙是黑的，庙墙是红的。无怪乎苏州人初到北平来，看见了大红或大绿的门要感到惊异。琉璃瓦的房在苏城也是看不到。闻说苏城在防空演习时，当局下令所有墙壁一律涂黑，这样一来，从外表看来一定是更整齐了。

有人说苏州是水乡，是中国的威尼斯城，是对的。苏州全城的小河流很多，可以行小船到各乡。于是乡间种得的蔬菜瓜果，及煮饭用的稻草之类，都是一批一批地藉水路运进城来。桥梁之多，也是别城所罕见的。水乡这名称倒是很恰当。但是这些河流，却不很清洁。往往在一条河中，刚通过一只粪船，接着就许有人在那里洗衣裳涮马桶，一边又有人在那里洗米洗菜。要讲求卫生清洁的话，那岂不太违反了？邻近河水的住户，谁家肯不利用河水。全苏州城根本没有一个自来水厂，有井的人家不感到困难，无井的人家自然只得利用河水了，也管不到河水的清洁或污浊了。当地人的饮料，是借助于雨水，因为井水的味不很好。蓄积雨水，却成了家家的惟一要务。每家都备有几只大水缸，有洋铁盖盖着，用洋铁筒通连到屋檐边。下雨时屋瓦上的水流入半圆形的铁筒内，再由圆铁筒流至缸中，水满时可以闭着缸盖，也不至有飞尘虫类侵入，所以夏秋积蓄的雨水，可留到冬日饮用。好在江南的气候温和多雨，不致有冻冰缺水之虑。

至于谈到苏州人的生活，无论在表面观察或深进的探求，所能得到的只是一味的安逸无劲。我自己是苏州人，当然不应该十分指责本乡人的过失劣点，可是我对于故乡的生活实在感到过于贪求舒适，而失去了进取的志气。就是我有时也专爱找安逸避艰难，袭取了故乡人的性情。不过身处苏城的人，比较更容易走入这一方面，这是多年来遗传的本性，是不容易一时改变的。我不是说每个人都如此，也有不少的例外。苏州人之所以如此，与其归罪于遗传，还不如说是环境使然。在当地的富足小康之家，差不多可以不干事业，靠着祖上遗下的财产店铺，足可以享福一生的。苏州的生活程度较低，稍有些钱就能享乐。靠着田地或绸缎店所得的利来维持家庭生活的人们，就不用再去设法谋事了。那些小地主小店主（当然大地主大店主更不必说），每天非日高三丈不起床，起来便到点心铺吃点心去。当地人差不多全有吃早点的习惯，所以到处都有点心店，而且开市得很早。吃过早点后，可以到茶社去找朋友谈天，总不愁无人理你的，因为这班人怀着出外总比在家守着小孩、看着主妇们管理家事好些，而且所费无几，不用因爱惜金钱而却步。于是所谓品茶闲谈的茶社生意是很旺盛的。他们很快地把一上午打发完了，午饭后，或是邀人打牌，或是去听说书的说书，或是继续去茶馆品茗，这么又极快地消遣了整个下午。这些都是苏州人通有的嗜好。差不多家家都打牌，只要隔着大街一层门，任凭你打得天昏地黑，也是没人来干涉的；但这也是中国普遍嗜好，有钱有闲阶级都极易走上这条路。听说书却是苏地特有的风光，而且它的号召力也不小，一般空闲的小姐太太们，也有听得入迷的。为什么它有这么大的魔力？这大概是因为说书人的巧妙。一个身为说书的，他必须具有一张会说会吹的嘴，把一个极无意义的故事神话，说得有声有色，把剧中人的动作活活地表现出来，使听众听得津津有味，恍如身历其境似的。同时他也能随着剧情表现出喜怒哀乐之神气，博得人的同情。说书者还有一种手腕，就是把一篇短的故事延长了，而且每次说到最有趣，使人急愿知道书中人下落的关头，就中止不再往下说，以“诸位欲知后事如何，明日请早光临”作结语。这样一天天的延迟下去，听众自是一次也不缺席。说书的就是这样的维持他的生活。回味他所讲的，翻开书查看，每次所讲不过是极少的一小段而已，由他嘴说得那样奇妙，比自己看书所得的兴趣来得浓厚得多了。这种娱乐所化费的钱，仅是一杯好茶费，但它的麻醉人消费人的时间精力，却不可以道里计了。然而说书的究竟给人是什么？仅是消耗时间的娱乐而已。更可惜的，甚至学生及有正当职业者，也有给它迷惑的。电影院，苏州统共有三四个，价目远比京沪平的低廉，建筑却不相上下；但是一张高贵的名片出演时，往往不如一张平凡的片子能叫座。这令人不能不怀疑苏州人的欣赏力逊于其他大都市居民的。

近年田地出产不佳，丝绸的销路大减，靠这方面生活的人家，都受到经济的恐慌，渐趋贫乏了，然而依然不见他们计划和努力作为。这班人出外的时候，穿绸着缎，打扮得很排场。不知他们细底的时候，真会猜他们是大富之家的少爷小姐呢。这又可以证明苏州人的好面子了。我不是说其中没有真富的人，不过是占少数罢了。苏州是个生活程度较低的城市，有许多在京沪做事，而嫌京沪生活昂高，不够开支的人们，将家眷迁移至苏城，过小康的生活，这样地维持着苏州的繁荣。不过在大拍卖大减价的竞争声里，我们可以看出苏州是和其他都市一样的萧条。

这回我在故乡居留了仅一个多月，便匆促地整装北返了。在归途中，我不胜眷恋地思念着：“苏州，沉溺于安逸的人们，狭窄不平的街巷，等到何时才能改变呢？我希望第二次回来，能够领略另一种新的印象！”

（《大众知识》1935 年第 1 卷第 9 期）

苏州的救济事业

青　云

苏州的救济事业，在这不景气的年头，自从张一鹏、朱贯一主持以后，救济院隶属下的各机关，却大为整理，比了以前进步了许多。苏州救济院隶属下的慈善机关，共有养老所、感化习艺所、育婴院、昌善局、聋哑学校等五所，至于阊门外的苦儿院，系地方人民所主办，不在救济院隶属下的。

养老所，在山塘街下塘普济桥堍，以前名普济堂，系专收乞丐的，可是在以前的堂规，是十分宽松，乞丐出入，很是自由，正当些的，每天到街头来唤甘蛆药饼、蓬条油灰，技术是无人传授的。可是现在，却大大改革了。养老所除了唤卖油灰可以上街营业外，绝对的不容出外。里面的设备，如衣、食、住三者，都一切改善了，并且还教授那班养老人做鞋子、织毛巾，一切生利的营业，比了以前的“叫化普济堂”，确乎今非昔比了。

救济习艺所在娄门柏家巷内，屋宇是广大、清洁；感化的人，分自费、公费两种，自费的，食、住两端，比较舒适一些。那种的感化人，每天从八时与下午三时，须轮流地上六节课程，别的时间，却是工作的时候了。那里工作部分，有藤工部、炭基部、纺纱部和木机部、写经、园艺六种，是因人而设教的，如文人写经，农夫种田，各得其所。感化人工作之馀，也有娱乐、乒乓和户外运动，来调剂一日工作后的疲劳精神。

救济院隶属下的慈善机关，最为生利的，当然要推棺柩寄顿的昌善局了。昌善局虽然也有一年几元的公共寄柩所，然而普通的寄柩室，三柩一间的，每间每年也要五十元，独占一室的，全年五十元。昌善局房屋又那么众多，于是一年间的收入款项，是大有可观了。据该堂报告，半年之间，除去开支，计盈馀二千多元。张院长见丧葬事业大可赚钱，于是又利用了昌善局棺柩入堂时那里三进大厅，粉刷一下，改为殡仪馆，可是这究竟是草创的事业，成立迄今，尚无人光临交易哩！

育婴院以前唤作育婴堂，在娄门中由吉巷。那里的婴儿，当然是人家的弃儿了。院中婴儿，分人乳哺育和牛乳哺育两部，假使有人愿领出哺养，也可以的，每名婴孩，每月贴还哺养费六元四角。那里的小孩，一例睡在特制的藤床里，衣服食物，都用科学方法管理，婴孩比了以前寿长多多了。那里的婴孩如有人愿作子女，以年龄大小定哺养费的多寡，每名是至少四元。

宋仙洲巷的聋哑学校，虽成立不久，然而那里学生的成绩，却很可观，前几天该校举行毕业典礼，那三个学生对客挥毫，居然书画俱佳。只此，该校的教授成绩确很可观哩！

（《市政评论》1935 年第 3 卷第 18 期）

论所谓天堂的苏州社会

同　兆

俗话说："上有天堂，下有苏杭。"苏杭大概是民丰物富的人间乐土了，但要问一问这所谓人间乐土的内幕如何？想一定有许多瞠目不知所答吧。记者是生于苏州，长于苏州的，一个十足苏州人，所以对于苏州的情形，略略知道一些，现在把苏州整个的社会，做一个简单的报告，介绍读者认识认识所谓人间乐土的苏州。

交　通

交通方面还算便利，旱道有京沪铁路经过，水道有运河横贯，两条大道纵横相交成了一个十字，这可以说是苏州交通的中枢。在小河流中，再有许多民船、浅水轮船，来往各乡镇各邻县。

教　育

苏州的教育因环境比较优良的关系，所以教育似乎发达一些。全县的小学总计有二百馀所，私立的占去百分之二十，就学儿童约七八万人。中学有苏州中学、苏州女子中学、农业学校、工业高中、蚕桑学校、县立初中（以上是公立的）、晏成中学、桃坞中学、安亭高中、东吴中学、振华女学、振声中学、慧灵女中、乐益中学、女子职业学校、景海中学、纯一初中、伯乐中学（以上为私立的）十八校，学生约七千人，专门学校及大学三所——中山体专、成烈体专、东吴大学，均为私立——学生千馀人。此外文化机关有图书馆二、民众教育馆十馀所。至于经费一项，私校取费学生，不成问题；中校经费，由省府供给；——县中系县设，经费由县教局供给；——而最困难者，即县校之经费，县教费之收入，皆取于全县屠税、教产息金及烟酒税之一部，月约十八万馀元。民十八前，收入付出相抵，无亏亦无赢；民十八教育扩充，经费增至二十万馀元，每月约亏二万馀元，日积月累，乃造成今日之经济恐慌，紧缩欠薪，甚至发行公债，虽极谋补救，然至今仍无根本解决之善策。

市 政

市政之腐败，几为吾中国普遍之现象，苏州一县，何能独逃此公理，官吏贪污，鸦片赌博，几成公开秘密，尤以乡镇为盛，盖警察多游民充任，索诈包庇，是其故技。故上虽欲禁而不得，然上亦有乐为之者。市街则湫溢而污秽，近虽有开拓全城街道之举，然困于经费，不能悉如计划进行。至于社会治安，因有城厢，故较宁静，盗贼甚鲜。

工 业

苏州的工业，所说是连芽儿都没有一点。工厂仅盘门外苏纶丝厂一家，为日人所设，东北事变后，亦已停闭。此外能稍附工业之名者，惟刺绣一项，刺绣在苏颇盛行，业此者多女子，多在家工作，出品颇精良，然报酬甚薄，普通一双鞋花，细工者，仅得工资洋五角。然亦有赖以糊口者，亦可怜矣！

风 俗

苏州的风俗，可以以“好迷信，贪安逸”六个字来代表之。第一好迷信，在苏州寺院林立，不知几十个，在早晨你到街上去走，你一定可以遇到几个老婆子或年轻的女子，手里拿了香烛，到庙里去，倘逢到废历的初一、十五，那更多，连男子去烧香你都可以逢到。人病了，去求仙方，请女巫，有疑问就去求签问神，神成了他们一切的主宰者。第二贪安逸，因为苏州地方比较富裕一些，所以能够安身度日，而造成了懒惰的习惯，只要你稍稍有些家私，能够平平度过日子，他就不想做事，坐在家里享福了。所以，在苏州的户口调查表上，有十分之二是无职业守产的，真是可惊的数目，社会安得不贫呢？这种风俗是好是坏？我也不必批评，读者自能知道。人间乐土，或许就乐在此地吧！

娱　乐

在这种颓废的社会里，当然不会有好的娱乐了。以前苏人以嫖妓是惟一的娱乐，现在禁娼后，此风比较好些了。但是嫖妓还不是十分普遍的，因为至少要中产阶级以上，才有这许多的钱去花，一般人还够不上。至于最普遍的，有两件事，喝茶，叉麻雀。喝茶似乎是人类饮食的一部，必须的事，但是苏州人的喝茶，并不是要去喝茶，是去玩玩的，每日要去喝，有的二三点钟，有的终日坐在茶店里，可宝贵的光阴，毫不顾惜底虚掷了。叉麻雀是最普遍也没有了，不要说是小资产阶级要叉，连无产阶级的苦力，在空暇的时候也要叉四圈，其普遍也可说普遍到极点了。但是，苏州未尝没有高尚娱乐的地方，公园、运动场都有，可是游人终是寥寥，他们宁可劳神伤财的去叉麻雀，不肯到公园去玩的，这是他们的习性，颓废的习性。

（《妇女月报》1935 年第 1 卷第 5 期）

苏州农村杂写

铁 道

我所说的苏州农村，是在葑门一带。虽说是一隅，但无异于整个苏州农村，犹如杭州西湖之可代表整个杭州风景，正是一样。我不想作有系统的叙述，因为那是社会学者的工作，我只将所见所闻，拉杂写来，算是农村破产中的一些鳞爪而已。

苏州过去是一个富足的地方，大家安居乐业，从来不知道贫穷是何物，所谓“上有天堂，下有苏杭”是。苏州人的“吃食”，可以不仰给别处，完全由他们自己的农村供给。苏州是以糖食出名的，糖的原料便是麦和稻。苏州糖食消耗的惊人，便可看出麦和稻的产量来。从前葑门一带的农民，不论男的女的小的，他们惟一的工作便是农事。天初亮，大家便都起来了，男的到地里将白菜割下了，小孩子、女人便担了进城去卖。一面，男人也进城了，他们是挑了粪回去。下午，剩下小孩管家门，男女一齐到田里去，男的翻土，女的洒粪车水了，小孩子也都来帮忙。

他们这样工作，所得的报酬是颇有馀的。卖菜的钱，可从城里带点东西回去。这不一定是日常用品，有时去观前茶食铺里，买一包花生米或是一包粽子糖也很多，回去分给小孩们，虽然吃到很少，但都一样的甜蜜愉快。是玉蜀黍的时候了，他们便进城两趟，因为下午去卖，生意是更好的。

那里自耕农不多，差不多都是佃户，所以一年要还两次的租。但是他们因为天保佑，除了还租外有不少的盈馀。每年布衣是穿得暖的，酒也可以常喝，抽空可以上观前逛逛街，买点应用东西，甚至有到戏院去看大戏的。

热天渐渐过去了，绿油油的水仍旧抽着。稻都是“一片黄”了，于是大家忙着，这就叫秋收。秋收忙了一阵，便没事了。卖米的钱，还租剩下的钱，地上的出息，将零碎债还了，大家便都笑嘻嘻了。

他们负担的税太重了，有些农家子弟觉得种田没出息，还是改行，于是大家进城了。葑门沿城一带的小店，如烟纸店、草鞋铺，都有种田的人在做生意。农家小孩子到店里做学徒的很多了，甚至有许多浴室茶房都是“乡下人”。因此，种田的人更少，田就更不行了。

不过，那时他们还有饭吃，去年起就更不行了。原因是田里没有东西，水一点也没有，河里车来的水，随他是机器车，车得辛苦，绝不够用，到后来城河里水似乎也生问题了，田里的泥是爆得裂开了，地里也不能种菜和茄子。那时整顿的饭是可以说没吃的了，只吃些“南瓜糊”，或是小麦屑糖皮的薄浆。年青的都进城做工去了，女人“看蚕”也没“出息”，因为辛苦了一阵，茧子还是没人要，只得做三个小钱一双的袜，每天倒有十双可做。有的轮不到东西做，只得坐在家里想心事，拜菩萨，五六十岁的老年人，只可担轻便东西。

他们的贫穷，若说是由于城里人无购买力，也不尽然，他们是根本没东西可卖。若说他们无种田常识，那话更错，他们虽说不知道科学，但和他们谈起农事，却“头头是道”的。

一个六十几岁的老太婆，感叹地说：“大旱大水是天上来的，有定数——你们先生们也不用调查，只要叫‘他们’少拿我们几个钱就好了……”对于这句话，我感到深长的意味。

（《申报月刊》1935 年第 4 卷第 7 期）

五月念一日的观感

王知更

“出路！出路！”抱着这么的一颗心，吃过昼饭，剥下那件破旧肮脏的衣服，换上件较像样点的，把头发理了理……踏出门外。

穿过一条条的街巷，到处看见的是“新生活运动”标语：“铲除恶习惯，实行新生活。”没有一家门口没有，我一看见“新生活”三个字，就要联想起“脸要干净”、“头发要梳理”……对于这些我都一一照办了，因为今天有着天大的事情去干呢！

但这些对于我原没有什么实惠，“饭”才是我刻刻不忘的，所以就开始今天应该怎么，才能如愿以偿的思想了：

“到了那边怎么说呢？……”

终找不到要从那里说起。

“××伯！……××伯！……”

虽想出了一个××伯，然而再也想不出下面应该接续些什么话，倒弄得头胀脑昏起来。

“嚇！”一辆黄包车从后面赶上来，给它吓了一跳，暂时清醒起来，赶快避让，但不多时，又复回故态，脑昏了，胀了，作痛了。

“××伯！……”心中气愤得要裂开来的样子：“崇……老……伯……咳！”

自己也莫名其妙，怎地会唱起《苏三起解》中的“崇老伯”来，“嗤”的一声自己觉得好笑，但是急促地，并且立刻又回到我痛苦的、沉长的思想中去了。

拙政园走过了，奉直会馆的广场就走进我的眼中，给热烈的阳光照得只是一片白色。照墙上远远地写着几个斗大的红字：“对国事抱冷静态度者是凉血动物！”下面署着“六十七师制”。这还是“一·二八”的遗迹，然而快要剥落了，“一·二八”的精神！

“本来……现在你见了吗？华北走私……殴伤关员……纱厂大受影响……还是去托别人吧！”这是某亲戚的话，现在又想起了。

“是呀！”我不觉得喊了起来：“谁能不管国事呢？”

但当我看见另外一面民众教育馆制的清新的标语时，只好苦笑了，它说：“中华民国的公民应该要有快乐的精神。”天哪！叫我怎么快乐得出呢？

“努力实行新生活运动，垃圾倒在桶里”的标语又出现在眼前了，当我走过旧学前民教馆时，我疑心我是立在垃圾桶旁呢。

旗帜飘扬，好热闹呀！观前街在我眼前了。首先引我注意的是“大牺牲”、“大拍卖”等招纸，随便什么角落里都看得见，和接一连二的关着的排门：关着的排门上除了必定有的“新生活”标语外，都贴着减价召租的纸条。听说房租是减了又减，商品的价格也大有不顾血本的趋势，然而不景气却一天深化一天。

前几天走过观西一家先始商场，门口贴了块召盘的招牌，然而今天所见的，叫我呆了半天，门口横七竖八地放着七块大大小小的牌子，上面红红绿绿地标着“本场全部关店大拍卖”、“本场不顾血本关店出清”、“市面不景气关店拍卖”、“志在从速束清不顾血本”、“最后牺牲”等大致相同的广告。原来召不到受盘的而实行关店了。

观前街上除了“大减价”的旗帜随处可见外，还有宪兵第六团制的新生活标语，一块块的蓝底白字的木牌子，钉在电线木杆上。让我背些出来：“钮要扣好”，“帽子要戴正”，“眼睛要向前正视”，“行坐要正直”，“要漱口洗头”，“婚丧喜事要节俭”，“手要洗干净”，“说话要信实”，“行路不要吃东西”……好了，饭也快没有吃了，还背它做甚？

本想快赶到目的地去，但在观前街所见，叫我冷心起来，我真不敢断定是不是仍旧空跑，所以顺便弯进青年会弄口的一家杂志摊望望。

杂志种类很多，无线电刊物，幽默的文章，把电影明星当作研究对象的电影杂志……都有，那使年轻人看了要面红耳赤的《健美》、《春色》，更是少不得地摆在最惹眼的地方。汉奸理论吗？冠冕堂皇地摆着呢！其馀的大约被视为“反动”而检去了，只有那因为内容有什么“民族自由解放”等危害民国的字样而被杂志公司老板一度不敢贩卖的《永生》，在检查先生的眼镜下，当作基督徒的刊物而幸免了的，还占了一席。

“《妇女生活》有吗？”在金城杂志公司听见有人问。

“没有！”

“嘿！昨天才来买过有的呢？”

“昨天有，今天给县党部检去了。”

这，我也并不觉得希奇，那是早已有之。在外马路一些电线杆上，“爱国先从爱用国货起”等等，早给谁全涂抹成一片蓝色，现在只是“手要洗干净”呀！“居家要清静”呀！……

××巷已在眼前，不多几步就是我的目的地。到了门口我倒有点胆小，不敢进去了。然而怎样呢？为着肚子要饿，硬着头皮走进去听了这么一套：

“……你看多数商家不是裁员便是减薪，或者竟是关门大吉……叫我怎么开得出口。”一遍二遍……。

“叫我怎么开得出口？”我在回来途中想：“那叫我怎么办呢？”

（《中国的一日》第四编，茅盾主编，生活书店 1936 年 9 月初版）

苏州散记
——农业都市的剪影

孟　晖

楔　子

苏州是我弦诵之地，我离开它有许多年了。此番到苏州去，半为看看它的近状，半为访问师友们。

一个晚秋的清晨，我从人语噪杂声中，挤上了京沪特别快车。八点钟车开了，火车在朝雾中前进着，于是青翠的菜畦，矮小的茅舍，远处的枫林，天边的云翳……真茹，南翔，昆山……像银幕上的幻影一般，一幕一幕的从车窗上映过。车到苏州的时候，已经十点钟了。东方的太阳，高高的挂在碧朗的天空中，煦暖的光芒，驱散了清晨的寒冷的空气。

阊门外是旅馆荟萃的地方，我因为爱静的缘故，却在城内找了一家旅馆住下。

农业都市

苏州是一个农业都市，它的繁荣，依仗农业。苏州的住户，除了外来的寓公外，所谓本地人，多半靠着田租、地租过活。

苏州最得地利的是太湖，雨多时靠它涵蓄，雨少时靠它灌溉，不愁水灾，不愁旱灾，农业遂有所赖。稻麦蚕桑，既提供了美食锦衣，而水泽宜于养鸭，湖中饶有鱼虾，也正是肴馔的资源所在。再加沿湖河道复杂，舟楫往返无阻，产物的交换自更便利，文化的构成也就更易。

我们试看这周围三四十里的苏州城，四面都有河道环绕，除了流贯城内，更是远通四境。轮船所直达的重要路线，较远的如上海、杭州、湖州、嘉兴等地，落乡的如木渎、黄埭、荡口、东山等处，每天都有多量的行人往来。至于定时开行的航船，藉以装货载客的，也有百数，而一般非定期过往的船，更是不计其数。所以讲到内河交通，可说没有比苏州再便利的地方了。这也是使它成为农业都市的重要条件。

古老的建筑

苏州有两所特殊的建筑，一是娄门大街的拙政园，代表着轩敞开爽；一是阊门外的留园，代表着曲折幽邃。

我觉得拙政园最有意思，很像一个胸襟坦白的北方人，而园隅的几个院落，也颇有北方风味。正中的一个大敞轩，不用墙垣，四面开朗，却表示着一种古代的建筑作风。像这样的建筑作风，在现代的建筑物中却很少看见。但可惜这里的一切，已多破败倾斜，如果再不修理，就将成为一片荒土了。

苏州一般住宅的建筑，则大都有一个门堂，靠外是两扇大门，同街道为界；靠里是八扇屏门，同内部障格；中间却留着空空洞洞一间屋，就是所谓门堂了。

苏州虽是一个都市，常与杭州并称为“苏杭”，但路政却远不及杭州，除开城外有较宽的马路之外，城内却过保守着老样子。虽然有几处路面已稍放宽，像观前大街那样的闹市，但路面极不平整。这是因为苏州的路，十有九是用碎石片砌铺，观前大街虽具新式道路的形式，却仍用旧式方法打底铺路。

花圃与花市

我和朋友走过城中小巷，见黄泥墙畔虚掩着一扇木扉，有红的紫的色彩，从门隙投射出来。我们心里一动，便推进门去观光。见满园花木，有的种在畦上，有的栽在盆中，有的缘在篱头，最耀眼的，是许多灿烂齐放的秋菊。一个灌园老翁，须发斑白，正在汲水浇花。还有一个老妪，布衣楚楚，也

拙政园

在修整枝条。园中茅屋三间，向南并列。土阶前面，佳卉成行，真是楚楚有致，全无一些俗相。看他们俩，好像“膝下儿女”全无，就种些花儿草儿来当儿女，倒也很够得上“兰桂齐芬”这句话。如此生活，却也耐人寻味。我笑着对朋友说：“爱刮地皮的人，大可放下屠刀来做老圃，虽然没有洋房住，但像这样的草屋，也不坏啊!”

苏州城里，像这样的花圃是很多的。离城六十里，有一个光福镇，那里种花的人更多。光福的邓尉山，就是以盛产梅花出名。有许多行销于京沪一带的盆梅，也是光福所出。

还有虎丘山的乡下人，也颇多以种花为业，玫瑰花、代代橘，以及其他盆栽，都有出产。山下的山塘街上，就有好多家花肆，陈列着满架的繁花，招引顾客。他们除了批发与门售之外，更用船舶装载，运送到水道所通的城市去销售。

有闲生活

那些以租田为生的人，生活自然颇为闲暇，于是适于消闲的东西，就随着产生。同时又因农业都市的收益，还停滞在手工生产的阶段，不像工商业都市用机器生产那样饶有巨大的进益，高度的浪费势有所不能，所以物价也受相当的限制了。

苏州有三多，一是茶馆，二是糖果，三是雀牌。这三样东西，同具着消闲的功能，也就是构成苏州生活的染色细胞。

每条街上，总有几家茶馆，连乡镇间也是这样。有许多苏州人，一早从被窝里爬出来，就上茶馆洗面、喝茶，由烟与茶交互组织的固定公式，度过一个上午。吃过中饭，又上茶馆喝茶、听书。吃过晚饭，或者依然还是上茶馆。甚至于乡下人，也每把一半可以工作的时间，耗费在茶馆生涯。听说党部开小组会议，以及政界要人交换意见，也是在茶馆里举行的。

观前街一带，茶食店很多，香、色、味在在投射出诱人的魅力，大都生意兴隆，很足以表示苏州人对于糖果糕饼的消费状态。

麻雀牌，则是苏州特产。本是劳动艰苦的牛骨，与劲节虚怀的竹茎，都被采作原料，施以细磨细琢之后，居然另易一种相反的作用，而成为消闲打赌的工具了。“打麻将”这一门玩意儿，在苏州是非常普遍的，不仅“大人先生”们把它当作日常功课，就是坐在荐头店里待雇的“娘姨”们，也常凑伙儿打打“麻将”。

劳动妇女

说苏州人都是有闲的，都是享乐的吗？那又不尽然。苏州一般农妇，几乎比任何地方都劳苦。当秋收时候，乡村人家，打稻之声，陆续相间。这声音并不来自田间，而来自户内，操这打稻的工作的，却全是妇女。

在那田间，有点点的青布头巾一起一伏，这是农妇在播种，一撮撮的豆，或是一撮撮的麦，从她们手中点入土中，埋伏着未来的萌芽，而为人类的养料所仰给。雨来了，她们的衣服湿了，她们的身体湿了，然而她们并不躲避，依旧在雨中辛劳。

乡间的通道上，担柴入市的，也是妇女，甚至于扛轿的也是妇女。在天平山的道上，常有不少妇女扛着轿子走；您以为载在轿中的，是小孩，是老人，或者是猪猡吗？不，那每每是一种壮硕的动物，头戴呢帽，身罩西装，脚蹬皮鞋，有时还搜着一根棒，而缕缕的烟纹常从嘴中喷出。

在灵岩山的道上，我也曾遇见一群少女，挑着石灰上山来，口中喊着“哼哟！呵哟”！这些石灰，就是山上新建寺宇所用的。当她们停在半路上休息的时候，我问她们挑这石灰怎样算，她们说：“从山下埠头挑到山上，两个小钱一斤。”看她们的年纪，都不过十七八岁，俊俏面庞，小巧身材，虽然粗布衣服，蓬头赤足，却饶有天然的优秀。当这个年纪，别的有钱人家的姑娘们，正养在所谓“学校”里，哼几句流行于殖民地的英文，不道她们却在做这粗重的工作！

大地主

苏州各乡镇的市梢上，每有黑色墙垣的巨厦门上挂着“××堂栈”等牌子。到了秋收时节,更会在门上贴出大红纸条,写着“×月×日开栈”等字样，并且是阴历与阳历并列的。这所谓“栈”，原来就是地主们征收田租、地租的场所，“开栈”呢，则是栈中开始征收租粮的意思，是在通告佃户们，叫他们来缴租的。“栈”的里边，房屋宽大，既可堆放米粮；“栈”的门前又每有埠头，可以停泊粮船。但不缴谷米，而缴干租的佃户，也是有的。

这种“栈”，规模较差一点的，就不特设于乡镇，而附设于城中的本宅，所以苏州城里有些住宅门前,也每有“××堂栈”及“×月×日开栈”等揭示。

至于中地主与小地主，数目自是更多，不过他们的田地比较有限，收起租来比较轻易，所以用不着在门口张贴那种“官样文章”。

总之，大部分的苏州城里人，都是靠着田租、地租过活。他们那种享乐主义的基础，也就建筑在农业劳动者，尤其是劳动妇女的身上。

尾　声

上述种种，虽然是几个片段的迹象，但也颇足以窥见这个农业都市——苏州的一个轻淡的轮廓。

每位从事于社会改造的设施者，应依既得的社会状况及民众生活的情形做基础，而施行对症投药的有效的改革。那么，这点点地方印象，对于认识苏州社会的这一点，不能没有丝毫的用处吧。

一九三六年暮春追记

（《民间》1936 年第 2 期）

姑苏游痕

王统照

吴　苑

吃茶不止是江浙人们的生活必需的点缀，更不是单苏州的茶馆最讲究最多。江南，哪个较大的城市与集镇上没有这样中国特有的俱乐部？把吃茶看成一种了不得的罪恶；或者提到苏州人，就联想到他们的游惰生活，上茶馆居其一，因此将颓废、低级趣味、游手好闲、无聊等等的话，全加在这个城中的居民身上，这未免有点不公平。实在，吃茶何尝是大罪恶，更非苏州人独独的恶习。

自然，一般人从清早到中饭，从中饭后到晚饭前，老是坐在茶馆中消磨着整天的光阴，聚谈着无聊的新闻，不是一个健全社会的好现象。但这般人即使不在茶馆，怕也不见得能"修己利人"，善用他们的良时。社会制度的畸形发展，他们有产业，无事业，亦不求智识的进益，这个问题是多方面的。上茶馆与否，对他们无多大关系。一个人自愿作惰民，有这样可以作消遣的地方，坐一下午的茶馆，比起整夜在跳舞场中的摩登男女来，并不见得会加重了罪恶，而且比较，上茶馆究竟还不同于舞场。

一种是社会制度没有根本的改革，一种是民间无相当的娱乐。自然，传统的习性与清雅之流的懒惰也不是小原因。然而在江南，即是一个小小的农村有一爿茶馆并不稀奇，难道我们能说江南乡村凡是到茶馆中坐一歇的，便是流氓与惰农么？（乡下的茶馆也有与城市中的不同处。）

这一回旧地重游，我一定要去尝试这大城中著名茶馆的味道。从玄妙观转了一个圈子，我与一位久住苏州的朋友便往第一家的"吴苑"去。这真够得上是大规模而且有历史的茶馆。大厅小室，至五六处，一进门是次等的地位，茶资便宜些。东面一个厅中有说书台，台下一张张桌子上坐着些吃茶的听众。两个人对口说白，正好是说的唐伯虎的风流故事——《三笑姻缘》。这道地的说书不知重说了几千百次，然而仍然有它的听众。说书的那一位是黄脸的瘦子，一把折扇在他手上藉以表演姿态。我在站了一会，他满口苏白，我幸而还懂得几句。这里太热闹了，我们又出去，向西面的一个厅子走。捡临着外廊的玻璃槅扇的座位坐下。红木方桌，椅子，光铜的痰盂，足以表示这个厅是全“苑”中最阔气的所在。然而不论清茶、红茶，每人还不过小洋一角，你尽管从清早坐到黄昏。只要你有容量，茶博士不到一刻钟准会去给你添一次开水。

厅中像这样座位总在四十个以外，在座的人，老头子，西服的青年（只见过一位)，穿制服的公务员（似是)，以绸衫缎履的中年人最多。有的聚谈，有的看小报，有的则在对弈，——还有五六个旁观者，也有好清静的，独坐吸着香烟，或者想甚么心事，然而从他们的神态上看，一定不会深刻的作想，也不是入迷的沉思。

嵌着大理石的挂屏，精巧的四角玻璃灯，由天花板上垂下来，静静地一丝风都没有，廊子外面断断续续的雨丝在阴沉的空间闪耀着。

我们要了一壶绿茶，又一壶红茶，刚把清艳的茶水倒在杯子里，来了，报贩子，卖五香豆的，炸花生蚕豆的，小糖食，他们倒不强要客人买，走来，手里抓着食品小包叫叫名字，看你不理，又从容地提了竹篮到另一个桌子旁边去找主顾。

廊子上也有一层玻璃格，有小几，单座，好清静的老人往往在那里。椅子是木靠背，直板板地并不舒适。为甚么他不躺在家中的藤椅子上或柔软的床上，……也泡上一壶香茶（那一定比在“吴苑”中便宜得多)，却来这里孤零零地打坐?

我武断地说，除开消闲的意义，另有一个原因，就是这里还有社会的意义!

也许有人冷笑了罢? 这末耽误工夫、消灭志气的地方还有社会的意义，正不知是何解释! 且慢冷笑，让我们作进一步的分析。夏秋间乡村的夜书场，打地摊的具有原初戏剧式的小戏（包括北方与南方的蹦蹦、扭股、弹词等)。

冬天早上，农民们的晒日黄，乡间的趁墟、赶集、赛会，类如这些不是一个人的，而愿合起众人的会聚，除却它们专有的因素，是音乐的激动，喜怒的表现，谈话的多方趣味，交易的需要，迷信等等之外，我仍然武断地说，它们都多少有点社会的意义。

假如一个人看戏，一个人在市上选购物品，一个人作赛会的观众（应该称“观独”），怎么样？（晒日黄倒还可以单独坐在那里，怕也是无意味。）果有这等事，他一定意味索然，赶快向回头跑。世间的一切，“独乐”两字不能通用，即在“乐”，也觉得有天地茫茫之感。鲁滨孙在荒岛上称王，称帝，称逊克推多，飞鸟野兽绝不妨害他的名义上的自由呀，不成！鲁滨孙即使有了宫室、珍宝，一切东西，他能永久地在那岛上“独乐”吗？争斗、战、组织，抛不开人群，即是在生活暇豫中要消遣，要适意，要使自己的观感之处安排，总是要接触着人群。纵使是颓废的老头子，也一样有这样的要求。虽然有许多老人在叫着“岩栖谷饮”，“与木石居，与鹿豕游”，那都是大言，与年青人坚持着过铁的生活正是一个反比。即问诸那些“心怀羲皇”上的老头子，他心里怎么样？

话说远了，我认定除掉习惯力能把这古城中的老者孤独地引到吴苑中来，说句流行话，他来，因为这里有群众！

自然，这里所用的群众，不是所谓 Masses 的严格解释，普通上可说是“人群”。

人终是群的生物，虽在茶馆中，即使有许多不认识的面孔，然而从他们的言谈与动作上也可分享点人间味！这也许是老人们能够靠在木背直椅上坐茶馆的一个原因。

苏州人善做小点心，也讲究吃，不过这不是为一般人所说的奢靡的浮华，二十个铜板的水饺，不到一只小洋的软糕，味道与色彩都满足你的味觉与视觉的享受。苏州的风景，人与物，都小巧玲珑，吃的点心也一样不出此例。

我的那位友人，他虽然又在这古城的一隅住家，但很少到茶馆中来，没有时间，又提不起这样的兴致，这次是特别为了客人来的。他看见那个穿青长袍、已斑白了头发的报贩子，弯着腰在大厅中来回转。我的朋友说：

“从十五年前我来这边吃茶，他们就做着这个营业，如今他们老了，我自然也与从前不同，他们不认识我了！”

外面的雨滴沥不止，我们也似乎上了茶瘾，尽着一杯一杯地饮下去。

我默默地看见旁边有位先生叫了理发匠给他剪发，坐在小圆凳上，意态安舒，绝不感到丝毫不便。

“你看，这是为了甚么？那里及得上在理发馆中的舒适。”

“但正因在这里，他才乐意！”朋友又加上这一句的解释。

我对于“吴苑”，仅有这一次的经验，——说句古董话是“赏雨品茶”。但据我想，他们固然是游手好闲，固然是一种消费时间不很好的习惯，不过我总觉茶馆所以能够天天招引这末多的所谓上流、中流以及下流人到此，化几十个铜板，坐两个钟头，是有隐秘的社会的意义。不是肤浅的，只用颓废、无聊、低级趣味这类名词能搔到茶馆者的痒处。

（天津《益世报》1936年6月7日，署名秋旻）

古　刹

离开了沧浪亭，穿过几条小街，我的皮鞋踏在小圆石砌成的铺道上总觉得不合式；苏州城内只宜于穿软底鞋与草履，硬帮帮的鞋底踏上去不但脚趾生痛，而且也感到心理上的不调和！

阴沉沉的天气，又像要落雨。沧浪亭外的垂柳与别的树木交织成一派浓绿，仿佛到了夏日，可是水池中的荷叶还没露面。石桥上有几个黄包车夫，找不到主顾，无聊地低数游鱼。一路上我老是记着沈三白《浮生六记》中他们夫妇夜深偷游此亭的记事，对于做“名山”文章的苏子美反而澹然。现在这幽静的地方深夜是不许人去的了，里边有一所美术专门学校。固然废地利用，似乎从淡漠的感觉上，这地方与“美术”两字也有点关连，然而苏州的闲园多得很，定要找到这里设立学校，室中挂着多少图片、手工作品，出出进进是穿制服的学子，即便不煞风景，总感到有点异样。

在这春残的沧浪亭中，一树碧桃尚缀着淡红的繁英，花瓣在污泥的土石上，静静地躺着，园中太空洞，没人理会。还有一个小院子中的茶花也落了大半，以外甚么花都没看到。

陶君导引我到了城东南角上的孔庙，从颓垣的入口处走进去，在绿树丛中我们只遇见一个担粪便桶的挑夫。庙外是一大片毁坏的园子，地上种着青菜，一条小路逶迤地通到庙门首，这真是“荒墟”了。

石碑半卧在剥落了颜色的红墙根下，大半深刻的甚么训戒话也满长了苔藓。进去不像森林，也不像花园，滋生的碧草与少见的柏树，一道石桥得当心脚步！又一重门，是直走向大成殿的，关起来，我们便从旁边先贤祠、名宦祠的侧门穿过。破门上张贴着一张告示，意思是崇奉孔子重地，不得到此损毁东西，与禁止看守的庙役赁杂人住居等话（记不清了，大意如此）。披着丛草、树枝，又进一重门，到了两庑。木栅栏都没了，空洞的廊下只有鸟粪、土藓。正殿上的门半阖，我刚刚迈进一只脚，一股臭味闷住呼吸，后面的陶君急急地道：

“不要进去，里面的蝙蝠太多了，气味难闻得很！”

果然一阵拍拍的飞声，梁栋上许多小灰色动物在阴暗中自营生活。木龛中“至圣先师”的牌位孤独地在正中享受这霉湿的气息。好大的殿堂！此外一无所有。石阶上，蚂蚁、小虫在鸟粪中跑来跑去，细草由砖缝中向上生长，两行古柏毫无声音，作沉默的对立。

立在圮颓的庑下，想象多少年来，每逢丁祭的时日，跻跻跄跄，拜跪，鞠躬，老少先生们都戴上一份严重的面具。听着原初音乐的奏弄，宰牲，和血，燃起干枝的庭燎。他们总想由这点崇敬，由这点祈求：从国泰到民安……至于士大夫幻梦的追逐，香烟似开着“朱紫贵”的花朵。虽然土、草、木、石的简单音响，仿佛真的是“金声玉振”。也许因此他们会有一点点“前不见古人，后不见来者”的想法？但现在呢？不于如何在倡导尊孔、读经，只就这偌大古旧的城圈中“至圣先师”的庙殿看来，荒烟，蔓草，真变做“空山古刹”，那末，一般游人对了这阔大而荒凉破败的建筑物生何感想？

何况所谓苏州是从前士大夫的出产地，明末的党派人物，与清代的状元、宰相，固有多少不同，然其为属于尊孔读经的流派却是一样，现在呢？……还不是与仕宦阶级、田主身分的没落一个例。

所以巍峨的孔庙成了“荒山古刹”并不希奇，你任管到哪个旧城中看看，差不了多少。

虽然尊孔、读经，还在口舌中，文字上叫得响亮，写得分明。

如果“神如在”的话，竟不知他作何感想？

我们从西面又转到甚么范公祠、白公祠，那些没了门扇缺了窗棂的矮屋子旁边，看见几个工人在葺补塌落的外垣。这不是大规模科学化的建造摩天楼，小孩子慢步挑着砖灰，年老人吸着旱烟筒，那态度与工作的疏散，正与剥落得不像红色的泥污墙的色调相符合。

我们在大门外的草丛立了一会，很悦耳的几声鸟鸣藏在绿叶荫间，微微的丝雨洒到身上，颇感到春寒的料峭。

雨中，我们离开了这所“古刹”。

一九三六，四月末旬

（天津《益世报》1936年6月14日，署名秋旻）

在一个家庭中

幸有贤主人，我可有舒适的眠、食。每日游罢归来，泡一杯清甘的香茗，夜雨凄清，与陶君杂谈。话不定说到哪儿去，文艺，风俗，人性，世事的纠纷，都是谈料。主人安闲和平的心情，正如这小客室中所挂的狄平子的字幅一样，在圆润中藏有他独立的锋芒，在平稳后面有他的骨力。讲到现代人的字，我顶爱狄氏的字法——如果将中国字作为艺术品，而还不要加以鉴赏便是落伍的罪名时——既没有江湖派的戾气、犷野气，又绝非规规于摹仿前人的笔法而无变化，不出奇，不使性，不矫揉造作，稳圆，秀劲，每逢见他写的字，我总要细细看一回。将字比人，这就是陶君的真实态度。固然太稳重点，然而蔼然可亲，言笑皆从肺腑中向外发，不退缩也不偾兴，外圆而内方。如果见过狄平子的笔墨而又与陶君相熟的人，可以说我用字来作比仿并无不妥。

就是陶君的家庭亦有他的凝合点，安和，闲静，在那所小小的略仿西式的房子中，可以半天听不到一点声响。与大街隔得远，又是陋巷，人力车两辆便不能并行，真是“门无车马喧”的境界。如果住在乡村中，此境并非难得，但在从前久已称为纸醉金迷的苏州城里，能找到这个静僻的地方，陶君可谓善于择地了。屋系去秋所建，一连四大间，每间前后用木槅分开又可作两小间，三面走廊，可以闲坐，可以罗列盆花，可以读书，可供小孩们雨天的嬉游之地。

院子中没有大树，不免美中不足，因为新毁的地基，原来的百年高木都被伐作柴薪，所以独有新栽的一棵碧桃，在小鱼缸旁边开着笑脸。苏州城里城外像这类桃花到处都是，但在尚没有其他花木的小院中，倒分外显出它的美丽的姿态。比人高出有限，浅紫色的柔梗上贴着尖窄的簇叶，花是深红、浅白相间的，同一朵上有两种颜色，这是碧桃的变种，在北方也不少。不过那么细的树干，枝头上却已开了几十朵的花，虽当春末，仍留下娇艳的风姿，微风摇曳，花光斜动，如同早婚的小妇人提抱着小婴孩，却不曾减了她的青春的光泽。陶君夫妇对花草颇为爱护，饭后时时观察，十一岁顶小的男孩放学归来，也参加锄土除草的工作。

有一天快黄昏了，忽然有人敲门，原来两个工人送进一棵高大的藤萝，老干已有玻璃杯口的粗细，带了几条蔓枝。于是陶君夫人忙着照呼，命他们栽在大门的左侧。她一面看着工人如何挖土、铺根，一面对我说：

“苏州有许多园子颓废了，主人家没饭吃，只好将土地出卖。园中的花木自然有很好的，可惜老的老了，移栽不活，太大的连树领带着差不多送不进大门。上月有一家卖一棵绿梅，好得很，年岁太久了，并值不了多少钱，但是我们没法将它搬到门内，后来大概是砍掉了。那家急于卖地方，顾不得这些，真可惜!”

接着陶君也说：“这几年由上海来作寓公的太多了，都市的经济力，恰好打在旧日没落的地主绅士人家的身上，他们守着祖上遗留下的田地，租税既重，佃农也无力缴租，那一班好吃爱玩的少爷们，架子丢不下，用费省不了，可是两手空了，用甚么来应付一切？结果只有出卖田地、房屋。乡间的地不值钱，少人要，独有城中的旧房、空地、老园子，倒容易出脱。你不见一带一带的上海弄堂式的房子，洋楼式的新建筑，也在苏州城里出现了。近几年的事……当年，那些显宦或是流寓吴下钜公们的园林居室，大半都改造成灰泥红砖的建筑物。……”

不错，苏州距上海、南京都不远，地点适中，风景还好，而到处又有软性的享乐，小吃品特别著名，风俗还是旧日的存留，一般有钱有势的人很欢喜在这儿找地方作退休地，好吃好玩，清静中不缺乏普通西洋化的物质享受，城市外尽多可以游谈遣日、聊以优游的地方，无怪城里的新房子日见加多了。

陶君的母亲快七十岁了，走路、言谈都十分健朗，只是有点重听，好在这位老人一句普通话讲不来，我的苏白也蹩脚得很，除掉饭时照应一两句话之外，用不到谈甚么。不过看陶君四十岁以外的人尚有老母，而且那样健康，时时使我回想到我的故去的母亲，为家境，为我与姊妹们这一群早丧父的儿女，劳苦一生，刚五十六岁便没法延长她的积劳成伤的生命……于今，每见到陶君这样的家庭，不禁低头自叹！人情是世间的维系，母子之爱也是最纯真的天性，尤其像我，一切的教养全是母亲的力量，往日回思，那能无“寸草春晖”之感！

如果有人以为这样的思想是陈腐，是不合时宜，我只有一笑置之。你晓得我们的幼年是甚么时代？即现在的幼年人也不能完全没了家庭与母爱，那我们又何苦说这话。

记得十几岁时，看到方孝孺的《慈竹轩记》，开头那一段小舟冬行的描写，与望见岸上丛竹，登岸访友（即慈竹轩的主人），拜见他的老母……文字是那样从容、温和，着语无多，感人至深。直到多少年后，我还是憧憬于那篇文字的真美，忘不了所受的感动。但近来国文选本中未曾见到，恐怕一般人不易有读的机会了。

在陶君家中，每一次与他的母亲一桌吃饭，恍惚间便记起当年所读的《慈竹轩记》。好的文章不但文字要美，情感真挚，并不须多说，自然使人难忘。

我住在陶君客室内木槅后的一间屋里，晚上睡得颇早。陶君是生活上很有规律的人，早眠，早起，他不作深夜的写读工作。但那些日子雨偏多，江南的黄梅雨季虽还没到，而残春之夜的凄风苦雨，不知怎的，每晚上我躺在床上总要过一小时方能入梦。窗子上的“雨打”，时时响动，墙边的檐溜也不住的淅淅沥沥，“乾坤万里眼，时序百年心”，回忆着这两年来的浪游生活，迅逝的光阴，遥思微感，毫无端绪地纷袭而来，也知道何苦如此，但四时盛衰正代表着人间的繁荣、凄怆，自然的变化能使一个敏感者联想到许多事。波德莱耳所谓香味、颜色、声音，都相呼应。联想所及，欲罢不能。其实倒不如此心淡然，不为外物所动好得多，可惜自己终没有那份本领。

在陶君家中吃过美味的鱼，与由白马湖来的青菜，涩中略带苦味。每晨为了我这远来的客人，给预备莲子羹，或别的食品，类此琐琐记述，正见出一个家庭优待来客的精细。

陶君前后十几年的上海生活，使他厌倦了，由去年秋天搬回他的故乡。无论在家庭经济上、小孩子读书上打算，都为合适，即就个人作文学的创作起见，也清静多了。上海固然是生活争斗的大都市，难道不在上海便是退出争斗线么？上海是忙，竞争，耍花样，还要加上推挤与作战的计画，任何事大都不出这几个字的范围。但那是一个巨大的冶炉，它可把你锻成精钢，也可把你烧成废铁……陶君虽在苏州，每月仍然往上海几次作他的文字事务，这样使精神上容易得到调剂，并不是完全退缩的隐居。

有一晚上，无意中谈到文章的作法，他说：“我现在力求清，力求简当，多馀的字、多馀的句完全不要，所以写不出长文来。想给读者容易明了，给自己文字上一种锻炼，以通俗简便为准则。”

“这是你的一贯的风格”，我的回答：“不过近来更见显著。你倒可以办到‘文清如水’的地步，无馀字，无剩意，惭愧，我便不成！无论如何简，写不到这个地步，也许个性使然。不过据我想，完全叙述的，或不多用描写的文字应该如此，但有时我们也不可看轻丰富的刻划，只要是得当，多点似也无妨。”

陶君点点头道：“自然也有这个道理，如果刻划丰富，还能不惹人厌，倒也呒啥，怕的是着力于此啰唣过度罢了。”

又谈到文言中的许多成语，到现在仍然在白话文中常常应用，一时想不到有甚多的代替字，例如“参差”、“错落”、“寂寞”等等。我又举出一个例子，譬如形容来回走步用的“蹀躞”，这太古董了。

陶君用手在空中摆着：“用不得，用不得，‘蹀躞’用不得！”

我也笑了。

他对于中小学国文国语科素有研究，所以能发出这样清晰的议论来。

几日的寓居，使我感到安慰、愉快，不是接到上海的电报，也许还多住一二日，但临时陶君郑重地说：

“看来你得常住上海了，如果闷得紧，星期天可以到苏州来玩玩。”

（天津《益世报》1936 年 11 月 15 日，署名秋旻）

姑苏来鸿

姚民哀

我原籍虽是常熟，养却养在苏州山门巷里的。在苏州住了九年，因为先兄在言桥头自缢之后，先君才迁回故乡去的。民国十九年的秋冬之交，到苏营业，首尾住了半载光景，至二十年的初夏回去，离开了六年，此次重又到来，竟有“襄阳重到，风景不殊”的感慨。

“上有天堂，下有苏杭”，这两句俗语，其来已久，大概承认这八个字的人，很多很多。不过我上次到苏州，苏州市政府不曾取消，昆山陆权做苏州市长，他颇想把苏州振兴起来，所以我那一次住了半年多，脑海里所留的影像，比此番兴奋得多。今年再来，觉得这所阖闾古城的社会现状，除掉了观前街、景德路等几条街道放宽之外，别的美处说不出来。倒是时常听见一般正当商人道及“某处房子一翻，房金加贵，生意反不如前，吓得我某处的市房不敢动工，到底翻造好呢，还是不翻好呵？观前街拓大辰光，就只得一爿叶受和暂移了城隍庙去，立牢脚头，添了一处‘分号’，其馀都不过如此，而且同一观前，观东的生意，似乎不如观西一些呵”！就这种论调推想，并不是他们举棋莫定，实在是代表苏州人的把稳性质，不敢像宁波人那种抛盘做法的。若得始终抱着稳健主义前进，倒也是一法，倒是有时候，到上海踏进交易所的大门，做起输赢，冒险精神非常厉害，在本乡本土，偏又不忘“骑马拄拐”的宗旨。此所以苏州非但不及杭州的市况，连邻县无锡都不及，再加遇着这“不景气流行”的年头儿，自然愈加不佳。就是一般收租过日子的老少爷们，去年租风大坏，越是从前最有名的“湘太野”租田，越是难收，所以全苏的市况，变了“空大”，使我心上发生了无限的感触。料想地方上的公正人士，不见得不感觉到这一层，无奈积重难返，就是要想补救方法出来，改善地方，也不是一朝一夕就可奏效的。

苏州是个“住家”区、不是“商业”区的批评一出，一般住在上海，嫌比开支浩大的寓公，多乔迁到苏州来。谈到省界，安徽、广西、云贵四省占多数，其次通、崇、海和吴江、昆山等县的人士，旅苏的也不少。因为寓公一多，便造成一种只顾门内不管门外的习惯，你若跑进一家有口苦饭吃吃的苏州人家大门之内一瞧，收拾得窗明几净，收音机、麻将牌、应时小食、特别做茶叶、三星勃兰地，一切多有，使得来宾很舒适的。不过大门外头，肮脏得无以复加，越是大人家的围墙外面越糟，古钱式的阳沟洞上面散满着屎草纸，随时可以发见。至于沿墙脚小便，随地吐痰，更加司空见惯，不足为奇。较为繁盛的场合，如东西中市、观前街等处，到了晚上九句钟以后，家家可以称得屎香门第，不枉是个文秀之邦。

在前清时代的苏州，因为是个省会，所谓三大宪衙门，都在此地，加了一般分发到江苏来的候补人员，所以虽不有大宗土产输出去，而市面很可以支持的。自从光复之后，内容已大不如前，幸亏有一部分遗老们等，提创风雅，另换一番气象，总算还不失东南古城格局。

（《越风》1936 年第 11 期）

吴门点滴

秀珊女士

“上有天堂，下有苏杭。”拿“天堂”来比拟苏杭两地，可以想见这两个所在处境的优异了——虽不是“洞天福地”，亦当是“世外桃源”，身居此境的人们，该多么幸福。

可是时代毕竟是不同了，杭州姑置不论，单就苏州来说吧，它是否是天堂呢？

从前的苏州，的确是官商荟萃之区，富商大贾，以及有钱有闲的缙绅阶级都卜居于此，建有别墅，于是市面便热闹起来了，在历史上给它划一道光荣的痕迹，是江南的名城，是人间的天堂。

自海通以还，商业的范围扩大了，繁华中心，均随贸易的转易而属之于滨海地带。苏州虽扼运河及京沪铁路之冲，当三川五湖之汇，但因东制于上海，西限于镇江，商品既不能直接出口，贸易范围就也难得扩大。在兹国际商业竞争的时期，在地理上苏州已失去优越地位的存在价值了。

又况举世经济恐慌的巨流，已冲毁了中国的农村和都市，徒负盛名的古城，自然更逃不出这劫运，其“不景气”照例也是应有的病象。

因此居全城繁富之冠的观前街，也依样的萧条、冷寞，所有商店尽管用“大减价”、“大牺牲”的旗帜招展着，尽管用留声机、电波播音机号叫着，也引不到多少顾客。几家电影院，虽则出售廉价的票券，映在上海演过的名片，但观众是很稀少的。

因为苏州的命运已超于没落了，所以关于建筑方面，便也更谈不上“现代化”。街道完全是碎石子铺成的，好在没有汽车通行，还不嫌过狭。街上灯少光暗，时届黄昏，就要当心跌交。房屋都是古式的，楼房很少。街巷里到处滞留着三五结伴的乞儿，沿途讨索，缠得路人不能开交。每当春光绮丽的清晨，许多年方妙龄的卖花女郎，拿着花簇到处叫卖。由这些受生活压迫的人们给予苏州的点缀，是别的城市所罕见的。

在历史上曾一度显耀而知名的苏州，确有它的特色——与其他城市不同的充满封建意识的古城的特色。试看吧，深院沉寂，曲巷通幽；小姐少爷的称谓充耳，拱手揖拜的古礼未脱，封建时代的残影，笼罩着这古香古色的苏州市。其所以在过去得享有“天堂”的盛名者，也就是原乎此吧！可是现在只成为使人依恋、供人凭吊的灰色古城了。

苏州的园林是很幽美的，古迹也很多，如虎丘、留园、西园、狮子林、沧浪亭……诸地，均为前代之建筑，古人之遗迹，碧海桑田，苍衣白犬，抚今追昔，颇足以启人怀古之思。

苏州的学校除省立女师及私立东吴大学，私立美术、体育两专校外，尚有公私立的男女中学十数校，出版日报近十种，印刷所五家，书店、社堂亦各四五家，以文化来说，仍居苏省首要的地位，这是应该大书而特书的。

（《青年中国》1937 年第 1 卷第 11 期）

吊苏州

徐国桢

苏州是一个少女，静媚柔和，不脱旧家“千金小姐”气息，而也懂得一些“摩登打扮”。

此苏州小姐，细腰修躯，长眉触眼，秀靥如霞，轻唇似朱，笑则半露其齿，语则半动其眉，视则微垂其颈，行则微荡其躯。既清清朗朗，同时也有些迷迷糊糊；既娇娇巧巧，同时也有些闪闪躲躲。

如此聪明软弱，使人不敢吹以一口大气，何来煮鹤焚琴之举？致成月黯花谢之惨，伤哉！

苏州，汝娇生惯养之小娇娘，汝的一双媚眼，此眼今犹媚乎？汝好一条娇躯，此躯今犹娇乎？汝好一副丝绣锦织的华丽气象，今气象犹华丽乎？汝好一副淡淡胭脂淡淡粉的轻俏模样，今模样犹轻俏乎？汝好一副谈笑风生的悠闲情致，今情致犹悠闲乎？汝好一副与世无争的宽荡胸襟，今胸襟犹宽荡乎？烈火曾灼汝肤，痛彻心骨乎？急锤曾击汝脑，头脑昏沉乎？汝之所苦，能言之乎？欲言之乎？何日言之乎？将以诉谁乎？

苏州，汝娇生惯养之小娇娘，我今告汝：野荸荠之绿豆糕、鲜肉饺、袜底酥，采芝斋之玫瑰水炒西瓜子，陆稿荐之酱猪肉、酱鸡、酱鸭，今日其味犹可得而尝一如昔日；少爷、少奶奶、娘姨、大姐之俚俵俚笃、燕语莺声，光裕社评话弹词之《绿牡丹》、《大红袍》、《三笑姻缘》、《玉蜻蜓》之好汉打擂台、佳人偷书生诸笑话奇谈，今日其声犹可得而闻一如昔日；诸种吃吃零食、说说笑话之苏州情调，固犹存乎天地之间，汝将以此自慰乎？汝将以此自庆乎？汝将以此自悲乎？汝知吃吃零食、说说笑话以外之所失落乎？汝有意追寻汝之所失乎？汝知形体可损精神不灭乎？然则汝虽然脂粉狼藉、玉容憔悴，芳魂一缕，当犹是不绝。苏州乎，魂兮归来！

呜呼！宇宙之浩淼无极，盖不可知其量，以视苏州，苏州诚渺其微，如宇宙是一大海，苏州不过一根毫毛，大海茫茫，何吝一毛之寄。今日乃必歼此一毛以为快，则毛诚不幸，海亦狭隘，大海岂果吝此一毛之寄？此中有故，不可说也。苏州乎，汝果何罪而不容于天地？天地乎，苏州何罪而必使之身遭浩劫？此中眼泪，该有多少？将洒此眼泪于人间乎；人间固已漫天塞地洒满了眼泪，将洒之于何隙？不洒人间而洒之世外乎？世外桃源何在？如此说来，区区苏州何足吊？吊苏州岂仅吊苏州而已哉！

（《玫瑰》1940 年第 2 卷第 1 期）

苏州人的消闲艺术

金　艺

上有天堂，下有苏杭。如果世间真有天堂的话，那末苏州总可以算是中国的天堂吧!

的确，苏州从各方面看来，都不能抹煞其有被称为天堂的地位，无论从哪一点着眼，苏州的风景线，老是那么柔美，那么轻松，那么飘逸，在在足够令人艳羡，而身处于天堂之间之感，过去固然如此，未来亦是如此，现在更是如此，真是富有传统型色彩的奇迹。

你看，苏州的山水是那么清秀，苏州的女人是那么俏丽，苏州的语调是那么温柔，这些还不够你迷醉么?但苏州更有最令人销魂的，是那苏州人的“悠闲”。这种悠闲的精神，你只要去过苏州观光一次，必定使得你叹为伟大。苏州人因为有此实在悠闲的工夫，所以其生活便过得非常富有诗意，而诗意中还带着些幽默的气味，这是一般被摈弃于天堂之外的人们绝对望尘莫及的。因此，我们不妨说，苏州人之所以为苏州人，就是她具有悠闲的血统，如果把这悠闲的血统抽去，苏州人至少一半已不成其为苏州人。反之，山东人或宁波人假使具有这悠闲的血统，至少一半可称为苏州人。这是苏州人之所以别于他处人的惟一本领。

苏州人的悠闲精神既然如此超越，他们的消闲生活，当然出类拔萃，于是在那古老的苏州城内，一幕幕的消闲艺术便永无休止地演出不穷。苏州人最拿手的消闲艺术是吃茶、听书和闲逛，一个苏州人假使不会玩这三种消闲玩意，便会给人瞧不起，而不把他看作苏州人。所以苏州人别的技巧可学可不学,独上述三种消闲艺术,是非用全副精力去实习得精巧不可。不过实际上，苏州人不分聪明与愚笨，他们的消闲艺术同悠闲的精神一样，该是与来俱生的，故消闲艺术可称之为苏州人的天才。

吃茶是苏州人消闲生活的第一必修课。一清早起来，别的事且丢开不管，一股劲就跑到茶馆里，叫堂馆绞把手巾抹一下脸，再从咳嗽中吐出了隔宿的腻痰，随即捧住一支水烟筒燃起烟丝，悠闲自在地抽着，边抽边喝那所谓香茗的茶，好似有无限的风味，不忍失诸牛饮。待过片时，稍觉饥肠辘辘，乃叫上一碗本色大面，细嚼缓咽（绝对不是狼吞虎咽），点饥了事。然后接过当天的报纸，仔细阅读，一字不遗，牢记心头，备作谈话资料。斯时茶客渐多，少长咸集，群贤毕至，而谈话风生，由是而起矣。于是某人有女私奔，某地富家子浪漫挥霍，某寡妇倒贴小白脸等桃色新闻，如长江滚滚而来，滔滔不绝，说得头头是道，娓娓动听，令听者想见要人演说时之口才，不过尔尔。这样，上半天的光阴，不知不觉一刹时消磨过，下半天的消闲艺术，便沉醉于听书场中了。

在书场中，各色人物俱全，有遗老，有逸少，有姨太太，有闺阁名媛，有商人，有小职员，有一般不知名的人群。听书时，各人的姿态演出各人的风韵，有斜倚在椅背上假寐作态，有双目注视于说书者手中的乐器，有旋转头对着那姨太太丢眼风，有手托下颔正在凝神静思，有嗑瓜子嗑得津津有味。总而言之，他们的一致态度是潇洒的，同时又是幽默的。

听罢说书，一天的光阴差不多消磨快完，第三部的消闲艺术——闲逛，便上市了。苏州人的闲逛亦是出名的，只看那傍晚的观前街上熙往攘来的人们不知多少，好像成群的乌鸦一样。他们飘飘然漫步于不宽阔的街道上，那两条腿是挥得那么泰然，而那身躯的摆动，几乎令人不能分辨是男是女，这种走路的姿势，即令卓别麟见了，亦不能不眼红。他们不懂所谓寻求新鲜的刺激，只知道打情骂俏，所以沿路卖弄风情，是司空见惯的事。横竖观前街上有的是采芝斋的糖果，有的是燕语莺声的女人，更有的是陆稿荐的酱蹄筋，还怕什么单调？揩揩油固无关紧要，吃吃豆腐亦不妨事，决不会有扳起面孔的傻子来跟你穷撞，所以落得大方。更因苏州的街道没有普通汽车行驶的缘故，哥儿娘儿们的出动，更来得汹涌，往来如鲫，途为之塞，大有山阴道上，应接不暇之概。在那边，永远没有性急这回事的，你要性急就得打开头，所以苏州人之不喜欢行驶汽车，就是为避免这种不幸的事件。由此看来，苏州人的消闲艺术，的确可称为别饶异趣了。

除上述三种消闲艺术，吃茶、听书、闲逛之外，苏州人还有二种最通俗、最普遍流行的消闲艺术，亦是不得不一提的，这便是嗑瓜子与提鸟笼。苏州的瓜子是出名，而苏州人嗑瓜子的技巧，更是被举世所推崇。他们嗑瓜子能保持瓜子仁与瓜子壳的各自完整，瓜子壳既不破裂，瓜子仁亦不分碎，而瓜子一与舌尖接触，瓜子壳即随口吐出，毫不沾湿，这确是一种天赋的绝技。非苏州人对于嗑瓜子，未始并不爱好，只是技巧总不及苏州人的娴熟，即就嗑瓜子时能保持瓜子仁与瓜子壳的完整，及瓜子与舌尖接触，瓜子壳即随口吐出，毫不沾湿一点上说，非苏州人是无论如何够不上的，即有勉强想做，也不啻班门弄斧，贻笑方家。不宁惟是，苏州人嗑瓜子的速率，尤足惊人，在一个钟点的时间中可以嗑两三斤黄埭瓜子，这在非苏州人干来，除了唇疲舌焦以外，无论如何是不可胜任的。苏州人嗑瓜子的技巧，在国内固可雄视各处，在世界上也可以睥睨全球，这决没有丝毫的夸大性夹在其间。说句笑话，全世界如果来举行一次嗑瓜子比赛，得冠军锦标的，一定是中国，而且一定是中国的苏州人。别国人要是想来竞争，就是去练习几十年，恐怕依然夺不去这个锦标的。

瓜子帮着苏州人从容地对付着悠长的岁月的消逝，这就难怪苏州人之所以与瓜子结了不解缘。

因为如此，苏州城内就尽多着以买瓜子而享盛名、拥厚资的商店，如采芝斋等即是。以嗑瓜子作为消磨时间的修养，现在可以说已经遍及各处了。看电影的时候，如果离开放映的时间还早，这样枯坐在那里，即使是弹簧椅子，也会使人腰酸背痛，这该是多么急躁而乏味的事情呢，但假若嗑嗑瓜子，急躁与乏味之感，就云消烟散，这一点，大概凡是中国人，是都懂得的，而开风气之始，却的的确确是苏州人，这不能不说是苏州人在修养上的一点发明。苏州人的悠闲性格，也多半在嗑瓜子时逐渐养成的。无形中，瓜子已经成了苏州人的恩物，其对瓜子的重视，也不亚于柴米油盐之类。

说到提鸟笼这件玩意儿，有一个美国学者说，这是东方文明，它同西方文明的牵洋狗巴戏，有同等风趣。这句话给苏州人听见了，很觉得受宠若惊，沾沾自喜，顿觉身价十倍。而事实上，苏州人提鸟笼的技巧，比外国人牵洋狗的玩意儿着实富有艺术性得多。因为一只美丽的小鸟会奏出悦耳的调子，根本是诗意的，而一只洋狗，只懂得跳跳蹦蹦，一味狂吠，其间所含的艺术成分，简直不可以道里计。不过反过来一想，外国人的洋狗可以牵到史蒂倍克的流线型车厢里，可牵到席梦思的弹簧床上，而苏州人的鸟笼却只能提到茶馆里去，这到底是有点使人不服气，无怪苏州人之倾心于“同等风趣”四字，而要引以为光荣了。

总举上述，苏州人的消闲艺术，可见一斑。这在盛平之世，生活的方式略偏向于悠闲，原也无可厚非，可是在应该闻鸡起舞、卧薪尝胆的大时代中，如果仍奉消闲艺术为金科玉律，那就太要不得了！

（《上海半月刊》1942年第43期）

吴门识小

徐碧波

近被饥驱，遄返乡邦，瞬经三月，了无好怀。荦荦大者，未便著墨，用志琐琐，俾概其馀。

肯定苏州地方是——天堂——的话，不知是哪一朝的事？因为我现在感觉到许多街头巷尾的臭茅厕和垃圾堆，先玷污了天堂的清白。况且我在耶稣经里，也曾看到过，说天堂路是宽广平坦的大道。而苏州的路呢，旧的狭而小，鹅卵石子，嵌得人脚底怪痛；新辟的干路，面积比较宽阔了许多，但是因陋就简，有的用煤屑铺铺，大部分还是用荦确不平的石块儿砌成了，走上去简直和市民们的鞋底作对。所以无论那一种车辆，在苏州行驶，车胎损坏的速度，和上海一较量，差不多十与三之比。天堂的大路，是这么样！天堂的名词，基于这一点，该首先推翻了。

从前吴越世仇，所以越王卧薪尝胆，决意把吴国占据了去。现在时代不同，而那辈越国后裔的绍兴人——哼个老官——却拖儿带女，这几年来，把苏州城的房屋占个遍，难道事隔几千年，还要报夙仇吗？据他们同乡会发表人口，却在三十万以上，却几乎和当地的人口相等。他们能吃苦，会打算，非但占住苏州人的房屋，并且经济侵略，也相当可以。他们的操业，大半属于下级而含有迷信性的，像锡箔、香烛一类的事业，真是全给他们包了去。属于消费的酒，又是他们独行生意。其他染坊和旧货商店、南北货、印刷业，他们也势力很大。他们的人，来得多，苏地的房屋越不够住，兼之各乡各地的人，都以为苏州是住宅区、安全地，相率来归，以致到现在止，房屋租赁费，不很佳妙的，也要百元以上一间，而且也要小费、杂费等等，种种花样，"长安住，大不易"，那是以前的事，现在可轮到苏州了。

在苏州最感到不便的，就是"水"。自来水既没有，家家户户所用的是井水，所以饮料有时咸有时浑浊，这于卫生上，就大大的抵触。洗出来的东西，又不清爽，河水又那么脏，处处感到不方便。因为“水”的确是人的生命中第一要素啊！以前蛰处乡邦，不觉得，现在旅沪多年，一回去就感受到水的不便。有人说这好比法国留学生回国后，他说月亮也是外国的好了。其实不然，凡是久旅海上的男女们，偶一回到乡邦，人人同此感觉的。

除了米，可以比上海贱一倍，其他蔬菜鱼肉，反比上海贵。这是谁都不相信的一回事。尤其是糖类，和非本地产的东西，就像饼干罢，上海好的，也只有三十多元一磅，而在苏州，一磅极起码而不堪吃的，也要五六十元，像上海这样好的，就是出了百元一磅，简直没有货色。

以前有人形容苏州是空头，又说眼孔浅，一个钱看得瓦爿大。现在转变了，五元一碗茶，十五元一张起码戏票，那些娱乐场吃食店，没有一处不是宣告客满。而且仆欧的眼孔更大，住一夜栈房，房金只要三十元，小张却需要六十。就是犒赏各处下人们罢，三元五元，他们唔都不唔一下；起码十元二十元，才对你嘻一嘻笑脸；五十元一百元，方始他们肯开金口，谢你一声。派头大得如此，天堂又名不副实。在这种地方，用大钱，你想冤不冤！

（《永安月刊》1943 年第 54 期）

家常谈

丁 丁

外埠到苏州来玩的朋友们，往往会得问，苏州是有名多美女的，然而到处看不见，为什么？我的回答是，有名的黄酒是出在绍兴的，但上好的黄酒却在绍兴买不到，上海可以买得到，因为大都市有人肯出高价。朋友总是听了会起一阵会心的微笑。

不久以前，尤君从北国南来考察，走过某百货公司时，他轻轻地向我说，上次吉公子南来过后，曾经告诉他，到苏州，一定应该到一次该公司，因为里面很多漂亮的女店员。我问他，去看过没有？他说去过了。如何？他说真有不少楚楚动人的。

吴侬软语，是大家赞美的，所以各地的商女，往往不是苏州人，也说苏州话，冒充苏州人。江南有句俗语，叫做“情愿和苏州人相骂，不愿和宁波人谈话”。便是因为声调好听。

上海人找朋友谈天，总说“我和你讲话”，江北则叫“谈心”，苏州人则叫“叙叙”。“叙叙”两字我觉得特别风雅。

有人说扬州人的生活是上午“皮包水”，下午“水包皮”，但苏州人似乎早晚都是“皮包水”。因为上午上茶馆吃茶，下午也如此，所谓“叙叙”的地点也以茶馆为多，而过“水包皮”生活却很少。

苏州人吃零食是有名的，所以糖果特别有名。短短的一条观前街，规模颇大的糖果店竟约有十家之多，而全条观前街的商店，可以说只有吃的与穿的两行。

名胜和古迹，在苏州说多不算多，说少不算少，因为比了多的地方是少，但比了少的地方却多。因此造成了苏州不尴不尬的地位，所谓比上不足，比下有馀。至于“上有天堂，下有苏杭”这句话，似乎是过去的陈迹了。

我是一个“俗而不雅”的人，所以喜欢名胜却胜于喜欢古迹。例如孔庙里的《天文图》和《地理图》是宋朝的古碑，可园里的一株梅树叫做“铁骨红”，据说也是宋代的，但我只看看而已。游虎丘，我也不注重那吴王试剑石种种古迹，却以风景为上。

到苏州玩的人，大都要到一次寒山寺，如果不及去，以为是遗憾的一件事，但我觉得“如此而已”。因为寒山寺的出名，仅仅因为“月落乌啼霜满天，江枫渔火对愁眠；姑苏城外寒山寺，夜半钟声到客船”这一首唐诗做得好的缘故，于此也可见文学之魔力的伟大。

游苏州的人必游虎丘，因为虎丘是名胜而多古迹，可称是雅俗共赏之处。虎丘也是苏州的产花之区，游虎丘者可见小姑娘辈挽着一个篮，喊着“阿要茉莉花白兰花”？跟踪你，兜你购买。

也曾听得人家说，卖花女往往是变相的卖淫女，在阊门一带的旅馆里，她们借着卖花之名，任意闯进旅客的房间里去，兜揽买花，好色之徒如果手法高明，便可进而实行那个。但不知现在尚有此种情形否耳。

苏州的山虽不高大，而颇有可玩者，如狮子山之回头望虎丘，上方山之香汛热闹。但风景好的，当推灵岩与天平。天平的石头特别的好，有名的叫做

“万笏朝天”；灵岩则可望浩淼之太湖，古迹亦颇多。所以游苏州者，往往游虎丘、天平、灵岩以为满足。

苏州的园，有名的也不少。在阊门外的有留园和西园，事变以后，西园因为佛寺关系，尚存旧观，留园则不堪一看，与事变以前不能同日而语矣。至于在城内者，沧浪亭有清趣之古风，狮子林以假山引人，可园差堪举目一望，不甚知名的网师园可称小巧玲珑，植园则已为“工读团”而等闲者不再入门焉。

并不是苏州人而在苏州留有很多艳迹的西施，与以《三笑姻缘》见称的唐伯虎，是妇孺皆知而名闻遐迩的，可称苏州历史上的人物，一个是美人，一个是名士。

灵岩之东，有两座坟墓，一座是韩世忠的坟，一座是金圣叹的坟，现在均衰颓，甚为可惜。这也是苏州历史的人物，是一文一武。

苏州一般人却是清闲的，清闲的结果是整天在茶馆里言不及义地谈天，太太们则以打牌为消遣者居多，所以技艺熟练非常。我曾经领教过一次，三位朋友的太太和我，成了“三娘教子”的局面，她们手不停牌的情形，使我不要说看外面的牌，往往不知她们打的什么牌，我连管自己的牌也来不及，这虽是我的技艺欠佳，但她们实在是十分熟练的缘故。据说，苏州的太太们，打得快的，一个下午可打二十四圈之多。

（《作家季刊》1944 年第 1 期）

苏州漫话

逸　飞

记者奉派到苏，观光一切，拟将此行所得，今后陆续报道。兹以行装甫卸，以就日来观感所及，先草《苏州漫话》一篇，提供本报读者，俾作卧游，至为文拙劣非所计也。

旅途一瞥

月之廿日晨九时一刻，记者驱车抵达北站，当时距列车开行时间尚早，故即排入旅客伍中，等候轧票。初尚稳静，不图移时轧票员驾临，开始工作，一时旅客骚动，前挤后拥，秩序大乱。记者身不由主，被拥至轧票入口，费尽九牛二虎之力，冲出重围，挤入月台，迅速奔赴列车所在，登车期待一席，讵意车厢内座位，早为捷足先登者占据满座。但车厢之另一端，则有武装者臂缠红字臂章，昂然而独立，独据八席，而多数旅客只得伫立，记者亦为其中之一。初意此武装同志必虚位候其长官驾临，但直至车已开行，仍系独身。记者距座近在咫尺，亦只可望而不可坐。车中无聊，对此事尤觉百思不解。车行至昆山，此君下车，乃以手示意招坐，记者已感疲乏，当即趋坐。此等事件，今后有改进必要。路局既挂有军用专车，优待军人，似不应再“与民相争”，占用民众照章购票后应得之座位权利。

姑苏风光

谚云：“佛须金装，人要衣装。”在此世风日下，“只重衣衫不重人”之时代中，此语尤具有人生哲学。苏垣向有天堂之称，居民必华衣丽服，但考诸实际，目前除极少数例外，一般艰贫至多，尤多外强中干，除武装同志，别具一格，狐裘大皮，高跟丝袜，亦仅属于一般各处来苏之淘金女郎。街头颇多寄卖商店，内部珍贵之细毛皮货，悬挂棚中。询诸店中执事，此等皮裘，皆系受客家委托代售，足证在生活高压之下，一般市民不得已而忍痛割爱。

苏市茶楼酒馆集中地的观前街、太监弄、宫巷一带，每当华灯初上，颇为热闹，高朋满座。著名之松鹤楼，内部完全保持旧式饭店之面目，当有年近花甲之黑瘾君子，手持特大之水烟筒，往来周旋于顾客之间，装烟供客吸食，三十年前风景，迄犹存在。公用同一烟袋，以卫生常识而言，殊望而生畏也。至讲吃茶之道，苏人之闲散情绪，实不让北平旗人。太监弄之“吴苑”，堪称个中翘楚，上至乡绅名流，下至走贩小卒，莫不趋之若鹜，而一般落拓文儒士绅，视为消磨长日之去处。又苏垣之糖食店，亦系遐迩闻名。此种店肆，闹区街头比比皆是，奈目前原料飞涨，尤以糖为最，成本之繁重，致售价亦猛涨不已，影响营业殊巨。询诸业中人，据谓目前大批购买之主顾，皆系外乡人，用以备赠亲友，其馀之零星交易，始为当地主客，颇有不胜今昔之感。

吴中山水清秀，过去一般文人雅士、达官名流，卜居此间，度其晚年悠优生活者颇多，如李根源、章太炎辈乃其中著者。事变以还，因四乡治安欠佳，乡间稍有资产者，亦多率眷住苏。今苏城又为省会所在，公务人员又多，人口已达七十馀万，早感人满之患，觅屋不易，租价飞腾，已有实行以米作房租之办法。至以苏州房屋之本质而论，除主要之闹市大街例外，其馀里巷房屋，泰半陈旧不堪，但出高价收买，犹恐求之不得者，仍大有人在。至一般素擅园景之名宅大厦，早为外埠拥巨资者搜罗殆尽。所谓地产商及掮客等辈，年来莫不在数次转手间，已摇身一变，而为巨腹贾矣。

苏垣之一切设备，皆趋都市化，惟独路政一项仍极落伍。在都市中惯走柏油马路的人们，到此实感石子马路之崎岖不平，如乘人力车，其索价之昂，令人咋舌。因石街之故，“三轮”车尚未风行，而早受时代淘汰之敞篷马车，不意在此颇出风头，记者搭车试乘，单程仅索价八十金。又苏城城门口驻有军警，行人至此，皆须下车步行，而车夫则翻垫张篷，拖空车经过岗位，以示无私。此举至今，日久生疏，似仅具形式，记者颇感徒扰行旅，不啻多此一举。盖以本人经验言，自身每日往来多次，从未受一次之检查，岂“文武百官到此下马”之遗风乎？

（《申报》1944 年 12 月 29 日）

风土清嘉的苏州

杨剑花

一、事变后底畸形繁荣

“山明水秀，人杰地灵”，这两句成语要是来形容这古老的苏州，是再确切也没有了。这座美妙的城市，位于扬子江下游以南，站在江南动脉的京沪线上，那绿山软水，那飘飘然的夜半钟声，那罗曼底克的鸳鸯冢，“一帆冷雨过娄门”那种悠闲的诗意的情景，至少会使你留下一个深刻的印象！尤其是夜的苏州，当黄昏月上的时候，暴露了十足的古城底美妙！在以往的千百年中，苏州早就具有光荣的史迹，人文优秀，风土清嘉，物产丰饶，民俗敦厚，一向占有洞天福地的盛誉，所谓“上有天堂，下有苏杭”，于它并非溢美之词。不过，洎乎晚近，海禁大开，交通发达，由于地理环境的关系，苏州一方面东扼于上海，它方面西制于镇阳，所以不能变为一个通商大埠，寖至外强中干。自民国成立以还，它逐渐褪色，一天天地踏上了没落之途。此次兵燹，遭受损害较邻邑为轻，而江苏省治从镇江迁设吴县，顿使它又以一个新面目，跟国人相见了。前年“清乡”开始，自省垣所在地的吴县全邑发轫，三载迄今，萑苻匿迹，治安确立，于是，市面繁荣了，商业旺盛了，更因它的环境最适宜作为住宅区域，因之四乡人民，络绎搬来，还加上饮食起居的优越条件，莫不以省会为惟一安乐土。据最近调查，城厢居户人口已逾百万，较战前增出半倍以上，其繁荣程度之畸形发达，洵足惊人矣！

二、有闲阶级的享乐生活一斑

有闲阶级在苏州，从统计上看来，约占全邑人口百分之六。它底类别可分两种：（甲）高等游民，一般人给它的定义，是只不过他们有些财产罢了。他们从外表瞧来，举止文雅，口才挺流利，实则内心尖刻的居多。眼前战时节约，正在实施新运时期，可还没有振作起来，依旧过着颓废、腐化的享乐生活。每日起居是刻板的，早上起身，便往茶肆品茗，一直到中午时分，才踱回去进膳，下午约上朋友打八圈马将，五点左右到书场去听回书，或者浴室里洗个澡，然后在观前街头散步，酒店里去吃几杯黄酒，一天大事至此才告终结，归家之后，要是高兴的话，不妨再来几圈，好在他们永远没正经事儿的。（乙）下等游民，恰巧跟上述相反，际此百物飞涨、生活指数直线上升的时候，既没什么现钞，而同时举止行动，都很粗俗下流，所谓“日里吃太阳，夜里吃月亮”，便是这些流氓的生活写照。不过，自从地方当局严禁设赌，又以官厅几番捕拿抖乱分子，这班不安本分的萎民无法谋生，已在渐趋淘汰，行将沦为卑田院中人咧！

说到品茗，现在来描述茶寮一番，从统计上观察一下。根据确实调查，省垣第八区（即城厢）除去小茶馆不计外，一共有二十二处之多，每处平均能容纳茶客六百位至八百位，假使每爿茶寮统扯有七百名，那末这些茶寮就要容纳一万五千四百个人哪。从这个可惊的数目上看来，我们可以知道苏州人是怎样地具有啜茶癖嗜哩！这些茶寮不但布置幽雅，并且高朗爽垲，就中以吴苑深处地方最大，茶客平均也最多，跑进去首先瞧到的是一副绝妙楹联，每句第一字，嵌着店铺的名词：

“吴宫花草已无存，骚客消闲，应怀古迹；苑宇幽深称独步，雅人品茗，胜读茶经。”

您踅入茶寮，只见一堆堆的人坐着，笑着，谈着，挺舒适地抽烟卷，呷龙井茶，是消遣吗？抑是会朋友吗？谁都不能得到确切的回答。诚如叶绍钧氏在一篇小说《隔膜》里所说的：“他们欲会见某某吗？不是，因为我没有见过两个人在那里倾心谈话。他们欲讨论某问题吗？不是，因为我听他们的谈话，不必辩个是与非，不必要什么解答，无结果就是他们的结果了。讪笑，诽谤，滑稽，疏远，是这里的空气的性质。”所以到了后来，“有几个人吐畅了痰，吸足了烟，呷饱了茶，坐得懒了，便站起来，拂去袖子上的烟灰，悄悄地自去了，也没有什么留恋的意思。我只是不明白……”读者们！您可明白还是不明白？那册小说出版了近廿年，可是如今读起来，仍然很现实，很新鲜，因了这班品茗的有闲阶级富有顽固韧性的保守性，要叫他们一下子改变生活习惯，委实不可能的呵！

至于听书一个节目，也是怪有兴味的一件事，无论成人或妇孺，都对于它抱着好感，“叮咚，叮咚”！弦子声的“小书”（即弹词），弹唱那动人听闻的《西厢记》，张生，红娘，莺莺，简直令听众悠然神往。不过，听弹词的人，起码肚里要有些相当资格，至少总得认识几个字，否则的话，包您“山东人吃麦冬，一懂也不懂”。大书（即评话）跟小书恰巧相反，有人说：“大书说个劲，小书唱条情。”因为评话老是“五劲狠仔六劲”，而弹词呢，却很委婉地弹唱些才子佳人，恋爱性底罗曼司，到了完毕来上这么一个大团圆。

考究的茶寮像吴苑、大东等另外有个书场，门首用一块木板贴了张红纸，把说书先生的姓名、开书的时间都写明在上面。书场门口摆着桌子，是出卖“听书竹筹”的地方。听众一进门以后，站在一旁的堂倌便喊道：“一位！”里边当场回声：“唔！”其中的布置，大抵是一座挺小的演讲台，台上搁着桌椅，一把弦子放在书桌中央，墙壁上真是琳琅满目，两旁挂着一副对联，上联是“四座有声倾妙语”，下联乃“片时无事品新茶”。正中高悬一方匾额，写着“敬亭遗韵”，因为柳敬亭氏是说书业的鼻祖，所以每个书场泰半题着这四个字用来纪念他的。

今年苏垣娱乐事业愈形发达，为了听书化钱较省，所以更加繁盛。最近又新辟了一座叫做“乐乡”的新型书场，并不附属于茶馆，乃系独立性质，延聘名家如沈俭安，范玉山、雪君父女登台，每日两场，下午二时与晚上八时，因为取费仅中储券十元，小账在外，十分便宜，所以生涯鼎盛，天天客满。听客不论风雨，准时莅止，入场坐下，有的在嗑瓜子，有的在瞎撩天，有的抱着膝打瞌睡，等到说书先生一来，室内气氛立刻变成沉静，连地下落个绣花针儿也能听见。名家说书以说、噱、弹、唱四者擅长，谈笑风生，引人入胜。

有的时候也要运用典故，然而都是信手拈来，一点也不露出饾饤堆砌的痕迹。说白抑扬顿挫，铿锵动听，语句整齐有度，插科打诨，俱有别趣。所以从他嘴巴里说出来的人物，往往能够面目精神，活跃似生！

说书先生的集团，最早的叫“光裕社”，取“光前裕后”的意义，创始于清代光绪年间，发起人为个中巨擘马如飞。这团契在省会颇占一部分势力，组织也挺稳固，在公所内设一“裕才小学”，凡社员子弟都得免费入学，所有经费则于年底特别会书收入项下开支，办理成绩很好。直至近年，上海方面的说书集团叫作“润裕社”，以及新兴的男女合班团体叫作“普裕社”的社员，经过了一番争执，始得在苏垣登台营业，生意也相当旺盛。

每到废历岁杪，一班有闲阶级所最感觉有兴味的事，莫过于“听会书”。所谓会书，大概不明瞭的人很多吧？我们都知道普通说书人所弹唱的书，俱系长篇的说部，像《三笑》、《倭袍》、《描金凤》之类，从新正开始，可以一直唱到岁尾才止，为酬答一年来听众的盛意，同时为要考查他们是否有真实本领起见，所以那时才有会书的举行。说会书一共有四五档，末档的最佳，犹之乎唱平剧一样，周信芳、马连良老是排在末出挑大梁的。末档，苏州人称之曰“送客先生”。万一说书人说得不好，那末，听众可以随时叫他不要继续下去，被喊的经此一喊，往往弄得在本地站不住脚，因此出外开码头的也有。说会书收下的钱是用来充作小学经费的，说书人只可支取一些车资，只有大小除夕举行的特别会书所卖下的钱，却并不作为捐款，由说书人和书场老板二一添作五，平均分拆的。

三、小吃在苏州

周岂明氏在《泽泻集》上说过：“吾们于日用必需的东西以外，必须还有一点无用的游戏享乐，生活才觉得有意思。吾们看夕阳，看秋河，看花，听雨，闻香，吃不求饱的点心，都是生活上必要的。”本来所谓点心，也就是“小吃”，仅不过“点点饥”，顾名思义，原来不是叫您狼吞虎咽，大嚼一顿的。

所以笔者以为小吃这样东西，要越小巧越好，愈精致愈妙，外表和实质俱须美观，精致而又可爱，这才算真正点点饥的点心。

姑苏人士，天性爱吃，心灵手妙，所以做出来的茶食都很小巧精美，往往您啖一件点心，它的馅和皮，在您舌本上总分不出各自的滋味来，而浑然融合出一种令您想“再啖一件”的需要。

上等精美可口的小吃，在色、香、味三方面，做起来都当心顾到。观前宫巷有爿周万兴食品肆，出品中有米枫糕一种，那是块长方形或圆形的用糯米粉发酵制成的点心，颜色雪白一片，中间嵌着一粒黄色的松子肉，有时也许涂上一方玫瑰红的店印，那更美妙哩。这块糕酵发得极松，味儿甜得适中，一经入口，软绵绵地使您感觉舒适，这滋味宛似您跟您的情侣在热爱时，四爿嘴唇合一的辰光，一种软洋洋的感觉差不多！

除掉米枫糕一类制成食物之外，天产佳品也很多而驰名的，像南塘鸡豆（即鲜芡实），大荡莼菜，虎丘花圃的玳玳花、玫瑰花，洞庭白沙枇杷及杨梅，阳澄河蟹，车坊荸荠，黄埭香瓜及瓜子，吃的闲食真多，一时也写不尽。因为苏州人顶爱嚼吃，所以有人说在目前省垣做生意，最好开吃食店，无论糖果茶食、青盐蜜饯、糕饼面点，只要您有钱去开的话，包您“生意兴隆”，因为苏州人最大的嗜好，并不是色，也同样不是赌和穿，而是吃。在目前苏州城厢内外，脍炙人口的糖食铺、熟食店，倘若统计一下，那末糖食铺大概有二十多家（俱系著名的）；餐馆，洋式的有八家，京馆、川馆各两家，苏馆最多，有十九家，徽馆有十家，教门有三处，素馔有两处。糖果店中以采芝斋、稻香村、叶受和范围为顶大。熟食店专售熏腊野味，以近年常熟搬来的马詠斋和龙凤斋为最出名。此外，酱鸭当推陆稿荐首屈一指。说到陆稿荐，犹如杭州的张小全剪刀店一般，同样店名的城厢内外是很多的，大家都在招牌上写着“大房真正陆稿荐”，究竟谁是真正老店？想来他们自己也许摸不清楚，所以，吾吴有“无陆不荐，有张皆全”的流行成语，就是讽喻这件事的。

杏脯、桃脯、脆松糕、南枣糖、药梅爿等是吴中有名的蜜饯茶食，平日门市一天可做万元左右的生意，逢时过节更是不必说了，销路之广达于极点。

吃过道地蜜饯茶食的人，他自然会领略到它们妙不可言的地方。有许多时髦姑娘、少奶、姨太太们尤其爱嚼吃那酸溜溜的陈皮梅。蜜饯之最上等者，色泽鲜润，嚼在嘴里大有巧格力在口中那种隽腴松爽的味儿，而且果香四溢，甜度适口，一些也不觉其粘腻沾唇。好像以前周作人说过："我在北京彷徨了十年，终未曾吃到好点心。"读者们，假使您到现在像周氏一样还没吃过可口的点心，那末，您为什么不到苏州来尝试一下呢？

四、玄妙观轮廓素描

在"苏州的心脏"观前街之中央，有一处平民的娱乐场所叫做玄妙观，差不多跟上海的城隍庙、南京的夫子庙相仿佛。据父老讲起这地方来，它还是建立于晋代咸宁二年，那时候叫真庆道院，后来到唐朝改称开元宫，到宋代易名天庆观。玄妙观这名字一直到了元朝才开始的。

在这个平民阶层消遣的乐园里，吾们所见到的是一片混乱，卖卜的，相面的，卖技的，唱本滩的，说因果的，打拳头的，奇形怪状，无一不有。乡下佬初到上海，要去玩一下大世界，要是刚到苏州的话，他必定要去白相一趟玄妙观。就因了这缘故，这一座玄妙观渐渐地变为下流有闲阶级的洞天福地啦！

玄妙观内的店铺，除掉了事变后新兴的南园、聚兴斋、大芳斋、六芳斋、七芳斋等等吃食肆以外，具有历史渊源的挺多，最著名的是西脚门内的文魁斋，专售梨膏糖，种类是极多的，听说这爿店铺尚系三百年前乾隆时代创设的，所有制糖秘法，都是世代相传，从来不肯传授给外人的。店堂中间，供着一座木雕的魁星像，这个木像还是创始营业时遗传下来，从它上面看来，往往可以使顾客们发生一种历史悠久的憧憬！

除了这家老店以外，还有两处地方也颇有声名的，说来却很有趣。不是苏州人有句俗语叫"吃茶三万昌，撒尿牛角浜"吗？确实地三万昌和牛角浜同样负着盛名，一个吃进去，一个撒出来，真是分之则为二，合之则为一哪。

事变前，玄妙观一度曾经提议改建为商场，当时一班迷信守旧的顽固党都出而反对，以为跟风水有碍，后来战事猝发，终于改组无形停顿，至今犹乏人旧事重提。大概苏州人多数主张保守，不喜欢轻言改革，殆其天性使然欤？

五、“苏空头”绰号之由来

俚谚说得好，“苏州人空头，杭州人铁头”。事实上吾们苏州人的确是十足的“空头”，往往凡百事情不肯求其实际，专以虚伪为尚。如今且说苏州人有种习俗，小孩出来第一次到亲友家去游玩，待他回去，这亲友家中必须赠送一份礼品给这小孩，名之曰待慢盘，大概是食物四色或八色，其中最主要而必得具备的有两色，一曰兴隆（即一种小型的肉馅包子，苏州叫它紧酵馒首），二曰代代糕。这第二样东西便可以象征着苏州人的空头来，原来代代糕，是一个长约七英寸、阔约四英寸的纸包，它是用红纸头做成的，外表面绘上一幅简单而粗陋的彩图，寥寥几笔，画面不外乎祝颂吉利的意味，以“一团和气”为多，纸包里面仅裹着薄薄的四小片火炙糕，其馀大部分空隙完全把草纸塞满，自外表看来，这个庞大的纸包，里边一定贮有不少食品，何况送来又不止一包，起码还得四包呢。这一色礼品，外貌十分美观，但，您可不能把它扯开来，否则西洋镜就要拆穿咧！

前面所举的例子，不过还是“小焉者也”。内心怯懦的苏州土著，有时打起架来，那是十足地“空头”呐！他有时不免要跟人家发生争执，而口角，甚至打起架来，他气愤愤的时候，或许也会捋起了衣袖管，说：“你敢来！你来！”说话的当儿，还摆出一副“其势汹汹”的样儿。但，您尽管放心，他绝对不会打过来的，只消和事老走过来一劝，虽然对手方真个想打，事情仍旧会照常完结的。所以苏州人只能在背后呐喊，甚至于闹、哭，他都做得出。活像雷马克氏《西线无战事》小说里的教师，他会残酷地鼓励学生们到战场上去死，而自己躲在家中一样。

六、卖弄小聪明的性格

“饱食终日，无所用心，好行小慧”，有些人说苏州人的性格是如此的，我想，或许有一半是对的，所以在古城中，举凡篆刻金石、书画法帖，莫不有特殊的发展，至今还方兴未艾呢！至于“经国济世，民生疾苦”，历来苏州的文人好似都不大梦想到过。

虎丘山的土产，其中有一种叫珠兰纸吹，很可以用来象征苏州人的卖弄小聪明。珠兰纸吹是什么东西呢？原来纸吹又名纸测（用表芯纸卷成细条儿，吸水烟的时候用来点火的），拿些鲜珠兰花朵焙压在上面，使这纸卷儿燃烧时发出一股幽芳的香味来。列位！您看苏州人的小聪明本领怎样？

这还不过笔者现在想到的一个好例子罢了。在偌大的古老城市里，关于巧妙技术也很多的，顶著名的就是“小摆饰”，那是一种用木料雕刻成的各式各样的小物件，高堂华屋，陂池花木，风亭水榭，都是惟妙惟肖，不过具体而微罢了，更通俗的，是婚丧喜庆的仪仗和排场，照样有木雕的新娘、和尚、道士、尼姑，都是些不满二英寸长的小型人物。这些“小聪明的结晶品”乃系一位姓周名少甫化费了一生心血和半部财产所亲手造成的，曾一度在上海陈列过，价值颇为不赀。近年周某逝世，这“传家之宝”，因子孙不肖，都已拆散出卖，化为乌有了。

七、“东方威匿司”美名的消失

回忆从前郑西谛（振铎）在他主编的《小说月报》上说过：“黄昏时候的观前街是最可以感到东方‘威匿司’的美妙。”西谛写这篇文章的时候，还远在观前街未开拓以前。那时的观前街只不过是一条城中心挺狭隘的街道，路的两旁挤满了商店，每当薄暮的时候，行人不绝于道，委实“可以感到东方威匿司的美妙”！不过自从民国二十年起街道拓宽以后，这被称为东方威匿司的观前街，便渐渐地在那儿消失它的美名了。

现在观前街所能给吾们看到的，仅仅是些商楼大厦，石块铺平的马路，一辆辆一九四×年式流线型的汽车，时代化的摩登女性，一种所谓“渐趋大都市”的气象，在在使吾们感觉到。

不说别的，单拿观前街的地价来讲，可以证明苏州正渐渐地趋向于“都会化”。在未开拓之前，该处每亩地价不满六千元，到了十三年后的今天，地方政府订定观前街列入甲等地区，每亩涨至二十万元以上。因此，上海人的口头禅所谓“黄金地”，也慢慢地适用于苏州哩。

一方面因了观前街是处于城中心，他方面又为商业荟萃、游人麇集的地方，所以这一条由东至西的通衢上，根据吴县警察局的最近调查，共有四百九十五家店肆之多，分起类别来，计有八十二类，其中以银行与钱庄为最多，一共有八十九爿，次则为烟兑店、饮食店、药房、绸布铺、旅社与糖果肆，再次为珠宝店、银楼，最少为刺绣店、五金店、理发店、寿器店、印刷所、水果店、野味铺等。

末了，本文内对于苏州人的批评，不无太嫌率直，有些未免过火，笔者自己确也知道，但我爱苏州，十分地爱苏州，所以不知不觉地便流露于笔端了。好在笔者本人是道地的苏州土著，俗语说：“要打人家嘴巴子，先要打自己。”不然的话，你是要被人家打的，想到这一层，我的心也就安适如初哩。为应本刊之征，匆促写来，简陋脱略之处当然难免，诚恳地盼望读者诸君指正和赐教！

（《文友》1945 年第 5 卷第 1 期）

闲话苏州

杨剑花

我原籍苏州，不过求学时代泰半在外埠，而大部分的时间却在上海，好像不能算是道地的苏州人，后来一向在别地方做事，抗战之初则在青岛，跟苏州的缘分实在很浅，直至近年才耽在家乡。因此，要谈谈苏州，也只可站在旁观的立场，说一些旁观的话了。

苏州虽然出过不少状元，但也只是出过许多状元而已，在文化上，商业上，政治上，总之在中国历史上，终究并不是一块怎样了不起的地方。吴王夫差和张士诚虽曾在吴中称孤道寡，但也只是有人在此称过王而已。所谓盘古以迄今日民国，真正值得一提的，当然轮不到苏州，所以要随写苏州，委实无所夸口的，好在随便说说，也无非闲话一番罢了。

那末，苏州难道真正一钱不值吗？非也，但看许多显宦要人之流，大都爱在姑苏建造别墅住宅，以作退休之所，可见苏垣倒是一个修道院似的好去处也。

战前同社易君左曾写过《闲话扬州》，给江都人攻击得头昏眼花，笔者虽不怕攻击，但扬州尚有女人可供闲话，这里却空无所有，有之，其惟“来嘘！来嘘”乎？

“来嘘！来嘘”是吴侬软语，也就是说，苏州它无所有，只有说话的音调与态度是不同凡响的。譬如“杀千刀”,“杀千刀”是吴娃骂人时的一句口头禅，单看字眼，非常凶险，但其实呢，毫无道理。而况此三字出诸苏州女性之口时，竟会使外路人闻而销魂的，这所谓销魂，自然不是吓得魂飞魄散的意思，被骂者不但不吓，而且会说：“一千刀太少，就杀一万刀也愿。”这便是虽说凶到杀千刀，却以音调美妙与骂姿（骂人的态度）可爱，反而使被骂者魂灵儿飞去半天，惟恐不被千刀万剐矣。

据说这是实在的，可惜我提不起挨骂的兴致，否则偶一尝试，倒也未为不可。不过，这一类的口头禅，仅系一辈低级妇女的拿手本领，跟高等女子无关，这个必须说明的，要不然，她们群起而攻之，那就吃弗消了。前面我说不怕攻击，其实还是害怕，这大概因为我虽不是十足的苏空头，却终归脱不了吴侬的懦弱性，这是堪以悲哀的。

苏州人的口头禅为外方人所惊奇者极多，一时说不了许多，只好让大家自己去领会，至如目前时常可以听到的“洋盘”、“大菜盆子”、“十三点”之类，那是舶来品，大抵从上海来的，苏州的确是没有的。

苏州是一个平平凡凡的小都会，它跟一切中国沿海区内地一带农产品充实、轻工业发达的城市，具有同样面目的一个小地方。

若说苏州是天堂，会使我们久居吴中的苏空头听了起鸡皮疙瘩的。至于说它是一泓死水，颓废消沉，一点不知长进，这又是那批新文艺家的目光，苏州人自己想想，似乎还没有到如此不可救药的地步。

近来有时光阅读报纸，忽然觉察有人发现姑苏城厢是个最大的消耗场合。文章的内容很充实，它引证咖啡座的热闹状态，引证酒菜馆的高朋满座，文中还附有插图一幅，用漫画手法绘着一双男女，对坐进食，男的女的吃得腹中饱胀欲死，面对着满桌的佳肴旨酒，连连皱眉，委实毫无办法，于是只好把刚送上的一大盆热气腾腾、肉香四溢的洋葱猪排，赏给脚旁哈叭狗大嚼，而对门外要饭的告花子，却赏以白眼。写作者运用了对照现实的犀利笔法，描写手腕的确非常有劲。末了自然以悲天悯人的语气，奉劝大家醒悟，不要再醉生梦死，自趋没落。

对于作者的一片菩萨心肠，振聩发聋，读者当然应该表示由衷的感激涕零。不过，有时我也发个傻劲，呆在观前咖啡馆里，自午至夕，要想找寻一帧哈叭狗吃猪排图，可是始终没有，所见到的只是一批忙里偷闲、饱经忧患、遭受战后生活威胁的小市民，在呷着苦涩味的半盏清茶而已。

此外，自从不景气的风吹进吴门市场以来，酒菜馆的门外，每逢街灯初上，虽然人声鼎沸，内中却并不宾朋满座，旨酒盈樽，街衢中尽多行人商店，天空里飘着秋季大减价旗帜，却少交易。作者的口诛笔伐，一番苦心，其实是扑了一个空咧！

本来的用意，是想谈谈故乡——今日的苏州，一不小心，拉拉扯扯写了不少废话，就此带住，正是“旁人若问其中意，且到寒斋吃苦茶”。

（《永安月刊》1946 年第 8 期）

苏州闲论

姚苏凤

自己是苏州人，但是对于苏州我从来没有好感。

纵使她曾经有“天堂”的赐名，我想，那也不过是因为那个时代的人们走过的地方太少的缘故。譬如小城陋巷中的一个孩子，从来没有见过世面，一旦给人带进“大世界”（游艺场），他也会惊诧得像是发现了“天堂”的。那个时代，交通阻滞，风土朴质，人们的足迹不易经历千里万里路，人们的眼睛不易看到较复杂的社会生活，而在整个的江南，像苏州这样一个大城，当然已经被看得“了不起的伟大，了不起的富庶”了。“天堂”的名称其实是这样来的。

到了现在，比苏州更好的地方是容易被发现的了。于是一个曾经在若干年前从一个狭窄的地域中推选出来的“最好的城市”（天堂似的），便自然而然地从一个广大的地域（世界，全国）里，对照其他的更好的城市而降落为一个“平凡的城市”。苏州之不能再被称为“天堂”，是无可辩论的。事实上，又有什么可以比今日之苏州为“天堂”的特征呢?

虽然仍有不少人，一谈到苏州便想起“天堂”，那也不过是“习惯下的记忆之沉淀”而已。我们固没有人去过真正的天堂，亦可不问天堂究竟应该是怎样的地方，但至少总可以想一想，今日的苏州究竟有什么特殊的好处? 今日的苏州究竟有什么可以傲视着世界上一般的大城市的精神或物质的优越性? ——任何一个苏州人都可以骂我的，如果他真的说得出苏州到底还有多少无愧为天堂的理由。

是的，外边人对于苏州，至今也还有不少赞誉。由我的经验来说，外边人对于苏州之赞誉大概可以分为三个对象。其一，最著名的，是苏州的女人；第二，是苏州的“文名”；其三，是苏州的吃。

关于这三个对象，我准备在下面各写一篇专论，但我现在先要说的是，即使这三种苏州的“名物”，也不会是“the best”吧？何况，由第一种说，其实多少还带一点侮辱的成分呢。

苏州的女人是以温柔美丽著称的。然而，这种女性的美，本来是富有时间性的，不必说万千年、百十年大有不同，即今年与明年、今日与明日也未必可以一例判断。事实上，被人们所艳说的苏州女性的美，充其量也不过是一种古旧的美，一种落伍的美，一种病态的美。何况，今日的苏州女性的美，其实已经没有“依附于苏州的自己的个性”（美是永远有“地方的个性”的）了。她已经成为追随着上海、模拟着上海、且附庸于上海的一种庸俗的“复制”了，人们如果在中国其他各地逛“窑子”之类的场合，听到那些妓女们真真假假地自称为“苏州人”（她们倒真的是以“苏州人”为骄傲的），扭扭捏捏地摆出一副“苏州腔调”，伲伲倷倷地吐出一口“苏白”时，我不知道究竟还有多少人能够觉得这就是“苏州的美”？记得三年前游四川首府之成都，从朋友去访一闻名当地的“交际花”，她亦自称为苏州人（其实不是），立即跟我大谈苏州风景。她当然很自得其乐，但我却扫了她的兴，回答她说：“其实，你如果不是苏州人，不说苏州话，一定更好。”

至于苏州的“文名”，从现代来看，我也实在想不出还有什么可以矜奇。那种科举时代的金字匾额上的状元、探花、榜眼之类的文名，到现在当然都是“腐烂的尸体”了。就说“书家画家与诗人文士”吧，近数十年来，究竟又有多少真正值得为苏州人所炫耀的天才呢？何况，以新的眼光来“衡文”，原不应该只就少数人的成就来说，因之，你如果去调查一下今日苏州的文盲的数目以及失学儿童的数目，我相信，你将不难知道苏州的“文”其实是渐渐地落向人后了的。如果不珍重一点古旧的回忆，如果不夸张一点传统的虚名，今日的苏州是“文”不到哪里去的了！

还有吃，尤其是小吃，大概多少还能够算得是苏州的特色。然而，严格地说起来，即使在这一方面，苏州也深受着外来的影响而很少保持着“真正的苏州味”了。上星期从苏州买来一包松子糖，外面竟裹上了一重十分坏的巧克力浆，不禁为之扼腕叹息。还有酱鸭，本来是樽边的第一美味，但现在苏州的几家“陆稿荐”亦已受到了常熟来的马詠斋的威胁而渐感不敌。松鹤楼直到如今虽还是著名的苏帮菜馆，为上海人所激赏，但上月我在那里吃过几次便饭，除了一只“菌油拌香椿头”还保持真正的苏州味外，其他的菜已都深染了“上海色与上海味”（如番茄、芥厘、味精——之色与味）了。

总之，今日的苏州的一切，都已在外来的影响下渐渐失去了（被迫放弃了）他们自己的原来的形态与性质。但这不是更可以说明了苏州的弱点么？如果不是因为苏州原来的确不好，就必然因为苏州人根本已经失去了对于苏州的自信力。

（《人人周报》1947 年第 1 卷第 21 期）

苏州两三事

茧 翁

苏州一直有着天堂的尊号，现在却得加上凄凉的形容词，这似乎太煞风景了罢？可是现实的景况的确如此。商店里的存货单薄得可怜，橱窗中只有薄薄的一层，好像不过点缀门面，并不想发卖。从各地回来的人，固然天天在增加，但购买力大半不充实，货价又在拚命地望上抬，结果是“生涯寥落”，有些店铺吃完了存货，正在吃生财。

“路政失修”，这时候可算是登峰造极。原有的确荦不平，现在已加深到崎岖难行，新辟的是赤裸的泥地，毫无铺盖，一下雨变成了泥浆沮洳，最坏的是濂溪坊，连绵的阴雨给它题上了“阎王路”的雅号。垃圾从小巷中扩展地盘，慢慢地攻占了大街的地面，到处可以看见两边的小丘。幸而本城的卫生委员会已在开始注意，肃清垃圾的工作也已发动，大概不久或许能恢复它的本来面目。

学校已大部复员，但大半在勉力支撑中。毁损后的复兴，当然不是一举手一投足的事，我们不能不假以时日。单就苏城最高学府东吴大学说，屋宅校具和仪器设备等等的修复，最低的估计需法币七万万元。现在校长杨永清还没有回国，代理校长盛振为联合同学会的各校友正在发起募捐，目标是二万万元。要是这数目如数募足，距离全部的复原，还差三分之二。

在上海时，听说苏州的物价，除了机制品以外，一般要比上海低一些，就菜蔬方面说，至少可打一个八折。实际上并不尽然，原因是苏州的度量衡好像在无人管理状态中，例如菜市场的秤，名义虽是一律的市秤，其实早已不合法定的标准，一千元一斤猪肉，放在上海带下去的市秤上秤，只有十三两。要是价格果真便宜一个八折，这便宜已经给秤抵消了。

不过苏州也有它的优点，清静而没有喧嚣。走在那条还不大走样的公园路上，尽可以从容安步，用不着拚了命地挤电车，也不怕吉普车之类撞到你的背上来。天气暖一些，高兴到郊外去散散步，青山绿水一定还保持它的原有姿态。上海朋友们要是感觉到已往数年的窒息，那末到苏州去疏散一下，那决不能算是奢侈浪费。不过有一点使我还不敢大胆推荐，就是火车的交通还待改善，买票的困难，车座的拥挤，比较战前状况还有若干距离。

（《机联会刊》1946 年第 180 期）

花市沧桑

范烟桥

在虎丘冷香阁，和一位熟悉花市者闲谈，觉得花市也有沧桑之变。虎丘的南西北三面相距十里之内，约有花农四千馀户，中间有专恃艺花为生者，有仅以之为副业者，大概直接赖以生活之男女老幼须达十万人。在抗战期间，东寇常截树为燃料，花农恐其殃及，往往自行截去，以杜觊觎。其中以桂树为最多，所以今年桂花的产量锐减，价格因之大涨，每斤须三四万元，上海人讥不甚高妙者为“桂花”，岂知今日的桂花，已颇名贵了。

花之最大销场为茶叶肆，茉莉、玳玳、珠兰都用以窨茶，惟珠兰最难种，且老树不易生花，新树须从福建一带运来，近年交通阻梗，几乎绝迹不至。于是改用白兰花，本来白兰花只用于女子的插戴，今乃成为饮品之辅助，夺珠兰之席，也可以说是战后的一种新发展。

玳玳、玫瑰加在茶叶里喝起来，芳留齿颊，并且在色调上也很美化。但是游客不甚爱买，为了卖花的人，不能迎合游客的心理，装在纸盒里，只是薄薄的一层，下面填了厚厚的粗纸，而索价之大，不下于西湖藕粉，所以不敢尝试了。

重阳过后，菊花要上市了。种菊花最辛苦，却又卖不起钱。以前寻常人家，为了价贱，买几盆应应时，足以表示苏州人的富于美感。但是这两三年来，连士大夫阶级，也没有这种雅人深致了，实际上，还是购买力逐渐减低。因此走到虎丘山下的花圃里，已不甚看见菊畦了。

在承平时，花农载了花到附近的乡镇去卖的，比较卖给城里人，可以贵一点。现在也不行了，一来那些乡镇和城里一般的不景气，二来雇了船，用了伙伴，这一笔成本，就不合算。

茶叶肆买花是分期付钱的，大约先付三分之一，其馀要隔一两个月，等茶叶窨好，向各埠销去了才算清。在这个物价动荡不定的年头，花农也大受影响，一两个月以后，币值已大打折扣了。

小小花市，似乎无关宏旨，不像布帛菽粟的不可或缺，但是观世变于微，也不能无惑。

（《新闻报》1947年10月19日，署名舍凉）

春风绿透姑苏城内外

杨文育

抄一段描绘姑苏胜迹的陈套："苏州为春秋吴都，扼三江之冲，当五湖之汇。山川韶秀，人物清华。吴王城畔，绿柳成畦；齐女门前，清波拍岸。翠袖三千楼上下，姑苏自古多佳丽。泊枫桥夜半钟声，登虎丘听生公佛法，步灵岩响屧之廊，探邓尉香雪之梅，东西洞庭，挺秀吴越，俱足动遐思而豁尘。他若沧浪亭、狮子林、留园、怡园等，则名苑佳构。"短短一百十馀字，却一网打尽了苏州的风物胜迹。然而这些惑人香艳的字眼，除掉仅能憧憬外，你再也不能在今天的苏州觅到。但苏州之所以还能在春秋佳节，引吸着如云仕女，在我看也不过是因为有了些草木、山水，似乎还可以给久住都市的人到这里来享受些清新而已。

战争情势的急转直下，使一向宁静的江南天堂也嗅到了火药味。于是前一阵的逃难热，像传染病一样到处蔓延，飞机，轮船，火车，轧不开交。当然，苏州惟一足以维系海上仕女的"清新"，也就无人有这样闲情逸致来领受了。记得去年此时的京沪线上，人像浪潮一样的向苏州涌来，奇装异服、柳腰绛唇的海派女子，几乎有使古老的苏州社会，掀起革命一般地疯狂和刺激，流线型的汽车，驶在这里仅有的几条大街上，苏州像是做了他们手里钞票的俘虏，一种刺目的气焰！

来苏州的旅客，免不了要光顾这里的几爿店家，采芝斋的瓜子糖果，马詠斋的酱鸡酱鸭，松鹤楼吃顿饭，朱鸿兴尝碗面，像是学校里的"必修课程"。因此这些店家多少年来一直把这一段买卖，作为一年营业中的旺季。实物的销路，固无正确的统计，但其中听说朱鸿兴面司务的小账之多，向为苏州所有吃食馆子之冠。可是今年此日的情形，却和往年大相径庭了。有着特征似的海派士女，已很少发现在街头；馆子门口的汽车阵，也消失了昔日雄姿；

偶尔有些人做做点缀，与其说逗人注目，毋宁是苏州一般商家的悲哀。倒是一班乡间富农老妇，挂着黄布，背了香袋，到处都是。她们上杭州，去常州天宁寺，无锡崇安寺，或者平望莺脰湖，路过苏州，少不得玄妙观里要观光一番，用钞票只要“杀脱几只头”（银洋），谁都及不上她们这样逍遥自在！

近几百年来，苏州的梵宫莲宇，增加无数，林园宅第，更不可胜计。最初这些林园，都是风流名士、乡绅遗老们置以自娱的私产，但近年来都加以开放，任人参观。可惜的是，只有人看，没有人管，更以频年兵荒马乱，于是荒芜的也有，零落的也有，欣赏成了凭吊，苏州人的懒散性格，在这些地方充分表现了。如果说荒芜也是一种美，那么就可以去看看留园、沧浪亭，朽木数栋，败坏不堪。怡园的设计精巧，但现在已作了河南大学的校舍。比较起来，还是狮子林的奇趣砌筑，因为没有什么破坏，还值得一看。春到人间，里面点缀了些嫩绿彩色，倒亦显得调和。这几天的晴朗，给林子里塞满了踏青人群。

实在说，苏州的好地方，全在郊外，然而很多地方已令人有寸步荆棘之叹。邓尉探梅本该列入游程之首，但梅树为日本人毁去了一半。现在附近玄墓山上设立了临时中学，穹窿山上不久曾驻过邱清泉的干训班。青山依旧，风物大殊，再加上地滨太湖，治安是个大问题。本来往返苏州与光福间的汽车，一天有好几班，现在只减剩了一班。交通既不方便，游人也就裹足不前。固然化得起钞票雇小汽车的人有的是，可是揽胜形同探险，就不免要考虑一下了。朋友告诉我，只要局势平靖，在杨梅红、枇杷黄的季节，光福、邓尉是不妨去一趟的。城西二十五里的灵岩山，乘汽车经木渎去，只要半小时就可到达。人力车虽也可以往返，但代价要三个袁大头。前些时，有一批坐了马车游木渎的，回来竟碰到了路劫，损失了不少钱财。脍炙人口的木渎石家饭店，听说营业比往年差得多。至于天平山，还在灵岩之西，尽管它有白云泉、莲花洞以及飞来峰、头陀崖等峥嵘奇石，足供游客登临，但去灵岩的人已大非昔比，去天平就无疑更差一筹了。

苏东坡说过，“至苏州不游虎丘为欠事”。“地利”使虎丘成为今日游苏士女必然光顾的地方。马车夫在观前兜生意，虎丘两个字，喊得最响亮。离城近，不论什么车子多可利用，而且古迹特别多，给向导的人背诵起来，会滔滔不绝，像唐伯虎三笑姻缘的起讫，唐代养鹤涧、白公堤的废址，虎丘塔、生公石、点头石等六朝古物，远至周秦遗迹之剑池、试剑石等，不一而足，历代帝王，也曾屡屡临幸。总之虎丘不会给你厌倦，何况从经济方便打算，是相当值得的。清明佳节，踏青的人，在虎丘道上肩摩踵接，会挤得你头昏脑胀，据说年年有此盛况。同时，这天几十辆救火车到虎丘翠荇山庄祭扫公墓，就凑得更形热闹了，摊贩麇集，形成了个大商场，数不清的叫化子盯着游客一步不肯放松，卖花女操着吴侬软语，像牛皮糖一样缠着你……有着如赶庙集的情趣。

（《申报》1949 年 4 月 9 日）

苏州的女人

铁　遒

杭州和苏州，柔山软水，造成了江南女子特别的风格。我去年到了南京，看见当地的女子，觉得的确有一种蠢态。我想如果再北去，所得到的印象，也许还要坏些。我并非反对女子的健，但我认为于健之外尚须有美的成分。所以，江南女子的“风韵”，也是相当的需要。

苏州的女人，可以说是江南女子的典型。她们不像杭州女人的带有若干西洋色彩，她们是纯粹的江南本色。我在苏州时，看到她们就觉得可爱。原因是她们的体态（Complexion），有淡雅轻松的调子，有闲适的神情故也。所以，若以文章来作譬喻，我说她们是“小品文”。我想这话没人反对。

在苏州，只要你上观前，便可看到年青的姑娘，在行人道上徜徉。她们是特别的怕热，但也特别的怕冷。时候已经交秋了，她们却并不感到凉意，依旧“袒胸”，依旧“露臂”，依旧“飘飘然”。时序才是初冬，她们却已经大衣，甚至皮大衣裹身了。如果，你上电影院，在未开映前，总可听到一片沁人脾胃的所谓“吴侬软语”，要学苏州话，这是一个好机会！她们常嗑瓜子，据说这就是她们舌尖圆滑的原因。

但是，看苏州女子，你要留意。因为有时娇声燕语，不一定是少女，也许是后生男子，也许是年逾花甲的老公公。而且，阊门外所谓 Kept Women，千万不可看，她们并无“小品文”风致，只是一种令人肉麻的姿态。

苏州的女人，毕竟是可爱的。她们的体态，颜面的神情，发香……形成了她们的独特的“风韵”。李笠翁《闲情偶寄》上论人体美，倒能道出她们的特点，他说，“肌肤之白在嫩”，“目善动而黑白分明者，必多聪慧”，“女子一有媚态，三四分颜色，便可抵过六七分”，“是态度之于颜色，犹不止于一倍当两倍也”。我觉得苏州的女人，正是如此。关于这，我在当时有点意思，我说：

“……她们的韵致，不在修饰及做作，而在这自然的姿态中。虽然，我曾说过，一个人除大麻皮及缺嘴大疤外，都可用人工法改善之，但这只能改其appearance，不能改其风韵也。人体美，有时须具有健的成分，不过风韵总是更要的东西，在这里，我与李渔同调了。”

苏州女人的所以令人神往，所以为江南女子的典型，实由于她们的“风韵”。在某一意义上，这是并不减少“健”的成分的，我想。

（《申报月刊》1935 年第 4 卷第 4 期）

谈苏州的妇女

含　青

“江南”古来就被认为出产美人的地区，加以有了“上有天堂，下有苏杭”的那句话，文人雅士们的吟风弄月，很多以苏州的风景和女子为题材的。这不可不说苏州女子本有着一种悠闲潇洒之态，然而也就是这正足以显示出女子们懦弱的根本病态，甚至有以被作为欣赏的艺术品而自傲的。

在战前，苏州女子一向保持着她们祖母及母亲一贯的作风。不但是大家闺秀整天躲在屋里，连倒茶的动作也得使唤娘姨或大姐；就连小户人家的女儿也在“闲”的气氛里，消磨她的“不愁吃不愁着的一生”。在职业界的圈内，简直找不到她们的足迹。纵使有一二教唱歌的小学女教员，也常被认为是一件可耻的谈话资料！目下，这种传统的封建思想已渐渐地在人们心中消失了，为了生活困难而挣扎在职业圈中的妇女人数，已骤然激增至百分之六七十的光景。然而在畸形的局面下，我们仍可悲痛地找出正在被“闲”的毒焰吞噬着的“太太”们和正在阴暗职业下将蹈着堕落之渊的那批年青姊妹们！

一、高级职业妇女

这出入于高大建筑物各机关及银行之中的她们，曾受过高等教育或充有职业界的经验，大多数有着一个比较舒适的家庭环境。她们不都是苏州人，有从各地被派或汇集而来的。在办公时间中，没有那些女子们具有的交头接耳谈笑的行为。和蔼而自尊，细心而大方，在静肃的办公室里，只听得一片笔尖的沙沙声，敏捷的珠算声，及接洽事务电话旁一口清脆流利的日语。在将近暮色的晚风中，她们三三二二地并肩踏上归途。望着她们穿着各色洋纱旗袍的背影，令人感到了女子们积极服务的伟大精神。

二、教育界中

在振兴中的苏州各学校，以女先生们担任教育居多数，尤其是小学校里，百分之八九全是女先生。原因是女子们有着母爱的天性，在日常训抚中，使儿童们不知不觉亲近地接受了她们的熏陶。只要看到春假期内的公园里，服从着女先生的号令作着各种游戏的儿童们，使你会感到这批活泼的孩子，就像是无数朵可爱的蓓蕾，在不久的春风里将放出不同的奇葩。而女先生们，就是培植他们的滋润的肥土。

女先生们的薪水，普通从七八十元起至三四百元不等，而她们很多以此为贴补家用或抚养年老的父母。当然，以目前的生活程度来说，这百馀元的数目，还不够个人的饭钱。然而，她们为了天真的儿童是不惜任何牺牲的，宁愿尽一己的精力，课后再为担任家庭教师而奔走，直待黄昏时候，才拖着疲倦的身子回家，还得在灯下批改课卷及缝纫衣服等杂事。但社会并不因她们刻苦的精神而有所重视，相反地，种种意外的不幸和侮辱，时常加在她们身上。可是当她们被围在一群可爱的小天使中间时，怨恨和悲痛悄然地消失了，只有完成教育坚强的信心，遗留在她们纯洁而高尚的灵魂深处。

三、有闲的“太太”们

在暮色凉爽的晚风里，热闹的观前街上总夹杂着一片“叮叮”的踏铃声，那是从一辆辆簇新的包车上发出来的。穿着华贵衣服的“太太”们，正斜倚在雪白垫子的车身里，舒适而悠闲地吸着卷烟。虽然，目前百物狂涨，民生困苦，然而这并不足以影响于保持一贯作风贵族派的“太太”们。她们依然在将近午餐时起身，忙着涂唇、扑粉、做头发、修指甲等等的化妆工夫。下午，因为太闲的缘故，照例约了女伴们，在电风扇旁来一下“竹林之戏”，仆妇们忙碌着送茶敬烟，而二百元一担的西瓜，也就成了此时的座上佳品。在别的季节，“太太”们高兴时就一同上戏馆看戏，但在这烈日当空的暑天，她们嫌电影院太闷黑，戏院子太热闹，除了偶尔在垂晚时坐了包车出外添置一些日用品外，书场的女客雅座里，时常发见她们的踪迹，一壶清茶，一包瓜子，在三弦的靡靡声中，轻挥着羽扇，高兴时，听几声“佳人才子”的故事，不然的话，和隔座女客们自由地谈谈家常，从孩子一直谈到各人的丈夫，从丈夫一直谈到昨晚的“牌风”，在她们滔滔的说话中，时常可以听到“一条龙”及“门前清”等新颖的字眼。

然而，太太们并不全是幸福的，在中年色衰或“不孝有三，无后为大”时，她们立刻遭遇丈夫的失宠而被遗忘在阴暗的一角，度着凄苦的弃妇生活。到那时，她们虽也曾一度作自立的妄想，可是已被闲惯的手足，不再服从志气的命令了，最多，也只得跪在佛像前，念着忏悔已往的经卷而已。

四、女职员

以前，苏州各商店里任事的全是男职员，偶尔有一二个女性发现，就被认为招揽主顾的“花瓶”。最近，这侮辱的名称形将完全消灭，而女性任事也成了一件非常自然而平凡的事。望着女职员数量的激增，和最大公司差不多全用女性，令人感到妇女界的前途，闪耀着一阵振兴的光彩。

女职员们都非常年轻，有着端正的面貌和敏捷的应付。她们大都有一个中等的家境，不是开一家铺子，就是父亲是位小买卖的商人。她们每月二百多元的薪水也足够个人零用，但也有例外的，就像因不甘家庭束缚而出外求生，不满于婚姻问题而找出路的。总之，她们都很积极，有一个独立谋生可敬的人格。但不幸的是，社会人士依然保持了“男女”观念，于购物以外，给与女职员们一种任意轻浮的调笑，她们很多以维持自尊心而辞职的。这不应有的可卑行为的产生，不得不归罪于现社会人士对于职业妇女没有正确的认识。当然，我们不但希望女职员们能随时随地存一颗自尊的心，同时更希望社会人士能向她们保持着有礼貌的尊重的态度。

五、卖唱的姑娘们

有着北平天桥形的卖唱，是在最近这二年里才兴盛起来的。新辟的游艺场及茶室里，都有这班十七八岁的姑娘，站在台上，以美的姿势向着特制的发音话筒，传播她们清脆的歌曲或京腔。这种茶室是相当富丽的，油漆的绿色墙壁，薄纱窗帘，白色台布玻璃面的小桌子，旋转的风扇，任意叫唤的点心及冷食，令人忘了外面还有着一个拥挤的、汗流的、嘈杂的、烈炎熏灼中的世界。这批年轻的姑娘们在生活的重压下，也就做了“大爷”们的消遣品。脸的俊俏，体态的婀娜，喉音的婉转，都足以使一个普通的姑娘跃上最“红”的地位，报上捧场的文章，座上阔客们接二连三的点唱条子，以及台旁嵌在霓虹灯上的最大名牌，会使她满足了“一登龙门，身价十倍”的未来幸福的梦想。那时，她的收入，可以胜过洋行里经理的月薪，而她的一家，也因此从贫民窟一跃而进了富豪之界。不红的姑娘呢？在众指批评窃笑之下，忍辱地站在台上，以卖力的叫唱来隐耐着内心苦痛之泪。年老病母的呻吟辗侧，弱弟幼妹的抚养，日常生活的开支，直把这颗脆弱的年青的心，噬咬得粉碎，然而她们依然得装着笑脸歌唱。谁也不会知道眼前的带着微笑的姑娘，有着怎样一个苦痛的灵魂；谁也想不到同样的卖唱姑娘里面，有着不同的喜和悲的命运。

“卖唱”是光明而正直的，但我们以十二分的诚意，希望这批有着无限前途的年轻姑娘们，在这污辱的时流中，能自重地保持着永久内心的纯洁，别让这光明的名称下，含有黑暗意义。

（《女声》1943 年第 2 卷第 5 期）

八卦轿的点心钱

范烟桥

天平山下有一种大竹制成的山轿，抬轿的有普通的山农，还有特别的山妇，因之有八卦轿的名目。譬如坐轿的是男子，抬轿的前后也都是男子，就成了乾卦；坐轿的是女子，抬轿的是男子，就成中虚的离卦。依此类推，成为苏州特殊的风光。他们虽没有规定的应雇办法，可是按着习惯，却也丝毫不乱，绝无争夺，因为他们把入山要道的西津桥，做接水的码头，在未吃中饭以前，群集在桥头，守望来船，一见了船中的主顾，便打招呼，以后论定价目，依着守望时候的次序，少了再去补充，多了把最后的留住。这种不成文的轿埠头章程，至少已执行了几百年了。

女子是不胜劳力的，但是天平山下的农妇，似乎别有天赋，伊们能够把一百多斤重的负担，放在仔肩上。走那崎岖不平的山径，虽是也很吃力，却和种田所费的力量差不多。我们可以从闲话中间察看，伊们出言吐语，并不像牛一般的气喘吁吁，料定伊们的丈夫或者还输一筹呢。据我的朋友从广东来说，岭南也有这种八卦轿，伊们的仔肩，更耐得起重负，往往有独自登山，采了二三百斤的柴草，轻松平淡的负着归家。这种可惊的神力，谁也不信是女子所胜任的。

但是天平山下的农妇，不单是能负重力，还可以坐定了做刺绣的女红。刺绣不是要有致密的心思和幽静的功夫么，和抬轿的粗手粗脚，可算得绝对的反对。倘然把年龄来划分工作，还不见得希奇，最希奇的是正在捏着绣花针，在华丽的绷子上刺花，得了主顾，立刻收拾起，大踏步走上街头，把很重的轿子，放上肩去。这种文武兼具的本领，不是和上马杀贼、下马草露布的儒将一般的有天才么。

这般继续不断而又调剂得宜的工作，于伊们的经济上，当然有很大的益助。论理，伊们的生活，可以比旁的农家要好一点，可是也不能一概而论。前天我们到天平山去，同行的几位朋友，都上一线天去了，我为了那天天气很热，身子笨重，上山容易下山难，不如在兼山阁上细品钵盂泉来得适意。在这憩息的当儿，便和轿妇攀谈，约略得到伊们一点生活的真相。就中有个四十多岁的妇人，阅历最深，抬过城里的乡绅太太来烧香，点心钱一把抓出来，有时比正当的轿钱还多些。伊说："城里的女孩儿家，真是嫩弱，风吹便倒，雨落便酥，坐在我们的山轿里，还要嚷着吃力，倘然教伊们抬轿，不知道要压成个什么样儿呢。近来有上海来拍影戏的，这些小姐，才是厉害，穿着伶仃的外国鞋子，在狭窄而滑溜的石级上走得非常的快，并且伊们和我们一样，没有难为情的话，和同伴的男子，嘻嘻哈哈地，什么都说得出、做得到，比女学生还胜三分。可惜伊们在上海坐惯舒服而迅速的外国车子，所以总嫌我们的山轿太颠簸太迟慢，或者这些话也是拒绝我们讨点心钱的盾牌呢。但是毕竟上海人的手面大一点，不比城里的太太们，除掉烧香，就看得一钱像磨爿一般大了。"

我觉得伊们别的没有什么坏处，说话也率真，间或有些粗俗的风话，也是伊们要博得游客的欢心，只是上山要讨点心钱，下山又要讨点心钱，说了许多似乎好听而实在讨厌的话："大块头先生，出来白相，弗在乎此，多给几个钱，伲出了几身的汗，一点物事勿下肚，饿得来，呒不气力，抬弗动哉。"我笑道："你们的胃口真大，怎么中饭吃了未久，又要吃点心了？"伊们又说："老早就在四津桥时候，那哼有工夫吃饭！"最乖觉的，特地加快几步，和大队离开得远些，然后停下来要求，含有挟制的口吻道："啊哟，真正抬弗动哉，好先生，随便给几个钱，横竖俚笃在后面，弗看见格。"倘然心肠一软，给了几个铜子，伊们又半推半就的神气说："嗄唷，几个钱不够买一个大麻饼吃，阿弥陀佛。"伊们眼光也很厉害，看得出主顾的慷慨和悭吝来，到了要求不遂的当儿，也就戛然而止了，不愧为识时务者。

上了山，不免嫌热，什么帽儿褂儿袍儿袄儿脱下来，都可以交给轿妇掌管，不过到了下山的时候，少不得又要讨点心钱。我的朋友 K 君，不惯走山路的，听见人说一线天的奇迹，很想上去瞧瞧，争奈在山下望见三十级狭小的石步，嵌在两片断崖里，心上想，万一失足堕下来，还有性命么，因此馁馁然，不敢尝试，加着那些轿妇，再作骇人听闻的神话道：“越是胆小的人，心上恐怕走不上去，那两边的山石，好似在那里夹拢来，使你更见得狭窄，越是恐怕滑澾，那两脚便像抹了油。”K君听了，自然格外忧虑。但是瞧见同行的都鼓起勇气，大踏步上山，又充满了艳羡，最后只得借助于轿妇，扶着他走上比蒲团还小的石级。K君自己也惭愧了，说道：“一个男子，倒要女子的搀扶，何等可耻。”但是除掉这“扶大爷上山”以外，没有第二味壮胆健脚丸了。后来下了山，这一笔点心钱，便不在少数。我对伊们道：“你们所得的点心钱，足够和丈夫对脚背喝黄汤了。”伊们叹一口气道：“喝在肚里倒好了，可惜都送给人家喝去呢。”我不懂伊们说的话，什么意思，到了回船的当儿，见矮小黑暗的小茶馆里，一簇一簇围成了几堆的农人，都在那里叉麻雀，穿青布衫的轿妇，对后面穿白布衫的轿妇说道：“阿珠的父亲，又在赌钱了。”白布衫的道：“有什么话说？‘生成的相，做成的酱。’他前天赌了一夜，足足输掉三块大洋，气得我两天没有吃饭。”青布衫的道：“阿珠的父亲，倒还有赢的时候，像我们的死坯，一双晦气手，逢赌必输，从来没有瞧见过赢一个钱回来。”白布衫的道：“有钱在袋里去赌，赌空了歇手，倒也罢了，争奈他们没有钱时，还要向人借贷，这赌场里的钱，借得起么？今天阿贵给王三逼得要死，听说在上一个月里，借他两块大洋，今天要他还四块大洋，不知道算多少利息。阿贵的妻子，哭得两眼像胡桃一般肿，方才我约伊，到西津桥去，伊也不高兴，带哭带骂道：‘我费了气力，挣得的钱，怎够死坯一筒烟功夫的赌呢，拚着大家饿死罢。’你想可怜不可怜？”轿儿抬过许多矮屋时，常有相熟的人，嘻笑着脸，迎来道：“新嫂嫂回来了。”“大块头分量倒弗轻格。”一个老妇人抚着二尺多长的一个小孩子道：“阿珠，你的母亲袋里有大麻饼咧。”阿珠便伸着两只鸭掌似的小手，嚷道：“姆妈，饼呢……阿爸又输完了……等姆妈拿钱去。”白布衫的话也不回，急匆匆的抬着轿儿走，到了停船的地方，歇下来，汗雨淋漓在颜面上，好像在那里哭。伊们一壁问主顾讨最后的点心钱，一壁在河桥上洗脚洗脸。我们把讲定的轿价给了伊们，另外再给几角点心钱，伊们还是嘟起了嘴，不愿意接受。我道："你们少讨一点罢，讨得多了，给你们丈夫知道，又要赌一夜咧。"

我们的船撑开了，还听得伊们嫌着点心钱太少的话。同行的B君道："我坐在轿里，见伊们背上的汗，渐渐的渗透过布衫来，心上老大不忍，所以我在将过童子门的时候，在山下就下了轿。"K君道："我最佩服伊们在归途中，索性把蒲鞋脱去了，赤着一双脚，在确荦的山径上走去，怎么不刺痛？有时还铺着细小的砂屑，我们偶然误嵌了一粒两粒在脚趾间，已觉得不舒服了，怎禁得粗糙的磨擦呢？这几个钱，不容易赚啊。"我道："你们的心肠比伊们的丈夫软得多咧，可惜这出于体恤的点心钱，都供给赌场的牺牲。"

（《紫罗兰》1927年第2卷第21号）

苏州的女轿夫

钱公侠

乘了包定的长途汽车出胥门，一直开到灵岩山的脚下。我们刚跨下车，就看见许多特殊的轿子，那是用小藤椅缚上两根长木而成的东西。同行者起初都不愿坐轿，只租了白木的手杖，向宽阔的山路走上去。可是不久以后，我看见有人被高高抬在那藤椅做的轿子上，颠呀颠的从身旁擦过去了。这时我忽然觉得腿下有点累，心口也有点气喘，而两个农妇兀自抬着空的轿子又在旁边劝我上轿，主人们也说不如乘了轿子吧，在此一推一挽之中，我把心一横，就跨上了那顶小轿。久闻苏州女轿夫健步如飞，此时我细细观察，却并不尽然。我注意到前面的那一个，尽是把轿杠在肩膀上移动着，她将轿杠斜放在两肩上面（或者不如说她扭转了肩膀承着那坚硬的轿杠），所以老是有点歪来歪去。我看看平坦的山坡上长着密密的松苗，倒也不怕跌下山去。

抬了不多一会，她们就息下来了。我问："为什么停在山腰?"她们说："看景致呀。"异口同声，我听见别人的轿夫也是这么被她们放下来了。于是我们茫然地看了一会景致，然后又坐上轿去。她们的口音与我所习知的苏州话在腔调上大不相同，比上海本地人与上海话似乎相差得更远一些。至于她们的外表，乃是十足的农妇，手脸的皮肤都粗糙枯黄，更毫无我们想象中苏州女人的风度。此时我记起昨天晚上所见的女弹词家樊素素，才足以代表姑苏的美女。她是酒楼茶肆里护育出来的，与这些任在山脚下的女轿夫毕竟不同了。

在被抬着仿佛出会中的神佛一样，观赏着山景的时候，女轿夫时时要索着小账，从上山的时候起，一直要到下山的时候，使我们的兴致颇受打扰，后来被逼得紧，我就给了她们几个钱，从能和她们闲谈起来。原来抬轿是她们的外快，在春秋两季农忙之馀，这是一笔很好的收入。每逢星期日，城里的人休息了，她们抬轿的生意也就格外好一点。我的女轿夫，一个是中年以上的妇人，一个是少妇，起初我以为她们一定是婆媳，或是母女，岂知都不是的。那年长的说，母女们是不便一同抬轿的，因为母女一定互相体恤爱护，这轿子就抬不快了。两个没有关系的人，才能毫不客气，只愿拚命抬轿，不必顾算到另一个人的苦乐。轿夫中间也有男的，她们告诉我一男一女抬轿的时候，其中也绝少是一夫一妇的，因为互相爱惜之念一生，这轿子就抬不成了。

我们上下山坡的时候，每隔一段路，总有几个老妇人在伸手求乞。她们有时追赶着我们的轿子，并且恳求女轿夫把轿子停下来。可是女轿夫从不肯在有丐妇的地方停下轿来，这大概也是她们不愿扫人游兴的缘故。尤其在下山的时候，为了还图别的生意，她们更是不肯停轿，尽让那些可怜的老妇人一拐一拐在后面山腰叫喊。

“她们从前也抬过轿子的吧?”我想问我的女轿夫，可是还没有问得出口，一会儿已到了山下。在主人们分轿钱给她们的时候，为了轿子有两个人抬的，有三个人抬的，一时因分配不均而吵闹不休。山神有灵，此时俯视我们这一簇人唧唧喳喳，一定会觉得我们凡俗可笑。

在吵闹声中，我听见两个女轿夫在指点着同行的几个游伴，说某人体轻，某人体重。我们就以这样的身份，匆匆和这一群女轿夫告别了。

（《杂志》1944 年第 12 卷第 6 期）

天堂姑苏话尼庵

赵中英

记得第一次到苏州，正是抗战的头一个月，敌机不断的轰炸，骇坏了素来在宁静生活里住惯了的苏州人。热闹的观前也变得冷静，玄妙观内更显得凄清、荒凉。那时苏州给我的印象最深的，是城中阴沟似的河道纵横，而这污浊的河水却是一切饮料的主源。

抗战胜利后，我再回到苏州，这次我才知道苏州所以谓之天堂：它拥有许许多多有闲阶级整日流连的茶馆，有四季不同精美可口的小吃，但是还有一般人所不曾注意的真正的天堂——尼姑庵，是那么多而深入民间。

苏州的齐门向有“穷齐门”之称，但这又穷又苦的齐门外，却有四个尼姑庵。从那苏州全城来看，至少有一百以上的庵堂吧?

尼姑的身世大约分三类：一类是死了丈夫的未亡人，家中因婆媳姑嫂不睦，这里就成了她的避难所。她只要带了自己的私房和细软，便可以在尼庵里过一世平静的日子，而把青春和幸福深深埋在佛堂里。第二类是家境清寒，十馀岁的少女，父母因负担重，儿女多，在“女儿是人家人”的观念下，便把她送进来当“小徒弟”，师父教她念经拜佛，也分担了一切洒扫应对的杂事。第三类是当家人，想“衣钵传家”，特地从育婴堂抱一个女婴，雇了奶妈抚养成人，从此庵产有靠而无后顾之忧了。

到庵里来的信徒弟子，真正虔心拜佛的，固然不少，但“醉翁之意不在酒”，而以尼庵为谈心解闷之所的也很多，而且大多数是上了年纪的老太婆。大家聚会的时候，不是说媳妇不孝敬，儿子被带坏了，便是叹世风日下，人心不古，于是同病相怜，大家相互安慰劝解一番。婆婆们把要说的要骂的痛快倾诉出来，也算得一扫心中积怨，便也喜喜欢欢回家抱孙儿哄孩子去了。

一个偶然的机会，我去参观了一个尼姑庵。走进门就有一种清新的感觉：

房子是新建的，一排玻璃窗够得上称“窗明几净”；进入佛堂，一阵幽渺的檀香，发人省思，神灶上一尘不染。我想在这样清静明洁的环境里，如果尼姑们能让我坐在蒲团上看书而不是念经，我倒愿卜居于此了。

尼庵里总有一种“当家人”，主持庵里的一切，而这当家人一定要精明强干，一定要有灵活的交际手腕。我们这一次的拜访，她当然不能放过，而她更误会把我当做“重庆人”——去年十月重庆人在苏州是很吃香的——其实“重庆人”中也有穷措大啊！她过于殷勤的招待，使我坐立不安。自制的点心，清茶，一道一道的送上来。我偶一起身，她一定要殷勤的劝道“请呀！随便吃点，不要客气！”这样在临走时，我不得不任她摆布，向她“结缘”了。

她们每月都有一个佛会，正月是朝天会，二月、六月、九月是观音菩萨生日，四月是朱天素。每次佛会，信男信女都要轮流来朝拜。城内的信男信女带来的是钞票、香烛，乡下的人却带来各种土产。她们称这种供奉为“结缘”。在结缘声中，尼姑们所必需的油盐柴米、钞票铜板都源源而来，所以她们笑口常开，常常要感到“佛法无边”了。

进入尼姑庵中，你必定要努力忘记你是活在二十世纪的人，因为这里从思想到行动，都停留在前两世纪。她们认为八年抗战是“遭劫”，她们把一切希望都寄托在“真命天子”身上，认为只有“真命天子”的出世，才能“天下太平”。

黄历是不可少的历本，不仅是开井、筑灶、装金、出佛要用它，要择黄道吉日，连剪指甲、腌咸菜都要等“成”日或“定”日，而不能在“危”日“破”日呢！

这两天庵里又热闹起来。据说，许多人听到鬼哭，好心的信女们，大发慈悲，要超度这些哭诉的阴魂，大家都五千一万慷慨输款，大买锡箔香烛，到庵里“做佛七”。

眼看有用的钞票，张张变为无用的锡箔，锡箔烧化、纸灰飞扬时，我的心却似铅样的沉重！

（《家》1947 年第 14 期）

苏州老姥

秋　翁

我曾经说过，“敬老慈幼，必待太平盛世”。这有事实可以证明的。记得承平时代，国中有耄耋之翁，每值佳节岁底，政府照例有所赏赉，作为奖励国中人瑞。其实就是“老吾老，以及人之老”的遗风。又如民间生育，一胎双儿的，地方长官亦常给予奖金，虽说激劝国民繁殖人口，亦寓“幼吾幼，以及人之幼”的微旨。太平盛世，到世界上做人，尚还有一点人味！

去年我在苏州，听得人说，苏州有一位十足道地活了一百零七岁的老姥，姓甚名谁？住在何处？我都忘却了，反正苏州地方报上，曾经登载过的。据称苏州老姥活了这一把年纪，已阅尽兴亡，同时也受尽炎凉！对于人情世故，当然很深。平时闭户诵经，绝对不问今是何世？正是“不知有汉，无论魏晋”的一位隐妇人。家里很穷，好在她食量不大，子孙尚还供给得起。去年××主苏政，节上或岁尾，常常犒以钱米，不失敬老遗风。据闻最近已断绝供应，好在她如介之推一样，是口不言禄的。

有人说，像她这么大年纪的人，活一世吃了两世食粮，莫怪米价上涨，都给她吃贵的。目前当局正在大声疾呼叫人民疏散，此辈上百岁年纪的，理应尽先疏散到阎王那儿去。人口一少，米价自平。这也不能说他的话无理由。因为“老吾老”既不能，谁肯“及人之老”呢？

又闻去年常熟地方，有妇人产子，一胎生下四男，喜不自胜，向县政府去讨赏，给当局者赶出大门，唾骂她道：“人类因为是贵种，所以一胎只生产一儿，只有畜生——猪羊狗猫，一窠往往产下三四五六头。你不想想，还望赏赐咧！”妇人因为始终不懂人种的贵贱，她不愿置辩，流着眼泪回家。幼幼之道，可见不适用于当世了吧？

（《秋斋笔谭》，秋翁著，万象图书馆 1948 年 11 月初版）

小市民型

沈圣时

社会上所指中层阶级的人，大都是指中等地位生活的一般的小市民，所谓“小资产阶级”（Petite Bourgeois），他们是介于资产阶级与无产阶级之间，又可称之为“中等阶级”。他们反对大资本阶级的压迫，故拥护民生主义；但另一方面也主张着私产制度，他们意识常在动摇而易于转变的情状中的。

他们的生活，很多是从前拥有过一些资产的，随着年荒世乱的时代风波，从“小康”之境，况渐渐儿趋于逼近“为难”的情况。然而他们仍然怀恋着往日的心情，不肯拍破颜面，往往在困难情形下仍要维持自己地位，上街仍然要穿着长袍，跟朋友一起时也依然要勉力请客付账。

在家庭方面，虽尚有旧屋一椽，薄田数十亩，实际上不能靠那些生活，一家老小的负担，往往是要凭藉一个男主人负担，要顾内顾外，一个人肩上的重量真压得不轻松。走在街上，外观上是先生、少爷，颇为体面，实际上，很多是在空虚为难中生活。

那些劳动的知识分子，他们的职业，有的是店铺伙计，有营业员，有学校教员，有公务机关小职员，及书记之类。在社会地位上，他们是“上等人”，但是那些人确是卖着自己的知识劳力在换饭吃，他们为糊口谋活，埋头着工作，肩上压着重担子，眼前仍闪着私人生活的希望。

他们的人生观大多是随随便便，甚至也有竟无所谓人生观，多数只抱着为糊口而工作，对自己的事业，似乎只是为不得不做，也无所谓对事业的兴味，也绝少想对自己的事业加以改进。他们的生活态度是只要有钱拿，有饭吃，别的可以放开不管，平时对于工作，缺少探究的兴趣，在一种可以含糊的情形中不偷懒换饭吃。总而言之，视事业和吃饭为一事，大多的小市民全没有“发现那生活于专门以外的事业的真的别天地的”（日本鹤见祐辅语）。

那些人大多有着相仿的兴趣，工作之馀，喜欢上茶馆坐坐，跟每日聚首的老朋友扯扯闲天，烫烫热茶，有兴致时，则对棋一局，或几个人坐下来叉小麻将。黄昏上，几个伴儿爬上小酒楼烫一壶酒，随心境而嬉笑怒骂。回到家，心情恶劣时，跟太太吵闹一点口舌，那种情形，全是常见到的。

小市民阶级多数已走到生活线上挣扎的情形中了，倘不幸而遭受失业，则将不堪维持矣！

在紧迫的年势下，那些小市民阶级已荡在动摇的风波中了。

一九三六，二，二十八日夜，于苏州

（《落花生船》，沈圣时著，自印本，1936 年 5 月初版）

小职员生活

沈圣时

也许是一句真话，人是最为难做愣在尴尬境地里的人。

在外表要维持“上等人”的生活场面，似乎一切的需要不能得一笔勾销地紧缩起来，在个人朋友间的体面问题似乎不能不遮掩。天是逐渐暖起来了，跑到街上，看得见轻飘飘的春装，于是不得不设法勉力办一件衬绒袍或是夹大衣，说一句实在话，这已是一件很“吃力”的负担了，一件稍稍像样的衣服，一个月的薪水已去其大半了。

小职员阶级的人员是各方面很复杂的，商铺店员，小学教师，各机关小职员，报馆的记者……他们全以自己的劳力知识换饭吃，而全是爬在一条极清苦的生活线上挣扎，多数是做极重的工作而得极微少的报酬，然而大家仍然在一种不敢荒疏的情形中很热心地为老板苦干。在一种毫无办法发展的社会里，年青人似乎是一无话说，只有一心于埋头为事业努力，虽然一点小小私心的希望是有的，当小学教员的，总有个时候想到大学教授每月领几百元月薪，穿皮大衣，住小洋房，坐汽车，吃西菜；做小学教员则全无希望弄到那些，甚至到月上薪水支不到，夜上回家吃一碗咸萝卜清粥，而明天早晨，仍得按时到校，不得不撑起一副像样的架子，仍然硬着头皮干下去。

小职员之群的家庭情况，在外表自然仍有体面可言，而实际上家园早已荒芜，恒产亦早罄尽，大家靠两手工作换饭吃。如果太不自量力（或是自家性急），娶了妻，脚边孩子一群，而月薪收入二十多元，或权十数元，开支自不可维持，“唤奈何”的小职员，不知有多少？于是闹穷似乎是小职员群中最普遍现象了。

不到月终，大家早在设法预借薪水，开始借钞票，逐渐“吃紧”之后，只得借毛票了，借毛票银角就成为小职员生活上极普遍现象。借来的银角，需用处很多，洗澡，理发，香烟，吃点心，上茶馆，甚至还勉力为朋友付账，说来这是很惨淡的情景。

最末途时，月薪已支空，毛票银角也毫无理由再借，于是只得向老板当手借些铜板了。

因为生活费不够支配，于是借薪，到无理由再借时，于是在各方面欠账，往往从玻璃柜台的绸缎局欠起，一直到挑油煎锅的臭豆腐干粽子担子全挂上了账，在种种苦衷情形中，似乎赊账是不能不赊了。

且期待着，把希望留到明天吧！也许将会在一个稍稍轻松的境地里生活。

一九三六，三，一四日，夜深

（《落花生船》，沈圣时著，自印本，1936 年 5 月初版）

吴门观感琐志

退　安

入夏以来，余以病魔淹缠，久之不愈，医生切嘱，须至清静区域内调摄，始可收事半功倍之效。沪上嚣繁，诚不宜于养疴，余乃遄返吴阊，屏除酬酢，杜门谢客者半月。顾今岁入秋以来，热炎过于盛暑，苏州虽较静于沪，然而屋高不如上海，热度乃较沪更烈。每当夕阳西垂，即蚊市如雷，吸吮人血，扰人清梦，诚有过于沪上之臭虫者。余居苏州半个月中，日困于炎威，夜扰于蚊阵，区区鸡肋，诚难当其吮也。幸寓近公园，在华灯乍上，便踉跄而往，摄一僻静之地，藉以却暑乘凉，非深宵不敢回卧，惧热与蚊也。苏地自改市制以来，举凡商业、道路、建筑、游艺，均大异曩昔，令人有沧桑之感，其变迁之速，革新之捷，诚足使久客他乡之游子见之惊叹，爰略述梗概焉。

市面转移，城中骤兴　苏州城内，以玄妙观为居中，距阊胥盘娄齐葑六门各六里。向来观前街，为城内之商业集中地，然而道路窄隘，其商店以经营衣食二业者居多。自平门辟通，护龙街率先拆屋，宽放道路至三十六尺，城内与火车站之捷径打通，市面从此转移，观前街顿成苏州全市最繁华之中心区域，打破城内不设旅馆、不开剧场之老例，观前之分利的商业乃勃兴。上海式的大旅馆，如雨后春笋的怒茁不已，始则大通旅馆、城中饭店规范尚小，今则东段中央、大陆等先后成立，布设极其华美，装潢极其伟丽，区区一隅，大旅馆有五，因之风气大变，夜市骤兴矣。今尚有一四层楼之新苏旅馆，在建造中，落成时且拟附设屋顶花园，及歌剧舞场等等。观前商市，较一年前，顿盛十倍。每当日落灯上之际，行人摩肩擦背，拥塞于道。公安局为维持路政，排疏人多路窄计，凡在下午二时起，便禁止人力车通行观前大街，东自醋坊桥，西至察院场，此一段在今日已成苏州之南京路矣。

繁华金阊，渐见清衰　苏州市场，已盛衰屡移矣。当沪宁路未建之前，

阊门外马路

最热闹者为盘门之青阳地，该处为日本租界，当时戏院、书场（即女唱书，系各院之妓女每日至茶园内会唱者）、妓馆等，均在日租界上，而烟间又多，故极盛一时，游女如云，夜中又辟夜花园，火树银花，金吾不夜，时余尚在幼稚也。迨沪宁路落成，钱万里桥之车站告竣，苏沪宁通车以后，市面又一变，阊门开辟马路，直达车站，自广济桥起，至新开河桥止，此一段内，百店林立，戏园、妓馆由盘移阊，城内士女游玩者，亦以路近争趋之，金阊繁华，成苏州之首区。最近十年中，大旅馆之建造者，有十馀处，每值新岁，兜马车之风更甚。在四五年前，阊门外地价大增，沿马路荒地，昔时每亩四五十金者，后乃涨至六七百元，自阊至车站累累荒冢，尽造房屋，均以为必盛之区也。万不料时势变迁，出人逆料，自前年城内开通平门，直达车站之后，乘车旅客，往来苏州者，从此可越阊胥马路而迳进城中，路近而车资廉，阊门冲要之区，顿变为僻静之地矣，商市锐退，百业不振，繁华金阊，亦将成为冷水盘门之第二矣。今年虽有阊商发起振兴市面，在刘园之对面，购地建造游艺场，名曰大世界，开幕以后，以游客无多，未几即行闭门。阊门市面，衰败在平门开通之后，百业萧条，而犹能勉强敷衍者，则全恃数十家之妓院，兜走旅馆，笙鼓啸嗷，略资点缀耳。若戏馆等，则早已停业矣。不意公安局禁妓令下，游客更绝踪，旅馆、菜馆均受打击，马路上商店，争迁城中。甚至阊门内之东西中市两大街，向为正当商业荟萃之处，及银行、钱庄之中心点者，今亦以盛衰的联带关系，而有地段不能应需求之感矣，各商号如交通银行、中国银行等，不得不随时势之潮流，至城心之观前大街，购地造屋，迁居营业，阊门生意，渐渐并至观前。苏地居民有限，平日又无客商到临，商业不如无锡、镇江远甚，故兴一处者，必败一处，昔日之盛于城外，兴于阊门者，至今日则移至城心，集于观前矣。以事实上言之，仅仅地点的转换，而在商务本身，则殊少发展也。

荒区变盛，地价飞涨　葑门内之王废基，昔为一营基耳，附属于抚标中军，荒地颇多，遗冢累累，白杨衰草，常有鬼迷等事之传说。附近草桥之玉带河中，年有落水而死之人。右侧为一小操场，辛亥政变而后，改作枪毙杀人之处。后营基处标售，每亩只取值二十元，而犹无人顾问。及后营基折卖，小操场为县教育局围作运动场，略架数椽屋，名曰公共体育场，后又经过教育局建造一图书馆。此处为人贱视之荒冢地，至是始稍稍引人注意，然地价犹不足百金一亩也。及革军下苏，市政处将此处旷地，发丘掘冢，去棺拾骸，迁葬他处，而将旧营基改为公园，造东斋、西亭，布花木，凿沼池，设电影场、品茗处，而以图书馆居其中，具园之雏形，而无园林之胜，居然能轰动一时，游人之多，较任何名园为多。夕阳西下，士女如云，千红万绿，成群结队而至，昔时荒冢之集中地，今变热闹之游览场。四五年前，地贱无人买，不意今日每亩价目，飞涨至一千元以上，而犹争相夺购。数载之中，变移至如此，诚出人逆料之外者也。在前数年，一至下午六时以后，即无人行，今则虽深宵午夜，尚有对对男女者，携手深林之中，喁喁情话也。附近一带，小房子内之贫民，今得藉地价之昂涨，咸一跃而为富翁矣。

九千元划平一高墩　观西北局，亦一营基荒地，向日城内之各处垃圾，均倾倒至北局荒地上者。数十年来，累积至三个大高墩矣，最高者，面积达三亩馀，而高度有如上海之先施、永安，几若一个土山矣。旧营基，现为消防队所占。北部之馀地，已由青年会造屋，演电影，设茶肆、浴堂、理发处等。而东南部之小土山，亦经开平，建造一舞台，曰乾坤大剧场，专演京戏，男女合唱，今已开幕。今北局地点，尤较王废基为优，盖居观前之中，为热闹市场，而兼有空气者一也。新苏旅馆建造之初，以一千元一亩地价，购得八亩馀，作为馆址。但有一极大之高墩，占据其中，苏人对于此地，素来视作废业，故一任各处以瓦砾堆积，地主亦不予计较。盖在四五年前，此一块地，不值分文，任何人所不欲买。盖造屋既有此大土墩之阻，不能作用，欲去此墩，则需费必数百倍于地价也。荏苒至今，万不料一朝成为美产，前以百金无人受此，今竟售得八千馀元，地主顿成富翁。买主购入此地后，即计议划除此土墩。第以面积、高度俨然一小山，去之非易。后与包工作头论价，雇工人数百，将此土墩开去。磋商结果，共费工资九千元之巨，历时经三个月，方得划平，斯费之款竟超过地价矣。自此墩划平之后，附近尚有三个小土墩，各地主亦争下巨资，追踵铲除。自三贤寺巷起，至北仓桥止，此一带昔日如群峰拱立，羊肠曲折，车马不能通行之地，今则一举而尽成坦途矣。工程之大，耗资之巨，在苏州已为创闻矣。

六门城内全造马路 苏州街道之狭，为各处所少见，向来如热闹区，若观前、中市、临顿路、护龙街、养育巷等处，街道不过六尺至八尺之阔。自人力车通行后，其占据道路之市招、摊担等，已经禁止，新造房屋亦责令收进各六尺，但须俟其翻建新屋之时方能行之，故人力车往来，常有撞到行人之事。上年护龙街开通平门至车站时，市政处即下令将护龙街北段，拆除房屋，须将街道改筑马路。原只六尺阔之道路，责令拆去两边店铺，缩让至三丈六尺，以作官道。今此路已拆造完工，照此宽阔，确可以通行汽车、马车矣，惜仅此一段耳。今则市政府议定，全城同时拆造马路，虽新建之屋，未让街道者，亦须勒拆之。最热闹之观前街，已在开工。昔日所视为最佳之美产，曰桥面屋，与各街巷之转角店面屋，因其租金较普通店铺须增一倍，今次拆屋令下，此等桥面屋与转角铺面等，均在完全毁除、化改公路之列。各产主闻之，乃均大恐慌，但亦无可如何耳。闻公家对于毁拆民房，亦给代价，惟以现款无着，故发二十五年之公债。查观桥面上，有商店四家，以水口最优，故获利亦最大，今乃一举而尽行拆去。六门大小街巷，凡列入市府之划订路线以内者，统须拆毁之。闻限定一年之内，须将全城马路通成，六尺街，均放足三丈六。按市府计划，在马路成功之后，一、消防便利，苏城向用抬龙，全赖人力扛行。故较远之地失慎，迨至龙到，火已经不可向迩，损失已巨大矣，今拟统用新式摩托帮浦水龙，可以随时驶往施救，改成马路后，车可通行，疾驶无阻，否则，六尺街道，如何能行汽车矣。二、交通便捷，现行人力车在大小街巷，不能两车并行，常有肇祸之事，马路成功后，城内决计通行公共汽车，由市府划分路线，使时间经济，刻下承办全城公共汽车者，已有数公司呈报愿办，但市府则主投标决定，大致至迟一年内，可以实现矣。余今次到苏，各处正值拆毁房屋之大破坏的时期也。

（《申报》1929 年 9 月 7 日、11 日）

黄昏的观前街

郑振铎

我刚从某一个大都市归来。那一个大都市，说得漂亮些，是乡村的气息较多于城市的。它比城市多了些乡野的荒凉况味，比乡村却又少了些质朴自然的风趣。疏疏的几簇住宅，到处是绿油油的菜圃，是蓬蒿没膝的废园，是池塘半绕的空场，是已生了荒草的瓦砾堆。晚间更是凄凉。太阳刚刚西下，街上的行人便已“寥若晨星”。在街灯如豆的黄光之下，踽踽地独行着，瘦影显得更长了，足音也格外的寂寥。远处野犬，如豹的狂吠着。黑衣的警察，幽灵似的扶枪立着。在前面的重要区域里，仿佛有“站住”、“口号”的呼叱声。我假如是喜欢都市生活的话，我真不会喜欢到这个地方；我假如是喜欢乡间生活的话，我也不会喜欢到这个所在。我的天！还是趁早走了吧。（不仅是“浩然”，简直是“凛然有归志”了！）

归程经过苏州，想要下去，终于因为舍不得抛弃了车票上的未用尽的一段路资，蹉跎地被火车带过去了。归后不到三天，长个子的樊与矮而美髯的孙，却又拖了我逛苏州去。早知道有这一趟走，还不中途而下，来得便利么？

我的太太是最厌恶苏州的，她说舒舒服服地坐在车上，走不了几步，却又要下车过桥了。我也未见得十分喜欢苏州，一来是，走了几趟都买不到什么好书；二来是，住在阊门外，太像上海，而又没有上海的繁华。但这一次，我因为要换换花样，却拖他们住到城里去，不料竟因此而得到了一次永远不曾领略到的苏州景色。

我们跑了几家书铺，天色已经渐渐地黑下来了，樊说：“我们找一个地方吃饭吧。”饭馆里是那末样的拥挤，走了两三家，才得到了一张空桌。街上已上了灯。楼窗的外面，行人也是那末样的拥挤。没有一盏灯光不照到几堆子人的，影子也不落在地上，而落在人的身上。我不禁想起了某一个大城市的荒凉情景，说道："这才可算是一个都市！"

这条街是苏州城繁华的中心的观前街。玄妙观是到过苏州的人没有一个不熟悉的，那末粗俗的一个所在，未必有胜于北平的隆福寺，南京的夫子庙，扬州的教场。观前街也是一条到过苏州的人没有一个不曾经过的，那末狭小的一道街，三个人并列走着，便可以不让旁的人走，再加之以没头苍蝇似的乱钻而前的人力车，或箩或桶的一担担的水与蔬菜，混合成了一个道地的中国式的小城市的拥挤与纷乱无秩序的情形。

然而，这一个黄昏时候的观前街，却与白昼大殊。我们在这条街上舒适地散着步，男人，女人，小孩子，老年人，摩肩接踵而过，却不喧哗，也不推拥。我所得的苏州印象，这一次可说是最好。——从前不曾于黄昏时候在观前街散步过。半里多长的一条古式的石板街道，半部车子也没有，你可以安安稳稳地在街心踱方步。灯光耀耀煌煌的，铜的，布的，黑漆金字的市招，密簇簇地排列在你的头上，一举手便可触到了几块。茶食店里的玻璃匣，亮晶晶地在繁灯之下发光，照得匣内的茶食通明地映入行人眼里，似欲伸手招致他们去买几色苏制的糖食带回去。野味店的山鸡野兔，已烹制的，或尚带着皮毛的，都一串一挂地悬在你的眼前——就在你的眼前，那香味直扑到你的鼻上。你在那里，走着，走着，你如走在一所游艺园中。你如在暮春三月，迎神赛会的当儿，挤在人群里，跟着他们跑，兴奋而感到浓趣。你如在你的少小时，大人们在做寿，或娶亲，地上铺着花毯，天上张着锦幔，长随打杂老妈丫头，客人的孩子们，全都穿戴着崭新的衣帽，穿梭似地进进出出，而你在其间，随意地玩耍，随意地奔跑。你白天觉得这条街狭小，在这时，你，才觉这条街狭小得妙。她将你紧压住了，如夜间将自己的手放在心头，做了很刺激的梦；她将你紧紧地拥抱住了，如一个爱人身体的热情的拥抱；她将所有的宝藏，所有的繁华，所有的可引动人的东西，都陈列在你的面前，即在你的眼下，相去不到三尺左右，而别用一种黄昏的灯纱笼罩了起来，使它们更显得隐约而动情，如一位对窗里面的美人，如一位躲于绿帘后的少女。她假如也像别的都市的街道那样的开朗阔大，那末，你便将永远感不到这种亲切的繁华的况味，你便将永远受不到这种紧紧地箍压于你的全身，你的全心的燠暖而温馥的情趣了。你平常觉得这条街闲人太多，过于拥挤，在这时却正显得人多的好处。你看人，人也看你，你的左边是一位时装的小姐，你的右边是几位随了丈夫父亲上城的乡姑，你的前面是一二位步履维艰的道地的苏州老，一二位尖帽薄履的苏式少年，你偶然回过头来，你的眼光却正碰在一位容光射人、衣饰过丽的少奶奶的身上，你的团团转转都是人，都是无关系无关心的最驯良的人，你可以舒舒适适地踱着方步，一点也不用担心什么。这里没有乘机的偷盗，没有诱人入魔窟的“指导者”，也没有什么电掣风驰、左冲右撞的一切车子。每一个人都是那末安闲地散步着，散步着，川流不息地在走，肩摩踵接地在走，他们永不会猛撞着你身上而过。他们是走得那末安闲，那末小心。你假如偶然过于大意地撞了人，或踏了人的足——那是极不经见的事！他们抬眼望了望你，你对他们点点头，表示歉意，也就算了。大家都感到一种的亲切，一种的无损害，一种的无忧无虑的生活；大家都似躲在一个乐园中，在明月之下，绿林之间，优闲地微步着，忘记了园外的一切。

那末鳞鳞比比的店房，那末密密接接的市招，那末耀耀煌煌的灯光，那末狭狭小小的街道，竟使你抬起头来，看不见明月，看不见星光，看不见一丝一毫的黑暗的夜天。她使你不知道黑暗，她使你忘记了这是夜间。啊，这样的一个“不夜之城”！

“不夜之城”的巴黎，“不夜之城”的伦敦，你如果要看，你且去歌剧院左近走着，你且去辟加德莱圈散步，准保你不会有一刻半秒的安逸；你得时时刻刻地担心，时时刻刻地提防着，大都市的灾害，是那末多。每个人都是匆匆地走马灯似的向前走，你也得匆匆地走；每个人都是紧张着矜持着，你也自然得会紧张着，矜持着。你假如走惯了黄昏时候的观前街，你在那里准得要吃大苦头，除非你已将老脾气改得一干二净。你假如为店铺的窗中的陈列品所迷住了，譬如说，你要站住了仔仔细细地看一下，你准得要和后面的人猛碰一下，他必定要诧异地望了望你，虽然嘴里说的是“对不起”，你也得说“对不起”，然而你也饱受了他，以至他们的眼光的奚落。你如走到了歌剧院的阶前，你如走到了那尔逊的像下，你将见斗大的一个个市招或广告牌，闪闪在放光；一片的灯火，映射得半个天空红红的。然而那里却是如此的开朗敞阔，建筑物又是那末的宏伟，人虽拥挤，却是那样的藐小可怜，Taxi和Buss也如小甲虫似的,如红蚁似的在一连串地走着。大半个天空是黑漆漆的，几颗星在冷冷地睒着眼看人。大都市的荣华终敌不住黑夜的侵袭。你在那里，立了一会，只要一会，你便将完全地领受到夜的凄凉了。像观前街那样的燠暖温馥之感，你是永远得不到的。你在那里是孤零的，是寂寞的，算不定会有什么飞灾横祸光临到你身上，假如你要一个不小心。像在观前街的那末舒适无虑的亲切的感觉，你也是永远不会得到的。

有观前街的燠暖温馥与亲切之感的大都市，我只见到了一个委尼司，即在委尼司的St.Mark方场的左近，那里也是充满了闲人，充满了紧压在你身上的燠暖的情趣的。街道也是那末狭小，也许更要狭；行人也是那末拥挤，也许更要拥挤；灯光也是那末辉辉煌煌的，也许更要辉煌。有人口口声声地称呼苏州为东方的委尼司，别的地方，我看不出；别的时候，我看不出；在黄昏时候的观前街，我却深切地感到了。——虽然观前少了那末弘丽的Piazza of St.Mark，少了那末轻妙的此奏彼息的乐队。

（《海燕》,郑振铎著,上海新中国书局1932年7月初版）

苏州观前大街的黄昏

浮　萍

当太阳落到苏州城墙脚下时，观前大街醒了。我说它醒，是因为太阳高照的时候，观前大街是很静的，是呆的，像睡去了一样；没有多少行人，没有热闹的市面。但是在黄昏时，整个的观前大街却动了，活了，是醒了过来；街上行人拥挤，每一家店铺中都有了顾客。

观前大街是苏州城里的市中心。我现在所说的观前大街是连“观”的本身也包含在内的，这似乎是不通，但是只要你对于苏州稍熟悉一点，就会晓得我的意思并没有什么不对。“倷到落里搭去?”这个问话假定是你在苏州听到的,而回答如果是“到观前去”! 等一会你就可以看见答话人在“观里”徘徊。

所谓观前“大街”，在想象中应当是一条长而阔的街。然而在你到了苏州之后，便被证实你是想象错了。观前大街是东西向的街，东头顶着南北向的临顿路，西头抵着护龙街，那也是一条南北向的路。你从东头走到西头，脚步不必紧，六七分钟就可以走完。街的正中停放着人力车，将本已不很宽的街中分作两条，每边有两辆人力车可以并排行的那么宽。街的两旁有很狭的街阶，或人行道。若是你的身躯有我这样长，你在街阶上踱着时，你的帽子常会被悬着的招牌或招旗，或市窗的篷架碰掉。但是这并不是它们被悬得太低，而是你太长了。因为若以苏州人的一般长矮比较，所悬得是并不低的。

既然叫做“观”前大街,当然“观”应居在重要的地位。“观”就是玄妙观，那是位在街的正中的一段。玄妙观的右边一排房子的旁边，黄天源门口弥漫着白烟的时候，观前大街的黎明时候到了，车辆行人这时已不像以前那样的稀少。玄妙观里的各种卖物的摊子或店铺都已收拾得齐齐整整，准备接应生意。黄天源是一家点心铺子，规模并不大，点心的种类也不多，但所有的点心，虽然别处也有同样的，似乎没有出奇的地方，但只要你稍尝一二样，你就可以明了那滋味是如何的与众不同了。

你从黄天源的楼上望观前大街，像从一幅完全的图画上看到图画的最精彩的一部分。西边街阶上来往的人很多，那么多，像是挤着来去。其中有男的，有女的，有老的，有少的，有美的，有丑的，但是很少不是衣服穿得很华丽的。上海所认为时新的衣样，苏州人都不会不在观前大街展览的。你看见人多拥挤，一定以为都是很忙的，但每人行路的脚步又都不急，你可以分辨得出女人脚上宫鞋上的绣花，分明告诉你这不过是来徘徊的，“荡观前”是苏州人每日生活中的重要生活。若是你认清几个脸，认清几种行路的步式，看见他们走向前去，从别人的身旁擦过，从街的这一边越过到那一边，但不久你又会看见你所认清的那脸，你所能分辨的步式，又踱回来了，还是那样的挤擦或是越过。黄昏时的观前大街是一条忙街，徘徊的人像血脉的流动，使观前大街活起来。而徘徊的目的，说来难使人相信，男人是为着看女人，同时也给女人看；女人也是为的看男人，也给男人看。所以你在黄昏时走过观前大街时，可以嗅到各种的香味从男人和女人的头上、身上发出；你可以看到各样的装饰陈列在男人的和女人的头上、身上。你在别处以眼光盯在一个女人的脸上，会遭斥骂的，但你在观前大街可以随意地跟着一个女人走，她绝不会讨厌你，决不会使你难堪。因为她到“观前”来徘徊，正是希望有人赏识她的美，欢迎身后跟着一个男人，不然她会懊丧她的衣饰以及化妆的不如人的。

黄昏时观前大街上所有的脸都有闲适的神情。我不是已经说过，因为人都来徘徊的吗？但是徘徊是有疲乏的时候的，或是徘徊时会觉得无聊的，观前大街的食品店的生意兴隆便不是没有理由了。你从以面食出名的老丹凤走过，可以听见击锅的声音不断地响着，或是偶然抬头可以看见以“随意小吃”闻名的松鹤楼上的人影稠密。从这些情形，你可以想象得出当一个人疲倦了的时候，坐下来拣一些精细可口的食品从容地吃喝是多么的逍遥！你走过苏州无人不知的专卖糖果瓜子的稻香村、采芝斋、叶受和门口，你可以看见一个一个安闲的脸带了大小包，从店里走到街上，一点一点地吃，继续在“观前”的这一端踱到那一端。

玄妙观里是以三清殿为中心点，那里供着的偶像，很少人看清它的脸样，但是你常可以看见有人跪在那儿膜拜。在殿门上悬着一块匾，上面是“妙一统元”四个字，并没有下款在匾上。许多人说，那是金兀朮写的。我不曾作过考证，这个传说是否有正确性不得而知。但是另外还有一个传说，更难证实。据说，这是一块新匾，原来的那块旧匾被针刺风雨摧毁了，有一位“善士”愿重修新的换上，但上面的“一”字，已毫无痕迹，虽请了许多书法家摹补，总不合式。这真使那位“善士”心有馀而力不足了。幸而不久有一位不识字的乡人自告奋勇，说他自己就会写，但是没有人相信，后经那个乡人再三要求一试，才让他挥笔。谁知他将笔从右到左一横，写成一个与原来丝毫无异的“一”字。你信吗?

殿左是“茶馆区”，但是只有两家茶馆，此外算卖鸟的摊子最多，那么我为什么称它为“茶馆区”呢?那是因为卖鸟的人或看鸟的人，都是坐在茶馆里先品价鸟，然后仍坐在茶馆里谈买卖的交易。你坐在那儿，可以看见一个人将粟子向上抛去，膀上的黑鸟会追到空中将那粟子将嘴接了；你又可以看到一个人将一叠香烟包里的画片放在桌子上，从笼中放出一只麻雀来，它会将嘴从那一叠中衔出一张画片；你可以听到一只鹦鹉对着你高声地说：“倷阿要买之我去?”你也可听到一只鸟得意唱着。这个地方和殿右差不多完全是两个性质，因为在前面那个地方的人们以坐着为主，而后面这个地方却以站着为主。因为在那儿是一只一只桌子，坐着“算命先生”，设着“命馆”，围着挤着很多旁听的人。你可以看见那些“算命先生”脸上是那样的正经，认真地一字一句地对他的顾客说。顾客和旁听的人很不易分类，有男人，有女人，有穿长衫的，有穿短褂的，也有穿西服的。“算命先生”沉重地说着，顾客和旁听的人静悄悄地听着。往往在顾客连连点头的时候，若是你回转头来看那些旁听的人，许多是张着嘴呆立着，像是等待谁挟一点食品送到他们嘴里。不然，那些闭着嘴的人必是将头慢慢地挥着，像是拿头额在空中画圈子。

我常听到人说：“精彩的在后面呢!”尤其是你在戏院里时易听到。玄妙观的精彩就在后面，就是三清殿的身后。那里有一群一群的人，那是平民的娱乐场，在那儿可以拣你喜欢的娱乐，只要花去五六个铜元，就很可以快快活活地度过一个黄昏。一群人围着的是男女对唱的苏州滩簧，另外一群是听唱马前泼水，又一群是看一个穿红裤子的斜眼的女子走索子，再一群是看“魔术”，而最大的一群是在听“小热昏”，两个人各立在一张凳子上，中间是一个架子上放了板子作成的高脚小桌子，那上面放着一只小箱子。那两个人说一阵，于是唱，于是再说，于是再唱，大约一刻钟就歇一会，就了一把茶壶嘴喝一阵，于是就叫听众买他们的梨膏糖。你可以不抛铜元上去，但是你不能在这个时候溜走，不然他们会用各种不堪听而听了必使你脸红的话骂你。他们唱的和说的范围没有一定，有时他们将时事编成调子，有时他们拿你从来没有读过的或听过的故事来娱乐他们的听众，而有时他们会就当时偶然发生的事故，例如两个人忽然争什么打了起来，或一个人走过时不留神跌了等来做他们的资料，他们能即刻编成调子唱，每句有韵，字字传神，使一般的文艺作家惊服。

听完了“小热昏”，必是六时左右。你可以到就在你站的地方相近的帐篷中去吃一碗“豆腐花”，那只不过十五个铜元就够了。味是描写不出的，虽然我可以告诉你那是以最嫩的豆腐，以酱油、麻油、虾米、肉松拌合的。那味道真美，只有这一点点我可形容。

黄昏时的观前街可以比拟上海的城隍庙，但这只就其热闹而言，性质上完全不同。观前大街的性质很像北平的天桥，但是它有整齐和堂皇的店铺，又是天桥所不能及的。

（《太白》1935 年第 1 卷第 9 期）

苏州人的销金窟
——北局

佚　名

北局的周遭，北与东，有太监弄通观前和宫巷，南有小公园，路通富仁坊巷，西至邵磨针巷，方经省建工程处开辟放宽，可以汽车直到塔倪巷和大井巷的“乐乡”、“皇后”两饭店。根本北局是成了集中娱乐、消闲、吃喝、睡眠、陶醉等等的销金窟，笙歌彻宵，金迷纸醉，整整的可以代表出省会的繁荣和富丽来，尤其夏天的夜市面，更来得热闹拥挤。

太监弄有家名闻遐迩的老茶馆，吴苑深处，从吴苑往西，不消百十步就到了北局。太监弄在二十年前，本来是条一人弄，此刻虽名仍旧，可是阔度足有两辆汽车可以对驶，两旁还有人行道，和放宽后的观前大街面积仿佛。因为地近闹市，所以这条街上的商店，也应运而生了，有水果，香烟，糖果，料理、西餐、素食、粤闽、京徽等菜馆，本帮饭庄和粥店，时髦朋友不可或缺的相像馆，女子理发，洋服店，虽则短短的途程，却应有尽有。北局到了，靠南一边，就是“新苏饭店”、“苏州”和“大光明”两座电影院。“苏州”除映二三轮的国片外，时常有东洋及舶来片放映，“大光明”专映首轮国片。两家的地位很广，容量在千人以上。“开明”京戏院，台很广大，从前还能转得转，可惜角儿不见高明，都是二三路角色，北方的红角儿，大约为包银所限，所以没有到来，据说现在在唱的，都属拆账性质，也是凄惨得紧。东向就是冲霄高楼的大丸洋行百货公司，北向青年会会食堂，才复业得不久，并有东洋电影放映。

“味雅”菜馆，是高尚的中西酒家，官场宴客，麇集于此，夏季开放夜花园，因为它后面有一弓隙地，栽些花木，仿上海几家大酒楼的样子，有晨餐、饮冰，晚上就园中草地设席饮宴，座客常满。北仓桥头的一家“新雅”，门面设在观前，它也不甘示弱，可惜店后没有馀地，乃设法于青年会西旁，原先做过沟水场的去处，辟作花园餐厅，花园是便当的，那个厅就颇费踌躇，后来也仿照上海漕河泾“冠生园农场”的样，来一个芦席棚，中间有“拍拉通”放送歌曲，这几天开放了，可以和“味雅”唱对台。苏州人“学时髦”，“一窝风”（苏谚），虽则米买几十元一担，这两家大酒店的夜花园，都会挤满了人。百货公司屋顶，虽也辟有露天餐座，地位是高尚的，或许舍不得军票的太费，所以生意就不及那两家的兴旺。屋顶还有“苏州电台”，广播节目，虽不及上海几家精彩，但也很有些比别处独特的东西。

中新里，也在北局的西南角上，弄虽不长，仅有门牌十三号。那十三家中，都属领照的“长三”书寓，贵官、豪客、富商、钜贾，还是和事变前的阊门鸭蛋桥畔一样，打茶围、吃花酒、小阿囡、骚婆娘、打底阿姐等，一切和从前没有差别，做“花头”，做十打、念打（花头以十二元作一个）。十三家门口，没有花名牌和花名灯，仅以门牌作区别，内中五号半、六号半、十号半三家，都属“么二”式的向导社工作，作者门外汉，恕不能历举其名。

他如“燕子窠”，那也很有几家，设备富丽、招待周到、品质高尚的，所以营业不恶。

白天，北局是聊边路，可供游息、消遣。晚上，电炬通明，霓虹灯闪烁耀目，肉感、健康美的摩登姑娘，手持蒲扇、短衣赤足、拖鞋一双的白相人，西装革履、油头粉面的荷花大少，长衫党，半老徐娘，店徒，小贩，车夫，小工，形形色色，应有尽有。你要是鼻孔通气的话，还有一阵阵的香风，送来作游北局的赠品，眼睛快的话，再能有俏姑娘的媚眼传电，带给你一些馀波呢。

同时，边有一句告诉读者，要是晚上白相北局，或是看戏看得晚了，千万勿要带上手饰，因为“挺而走险”的，有时也会光顾到你。毕竟，苏州是复兴了，北局可以代表出一切来。

（《政治月刊》1941 年第 2 卷第 3 期）

苏州的旧货市场

吴　侬

民国十七八年时，我在苏州城隍庙前，住已很久。（那时的农协会借住于此。）对那位穿紫袍的城隍爷，很引起一点研究的兴趣。我翻了许多书，知道"城隍"这个名称，是起于南北朝的，见《北齐书·慕容俨传》，到元明之际，城隍爷都受了王侯公伯的封号。苏州的城隍爷是封过公的吧？在这迷信最深的古城里，当然要强调他是负着风调雨顺、御寇禳灾的责任的。庙里，有的是古老幽森，本来没有什么可眷恋的地方，但我忘不了，它曾收容我，收容过我这萍迹寄迹之身好几个月。我到过苏州三次，每次，都去徘徊留恋，听着自己荒凉寂寞的脚步声，追念一回尘封的往事。

可是，现在我不愿去了，不知是道士们贪图一点小便宜，把庙里的场地出租了呢，还是小市民的自由麇集，那个荒凉的古庙，一变而为叫嚣嘈杂的旧货商场了。进进出出的人，肩挨着肩，背挨着背，如果你手里是拎着一个大包袱的，离庙门还有丈把路，那些旧黑心便会一拥而来，七嘴八舌，看货，讲价，你如果资格嫩一点，那你的货色一定很便宜地到了他们手里，而一转手又以高价卖给了别人。小道士穷急了，有时也拿出一两件衣服出来卖，脸上有着不自然的笑，显得偷偷摸摸的。

我望着那小道士的贫缕的衣裳，再望望巍然坐于正殿的城隍爷的紫袍，我有说不出的今昔之感，现在，我再也不愿去了。

（《中外春秋》1946 年新 1 期）

诗　巷

袁　殊

从前田汉先生写过《苏州夜话》的短剧，是否已够表现了苏州的情绪，记忆已经模糊；是否与我现在的体味相同？一时也说不上来。

曾有人赞美过苏州，说这是东方的威尼斯。又有人说是和日本的旧城名古屋相仿佛。可惜这东西两大名胜之地，我都没有到过，也难于说出比较。

我在苏州，快三年了。因为不是一个居民，所以对于迷濛的苏州生活，尚无真实的体验。但因为接触过这古城的桥河塔影，曾因这印象引起过诗兴，写了题为“长街陋巷”的诗。黯长的陋巷，栉比的居屋，黑灰的门墙，而在这些并不雄伟高大的门墙之内，也许有数进深度的画栋雕梁，也许有幽篁小院，在散置的太湖石之间隙里，种植着玉簪，或盆兰，或梅桩，女墙之阴，长着老年的大叶的芭蕉，楠木大柱的厅堂，铺着破碎的大方地砖，而寂寞冷落，阒然无人的踪影，好像是没有人住似的。

其实是住着人的。年青的大概都是出外去了。年老的大概是从朝至暮都坐在吴苑深处，在幽然饮茶，谈是非，鼓动着市井之谣，品评官府的贪廉得失，道说米价。也许从昼食后，他们就耽搁在浴室里了。女的呢，也许是一面在嗑着瓜子，听无线电里的弹词，《英烈传》或者是《珍珠塔》。他们就这样的在打发着光阴。不是他们在迎接时间，而是时间在等待他们。而且，好像是多长久的年月以来，就这样在等待着似的。

这些人，或许就是历代书香，簪缨世裔，有年成不好的租米可收，有旧书、骨董、字画可摩挲，挤到玄妙观去吃零食，再不是到观前买一小包糖果带回家，细细地咀嚼着日子，纤巧乖致，盘算着东邻西舍的人情，又好像自己是不存在似的。

我曾经出过一个题目叫“巷”，请一位能文者写篇散文诗，但他只写了《陋巷小景》。各人的印象与兴会有所不同，描绘或透视，都难得恰到好处。该想着这是在科甲时代出过多少状元的灵地。

外国人怎样看苏州的呢？我想起了西条八十所作的《苏州夜曲》。他所憧憬的苏州情调，试译出来，是很有罗漫蒂克的美的：

抱在你胸前，听到了，
梦的船歌，和鸟语。
水国苏州，是为惜花谢春时，
垂柳的啜泣。

流水漂浮着落花，
即使未知明天去处；
今宵映着了两人的姿影，
莫消逝啊，到地久天长。

戴上鬓边，还是吻它一吻呢？
是你手折的，这桃花，
且莫含泪啊在朦胧的月下，
钟声来自寒山寺。

这样的写情、写景，我是否能无损于原作，根本没有把握。但这是诗人想望中的俏丽的梦境，我所体会的现实的苏州，恐怕还不真是美得这样的天堂。

虎丘塔倾圮的斜度，已经很大了。生公说法，使顽石点头，那传说的大石块上的血的遗斑，虽也可疑；然而这地方从前就有过杀人的动乱，是中国任何一个古城所不能例外的，也可以想像得了。在灵岩山麓木渎镇的近处，还有才人金圣叹的遗墓。沧浪亭依然无恙，曾为沈三白和芸娘恬淡自恃的皇废基，也还有遗址可寻。范蠡挟西施出亡的一箭河，还是一条笔直的水径。从遗迹中去回忆往日苏州的文化、政治乃至社会风土，令人神往者很多。就是去年因傅侗、褚民谊两氏的来苏，得聆别处所没有的古琴的演奏，和已在没落的昆曲的残腔，也更引人投入到往昔苏州的回味。但是，现在一看满街的咖啡茶座，恶不能入耳的洋琴、打鼓声，把上海水兵酒吧的烂爵士搬到这土地来，盈耳的是“我是十八岁……”，即使苏州美人真是美的了，也叫人不敢正眼去望她一下。

我在苏州，离开市街颇远，住在一个丘石桥池的园里，我称之谓废园，也称之谓寒园，是有灵异和鬼怪故事的名园。每当深宵雨夜，从老远的大门走进来，既兴与鬼神为邻之叹，也自幸是在体会着苏州。由前一想，偶而有所惊惧；由后一想，则惯于泰然自足的了。每遇所谓“衙斋夜听萧萧雨”的时候，总是独坐案前灯下，也不是起草羽书传檄，无板桥之诗心（现在民间是已痛苦得没有声音了），但有其诗境之享受。有高冠吾氏赠我的《读老子》诗，有句云：“总因居乱世，故作贬时篇。”取其上句，诚然如此，贬时则我何敢。像丁丁氏以下野之县宰，还要追求文学，或莫非亦是乱世之情吧。他来信预备稿纸、题目，并代签上名，要我“闲话苏州”。易君左氏就为了“闲话扬州”，闲出了乱子，偶语有罪的事也正多，不作言官，便作言官的对象，这话实不知从何闲起？总算是住在苏州的，平日不大穿街走巷，见闻不广。记得年前偶尔和一位先生从护龙街走往宫巷，经过一条又长又窄的巷，黄包车只容单行，一看高壁上的搪磁仿宋体大黑字的路牌，写着“诗巷”，呜呼！这便是苏州罢。我只好有违编者的出题了。

二月二十四日

（《作家季刊》1944 年第 1 期，署名君匡）

苏州陋巷小撷

王 予

坊与巷

苏州，多的是坊与巷。

《吴县志》卷二十四“坊巷”，这样说：

“观坊之多，而知风化之美；观巷之多，而知民居之密。坊与巷俱以多为贵，而巷多又不若坊多之为贵。所以然者，民欲其庶，欲其富，又欲其善。国有旌典，所以劝善，建坊以资观感，庶巷处者，悉兴于仁也。志斯二者，亦以资观感，岂仅备稽考乎?”

这是修地方志者的一贯的口吻。我读地方志，独怕孝子烈女的纪载连篇累页；走陌生地方，也独怕到处矗立着的节孝牌坊。总觉得这是前代的人牺牲在名教下的痕迹，这种痕迹越多，这地方的压迫和残酷一定曾经越甚。即使在今日，走在这些牌坊的下面，好像四周有一股怨气，而牌坊的石头也像要坍下来把我压死，做前一代的替身，所以我总是屏住了呼吸，头也不敢抬。观坊之多，无论怎样也想不出风化之美来。巷多倒是比坊多可贵得多的，因为它们的确显出了这一地方的居民之密。

苏州最宜于住家，就因为苏州有这许多小巷，横七竖八，曲曲折折，是天堂中的静止的小河，幽雅的经纬，安闲的线条。

巷 歌

我以为在小巷中，才真能够观风化之美。现在是夏天，在小巷中是没有什么炎热的，天方夜，乘凉的人们多起来了，我听到过这样的歌唱：

困懒迷迷吃筒烟，
一觔斗跌倒姐身边；
十指纤纤挽郎起，
倷吒没神思吃啥烟？

唱的人是年轻的阿妈，假装着困懒迷迷，跌在她身边的，也许是东家的裁缝，也许是西家的皮匠，这是民间的逸乐，这是天堂的逸乐。

唱的倘是昆曲，即使是高雅的阳春白雪，也没有一点情调可言了，但这是大院落中的歌唱，在街头巷口，是不会有那样古奥的声韵的。

巷　议

但上面所说的巷歌，终究是盛平之世的逸乐，现在是难得听到了。

“入则心非，出则巷议”，现在常常听得到的，就是巷议。

“今天米涨了”……“今天米又涨了”……“今天有钱也买不到米了”，最后是“活得吃力啊，什么时候天下才太平呢”？

这样的交谈，已经成为口头的人生八股了，但人生八股也真是这时代的产物，生活的锁链把每个人箍得紧紧的，透不过气来，究竟是能够坦荡荡的人少，不能不长戚戚的人多。苏州比之眼前别的地方，虽还有一点天堂的气息，比之过去的苏州，到底也是天堂遭遇了苦难的时期。

虽“巷议臆度，不足取信”，天堂中的人们的时代的郁结是透露了出来的。

何陋之有

每一个外方人对苏州有两个共同的不满，苏州的石子路像尖刀山，苏州的小巷太狭隘太不干净了。

我是不满于这两个不满的。

石子路不宜于草履，是真的，如果换上了厚厚的软软的皮底鞋，踏在经年累月成为光滑的碎路上，这才能辨味缓步的情趣。在夏天，它不像柏油路的发热和腻足；在冬天，它又比煤屑路不扬砂尘。

巷子是须狭隘的，它最宜于深夜徒步，倘只在日中熙熙攘攘地来去的人们，自然是不足与谈的。不必定是月夜，最好有点细雨，手里提一盏古色的明角灯，会想起李商隐的诗句来：

“红楼隔雨相望冷，珠箔飘灯独自归。”

也许，又会设想挑灯夜坐在红楼中，正就是“永巷长年怨绮罗，离情终日思风波”的女人。这样走着，夜静得只听得到自己的细碎的足音，明明走的是归向寓处小路，却不知那巷子深得怎样？会把人引到什么地方去？简直像这样就会走完了空虚了寂寥的人生，去向真正的归宿。

小巷在这时是思维的路线，是美的路径，不但是艺术的境界，也是哲学的境界。

（《火烛》，学艺编委会编，新中国报馆 1943 年 7 月初版）

饕餮家言

朱枫隐

《左氏传》载太史克之言，以饕餮列于四凶，余窃不平之。夫“食不厌精，脍不厌细”，《乡党》记之；“式饮庶几”，“式食庶几”，《风诗》咏之。是知饮食乃生人之大欲，餔啜亦贤者之微疵。苟非闻韶之时，何必不知肉味；本异居丧之日，奚须食旨不甘。非然者，设或嘉肴在御，竟食而不知其味，不几令人有心不在焉之讥乎。爰草是篇，以供同嗜。知我罪我，一任读者。

一、《抢食经》

友人方雅南，尝言幼时在塾，与同学著有《抢食经》，甚有风趣。当时雅南背之甚悉，今余仅记其四句，日“逢老先吃肥”，谓老人无齿，皆喜吃肥肉，吾先抢吃之，则所馀瘦者，彼不能吃，皆为我所享用矣；日“逢女先吃瘦”，谓女人多喜瘦肉，我先吃之，则肥者亦必不能逃出我之腹中矣；日“菜多休啮骨”，谓肴馔既多，苟我先啮其骨，则必多费时间，而其馀之菜，必将为人所抢完矣；日“事急先浇汤”，谓饭未毕而菜将罄，此时事势已急，必抢先浇汤，则不致感有食无菜之困也。其馀大抵类此，惜余善忘，不能一一介绍之耳。

二、刮骨疗毒之鸭

老友章幼农尝言，菜中有四味，最取人厌。一日“五代同堂之鸡”，言其老也；一日“酒色过度之鸭”，言其瘦也；一日“怒发冲冠之鱼翅”，言其硬也；一日“七擒七纵之海参”，言其一拨一跳也。余尝本之，作《食物四杰赞》，载于《消闲》月刊中。乃今岁与稼秋、瞻庐至人家宴饮，所上之鸭，其皮甚硬，瞻庐以箸揭之，则见其中有骨无肉，余因笑谓之曰："此鸭非仅酒色过度，直欲效关公之刮骨疗毒耳。"同席皆为之辴然。

（《红杂志》1923 年第 2 卷第 2 期，署名枫隐）

三、谐对

余尝戏作谐对数则，皆可实吾《饕餮家言》。如"酒囊"可对"饭桶"，"负腹将军"可对"空心老官"，"酒肉和尚"可对"糕团司务"，"豆腐羹饭鬼"可对"芝麻绿豆官"。又唐时因求雨禁屠，有某御史请并禁斩杀鸡鹅，人固称之为"鸡鹅御史"。余谓"鸡鹅御史"可对"龙虎将军"（满洲未入关时，明封之为龙虎将军）。又吾苏潘姓，有兄弟三人，食量皆甚豪，惟其一则必嘉肴美膳，方肯下箸，人称之曰"天吃星"；一则稍可通融，人称之曰"地吃星"；一则不择美恶，但图醉饱，人称之曰"狗吃星"。余谓"狗吃星"三字甚新，可对独鹤等所创设之"狼餐会"。

四、一至十之市牌

有人集食物店之市牌，自一至十者，其心思亦甚巧。曰：一品天香，两洋海味，三鲜大面，四时鲜果，五香熏鱼，六陈粮食，七巧名糖，八仙对桃，九制半夏，十景茶食。

五、苏州面馆中之花色

苏州面馆中，多专卖面，其偶卖馒首、馄饨者，已属例外，不似上海等处之点心店，面粉各点，无一不卖也。然即仅一面，其花色已甚多，如肉面曰"带面"，鱼面曰"本色"，鸡面曰"壮（肥）鸡"。肉面之中，又分瘦者曰“五花”，肥者曰“硬膘”，亦曰“大精头”，纯瘦者曰“去皮”，曰“蹄胖”，曰“爪尖”，又有曰“小肉”者，惟夏天卖之。鱼面中又分曰“肚裆”，曰“头尾”，曰“头爿”，曰“潮（音豁）水”（即鱼鳍也），曰“卷菜”。总名鱼肉等佐面之物曰“浇头”，双浇者曰“二鲜”，三浇者曰“三鲜”，鱼肉双浇曰“红二鲜”，鸡肉双浇曰“白二鲜”。鳝丝面、白汤面（即青盐肉面），亦惟暑天有之。鳝丝面中，又有名“鳝背”者。面之总名曰“大面”，曰“中面”，中面比大面，价稍廉，而面与浇俱轻。又有名“轻面”者，则轻其面而加其浇，惟价则不减。大面之中，又分曰“硬面”，曰“烂面”。其无浇者，曰“光面”，光面又曰“免浇”。如冬月之中，恐其浇不热，可令其置于面底，名曰“底浇”。暑月中，嫌汤过热，可吃拌面。拌面又分曰“冷拌”，曰“热拌”，曰“鳝卤拌”，曰“肉卤拌”。又有名“素拌”者，则以酱麻糟三油拌之，更觉清香可口。喜辣者更可加以辣油，名曰“加辣”。其素面亦惟暑月有之，大抵以卤汁面筋为浇，亦有用蘑菇者，则价较昂。卤鸭面亦惟暑月有之，价亦甚昂。面上有喜重用葱者，曰“重青”；如不喜用葱，则曰“免青”。二鲜面又名曰“鸳鸯”，大面曰“大鸳鸯”，中面曰“小鸳鸯”。凡此种种名色，如外路人来此，耳听跑堂者口中之所唤，其不如丈二和尚，摸不着头者几稀。

（《红杂志》1923 年第 2 卷第 4 期，署名枫隐）

六、陆蹄赵鸭方羊肉

苏州从前，有“陆蹄赵鸭方羊肉”之称。“陆蹄”谓陆稿荐之酱蹄，现在其店已分为四，一在阊门大街之都亭桥，一在临顿路之兵马司桥，一在观前街之醋坊桥，一在道前街之养育巷口。“赵鸭”谓赵元章之野鸭，店在葑门严衙前之东小桥。又有名赵允章者，在南仓桥，则冒牌也。“方羊肉”谓方姓之羊肉，在葑门之望信桥，惟洪杨役后，其店已闭。现在羊肉，以阊门皋桥塊之老德和馆为最，观前丹凤楼之小羊面，亦不弱。

七、野荸荠稻香村

苏州野荸荠、稻香村之茶食，遐迩驰名，分肆遍于各埠，然其大本营，则稻香村在苏州观前街之洙泗巷口，野荸荠在临顿路之钮家巷口，今迁萧家巷口。其出品，稻香村从前专批发于各乡镇，故营业虽佳，而制法甚粗，野荸荠则较精。惟近今有宁波人所开之叶受和，出而与之竞争，故稻香村亦大加改良，而野荸荠顿形退化，然其所制之肉饺、查糕、云片糕、猪油糕、熏鱼等，则尚推首屈一指也。

八、采芝斋文魁斋

我国糖色，苏不如杭，然若苏州之采芝斋、文魁斋二家，则较西子湖边之出产，亦未遑多让也。其初，采芝斋仅售粽子糖，设摊于观前街吴世兴茶叶店门首。文魁斋专售梨膏糖，设摊于元妙观场。今则皆已改摊为肆，采芝斋在观东之山门巷口，文魁斋在观西之太监弄口。惟改肆以后，文魁斋之营业大不如前，采芝斋则依然发达，其所制之各种糖食，亦并皆佳妙。此外有一枝香者，在元妙观东山门口，出品亦良，其所制之梅浆糖、麦精糖，尤为独出冠时。至于马玉山分公司，亦在观西，惟其价过昂，虽出品专仿西制，甜味颇逊，苏人士不甚欢迎之，远不若固有之国粹，价廉物美也。

（《红杂志》1923 年第 2 卷第 5 期，署名枫隐）

九、鲥鱼久藏法

余于水族中，惟嗜鲥鱼，以其鲜而能腴，实为食物中上品，其馀虽虾蟹鳖裙等属，他人视为美品者，余皆等之自郐以下矣。然此物惟春尽夏初有之，馀季则无，殊为憾事。乃近阅清无名氏所撰《三风十愆记》，载常熟邵氏宴宾，虽在秋冬皆具，客问何来？邵曰："得之不易，春将暮，命仆之善腊鱼者，携银钱及洋糖、椒末、飞盐、上好藏糟等料，舟载至海头，坐居停主人家。俟渔人得一鱼，即去肠留鳞，用洋糖实其腹中，搽之鳞上，随用藏糟厚铺瓮底，加椒末、飞盐若干，放入鱼，又用糟厚盖其上，又加椒末、飞盐若干，积满瓮口，手拳筑实，细沉封固。至家，必掘地窖贮之，恐炎天溃败也。”书中所言如此，但不知食时风味，果能不若市中所售之鲞鱼否。

（《红杂志》1923 年第 2 卷第 8 期，署名枫隐）

十、小儿歌可包二十二史

有小儿歌于室曰：“阿大阿二挑野菜，阿三阿四裹馄饨，阿五阿六吃馄饨，阿七阿八舔缸盆，阿九阿十甩碎破缸盆。”余闻之，谓客曰：“此歌可括中国二十二史。”客问其故，余曰：“阿大阿二挑野菜者，谓开国之君，南征北讨，备极辛勤，为子孙开创基业，如汉高祖、唐太宗等类是也。阿三阿四裹馄饨者，谓守文之君，虽无栉风沐雨之勤，然犹必宵衣旰食，励精图治，为天下定太平，如汉文帝、宋仁宗等类是也。阿五阿六吃馄饨者，谓中叶之君，承前朝之积累，国家丰亨豫大，府库充裕，于是狗马声色土木，惟其意所欲为，备享玉食万方之奉，如汉之武帝、清之乾隆等是也。阿七阿八舔缸盆者，谓叔世之君，其时国库已渐形竭蹶，不能如前之挥霍，然尚能罗雀掘鼠，勉力支持，以偷安旦夕，如汉之哀平、清之嘉道等是也。阿九阿十甩碎破缸盆者，谓末代之君，中央解纽，四方水旱，刀兵纷起，政府即欲不破产而不得，如汉之桓灵、明之崇祯等是也。由是言之，则此歌非即一部二十二史之缩影乎？”

（《红杂志》1923 年第 2 卷第 9 期，署名枫隐）

十一、《绰然堂会食赋》

蒲留仙集中，有《绰然堂会食赋》一首，备极滑稽，爰亟录之，以供捧腹。其词曰：“僮跄跄兮登台，碗铮铮兮饭来。南閛閛兮扉启，东振振兮帘开。出两行而似雁，足乱动而成雷。小者飞忙而跃舞，大者矜持而徘徊。迨夫塞户登堂，并肩连袂，夺坐争食，椅声错地，似群牛之骤奔，拟万鹤之争唳。甫能安坐，眼如望羊，相何品兮堪用，齐噪动兮仓皇。袖拂篮兮沾热滰，身探远兮如堵墙。箸森森兮刺目，臂密密兮遮眶，脱一瞬兮他顾，旋回首兮净光。或有求而弗得，颜暴变而声怆。或眼明而手疾，叠大卷以如梁。赤手搏肉，饼破流汤；唇膏欲滴，喙晕生光。骨横斜其满地，汁淋漓以沾裳。若夫厨役无良，庖丁不敬，去肉留皮，脂团膜胜。既少酱而乏椒，又毛卷而革硬。共秉匕而踌躕。殊萧索而寡兴，乃择瘦而翻肥，案狼籍而交横。时而嘉旨偶多，一卷犹剩，虑已迟晚，恐人先竟，连口直吞，双睛斜瞪。脍如拳而下咽，噎类鹅而伸颈；嘴澎澎而难合，已促饼而急竞。合盘托来，一掬而尽，举坐失色，良久方定。夫然后息争心，消贪念，筋高阁，饼干咽，无可奈何，呼葱觅蒜。既饱糇粮，乃登粥饭，众口流餟，声闻邻院。惟夏韭与冬萝，共慼慼而厌见；即盐虀之稍嘉，亦眼忙而指乱。至拄颡而撑肠，始哄然而一散。辞曰：一日兮两回，望集兮开斋。斋之开兮众所盼，争不得兮失所愿。呜呼！日日常为鸡鹜争，可怜可怜馋众生。”余按此赋可谓形容尽致。吾吴有谚语曰“吃一夹二看三抢四”者，庶几近之。

十二、莲藕诗

吾苏莲藕鸡豆，皆以葑门外南塘产者为最佳，余尝有句曰：“葑溪本是水云乡，节物新秋次第尝。鸡豆匀圆鲜藕碧，满街唤卖总南塘。”又有句云：“玲珑碧藕出南塘，洁白浑如截玉肪。别有清香能醒胃，新鲜莲子作羹汤。”此二诗倘传之将来，亦可谓苏州食谱中之佳话也。

（《红杂志》1923 年第 2 卷第 11 期，署名枫隐）

苏州食谱

朱枫隐

余苏人也，苏俗尚奢，对于各种食品，皆非常考究，此固四方人士所公认也。惜余非饕餮者流，今承嘱撰食谱，未免有间道于盲之慨，无已姑就一己所知，确为苏人食品中之特点者，汇而录之，挂漏之讥，知不免焉。

一、苏人之烹调

苏人食欲上之习惯，喜烂喜甜，无论荤素各物，其稍考究者，必用文火（即炭基火），慢煮使之烂若醍醐，故入口而化，不烦咀嚼。是固合于卫生，然胃亦因是失其消化之功用，偶食生硬之物，即不免有腹痛之患，亦一弊也。至于鸡鱼鸭肉之红烧者，例必以冰糖收汤，嗜甜之习，亦他处所不及。若夫辛辣各品，如葱、蒜、椒、辣、芫荽等，绝对非苏人所欢迎。近来酬应场中，亦有沾染北方风气而嗜之者，然究属少数也。

二、苏州之酱汁肉

苏州陆稿荐、三珍斋二肉铺，以善煮酱鸭、酱蹄著名，然此二者犹属普通之品，其最特别而为他处所无者，莫如酱汁肉。此物上市，大抵在清明前后至中秋节后而止，其价亦甚廉，忆余初有知识时（约在同治季年），每块仅售制钱七文，近虽物价大昂，然亦仅售铜元九枚而已，而其重量每块约有一两以外，实熟食中之最廉者也。其佳处在肥者烂若羊羔，而绝不走油；瘦者嫩如鸡片，而不虞齿决。若欲寄至远处，但购取新出锅者，俟其冷透，装于洋铁罐中，紧封其口，亦可历半月之久，而其味不变。

三、苏州之洋澄湖蟹

苏州本属水乡，鱼虾各物，所产皆甚富，而尤以洋澄湖蟹为最有名。湖在娄、齐二门外，本胥江之支流，水味甚甘，故所产之蟹，肉极甜美，其他若沙湖、吴淞江等处所产者，则肉味带咸，远不如之矣。湖蟹上市，大抵在九十月间，则膏油丰满，其重量每斤尖团各一枚者，曰对蟹，最为难得。此湖之蟹，足上之毛，作金黄色，背壳作青黑色，俗名铁绣蟹。欲验其真伪，取此湖之蟹，与他湖之蟹，同置金漆盘上，他湖之蟹以盘滑而不能行，此湖之蟹，则爬行自如，以其腿上毛长故也。

四、苏州之太湖莼

昔张季鹰因西风起，忆及故乡吴中莼羹、松江鲈鱼、末下盐豉，即解组归隐。莼菜之名，即因是著，所谓物以人重也。今苏州莼菜，大抵产于太湖一带，于四五月间，摘取其头上之最嫩者，名曰卷心。以鸡汤加鲜笋、火腿为羹，味甚鲜美；其次为黄花鱼、菜花鱼汤；最次为肉汤。若不得佳汤，则淡涩不能下咽，殆袁子才所讥为“傍人门户，非豪杰之士”欤。（按此二句，乃袁讥鱼翅、海参语。）

五、苏州之南荡藕

苏州本有“南荡鸡豆北荡菱”之谚，其实此二物亦甚寻常，其最推隽品者，莫如南荡藕。按南荡即葑门外之杨子荡，其地乡人多种莲藕，花时游船甚盛，故俗又称之曰荷花荡。藕以产于金字圩者为最佳，盖是间多产白莲，故藕亦作浅碧色，俗呼青莲子藕。一节者为上，二节者次之，三节以上则不可食矣。其上者味甚甘美而爽，若哀家梨，且别有一种清香沁人心脾。余尝以此种藕譬之于花，则梅花、水仙，而非桃李俗艳也；譬之于人，则高人雅士，而非闾阎俗物也；譬之于音乐，则丝中之琴，竹中之箫、笛，而非筝琶俗响也。吴侬何幸而得享此口福哉。

六、苏州之松花蕈

苏州灵岩山一带，产一种松花蕈，俗名曰塘蕈。盖其地多松树，乡人言松花落地，即生此蕈，故名松花蕈，不知确否。以小如制钱而肉厚者为上，大者不取焉。七八月间，为此蕈上市时，以虾仁炒食之，味极鲜美，设令东坡知之，必不夸美江瑶柱矣。取鲜蕈用好酱油、真菜油同煎之，名曰蕈油，可藏数月之久，为漉面佐粥之上品。

七、苏州之白杨梅

苏州之洞庭山，所产水果甚多，如枇杷、杨梅、洞庭红橘子，皆甚有名，而尤以白杨梅一种，为最特别。其形较紫杨梅为小，色洁白无瑕，食之甘而不酸。惜所产不多，不能致远，苏州市上绝无售者，余尝得该处友人所馈，乃获一尝此异味，他省县更无论矣。

八、苏州之白沙枇杷

昔李笠翁取四方名果，锡以五等之封，于苏州但取洞庭山之杨梅，而不取枇杷。是犹赏北鄙靡靡之音，而黜雅乐；宝女闾倚门之妓，而弃姬妾。李之人品，已于此可见矣。枇杷有黄沙、白沙二种，以白沙者为佳，既熟后皮亦微带红色，惟剥去之则其肉洁白如雪，厚而多汁，味甘如崖蜜，非如他处所产者之肉薄多核、非酸则淡耳。余尝谓此果之品，浑如正人君子，和平中正，绝不矜才使气，较之燕京葡萄、闽广荔支，有过之无不及也。

九、苏州之船菜

苏州船菜，向极有名，盖苏州菜馆之菜，无论鸡鹅鸭肉，皆一炉煮之，所谓一镬熟也，故登筵以后，虽名目各异，而味皆相类。惟船菜则不然，各种之菜，皆隔别而煮，故真味不失。司庖者皆属妇女，殆以船娘而兼厨娘者，其手段极为敏捷，往往清晨客已登舟，始闻其上岸买菜，既归则洗割烹治，皆在艄舱一隅之地，然至午晷乍移，已各色齐备，可以出而饷客矣。其所制四粉四面之点心，尤精巧绝伦，且每次名色各不同，亦多能矣哉。其价值则一筵一点席，从前连船约十五六元，近则各物价昂，大抵非三十元不办矣。

十、苏州之虾子酱油

欲煮好菜，全赖酱油，酱油不良，则虽有名庖，亦难得嘉肴。苏州居户类有自制之虾子酱油，此物亦为他省所无者。其制法于五六月间，取新鲜虾子，与上等酱油同煎，收贮磁器中，凡鸡肉等味之白煮者，取此种酱油少许，另置磁碟中，蘸而食之，鲜美直无伦比。惟煎时须略加酒与姜，则可辟除其腥气。

十一、苏州之水炒瓜子

苏州各糖果店，如野荸荠、稻香村、叶受和、采芝斋等，皆有水炒瓜子出售。此种瓜子与他处异，盖他处瓜子形阔而扁，壳厚而肉薄，苏州瓜子形狭而长，肉厚而壳薄，且拣选皆极道地，其稍翘稍坏者，剔除务净，故既炒之后，肉甚洁白，香而且脆。其名目共有四种，一曰玫瑰瓜子，二曰桂花瓜子，（所谓玫瑰、桂花，乃于既炒以后，加以玫瑰、桂花等油也。）三曰甘草瓜子，四曰盐水瓜子，而尤以前二者为佳。

十二、苏州人之食量

吴儿体质脆弱，而膏粱之子为尤甚，故饭必陈米，粥必鲜粳，且必煮至极烂极稀，每人日食米，不过数合。肴馔虽极精美，往往罗列满案，而下箸者仅属少许，求如樊舞阳之斗酒彘肩、狂吞大嚼者，实不多见。食量之窄如此，宜其皆弱不胜衣，呈楚楚可怜之态也。

（《苏州指南》，朱揖文著，俞友清修，苏州文新印书馆 1935 年 2 月九版）

苏州食谱

金季鹤

弁　言

在苏州有四句韵语，很含着格言意味，就将演绎起来，很可抵得一部人生哲学。先说那四句曰：“吃是受用，着是威风，赌是对冲，嫖是落空。”分明把人生的嗜欲，嫖赌吃着四门，给拆得穿里穿，道得透里透，而且分得清里清，正不啻圣经贤传一般地教人闻而警惕。从这四句上剖析起来，嫖的所谓落空，原是生张熟魏，暮楚朝秦，红粉骷髅，争比得昙花泡影罢了；赌的所谓对冲，原是枭雉平分，胜负各半，来去无凭，徒托诸幸运罢了；着的所谓威风，原是锦绣纷华，绮罗靡丽，观瞻自壮，终不免虚荣罢了。只有吃的所谓受用，才是山珍海错，选隽撷英，既大快乎口腹，亦有益于身心，不必食前方丈，即园蔬水产，及时鲜肥，清福正亦不浅。嫖赌可以倾家，着固不伤元气，惟吃吃是最经济的享乐法，所以受用两字，下得最确切不过了。苏州人号称优闲分子，在最会受用的原则上，吃之一道，当然不肯含糊，非但不含糊，还尽力地讲究上去，五味调和，千珍错列，试与苏州人谈吃，没个不津津有味，休说是东家好，西家坏，这家太甜，那家太淡，通能判别得头头是道，连制法的高下，作料的轻重，品质的精粗，火候的宜否，多能回报出爷娘家来。所以单论一条观前大街，千门万户，排列着这多店铺，中间食物店可以占一半，而最能赚钱的，决不是金铺绸缎铺，还是让食物店。苏州无夜市，而做半夜市全夜市的，又要让食物店。至于别地人来游苏州，买回去的东西，大包小扎，一定还是食物。就苏州市面的金融，能输出而吸收外地金钱者，也要推食物，而苏州人在外地经营的商业，开的店铺，也大半是食物。哈哈，苏州整个的精神，全在一张嘴，而古今称道的三吴灵秀之气，归根也锺毓在一张嘴，所以既善说，又善吃，嘴的两部曲，苏州人真能占尽了。不过我给苏州的食物吹了一泡牛，临了又得贡献一些子心得，原来苏州的食物，同一名称，同一式样，而美恶之间，大有分别，浑不在牌子的新老，规模的广狭，名声的响不响，这就连苏州人自己，犹未必人人认识得清楚。作者虽非吃王，却自认是须菩提祖师门下一位信徒，现在大发宏愿，要就一愚之得，为我同嗜者做个识途老马了。

（惟以后随得随书，并不分门别类。）

（《金刚钻》1935 年 4 月 8 日，署名季鹤）

松鹤楼小蹄胖

谈吃，开宗明义就应谈菜馆，谈苏州的吃，当仁不让就应谈苏馆，要谈苏馆，当然要这家馆子完全苏式，不染一丝别派的色彩，而它的精神，直可以踢翻京式而压倒徽帮。喏，提起来名头真响朗，离苏州团团几百里地面，讲起苏州菜馆，脑筋里定印着那松鹤楼，别地人光降到苏州，不上松鹤楼饱嚼一餐，回去了一定会互相抱怨。松鹤楼已有五十年历史，老板是六公司执全权者，姓张，无锡人，他还在蘋花桥兼开天和祥菜馆，天和祥是包办整席的魁首，松鹤楼是零拆门市的头牌，油腻饭统给张老头独霸了。在前年张老头死后，归其寄子陆某经理，据说在管理上已稍形陷落。松鹤楼的菜，能得深入人心，颠扑不破，妙处就在通俗，而能适合苏州人的胃口，假如炒虾腰、脊脑汤、红杂拌等，虽若粗陋不登大雅，却多能不失固有的真味。设使你要点出花色新颖，卖相漂亮，那你就认错了招牌，更失去玩乡下大姑娘的本旨了。至于松鹤楼的牌子菜，够称价廉物美，最深入中下级社会心理的，就是小蹄胖。蹄胖而曰小，当然不是全蹄，只像手掌般大一方，不论萝卜、春笋、胶菜作底，清汤白漉，味鲜腴适口，只售一角六分，很可以佐一餐而不致淡出鸟来，所以每天能售去百馀只，在这薄利多卖上，倒很能赚到丰厚的利息了。松鹤楼的面，虽不及观振兴，而花色面在观前街上应推独步，面浇头像烂肉浇、爆鱼浇、鳝浇、鸡浇，可以单买，售价二角八分（约有四碗面的浇头），颇合宜于佐饭下酒，它生意广，镬头大，味儿自然透多了。听说松鹤楼的主要生意，并不靠本城人，更不靠外路客，却全靠四乡八镇的土兄，虽然土兄们派头不大，三四客只唤一个清烂污，一碗清血汤，小蹄胖当然有分儿，饭可至少会吃上廿碗廿添头，但是多里掏弄，正称得松鹤楼的顶门主客。所以松鹤楼参透了土兄们的心理，店里尽赚钱，尽可翻造起三层洋楼来，而始终不加修饰，仿佛乡下财主的派头。单瞧当门那顶小面灶，发誓不肯拆去，宁使进出的吃客们，熏得出眼泪来。据说土兄们进城想下巴动，一瞧见那家菜馆门面洋气，比乡下城隍庙还气派，他们就决不敢踏进来，一则自惭形秽，二则怕多费冤枉钱，三则认不清是菜馆或竟是衙门，闯错了吃罚科。其实乡下土兄们不识字，只认得门首有一顶小灶，才是松鹤楼，所以松鹤楼的小灶，要比文魁斋的乌龟还吃价呢。

（《金刚钻》1935 年 4 月 29 日，署名季鹤）

观振兴

在苏州吃点心，像什么布丁、槟格、三明治、下午茶等欧化食品，应当丢开，说到本地风光，最主要自然是面。苏州的面，从前皮市街有张金记很著名，现在却要让观振兴了，地点在观前街正山门口，雄踞热闹的市中心，挂起五十年老牌子，生意一盛，货色就能求精，就能得新鲜。面浇的种类，并不多备花色，只有大肉、爆鱼鳝是普通的，而蹄胖、脚爪是已算贵族化了，更求丰富，可吃双浇，面也可以加十加廿。还有小肉面，是小块子红烧肉，那是应时特品，小肉和鳝拼浇，谓之小鸳鸯，大肉和鱼拼浇，谓之大鸳鸯，聊以变更花色，使吃客一食而得两味。所以在春夏之交，小肉上市，小鸳鸯面要求过于供了。到盛夏还有白汤面，生涯益盛，因为白汤就是原汤，味清而腴，极宜于暑食，不过原汤有限，往往一市即罄，后至者率抱向隅之憾。至许多取巧之肆，惯以盐卤相充，不肯放弃主顾，反致于牌面走样，大不值得了。自从风行机器面之后，店肆多贪其便捷，大率乐用机器面，然而机面性硬，远不及切面之糯滑可口，加之制手不精，多失匀和，且有鹻气，吃起来不能爽利，像胶腻在喉咙间。而观振兴之面，即能免除此弊，制手亦见高妙，虽然谁都了解切面比机面阔，而观振兴面依然细狭，但它的狭面，还能比别家的阔面高明一点，苏人称之曰“速灵”，这瞒不过千万吃客的嘴巴的啊。至于吃客的点品，倒名目繁多，凭一碗面，可以加上十许种点品，像宽汤、烂面、弃皮、拣瘦、硬膘、大精头、免青或重青头等，可以连成一串，即面店之堂倌，亦练成一功，外人不能效学。假如堂里几十桌，每桌几多人，每人吃什么，点品什么，能一气喊下去，从无错误，而最难在若干桌同时起身，向账柜上回账，堂倌能认清走出的先后，逐人报告其所吃之账，随看人，就随记其所吃何物（有吃几色者），更随算其合值几何，再就其吃账之多少，加上带收之小账，而报时仍奔走侍应不辍，连臂叠踵，不爽毫忽，而观振兴更是自朝至暮，账柜前几乎没有空时，这种技能，正不是簿记学所能为功，而使会计师叫声惭愧了。在面之外，还有馒头、烧买、汤面饺，除馒头有玫瑰、豆沙、薄荷等馅，其馀通是肉馅，精美些是虾仁馅，应时有蟹粉馅，味儿一样能称无敌。这是苏式的普通面，至若京馆的拉面、徽馆的蝴蝶面，以及粤馆的伊府面，那不在本文之内，当然不谈了。

（《金刚钻》1935年5月19日，署名锦浪）

陆稿荐与三珍斋

苏州的酱肉业，在饕餮界中，能占一部分势力。其实血红的卤，色彩既觉可厌，味道更腻而不隽，浓而不鲜，加之粗制滥造，好把劣肉搀杂，令食者发生恶感，其馀像酱鸭、腿腖、蹄筋，也不见得可口处，而每逢初夏上市的酱汁肉，号为肉林美味，鄙夫争趋，但近年也渐见腐败，竟有把奶扑、脆骨等夹杂其间，要拣精整的肉，简直不容买者作主，仅许多购者偶搭一二，已称大幸，因为一斛酱汁肉，精整者不及十之二三啊。苏州的酱肉业，既这样故步自封，而常熟的酱鸭店，就乘机移殖到苏州来，像马詠斋、老詠斋等，确能为苏人一换口味，一时叠迹开张者达六七家，这可与本地酱肉业以一大打击，不过近来也渐渐同化了。苏州酱肉业，店铺不计其数，而牌号只有两种，一是陆稿荐，一是三珍斋，正比剪刀店的通是张小全一样。陆稿荐传下一段神话，据说当年苏州来了一个乞丐，拐腿烂脚，污秽得不成话儿，他天天出来，拐遍了全市，却人人掩鼻而过，竟日不能获一饱。后来他走上一家酱肉店去求乞，那老板倒颇仁慈，瞧他饿得可怜，就布施了金钱，还供给他饭食，那乞丐得到这善人，就天天捧着空肚子上来，总吃得饱致致下去。这样过了多时，一天那乞丐又拐着腿来了，微笑地向老板拱拱手，说要上别码头上去了，只因受恩已久，无以为报，敬以随身一条稿荐奉赠，聊作纪念。那老板对着那肮脏的稿荐，暗暗好笑，但他是一片诚心，岂能相鄙，便称谢收下了。又过了多时，店中营业渐见起色，要修饰店堂，眼看这条稿荐，委弃在墙角里，虱子已像走马般爬出来，老板就教把来当柴烧了，不料这稿荐刚丢入灶门，那一斛酱肉，顿时透起一股香味，直从厨下冲出来，散到满街，猛刺入路人的鼻管，竟使人人馋涎三尺，不期然地争掏腰包，要来买那酱肉，自然一斛肉顷刻而尽。这样天天烧酱肉，天天有香味会引人入胜，从此大发其财，把规模扩充起来。那老板知道神秘就出在那稿荐上，而赠稿荐的乞丐，分明是仙人铁拐李化身，便名其店曰陆稿荐。到如今，东也陆稿荐，西也陆稿荐，而那仙人光顾的陆稿荐，还开在崇真宫桥堍，不过香味恐已被老李收回去了。许多三珍斋中，现在要推察院场口坤记三珍斋最出色当行，也是百馀年老店，而能力图改进，在暮气沉沉的酱肉业中，创造新局面，生涯可推独步。馀若醋坊桥和兵马司桥的陆稿荐，因地处闹市，可与颉颃，而成鼎足之势。惟苏州之酱肉业，再不力求精良，恐终难免于淘汰啊。

（《金刚钻》1935 年 5 月 29 日，署名锦浪）

老仁和馆炒圈子

稍微在吃菜上注意一点，大都是欢迎家庭菜，而对于馆子菜竟像勉强得很。是啊，一菜有一菜的真味，鱼是一味，虾又是一味，青菜是一味，萝卜又是一味，不比馆子菜一例的原料，差不多是千篇一律的啊。苏州的馆菜，京徽而外，粤菜只两三家，教菜只一家，京江馆是镇江菜，他若川鄂湘闽等菜，却付之阙如了。苏州本地菜馆，前回已经记过，应推松鹤楼，不过松鹤楼还脱不了菜馆色彩，价值除小蹄胖之外，多谈不到平民化。若要谈到平民化，脱除菜馆色彩，以求诸价廉物美者，那就应数到饭店菜了。苏州的饭店，同行不下数百家，他们公会里发行一种符号，木质漆画，大不盈尺，上面写着个“天”字，占满了全幅，绘一个人，席地而坐，正靠在天字的捺脚上，捧了一碗饭，在大口地送进嘴去，这取意是在靠天吃饭吧。那数百家饭店，也大多庸庸碌碌，什么鱼肉豆腐、辣汁鱼头、咸肉粉丝之类，不过，一个人化了四毛钱，真可瘪了肚子进去，挺了肚子出来，还可以咂嘴舔舌，抹上一嘴的油。然而事业不论高下，行行会出状元，微末的饭店，风头健起来，照样能凌驾京馆而傲视西菜。就在苏州饭店中间，提起那老仁和馆，谁都会咽一口唾沫，把脑袋点个不住，齐道一声好，原因是老仁和馆的菜，很有七八成像家庭菜啊。店开设在阊门上塘普安桥，就在桥面上驾起两大进房屋，双开间楼面，足足有百年历史，虽然近来又开了一家新仁和馆，开在它十步之内，却罚咒争不过它的生意。它烧得一手好饭店菜，就小至冷盆的白鸡、爆鱼、腊肉，也能不失真味，远非菜馆子那样只重外表，不讲内容，开了眼认识是鸡也，虾也，肉也，闭了眼竟不知是皮纸块，是棉花团，还是木柴爿呢。就那装入箩头养在河水里的鲜鱼活虾，捞起来投进镬子，还扑扑地跳个不住。熝什么风胖腌鲜，那又真不含糊，妙到舌尖。一时也背不清许多，而最脍炙人口，吟诵于老饕们嘴上的，厥惟炒圈子。这是把猪大肠拣选最肥的，切成圈儿，烹龙炰凤玉脂泛，端上来不由得腴香激鼻，浓味滋涎，简直呒没话头了。不过上饭店去，就根本应吃饭店菜，要是点起馆子菜来，那非但给瞧作大菜盆子，就味儿也决不会高明的啊。

（《金刚钻》1935 年 6 月 9 日，署名锦浪）

茶食糖果

苏州以善吃著名，既善吃，自应善制，那苏州善制的食物，究是哪一种呢？苏州的菜，正是乏善可陈；苏州的点心，又是无长足述。喏，苏州所善制者，厥在茶食，厥在糖果。苏州的茶食糖果，作者并非阿私，倒确能当得精美两字，虽不及洋式的漂亮，然味道决不相差，而比较能减少几分富贵气，又不及乡式的结实，然价值并不悬许，而比较能免除一种泥土气。于质料方面，采办既丰，选剔更精。就制造的手法，尤是苏州独有的技能，父传子，师授徒，虽然终生湮没在那作场里，朝爬糖，夜爬盐，干着机械的生活，可是终生的衣食问题，就永久不用愁得，而那几个名手佳丁，居然也会在这市场一角，红过了半爿天，自有各家的老板来礼聘，来偷挖，享受特殊的优俸。是啊，货色的高低，味道的美恶，连带及生意的盛衰，全系在作场司务手里。至于配料先生，那是上级伙友，除却经理之外，让他最为重要，设非老板的心腹，决不会当此重任。整担的原料，粗至豆荚花生，细至松子杏仁，从正路上谈，要费要省，积久计算起来，为数就很可观，这统是配料先生的权衡，也可以见得配料先生的本领。还有发女工，中间也颇有出入的啊。

苏州的茶食糖果业，那专营作场批发的不计，大小殆不止百家。茶食一道，谁多承认要推观前叶受和，那各式酥糖、猪油糕、鸡蛋糕，号称独步，而滋养饼干，是它独家发明，价廉物美，颇宜作小孩食品。道前街桂香村，也多特长，像百果糕、条头糕、方糕，很能流传众口。而糖果是人人知道首推采芝斋，可称无一不精，其西瓜子、杏仁、梅皮、脆松膏，尤擅胜场，但近年采芝春崛起以来，力争上游，处处可以争胜，也许渐成超越之势。稻香村的熏鱼，怕走遍苏城，谁也望尘莫及，隽美鲜腴，可称独绝，就所制鸡鱼肉松、凤尾鱼、虾子鲞，也多不错。那东禄、悦采芳，只随众浮沈，并无特善之点。在观前之外，几乎多不足述，大致因地点关系，生意一清淡，货物就欠新鲜，牵连着质料和制造方面，也差逊一层了。只有苏州的月饼，那是最恶浊最无谓的东西，观之不美，食之无味，但每年中秋，全城的月饼生意，真大得惊人，据称这是他们最妙的机会，最幸福的买卖，大凡一年来卖馀的糕饼之类，屯积着一定不少，到月饼市里，就一哑脑儿多会制成油酥，推作月饼壳子，而卖馀的糖果，当然就可以作月饼馅子，这不是绝大的利薮么?

（《金刚钻》1935 年 6 月 29 日，署名锦浪）

苏州的茶食店

莲　影

故例以茶款客，必佐以细碟数事，内设糕饼之属，故谓之茶食。苏州茶食，为各省所不及。故异地之士绅，来苏游玩者，必购买之，以馈赠亲朋；受之者，视为琼瑶不啻也。其老店，如观前街之稻香村，临顿路之野荸荠，十全街之王仁和，其最著者也。至于叶受和，当时尚未开张，特后起之秀耳。王仁和，一名王饽饽，规模甚小，资本不丰，特善于联络各衙门之差役，故官场送礼，多用该店之货，而其实物品不甚佳美，因之不克支持，而关闭焉。若野荸荠，数年前因亏本收歇，不久，复开张于阊外马路矣。

稻香村店东沈姓，洪杨之役，避难居乡，曾设茶食摊于洋澄湖畔之某村，生意尚称不恶。乱后归城，积资已富，因拟扩张营业，设肆于观前街。奈招牌乏人题名，乃就商于其挚友，友系太湖滨莳萝卜之某农，略识之无，喜观小说，见《红楼梦》大观园有“稻香村”等匾额，即选此三字，为沈店题名。此三字，与茶食店有何关系，实令人不解，而沈翁受之，视同拱璧，与之约曰：“吾店若果发财，当提红利十分之二，以酬君题名之劳!”既而，店业果蒸蒸日上，沈翁克践前约，每逢岁底，除照分红利外，更媵以鸡、鱼、火腿等丰美之盘，至今不替云。

叶受和店主，本非商人，系浙籍富绅。一日，游玩至苏，在观前街玉楼春茶室品茗，因往间壁稻香村，购糕饼数十文充饥。时苏店恶习，凡数主顾同时莅门，仅招待其购货之多者，其零星小主顾，往往置之不理焉。叶某等候已久，物品尚未到手，未免怒于色而忿于言。店伙谓叶曰：“君如要紧，除非自己开店，方可称心!”叶乃悻悻而出。时稻香村歇伙某，适在旁闻言，尾随叶某，谓之曰：“君如有意开店，亦属非难，余愿助君一臂之力。”叶某大喜，遽委该伙经理一切，而店业乃成。初年亏本颇巨，幸叶某家产甚丰，且系斗气性质，故屡经添本，不少迟疑。十馀年来，渐有起色，今已与稻香村齐名矣。其馀如城内都亭桥之桂香村，阊外石路口之凌嘉和，虽略有微名，仅等之自郐以下耳。

各茶食店之历史，既详为报告矣，今复将各茶食店货品之优劣，更为读者介绍之。

稻香村茶食，以月饼为最佳，而肉饺次之。月饼上市于八月，为中秋节送礼之珍品，以其形圆似月，故以月饼名之。其佳处，在糖重油多，入口松酥易化，有玫瑰、豆沙、甘菜、椒盐等名目。其价每饼铜圆十枚。每盒四饼，谓之大荤月饼。若小荤月饼，其价减半，名色与大荤等。惟其中有一种，号清水玫瑰者，以洁白之糖，嫣红之花，和以荤油而成，较诸大荤，尤为可口。尚有圆大而扁之月饼，名之为月宫饼，简称之曰宫饼，内容，枣泥和以荤油，每个铜圆廿枚，每盒两个，此为甜月饼中之最佳者。至于咸月饼，曩年仅有南腿、葱油两种，迩年又新添鲜肉月饼。此三种，皆宜于出炉时即食之，则皮酥而味腴，洵别饶风味者也。若夫肉饺，其制法极考究，先将鲜肉剔尽筋膜，精肥支配均匀，然后剁烂，和以上好酱油，使之咸淡得中，外包酥制薄衣。入炉烘之，乘热即食，有汁而鲜，如冷后再烘而食，则汁已走入皮中，不甚鲜美矣。复有三四月间上市之玫瑰猪油大方糕者，内容系白糖与荤油，加入鲜艳玫瑰花，香而且甜，亦醰醰有味，但蒸熟出釜时，在上午六钟左右，晨兴较早之人得食之，稍迟则被小贩等攫夺已尽，徒使人涎垂三尺焉。

叶受和月饼、肉饺，不及稻香村之佳，而零星食品，则优美过之。如久已著名之枣子糕、菉豆糕，及新近发明之豆仁酥、芙蓉酥等，皆制法甚精，饶有美味也。

野荸荠，素以肉饺及酒酿饼著名。肉饺制法，与稻香村略同。其酒酿饼，以酒酿露发酵，其气芬芳，质松而软，虽隔数天，依然其软如绵，所以为佳。

其外，尚有广东茶食店两家，一名广南居，一名马玉山，地点俱在元妙观以西。茶食花色虽多，其制法粗而不精，其美不及苏州茶食远甚。惟中秋月饼，硕大无朋，其形小者如碗，大者如盘。小者，其价银自五分至数角不等。大者，自一银圆起，至数十银圆为止。有名七星赶月者，亦价银一圆，名目虽奇，其内容不过糖果等，和以盐蛋黄七枚而已，其味平常，并无佳处，即此一物，可例其馀。惟暑月素点，名冰花糕者，广东店独有之，其制法传自英京伦敦，故简称伦敦糕。凡广店规则，如物品于某日上市，必先期标名于水牌，藉以招徕主顾，“敦”字草书，与“教”字草体相似，店友不谙文义，故以误传讹，认敦为教，遂名此为伦教糕矣。“伦教”二字，何所取义？市侩不文，可笑已极，至今沿讹已久，即有文人为之指正，彼反将笑而不信也。

凡茶食店，必兼售糖果，亦有专售糖果者，谓之糖果店。糖果店，以采芝斋为最佳，其著名之品，如玫瑰酱、松子酥、清水查糕、冰糖松子等是，更有橙糕一味，色黄气馥，其味甘酸，为他店所无者，殊堪珍贵也。

糖果类中，又有所谓果酥者，系用炒熟落花生，和以白糖，入臼研之，气香而味厚，且花生内含蛋白质，及油分甚多，故可以补身，可以润肠，凡大便艰涩者食之，其效力之大，胜于食香蕉也。其品初著名于宫巷颜家巷口之惠淩村，而碧凤坊巷西口之杏花村，实驾而上之。盖惠淩村之果酥，质粗糙而甜分少，杏花村之果酥，质细腻而甜分多，甲乙之判，即在于是矣。

（《红玫瑰》1931 年第 7 卷第 14 期）

食在苏州

莲　影

一、三万昌之茶　儿时即闻有“喝茶三万昌，撒鸟（即小便）牛角浜”之童谣，一般搢绅士夫，以及无业游民，其俱乐部皆集中元妙观，好事之徒，乃设茶寮以牟利。初只三万昌一家，数十年后，接踵而兴者，乃有熙春台与雅聚两家，熙春台早经歇业，而雅聚亦改为品芳矣。回溯三万昌开张之始，尚在洪杨以前。每当春秋佳日，午饭既罢，麇聚其间。有系马门前，凭栏纵目者；有笼禽檐下，据案谈心者。镇日喧阗，大有座常满而杯不空之概。间有野草闲花，为钩引浪蝶狂蜂计，亦于该处露其色相焉。百馀年来，星移物换，一切风尚，与昔大不相同，惟此金字老招牌之三万昌，依然存在，而生涯之鼎盛，犹不减当年，尽有他乡商旅，道经苏州，辄问三万昌茶室在何处者。噫，盛矣！

二、老万全之酒　老万全，开张于光绪初年，今观东同福和酒肆，即老万全之原址也。该店以绍酒著名，且以地点适在城中，故阖城之具刘伶癖者，莫不以此为消遣之场。每当红日衔山，华灯初上，凡贵绅富贾，诗客文人，靡不络绎而来。时零售菜肴之店，尚未盛行，且各酒肆豫备供客下酒者，仅腐干、芽豆耳，然老饕难偿食欲，辄唤奈何，因以为利者，乃设小食摊于该店门前，如虾仁炒猪腰、醋煮鲫鱼之类，物美价廉，座客称便焉。数十年来，生意非常发达，嗣后与之争利者多，营业遂一落千丈，今已休业矣。

三、凤林馆之饭　出老阊门，折北，迤逦而前，有桥，名探桥，因年久失修，坍去一角，民间遂误探为坍，由是坍桥之名反著。桥上有饭铺，名凤林馆，始业于洪杨以前，店主本系长洲县官厨，东人解组，遂失其业，因略有积蓄，即营业于斯。初不过小试其技，藉为糊口之需，嗣以艺孃易牙，居然远悦近来，“坍桥面之饭”，啧啧人口，并有简称为“坍饭”矣。顾客如云，但多中下阶级之流，至于驷马高车，决不一觏。每值良辰佳节，辄见斜戴其冠、半披其衣之辈，于于道路中，友好问其何往？莫不曰："吃坍饭去！"当时生意之隆盛，概可想见。余家老仆吴升，有侄曾学艺于该店，尝将彼店烹调之如何研究，肴品之如何精美，为余津津道之。时余尚在童年，闻之不觉馋涎欲滴，久思一尝其味，但彼店地处遐陬，不得其便。荏苒十馀年，吴仆已殁，闻该店仍开原处，因决计鼓勇前往。比至该店，见房屋两进，业已破旧不堪，且泥地而不铺以砖，座客亦寥寥无几，心窃异之。姑入座点菜，一为虾仁炒猪腰，一为清煮糟鱼汤，讵炒虾腰一味，彼竟回绝无有，余大奇之。因问糟鱼汤之价目，答云："二钱四。"盖彼时铜圆尚未流行，市上通用者，皆制钱，故当时菜肴以钱计，而不以银计，凡制钱七文为一分，七十文为一钱，彼云二钱四者，盖制钱一百六十八文也，较诸他店之糟鱼汤，竟两倍其值。想必物品较为考究，故其价独昂，亦未可知。讵该汤至前，鱼腥之气扑鼻，似下锅时未用姜酒者，乃勉强尽饭一盂，扫兴而出。询诸该地父老，云凤林馆坍饭，当年确有盛名，今已传三代，店运日渐衰微，肴馔亦无人注意焉。嗟乎坍饭！已如告朔之饩羊，名存而实亡矣。

四、张锦记之面　皮市街金狮子街张锦记面馆，亦有百馀年之历史者也。初店主人仅挑一馄饨担，以调和五味，咸淡适宜，驰名遐迩，营业日形发达，遂舍却挑担生涯，而开张面馆焉。面馆既开，质料益加研究，其佳处在乎肉大而面多，汤清而味隽，一般老主顾，既丛集其门，新主顾亦闻风而至，生意乃日增月盛。该店主尤善迎合顾客心里，于中下阶级，知其体健量宏，则增加其面，而肉则照常；于上流社会，知其量浅而食精，则缩其面而丰其肉。此尤大为顾客所欢迎之端，迄今已传四五代，而店业弗衰。

五、王仁和之糖月饼　王仁和茶食店出世最先，而收场亦最早。其店初开张于十全街织署旁，即俗名织造府场。是该店出品并不见佳，而竟以月饼著名者何？盖以该店主自知手段太劣，货品欠佳，营业万难发达，乃异想天开，凡见织署中书吏、差役等经过其门，必邀渠至店休息，奉以香茗、水烟，日以为常，久之都稔。待月饼上市时，必赠以若干，乘间进言云："小店生意清淡，可否拜烦在贵上人前，吹嘘一二，俾得购用小号货物，藉苏涸辙之鲋，则感戴无涯矣。”吏役等果在居停前，竭力揄扬该店茶食之佳。不久，织署中人，渐来购货。久之，凡官场中投桃报李之需，惟王仁和一家所包办，皆系织署所介绍者也。盖织造一职，必系清廷所亲信之满人，故自抚藩臬以下，皆谄媚逢迎之不暇。今织署中人，以王仁和货物为佳，则苏之官场自无敢异议矣。此外更有一宗生意，为王仁和独家所专利，非他店所能觊觎者，厥惟秋试年之月饼券。盖苏州向有紫阳、正谊两书院，为生童肄业之所，每月有官师两课，谓之月课，除师课由山长按月命题考试外，官课则由抚藩臬三大宪轮流当值。无论官师课，凡考列优等者，俱发给奖励金。惟逢秋试之年，于入闱之前，由抚宪增加一课，名为决课，谓如考优等者，决其今科必中式也。此课无论优劣，俱给奖金，必加给月饼券一纸，计糖月饼一匣。紫、正两书院肄业生，有七八百人，每逢秋试之年，必多报名额若干，至决课时，竟有一人作两三卷者，故决课与试者，有千数百卷之多，此千数百之月饼券，利自不菲矣。科举既废，而王仁和之命运，亦随士子之科名，同样寿终正寝矣。然王仁和既闭，王仁和之糖月饼犹盘旋于老学究之脑筋而不去。

六、周万兴之米风糕　玄妙观迤南，宫巷中之周万兴，年代亦悠久，专售米风糕者也。其糕质松而软，入口香甘，初出蒸笼时，糕形圆大如盘，有欲零售者，切糕之法，不以刀剖，而以线解，因其质太松故也。他种食品，如面风糕、鸡蛋糕等，皆以热食为可口，惟此糕则反是，故独为夏日之珍品。至于制糕之法，据云，以糯粳米各半，淘净晒干，磨为细末，更加酒酿发酵，入笼蒸熟即成。窃谓制法未必如此简单，或恐别有秘法，否则该店自开张伊始，何以从未有步其后尘，而与之争利者。近十馀年，虽略有数家，与之竞争，然质料不如周店远甚。盖周店之糕，虽隔数天，质略坚而味不变；他店之糕，清晨所购，至晚则味变酸臭，不知是何原因。周店生涯独盛，必非幸致，但糕之大如盘者，改为小如碗耳。

（《珊瑚》1933 年第 3 卷第 12 号）

苏州的小食志

莲 影

幼年失学，到老无成，惟饮食一事，颇多经验，故凡点心、茶食、熟肉、杂食，何店最佳，何物最美，能历历不爽，谓余不信，请尝试之。

点心 “点心”二字，不知何所取义，或者饥火中烧，以小食点缀之，得自安，点心之义，得毋是欤？点心之种类不一，兹言其普通者，大面以皮市街张锦记为最，观西松鹤楼次之，正山门口观正兴又次之，妙处不外乎肉酥、面细、汤鲜，此外面馆虽多，皆等诸自郐以下矣。至于小笼馒头，向无此等名目，流行不过十年，由于松酵大馒头之粗劣无味，于是缩小之，馅以猪肉为主，有加以蟹粉者，有佐以虾仁者，甜者有玫瑰、豆沙、薄荷等，俱和以荤油，无论甜咸，皆以皮薄汤多为要诀。其蒸时不以大笼统蒸，而以小笼分蒸，每十枚为一笼，小笼之名，职是故耳。元妙观内五芳斋，宫巷太监巷内鸿兴馆，俱不恶。汤团有精制、粗制两种。粗制之汤团，形大如桃，甜用豆沙，咸用萝卜，间有加猪油。精制者大仅如核桃，系拣选上好猪肉，肥瘦均匀，刀斩如泥，和以上好酱油，有略加麻油者，于是肥美可口。此品各件头店（凡专售馒头、馄饨各品而不售大面者，谓之件头店）皆有之，但味佳者绝少，有过咸，有过淡，有剁肉不细，有皮粗而厚，顾客皆望望然去之。向者以护龙街乐万兴为最，嗣以生意太佳，不肯如前考究，精美者变为粗劣，今惟观前街黄天源后来居上矣。水饺，各面馆暨各件头店皆有之，皮坚而汁多，盖惟皮坚，则其汁不走入皮中，乃佳。资本较充之店，此品常备，馀者须临时定制。向系狭长形，今改为椭圆式，有时如烂纸一团，殊不雅观，不知何人创此新模样也。件头店之物品，每不若馄饨担上所制之佳，以其专精也。紧酵馒头，亦有名细点。吴俗凡探亲归来，必送盘四色或两色，紧酵馒头必居其一，俗名待慢盘，谓简慢来宾，以盘谢之也。因馒头一名兴隆，而待慢盘必用兴隆者，取其吉祥也。惟因此品为日常所需，故亦格外研究，最佳者肉细如泥，皮薄如纸，间有蒸熟之后更入油锅以煎之者，风味更胜。面馆之肉，用于大面者，最为整齐，其馀零碎之肉，略佳者用于汤包、烧卖，次者用于汤面饺、松酵馒头，其用于馄饨者，为最不堪之肉。然亦未可一笔抹杀，盖有担上之馄饨，因挑担者只售馄饨一味，欲与面馆、件头店争冲，非特加改良不可，故其质料非常考究。件头店之汤包、烧卖，或有较佳于面馆者，至于汤面饺、松酵馒头，即件头店亦无佳品矣。

茶食　古人奉茶敬客，必佐以食品，此茶食之名所由昉也。苏州茶食店，稻香村最为著名，其次为叶受和，若东禄、悦采芳，又其次也，馀店虽多，皆卑卑不足道矣。茶食何止数百种，讵能一一偻指计，兹只论其精者，而粗者不与焉。茶食甜者居多，咸者绝少，只有肉饺及火腿月饼、葱猪油月饼而已。但月饼须七八月上市，肉饺则常年有之，以稻香村为最佳，其制法，选择上品猪肉，去净筋膜，刀剁如泥，加入顶好酱油，更用干面和以荤油作外衣，入炉烘之，如能趁热即食，则酥松鲜美，到口即融，别饶风味也。设冷后复烘，则其汁走入皮中，便无味矣。至于火腿、葱猪油两种月饼，其制法，与肉饺大略相同。但火腿月饼，有名无实，盖猪油居十之八，火腿居十之二，实与葱油月饼大同小异。且此两种月饼，因猪油太多之故，热食则腻隔，冷食则滑肠，有碍卫生，非佳品也。春末夏初，大方糕上市，数十年前即有此品，每笼十六方，四周十二方系豆沙猪油，居中四方系玫瑰白糖猪油，每日只出一笼，售完为止，其名贵可知。彼时铜圆尚未流行，每方仅制钱四文，斯真价廉物美矣。但顾客之后至者，辄不得食，且顾客嗜好不同，每因争购而口角打架，店主恐因此肇祸，遂停售多年。迩来重复售卖，大加改良，七点钟前，若晨起较迟，则售卖已完，无从染指矣。方糕之外，以鸡蛋糕最佳，向日只有黄色蛋糕，且入烘炉时，糕上遍涂菜油，苟手携不慎，必至污衣，嗣后发明白色蛋糕，俗名洋鸡蛋糕，色白净而无油，携带乃称便焉。更有名芙蓉酥者，先以糯米淘净，浸透烧空，复以洁净白糖和熬熟荤油，融化锅中，稍冷，于其欲凝未凝时，将炒米拌入起锅，印以模型，冷而倾出即成。入口松脆非常，亦隽品也。

熟肉 熟肉店以陆稿荐、三珍斋两家最为驰名，其出品，以酱鸭、莲蹄为上，蹄筋、酱肉次之，至于汁肉，则品斯下矣。欲知货物之佳否，不在招牌之老否，而在手段之精否。熟肉之最佳者，莫如观东之老陆稿荐，馀则皆甚平庸。熟肉店外，更有野味店，就观前街言，稻元章最为著名，此外各店，余尚未一一试验，不敢妄评。迩年忽有常熟老店来苏，马詠斋倡于先，龙凤斋继于后。据云，马店主人，本系老饕，于肉食研究有素，后家渐中落，试设小摊，售卖自己所发明之熟肉一种，因号“马肉”，岂知生意大佳，逾于所望，遂开一熟肉铺，即以己号詠斋名其店云。马肉之佳处，肥而且烂，宜于年老无齿之人，而不宜于肠不坚之辈。马肉外，更有酱鸡一味，为苏地熟肉店所无者。馀如野味而附售于非野味店者，如茶食之店兼售熟鸭是，凡稻香村、叶受和、东禄、悦采芳皆有佳制，胜于专售野味之店，而其价亦较贵焉。

杂食 一曰肉粽，凡糕团店所售者，只有素粽而无肉粽，惟大户人家，于大除夕前必制肉粽，以馈赠亲朋。其制法，以白糯米淘净滤干，和之以盐，使咸淡适中，再加少量之水，浸于瓦缸中一夜，待米涨透，另以盐肉洗净，去其外层粗皮，刀切长方成块，务令肥瘦适均，以米和肉，包以青箬，用武火煮于釜中，熟后勿即出，须闷闭多时，方可取食，其味殊腴美也。近日用盐肉者少，用鲜肉浸以酱油居多，但其味不如盐肉之美耳。迩来一般小贩，仿人家酱油浸肉之法，美其名曰火腿粽，有兼售豆沙猪油粽者，背负木桶，沿途唤卖，并有入茶社兜销者，其中最著名之小贩，厥惟蔡钰如，所售之粽，米烂而肉鲜。一曰春卷，一名春饼，以水和干面入釜，烘成薄衣，再以煮熟之肉丝，或以煮烂之鲜肉，包之成卷，入油锅煎熟。人家于腊尾年头，用为馈赠之品，点心店中，近年始有之。观前街黄天源亦出售此点，用虾仁肉丝，以荤油七成、素油三成煎之，入口酥松可喜。一曰果酥，用花生，俗名长生果，炒熟后，去壳与衣，兼除硬粒，入石臼，和糖舂之，其烂如泥，故名。宫巷南首之惠凌村颇擅名，然碧凤坊巷西口之杏花村，亦味甘如蜜，入口而化也。一曰橙糕，向日各糖店有楂糕而无橙糕，惟观前采芝斋独有之，每当九十月之间，新橙成熟，色烂如金，不久而橙糕上市矣，色黄而香，味甘而酸，食之，口颊生芳，大可醒酒。一曰栗酥，味隽于麻酥糖十倍，麻酥糖质料虽细，然必和以米粉，栗酥虽甜分不多，然无他质搀和，入口酥而香，为麻酥糖所不及。此品产于吴江，而苏地只有养育巷生春阳糖果店有之，馀店虽有之而不佳。一曰五香排骨，初盛行于元妙观内各小食摊，但质粗而劣，且煮仅半熟，香味俱甚平庸，既而野味店效之，虽较小食摊略佳，而终嫌生硬难于咀嚼，与小食摊无异也，乃有小贩，自出心裁，改良精制，兜售于茶酒肆，其味特佳，如异味轩者是。一曰糟鹅蛋，现南货店、野味店所售之糟蛋，俱系鸭蛋，且味咸而不适口，惟糟鹅蛋，咸少甜多，味颇隽美。其初盛行于浙省平湖，而上海珠家阁继之。制法，以盐和酒酿入坛，纳蛋其中，久之乃成。今观前亦盛兴野味店亦有出售，盖从出产地运苏者也，但因其价甚昂，顾客稀少，久之味变，由坛移入玻瓶，但甜味已变酸矣。一曰虾子鲞，制法，以勒鱼煮熟，外敷炒熟干虾子。茶食、南货、野味等店皆有之，但不去骨，味亦不佳。凡考究肴馔之人家，以盐勒鱼煮熟，去净细芒之骨，碎为细末，更以鲜虾子同上好酱油煎干，和入鲞末中，印以模型，成小饼样，于烈日中晒干，藏诸密器，用时取一饼，以沸汤冲化之，下酒佐餐，极饶风味，惜各店无有仿之者。一曰鱼卤瓜，凡盐鱼店贮鱼之器，积久必馀下卤汁，以稀麻布滤成清汁，另盛他器，将尚未长成半途枯萎之小王瓜，长寸许，粗如簪者，浸入此清汁中，久之浸透，其味咸而鲜美。今菜馆所用粥菜采用之，彼中人美其名为虾卤瓜云。一曰素火腿，以腐衣制之，一名素鹅。其制法，以腐衣数十百张，撕去其边，另用黄糖调入上好酱油中，即以撕下之边，蘸以酱油，于每张腐衣上抹遍之，抹好一张，加上一张，约叠二十张，将腐边放入腐衣中，卷成长条，馀则仍照前法，再抹再卷，卷毕，入锅蒸熟之，即成。虽为素品，其味鲜美绝伦。腐衣须用糯性者，浙杭之货最佳，常州次之，至于苏州之腐衣，其性坚而不柔，不可制也。观前协和野味店，与常州小贩有往还，故常有之，至于他店，只有百叶所制之素鸡，其味太咸，而毫不鲜美也。

（《珊瑚》1934 年第 4 卷第 9 号）

吴中食谱

范烟桥

美尽东南，包罗甚广，而吴中食品，尤足以脍炙人口，一经品第，必芳留齿颊而弗忘，则抉隐搜奇，当为老饕所喜，朵颐占福，斯为压卷已。

上

吴中菜馆虽多，要以苏式为最占势力，蘋花桥之天和祥，宫巷之义昌福，为一时瑜亮。此外偶然卖力，亦见长处，未足以执大纛周旋坚敌也。天和祥之蜜渍火方，白如玉，红如珊瑚琥珀，入口而化，不烦咀嚼，真隽品也。义昌福之翅，亦称擅场，近在城中饭店别张一军，时出心裁，每多新作，如番茄鱼片，如加厘鸡丁，略参欧化，颇餍所好，一时仿而行者几于满城皆是，然终弗逮也。

苏州有“吃煞临顿路”之语，盖自临顿桥以迄过驾桥，中间菜馆无虑二十馀家，荒饭店不计，茶食糖色店称是，而小菜摊若断若续，更成巨观，非过论也。

物必以时，罕而见贵，一年中如着甲、团鱼、黄鳝、螃蟹、鲥鱼，在当行出色之时，其价之昂，骇人听闻。某年立夏，鲥鱼每两卖八百文，一时引为谈资。近着甲一斤卖一元，亦为近年所未有。闻诸渔人云，自冬至春，着甲之来苏者，未及四十尾，大者可二百斤，鱼行得十一之佣，其利甚溥。惟招徕渔人，亦颇费本钱，盖每年秋风起，例以“作裙”赠渔人之为长者，多至三四十袭，少亦一二十袭云。“作裙”者，渔人围身之裳，得之分贻伙伴，不啻受鱼行之定钱，终岁不得别就交易矣。

阊门外某教门馆，专制回回菜，不用猪羊，而烤鸭独肥美鲜洁。据云，于喂鸭时，先以竹竿驱鸭，使惊慌乱走，然后给食，故皮下脂肪称特别发达。虽此馔以京馆为最擅胜场，然亦不如其肥脆也。

在清明前后，有糖菌者，为吴下产物，小而圆，嫩而脆，多产于附郭诸山，过时即如老妪之鹤发鸡皮矣。此外，若新鲜香椿头，若青蚕豆，若蓴菜，虽为田园风味，偶而登盘，亦足以当大雅一下箸也。

更有两异味，为常人所不易尝到者，一为叭肺汤，一为红烧鳗鲡。叭肺汤，他处人并不识其为何物，鳗鲡为田家所食，然两味别有妙处，难为俗人道。叭肺汤在冬春间随处可得，鳗鲡则非深夏不办，而城中以松鹤楼为最腴美。

苏城点心，惠而不费，而以面为最普遍。观前观振兴，面细而软，肉酥至不必用齿啮，傍晚蹄膀面更佳，专供苏州人白相观前点饥之用，故大碗宽汤，轻面重浇，另有一种工架也。

面之有贵族色采者，为老丹凤之徽州面，鱼、虾、鸡、鳝无不有之，其价数倍于寻常之面，而面更细腻，汤更鲜洁，求之他处，不可得也。

每至夏令，松鹤楼有卤鸭面。其时江村乳鸭未丰满，而鹅则正到好处，寻常菜馆多以鹅代鸭，松鹤楼则曾有宣言，谓苟能证明其一腿之肉，为鹅而非鸭者，任客责如何，立应如何！然面殊不及观振兴与老丹凤，故善吃者，往往市其卤鸭，而加诸他家面上也。

穗香斋为观前糕团业中后起之秀，所制汤团，皮薄而汤多，美品也。薄荷、玫瑰馒头已逊一筹。言夫馒头，自以天和祥之大一品为最，惜乎无零售耳。

中

汤包与京酵，以悬桥堍之兴兴馆为上，虽观振兴亦有所弗及。苏城点心随时令不同，汤包与京酵为冬令食品，春日为汤面饺，夏日为烧卖。岁时景物，自然更迭，亦不知其所以然也。

观振兴于秋日有蟹粉馒头，不解事者往往嫌其空洞无物，其实皆蟹油也，虽不及镇江馆所制之隽永，然在求镇江馆而不得之苏州，亦只能以此慰情胜无耳。

宫巷周万兴，制米风糕甚有名，寻常米风糕不能免酵味，而彼所制独否，故营业颇盛。有某甲羡之，赁其邻屋以居，每夜穴隙相窥，得其制法甚详，乃仿之，亦设一肆以问售，顾买者浅尝，辄叹不如远甚，卒弗振。于是更窃考其究竟，则见其杂搀一物于粉中，不审何名，因弃去不与之竞。自是其肆生涯益盛。每至岁首，制酒酿饼，皮薄而不韧，亦佳作也。

初夏，稻香村制方糕及松子黄千糕，每日有定数，故非早起不能得。方糕宜趁热时即食，若令婢仆购致即减色，每见有衣冠楚楚者，立柜前大嚼，不以为失雅也。熏鱼、野鸭亦以稻香村为最，叶受和足望项背而已。东禄则以新张，不得老汁汤，自追踵莫及矣。此三家非得鲭鱼不熏，所谓宁缺毋滥，其他野味店不能及其硬黄，而价亦倍于常物也。

凡于佳节自他处来吴门者，必购采芝斋之糖食，其中尤以瓜子与脆松糖为大宗。瓜子之妙处，粒粒皆经选择，无凹凸不平者，无枯焦不穗者，到口一嗑，壳即两分，他家无此爽快。脆松糖无胶牙之苦，有芳颊之美。此外如查糕、榧子糖，虽并称佳妙，不足以独步也。

定胜糕与酒酿，为春间流行之食物，然定胜糕亦以稻香村为软硬得宜，惜不易得热，必归而付诸甑蒸耳。酒酿以玄妙观中黄氏所制无酒气，荷担者往往贪利，购自他处，不如远甚。

东禄铺张扬厉，所出物品亦不过尔尔，惟所制鸡肉饺，则殊可口。每傍晚，环立如堵者，多为此而来也。

玄妙观为平民娱乐饮食之公共场所，而炒面、豆腐浆，则虽翩翩衣履之青年男女，亦有纡尊降贵以枉顾者。

吴苑为零食所荟集，且多精品，如排骨为异味斋所发明，虽仿制者不一而足，俱有一种可憎之油味。异味斋之排骨，其色泽已不同凡响，近长子发明一种肉脯，不及其雅俗共赏。闻此法已为再传，当时其开山老祖所制，更觉津津有味云。

卖糖山查，为苏州小贩一种应时之职业，盖天热即不能制。有一烟容满面之小贩，所制特出冠时，非至电炬已明不肯上市，甫入茶肆，购者争集，往往不越一二小时，已空其洋铁之盘矣。

吴苑之火腿及夹沙粽子，亦为有名之点心，米少而馅多，且煮之甚烂，几如八宝饭，老年人尤喜之。

苏州船菜，驰名遐迩，妙在各有真味，而尤以点心为最，粉食皆制成桃子、佛手状，以玫瑰、夹沙、薄荷、水晶为最多，肉馅则佳者绝少。饮食业之擅场者，往往以“船式”两字自诩，盖船式在轻灵精致，与堂皇富丽之官菜有别。

下

馄饨、水饺皆以荷担者为佳，旧时小仓别墅以虾子酱油作汤，肉斩极细称独步，自谢客后，颇有难乎其选之慨。

每至秋日，糕团肆有大头芋艿，春深有窝熟藕，冬初有糖烧山薯，各有妙处，然不知者每以平凡忽之。因此等食品，家厨手制颇多，不以为奇，殊不知黄天源、乐万兴诸家有出色风味也。

陆稿荐、三珍斋酱鸭、酱肉，几乎尽人皆知，惟城内城外无虑数十家，非经尝试，何从鉴别。就所心得，以观前醋坊桥下之陆稿荐，及道前街之三珍斋为上。酱鸭在秋令最肥嫩，一至冬深，更咸硬如嚼蜡矣。喜食瘦肉者，可购蹄筋，惟须与酱肉同买，过早过晚，均不易得，其名贵如此。立夏以后，乃有酱汁肉，与寻常酱肉异其味，至夏伏即停煮。

城南西新桥野鸭有异香，虽稻香村、叶受和亦逊一筹，惟只在冬令可购，易岁即无之。

每至黄梅时节，虾乃生子，于是虾子酱油之制比户皆是。此品居家不可不备，如食白鸡、白肉、冬笋、芦笋皆需之，虽市上亦有出售，大都杂以鱼子，故不如自制之可口。

寺院素食，多用菌油、麻油、笋油，偶尔和味，别有胜处。城中佛事，近都茹荤，故素斋亦绝少能手。旧时以宝积寺为最，然不及玄墓圣恩寺，有山蔬可尝也。

大家庖丁，每有独擅胜场之作，而亲手调羹，尤足耐人回味。余友黄若玄、转陶兄弟，时折柬相邀，手谈竟夕，太夫人往往手制佳肴以饷客。余最爱其四喜肉，腴美得未曾有。尝以烹法相询，云纯以酒煮，不加滴水，故真味不去，即一勺之羹，亦留舌本之隽永也。

吕君鹤章曾告余以神仙肉煮法，以肉洗尽，置钵中，注酒及酱油，不注水，上糊以布，阻泄味及回汽，放镬中，亦不置水，盖密，以七五三间断煮之，味倍厚于常，试之信然。苏州买肉极便利，有纯瘦可买，价略昂，若煮肉丝，殊少糟粕之弃。

有所谓叫化鸡者，以鸡满涂烂泥，酒及酱油自喉中下注，然后燃炭炙之，既熟略甩，泥即脱然，香拂箸指。相传此为丐者吃法，盖攘窃而来，急于膏吻，不暇讲烹调事也。常熟馆中有此馔，美其名曰“神仙”。前年阊门有琴川嵩犀楼，杠颐尝新者颇众，后以折阅而辍业，此味遂不得复尝矣。

苏州旧有瑞记汽水，味甜而少噫气之效。去年“五卅”案起，久挂人齿之真广和汽水，遂无人说起，于是华英药房之汽水，遂起而代之，形式相似，而味则远逊，故喜冷食者改饮冰。天赐庄之教师、学生、大司务乃合力而成一味可公司，售各式冰淇淋，以玫瑰之颜色为最艳，以香蕉之滋味为最甘，老牌之广南居与马玉山颇受其影响。

（《红玫瑰》1926 年第 2 卷第 20—22 号，署名含冷生）

醉太平

范烟桥

野　饮

到了春天，乡间菜花开得遍野皆是，和风吹来，别有一种使人愉快的感觉。我们约了几个人，各带些干食，到野里去吃酒，那时已有热水瓶，酒放在热水瓶里，可以不冷。想着《浮生六记》芸娘替沈三白计画，约定馄饨担，挑到那里去煮菜，这个法子很聪明，我们也如法炮制。不过还嫌煮菜太麻烦，只把他的馄饨下酒。喝得差不多，就扑倒在草地上睡一个大觉。有时有孩子们来放风筝的，我们去夺了来玩。有的带了胡琴笛子，拉着吹着，我们信口无腔地乱唱。真是胡天胡帝，不知是在什么世界里？直到太阳快下山了，才收拾酒具，跌跌撞撞地走回家去。在三十年前，物价不像现在的贵，每人凑二三百文，已可以觅得一醉了。并且江乡鱼虾贱，预先在家里煮好了，包在荷叶里带去，惠而不废，轻而易举。目下上海酒家，一斤酒要四角多钱，一碟菜至少四角，吃一回总得五六块钱，虽非“富家一席酒，贫汉半年粮”，却已足够家里好几天的饭食了。几并且在尘嚣甚上的酒家闹得人头痛，那里有野饮的清趣呢？

小花酒

到窑子里去吃酒，叫做吃花酒，这是谁都知道的，可是哪里有大小之分呢？其间却有道理在。三十多年前，我的爸和几个朋友到苏州去“岁考”，说得高兴，便在仓桥浜吃花酒，在当时也算文人雅事，曾孟朴的《孽海花》里，就描写得十分真切。我那时只有十多岁，给一个船家拉了去候爸还来，因为当时城里客栈还没有风行，从四乡来的都雇着船的。我们到了窑子里，给相帮瞧见了，便说上面还有一位小客人，正好去作伴，不管三七二十一，引我上了楼。的确，一个圆桌子，内中坐着一个年纪和我差不多的小朋友。席间有一位先生，兴致非常高，便向娘姨要了两张局票，替我们叫了两位小先生来。这小先生真是名副其实，和我们两个小朋友一般长短，坐在我后面的听说一名叫小红。伊到了，也会应酬几句。我却目瞪口呆，一个字也吐不出来，其窘匪可言喻。后来小红唱了一支曲，也莫名其妙，我连正眼也不敢瞧伊，因此伊生得怎生模样，可怜，竟一无印象！原来当时我还有一桩窘事，为了天气很热，在船上已赤了脚，匆匆跟着船家走，连袜子都没有穿，虽然两脚挂在桌子下，又是夜间未必有人瞧见。可是万一给人瞧见了，不知道要到怎样光景呢！人家吃花酒是乐事，我比书房里开夜学还难过，尽管山珍海错，由他们一样一样送过来，我哪里吃得下！这种情景，和讲笑话里头的呆大女婿，有过之，无不及！幸亏他们散了席就走，我如鸟离了笼子一样的，还我自由。吃花酒，唇不沾一滴，口不发一语，恐怕也是古今未有的奇迹吧！小红现在大约不是绿叶成阴子满枝，或者竟美人黄土，归宿了一生，也未可知咧！

（《玫瑰》1940 年第 2 卷第 2 期，署名烟桥）

苏味道

范烟桥

唐伯虎的《金阊杂咏》，有句云“小巷十家三酒店”，见得苏州人喜吃酒的多，但是他写的明末的苏州，或许诗人习尚惯于夸张。现在却并不如此，只有几条大街，酒店确是不少。

酒店和菜馆不同，酒店只卖酒，不卖菜，至多备些小碟子，大概是素的如发芽豆之类，其他是应时节的，春天有马兰头、拌笋，夏天有黄瓜，秋天有毛豆、雪里蕻，冬天有辣白菜。至于荤的，由小贩挽着篮来供给的。到酒店吃酒的，都是内家，要辨别酒的好坏，不是醉翁之意不在酒的。最经济的，吃“戤柜台酒”，没有座位，立在柜台的外面，讲讲山海经，说说笑话，看看野景，也可以下酒，和俄罗斯的“吧”有相似的作风。所不同的苏州是静的，他们是动的，所以吃柜台酒的决不会打起来的。

相传有一个吃“扳酒”的，从来没有买过小菜，他见有小贩过来，伸手去拣食品，这样不好，那样不好，始终没有成交，可是手指上已染了许多油脂，他就用嘴吮着，吃完了他的“例酒”。虽然是讥讽，可是他们俭约的习惯，确乎可惊。酒不可不吃，却不肯多费钱，总是用最经济的方法，去尽他们一夕之兴的。

在小巷里，固然也有酒店，每天的座上客，都是经常的主顾，而且坐的地方，也不会更换的，时间更有一定，今天某人不到，大家要牵记了，不是家里有事，便是本人有病，或者出门去了。倘然来了一个陌生人，全体向他注目，所以各走各店，决不变动。那些酒店里的酒，不是十分高贵的，因为酒人以普通阶级的多。有的家里饭米都没有，他还是要来吃酒的，不过吃起来有限度的，至多一斤，少则八两，还有所谓“免四”，是出十二两的酒钱，吃一斤的酒。当然未尽其量，不过杖头钱不多，适可而止，只杀一杀酒瘾，就心安理得了。

（《国光》1946 年第 1 期，署名含凉）

苏州的点心

姚民哀

苏州的点心，享名最久，足当“价廉物美”四字者，首推汤包。因其用松毛衬底之小蒸蒸熟，至多三十枚，食时皮薄卤多，且有松毛上之清香，风味别饶，为他处所不及。然而近来苏地汤包，以价值增高，原料加大，且多不用松毛衬底，与沪上之汤包，色味无异，未见所长。只护龙街邮政支局对面，有一家一半糕团铺，一半件头店（不卖面，只出售汤团、馄饨等者，谓之件头店），牌名钱万兴，尚用小蒸，形式较他家略小，所以他家每客十件，售钱二百文，外加小账二十文，钱万兴只售一百五十文，且不收小账，故亦不有毛巾擦脸，不过衬底亦非松毛，虽较他家滋味略胜，而终乏清香。其次松鹤楼之鱼面、肉面，亦为苏人所赞美，然就愚兄弟两口辨别，不若观山门口之观振兴可口。但观振兴面味虽佳，其中堂倌之面目，实在难受，对于顾客任意简慢，又不如老聚兴（在阊内中市皋桥头）堂倌之招呼周到，面味亦可与观振兴颉颃，并且值堂与灶上呼应之声口，按腔合拍，颇可解颐。更次皋桥头陆万兴之汤团，亦属著名点心，其优点不外皮薄馅多，惜乎味嫌略淡，喜咸者不甚赞成。此外各色点心，有名者尚夥，而小子未曾尝试，不敢信口胡评，自欺欺人也。

（《红玫瑰》1930 年第 6 卷第 11 期，署名民哀）

苏州食品之一般

一　梦

苏州著名的食品是很多，如酒菜、糖果、茶食、热点，以及水果糕饼等等，俗语有句话说“苏州人的吃最考究”，由此思之亦可见一斑了。现在游苏州者甚多，所以我别的话也不赘述，就把苏城一切著名的食品以及出品的店号写出来，供给游苏诸君，也可使当一二。

王颐吉的麦烧和高粱，是很著名的，开设在观前大街口，故每至傍晚，终是谈笑嘈杂，酒朋满座。

潘万顺的酱油，味美而质佳，开设在胥门外枣栈。

筵席如养育巷之大雅园、护龙街之天来福、道前街之三雅园，菜亦很新鲜，烧手亦佳，不亚于海上之复兴园、鸿运楼等，所以苏州人每逢婚丧喜事，多是这两家的肴馔。尚有铁路饭店、苏州饭店、大庆楼等，虽菜也很好，然多是作花家和客商的生意，人家定席是很少。

此外尚有零碎名菜多种，如赵元章之酱蹄子，陆稿荐之酱鸭，方阿宝之红烧羊肉，三珍斋之酱肉、酱汁肉，松鹤楼之卤鸭，大东阳、生春阳之火腿，稻香村之熏鱼等，也都是顶刮刮的可口名菜。

糖果如马玉山之宝塔糖、麦精糖，一枝香之桂元糖，以及野荸荠之各种罐头食物等，亦甚精美，价较海上为廉，均开设在观前大街。

茶食如稻香村之糖橄榄、南瓜子，一枝香之西瓜子、糖佛手，天禄之橘红糕，野荸荠之肉饺、青豆等。

热点如松鹤楼之蹄子面、鸡面，观正兴之鳝面、鱼面、烧卖、馒头、汤包等。

糕饼如稻香村之玫瑰猪油糕，陆万兴之猪油大方糕，野荸荠之玫瑰定胜糕，一枝香之鸡蛋糕、鸡蛋饼，天禄之圆圆饼等，亦皆苏城之名食品。

（《申报》1926 年 4 月 4 日）

甜苏州

张心期

记得我在高中读书的时候，有一位苏州籍的教师，和我最要好。一次暑假，他要我跟随他到苏州去玩玩，他说："别的不敢夸口，我们姑苏的甜食，是很有名的。你们杭州人吃惯了咸的，去调换一下口味也好！"可惜我这一次没有去，但是，"甜苏州"的印象，第一次深镌我的记忆里了。

数年后我经友人的介绍，认识了一位苏州女友，她第一次到我家中，我们很客气地备了许多菜，她勉强吃了一些，却悄悄对我说："你们的鱼啊，肉啊，都咸得要命，我实在不敢领教！"这使我记忆起苏州人是吃"甜"的，但不禁还是很怀疑地问："难道你们的红烧肉和醋溜鱼都放糖吗？"她认真地说："这当然，任何菜肴要是少放了糖，那还有什么滋味呢？"从此，"甜苏州"的印象，我又深入了一步。

后来，我和她结了婚，她的烹调手段的确高明，只是一点，在她的厨房中，糖和盐是同样不可缺少的东西，不论是鱼啊，肉啊，甚至炒青菜、炖咸菜，没有一味菜不甜，甜得我暗暗叫苦！如是者一年，我被妻同化了，吃惯了甜，反以为一味好菜如果不放糖，那太是可惜了！

的确，苏州人的"吃甜"，是值得别地方的人见了咋舌的。姑苏的糖食，便是驰名全国，采芝斋、悦采芳、稻香村的出品，几乎遍及全国通商大埠，他们所出售的甘草瓜子、玫瑰瓜子，也都是放过糖的。

还有，在苏州的面馆中有一种"糖面"，据说是很著名的，并且苏州人个个爱吃。可是，我曾经试尝过滋味，面中放了糖，吃进去只有"倒胃口"，它的"好处"，也只好让苏州人去体会了。

八宝饭，那是糖莲心、蜜枣、糖拌猪油、糖青梅、豆沙等做成的糯米饭，爱吃甜食的人，无不称誉它的美味。但是，欢喜吃咸吃辣的人，只好对它皱眉，因为它的甜的程度，那实在是够得上说声“可以”。

百合汤、莲心汤、鸡豆肉汤、白糖莲心粥……这些这些，都是苏州人常吃的“起码补品”，既可滋补身体，又可在午后或夜半当点心，并且十分可口。高贵一些的家庭，常进白木耳汤；差一些的，用赤豆汤、红枣粥来代替。自然，这些东西别地方的人也有吃的，但他们决不会吃得像苏州人那么的“甜”。

每逢废历十二月初八日那一天，苏州更有一个奇异风俗，家家户户，都要用八件甜的东西，烧成了粥，唤作腊八粥。我在岳母家中，曾吃到过一次腊八粥，那和腊八饭是同样的东西，它们的分别，只是在饭和粥上面，不过腊八粥，是不放猪油、豆沙等东西的。

糖藕是苏州名产之一，苏州人选其粗壮的，在藕孔中放了糯米，煮熟后用糖收胶，便成为一种极其佳妙的点心。还有芋艿、山芋，用糖煮熟，其味不减糖藕。苏州的小贩喊卖糖藕、糖芋艿、糖山芋的很多，但他们每天都能做到很好的生意，没有一个不是空着担子回家。

最后，我要说一段笑话结束。某中学招考新生，试题中有一题，是问到“开门七件事是什么”？所有的应试者，都是填着“油、盐、酱、醋、柴、米、茶”，其中有一个苏州来的学生，却写着“油、糖、酱、醋、柴、米、茶”，他后面还加批一行说：“我不是忘记了‘盐’，但这里规定七件事，‘盐’既不及‘糖’的有用，并且‘酱’的成分内已包含了‘盐’，所以我把‘盐’字略去了！”

（《紫罗兰》1943 年第 2 期）

苏州饮食事业的今昔

杨剑花

一、本文前奏

“食在广州”，其次就要数到苏州了，这是谁都不会否认的。

苏州人的特性，从恭维的方面说，便是“因为永久在安居乐业的状况下，地方富庶，人民豫暇的时间特多，所以会特别考究孔老夫子的食不厌精主义”；从不客气的方面讲，却老实就是“习于苟安逸乐，没有刻苦磨厉的精神，贪吃懒做，相沿成为风俗”。但，无论从哪一方面观察，苏州人考究吃的特性，总是铁一般的事实。

谈饮食事业而找到了苏州这一个题目，真是“得其所哉”。这篇东西，虽然漫无限止地谈谈，却稍为出之于有系统一些的叙述，约略分“过去”和“现在”两个界段来说。

二、旧势力的过去情形

（甲）食品商店——这里笔者来把“甜”、“咸”两字，区别糖食肆和酱腊铺两种食品商店，实在这两种商店，足以包括和代表苏州一切的食品商肆了。大家都知道，苏州的糖食是举国闻名，而酱味腊味之美，也可称江南独霸。先说糖食，“松子糖”、“麦约糖”、“猪油桂圆糖”、“玫瑰薄荷粽子糖”、“冰糖胡桃”、“椒盐胡桃”、“脆松糕”、“南枣糕”、“玫瑰甘草水炒瓜子”、“蜜饯梅子”，以及一切的蜜饯，“猪油年糕”、“百果蜜糕”，这些，这些，都是苏州糖食的特产。吾们如果走过观前街，跑进采芝斋、稻香村、叶受和等糖食店，稳会叫你馋涎欲滴，再走到宫巷第一天门口的一爿小小的惠凌村，它那儿的“冰糖果酥”，全苏独一，也够爱吃甜食的朋友一解馋吻。再说酱味腊味吧，“酱鸡”、“酱鸭”、“马肉”（常熟移苏的马詠斋出品之酱肉）、“冰糖汁肉”，以及一切糟、醉、醺、腊，你假使知道那鼎鼎大名的老店陆稿荐、三珍斋，你自然而然地会去惠顾，买了回去，一快朵颐。“甜”和“咸”的食品，在苏州简直可以说是“集大成”，单就这一项原因，便难怪人家要把苏州视作天堂了。

（乙）茶馆——在中国差不多没有一个地方没有茶馆的，却总没有广州和苏州这两处地方的茶馆，来得特殊发达，这可以说是饮食特区的相同的特征。苏州的茶馆，太监弄里的吴苑深处，自然要算最著名，汤家巷里茂苑次之（事变后改名梅苑），玄妙观内有两爿老茶肆，叫“三万昌”、“品芳”，此外城外马路各处，都有老招牌的茶肆，从朝晨一直到夜晚，不会有座客寥落的恐慌，尤其是早上八九点钟，和下午四五点钟，这几个时辰，管教你家家座上客常满，壶中茶不空。苏州茶寮的特色，首推光裕社、普裕社的说书——弹词和评谈，但有许多茶客和许多茶社，却并不注意在这点上，他们的营业发达主因，还在乎苏人的喜欢三朋四友，相聚清谈，这种遗传性的积习，江山好改，本性难移，苏州人将永远几千万年地保持下去了。苏州茶馆里——尤其是吴苑，售卖精粗小吃食品的负贩独多，“黄连头”、“甘草梅子”、“五香豆”、“陈皮梅”、“鸭肫肝”、“扁豆糕”、“斗糕”、“排骨”，一切小吃，以及叫唤点心的便利，你想，这种怡然足乐的去处，又何怪乎贫富老少，趋之若鹜呢！你一走进苏州的茶寮，你便会惊诧着苏州有闲阶级的数量，可以打破全国的纪录。

（丙）酒楼菜馆——本地的苏帮菜馆，肴馔鲜腴精美，他帮相形见绌，除掉徽帮以外，别帮的餐馆，以前简直在苏州站不住脚。徽馆中的老丹凤和易和园两家，俱开设观前街上，资望深远，营业旺盛。与老丹凤望衡对宇的松鹤楼，以卤鸭面驰名遐迩，历数十年勿衰。苏州地方，餐肆的菜肴中，鱼虾的鲜活，确是京沪人士所吃不到的，可是苏州城里，阔人家中，遇有大宴会，还要专诚到木渎镇上的石家饭店去定菜，他们犹嫌城内菜社酒楼的鱼虾不鲜腴，一定要石家饭店当时出水就烹的活鱼虾呢，他们对于口腹，是何等的考较啊！

（丁）点心店——说起点心，吾们最不满意上海的大面了，除掉粤菜社中的伊府面，风味别具，制法特佳，是在例外，此外各种店铺里的面，可以说是坏极，面的本身不佳，那末无论“面浇头”是怎样的好，也终究不会讨好咧！苏州的面，条子细洁，质地柔滑，绝无面粉的恶味，你就是跑到观前正山门的观振兴面馆去，吃一碗焖肉面，或是爆鱼面，也觉极有滋味，松鹤楼的卤鸭面，不久便要上市，提起了它，笔者真要垂涎三尺。此外，凡这面食类的点心，像汤包、烧卖、小笼馒首、水饺、油氽馒首之类，都比上海的好。至于糕团呢，又是苏州人所特嗜的，种类太多了，单说观东黄天源的汤团、肉团子、嘉兴糕、蒸松、猪油切糕，粉质的细腻柔糯，肉馅的调制鲜美，苏地无人能赶得上他们的，说句夸大的话，吃了苏州黄天源的团子，会叫你觉得天下的团子，都无味了。其馀像咸糕、馄饨、角黍、米枫糕、酒酿饼，以及点心店的应有尽有的粗细点心，大都比较别处价廉物美。

三、新兴和改革后的现状

（甲）食品商店——观前街上的食品商店，这几年来，自从事变后改组为江苏省会以还，着实经过了一番沧桑改革，关掉了两家老店，开张了无数新店。糖食肆和东陆，因遭遇兵燹，就此闭歇。采芝斋因老板金氏兄弟阋墙，现在各开设了一爿，可是原有老铺为着涉讼败诉，反致没有招牌悬挂，仅仅在青龙牌上写着“起首老店”字样，堪称绝无仅有的怪事咧！他们这种旧式商店，现在也打破了闭关政策，把门户开放，销售新式糖果等食品。“香港”、“广州”两家食品公司，和“沙利文”都是天之骄子，奶油面包、陈皮梅、果子露、西式糖点，在苏州的糖食铺里，占据了整个的市场。而具有相当历史的“广南居”，却被挖去房屋，拿到了一笔钜额的挖费。至于那些新兴的纯粹新式的食品店、广式商肆，所有的糖果，更是大部分推销着“广州”和“沙利文”的出品。再有常熟的马詠斋酱腊铺，近年来也骎骎乎夺去了陆稿荐、三珍斋酱鸭、酱肉之席，店设元妙观东，地段也居优势。

（乙）酒楼餐馆——自从上海的摩登风气传染到苏州，苏州的一般公子哥儿，姑娘小姐，立刻摩登起来。百货公司所在地的北局，既然成为娱乐区，又称“小上海”，因为电影院、京剧场、旅社、菜馆、窑子、向导社，以及戒烟所都在这一个区域内，在那儿找不到旧式的店铺，中西菜馆和电影院旗鼓相当似的林立着。前年“味雅”餐社最发达的时候，曾分设两处，去冬正在修葺房屋，忽然遭受“回禄”，总店被焚，损失不赀，现在重振旗鼓，又在太监弄原址营业了。今年最出风头的西菜馆，大概要推“新亚”了，一切布置，纯粹洋化，现代设备，靡不应有尽有，价钱可不便宜。中菜馆也都讲究座位舒适，装潢美化，模仿广式酒家。规模最大而又富丽堂皇的酒家，当以百货公司楼上大丸洋行经营的中西饮食部为首屈一指。所备的酒呢，花雕、五茄皮渐趋落伍，啤酒、白兰地、威士忌、葡萄酒，销路极畅，价格昂贵到几乎令人不能置信。可是几家旧式酒馆，像元大昌、城中酒家、老全盛、同福和等，一样地有它们的老主顾，分道扬镳，各极其盛。

（丙）茶社——去年在元妙观大门口楼上开设的“大东茶室”，吸引了苏州的年青哥儿姐儿，这里是比吴苑有味了，虽然历时甚暂，而多少韵事艳史，发源在这地方。那里又吸引了一批文艺界人物和新闻从业员，成了“苏州报道”的制造中心点。观前的汪瑞裕楼上品茗部，以茶叶店而兼办茶社，真是出色当行，生面别开。这几天正在缩进门面，大兴土木，据闻新屋落成以后，品茗部将加扩充，与大东从事争竞，以洞庭的“碧萝春”和武夷的“铁观音”号召顾客呢。这些都是苏州茶寮的新现象，为事变前所没有的。至于旧的呢，依然热闹地存在着，苏垣的茶馆事业，多多益善，永远不会失败的！

（丁）点心店——广式点心近年渐渐在苏州时髦起来，苏州原来的点心，受了外来的影响，在形式上居然也有革新的。在夏令，黄天源新出一种炒肉团子，制成馒首形，口子上放着一只大虾米，里面肉馅，也从单纯而改革成复杂丰富，含有虾仁、扁尖、肉子之类，简直像广州的大饱了。这是苏州点心中最近值得纪录的一件事。

（戊）咖啡馆，饮冰室——咖啡馆是苏州惟一的新兴事业，开幕仅有半月，地点在观前西脚门皇宫跳舞场旧址，营业独盛，听说里面还有“轮盘”设备，专供主顾消遣。此种娱乐是否含有赌博性质，笔者因为尚未观光过，却不得而知哩！暑天的饮冰室，在苏州已有了好几年的历史，不过直到最近两年才大盛，无疑地，是做了美女牌冰淇淋、绿宝牌鲜橘水的推销员，可是，最大的势力，还得让冠生园的果子露，因为它是不搀糖精的，在这上面受苏州人的信仰，牌子又老，这项做刨冰的惟一原料，销路着实可惊。苏州的饮冰室，越是发达，越成了冠生园产销物的大商场。

（上海《中华周报》1943 年第 50 期）

谈吴县的小吃

绿　竹

到过吴县的人，我想概都知道，除了正式的酒菜馆以外，还有“卫生粥店”来抢着生意——尤其是阊门一带街上，粥店林立。上卫生粥店消夜，却是最时髦的，所以每当“华灯初上”，粥店里真是“满座嘉宾”，老板们忙得不可开交。账台的银角子，是源源不绝地送上来，“茶博士”们的确尽快得可以，一蹦一跳，跑来跑去。“呵唷！死（音似西）脱快哩，忙煞哉！”堂倌们到不得已的时候，都是这样抱怨地说着。

阊门外大马路东吴旅社斜对面的一所“卫生粥店”，我曾光顾好几回，这所粥店，倒真蛮干净格。门前的装潢别致，很可“引人入胜”呢！两旁立了两个大玻璃橱，里面放着许多腊肠呀、香肚呀、莲鸡呀、酱肉呀、虾球呀……真是琳琅满目。一跨进门，侍者高呼着“来客一位啊……”顺手就请向里面坐。室内布置整洁，幽雅异常。桌上放上了一块厚的玻璃桌面，再摆上了一个胡椒瓶、牙签瓶，等到你衔着香烟“吞云吐雾”时，他就上来问一句：“先（音似仙）生阿要吃（音缺）啥个东西啦？现在顶合时的，清炖猪脑呀、虾子、炒虾仁呀……”“吴侬软语”搬出一大套。倘使你要迟疑莫决时，他又来上一套：“先生！我朵店里，东西多得来，价钿公道，便宜格，倷那末说说看家！……”或者他店里的某一件东西卖完了，那么他会回答你“我朵该个东西卖完哉”，一点也不“苏空头”。所以有时只化了两角小洋，吃得是蛮开胃的。粥店里最负盛名而大量生产的要算糖粥、莲子鸡粥、五香排骨面、新鲜栗子煨鸡、冬笋虾仁炒腰花、火腿丝炒鸡杂、红烧蹄膀、莼菜清炖豆腐涝，……只要你说得出，他是烧得出，而且烧得别有滋味，鲜嫩无比。

我现在“背井离乡”，未尝姑苏的鲜味有好几年了。我住在这寂寞孤单的安庆城，真是“欲尝不得”。我写到此地，不禁馋涎欲滴的了。

（安庆《白话》1936 年第 1 卷第 10 期）

夏季的食品

吴门杀羽

在这亢旱而奇热的现在，饮食尤须格外注意，一不小心，就容容易易中着疫疠。俗语说得好，“病从口入”，夏季的饮食，自不可不加以严重的注意。现在把关于夏季的食品，略略加以检讨。

饮 料

在这挥汗如雨的环境中，饮料是人人最急需的食物。摩登的冷饮品，当然要推纸色冰淇濂了。可是这种冰淇濂，水汁太少，价格太昂，腻腻地委实不解渴。解渴的饮料，当然还是鲜橘水、沙水、汽水和冰淇濂为上。不过这种饮料，每杯或每瓶的价目，总要在小洋二角上下，在米珠薪桂的现在，总嫌不合平民化。酸梅汤和凉粉，虽然价廉凉快，然而又大半是生水制造，不合卫生。饮料中最合卫生的，当推药铺中出售的花露了，水既清洁，味亦芬芳，并且荷花露可以祛暑，蔷薇露可以开胃，金银花露可以解毒，等等，尤非一般饮料可及，不过价格贵些。普通的饮料，仍以冷饮的青蒿或菊花茶为主。

瓜 果

夏季原是瓜果丰盛的季候。瓜有西瓜、香瓜、马铃瓜、东瓜、丝瓜等等。西瓜是夏令祛暑妙品，甜汁既多，在井中或冰箱中冷透以后，甜冷甘美，比任何冷饮品都要够味。丝瓜、东瓜都是素肴佳味，东瓜煮南肉，在夏季是一味当令的佳肴，鲜而不腻，极合口味。水果在瓜之外，还有荷与桃等等，荷分花、叶、莲子、藕四种，花瓣要炸食，鲜叶可作馔（荷叶粉蒸鸡诸类），莲子和藕，既可生食，莲子还可作羹，藕除可制各种素馔外，切为细丝，以糖醋拌和，亦系下酒佳味。

菜　肴

“雷斋”虽系迷信，然而在奇热的夏季，那肥油的大块之肉，确有些不合胃口。夏季的菜肴，以清洁鲜爽为目标。素馔中的蘑菇，荤肴中的童子鸡，最为出色当令。蘑姑可煮汤，鸡既可清炖，亦可红烧，鸡丁炒青辣茄，鸡丝拌冷粉皮，更是清爽可口。鸡之外，鸭也是当令佳馔，苏州松鹤楼菜馆的卤鸭，只卖六月，其味鲜嫩甜美，为苏州特有的佳肴。此外菜肴，以鱼虾为主，不过在这亢旱的现在，鱼虾产量特少，价值自然也跟着飞涨，比平日贵至一倍以上了。

闲　食

这并不是瓜子等闲嗑牙的闲食，也是夏季当令的食品。像菉豆汤、百合汤、扁豆糕、凉粉等类。那种闲食，市上虽都有出售，但难免搀入生水，有碍卫生，所以还是自制为佳。菉豆汤和百合汤制法，只须将菉豆洗净，百合撕开，扯去尖衣，在炭炉或煤油炉子煮熟，即成。扁豆糕，将扁豆煮烂，取去豆衣，漉干制糕。凉粉以洋菜煮烂，在冷水里冻凝，即成。这种闲食，食时加糖，以冷吃为宜，既可点饥，又可作为祛暑冷食。

吃的格言

“口之于味，有同嗜也。”在这赤日似火，田土龟坼，农夫们冒暑戽水，心如油煎的时候，杀羽轻摇蒲扇，还在食谱上打算，平心而论，委实也将成为不知柴米价的公子王孙了。苦力们粒食维艰，我却谈鸡说鸭，未免自觉太无心肝。不过杀羽既不能天天枵腹，而夏季的饮食，尤于人生有密切关系，假使人们还爱惜生命的话，夏季的饮食，不能不特别戒严。现在把我关于饮食的格言，写几条在下面，做我这篇小食谱的结束。一、沽酒市脯不食，二、勿食腐烂水果，三、贱价冷饮一概勿食，四、饮食宜煮沸，五、食物须加纱罩，六、馊腐食物勿食。

（《申报》1934 年 7 月 28 日）

藕与莼菜

叶圣陶

同朋友喝酒，嚼着薄片的雪藕，忽然怀念起故乡来了。若在故乡，每当新秋的早晨，门前经过许多的乡人：男的紫赤的胳膊和小腿肌肉突起，躯干高大且挺直，使人起康健的感觉；女的往往裹着白地青花的头布，虽然赤脚，却穿短短的夏布裙，躯干固然不及男的这样高，但是别有一种康健的美的风致；他们各挑着一副担子，盛着鲜嫩玉色的长节的藕。在藕的家乡的池塘里，在城外曲曲弯弯的小河边，他们把这些藕一濯再濯，所以这样洁白了。仿佛他们以为这是供人体味的高品的东西，这是清晨的图画里的重要题材，假若满涂污泥，就把人家欣赏的浑凝之感打破了；这是一件罪过的事情，他们不愿意担在身上，故而先把它们濯得这样洁白了，才挑进城里来。他们想要休息的时候，就把竹扁担横在地上，自己坐在上面，随便拣择担里过嫩的藕枪或是较老的藕朴，大口地嚼着解渴。过路的人就站住了，红衣衫的小姑娘拣一节，白头发的老公公买两支。清淡的甘美的滋味于是普遍于家家且人人了。这样情形，差不多是平常的日课，直要到叶落秋深的时候。

在这里，藕这东西几乎是珍品了。大概也是从我们的故乡运来的。但是数量不多，自有那些伺候豪华公子硕腹钜贾的帮闲茶房把大部分抢去了；其馀的便要供在大一点的水果铺里，位置在金山苹果吕宋香芒之间，专待善价而沽。至于挑着担子在街上叫卖的，也并不是没有，但不是瘦得像乞丐的臂腿，便涩得像未熟的柿子，实在无从欣羡。因此，除了仅有的一回，我们今年竟不曾吃过藕。

这仅有的一回不是买来吃的，是邻舍送给我们吃的。他们也不是自己买的，是从故乡来的亲戚带来的。这藕离开它的家乡大约有好些时候了，所以不复呈玉样的颜色，却满被着许多锈斑。削去皮的时候，刀锋过处，很不爽利。切成了片，送入口里嚼着，颇有点甘味，但没有一种鲜嫩的感觉，而且似乎含了满口的渣，第二片就不想吃了。只有孩子很高兴，他把这许多片嚼完，居然有半点钟工夫不再作别的要求。

因为想起藕，又联想到莼菜。在故乡的春天，几乎天天吃莼菜。它本身没有味道，味道全在于好的汤。但这样嫩绿的颜色与丰富的诗意，无味之味真足令人心醉呢。在每条街旁的小河里，石埠头总歇着一两条没篷的船，满舱盛着莼菜，是从太湖里去捞来的。像这样地取求很便，当然能得日餐一碗了。

而在这里又不然，非上馆子，就难以吃到这东西。我们当然不上馆子，偶然有一两回去扰朋友的酒席，恰又不是莼菜上市的时候，所以今年竟不曾吃过。直到最近，伯祥的杭州亲戚来了，送他几瓶装瓶的西湖莼菜，他送我一瓶，我才算也尝了新了。

向来不恋故乡的我，想到这里，觉得故乡可爱极了。我自己也不明白，为什么会起这么深浓的情绪？再一思索，实在很浅显的：因为在故乡有所恋，而所恋又只在故乡有，便萦着系着不能离舍了。譬如亲密的家人在那里，知心的朋友在那里，怎得不恋恋？怎得不怀念？但是仅仅为了爱故乡么？不是的，不过在故乡的几个人把我们牵着罢了。若无所牵，更何所恋？像我现在，偶然被藕与莼菜所牵，所以就怀念起故乡来了。

所恋在哪里，哪里就是我们的故乡了。

一九二三年九月七日作

（《未厌居习作》，叶绍钧著，开明书店 1935 年 12 月初版）

蟹与枫

郑逸梅

秋深矣，顿忆故乡风物，曰阳澄湖之蟹，曰天平山枫。蟹则有爪皆金，枫则无叶不赭，朵颐是快，眼福大佳。济公拟于日内作苏州之行，因述蟹与枫二物，以告济公，盖此行不容辜负者也。

我苏为泽国，多巨浸。阳澄湖产金爪蟹，甲作腰圆形，爪细而黄，每斤仅二只，有对蟹之号，团脐膏腴，尖脐油美，啖之别有一种鲜馨之味，湖水清澈，故所产亦不着些儿泥土气也。且阳澄湖蟹，大都为簖取，蟹能上簖，皆坚实饶有足力，尤为盘餐上品。阳澄湖外，尚有澹台湖、金鸡湖、淀山湖，俱出清水蟹，而石蟹、铁锈蟹虽有名，然比诸阳澄湖者，不如殊远也。石蟹产石湖，体圆，螯跪粗硕，甲绝坚硬。铁锈蟹，甲斑驳多黄色，则壶湖之物也。蟹大都由玄妙观前诸野味店售卖。海上蟹市虽盛，然什九自玉峰、三泖间来，不但阳澄湖蟹不易得，即澹台、金鸡、淀山诸湖，以及石湖之石蟹、壶湖之铁锈蟹，均甚居奇也。

读古人诗“停车坐爱枫林晚，霜叶红于二月花”句，不觉为之悠然神往。我苏天平山有长枫数十株，在童子门坡下高义园之修径间，春秋时蓊蔚一如常树，了无异致，然一经秋霜，烂似霞锦，自远望之，几疑桃杏之争芳斗丽也。犹忆曩在故乡时，秋日买棹前去，见红叶喜撷若干，邮贻海上诸文友，用以炫我故乡秋色。今者时异境迁，鬻文海上，我之炫人者，行将人以炫我矣，思之思之，曷胜怅惘。

（《小品大观》，郑逸梅著，上海校经山房书局 1935 年 8 月初版）

木渎鱼鲜

敏 仲

提起木渎，不期然而然地会令人脑际幻出一个山明水秀之乡出来，的确，这不是幻想，木渎虽然不过是个小小的乡镇，但因为灵岩山的名胜，名闻全国，这小小的乡镇，也就为了历史上地利上的种种关系，到如今已是成了十分热闹富庶的一个市集，而地势上的优势，用了“山明水秀”这四个字来形容，尽不必另外用累赘的词费描写了。

从苏州南星桥下趁轮船，不过一个小时便到了木渎。走到了木渎镇的街上，一路闲眺，这里一面的人家，都是傍水架楼，一面的人家，开出后门来便可以看见山。你想，这样的住宅区，可是都市里的人们所能希冀厚着吗?从热闹的街市走完，渐渐地向上山的路上走去，可以看到有许多粉墙粉壁、黑漆大门的乡镇上大户人家，这在都市中人又以为是不足奇的，但这里面住的人家所享受到的自然的享乐，恐怕一辈子不是摩登的绅士、大都会中的布尔乔亚们所享受得到，真够教人羡慕。

就在木渎的镇上，有一家遐迩闻名的石家饭店。

石家饭店，现在是扩充得规模宏大，迥非昔比了，听说已有旅社部分，供外来的游客驻足安憩，而酒菜部分，也更见无美不备。我已有四年不到灵岩山去，最近的情形，自然不大详悉，可是从前的木渎的好处，现在是不会两样的，我就把我从前去的时候的事，记下一些，供我自己的回味咀嚼，并以供诸君去游春时的一些指导罢——我就是单说石家饭店的鲜灵风味“鱼鲜”。

那一年，可不是春天，而是气候高爽、风日宜人的中秋时节，我和内子一同去游灵岩，预定上午游山回来，便在石家饭店午膳——这是到木渎去游山的人一定的规率——在上山之前，经过石家饭店门前时，将手里携带的累赘东西，都寄放在石家饭店里。

游完灵岩山下来，到石家饭店，已经快要打一点钟了。我们上楼坐定，紧赶便点菜，肚子委实打饥荒了。点好菜，喝了些茶，就走到临街一面的楼子栏杆边去闲瞧。

那时节，石家饭店隔街望衡对宇的那一面房子，就是他们烹调佳肴的厨房部分，做好了菜，都从那面热腾腾地托到这面楼上来。我们瞧他们弄菜，瞧得越等不得了，便催堂倌快些把菜做好拿来。

菜是来了，一共点了五样，两个人可吃不了，无论怎样饿，总吃不下这许多，因为他们的菜，可不像上海菜馆里那样“假”，按“假”字的意思，就是瞧上去很满泛，其实一吃便碗底朝天，不是真的着实。都是大盘儿的着实经吃，为了风味的灵鱼，尽量地吃喝，酒醉饭饱，还是剩肴过半，因此懊悔不曾多同两个人来吃。

我们点的五样菜当中，一样蜜汁桂鱼，一样炒虾仁，一样奶汤鲫鱼，一样炒蟹粉，还有一样却是肉了。五样中，四菜都是水里的“鱼鲜”，这就是石家饭店去吃菜的目的，因为到石家饭店而吃肉不吃“鱼鲜”，无异“入宝山而空回”了。

他们的“鱼鲜”，鲜、灵、真、美，这四个字可称道出了好处。因为木渎镇既是山村，又是水乡，他们镇上，没有隔宿之鱼虾，石家饭店我们吃饭的楼上，临河一面凭窗望下去，河下便有人在打鱼捕虾，他们烹烧的“鱼鲜”，一出水即烹割入镬。你想，还会不鲜，不灵，不真，不美吗?

别石家饭店四年了，这鲜灵的“鱼鲜”风味，时时地想起，忘不掉下。我想，在最近的将来，我总还有机会去吃几次。

有一点要告诉诸位读者，你们倘使去木渎，在石家饭店饭时，最好同个本地人同去，便是苏州城里人也不大行，因为外路人去，他开门账出来，价目里有些像杭州人说的“刨黄瓜儿”，这却是明明吃的亏，应得注意。

（《食品界》1934 年第 10 期）

东山羊肉

叶奕城

我总是这么想，要是我们能把东山的羊肉用罐头装储，销到外路去，一定可以风行全国，甚至畅销欧美。可惜我们太保守，一百年前拿荷叶包包，如今呢，还是拿荷叶包包，所以只有东山附近的人才能享此口福。

我喜欢“腰和”，腿板太瘦，尾巴又太肥，“腰和”正适得其中。至于羊腰子、羊肚、羊脑等等，我觉得倒没有什么好，难得吃一点，尝尝新奇是可以的，但常常吃便不行了。

我小时候一到冬天，便天天早起，自己去买羊肉。我那时太天真，我以为那卖羊肉的很爱我，他一定特别多给我一点，因为他常常摸摸我的头拍拍我的背的。有时我觉得太少，便老老面皮，用一套外交词令，经过了一场激辩，甚至于用威胁恫吓的手段——那就是对他说的：“下次不到你这里买了。”——那卖羊肉的看我是老主顾，总以敦睦邦交为宜，于是乎又“饶”了薄薄的一小块肉。假使现在叫我在大清光早起来，为了区区一二两羊肉在寒风中跋涉一次，还得费一番唇舌，我委实没有这勇气。可能那时候的我特别馋一点罢！但羊肉自有其本身价值，才能对我有这么大的吸引力，这是谁都不会否认的。

十二岁离开了东山，买羊肉的乐趣，吃羊肉的风味，从此隔绝，除非有人从乡里带出来。但与尊长同席，处处为礼教所束缚，不能畅所欲吃，何况羊肉又是隔了夜的呢。

后来我吃过四川的粉蒸羊肉，西安的腊羊肉，更在一位北方同学的家里吃过几次涮羊肉，其中除涮羊肉以吃法新奇可试试外，前二者都是很脏的。腊羊肉外面涂一层红颜色，不知是什么东西，吃的时候也不弄热，就切了片拿上来，真不能想一想。粉蒸羊肉的蒸笼，你也最好不要去看它，不然吃的时候也要呕的，里面又加了一点山芋，甜勿甜，咸勿咸。涮羊肉同鱼生汤的吃法差不多，外面寒风紧括的时候，与家人围坐在火锅四周，你帮我加辣，我帮你加酱，骨肉间真正的爱流露无遗，内心里自然觉得特别温暖，所以我始终认为吃涮羊肉，并不在它的味道而是在它的风趣，它可以使父母子弟们互相合作，在内心底深处燃起爱之火，以抵御寒气的进袭。

当然我并不是武断地说东山羊肉胜过一切，我只是说就我吃过的羊肉而论，都比不上东山羊肉。你若不信，不妨装了罐头试试看，若是销不出去，你来问我。

（《莫耋风》1949 年第 3 卷第 6、7 期合刊）

闲话月饼

茶食姑爷

我谈的月饼，是苏帮月饼。我的丈人，是开茶食店的，我的家婆，从小是吃月饼吃大的，所以我对于月饼，很是内行。

我丈人的茶食店，开在苏属某城，是一家很有名的茶食店。

月饼生意，是茶食店的生命线，所以只消阴历八月的上半个月生意兴隆，茶食店一年的开销，都有了着落，其他十一个半月的生意，都是赚头，年底新年的生意，虽然也很好，但还不及八月里。

所以我的丈人，只消在八月初一到十五日的十五天中，天爷爷不下雨，他就一天到晚笑嘻嘻，待人接物，也很和气；只消在这十五天内，落了雨，他老人家的面孔，顿时难看起来，人家也不敢跟他多讲话，实在他那时候，一碰就要生气的。

因为月饼的生意，对手不独在城里，乡下人的生意，反而要占大部份，下了雨，乡下人不进城，就不来买月饼了，所以这关系是极严重的。

月饼的准备，在六月里就要预备起来了，因为猪油这件东西，每天所出有限，而月饼中的需要极大，所以从六月里就每天收猪油，直收到八月半，才够半个月月饼之用。换一句说，就是全城自夏至中秋的猪油，只好供一家大茶食店半个月月饼之用。

月饼之需要猪油，既如此之大，所以鉴别月饼的优劣，第一，就只消看油的足不足，好的月饼，用纸包上去，一忽儿纸上全是油了，小店家的月饼，往往用纸包着，买了拿回家去，还不见纸上有油出来，这是油少的缘故，大半用水做的，一定硬得非常。

阴历的天气，是有迟早的，所以八月中秋，有时在阳历十月，有时在阳历八月，有时穿夹衣，有时还穿着夏衣。因此，在烧月饼的时候，如果天气炎热，那就很苦，烧火的人，一天到晚烧着，几乎烧得要头晕，一边将西瓜放在旁边吃，一面还在烧火。其时往往烧得烟囱发红，红了之后，椽子上便烧焦了，但是，仍旧不能停火，一面用水枪去浇椽子上的火，一面还是烧着。

在这半个月当中，店中人员，个个都忙得不可开交。其他事情，什么都不做，一齐动员，去对付月饼，作场中不必说，连卖货员也是如此。然而还嫌人手不够，我内人在小时节，也到店里帮过忙，去包月饼匣子，所以她爸爸更喜欢她。

月饼之中，夹沙猪油最好吃，我也最喜欢吃。但自从我这位茶食小开的太太，进了我的门，她就不许我吃夹沙猪油月饼。

她的理由是说，茶食店中的东西，惟有豆沙和枣泥，这两样东西最脏，凡是作台上剩下来的粉屑面屑糖屑以及芝麻等等，用小扫帚扫下来，无处可用，一齐去丢在豆沙和枣泥之中，好在豆沙枣泥，都是黑的，什么东西都容得下，放了下来，也就一齐变成黑色，也看不出什么本来面目了。所以豆沙枣泥，老实讲，简直是垃圾箱。因此，她要禁止我吃垃圾似的夹沙月饼了。

现在我那位太太，已经去世，我曾偷吃过几次夹沙猪油月饼，平心而论，夹沙猪油月饼，确是有它的特长。

（《现世报》1938 年第 23 期）

苏州的茶居

郑逸梅

飘穷君在某刊上发表了一篇《香港的茶居》，写得很隽趣，鄙人不觉想到了我们苏州的茶居来。

我们苏州人真会享福，只要有了些小家私，无论什么事都不想做。他们平常的消遣，就是吃茶。吃茶的最好所在，就是观前吴苑深处，那茶居分着什么方厅咧，四面厅咧，爱竹居咧，话雨楼咧，听雨山房咧，不像上海的茶馆，大都是几开间的统楼面，声浪嘈杂，了无情趣可比。所以那班大少爷们，吃了饭没有事，总是跑去泡茶，消磨半日光阴。因为他们的生活问题，早已解决，自有一种从从容容、优哉游哉的态度。好得有闲阶级，大都把吴苑深处作为俱乐部，尽可谈天说地，不愁寂寞。他们谈话的资料，有下列的几种：一、赌经，二、风月闲情，三、电影明星的服装姿态，四、强奸新闻，五、讽刺社会……一切世界潮流、国家大计、失业恐慌、经济压迫，这些溢出谈话范围以外的，他们决不愿加以讨论。多谈了话，未免口渴，那么茶是胥江水煮的，确是绝妙的饮料，尽不妨一杯连一杯地喝着。多喝了茶，又觉得嘴里淡出鸟来，于是就有托盘的食品来兜卖，有糖山楂、桂圆糖、脆松糖、排骨、酱牛肉，甚而至于五香豆也有特殊的风味。所以同社徐碧波君，他在上海，常托苏友代买吴苑的五香豆，其馀可想而知了。

点心方面，什么玫瑰袋粽、火腿粽子、肉饼，就是要叫松鹤楼的卤鸭面也便捷得很。这种口福，真不知吴侬几生修到呢。到了傍晚的时候，那些古董掮客，带了些玲珑古雅的文玩，名人的书画金石，供客赏鉴，赏鉴满意，购一两件带回去顽顽，也是怪有趣的。

还有公园的东斋、西亭，都是品茗的好所在。尤其是夏天，因为旷野的缘故，凉风习习，爽气扑人，浓绿荫遮，鸟声聒碎，坐在那儿领略一回，那是何等的舒适啊！东斋后面更临一池，涟漪中亭亭净植，开着素白的莲花，清香在有意无意间吹到鼻观，兀是令人神怡脾醉。公园附近有双塔寺，浮图写影在夕照中，自起一种诗的情绪、画的意境来。惜乎不宜于冬，不宜于风雨，所以总不及吴苑深处的四时皆春、晴雨无阻。

（《逸梅丛谈》，郑逸梅著，上海校经山房书局1935年7月初版）

苏州的茶馆

沈右铭

一

茶馆，有人以为是用来供给一辈有闲的人歇腿……的。要是这句话有几分可靠，那末，在苏州，茶馆的特多，不是无因——为的苏州是个挺有名的天堂。

苏州茶馆的建筑，是分楼上楼下，没有楼的，也就分个内外。茶价也就在此分出高低，普通的茶价是楼上或内座比楼下或外座高。不过也有些茶馆的茶价是以时间来分的，比如上午每壶茶是八个子，下午是要十二个子的。更有些分得很复杂，此处不想多述。

二

茶客（吃茶的），也有些分别。你天天有空闲，天天上这一个茶馆，那末，你便成了“老茶客”。不但那些跑堂的把你认做“老主顾”，许是合你同样有闲的“老茶客”，也会合你搭讪而认识了的。这时跑堂的招待当然周到，你在茶馆里也有了谈话的对手，不致冷落。可是“老茶客”，大多是些“少爷公子”、“老封君”，为的他们是一年到头闲着，在他们饱食暖衣之后，不得不想些法儿来消磨岁月，茶馆便成了他们的“安乐窝”。有的甚至爬出了被窝，便上茶馆去洗脸、漱口、吃点心；要是有谈话的对手在座，就指手划脚地高谈阔论起来。他们的谈话，老爱偏于掌故，为的他们对于现实都不满的。

老茶客总爱自己买一个古色古香的茶壶合茶盅——多半是宜兴的陶器——放在茶馆里。至于有些老茶客（像手艺工人之类），他们就在上茶馆时，自己提一柄铜壶或锡壶去，回来时也随手带回，在开门七件事中，就可省去买茶叶一项了。所以你要知道他们是不是老茶客,只看他们面前摆的器皿,就很容易辨别(当然也有例外的)。

次于那些茶客的，便是商人或工人，虽然，他们也天天来，甚至有一定的时候来，可是他们的目的是为了到茶会。在那儿(他们指定的茶馆)，有同行的，可以打听市价，以及一切买卖上状况。要是你为了想舒散舒散上茶馆，恰巧又上有了茶会的茶馆，别说你不曾舒散得，许是你的头反叫他们噪聒得痛。

其次，便要轮到普通一般人，普通一般人的上茶馆，有二点：

第一，是为了特别事情，上茶馆去商量。在下流社会中，最常见的是“吃讲茶”，换句话说，便是□□□□，请人家来茶馆里评理。往往一时合对方讲得不合，就动武，结果闹得茶壶合茶盅打破，桌子合椅子翻身。他们也宁可这么“输钱不输气”地干，许是这才算好汉。

第二，苏州的娱乐场所虽也多，可总没喝茶那末便宜，那末写意。一辈有事的人，在公干之暇，来茶馆里舒散，随便吃些点心，看看报——茶馆里来卖报的，你可以不买，向他借阅，看二三份报，只给他三四个子便得了——所以茶馆也成了他们的“驱愁境”。

三

茶馆的盛衰，当然以茶客的多少为定。可是茶客也不一定爱上哪家茶馆，往往因时间而改变他们的行止。最显著的像公园的东斋、西亭，在夏天差不多可以卖到三百壶茶一天。现在呢，东斋不说，要改造民众茶园，早已关门大吉；西亭上午有几个“老茶客”，到了下午就没一个人，谁爱出了一毫小洋的茶钱去喝西北风。

观前街位置是在城中心，市面也比较的晚，茶馆也休息得晚，大概在晚上八时左右，还有茶客。可你牢记着，茶馆里虽也有挂钟，多半是不准的，比起什么标准钟来，总得快半小时，这也是他们催客走的妙法吧? 你要尽坐着不去，跑堂的便来扫地，收拾屋子，这也表示他们要休息了，你赶快走吧。

阊门外大马路

四

新年来了——这里所说的新年，是废历新年——茶馆里的生意特别好，为的平时忙得了不得的人，也有空闲了，到茶馆里喝壶“橄榄茶”，算是应时乐事。

橄榄茶，只有新年才有，有的卖五天，有的卖半月。它是怎样取名的呢？便是在茶壶里丢一个或二个黄胖橄榄，算是得些青气，茶价也就跟着高二三个子。

老茶客，平时虽舒服，可到腊底也就吃亏了，要是这时候去喝茶，跑堂除给你壶茶之外，还是笑容可掬地捧上一个小碟子，里面放置四个青果——这橄榄不比喝橄榄茶的橄榄，是小的好，颜色又新鲜，所以称青果为是——算是孝敬你的，你就得在付茶钱时，赏他三四毫。不过这只一次。要是给跑堂的知道了你的住址，那末，他们真要“打秋风”了，他们会把一小蒲包橄榄合一篓橘子送上门来，接受不接受，当然在你，可赏是要给的。

五

所以你到了苏州，要是你不懂得苏州的风俗人情，只要上茶馆去好了，那儿你可以学得不少事。只是在你初看到什么“吴苑深处”、“锦帆榭”等风雅的招牌，不会相信它是茶馆吧？那末，你牢记着，它前面有没有卖“生煎馒头”合“蟹壳黄”的炉子，得了。生煎馒头是猪肉心子的小包子，蟹壳黄是一种圆形的小烧饼，差不多在每个茶馆门前，都有这么一个摊的。

至于那些茶馆里的“书场”，可惜作者没有涉足过，不敢胡扯。

一九三六年，一，二三，于苏州

（《西北风》1936 年第 4 期）

苏州的茶馆

莳　溪

苏州的茶馆一向保持着古老的气息，直到沦陷八年中，有些商人眼见上海茶室营业鼎盛，认为有利可图，便依样画葫芦在观前街一带开设几家茶室，同时到上海去约了几班乐队带了歌女，在茶室中蓬蓬拍地闹起来，怡情清趣的茶室，到这时候便成了变相的声色场所了。

苏州城里一辈醉翁之意不在酒的茶客，大家都蜂集在聘有红歌女的茶室里，于是争风吃醋，甚至演出全武行的打局来。画虎不成反类犬变相的茶室，决敌不过茶馆，像三万昌、品芳、仝羽春、梅苑、吴苑深处等，虽说开设已有好几十年，喻之以人，有些年老、龙锺，但是在目下民生极度凋敝的时候，依旧是平民阶级休憩的所在。

在茶馆吃茶，论壶计算，每壶可供两人对饮，仅就这一点，就比新式的茶室论杯计算要便宜得多了。雨前茶叶煮以胥江的水，饮之舌本回甘，清澈肺腑，这中间的乐趣，决不是笔墨所能形容的。假使你要吃些东西的话，茶馆里更其要比什么地方便利得多，五香排骨，异味酱鸭舌，熏糖豆沙粽子，以至五香豆、冰糖山楂，都有人送到你面前，任你挑选，买不买听便，决不会演出茶资加倍的丑把戏来。不单如此，你要吃任何茶馆里没有的东西，也可以叫茶博士去买来，像暑天应时的三虾面、卤鸭面，你要吃的话，只消劳一声嘴。这样的自由，在茶室里恐怕办不到了。

茶客身入其内，不愁寂寞，尽可谈天说地，上至世界大势，下至地方花边新闻，全是他们的谈话资料。近几年来，市场物价的变动，也列入了他们谈话的范围。所谓场外交易、黑市买卖，这时候便借茶馆的便利，造成了蓬勃的气象。假使你不愿意被声色所笼罩，而希望疏松你一日来紧张的神经，尽可在傍晚时到茶馆中去，泡壶香茗，坐上一会儿，再吃些美味可口的点心，倒也舒服。可是切不可上茶馆消磨光阴，作为你每日的刻板文章，否则的话，“玩物丧志”，却也要不得的。

话虽如此，今天为喝茶而喝茶的人，究竟要比战前少了许多。那些刺探商业消息带做黑市交易而去喝茶的人，却占据茶客中的十分之七八，像他们这样的上茶馆，内行人谓之“上茶会”。苏州城内各茶馆里有各各不同的茶会，像棉纱、黄金、珠宝的茶会是在梅苑茶馆，绸织业在吴苑深处，粮食业在三万昌，旧货、丝业在春苑。每当清晨七八时或下午四五时，便是他们茶叙的时间。那时候万头攒动，市价的忽上忽下，全在这些人的嘴里喊出来，抛出补进，买空卖空，茶馆差不多成了商业的战场。经济的破产和畸形交易的消长，在这小小的角落里也显得很清楚。

（《中美周报》1948 年第 307 期）

孵茶馆

林涵之

生于苏州长于苏州的人来“闲话苏州”，反觉得无从说起。也许外乡人登虎丘山而趣味无穷，进玄妙观而意见横生，但这在我们苏州人看来，都是不值一谈的。

当万方多难之秋，人间已没有王道乐土，若仍以“上有天堂，下有苏杭”这句老话来夸耀苏州之宏福齐天，那是自欺欺人之语。不过苏州人确是特别懂得乐天安命，只顾个人享受，对于一团糟的国事漠不关心。看苏州人好像福气大，其实不然，只是苏州人虽在极度苦闷之中亦能自寻乐趣而已。

以言享受，苏州的一切享受设备远不及上海，但其中原不必相提并论的。苏州与上海的趣味根本不同，上海的趣味是浓烈的，苏州的趣味是冲淡的。用比喻来说，上海是一杯咖啡，患神经衰弱症者吃了会失眠；苏州是一壶清茶，吃过之后无所刺激也。

吃茶是苏州人生活中最重要的一个节目。在苏州而不去孵茶馆，就不能领略苏州人的情调。“孵茶馆”三字也是苏州特有的语汇。进茶馆原不真在吃茶，趣味就在尽是天长地久地孵下去。要是进去泡了一壶茶，吃完一杯就匆匆地起立告退，这在苏州人看来是一种滑稽。至于孵茶馆究竟有什么滋味，这是颇难以言辞来说明的，惟有孵惯了，自会领悟。

或曰孵茶馆徒然虚耗光阴，其实这也许正是苏州人必须孵茶馆的理由之一。苏州人很普遍地具有一种聪敏，即认定世界上没有真是急要的事，大好光阴正不妨任其虚耗也。

（《作家季刊》1944 年第 1 期）

吴苑贩人传

金季鹤

吴人多闲，率以品茗为排遣，而茗肆遂叠迹于市衢，建高阁，辟精舍，以延卢仝、陆羽之流。其间应推吴苑深处为巨擘焉，吴人简呼曰吴苑，苏沪之文人墨士、雅侣隽流，每多流连于其中，且曾形诸楮墨而喧传乎报章，播称于众口。生涯既盛，贩人迭至，若饧篮果筐、甜咸杂食之贾，往来如川流也。自吴苑之初辟，递今二十馀年，而贩人之商于斯者，居为大利，争佳竞美，以揽顾客，纵属瓜仁果肉之微，莫不力臻上选。然此二十馀年间，潮流递换，新陈代谢，少者老，老者死，更易之迹，几若传舍。感念畴昔，曷胜怃然，而余亦将老矣，因濡笔为《吴苑贩人传》。

异味轩排骨

余年十七八时，茶楼首数云露阁，广厦渠渠，器物悉红木嵌大理石制，壁间更多名人书画。时有贩人宁波阿荣，专售扎肉，肉为红烧块形，大如橘，四块成扎，售四十文，味绝美，其人益清洁可喜，玄衣白围身，生涯大盛。乃历久而渐减，卒日不支，遂改售肉蛋，法于蛋中塞碎肉，然味逊扎肉远甚，亦不得志。因再改售牛肉排，以牛肉煮而曝干，大小若火柴匣，经时亦无所利，势且潦倒矣。适云露阁闭，而吴苑渐露头角，阿荣乃走吴苑，始改易售猪排，题其盆曰“异味轩”，售价三十文，味佳绝，更宜于茗后，盖阿荣素业大菜司务者也。流传既广，一时购者云集，午而出，酉而已罄，明日增其量，则罄如故，不数月，名播于四乡，于是效者纷纭，欲争厥利。阿荣乃献包堂之法，与吴苑当局商，月奉包堂费五金，则他人之售猪排者，不得入吴苑一步，而吴苑之贩人，遂相率起而包堂，视其货之昂贱为等级。逾年，异味轩主积资已数千金，赁屋阊门，以途远，来去必乘藤轿，轿后置猪排之盆，载欣载奔以为常。轩主积资既丰，日入又溥，饱暖可无虑，淫欲乃乘时而袭，彼固孑身来苏，了无眷属，闻锵然之囊金，终无以慰性欲之缺憾。少年人贫无立锥，以血汗之所博，尚不惜作老虫之跳，况轩主已多金乎，于是牛刀小试，而猎乎山梁焉。自后日作于廛，夜作于闼，不三月而疾作，盖身既告亏，而梅毒复侵之矣，疾作而金逝，金逝而疾益剧，病一月有奇，身羸若鬼，囊空如初，浩然兴叹，悔已无及。当疾甚时，有卖慈菇片之童名福福者，素相习，因按日往存问，为之料理汤药，轩主雅感之，至是告福福曰："我病恐不起，即起亦不复居苏州矣。尔善我，无以为报。"且言且指其盆曰："辛苦数年，不图今日能伴我于此者，只尔与此盆耳，请以相赠，尔恃此善为经营，不愁冻馁矣。"因就枕详告以煮猪排之法。言已，忽坚握其手，谓之曰："女色两字，切忌切忌。"福福泫然应命，拜而后受。及明日往视，则居停言阿荣已扶病乘夜车赴沪去，言将归宁波矣。福福怆怆而返。自是续营猪排于吴苑，日雇伙分布各茶酒肆，仍以异味轩为名，至今不衰云。

（《金刚钻》1934年11月9日，署名锦浪）

长子糖篮

其人修如竹箓，颜如干蜡，衣垢敝不洗，襟袖晶晶有糖层，色黝若枣泥之膏，戴瓜皮帽，顶舒作蓓蕾状，而脂光鉴人，臂挟一篮，分格贮糖类多种。篮亦饶古意，数十年未尝一更，问之则曰老牌子也，可认篮不认人矣。或言得其篮，淡食置之可成甜点，开水泡之可成糖汤，盖天地甜气所锺灵矣。篮边附一铜牌，古味盎然，几疑周秦出土物，标三字曰"如意春"，而人不知有如意春，但知有卖糖之长子阿三也。阿三卖糖四十年，无癖嗜，持俭德，妻孥亦能自营生活，乃终其老，依然挟一篮，以视采芝斋之由摊而铺，文魁斋之由篮而店，能发扬其所业者，阿三应怨然哉，而阿三怡然处之，付诸天命，每曰："我而富，我或早世矣。"实乃阿三性顽悫，不善趋承，更讷于词令，益以体之孱弱，尝默默无神采，惰性之所存，势不能言进取。凡一事一业，不论钜细雅俗，其成败利钝，悉视其人之精神为依归。故阿三于其所业，仅周旋于数熟客中，生客皆无有于阿三，而阿三亦不问于生客，纵遇熟客，亦仅默立于旁，继乃低言问所欲，有欲则交，无则掉头去，购者价无损减，货无增益，所谓不二价面孔者。然人每知其性，怜其遇，必日售若干以为常，而阿三赖以温饱者惟此。阿三所售，悉出于手制，而所制无不精绝，最著若枣泥膏、甜支酸、脆松糖等，而以杏仁为无敌，难在颗颗饱绽光洁，衣不胶黏，经拈即脱，是无能及之者。后更倡肉脯，味鲜美腴嫩，佐茗下酒，两俱得宜，为吴下独步，阿三死而肉脯绝矣。时在去冬风雪，阿三贫且病，犹力疾挟篮出，归而知其子与人互殴肇祸，已捉将官里，阿三奇愤，遽肝火上升，疾遂剧，未数日竟死，年仅五十许，检其橐，空无馀赀。噫，作者亦阿三当时之熟客也，酒边茗畔，欲食杏仁、肉脯而不可复得，即彼锺灵之糖篮、骨董之铜牌，恐亦委诸尘土、付诸薪爨矣。

（《金刚钻》1934 年 11 月 19 日，署名锦浪）

卖报阿春

一榻茶烟，半窗花韵，在吴苑琉璃厅上，多冠裳济济之流，阀阈宕宕之辈，茗趣当襟，傥言斯作，乃左烟筒，右火纸，袍袖轻揎，髭须徐捋，高论乎政治局势，军国文章，当世人物之臧否，孰得孰失，孰是孰非，今应若何，后将何若，各抒其卓见以相探讨。若所言合辙，则拊掌狂笑，轩轩作气概，以为英雄所见既同，所料已成铁铸，隐然比诸葛隆中，天下如在指掌也。若或持意偶歧，则雄辩无碍，甚且各立门户，以相颉颃，往往自晨达暮，公案犹未决者，声嘶力竭，血气腾涌，亦所不惜，即所谓茶馆上谕者也。至其所凭藉以为资料者，无非取材于报章，研虚刻实，构想悬猜，俨如要人之行动，时局之处置，一纵一横，悉在乎鉴度之中，而不能逃其所断。吴苑之卖报人曰阿春，老而衰，秃不戴发，瘦不掩背，短髭稀疏，飘萧于唇边，披败褐，趿敝屣，夏则汗垢浃颈，冬则涕泗零颐。业报四十年，仍贫不能博一日闲，家无宿粮，衣无隔季，犹日日负报囊，跋涉于途。所恃者，吴苑之报，为其所独营。日徘徊广座间，见客之闲坐者，即微牵其唇，举袖抹其涕，就而旁立，娓娓谈报端新闻。然能见老者则谈军国大事，某主席如何也，某部长如何也；见少者则谈里巷琐闻，某女郎如何也，某名妓如何也；见商则谈米市之涨落，见学则谈球讯之输赢。各视其人以投其好，而听者买其报必矣。阿春既终生出入广众，奔走衢巷，凡社会各级人士，无不日相接触，视听所及，识人遂多，自言阖城十万家，八九能道其底蕴，洵非虚语。而于女子之孰为闺秀，孰为倡伎，孰正孰邪，孰已孀，孰未偶，孰可取而有，孰不可冒失，与夫家之境况，人之情性，皆能随指随述，不遗毫忽，冶游者多所咨询也。阿春在中年，稍有居积，一子名阿大，亦业报，以溺爱所纵，辄怠其业，常从损友为博戏，继复忘乎形骸，猎雉作山梁游，阿春禁之不听，卒尽耗汗血资，而身罹恶疾，自是阿春处境益窘矣。阿春与卖糖长子，人称吴苑贩人之两元老云。

（《金刚钻》1934年11月29日，署名锦浪）

斜眼粽子

数吴苑之贩人，自卖糖长子、卖报阿春而下，应及斜眼之粽子，粽子即角黍也。斜眼吴音读若惹眼，以其一目之疾，睛失其灵，常静止于眼角，不能随视而动，故视之常若睥睨作窥人状，然身之缺陷，有特异于众人者。标识所昭，入人必深，其引力有强于注册、胜于广告者，于人如张之癰、于之胡，于肆如文魁之龟、野荸之荠，而粽子遂以斜眼名，斜眼亦以粽子著，盖相得而益彰也。斜眼营粽子于吴苑亦二十年，昆弟二人，分工而合作，弟司炉而兄司卖，二人者貌相若，体相等，服御相同，声音谈吐亦相类，情性更相洽而无间，惟兄之眼则斜也。当夫夕照在窗，暮云布暝，吴苑之琉璃厅、话雨楼、爱竹居等处，茶烟缭绕，宾侣纷臻，空肠鸣饥，时点时进，辄闻火腿粽、夹沙粽之声，循座递唤，则斜眼粽子之营业时也。粽形平扁如掌，裹以箬叶，外米而内肉，肉经酱腌，鲜腴直侔火腿，是名火腿粽；外米而内豆沙，滕以猪油，豆沙细净如泥，拌于碟，甘芳直侔八宝饭，是名夹沙粽。夏暑则添制薄荷粽，取其清凉少腻也，盛粽以小碟，箍以短箸，素瓷白竹，精致如小摆设，吴苑之客，无不乐购以尝，即苏之人，亦多远赴相购食者，而购者仅知有斜眼，不知其姓氏也。然今吴苑之售粽者有斜眼，他处之售粽者，又得一斜眼，斯人专营于酒肆，惟体胖而修，粽味亦较逊，事有巧合，不可指为冒牌也。

（《金刚钻》1934 年 12 月 9 日，署名锦浪）

铜器老枪

论吴苑之贩人，虽属负筐提篮之辈，要皆彬彬知礼貌，能获茶客欢。然得一人焉，其人侏儒三尺，貌寝可憎，呆板若行尸，癖于烟霞，益丑劣不啻饿鬼，断断作常熟语，重浊刺耳。上座时，秃秃而至，挟小筐，中贮铜器，若书尺，若笔套，若盂若盒，帐钩则两歧负于肩，烟筒则包封藏于袋，按座兜揽，遍及不遗。有所问，必昵就于面，密接不距尺咫，唾沫喷身；不之理，则固问不休，尽念其所携之件，如背熟书；固却之，则绉其脸皮，强作苦笑，仍固请交易不去；若稍理之，则垂隙而入，语累累如脚带，左缠右绕，生意之经大作，必有所获方行。若作成之，则其势益得，先解其负，探其囊，息其所提挟，悉举而置诸案，曳椅就坐，甚且自斟杯茗，不避憎嫌，而价讨望天，货夸盖世，所谓不二价面孔者也。若稍有损减其价，指驳其货，则狞笑讥辞，诡作嘲讽，或悍然起去，止交不顾。逾顷复来，而复坐如故，复置诸件于案如故，不遂则嘲讽仍如故，悍然起去更如故。若是者每至十馀合，售而不成则出恶言，如其值则作谄色，变易捷于转瞬。见熟人，必媚声相唤，谈时序冷暖，天时晴雨，更及饔飧餐未，身体健否，套辞既罄，而正文斯呈，请多少交易些一言，又在唾沫霏微之中，夺口而出。偶或经络空施，虚无寸获，则案头之烟卷，亦可信手取来，爇火徐吸，夷然若不经意者。以故吴苑之客，人人望之生厌，见而疾首，闻其语而掉头不顾也。彼业铜器于吴苑亦二十年，初随其父，为负挟货件，今其父已死，而彼仍专走吴苑茶座，恃三数老主顾以维衣食焉。

（《金刚钻》1934年12月19日，署名锦浪）

古董荣生

吴苑贩人之中，有善辞令者曰古董荣生，盖掮古董者也。幼而知书，能读《三国》、《水浒》、《红楼梦》诸稗官家言，长困于生计，乃集赀购小说数十种，捆载成巨帙，负于肩，走茶肆求售，而小说大率仅值一观，不奈屡屡读，亦无取于藏度，生涯故奇恶。荣生亦知症结所在，始独创租阅之法，取书价十之一为租费，期以三日、五日、七日不等，视书之长短为定，而另取押书费一元，聊为保障也。于是趋租者甚众，书亦递加扩充，不便负载，则列书名于折，定而后取，时犹在蓬瀛茶肆，未入吴苑也。经数载，荣生渐有居积，而出租小说者亦渐众，规模更渐完美，多设肆于玄妙观中，插架俱千百卷，能遍搜不遗，熟人相介，押费亦蠲，便与利，人遂舍荣生而趋玄妙观矣。荣生审时度势，知故步不足自封，欲图发展，当别辟途径。时荣生已兼业旧书画，乃进而营骨董，惟营骨董者赀必充，纵非上乘物，而一瓶一盎，动值千百金，不售则束诸高阁，荣生无斯财力与魄力也。然荣生平日善伺色笑，更娴辞令，能获顾客欢，遂乞得某富翁力，向诸骨董肆任一言，更出所居积若干金作保证，始得任所取携，掮贩以博利，瓷铜也，玉石也，版籍也，书画也，真者赝者，新者旧者，良者窳者，自是日日走吴苑，以其巧言令色，作风雅之贩人。彼虽非三折肱于斯道，而不数月间，居然能洞达其奥窔，手法术语，熟谙如内行，凡柴窑哥窑，宋版明版，谁之画，孰之书，向座间恭奉赏览，而铜者叩之，玉者摩之，书画者张之，啧啧指点，笑容可掬，必尽表其货之美善，澜翻如数家珍。会有故家而中落者，岁晚不能度，所藏佳物已罄，无已则索于破书斋中，于壁隅得楠木书箱八幢，深锁不能启，抉以刀，始辟其一，则败纸充盈，尽蚀于蠹鱼，势不能值一钱，亦不复辟他箱。唤荣生至，但求得箱价，荣生赀短，怯不敢遽诺，出商于某骨董肆，肆主固老斫轮，知某家多旧籍，因偕荣生往，以八十金成交。归而尽辟诸箱，费十日力细检之，而肆主喜欲狂笑，盖赫然于蠹鱼堆中者，宋版之欧阳文忠公、苏文忠公文集各一部也，馀若佳版善本，不止一二数，售于海客，获数千金，然荣生之所得，实不逮什一也。自是而荣生对骨董之兴味，益深厚矣。

（《金刚钻》1935年1月9日，署名锦浪）

盒子酥

综吴苑之贩人，异味轩以伶俐胜，卖糖阿三以诚悫胜，卖报春生以恭慎胜，粽子斜眼以谨饬胜，古董荣生以巧慧胜，惟铜器老枪则俗秽可憎，不足为训。而复有一人焉，其人忠厚木讷，期期不善言语，望之终年笑容可掬，体魁梧，年逾耳顺，颜色红润若少年，发尽秃，濯濯如明镜，并须眉亦不着一茎，语声沉雄作宫音，业负贩于吴苑，亦将二十年，人尽识其为卖盒子酥者，即呼之为盒子酥。盒子酥制法，以油酥为表，先摊成大如碗者两片，实以馅，捏其边缘，胶合若绞丝，加油炙于釜，状如盒，故名。其馅，甜者有百果，有豆沙，有枣泥，有玫瑰薄荷；咸者有肉，有火腿，有椒盐。各饶至味，而美在乎新鲜，逾宿即大逊。并连售鸡蛋糕、胡桃酥，颇宜于茗畔，可充薄饥也。盒子酥籍会稽，孑然鷀寄，惟一子，尚未及冠，故彼聊据以自慰者，儿子外仅麴蘖耳，有所获，温饱其子外，亦悉耗于酒炉之畔。昧旦而兴，料理竟，即携盘就酒肆，沽高粱百文，倚柜低酌，佐大肉面一碗，批其浇头之半为下酒。既醉且饱，即举盘戴诸顶，欣然入市，遍及诸茶坊。晌午，囊已有资，复就酒肆沽洋河二百文，资稍丰，则向饭店唤咸肉豆腐汤一篮，及两饭两添头以果腹。始走于吴苑，徘徊于琉璃厅、话雨楼、爱竹居，而放其黄钟之音，高唤曰盒子酥，复倒唤曰酥盒子，遇人温恭有礼，货无二价，购之则笑容以进，不则亦笑容以退。傍晚必计其所售资，有敷则融融而返，未足则再历诸酒肆，计其获可矣，始言归乎家中，倾囊而计，检其本，留其利，挟其所盈馀，又迈步往近市而沽饮焉。是饮为渠一日至乐之时，锵然于囊中者，洋河之量必倍，饭店之肴必双，花生细剥，腠以腐干，南面王不啻也。以忠厚故，不善交友，故对饮者惟影与月耳，而彼翘足独坐，听酒徒辈狂谈畅论，至可意处，辄颔首作微笑，亦深为快意者，酒肠既盈，醺然归去。若是者无寒暑以为常，作者常见于酒边，每问以酒未？曰未也；问以我飨尔一饮如何？则簸首逊谢；复问以一日不饮将若何？则曰酒瘾发，闻酒香直不好过也；更问以不闻酒香可不饮矣？则曰不肯不闻，更不肯不饮也。其风趣有如此者。

（《金刚钻》1935 年 1 月 19 日、29 日，署名锦浪）

状元糕

不佞传吴苑贩人，随兴浪涂，出诸游戏，而能不为诡谲，不事矫饰，不以一人之爱憎而定其褒贬。然而惟其为游戏也，是能不绊于势，不淫于情，不囿不拘，上不奉人意旨，下不纳人包苴，中不盲求妄采，以耳食为根据，是数端者，反可傲于历来之执史笔者矣。今可传者已尽于斯，将从此止，而朋辈佥相责难曰："子传吴苑之贩人，而独舍夫最可传之状元糕何欤？其亦心有冀希，欲假借以求膏泽乎。"余笑曰："秉笔而传贩人，膏泽之所及，与诸君佐茶下酒之物，不愁淡出鸟来矣，其奈若曹之犹不买账乎。余之为传也，岂独遗状元糕者，状元糕之化异物也久矣，余传生不传死，传今不传昔，是以舍之。"友曰："如子言，则异味轩主为今乎？卖糖长子为生乎？而传之者何欤？"余无辞以对。惟状元糕之死已十载，其人信可传，其声望尤大可传，其历史更不得不传，且先我而传之者亦已夥颐，则余既作《吴苑贩人传》，诚不应因其已死已传而弃置之，遂为之传焉。状元糕不详其姓氏，虞山产，自幼貌清秀，生长于膏粱豢养之中，席丰履厚，懵于世故，徒学得公子哥儿气概，沐浴于金玉玩好而不知自振。中年染烟霞癖，日夕浸淫于其间。彼时鸦片盛行，家家备置，以为消闲纳福之事，而苏广两帮，竞为营业，辟广厦，置雅座，铺陈华赡，供应周贴，更有胜今日之茶楼者。苏之大成坊，亦有一家，虽短户败榻，规模远逊，宜为窭人之薮，而乃裙屐纷臻，冠盖毕集，吸者卧于榻，伫而侍者充于室，前者起，后者叠踵而至，跻跄沓遝，户限为穿。是诚何术以致此哉？盖彼其有女，小字金凤，美而艳，人争誉为烟馆西施。曾有某公开藩来吴下，闻金凤名，思一睹为快，然以大宪之尊，讵能临及烟馆，以商于贴身随从，得善策焉。凡新任至，例拜谒当地缙绅，一日，某乘舆出拜客，迳过大成坊，及金凤之门，轿役忽失足而仆，舆遂堕地，势过骤，轿心子几倾覆而出，堕履遗冠，状绝狼狈，轿役更踞地呻吟不绝，地临阛市，见者皆哗然，金凤方周旋诸豪客间，闻声亟出视，随从即轻叩轿侧琉璃为号，某急探首轿外，始获一面。盖轿役受随从之嘱，故演此剧，而几乎弄假成真，不跌成狗吃尿者几希。金凤艳誉所布，及于常熟，状元糕闻而起曰："何物小娘，是可取而有也。"因摒挡来苏，日临存金凤烟馆，挥金无算，恣作豪奢，曾几何时，愿虽偿而家亦罄矣。自是流寓于吴下，仍日处芙蓉城中，低首下心，伺美人之色笑，作奴隶于妆台，犹自喜以为艳福。未几而清社屋，烟禁大严，金凤势不能营其故业，而状元糕则金尽裘敝，更不能维其饱暖，则日走金凤处，既事定省，复索微资以度日。既而金凤亦以生计所驱，下嫔某太史之公子，量珠十斛，营金屋于桃花坞畔，从此朱门深锁，永隔红尘，状元糕益心伤意懒，遂沦为窭人子矣。厥后金凤偶托故归宁，颇置念状元糕，且出金付家人，令为转馈，并许月致若干金，嘱善自为计。状元糕感沦骨髓，随资其金贩状元糕为业，始得免于冻馁。逮李厚基督闽，公子以素识，挈金凤往投。金凤初善交，艳色所照，公子卒以李之保荐，简闽财厅长。金凤俨然作命妇矣，然仍不忘状元糕，时有津贴相远寄，历久不衰，而状元糕亦每以是相夸耀曰："害我一生是她，而慰我一生亦是她，我穷而死，亦交代得过矣。"已而果然。

（《金刚钻》1935 年 3 月 10 日，署名锦浪）

苏州居住谈

郑逸梅

谁都承认苏州是个水土清嘉的住宅区。因为地多港汊，有鱼虾螃蟹、菱芡荷藕之利，时鲜食品，大快朵颐，并且生活程度较低，一切容易应付。住的屋子，大都是祖传的，动辄五六进，有轿厅、大厅、女厅、花厅，种种的排场，后面往往还有个园圃，栽蔬种竹，植木养鸡，异常舒展。

主人什九有田，多的二三千亩，少的也有几百亩，一到初冬十月，设栈收租，往时每亩除去粮税，可净收八九元，那么有二三千亩的，便有万元以上的进款，就是几百亩的，也有数千元可得。一年开销，哪里用得完。有馀的款，还可以存到庄上去放拆息。优游岁月，谈不到生计，虑不到衣食，这种快活神仙，真不知几生修到呢。

可是近来情形大变，无论是荒年熟年，收入要大大地打个折扣，那些田主人家，便感受到影响，渐有入不敷出的恐慌。但是苏州人虚荣心很重，排场如此，又不能骤然紧缩，给人家笑话。那么既不能节流，只得从开源方面着手，不得已到上海来谋得一事半职，索性携了家眷，放弃了水土清嘉的故乡，到尘嚣甚上的上海来做个寓公。同时，别地方的一般政客武人、名流学士，都纷纷地在苏购地筑屋，以为菟裘之计。这种趋势，恐怕隔不到几年，苏州成为一个四方人士公共享福的所在，真正的苏州人，倒在淘汰之列哩。

（《逸梅丛谈》，郑逸梅著，上海校经山房书局 1935 年 7 月初版）

居家最相宜的苏州

郑逸梅

若然披览过西洋舆地等书的，都知道西方的威尼斯是一个绝妙的所在，临水人家，亭台倒影，乘着康杜拉的小船，容与其中，仿佛身入画里。我们的苏州，便是东方的威尼斯，往往前门是一条街，后门是一条河，小船往来，很是便利，颇有威尼斯的景象。

苏地既少工厂，路上又没有摩托卡，所以空气异常清洁，和上海的尘烟匝地、煤雾漫天，绝不相类，这是在卫生上很有关系的。加诸绿杨城郭，有山有水，极绮丽清幽之致，无怪张丹翁有“安得蜀地鉼，裹此苏州城”的咏叹。

苏州人家，大都是有田有地有屋庐，居家往往六七进，有厅堂，有书斋，有内室，屋后尚有隙地，栽花种竹，牵葛蔓瓜。即使赁屋居住，租值也很便宜，所以尽可宽畅舒适。那些亭子间嫂嫂、阁楼上先生，苏州人不但没有尝试过，简直没有闻见过。

苏州生活程度，要比上海低得多，那些菜蔬鱼虾，都是新鲜隽美，价钱又很便宜。夏秋之间，荷花荡的藕，南塘的鲜芡实；秋冬之间，阳澄湖的金爪螃蟹，都足以快苏州人的朵颐。

苏州人士，什九有田产的，所以不致为生计恐慌而奔竞忙乱，因此就养成优游的习惯、从容的态状来。观前的吴苑，公园的东斋，便是他们的俱乐部，吃过饭没有事，到那儿去泡一壶茶，憩坐憩坐，和几个熟朋友谈天说地，品月评花，卖熟食的又很多，随意买些吃吃，别饶风味。傍晚的时候，跑到酒家去喝一回酒，助兴有馀，所费无几。苏州人是多么地会享福啊。

举凡礼尚往来，馈遗较俭；雇用佣仆，工值较廉。一切的消耗又较少，那么负担自然轻松得多。并且因有固定的屋庐故，难得迁移，东邻西舍，都是很有情感，颇合着守望相助、出入相扶持的古制。

苏州为居家最相宜的地点，所以那些大人先生们，一个个的卜宅于兹。如前国务总理李印泉咧，文学巨子章太炎、金鹤望、费树蔚咧，国画名家赵子云、吴待秋、陈迦庵、樊少云咧，都相率来为吴下寓公，沐着水土清嘉的福泽。就是我们几个卖文为活的同志，程小青的茧庐在葑溪寿星桥头，周瘦鹃的紫兰小筑便在相近的西街上，听说周剑云近来也移居吴门。前几天在孙玉声前辈寿筵上，遇王均卿先生，他说在最近的将来，要到苏州去住了，到那时，托在下介绍几位吴中的星社朋友叙叙。苏州真是个人文渊薮啊。

苏州是福地，为福人所居住。在下薄福，饥走海上，充当一名文丐，然乞食之馀，兀是思念着苏州不置呢。

（《小品大观》，郑逸梅著，上海校经山房书局1935年8月初版）

紫兰小筑九日记

周瘦鹃

清夜无尘。月色如银。酒斟时须满十分。浮名浮利，虚苦劳神。叹隙中驹，石中火，梦中身。　虽抱文章，开口谁亲。且陶陶乐尽天真。几时归去，作个闲人。对一张琴，一壶酒，一溪云。

——苏轼《行香子·述怀》

五月十三日　晴

晨九时，偕凤君发北火车站，附十时半沪苏区间车行。车中挤甚，不得座，值吴中莳花同志徐觉伯丈，畅话甚欢。丈年甫五十有七，而长髯如雪，面目绝肖当年清代名宦孙宝琦也。抵南翔站，有下车者，始得一座，与凤君共之。抵苏已午后一时半，就餐市楼讫，诣荣芳园，见盆树固多，而鲜有当意者。出，略购饼饵，步行返故居紫兰小筑，旧宇已毁，兴建无力，堂构重新，不知何日？曩之紫罗兰龛故址，今已夷为种菜种豆之地，言念昔尘，只益今怅！园中浓荫罨画，蔚为一片绿天，人行其间，衣袂为之俱绿。野草经久不芟，长可没膝；野树亦怒生，与人争道；藤萝缘树缘墙而登，柔条袅风中，若欲撩人小住者。鱼乐国前所陈盆梅，因今春厄于气候之寒燠不时，而人力亦复未至，致有逢春不发，或发而复萎者，第见二十馀枯干，一一作骨立，如履古战场，触目惊心！温室前盆树百馀本，则多欣欣向荣，差堪自慰。惟用以纪念亡儿榕之悬崖形石附老榕一本，亦竟蕉萃以死，徘徊凭吊，不期为之陨泪。天竹古木四本俱花，各二三枝三四枝不等；乌不宿二本均结实累累，入冬殷红若珊瑚珠，大可一餍馋眼也。杜鹃花时已过，而琉球红一本，含苞初坼，红如火齐，致可爱玩。紫兰台上本遍植紫罗兰，因去夏旱魃为患，花根多为烈日所杀，兹仅存十之一二，他日容再补种，俾复旧观。梅丘上梅、竹、松、柏及凌霄、紫藤之属均怒发，绿阴四幂，石态几不可见，仅主峰仍岸然向人，作傲兀态而已。丘下荷池中，新荷出水，有亭亭玉立之致；游鱼出没其间，时闻唼喋声，此盖“八·一三”事变中历劫馀生之金鱼也。百花坡上之“亭亭”已圮，仅馀残骸，白香水作花其上，亦柔弱可怜；百花多已凋谢，惟绣球尚馀残朵，犹恋枝不去。坡畔锦带花一树，则著花特盛，红白烂然，不愧锦带之称。白梅十馀株结实甚繁，悬想梅子黄时，当有可观也。园丁张锦豢老母豕一，胡羊绵羊五，犬一，鹅一，鸡鸭十馀，宛然一雏型动物院。是日母豕适产子，得十有九头，讵此畜冥顽不灵，竟压毙其九，殊可惋惜！夜宿梅屋中，星月甚明。

十四日　晴

园中多大树，乌春、白头翁等巢其间，昧爽即弄吭作歌，予为所醒。六时即起，盥洗已，巡行园中。向例予每归必于梅屋中供瓶花盆树，藉资观赏，兹与凤君偕来，尤非此不可。因撷月月红、白十姊妹、红十姊妹、白香水花等，分插陶罇及瓷瓶中，供诸床次小几；别以六月雪及榆树二盆分陈镜台之上；又金银藤一本方发花，清芬四溢，则位以圆凳，置之座右。虽屋小如舟，仅堪容膝，亦弥觉其楚楚有致矣。十时许，旧雨赵国桢兄之夫人偕郭女士来，女士家于东美巷，有园林之胜，谓其家明日有大集会，欲借盆树以资点缀，情不可却，爰以榆、枫、雀梅等六盆与之，中以榆为最，老干作悬崖形，叶小而密，垂垂凡六七叠，吾家盆树中俊物之一也。午餐肴核绝美，悉出凤君手，一为腊肉炖鲜肉，一为竹笋片炒鸡蛋，一为肉馅鲫鱼，一为竹笋丁炒蚕豆，一为酱麻油拌竹笋。蚕豆为张锦所种，而笋则劚之竹圃中者，厥味鲜美，非沪壖可得。此行与凤君偕，则食事济矣。午后入梅屋，倚床作小休，床次瓶花姹娅，花气袭人，不觉沉沉入睡，越一小时始醒，作书寄铮儿，问老母安否？兼及家事花事。凤君出箱箧中衣被、窗帘、地毯等曝之日中，因扃闭经年，间有发霉者。傍晚天色骤变，亟助以收拾。未几，大风挟雷雨俱至，竹梢萧萧作响，如怒涛然，昔人听松涛，而予则恣听竹涛矣。八时晚餐，与张锦夫妇小谈。九时即就寝，雨脚犹彭彭未已也。

十五日　阴晴不定

昨夜夜半雨甚，为雨声所醒，遂不复成眠，转侧达旦。黎明即起床，漫步百花坡畔，观盆树，而天仍阴霾，鸠呼不已。晨餐后，令张锦将红绿老梅各一本，自盆中移植于此，二梅新芽已抽，而荏弱逾恒，此后稍得地气，窃冀其能转弱为强也。十时许，老画师邹荆盦丈来访，初讶其何由知予返苏，旋乃恍然，盖闻之荣芳园主人者。丈所居在马医科，距吾居匪迩，兹乃劳其远道过我，可感也！丈高年七十有一，腰脚绝健，日常除作画外，兼好莳花，月季、杜鹃及山茶，均所笃爱，年来在苏在沪，时相过从，遂成忘年交。寒暄已，亟延之入梅屋，相与谈人事，谈花事，历二小时，始兴辞去，临行坚约愚夫妇明午餐叙于沙利文，固辞不获，因承诺焉。午后本拟出游，而恋恋园中盆树，遂杜门不出，持利剪，分别删其徒枝，整其姿致，盆面多野草，则一一抉而去之。栗六可一小时许，我倦欲眠，因入梅屋假寐，不知历几许时而醒。独坐无所事，则就故纸堆中检旧书读之，得民二十四年一月份之《东方杂志》第三十一卷第一号一巨帙，此为创刊三十年纪念号，图文都百馀种，蔚为大观，中有特辑“个人计画”，作者计七十二人，马寅初、顾颉刚、吴经熊、茅盾、老舍、丰子恺诸先生咸与焉。先期亦尝征文于予，予以百馀字应之，兹列为第二十九篇，其文云：“不幸而生于这率兽食人的时代，更不幸而生于这万方多难的中国。社会上狗苟蝇营，视为常事；巧取豪夺，相习成风。像我这样的好好先生，早就没有了立足之地，任你有多好多大的计画，也到处碰壁，终于不能实行。所以我对于今年并没有甚么计画，差可称为计画者，则计画如何可以解决最低限度的生活问题，以便终老于岩壑之间，种种树，读读书，不与一般虚伪势利为鬼为蜮的人群相接触，相周旋，草草地结束了这没意味的人生，也就完了。”予平昔不谂何故，易发牢骚，而以此文为尤甚，良非所宜。

至种树读书，终老岩壑，则为吾生平惟一宏愿，始终不变，但愿其终有实现之一日耳。继读其他文字三数篇，渐觉腹馁，出稻香村之玫瑰枣泥饼及杏仁酥、蛋饼啖之，佐以所携三星厂之鹅牌咖啡，冲饮良便，味亦不恶。夜复雨，听丛竹中雨声淅沥，心腑为清。读英译法兰西大文豪都德氏（A. Daudet）《巴黎三十年》（*Thirty Years of Paris*）一章，此书述其三十年间之文学生活，滋有意味。氏著作等身，为当年法国文坛祭酒，予尤爱其短篇小说《最后一课》及《柏林之围》。吾人年来所遭，正复类此，可慨也！十时就寝。

十六日　阴

晨风甚劲，气候突转寒，予御夹衣两重，并羊毛半臂及哔叽单长衫，犹凛然无温意，夏行冬令，实为异数。是日因须赴邹荆丈沙利文午餐之约，九时许与凤君枵腹出，同莅观前观振兴进点，豚蹄面一，十景面一，又烧卖十枚，直十五羊，可抵五六年前之鱼翅盛宴一席，凤君向日持躬甚俭，为之舌挢不下。果腹后，入元妙观，诣苏州花圃观花，市花荻一、枸杞一、红石榴一，荻根粗如小儿臂，殊不多觏，圃主惠林，亦旧识也。《紫罗兰》第二期已见于市上，书店、书摊中在在皆是，封面画之碧桃、紫兰，灿然动目，予于此际，色然而喜，雅有他乡遇故知之感。已而赴护龙街吉由巷口赵国桢兄家，作长谈，君向业文玩，予旧藏多经其手，年来专营红木家具，获利綦丰，非复吴下阿蒙矣。亭午，遂至马医科邹荆丈家，庭园中月季方娟娟作花，盆树数本均精妙，盖能以少许胜者。凤君晋谒邹老夫人，互话家常，意至惬洽。旋随荆丈同诣观前沙利文进西餐，肴核丰美，为之大快朵颐。餐罢，凤君先归，予则与荆丈同往神仙庙观花市。盖明日为农历四月十四日，俗传为吕纯阳诞辰，邑人纷往随喜，前后历三日，俗谓之轧神仙，而业花树者亦纷纷设摊待沽，鳞次栉比，宛然一非正式之花树展览会也。予等巡视一过，苦无佳品可得，思昔抚今，为之慨然！值老画师陈迦盦丈，相将入春和楼啜茗，把盏共话。晤荣芳园主人朱寿，聆其谈种花经验，颇多可取。时女弹词家范雪君方在内厅说书，御火黄色薄呢颀衫，顾盼生姿，抱琵琶唱开篇，如黄莺儿啭花外，绵蛮可听。俄而画师范子明兄来，邀赴其家，荆丈亦偕往，安步当车，迳至祥符寺巷。屋宇颇宏敞，惜无园囿，所培盆树均列前庭，有真柏二本，苍翠可喜，而以玛瑙石榴一本为甲观，干身奇古，花犹含苞未放也。茗谈移时，始别去，归家已近八时矣。晚餐毕，检得旧刊林译《茶花女遗事》及《迦茵小传》合订本，读茶花女致亚猛一书及迦茵致亨利一书，悱恻缠绵，情深一往，予本工愁，不期为唤奈何，如桓子野听歌时矣。作日记二页，以十时就寝。是日奔波竟日，初不觉惫，颇以贱躯顽健为慰。就枕后，雨声又作，殊恼人也。

十七日　初阴沉有雨意后忽放晴

晨餐后，督张锦掘园中野树，用以代薪。后趋东隅榕圃中一视，见斑竹多枝，杂生红白二石榴树间，亟令锄而去之。此间本一深池，水深丈许，自吾榕儿堕水死后，即担土填塞，改为浅池，种睡莲其中，著花绝美；一仙童抱鹅喷水之像，植立池心；四周有高柳，缭以矮篱，名之曰榕圃，用以纪念此刻骨伤心之地。池背所植斑竹，阑以湖石，初仅五六枝，盖移自虞山者，今已蔚然林立矣。嗟夫榕儿！月白风清之夜，魂兮归来，睹兹竹上斑斑者，不将疑为而父而母之血泪痕邪？亭午得铮儿书，絮絮述三日来家事园事，并以多购小型花木为请，俾作香雪园中盆景资料。午后走访徐觉伯丈，丈居西百花巷，而其家亦有百花，且多精品，所蓄古梅，均矫健如故，可羡也。其客室中骨董两橱，分陈四格，一陈纯白瓷皿，一陈青花瓷皿，一陈陶制茗壶，一陈小灵壁、小英石等，每类各十馀事，井然有序；四壁间张倪墨耕、张大千等所作仕女立幅，亦精妙。丈与予有同好，凡所陈设，各有系统，殊以杂然并陈、纷乱无次为病焉。茗谈有间，即同赴神仙庙花市。是日邑中士女空巷来游，履舄交错，尤较昨日为盛，可知轧神仙之旧俗，不易破也。予以觉丈之助，购得柽柳、石榴、紫薇、野梅等若干本，令张锦担以归去。游兴既阑，同访邹荆盦丈于马医科，荆丈出一便面见示，书画悉出其手，精湛绝伦，所绘“天中五瑞”，笔触颇肖王忘庵，谛视上款，则赫然贻吾铮儿者，老人情重，泽及孺子，因再拜受之。小憩移时，始兴辞而归。夜读英国名作家琼士冬女士（M. Johnston）所作《邬德兰》（*Audrey*）说部，词旨华赡，不啻一长篇散文诗也。毕二章，渐有倦意，遂就寝，而竹圃中淅沥有声，则天又雨矣。此两夜均有雨，似较日雨为韵，惜末由倩吴娘为我一唱“暮雨潇潇”之曲耳。

十八日　晴

晨起观一昨所市花木，夜来沐雨露，咸奕奕有神，其他盆树，亦浓翠欲滴，因顾而乐之。张锦八岁子志高，探白头翁巢于十姊妹花丛中，得二小卵，白地紫点，玲珑可爱，令仍返之巢中，谓毋贻母鸟忧也。是日因赵国桢兄馈母油鸭及冷十景，张锦亦欲杀鸡为黍以饷予，自觉享受过当，爰邀荆、觉二丈共之。匆遽间命张锦洒扫荷池畔一弓地，设席于冬青树下，红杜鹃方怒放，因移置座右石桌上，而伴以花荻、菖蒲两小盆，复撷锦带花数枝作瓶供，藉供二丈欣赏，以博一粲。部署甫毕，二丈先后至，倾谈甚欢。凤君入厨下，为具食事，并鸡鸭等得七八器，过午始就食，佐以家酿木樨之酒。予尽酒一杯，饭二器，因二丈健谈，逸情云上，故予之饮啖亦健。餐已，进荆丈所贻明前，甘芳沁脾，昔人谓佳茗如佳人，信哉！寻导观温室前所陈盆树百馀本，二丈倍加激赏，谓为此中甲观，外间不易得。惟见鱼乐国前盆梅凋零，则相与扼腕叹惜，幸尚存三十馀本，窃冀其终得无恙耳。四时许，偕二丈走访旧雨朱犀园兄于苏公弄袖园。兄工丹青，复工盆栽，所蓄十馀本，虽已不如当年之夥颐，而抉择绝精，中以枯干石榴及悬崖小冬青为最。画室中陈设古雅，壁间有伊秉绶行书及郑板桥画兰，题跋累累，并为精品。茗谈有顷，始兴辞出。觉丈导往干将坊故艺梅专家胡焕章氏旧宅，观其所遗白果眼大石笋，矮而特粗，惜偃卧于地，无足观赏，因废然出。觉丈以事引去，予则随荆丈重诣荣芳园，选购黄杨、冬青等十馀本，中有作悬崖形者各一本，姿致绝胜。问有白香水花否？日本有三五株，去冬已为风雪所杀矣。会虞山园艺家张启贤先生至，语我以前此事变中所蓄花木遭劫状，为呼负负不置。盘桓花间可一时许，而日之夕矣，因与荆丈分道归。又得铮儿书，告予以《紫罗兰》第三期发稿及排印等事，兼道别来相念之殷，孺子能念其亲，可嘉也。是夕为月圆三五之夕，独立梅丘上，看月久之，迟迟不即眠，盖不欲孤负好月色耳。

十九日　晴

昨夜有佳月，梅屋踞梅丘高处，受月最多，一窗一闼，悉沉浸银海中，不灯而明，爱月眠迟，堪为我咏。比夜半梦回，见四壁澄澈，疑已破晓，顾万籁寂然，宿鸟无声，始知明明者月。于是纳头复眠，而眠乃弗熟，斯须即起，起则立趋园中漫步。会有浓雾，濛濛四合，花木都隐雾中，阅炊时许始收，而红日杲杲，已揭云幕而出。盥洗既，见送春老梅为小红虫所困，黏枝条俱满，即一一捉之，双手为赤，历两小时始已。旋作书覆铮儿，告以离苏之期，躬往观前邮局以快邮寄沪。一昨荆丈预约愚夫妇午餐于其家，却之不得，遂往，惟凤君则以疲困辞，盖连日整理衣物，甚矣其惫也。是日佳肴纷陈，咸出邹老夫人手，一豚蹄入口而化，腴美不可方物，他如莼羹鲈脍，昔张季鹰尝食之而思乡，予于饱啖之馀，亦油然动归思矣。长谈亘三小时，始称谢而出。赴瑶林园物色盆树，苦无所获，仅见小波罗一事，可作水盘清供，因市之以归。归途折往护龙街兴古斋，晤主人华仲琪君，得六角形小瓷盆二，海棠形小瓷盆一，均同治年间物，无足奇，而彩绘松菊，尚遒逸可喜；又豆青瓷五福杯一，以五蝙蝠凑合而成；黑白瓷双欢图一，作双獾交欢状，均乾嘉年间物，足供爱玩。以相知有素，索值殊廉，即怀之归。归后腹微馁，进乐口福麦乳精一杯，佐以叶受和之葱酥饼及枣泥芝麻饼，食之而甘。巡行园中半小时，暮色已苍然四合，恨不能以长绳系白日，弥觉光阴之易逝也。晚餐后，就烛下读旧藏扶桑《盆栽》月刊数册，予不解彼邦文字，但观盆栽摄影，用资借镜而已。草日记讫，复看月移时，始就寝，而月姊多情，犹窥我于梅花窗外也。

二十日　晴

晨兴，天甫破晓，鸟声如沸，复为悬崖古梅捉小红虫，历一小时，而十指已赤如染血矣。晨餐以油炸桧泡虾子酱油汤，并腊肉夹蟹壳黄食之，厥味绝隽，不数西土芦笋汤、三明治也。十时许，朱犀园兄来访，语及年来在沪不如意事常八九，间有与予类似者，惟吾二人天伦之乐及莳花之兴，亦正相同，因又引以互慰。旋观予所蓄盆树，意兴飚举，谓为大足过瘾。兄为此道圣手，平章花木，自多阅历有得之言。予因语兄，他日重返故乡，当招邀当年艺花同志，重结含英社也，兄称善。又纵谈久之，始别去。午后三时，与凤君偕出，诣元妙观大芳斋进锅贴，以笋末拌肉馅，风味不恶，殊不在聚兴斋下。过护龙街，历观米舫、集宝斋、修竹庐等骨董，予志在莳花之盆盎，苦无惬心贵当者。凤君迳往赵国桢兄处，予则折入吉由巷访陈迦盦丈，丈方染翰作便面，含英社旧同志丁慎旃丈亦在座，相与参观迦丈所蓄盆树，精品既夥，培养亦有方，成绩自多可观，一悬崖野茉莉，花叶繁茂，清芬袭人，其他黑松、五叶松等，亦葱翠可爱。丈复爱石如米颠，颜所居曰“石壑”，曰“松化石室”，所藏旧坑灵壁、英石、昆石、松化石等十馀事，均非凡品，中一石不能举其名，上有陈其年、朱竹垞题款，尤可宝。迦丈复出示陶制茗壶数事，其一较小而古朴，为名手杨彭年氏手捏而成，底刻“石梅”一章，丈疑为陈曼生别署，或可信也。倾谈一时许，始辞出，往逆凤君于巷口赵宅，由赵夫人为导，同赴东美巷郭女士晚宴。既至，女士欣然出迓，导观园囿。园广五亩，中多嘉树，而以白皮松一本为冠，苍鬣虬枝，殆百馀年外物矣。盆栽如紫藤、紫薇、罗汉松等，多巨型，率为亡友刘公鲁兄家故物；老干盆梅数本，则出故胡焕章氏手，已属硕果仅存，爰谆嘱园丁万祥善视之。后园青石为山，满绣苔藓，亦苍古入画，小队登临，胸襟为豁。八时入席，肴核出名庖手，水陆毕陈，朵颐之快，以此夕为最。同席有薛慧子、张指逵伉俪等，二君为予旧识，尊前话旧，不胜今昔之感；于花木事亦有同好，因纵谈种植，兼及盆盎，亹亹无倦意。及十时半，始谢主人郭女士，与张君同道踏月而归，凤君亦健步，谢车弗御，初不觉惫，盖月色佳也。草日记讫，就寝已近午夜矣。

二十一日　晴

昨夜有好梦,梦与伊人同饮于市楼,红灯绿酒,与人面相映有致。渠作盛妆，奉老母挈儿女俱来，盼睐有情，便娟犹昔。酒半酣，忽侃侃述吾二人三十年来相恋之史，有可歌可泣者，其儿女咸大感动，为之陨泪，老母亦凄然，不能置一辞。予方欲有言，讵已蘧然而觉。力图重寻此梦，竟不可得，悒悒弗能自已！忆往岁尝有《海棠春》词咏寻梦云："落花如梦和愁度。算只有、梦乡堪住。春梦不嫌多，况与伊同处。　谁知好梦无凭据。把梦境、从头温去。梦也忒难寻，迷了原来路。"今兹怅惘之情，正与此类。凤君见予有不豫色，问所苦，举实以告。凤君笑予痴，谓君连日卧起紫兰台畔，为紫罗兰所感应，故有此梦耳。予以为然，顾迢递万里，音问久疏，得此一梦，亦可少慰相思矣。是日风甚劲，掠群树萧骚有声。巡行园中一周，即为十馀盆梅除虫患，伫立亘四小时，腰痠欲折，头目为眩，而虫得肃清。予之所以如许孜孜不惮烦者，虽曰爱花心切，亦以梅为国花，为国魂所寄，自当悉力护兹国魂，毋为幺魔小丑所贼耳。爰又谆谆告张锦，务以全力善视此三十馀本劫馀之盆梅，以俟吾归。张锦唯唯，一若奉命惟谨者。此子秉性尚笃厚，惜溺于赌，室人交谪，充耳若罔闻，于是予所寄托身心之花木，亦因疏于顾复，每多损折，滋可恨也！予因明晨即须赴沪，午后遂趋邹荆丈处道别，会其令甥席女士等自洞庭东山来，共话山中事，力称其山水之胜，时果之美，满山皆枇杷，已垂垂黄矣。予曩尝至西山买老梅，顾未及东山，至今引为遗憾。他日举家归苏，首当蜡屐往游，更向消夏湾头，凭吊吴王西子遗迹也。邹老夫人手制虾仁拌面见饷，别饶风味。果腹后与荆丈偕出，诣百货公司预购明日车票，立谈有间，始互道珍重而别。旋赴景德路烟卷肆中购白金龙限价烟，不须排队，竟得八合之多，在沪不易得，而竟得之于此，亦异数也。维时为时尚早，不欲遽归，因又过兴古斋小坐，主人知予爱宜兴砂盆，因以旧藏松亭所制黑砂盆九事见让，虽非古物，而亦古雅可喜，又其他粗紫砂盆二事，钧釉方盆一对，亦尚可用，于是欣然呼车，满载而归。日长，天犹未暝，检理旧笥，偶见宝带桥摄影一帧，为之神往。予于儿时即尝过此，故印象至深，者番归来，恨未能买棹往游，一数五十三环洞为乐也。因戏作《宝带桥词》，得五绝句："鸳衾独拥春宵冷，昨夜郎归喜不禁。宝带桥边郎且住，欲求宝带束郎心。""春水葑门泊画桡，鸳衾春暖度春宵。郎情妾意谁堪比，不断连环宝带桥。""茜裙白袷双携好，促坐喁喁笑语温。宝带桥头春似海，闹红一舸过葑门。""宝带桥边柳似金，兰桡欸乃出桥阴。卧波五十三环洞，那及侬家宛转心。""卧波五十三环洞，烟雨迷离数不清。恰似郎心难捉摸，情深情浅未分明。"夜访对邻黄征夫先生，作小谈，壁间张岳武穆真迹拓本横幅，大书"还我河山"四字，有龙翔凤舞之致，睹之神王；又黄先生自书岳武穆《满江红》词及明代张苍水氏《绝命书》，亦遒逸不凡。九时许，始辞归，助凤君整理行装讫，旋即就寝，为时乃较前数日为早，盖予已决于明晨晓风残月中行矣。

［跋］返苏以还，忽忽已历九日，目不睹报章，耳不闻时事，足不涉名利之场，似与尘世相隔绝。所居在万绿中，看花笑，听鸟歌，日夕与自然界接；所过从者多雅人墨客，或园丁花奴；所语均关花木事，不及其他。此九日为时虽暂，固宛然一无怀氏、葛天氏之民也。嗟夫！吾安得抽身人海，物外逍遥，长为无怀氏、葛天氏之民耶？

（《紫罗兰》1943 年第 4 期）

三种船

叶圣陶

一连三年没有回苏州去上坟了。今年秋天有点儿空闲，就去上一趟坟。上坟的意思，无非是送一点钱给看坟的坟客，让他们知道某家的坟还没有到可以盗卖的地步罢了。上我家的坟得坐船去。苏州人上坟本来大都坐船，天气好，逃出城圈子，在清气充塞的河面上畅快地呼吸一天半天，确是非常舒服的事情。这一趟我去，雇的是一条熟识的船，涂着的漆差不多剥落光了，窗框歪斜，平板破裂，一副残废的样子。问起船家，果然，这条船几年没有上岸了。今年夏季大旱，船只好胶住在浅浅的河浜里，哪里还有甚么生意，更哪里来钱上岸修理。就是往年，除了春季上坟，船也只有停在码头上迎晓风送夕阳的份儿，要想上岸，就好比叫化子做寿一样困难。因为时世变了，近地往来，有黄包车可以代步，远一点到各乡各镇去，都有了小轮船，不然，可以坐绍兴人的“当当船”，也并不比小轮船慢，而且价钱都很便宜。如果没有上坟这一件事情，苏州城里的船只怕要劈做柴烧了吧。而上坟的事情大概是要衰落下去的，就像我，已经改变到三年上一趟坟了。

苏州城里的船叫做“快船”，同别地的船比较起来，实在是并不快的。因为不预备经过甚么长江大湖，所以吃水很浅，船底阔而平。除了船头是露天以外，分做头舱、中舱跟艄篷三部分。头舱可以搭高来，让人站直不至于碰头顶。两旁边各有两把或者三把小巧的靠背交椅，又有小巧的茶几。前檐挂着红绿的明角灯，明角灯又挂着红绿的流苏。踏脚的是广漆的平板，普通六块，由横的直的木条承着。揭开平板，下面是船家的储藏库。中舱也铺着若干块平板，可是差不多密贴船底，所以从头舱到中舱得跨下一尺多。中舱两旁边是两排小方的窗子，上面的一排可以吊起来，第二排可以卸去，以便靠着船舷眺望。以前窗子都用明瓦，或者在拼凑的明瓦中间镶这么一小方玻璃，后来玻璃来得多了，就完全用玻璃。中舱同头舱艄篷分界处都有六扇书画小屏门，上面下面装在不同的几条槽里，要开要关，只须左右推移。书画大多是金漆的，无非“寒雨连江夜入吴”、“月落乌啼霜满天”以及梅兰竹菊之类。中舱靠后靠右搁着长板，供客憩坐。如果过夜，只要靠后多拼一两条长板，就可以摊被褥。靠左当窗放一张小方桌子，桌子旁边四张小方凳。如果在小方桌子上放上圆桌面，十来个人就可以聚餐。靠后靠右的长板以及头舱的平板都是座头，小方凳摆在角落里凑数。末了说到艄篷，那是船家整个的天地。艄篷同头舱一样，平板以下还有地位，放着锅灶碗厨以及铺盖衣箱种种东西。揭开一块平板，船家就蹲在那里切肉煮菜。此外是摇橹人站立着摇橹的地方。橹左右各一把，每把由两个人服事，一个当橹柄，一个当橹绳。船家如果有小孩子,走不来的躺在睏桶里,放在翘起的后艄，能够走的就让他在那里爬，拦腰一条绳缚着，系在篷柱上，以防跌到河里去。后艄的一旁露出四条圆棍子，一顺地斜并着，原来大概是护船的武器，后来转变为装饰品了。全船除着水的部分以外，窗门板柱都用广漆，所以没有他种船上常有的那种难受的桐油气味。广漆的东西容易揩干净，船旁边有的是水，只要船家不懒惰，船就随时可以明亮爽目。

从前，姑奶奶回娘家哩，老太太望小姐哩，坐轿子嫌得吃力，就唤一条快船坐了去。在船里坐得舒服，躺躺也不妨，又可以吃茶，吸水烟，甚而至于抽大烟。只是城里的河道非常脏，有人家倾弃的垃圾，有染坊里放出来的颜色水，淘米、净菜、洗衣服、洗马桶又都在河旁边干，使河水的颜色跟气味变得没有适当的字眼可以形容。有时候还浮着肚皮胀得饱饱的死猫或者死狗的尸体。到了夏天，红里子、白里子、黄里子的西瓜皮更是洋洋大观。苏州城里河道多，有人就说是东方的威尼斯，威尼斯像这个样子，又何足羡慕呢？这些，在姑奶奶、老太太之类是不管的，只要小天地里舒服，以外尽不妨马虎，而且习惯成自然，那就连抬起手来按住鼻子的力气也不用化。城外的河道宽阔清爽得多，到附近的各乡各镇去，或逢春秋好日子游山玩景，以及干那宗法社会里的重要事项——上坟，唤一条快船去，当然最为开心。船家做的菜是菜馆里所比不上的，特称“船菜”。正式的船菜花样繁多，菜以外还有种种点心，一顿吃不完。非正式地烧几样也还是精，船家训练有素，出手总不脱船菜的风格。拆穿了说，船菜的所以好就在于只预备一席，小镬小锅，做一样是一样，汤水不混和，材料不马虎，自然每样有它的真味，教人吃完了还觉得馋馋地。倘若船家进了菜馆里的厨房，大镬炒虾，大锅煮鸡，那也一定会有坍台的时候的。话得说回头来，船菜既然好，坐在船里又安舒，可以看望，可以谈笑，也可以狎妓打牌，于是快船常有求过于供的情形。那时候，游手好闲的苏州人，还没有识得“不景气”的字眼，脑子里也没有类似“不景气”的想头，快船就充当了适应时地的幸运儿。

除了做船菜，船家还有一种了不得的本领，就是相骂。相骂如果只会防御，不会进攻，那不算希奇。三言两语就完，不会像藤蔓一样纠缠不休，也只能算次等角色。纯是常规的语法，不会应用修辞学上的种种变化，那就即使纠缠不休也没有甚么精彩。船家跟人家相骂起来，对于这三层都能毫无遗憾，当行出色。船在狭窄的河道里行驶，前面有一条乡下人的柴船或者甚么船，冒冒失失地摇过来，看去也许会碰撞一下，船家就用相骂的口吻进攻了：“你瞎了眼睛吗？这样横冲直撞是不是赶死？”诸如此类。对方如果有了反响，那就进展到纠缠不休的阶段，索性把摇橹拄篙的手停住了，反覆再四地大骂，总之错失全在对方，所以自己的愤怒是不可遏制的。然而很少弄到动武，他们认为男人盘辫子、女人扭胸脯并不属于相骂的范围。这当儿，你得欣赏他们的修辞的才能。要举例子，一时可记不起来，但是在听到他们那些话语的时候，你一定会想，从没有想到话语可以这么说的，然而惟有这么说，才可以包含怨恨、刻毒、傲慢、鄙薄种种的成分。编辑人生地理教科书的学者只怕没有想到吧，苏州城里的河道养成了船家相骂的本领。

他们的摇船技术，因为是在城里的河道训练成功的，所以长处在能小心谨慎，船跟船擦身而过，彼此绝不碰撞。到了城外去，遇到逆风固然也会拉纤，遇到顺风固然也会张一扇小巧的布篷，可是比起别种船上的驾驶人来，那就不成话了。他们敢于拉纤或者张篷的时候，风一定不很大，如果真个遇到大风，他们就小心谨慎地回覆你，今天去不成。譬如我去上坟必须经过的石湖，虽然吴瞿安先生曾经做诗说“天风浪浪”甚么甚么，以及“群山为我皆低昂”，实在是一个并不怎么阔大的湖面，旁边只有一座很小的上方山，每年阴历八月十八，许多女巫都要上山去烧香的。船家一听说要过石湖，就抬起头来看天，看有没有起风的意思。等到进了石湖，脸色不免紧张起来，说笑也都停止了。听得船头略微有汩汩的声音，就轻轻地互相警戒：“浪头！浪头！”有一年我家去上坟，风在十点过后大起来，船家不好说回转去，就坚持着不过石湖。这一回难为了我们的腿，来回跑了二十里光景才上成了坟。

现在来说绍兴人的“当当船”。那种船上备着一面小锣，开船的时候就当当当当敲起来，算是信号，中途经过市镇，又当当当当敲起来，招呼乘客，因此得了这奇怪的名称。我小时候，苏州地方并没有那种船。甚么时候开头有的，我也说不上来。直到我到甪直去当教师，才同那种船有了缘。船停泊在城外，据传闻，是同原有的航船有过一番斗争的。航船见它来抢生意，不免设法阻止。但是“当当船”的船夫只管硬干，你要阻止他们，他们就同你打。大概交过了几回手吧，航船夫知道自己不是那些绍兴人的敌手，也就只好用鄙夷的眼光看他们在水面上来去自由了。中间有没有立案呀登记呀这些手续，我可不清楚，总之那些绍兴人用腕力开辟了航路是事实。我们有句话，“麻雀豆腐绍兴人”，意思是说有麻雀豆腐的地方也就有绍兴人，绍兴人跟麻雀豆腐一样普遍于各地。试把“当当船”跟航船比较，就可以证明绍兴人是生存争斗里的好角色，他们跟麻雀豆腐一样普遍于各地，自有所以然的原因。这看了后文就知道，且让我先把“当当船”的体制叙述一番。

“当当船”属于“乌篷船”的系统，方头，翘尾巴，穹形篷，横里只够两个人并排坐，所以船身特别见得长。船旁涂着绿油，底部却涂红油，轻载的时候，一道红色露出水面，同绿色作强烈的对照。篷纯黑色，舵或者红或者绿，不用，就倒插在船艄，上面歪歪斜斜写着所经乡镇的名称，大多用白色。全船的材料很粗陋，制作也将就，只要河水不至于灌进船里就算数，横一条木条，竖一块木板，像破衣服上的补缀一样，那是不在乎的。我们上旁的船，总是从船头走进舱里去，上“当当船”可不然，我们常常踏着船边，从推开的两截穹形篷的中间，把身子挨到舱里去。这因为船头的舱门太小了，要进去必须弯曲了身子钻，不及从船边挨进舱去来得爽快。大家既然不欢喜钻舱门，船夫有人家托运的货品就堆在那里，索性把舱门堵塞了。可是踏上船边很要当心，西湖划子的活动不稳定，到过杭州的人一定有数，“当当船”比西湖划子大不了多少，它的活动不稳定也就跟西湖划子不相上下。你得迎着势，让重心落在踏着船边的那一只脚上，然后另一只脚轻轻伸下去，点着舱里铺着的平板，进了舱你就得坐下来。两旁靠船边搁着又狭又薄的长板就是坐位，这高出铺着的平板不过一尺光景，所以你坐下来就得耸起你的两个膝盖，如果对面也有人，那就实做“促膝”了。背心可以靠在船篷上，躯干最好不要挺直，挺直了头触着篷顶，你不免要起局促之感。先到的人大多坐在推开的两截穹形篷的空档里，这虽然是出入要道，时时有偏过身子让人家的麻烦，却是个优越的位置，透气，看得见沿途的景物，又可以轮流把两臂搁在船边，舒散舒散久坐的困倦。然而遇到风雨或者极冷的天气，船篷必得拉拢来，那地位也就无所谓优越，大家一律平等，埋没在含有恶浊气味的阴暗里。

“当当船”的船夫差不多没有四十以上的人，身体都强健，不懂得爱惜力气，一开船就拚命摇。五个人分两面站在高高翘起的船艄上，每人管一把橹，一手当橹柄，一手当橹绳。那橹很长，比较旁的船上的来得轻薄。当推出橹柄去的时候，他们的上身也冲了出去，似乎要跌到河里去的模样。接着把橹柄挽转来，他们的身子就往后顿，仿佛要坐下来一般。五把橹在水里这样强力地划动，船身就飞快地前进了。有时在船头加一把桨，一个人背心向前坐着，把它扳动，那自然又增加了速率，只听得河水活活地向后流去，奏着轻快的曲调。船夫一壁摇船，一壁随口唱绍兴戏，或者互相说笑，有猥亵的性谈，有绍兴风味的幽默谐语。因此，他们就忘记了疲劳，而旅客也得到了解闷的好资料。他们又欢喜同旁的船竞赛，看见前面有一条甚么船，船家摇船似乎很努力，他们中间一个人发出号令说“追过它”，其馀几个人立即同意，推呀挽呀分外用力，身子一会儿直冲出去，一会儿倒仰过来，好像忽然发了狂。

不多时果然把前面的船追过了，他们才哈哈大笑，庆贺自己的胜利，同时回复到原先的速率。因为他们摇得快，比较性急的人都欢喜坐他们的船，譬如从苏州到甪直是“四九路”，同样地摇，航船要六个钟头，“当当船”只要四个钟头，早两个钟头上岸，即使不做甚么事，身体究竟少受些拘束，何况船价同样是一百四十文，十四个铜板（这是十五年前的价钱，现在总得加多了）。

风顺，“当当船”当然也张风篷。风篷是破衣服、旧挽联、干面袋等等材料拼凑起来的，形式大多近乎正方。因为船身不大，就见得篷幅特别大，有点不相称。篷杆竖在船头舱门的地位，是一根并不怎么粗的竹头，风越大，篷杆越弯，把袋满了风的风篷挑出在船的一边。这当儿，船的前进自然更快，听着哗……的水声，仿佛坐了摩托船。但是胆子小点儿的人就不免惊慌，因为船的两边不平，低的一边几乎齐了水面，波浪大，时时有水花从舱篷的缝里泼进来。如果坐在低的一边，身体被动地向后靠着，谁也会想到船一翻自己就最先落水。坐在高的一边更得费力气，要把两条腿伸直，两只脚踏紧在平板上，才不至于脱离坐位，跌扑到对面的人的身上去。有时候风从横里来，他们也张风篷，一会儿篷在左边，一会儿调到右边，让船在河面上尽画着曲线。于是船的两边轮流地一高一低，旅客就好比在那里坐幼稚园里的跷跷板，“这生活可难受”，有些人这样暗自叫苦。然而“当当船”很少失事，风势真个不对，那些船夫还有硬干的办法。有一回我到甪直去，风很大，饱满的风篷几乎蘸着水面，虽然天气不好，因为船行非常快，旅客都觉得高兴，后来进了吴淞江，那里江面很阔，船沿着“上风头”的一边前进。忽然呼呼地吹来更猛烈的几阵风，风篷着了湿重又离开水面。旅客连“哎哟”都喊不出来，只把两只手紧紧地支撑着舱篷或者坐身的木板。扑通，扑通，三四个船夫跳到水里去了，他们一齐扳住船的高起的一边，待留在船上的船夫把风篷落了下来，他们才水淋淋地爬上船艄，湿了的衣服也不脱，拿起橹来就拚命地摇。

说到航船，凡是摇船的跟坐船的差不多都有一种哲学，就是“反正总是一个到”主义。反正总是一个到，要紧做甚么？到了也没有烧到眉毛上来的事，慢点也呒啥。所以，船夫大多衔着一根一尺多长的烟管，闭上眼睛，偶尔想到才吸一口，一管吸完了，慢吞吞捻了烟丝装上去，再吸第二管。正同“当当船”上相反，他们中间很少四十以下的人。烟吸畅了，才起来理一理篷索，泡一壶公众的茶。可不要当做就会开船了，他们还得坐下来谈闲天。直到专门给人家送信带东西的“担子”回了船，那才有点儿希望。好在坐船的客人也不要不紧，隔十多分钟二三十分钟来一个两个，下了船重又上岸，买点心哩，吃一开茶哩，又是十分一刻。有些人买了烧酒、豆腐干、花生米来，预备一路独酌。有些人并没有买甚么，可是带了一张源源不断的嘴，还没有坐定就乱攀谈，挑选相当的对手。在他们，迟一点到实在不算一回事，就是不到又何妨。坐惯了轮船火车的人去坐航船，先得做一番养性的功夫，不然，这种阴阳怪气的旅行，至少会有三天的闷闷不乐。

航船比“当当船”大得多，船身开阔，舱篷作方形，木制，不像“当当船”那样只用芦席。艄篷也宽大，雨落太阳晒，船夫都得到遮掩。头舱中舱是旅客的区域。头舱要盘膝而坐。中舱横搁着一条条长板，坐在板上，小腿可以垂直。但是中舱有的时候要装货，豆饼菜油之类装满在长板下面，旅客也只得搁起了腿坐了。窗是一块块的板，要开就得卸去，不卸就得关上。通常两旁各开一扇，所以坐在舱里那种气味未免有点难受。坐得无聊，如果回转头去看艄篷里那几个老头子摇船，就会觉得自己的无聊才真是无聊。他们的一推一挽距离很小，仿佛全然不用力气，两只眼睛茫然望着岸边，这样地过了不知多少年月，把踏脚的板都踏出脚印来了，可是他们似乎没有甚么无聊，每天还是走那老路，连一棵草一块石头都熟识了的路。两相比较，坐一趟船慢一点闷一点又算得甚么。坐航船要快，只有巴望顺风。篷杆竖在头舱跟中舱之间，一根又粗又长的木头。风篷极大，直拉到杆顶，有许多细竹头横张着，吃了风，巍然地推进，很有点儿气派。风最大的日子，苏州到甪直三点半钟就吹到了。但是旅客到底是“反正总是一个到”主义者，虽然嘴里嚷着“今天难得”，另一方面却似乎嫌风太大船太快了，跨上岸去，脸上不免带一点怅然的神色。遇到顶头逆风航船就停班，不像“当当船”那样无论如何总得用人力去拚。客人走到码头上，看见孤零零的一条船停在那里，半个人儿也没有，知道是停班，就若无其事地回转身来。风总有停的日子，那就航船总有开的日子。忙于寄信的我可不能这样安静，每逢校工把发出的信退回来，说今天航船不开，就得担受整天的不舒服。

（《未厌居习作》，叶绍钧著，开明书店 1935 年 12 月初版）

废历年头的苏州

吴门杀羽

我国确是个保古的国家，废历废到现在，习俗相沿，依旧根深蒂固，积重难返。爆竹声声，锣鼓喧喧，装出一派太平景象。苏州在这废历年头，当然有许多一年仍旧照常，循例举行。现在写了出来，也是一种风土小品。

烧头香　拜佛烧香的迷信举动，政府虽早三令五申，明文禁止，但禁者自禁，干者自干，早变做纸上空谈的官样文章。在香烟很重的苏州，不要说旧式妇女，就是摩登姑娘，智识分子，也都在那偶像座下，仆仆膜拜。在元旦和除夕衔接的年夜，元妙观中的三清殿上，在那八十尊星宿座前，早已烛影摇红，香霭飘拂，许多善男信女，人影幢幢的膜拜起伏。这种星宿香，俗例相传，烧得愈早，一年开始就可愈早得到福禄。因此，那班想早交好运的人，就坐以待旦，赶烧头香。尤其是北里莺燕，包车成阵，脂馥粉腻，和殿上的香烟红烛，交组成氤氲的浓厚氛围。

兜喜神方　吉利是人人喜欢讨的，那班明达君子，更需趋利避凶。所以在一元复始的元旦日，先须拣查黄历通书，喜神何方，财神何方，然后出得门来，有所趋从。这种兜喜神方的，在现代还是大有其人。

橄榄茶　现在虽已盛行了花花绿绿的钞票，现洋也在天然淘汰的公例里，然而民间对于“元宝”，还是始终拥护，人人崇拜。到了这腊尾年头，年糕做成元宝，橄榄称作元宝，菜馆里的元宝，更是指不胜屈，社会上洋洋乎充满了一片“赚元宝”的声浪。在废历年头，苏州各茶寮中的红淡香茗，壶壶加添橄榄两枚，唤做“元宝茶”，以讨茶客的吉利。这种风俗，相沿已久，到现在仍是举行不废。

接路头　路头，就是财神。据《封神传》考证，太公望在封神台上封神的当儿，共封了五位路头，专司人间财帛。这一派荒唐神话，却图之神轴，深深的印在民众脑筋里。尤其是一班重利的商人，更有希望把财神接到店中，利占大有。所以到了正月初五，家中店铺，都预备大块的肉，整只的鸡，全条的鱼，锣鼓喧天的迎接路头。店家接过路头，将接路头的鱼肉，制肴大嚼，叫做路头酒，然后开张交易，重干营生。

上灯与落灯 十三日上灯，十八日落灯。苏州俗例，到了十三那夜，都须在厅堂上供奉的神轴面前，燃点红烛，叫做“上灯”。从十三日起到十八日止，每夜点燃。过了十八，然后收起神轴，收拾新年景象。在上灯与落灯两夜，神轴面前，还须供奉粉制的“元宵”与“圆子”。在这几天里，苏州宋仙洲巷猛将堂里，神面前燃烧着臂膀粗细的蜡烛，红男绿女，成群而往，热闹异常，叫做看“大蜡烛”。到了夜里，还有花爆燃放助兴。

苏州年头的风俗，除了上述几项，照例举行外，以前金阊马路，到了新年，还有兜马车的风尚。那班挟着花枝的写意朋友，在马路上驰骋往来，以示阔气。年来花事阑珊，影院勃兴，兜马车已无形淘汰了。

（《申报》1934 年 2 月 22 日）

岁寒景物略

范烟桥

《荆楚岁时》之记，媚神佞佛为多；《四民月令》之编，附会炫奇者众。际此岁暮，行见年新。百无聊赖，贾岛祭诗；无可奈何，黄羊祀灶。重以天寒风紧，围炉乐亲戚之团圞；幸得酒剩债轻，呵冻记岁寒之景物。三馀暇日，聊以遣兴云尔。

年糕 时逢腊尽，磨一斛米，作十斤糕，馈赠亲邻，以为酬应。或向肆中售之者，图省力也。其专供赏给佣仆者，曰脚糕，糖而不荤者也。有制作成元宝形者，则以之供祖先、敬天地、担年节盘之用焉。

压岁盘 娇儿宠女，每过继亲串，以期易养成人，是曰过房。凡过房者，年必送守岁烛往，而受过房者报以压岁之盘，杂陈长生果、桂圆、福橘等物，济以压岁钱数百文，今则时会日趋奢华，其额数有达三四元者。

送历本 圩甲村保于年底按户送历本者，博得酬资二百文，惟小家贫户则否，盖亦对于巨室大肆打秋风之一种也。从前已入庠者，报房亦送之，今已免除矣。

送灶 十二月二十四日，为送灶之期，黄羊祀灶，此事最古。有于二十三日行之者，然普通恒以二十四日为期，又曰小除夕。谚云："热昏颠倒，二十三献灶，二十五买糖元宝。"是则二十三日而送灶，为不合时宜矣。

挂锭 灶君神龛之外，挂有纸幕，是曰挂锭，一年一换。此物虽贫无立锥之家，亦必积十文钱买之，故谚云"一事无成，先买挂锭"也。

二十四团 送灶之夕，家制粉团，以祀神之馀，合家团聚食之。其状圆，盖取团圞之义也。

送符 桃符万户更新，典故远矣。惟年来俗尚文明，恒以此为不当大雅之品，剩僻巷小家，蓬门半掩间，隐约见大喜庆、招财进宝之红符高贴耳。

过年　于除夕前三数日，以猪头三牲、蔬菜几事供年神，以为一年平安过去，欢欣感谢也，必有鲤鱼置桶中，以为利市焉。

讨店账　旧历年关，为各业结束之期，店伙四出，登门索偿，须至大除夕方止。然犹有拖欠不还者，其言曰："端午看一看，八月半算一算，年夜还一半。"而尤掉皮者，于除夕早关宅门，以期避过，故黠者往往于年夜饭前往索，至天明，其字号之灯笼中，犹有烛光照耀也。有恶其明日新正败兴，乃糜补予之。

爆竹　爆竹一声除旧，盖取竹报平安之意也。自小除夕后，连宵爆竹声，乒乓不绝，杂以百响，如连珠一串，有爆而不响者，其家恚之，以为不祥，谚云："第一个爆竹先勿响。"盖深恐后来多不利市也。

玩具　玩具于此时最盛，发声者，如喇叭、铜鼓、摇鼓、皮老虎等；有兴味可细寻者，走马灯、画张、山歌等；模仿器具供玩弄者，木关刀、假面具等，而新流行之东洋不倒翁，亦充斥于市场。

春联　文人墨士，于三馀之暇日，从事挥毫，红联高揭，售之于市，得资供屠苏之饮。惟光复以后，皇恩浩荡、文治光华之句，无所用之，于是春联之生意亦冷淡，士林因之而废之。今则复古潮来，乃渐渐铺张扬厉矣。

年夜饭　一年此日最乐，盖三百六十五日，日日作牛马生涯，今者万事都已一年归宿，合家欢聚，虽一觞一勺，其味津津焉。店肆中主人，亦必酬其伙伴，所以谢劳之。

（《馀兴》1917 年第 27 期，署名烟桥）

吴门消夏录

范烟桥

洞庭西山有地曰消夏湾，吴王与西子曾逭暑于此，老诗人冬木老人居之。其地山作翠屏，水成碧液，村居错落，杂树参差，若加擘画，虽莫干、牯岭无以逾之。惜太湖夏日多阵，一旦风起波谲，便成畏途，故足音寂然，真成空谷。

葑门外黄天荡，植荷殆遍，舣舟其间，有“花为四壁船为家”之况，故亦称荷花荡。画船载艳，作竟日之欢，几不知城中甚嚣尘上也。惟天暑亦不甚宜，盖不啻隔水炖也。

留园曲池，菡萏花满，坐涵碧山房前，凭槛茗坐，清香微动，袭人爽心，固绝妙消夏地也。以密迩金阊，花叶纷披，时偕其腻侣并肩驾车而至，惜卜昼不能卜夜，否则晚凉相对，笑指银河，更有一番佳致也。

留园西去百馀步，为西园，空明清朗，别有一境。惟少敧坐之具，只可徙倚亭栏，俯观鱼乐而已。

盘门外有避暑游艺园，芦蓬草地，不堪涉足，所列杂要，又多恶札，故往者鲜矣。惟马路可直达宝带桥，若驾轻车，携素心人，黄昏月上，帽影鞭丝，于驰骋中情话喁喁，不减海上汽车兜风之乐，惜解人亦正难得耳。

山塘只宜春秋佳日，惟某夕驶汽船，容与彩云、半塘两桥间，夜凉如水，两岸柳枝披拂，有山歌悠扬，起于竹篱土阶，以视朱帘暮卷，一串歌喉，似天籁反胜合拍也。

城中园林，如北之拙政，西之遂园，俱公开揽客，并设新剧、滩簧，游者往往择风凉地瀹茗清谈，听歌观剧者，亦只少数无聊少年而已。拙政空旷，而失于修饰，然大树成阴，蔓藤作幕，有自然之趣，却宜消夏。前年曾数往饮早茶，以归时火伞斯张，殊以为苦，未久即罢。

公园擘画经年，只成一东斋，夏日往招凉者甚众，而尤以城南游冶少年为多。每值黄昏，灯火如星，池荷新沐，墙外自由车往来，历历可见，情侣俊游，轻装飘逸。余曾作竹枝词数阕，其一云："自由车拂柳千条，玉带无河通草桥。一事更添风景好，荷池残照马萧萧。"其二云："公园何有满庭芳，不比茶香与酒香。每到黄昏得佳趣，目成燕玉织梭忙。"因某君制公园联有"一庭芳草"语也，而独笑同时亦有一绝云："金姬艳迹付斜阳，楼号齐云亦久荒。岂是流风终不沫，东斋且勿比西厢。"此中公案，在若隐若现间也。

青年会有青年园，乐群社有屋顶，俱于夏令映电剧。惟青年园荒芜，未经删除，设置又简陋不舒，不及乐群屋顶之佳，而辍映时间，总在九时左右，夜坐正凉，尚无多露之虞。惜乎男女分座，不能使情侣密接，即鸳鸯两两，亦只可作劳燕分飞耳。

今岁天候奇热，虽立秋仍未稍减，幸有冰凝瓜，有电扇风，尚得借人力以祛暑。然以虎威甚炽，惮于出门，故所敷说，皆成画饼。至于作者消夏，仅能于文债略偿之馀，挥蒲葵之扇，阅邮来书报而已。

（《紫罗兰》1926 年第 1 卷第 18 号）

行春桥串月

范烟桥

钱唐江看潮的日子，苏州也有行春桥串月的故事。行春桥在胥门外上方山下，上方山又称楞伽山。当时山上有一座五圣庙，极著灵验，汤斌巡抚江苏的时候，把这庙毁去，勒石永禁拈香，足足有数十年没有恢复。近来又渐渐的死灰复燃起来，只是把以前有味的消遣失掉了。什么消遣呢，便是串月，什么叫串月呢，原来在十七的夜里，有许多公子哥儿，坐了画船，唤了粉头，带了饮食博具，沿着横塘，一只只开到石湖里去，华灯密列如繁星，笙歌声沸，谑浪杂作，顿时把冷清清的湖山，渲染得十分绮丽。那时月圆微欠三分，秋色平添四面，倒很有一种奇趣，比山塘、荷荡，来得有意思，要到明天的午前，才各自归去。一夜的游湖，往往有许多的艳史，因为那些清游俊侣和进香名媛，也要在花队粉丛里来去，仿佛成了一个水上俱乐部。可是去年江浙战争，正在激烈的当儿，今年又是群盗如毛，兴致索然了。据老妈子说，烧香的人仍旧没有减少，一天所耗，真是不可胜计，抢香烛讨铜钱的叫化，着实不少，还有四乡的女巫，苏州人唤作师娘的，依旧要卖弄她的本领，打几个呵欠，吐几口白沫，说几句蓝青官话。那湖边鱼鳞似的船，都是为了烧香而来，载酒看花的，却绝对没有，这也是小小的一个沧桑之变呢。

记者本想在这天约几个朋友坐一回船，应应景，后来给两种说教打消得干干净净。一说，石湖在平时，还有些灵秀之气，月儿在平时，也是晶莹可爱，不过给这一辈子浊物，胡闹得太不堪了；一说，日间既然没甚可观，夜间却又嫌太单调，倘然不幸而绝无仅有，一棹孤舟，在白茫茫的水天一片里，未免有些心惊胆战呢。

（《西湖画报》1925 年第 1 期，署名含冷）

主办与轿盘头

范烟桥

《史记·项羽本纪》:“项梁杀人，与籍避仇于吴中。吴中贤士大夫，皆出项梁下。每吴中有大繇役及丧，项梁尝为主办，阴以兵法部勒宾客及子弟，以是知其能。”这“主办”两字用得何等冠冕，分明是太史公的曲笔，特意为项梁文饰，拆穿说，项梁不过像现在苏州的“轿盘头”而已。

什么叫做“轿盘头”呢?这是苏州的一个特殊体制。苏州是水城，城里有许多桥，大一些的桥，以前都有一个“上天王”的庙堂。这庙堂里聚着几个无业游民，中间有一个领袖，向领域里几家大户投靠为“轿班”，逢到大户有事时，传唤“轿班”，那领袖就指挥无业游民去当差，得到的酬劳，领袖抽一些分儿去。因为主要工作是抬轿，所以叫做“轿盘头”。

在没有人力车的时代，苏州惟一的代步是轿子，所以较大的宅第，在大门以内总是有一个“轿厅”的，这是要置自办轿子和上轿出轿的所在。为了省俭起见，不是把轿夫雇佣在家里，而临时向“轿盘头”去传唤“轿班”的。当时工资很贱，一班每名只有二百文，出城算双班，另外给一些酒钱。到了新年、端午、中秋几个令节，“轿盘头”要来贺节的，就得给一些节犒。但是除掉绅士、医生以外，平时难得坐轿出门的，因此他们所赖以浇裹的别有所在。

最大的希望是“丧”和“嫁”。逢到大户有丧事,“轿盘头”总是首先来当差，从内而外，不论粗细、轻重，各项差使，都是他们去承当的。假使出殡时有些排场的,“轿盘头”就去招呼无业游民来，在工钱上占几成的光。那么项梁不是就干这行业么?但是“嫁”的进益更大，照例在未嫁前几天，女宅把妆奁在厅堂上摆得整整齐齐，请男宅媒人来吃饭，要他讲“盘头钱”。意思是嫁的那天，要他们运妆奁到男宅去的，并且要一起运送，妆奁越多，需用的人越多，那运送费自然也大了，这一笔钱是归男宅开销的。那狡黠“轿盘头”

利用主人虚荣的心理，总说妆奁怎样丰富，怎样华贵，人手必须加多，照料必须周密，这运送费不能过少。假使媒人说得少，就是看贱了妆奁，侮辱了主人。所以媒人吃这一顿饭，是很费心思与唇舌，不容易消化的。主人也是要这笔钱的数目越多越有面子，一方面又讨好“轿盘头”，让他多赚一些钱，以偿平日当差的辛劳。那些“轿盘头”也有说话的技术，索价非常的大，媒人老练些还好，否则惟有“吃瘪”。在战前最大达千元，最少也得一二百元，实际他所给与游民的工资不到一半呢。他们虽然是游民，为了惯于干这项工作，所以杠棒绳索一切端正好，扎起来也是十分到家，抬起来也是四平八稳。假使不经他们的手，一定弄得历落无序。所以他们认为是独行生意，并且别的“轿盘头”也不能抢生意的。《玉蜻蜓》弹词里，说申大娘娘打巷夺埠，就是为了这抢生意的纠纷。因此“轿盘头”是世袭罔替的一种产业。

在军阀时代，常常要“拉夫”，地方官为了免掉惊动大众的安宁，就派各个“轿盘头”去招募应征，算是他们的义务。虽然那些无业游民也怕拉去做炮灰，但是平时得到“轿盘头”的好处，养兵千日，用在一朝，到那时也无从逃避。这其间就用得着项梁的用兵法部勒子弟了。

还有城里城外有几个“船埠头”，也是各有其主权，大概“轿盘头”连带拥有这主权的。凡是有婚丧大事，船舶须停泊在某处埠头的，也得给钱与“轿盘头”，倘然主权不是属于这个“轿盘头”，就得另外给钱。

因为“轿盘头”在下层阶级，必须有一种潜势力，非有领袖的才能不可。项梁大约可以一呼而集，所以太史公说“以是知其能”。而苏州“轿盘头”的体制，虽然不知道始于何时，可是项梁是他们的祖师是无疑的。

据金鹤望先生说，那位状元夫人赛金花，是苏州城里过驾桥“轿盘头”的女儿。芝草无根，醴泉无源，就是这个注脚。

（《紫罗兰》1944 年第 15 期）

苏州的故事

莲　影

著者生长苏城，凡曩年所目见耳闻，常盘踞于脑海而不去，兹特信笔誊抄，聊供读者诸君酒后茶馀之消遣云尔。

赶考之琐闻

距今四十年前，清廷已邻末叶，科举尚未废除，一般热中功名者，大有兴高采烈之概。苏州府属，共有九县，曰长洲，曰元和，曰吴县，曰昆山，曰新阳，曰吴江，曰震泽，曰常熟，曰昭文。除县试各在本县应试外，如府试、道试（明季以道员充学使，故至今仍沿称道试），昆新以下之六县，俱须来苏应考，届时贡院（即试院）左近一带，西至定慧寺巷，东至双塔寺前，俱热闹异常。盖各路之商贩，因各县莅苏赴考者之纷纭，而冀乘时牟利，即俗所谓赶考者是也。故必先期租赁各居户之墙门，而设摊设肆，货物之多，应有尽有，利市乃十倍焉。

此外更有富豪之宅，中下之家，或本多馀屋，或让出房间，专租与人，以作考寓者，比比皆是。其租价不论屋而论榻，每榻租赁银一圆，府试如是，道试亦如是。屋主先期另往置器店，定制极狭之榻，盖因榻狭则每屋可多设几榻，并可免省钱者两人谋同榻耳。故凡房屋一间，辄容四五榻，或六七榻不等。如房屋较多，而收入亦较丰，尽有家无恒产，而仅恃祖遗破屋一所，藉此三年四次租金之收入，而冻馁无忧矣。复有名为考寓，而实暗藏春色者，盖有无耻贪利之徒，因妻女之略具几分姿色，乃使之涂朱抹粉，妖服艳装，阳为欢迎租户，阴实钩引青年，迨一经入港，靡不予人以真个销魂者。且彼辈欲壑易盈，较诸阛外幺凤之砍斧头，则便宜多矣，所以一般浪蝶狂蜂，趋之若鹜焉，此又赶考之别开生面者也。

试场之趣事

每逢县、府试，向有抢夺号舍之恶习，故必于先一日午前，偕仆役等轮流看守，如于点名给卷后，始入号舍，则已无隙地矣。凡士子在家时，皆知恭敬，惟一入考场，则顿改其面目，与临号生詈骂打架，无所不为。苟遇谨饬之士，凡试题到手，必伏案咿唔，用心思索，号舍以外之事，绝不敢与闻。惟好动恶静之人，以为有一日一夜之限期，两文一诗，尽无妨碍，是以谑浪笑傲，惯以口舌之间，占人便宜为能事。有自称为父，而称人为儿者，有称人岳父及内兄内弟者。甚至官长之前，亦敢横加狎侮，每于点名给卷之时，府县官高坐堂皇，考童竟笑谑漫骂，形似疯癫，而官长非特不加禁止，且反有忍俊不禁者。则以考试系奉朝旨，朝廷为国求贤，将来状元宰相，即出其中，故从宽不究耳。然童天王之雅号，从此喧腾一时矣。

至于学使按临，场规较为严肃，试院终日闭门。如某日考试，先一日夜间，以鸣炮为号，藉作入场时之标准。二鼓放头炮，三鼓放二炮，四鼓放三炮，三炮后，立即开门点名矣。接卷入场后，按卷面千字文号数，入座，不可紊乱，藉以防枪替（即代人捉刀）之弊也。是以诸童不敢喧哗，只可埋头作文而已。有王固庭者，即童天王之一也，独不守场规，将号舍内预备之便壶，掷出号舍以外，适学使之差役经过，壶中其颅，乃即入而报告。时学使为黄漱兰体芳，号称风厉，因即饬人调查，将该童传进，饬责手心百下，并着戴芦席枷片时，逐出场外，以儆效尤，迨归家后，既惭且忿，得病而亡。如王生者，可笑亦可怜矣。

凡非智识阶级者流，每逢兴会之来，必有逞热闹之举。夫贡院考试，有何兴会之可言？而不知一逢考试，凡小家艳女，贫户妖姬，亦乘兴参观，流连忘返。尤奇者，试院左近某巷，有某女士者，系大家之闺秀，亦著名之交际花也。某日，系府试之前一日，某女士约女伴三四人，入场游玩，涂脂傅粉，袅袅婷婷，讵入场之后，竟被童天王团团围绕，任情调戏，不许出门，幸当时有女伴一人，见事不佳，逃归报信，乃偕同健仆数人，突围而入，将女士等保护而归。然据云亵衣已被扯去，若救星迟到片时，将不堪设想矣。

神诞之热闹

凡各庙逢神诞日，管理该庙之道士，或庙祝等，必有敛钱之举，美其名曰香金，自数百文至数元不等。先期飞帖各绅富，敦请拈香。届期，预备音乐全堂，亦有数堂者，茶果列于桌，酒肴充于厨，皆款待来宾之需要品也。迨午牌将近，始见红男绿女，络绎而来，鬓影衣香，珠围翠绕，一室之中，融融如也。由是有吸鸦片以消闲者，有弄雀牌以遣兴者，竟日流连，至暮乃已，而该庙住持之囊橐充矣。时在前清光绪中叶，寰宇尚庆升平，刀兵之劫既无，旱潦之灾罕觏，民间物力尚充，故犹有此兴会也。

神庙诞辰，一年中不可胜举，而其首屈一指者，却惟潘儒巷眼目司任大明王诞辰，其热闹繁华，颇有可纪之价值焉。诞辰为八月十八日，而其一切布置陈设，已开始于十六日，至二十日，方为终止期。五日之间，游人如蚁，举国若狂。该庙挂名之阴皂，俱系身家殷实之流，故一至八月，即先期恳商本巷各居户，以重金租赁伊宅墙门，以便开设班房，每一班房，设音乐一堂。迨至八月十六日，一进该巷，见两旁住宅，均变班房，雅乐悠扬，不啻钧天之齐奏，而游人则扶老携幼，引类呼朋，多似过江之鲫，街头巷尾，为之拥挤不开。一至庙中，则又换一番景象矣，但见钱粮元宝，堆积如山，冲天炉中，火光熊熊，上烛霄汉，而神座前仙乐嘈嘈，香烟缭绕。有似花枝招展，拜倒于红氍毹上者，亦有项悬黄布袋，合掌喃喃，口宣佛号者。廊庑下百货杂陈，各商贩各踞一隅，如麇之集，如峰之屯，生涯之盛，不言可知矣。馀如东轩西榭，各有音乐一堂，时而钲鼓喧阗，时而笙箫缥缈，有唱京剧者，有唱滩簧者，人山人海，满谷满坑。时值仲秋，骄阳尚炽，大有吐气成云、挥汗如雨之概。而其中有专捉混水鱼者，厥有二团体焉，一曰胠箧团，此团惯于人丛中，施展其剪绺挖包之伎俩，探囊取物，易如反掌；一曰猎艳团，此团除追逐时髦少女，任情笑谑外，复乘人声嘈杂，粉阵回旋之际，上下其手，藉得一尝鸡头肉之风味。

其外尚有最堪发指者，莫如某年让王庙捉赌一事。夫神诞日香客莅止，而以竹牌为消闲，亦为常有之事，既不成为赌，亦何待乎捉？兹之所谓捉赌者，系斗气耳，非真捉赌也。让王庙地点，在干将坊巷中，诞辰为五月十四日，每年必有音乐以款神，酒肴以飨客。时知长洲县事者，为王伯芳大令芝兰，少年入仕，性情浮躁。其介弟某君，偶因出衙游玩，道经让王庙，见其内热闹异常，因亦入而随喜。睹庙中来宾，俱有香茗之供给，而不知饮茶者，皆系香客也，遂亦信口呼茶。讵庙役置诸不理，某君乃大怒，渐至言语冲突。时有四人，正在雀战。一为浦姓喜嫔，年已望六，人皆称之为浦客人者，珠翠绕其头，金镯缠其臂，颇似大家内眷，系该庙之大檀越。一为谢筱庆，家住言桥，系府学书吏，专司紫阳、正谊两书院之考卷者也，人甚安分，平素谨慎小心。一为监生陶某，因神诞而请其为义务账房者也。一为不知姓名之少年。某君系异乡人，素崇俭约，衣衫朴素无华。浦妪狗眼看人低，初不知为县太爷之贵介弟也，误认为乡曲可欺，乃肆其讥笑，有汝饮之茶，尚未端整等语。某君受此委屈，即回衙哭诉乃兄。王令大怒，挈其爱弟，同诣该庙。某君遥望浦妪，仇人相见，分外眼明，因报告乃兄，彼妪即肇事之人。乃饬差役，大叫捉赌，并加以男女混杂之罪，将浦妪掌颊百下，珠翠金镯，均被虎役取去。谢筱庆饬杖二百。不知姓名之少年则见势不佳，早已遁去。惟陶某尚呆立室隅，因亦呼役行杖。陶某禀系监生，盖监生与生员同，如犯罪，只责掌而不笞臀也。王令盛怒之下，必欲行杖，差役将强脱其裤，陶某乃倒地乱滚，不肯去裤。正在相持之际，适有与陶某熟识之某绅，乘轩过庙，问知其情，即下舆代为缓颊，尊臀始不至遭殃。噫！亦险矣。夫浦妪以貌取人，妄逞口舌，诚为罪魁祸首。若谢某、陶某，均系安分良民，乃一则屈受官刑，一则险遭不测，专制之势焰，抑何甚耶！

春秋之游兴

春秋佳日，花好月圆，或啸傲于园林，或遨游夫山水，赏心乐事，殊有纪不胜纪者。惟兹之所谓游兴者，非普通之游，盖谓每年春秋两度之盛举，一系春初之迎春，一系秋季之旗纛也。

兹先言迎春，《周礼》有迎春于东郊之典，今之迎春，即仿此意也。于立春先一日，府署内预备五色彩纸，着瞽者糊裱春牛一头，以占本年之休咎，如黄色多者为丰年，白色多者为水灾，黑色多者为瘟疫等类。于是大排仪仗，从府署而出，春牛居其先，一府三县殿其后，而其中扮演三百六十行生意者，如渔、猎、耕、樵之类，亦羼入其间。盖其时尚为专制之朝，而观此剧文，已寓有提倡农工之意，未始非今日之预兆也。自府署转北，又折而之东，迤逦至北街迎春坊，直入娄门，致祭于先农坛，以祈年谷之丰登，始为蒇事。是日也，迎春坊一带，于清晨五六钟时，即已甚嚣尘上，凡茶馆、酒楼，无不宣告客满。既而遥闻锣声一棒，自远而来，顿见万头攒动，欢笑如雷，曰："来矣，来矣!"

乃有金屋娇姿，玉楼艳质，或搴珠帏而呈半面，或倚绣闼而露全身。于是一般浮浪子弟，不注眸于喧闹之街衢，而偏移其视线于水晶帘下焉。忆古人咏看灯诗，有"看灯兼看看灯人"句，洵非虚语也。总之，各人之心理不同，故各人之嗜好亦不同，欲观社会之风尚，试于此等处留心可耳。迨一场热闹已过，游人亦遂星散，乘兴而来，兴尽而返，而厨下黄粱，犹未炊熟云。

迎春之外，更有秋季之旗纛。何谓旗纛？纛者，帅旗也，系收兵而祭纛耳。一年之间，无论用兵不用兵，每营必高挂帅旗，至秋则一祭而收，各营士卒，俱将休息矣。祭旗盛典，必于霜降前一日，其经历之途，由抚辕出而转北，汇集各营，至护龙街，一直往北，至北寺祭旗已毕，然后各归营署，始为竣事。是日清晨，护龙街一带，人声鼎沸，拥挤不堪。出发时间，与迎春同，但彼则具雍和之气，此则呈肃杀之威，略有不同耳。记者往年观此盛典时，每借察院巷口大关帝庙以驻足，以其为必由之路也。候之已久，忽闻笳角呜呜然，自南而北，旋见短小精悍之丘八，肩荷卷束之大旗，成对而来。每过一营，必有笳声导其前。各营已过，然后锣声堂堂然，即见有显轿六七乘，每乘置甲胄一副，闻诸人云，系一抚宪、两中军、四守备之甲胄也。参游何以无甲胄？不知何故。甲胄已过，锣声复鸣，文武官之衔牌，络绎而至，文官则乘轩，武职则跨马，殿以护卫数骑，盛举乃宣告结束。盖彼等往北寺祭旗，而游人则亦逐渐散归矣。

以上种种盛举，皆在前清光绪年间。今则国体已更，风尚较异，且民穷财尽，既无此经济，又无此兴会，往岁之繁华，乃不可复睹矣。世事沧桑，可胜慨哉！

（《红玫瑰》1931 年第 7 卷第 20—23 期）

苏州之斗黄头

金季鹤

苏州有斗黄头（鸟名）之场，在旧学前之桐春园茶居，逢五与十为期，纷持笼群集一堂，捉对儿厮打，园主抽十一之利，馈土偶要货为胜利品。日前有上海等处大帮来苏，禽天寥廓，坛坫争雄，假拙政园为杀伐之场（因桐春狭陋）。厅事中搭一平台，上置小桌，有司正者据之。鸟主互征同意，大率以年代为标准，彼善斯道者，一望即可判新老之别，老者其喙已健，经历已宏，易操胜算，犹蟋蟀之衡点数也。两禽既遇，中隔竹楞，先各纵眼端详，若欲伺隙袭乘者，蓄其盛怒，肆其雄威，乃批亢捣虚而作，奋利喙，张健翮，羽毛齐立，向敌猛啄。附竹楞设三横杠，以为托足之处，鸟即踞杠相搏。其健者，可啄敌之颃，提而曳入楞内，退一足于后杠，一足则按敌于前杠，力啄不释，而敌无还啄馀地，血肉淋漓，悍无退让，翮距摧折，誓不呼饶。苟若嘤然一鸣，即自表战斗力已失，乞降败去，则对方虽于盛怒之际，闻其鸣亦必释兵休战，饮至策勋矣。此与蟋蟀之胜者长鸣也适反。平日之斗，大率半途，即强制拆分，不使过受伤损。盖一鸟之畜，克臻临阵战斗，再三不蹶者，其主之苦心孤诣，奚止万斛辛劳，苟非遇有价值之宣战，不肯作无谓之牺牲也。是日以银盾为锦标，忽于某次斗罢，司正未即按笼，一鸟竟突关飞逸，瞬息无踪。鸟主顿足懊丧，愁抚虚笼，怅望遥空，逝者何处。经众宾婉辞敦劝，由司正献银盾为寿。是日雅兴酣畅，各愉快无稍争端（每有因特别事故，或司正不公等，常生争执）。而余于小鸟无知，悍然残杀其同类，以逞一己之强梁，抑且受人挑拨，不知人之窃笑于其旁，长斯以往，不亡其种不止也。爰系以俚志七绝：

“游戏从来说斗鸡，瓦盆蟋蟀试秋啼。而今杀气凭陵甚，小鸟笼中动鼓鼙。”

“华堂宾客拥强台，裂碎和平战斗开。胜比疆场拚一决，笼衣卸脱证人来。”

“笼门堑天气飞扬，敌忾同仇誓阋墙。赢得旁观一微笑，顿时肝脑溅沙场。”
“利喙骄强互纵擒，血淋翮距悍难禁。应怜闭置如囚惯，枉负凌云好胜心。”
“败禽铩羽胜禽骄，朵朵血花换锦标。鸟本何心甘杀伐，那知背后有人挑。”
“凯歌唱罢亦伤心，跳脱樊笼遁故林。今日醒来犹未晚，冲霄重作自由禽。”
“摧残应自泣同袍，枉有豪情贯紫霄。曷把精神收拾起，雄飞天外扑饥枭。”

（《联益之友》1928 年第 82 期）

浜场边的新年景色

诸梁生

东山人像生活在一池死水中，除了偶而被要“猢狲戏”或是“卖拳头”的流浪者们搅起几个漩涡之外，生活总是极其平静而单调，就像《冰岛渔夫》里描写的那种村民们的生活一样。

自然，他们也有兴奋的时候，那总是在“会”里派人来“打粮”之后。他们可以从“打粮”的人口中探知猛将老爷哪一天漫山转，哪一天冲湖渚头，哪一天有“打唱戏”等等，于是就让这以后的一段生活在热切的期望中度过去。

日子往往很容易打发。吃过“冬至糕”、“廿四团”之后，猛将堂里就闹忙起来了，“会首”们一有空就在猛将堂里开会商讨一切进行出会的事。当然，这是一件繁难的工作，而以往的成规旧例却解除了许多困难。

满脸憔悴的猛将是需要“开光”了，这工作往往落在轿子湾或叶巷浜场的两家漆作里的漆匠身上。他们对于这一道工作是很有经验的，譬如诸公井的“井大”猛将“开光”，需要用淡一点的颜色来表示威严；殿前村的“殿二”猛将，就应该用较深的颜色来表示和善。而且他们总不会忘记给猛将头上漆一道红色的带子，藉以唤起人们的记忆：“噢，是的，这是猛将小时候被晚娘追赶时跌开了头的记痕呀。”

猛将堂变得十分有生气的样子。墙门堂外一对“刘府中天王”的大门灯，屋檐下是一排十几盏小灯笼（晚上点起来才好看呐），屋子里到处是大纛旗、冲锋旗，以及许多善士信女们送的“国泰民安”、“护国佑民”之类的旗帜，红红绿绿，闪闪烁烁，真要引得人眼睛发花。至于猛将的“行头”，村与村之间更是极尽其争奇斗妍的能事。一般人惯会批评说，“殿前会最漂亮”呀，“吴巷里阿七会顶寒伧”呀，人们不难从这些批评中知道某村的经济较为富裕而某村则否。

年轻力壮的“连生”、“小狗”之类，得到了 Make a show（出风头）的最好机会。太阳快落山时，几个人抬着那尊重有三四百斤的猛将在浜场上迸[1]起会来，跟着重心的时时倾侧，他们的步子就常常像喝醉了人一样歪斜着。每逢出现一个惊险的镜头时，周围便爆发出一阵喝采的声浪，而那几个迸会的人，也就像得到了鼓励似的更加卖力起来。

打唱台也搭好了，这使浜场上整天都是闹哄哄的。这里，那里，到处是打铜鼓、碰“铆铺”（铙钹）的，卖各种玩具如掼炮、纸球、皮泡泡、皮老虎的，卖各种吃食如黄萝卜、黄莲头、长生果、西瓜子、茶叶蛋、豆腐花的小贩与摊贩，逗住了许多小孩子。喜欢恶作剧的野孩子们，除了在地上滚铜板、打弹子外，就爱等年轻的姑娘们走过时，在她们背后冷不防地来一个掼炮，直惊得她们大叫起来，不时引起场上的人们轰然大笑。

晚上，浜场就完全被来看“打唱戏”的人挤满了，不甘心吃那“长子看戏，矮子吃屁”的苦头的，老早就掇了凳子在打唱台前占据了一个最好的“战略据点”。这时，凳子就成了一种“防御工事”，进可以站，退可以坐，而且带凳子来的，大都合了哥哥弟弟姊姊妹妹一大淘，几个人就形成了一道坚强的“防线”，这样就不致于让后来的人“进迫溃退”了。

自然，乡下请来的打唱班是不会怎么有名的，而 ×× 老爷们点的戏也终不外是《玉堂春》、《秋胡戏妻》、《四郎探母》等等，可是一样会使乡下人兴奋得了不得。尽管唱戏的唱得并不好，而且许多人也根本不懂戏里唱的是什么，几乎每一出戏都能引起他们赞赏与感动，而且在以后的一二月内常常拿来作谈话的资料。

堂子岭抢会过了，会饭吃过了，漫山转转过了，湖渚头冲过了，潦反也出过了，新年已近尾声，于是人们才带着一种疲倦的心情重新开始平静而单调的生活。小学的作文题目，照例多了一个“新年与猛将会”，老师们也照例发

[1] 这里不得已用了一个“迸”字，因为故乡有许多口音，在国语里往往找不到适当的字来表示，像这个“迸”字就是一例。如果我们勉强造一个形声字来表示，那么“迸”字比较近些，并且“迸”字的意义也相近。至于它的读音，略似“辩盎”切。

挥了一顿“进步”的见解，“迷信”哩，“劳民伤财”哩等等。然而“愚昧”的乡下人太辛苦了，他们一年忙到底，丝毫没有享乐的机会，重重的租税、兵役压得他们透不过气，他们要趁这过年的时候，尽情地快乐一下，并且要把肚里的委曲与心中的希望，倾诉给能够在暗中“保佑”他们的猛将。生活，在他们，就是建筑在这一种“希望”上面的。

破除迷信，应该出于善意的劝导，这是一种社会教育问题，而不是可以用强制性的禁止收效的。

三十八，一，十

（《莫厘风》1949 年第 3 卷第 6、7 期合刊）

城隍出巡花絮

看会人

四月初二日（国历五月二日）是前山鹅潭头总理三乡武乡侯“老爷”出巡后山的日期，但是天不作美，到了初一下午二时下起雨来了，高高的莫釐峰，被白雾替代了翠绿，大家都担心着明天的会期改不改。笔者特地冒雨到庙上去看看。一般会首们正忙碌地清扫庙屋及准备“纸马”等一切事务，他们是抱定明天必出的决心，今天的下雨决不会使他们灰心懈怠，假定明天下雨才再决定改期的。晚上雨是更大了，睡在床上听雨声淅沥，使得每个到山看会的人，都心中不安地担心着明天城隍会到底出巡不出巡。

庙中，正人头挤挤，在烛光中黑黯黯地忙着。大概在二时左右吧，雨仍不停地下着，扮头班五方的撩里“大阿哥”，他们出了庙门，在雨中细细地辨明了风向，看了看山色，进庙后对“内班”说：“雨就要止了，我们可以跑了。”就杀了鸡，把鸡血开了脸，急急地妆扮完毕，拜了拜“老爷”，拿了钢叉，举了火把，呼啸着火什什的头班五方，就这样出发了——照例头班五方一出发，虽然下雨，会也只能冒雨出了。

天慢慢地变作鱼肚色，雨亦断断续续地真的少了止了。八九点钟小街上早已熙熙攘攘，进香的、吊臂香的、第二三班五方、东西菱田的二条龙都上了庙，到后山去了。各村的台阁正敲着锣鼓装起来，男女老幼，俏的丑的，大批的人都望西而行，翻过了干山、黄泥、唐子三条岭，过了槎湾，就到聚家山趾了。聚家山趾是前山会到后山的总汇大道，所以前后山看会的都拥在这里了。后山的五方，一班班的来回飞跑着，慢慢地前山的五方，已络续地经过了这里，到杨湾庙上去了，锣声烟香中，吊臂锣的、吊香的亦一起起的过去了，菱田上的二条龙正接连着盘旋不已，每条龙都是十三节，每节下都装有木棍，由人拿着，龙头前另由一人拿着龙珠镪镪起舞，龙头张开了血盆大嘴，再跟着一节节曲曲弯弯盘旋着。中午时刻人更挤了，闹哄哄挤满了整个聚家山趾。接着又是一班五方到了，全新的服装，头戴英雄帽，身穿侠士袍，脚着快靴，装束漂亮，手执刀、枪、旗、鞭，五十二人飞也似到杨湾上庙后，又回到聚家山趾，来回跑着，这是余坞乡人所扮的“彭公案”之一——捉拿马玉龙。正在大家期待中，忽然村童叫跳地说：“台阁来了!”大家也跟着仰首向东望去，果然远远的绿影丛里，袅袅婷婷，五彩缤纷的台阁一只只在挡叉如林中弯上了山趾大道，渐渐地近了。开锣戏是施巷“老一百”，之后古色古香的殿前“珍珠塔”、叶巷“借茶”，以及英气焕发的漾桥“打渔杀家”、唐股村“白水滩”、曹坞“打店”、大园“卖艺”，还有西坞的“悬空台阁”，双枪并举，人悬于空，惊险万分，末殿以渡水桥的“水漫金山”，三人装扮，更为难得。前山十六只络续过去后，后山的以王舍的“打店”为前，之后，新打的“甘露寺”、“戏凤”，旧的“老一百”、“庆顶珠”等，十九只台阁过后，金锣开道，“銮驾”、“拜香”、“解差”、“犯人”、“唱莲花落”，以及“香亭”、“大轿”、“差人”、“无常”、“门子”、“细乐”等，一应仪仗过后就是总理三乡“老爷”了。

“老爷”在杨湾庙中“坐茶”、“进膳”后，乃循西而行，到张巷，越平岭，过新庙——在新庙也是人声鼎沸地在守候着看转会，转会虽然五方、龙、台阁等种种都有，但后山的一切都没有了，所以总不能与聚家山趾相比拟了。加以转会时间已晚（五时许)，所以大家看了五方等，一部分人就回去了，等到台阁、“老爷”回新庙，天将黑了，匆匆过去，“老爷”回庙，就结束了这次巡视后山之行。

后山会的出巡前山，因为早晨又是下雨，所以头班五方到八时多才到前山。在新庙上，吃食摊早已一个个在隔夜搭好了篷帐，预备做这一年一二度的好买卖。九时后新庙上的人慢慢地多了，天空亦显出了阳光，后山人铺满了白沙、花穿岭而来，吴巷，潦里，远至渡村的人都扶老携小到了新庙。前山的吊臂香、吊臂锣、吊留声机等等一批批的上金鸡岭，进天井湾，去等后山“老爷”，二条龙又在新庙满场舞，前后山的五方连接着地来回奔跑，前山台阁在锣鼓声中三三二二地上了新庙，在白沙岭脚卸下了等着。

时间慢慢地过去，新庙上的人愈来愈多，挨肩叠背，直挤得路上都是人。慢慢地后山台阁来了，这许多台阁都换了服装，更觉鲜艳夺目，愈觉婷婷可爱。前后山三十五只台阁慢慢地在人堆中过去了，威灵王“老爷”的道子与前山会一样地金锣开道，不过多了些吊臂香、吊锣的人。内中一人左右各吊着一面大锣，锣声镗镗地敲着，倒并不觉得迷信的可笑，反觉得乡人体魄的雄健。“香亭”、“大轿”之后，一班“彭公案”的五方再排在内，慢慢地很威武地走着，好似戏台上走下来的戏子。“老爷”过后，一部分人都走小路先到鹅潭头庙里去等候着迎接了。台阁等过了新庙，在大街上又走了一小时许，方到庙门，前山“老爷”早在庙前广场上迎接了，后山“老爷”在“差人”跪迎着放炮三响后进了庙门，前山“老爷”亦跟着进去。没有进庙门的人也想跟着进去，都被“无常”、“差人”在门口阻住。在大堂内亦早围满了人，二尊“老爷”升了大堂，“揩面”、“换席”、“用点”后，再由“门子”抬进书房，叙旧片刻，方再抬到大堂，再行“换席”后，就在乐声中正式坐席进酒用膳了。一道道的小菜上来，先由厨子跪进给“门子”，再由“门子”恭敬地放在桌上，然后在“贵大老爷请”、“家老爷请”声中，慢慢用膳，上完大菜就进点心。后山“门子”被前山“门子”邀在便堂，真的吃饭了。饭后，后山“轿班”、“门子”领赏跪谢，后山“老爷”亦赏了前山“门子”，一样地跪谢了。然后“老爷”吃饭，饭后起身“告辞”，已是五时许了。前山“老爷”送出大门，“差人”、“銮驾”等仪仗亦送过了殿前，到养力亭而回。后山威灵王汤老爷斌，就下渡水桥转菱田、潦里，上王家泾，往西过干山岭而折道回衙了。

（《莫耷风》1946 年创刊号）

东山出会汛

杜　歌

我们故乡过年，可比别的地方闹猛得多，从腊月廿五起，一直到正月半，差不多天天有大大小小的猛将（故乡称做会）东到西，西到东，上山下山，劲道十足。我现在就拿这个写出来，以足荣耀归于故乡。

腊月廿五这一天，每村都把旗干竖在大殿的广场上，拿村中的会请了出来，穿了袍，这叫做下殿。

初一到初四这四天，大会则专门到最近结婚的人家去送子，打着锣，把会抬到人家大门口，由会首（管理会的首领）拿着玩具似的小孩儿送到新房里，拿到了喜钱和年糕之后，又抬了会到别家去了。

这几天的小会，是只有潦里的十奇头在大街上走，由年初一至初三三天。年初五湾里的中会出到街上来，这是路头会，数目没有一定。大会也常常出来，只是没有一定的路程。

到了年初六，那就是精彩和紧张的开始了。

这天前山的七奇会都出动，一早潦里会由渡水桥出来，经大街进马家堤回潦里；诸公井老会则由西到东，一直到席家湖趾头。所谓湖趾是伸出于太湖中的堤岸，大会则在堤岸上来回三次，叫做冲湖趾，是冲退湖中的鬼怪。

在老会冲湖趾的同时，后山槎湾会则独转前山，前山的各村都迎接（除潦里、诸公井不接，因为公出了），一直往西，至天井湾、平岭回后山。后山会接好，冲湖趾冲好，六奇大会都到潦里，潦里会尽地主之谊，诸公井老会则以大阿哥自居，一起坐着，其馀的老弟们则卸了袍，由会首抬着东逛西逛，会老爷们都眉花眼笑地一任会首摇摆，兴尽之后，才到六雅桥（译音）上装回家。

初七大家休息。

初八晚上，相传是潦里农民抗租来太湖厅（现名乡公所）请愿，大家提了灯，沿途各村民参加者甚众，这次抗租运动名曰潦反。现在到初八，由潦里人的老虎旗领导，提灯周游全山。这天各村猛将堂前灯火辉煌，旗杆上点塔灯，各村的小会们更是高兴得非凡。这是大战的前夕，民间的锣鼓也沿街敲打，这夜的会首们，是不会安然入睡的。天还未亮（初九的早晨），就烧会饭，由船装到后山杨湾。潦里的两面老虎旗，更一早就插到前后山的交界处——唐趾岭顶上。别村的会首都选了勇猛的抬了小会，较为年老的无力的管了大会。小会是很早出发了，以便在老虎旗后选一个优越的地位。大会则聚于麦场头，七奇都到了，才浩浩荡荡地向后山出发，小会们等着等着，看见爸爸（大会）来了，都等着号令，抢往山下，一决先后，发号令的是潦里人。潦里的小会（初一至初三出的十奇头），慢慢地先下岭（慢慢地，十分慢的），在下岭的时候，一路打着锣鼓，吹着唢呐，很是好听。待十奇头下了岭的时候，则由一个潦里人执着黄大纛旗，当先奔下，各村的小会们由会首拖着拉着抬着抢着奔下，一时尘埃漫天，杀气腾腾，受践踏的不知多少。岭下是潦里人看守着，排着第一、第二……一直到最后。小会们都下了，大会却依了次序冲下岭去，大家到杨湾船上吃会饭。加油之后，才漫着山走，一直到后山的边沿，上平岭到前山。所谓平岭，不过是由山后至山前的几条岭中比较平坦的，并不十分平，所以大会由后山到前山，必须结了绳拉上去，送下来。一直到前山天井湾，大概终在四点钟左右，大家休息了一下。小会则更要换轿子等（本来的在抢赛时大多毁了），如果抢得第一的，比较喜欢场面一点的，则更备足了冲风旗、伞锣等，由他领头，依了抢的先后，慢慢地慢得要命的（有人说进一步要退二步）向新庙走着。这时新庙上是人山人海，男男女女，竞相争艳。小会们出足了风头，走完了，才是大会。大会次序却颠倒了（由末的排前），衔着香烟，穿了披风，很神气地在金鸡岭上冲下去。最后，却是一马当先的潦里的十奇头了，十奇头也颠倒了（由末的排前）。最后，都是看会的人们。

在前山大小会漫山转的时候，后山的大会也来前山，只是大家集中了前山会，不十分注意后山的了，所以总只是淡淡的一行而已（但后山会却很好看，旗伞都新，有时还有军乐），他们是文转，前山是武转，各有形式不同。

初九之后，出会之汛，大致结束了。初十、十一、十二等几天，湾里的中会常常出来，只是没有一定的。十三那天，后山又有大会到前山。

到十五之后，大会升殿了，除非有人请他看戏，或是求雨、赶荒等，他是不高兴再出来，一直到腊月廿五日。

（《莫釐风》1947 年第 8 期）

苏州风俗杂谈

陆耀乾

提起苏州风俗，只要从“吴人信鬼”这一句话来猜测，自然是八九不离十，反正处处都是迷信。

就说过节吧，苏州人每年都得过六次节，即使搬到外地去，也得照规矩烧香、点蜡、磕头、供饭、敬酒、化锡箔。这六个节是清明节、端午节、中元节、十月朝节、冬至节、大年夜节。每逢过节，总预备三桌，一桌是本家祖先享用，一桌是外祖先的，还有一桌是宅基公公的。同时，每一节总有一定的供奉，如同清明节一定要有青团子同乌熟藕，端午节要有粽子同枇杷，中元节有江豆糕、巧果同西瓜。

再说出殡吧，“出殡”是苏州人不说的，只是说“出棺材”。当出棺材的时候，前面总有两个用竹架搭成的开路神，在它下面用四个轮盘钉上，用人拉着走，因为城内大半是石子路，走起来声音格楞格楞的，真有威风。假使是“盛出棺材”，那末还有四金刚，跟着这方弼、方相两员开路神走，出棺材的行列的最后，就是棺材，但是扛法同北京不同，在北京是把它抬起来的，苏州却是把它吊着的，只要不碰着地就行。

好比有人做生日，那在这天一定要多煮些面，放上面菜，前后左右的乡邻，都得送几碗给他们吃吃，他们吃了面，再来道谢道喜。如果是家道富有的，这天更可以请邻居来，热闹一天。又假使是搬家，那末搬来这天，必须要买些糕同点心，送给隔壁邻居，据说不是这样，这新搬来的人家一定要有甚么不吉的事情。

再说到佛事，苏州是寺观的界限分得很清，和尚是无论甚么时候都是吃素，并且没有俗家的；不过道士却风流得很，这些“蚱蜢道士”们，头上留着发，梳了髻，戴了道冠，在做佛事的时候，是荤酒不闻，但是回到自己家里，

双塔寺

陪着太太，鱼肉酒饭，任意吃喝，享受他那乐趣。可是道士虽是这般，每人都有小技术，吹笛子同箫是拿手，最妙的是要铙钹，把三片玩铁，弄得旋风似的，真是绝技。那些和尚，也就只会敲木鱼背经罢了。

每到夏历七月三十日，在这天的晚上，是孩子们最高兴的时候，买了不少根香，点着了分给他们，每人有三四十根，在天井里满处插上，这就叫地藏香。当插了一地以后，有那暗地的昆虫，看到亮光，都跑过来，孩子们赶紧捉捕，嘻嘻哈哈，到也热闹。还有“火拍”，是给大孩子玩的，点着了把它来回地旋转，一圈圈的火光，也很美观。

至于苏州其他的习惯，譬如街上的河里，可以洗菜、洗衣裳、淘米、倒马桶，烧饭做菜只用柴做的草把来烧，这些也许同北方不一样。其他像办喜事、白事等等，那倒是同这边大同小异。总而言之，假使北方人到了苏州，那末至少他也得外行两三年，才可以略微明白一点。不过如果年纪已经是中年的话，恐怕就难于模仿了。

（《三六九画报》1940 年第 7 期）

太 湖

兆 鹏

一

“太湖有三十六溇，七十二明峰，七十二暗峰（礁石），一百零八港汊，三万六千顷湖面”，这方士式的数字，我们不能说对，但也说不出错处在哪儿。因为关于太湖，从没有可靠的数字，可以依据，我们所公有的概念，不过是“鱼米之乡”。

说到太湖，要提到它的河汊与港湾，这河汊与港湾，构成太湖流域的繁荣，与居民的习性。试站在高处一望，一片平芜的湖田中，列着许多井字式的水道，因此陆路交通，很费周折，一二十里以上的行程，总是坐船的多。这些水道都是狭小的，船行很慢，船窗启处，便是浣衣村女的捣杵声。于偶然一瞥中，留着回味的情趣。江南美人之所以著名，也许就因为这浪漫的气息！

船除汽轮外，有河船与湖船之分。湖船是平底的，遇风不易倾覆，但摇驶很慢；河船是尖底的，摇驶较快，却受不住太湖的风。河船有货船、艒艒船、枪划子、大板船等。湖船有龙飞快、航船、石头船、大渔船等。太湖中最引人注意的，是笨大的渔船，有的七道桅的，有的五道桅的，一道桅挂着一道帆，没目的地蠕动着。有时烟波缥缈中传来几声鸡叫，仿佛是颤动在诗与现实中间的银线，令人兴莫可名说的风怀。船侧有披水板，与浪潮撑距，任何风向，都可拉帆行进，据说当年的艨艟，就是这种东西。湖船推进靠风力，老舵工看天色、日色、水色，即知风候与雨量。河船推进靠摇橹，因水道曲折，转舵较快之故。划桨的很少，虽然推进快得多。

水道长度，以九为单位。譬如十八里，他们说是两九路；十里，他们说是一九多路。为什么以九为单位呢？谁都说不上来。风之迟速，及船重大小，都以浪为单位。譬如说这船很大，能吃三个浪，或两个半浪，即是说，一阵风能掀起三重浪，或两重半浪，而船不至颠簸也。

二

太湖居民，多以捕鱼为业。他们捕鱼的方法很多，规模最大的，是上述的大渔船。渔船捕鱼是需要合作的，小渔汛时，两船合作，叫做一档；大渔汛时，四船合作，叫做一带。夏天多为档，冬天多为带。合作的船，互称为对拌船。假使桅船单独行进，那是形迹可疑，或是窝藏盗匪，或是为匪劫持，水上公安人员，便要去查究了！渔网长几百尺，两端挂在对拌船的船头，藉风力推进，任其所之，渔网经过之处，鱼被包围，不易漏网。渔民每日起网一二次，或乘舢板把入网的鱼捞出来，掷向舱里去。太湖里七道桅的渔船有一百多，五道桅的渔船有三百多，三道桅以下的渔船，不可胜数，每日的渔获物，是很多的。这些鱼多腌成银鱼干去发卖。有时渔民直接向鱼行求售，有时等“行账船”来收买。“行账船”是鱼牙子，为渔民的剥削者。年来农村破产，人民购买力大减，而湘鄂赣闽匪区，实行粮食封锁，银鱼干更没有销场，渔民走头无路，又要负担苛捐杂税，只得向行账船作高利借贷，受其敲剥，而无可如何。太湖里还有一种寄生阶级“烟差”，渔民飘流无定，他们专替债权人向渔民收账，渔民除还账外，尚有各种供应，每天至少一元的烟钱，其叫嚣隳突，作威作福，不减于陆地衙门的胥吏。渔民没教育，又没人缘，他们的痛苦，为外边人不知道的；有史以来，几曾听过渔业放款的事迹？

太湖船不能进内河，正如内河船不能进太湖一样。他们的社会，是自成组织的，和陆地人很少关联。要讨亲择婿，只有在渔户中去找。渔船无论大小，总有三数个小孩，衣服不全在船头傻坐，到过太湖的人，总会引起很深的印象。据说渔民性情忠厚，又好敬神，从没有无子息的。仿佛某书上说过，鱼肉最能生精，渔民的子孙繁衍，也许就是这个缘故！

此外捕鱼方法，除习见者外，尚有“放水乌鸦”及“放夹子”。这些方法是很别致的：一个小船，养着几十个水乌鸦，颈间都用竹篾络住，使大块食物，不能下咽。渔民不用东西去喂它们，它们饥饿时，自会到水面上去觅食，但因喉头狭小，稍大的鱼，便在喉间塞住，吞已不能，吐又不可，只得飞回船上，让渔民把鱼掐出来，它觉到喉头舒服了，又飞到水面上去。“放夹子”是麻绳上装置许多夹子，夹子端置鱼饵，放进渔汛中，鱼吞饵后，夹子张开，撳住其口，便没法脱逃了。

渔民迷信很深，三天捞不到鱼，或危浪撼舟时，总是向空中请五爷爷救命。一般传说，太湖有五位尊神，大爷爷管五谷，二爷爷管水乌鸦，三爷爷管蚕桑，四爷爷管油漆，五爷爷管捞鱼，五爷爷是湖面上的权威，渔民对于它的祈求，几乎是现实的。每日点烛烧香，岁时令节，或鱼获不旺时，则鲤鱼、公鸡、猪首去献祭；秋夏之交，还要到袁山庙里去建醮演戏。前年庙会时，为匪所劫，不敢再在袁山集会了，于是迁到平台山来，酬神时请军警去维持治安，花钱很多，但观众甚少，热闹不起来。

三

什么是湖田呢？若干年来，因山洪倾泻，山泥淤积，这淤积的地区，由地主或商人围圩建坝，寻事垦殖，这就叫做湖田。经营湖田的人，便是湖田的业主。这湖田面积很大，大部分未向官厅备案，而业权自由移转。若干年来政府设机关以清理湖田，要田主缴价税契，里面的纠纷，不知有多少。

湖田是很肥沃的，水旱灾很少，麦干油菜，几乎齐人肩膀。水道均为泥底，不易干涸与壅塞。农人不用施肥，土力稍差的，便拣着河底黑糁糁的泥，戽到田里去。我们船程中，时常逢到戽泥的船，取泥的方法很别致，合掌的箕，箕有长柄，一入水则箕口张开吸泥，出水则因泥下坠而箕掌合。他们忙中带闲的态度，充分表现出农人的安命与悠闲。

湖田的耕种者，有许多是客民。天灾人祸的结果，如河南、安徽、江北有不少逃荒的灾民，这般灾民是有领袖的，向业主领得湖田，转租到一般灾民去耕种。每年收成后，按亩纳租，倘不能缴清租谷，或与业主气味不相投时，便不免解雇；这般被解雇的贫农，便是湖匪的来源。

四

湖匪是很著名的，他们大半是客帮人。客民越复杂的地带，湖匪也越多，如渡村、横扇，常为湖匪出入之处。帮别很多，大抵以地域为名称，如巢州帮、海州帮、河南帮等等，门户之见很深，常因利害冲突，而互相火并。大概说来，湖匪力量的大小，以政治局面为转移，政局不稳时，统治者顾不到太湖，而敌方特意勾结他们，接济他们，以便在后方捣乱。民十九河南大战，民廿一上海大战，湖匪盛极一时，各帮联合起来，有旗帜，有官号，与官军对抗，官军出动军舰飞机，尚未能奏功。一直到政局平定，接济断绝，官军江浙会剿，湖匪的气焰，才平息下去。如果和老水巡谈谈湖匪首领的性格与派别，如何招安，如何逼反，如何以贼制贼，这趣味胜读一部《荡寇志》！更足令人惊讶的，是浦东帮的枪械，多半从某处租来的。该处的居民有的为强盗了，有的不愿为强盗，却从强盗手里找些利润。一根枪以每月奉送若干私盐为条件，其中还有专做担保的经纪人。

剿匪的主力部队，为江浙水警。大股湖匪目标较大，易以兜剿；最感到困难的，是小帮湖匪，他们抢掠后，便逃入芦苇深处，或其他僻静的地方，而且他们善于化装，譬如水火帮，把赃物用长绳系住，拴于船底，要浮水的，便捆上石头，依旧驶进。缉捕的人，很难寻出破绽来。

五

大概说来，太湖及其流域，算是一片福地。居民生活优美，所以不会产生峭拔的英豪与强盗。直接统治的军警，直接危害的匪徒，多是客边人。各寺庙都堆放不少空心的寿材，可推想他们生命的裕馀。农村破产的呼声，究竟还是短时期的。

要旅行的，最好到太湖里来。这时候不必顾虑到湖匪，旅程是安全的。东山的碧萝春；东西山、马迹山的枇杷、杨梅，是名不虚传的；元山的石，亮而着实，在这里你可看到价值十万元的南京阵亡将士纪念碑，是怎样取出来的；西山的土法采煤，也极可玩味。如果假期很长，可在马迹山住下来，这里有太古的静穆，而有最新式设备的旅社。

湖光与山影的美，很难具体地说出来。我以异乡人的基调，在太湖过了不少日子，看落日与帆影，听湖风吹浪与推梢扳梢的交响，有时在西山的桑树下，远远地听到伐木声与鸡叫声。这情景仿佛生活于一首诗里，凄清中觉到充实的感受。此来是干什么的？自家都迷茫起来了。归舟木渎，猛觉得又回到尘扰的人间世，追念太湖生活的情趣，不禁掉下眼泪来。

（《人间世》1935 年第 30 期）

苏州蠡墅的捕鱼船

王志方

真意想不到，那天晚上，气候大变，竟下了一夜的春雪，奇冷得可以。记者除身穿着外，别无馀衣，几乎害起病来，“出门常带三九衣”这句话，的确不错啦！

翌晨，由蠡墅小学，徒步出发，踏着冰雪，往石湖边西观音堂右侧新辟的体育场上，四面眺望，上方山，农田里，遍地雪景，几疑为银世界了！

一二百只牵鱼船、拖虾船、放鸟船、张网船、赶鸭船、荡螺蛳船，氽满在蠡墅镇西首的河港里，河为之塞。三四百个捕鱼人，男男女女，在各个的船梢船头，横七竖八，橹前橹后，举行扫雪运动。许多活泼伶俐的小孩，也在动荡不停的鱼船上，协同工作，好像时刻有滚入河中的危险。

隔不多久，东方的太阳，渐渐上升了。一二百只的捕鱼船，大家争先恐后地向石湖方面开去。拖虾船，进石湖中心，兜出数十丈的捕鱼网，一面掉转船头，拚了死力地摇动着橹，“摇了半天船，缆也没有解”那样的毫无进展。娇小玲珑，船身没有一丈长的放鸟船，三只一队，手划着左右的两支桨，脚踏“平机”，“啪！啪！啪”地响着，驱策这些黑鸟钻入水底衔鱼，衔着了，被渔人叉住头颈，必至吐出后已，很敏捷地在石湖中穿来穿去。赶鸭的老者，乘坐一叶小舟，把细长的竹竿，上端系了破蒲扇，慢吞吞地驱鸭找食。荡螺蛳的，手捏夹网，弯了腰，扭扭捏捏地夹螺蛳。张网船、牵鱼船，仍在河岸边打瞌睡。

一个麻面孔的江北兴化人，瑟缩抖弹，非常狼狈的样子，站立于观音堂的门前。

“你是捕鱼的吗?”记者问。

他连忙抬起头来，露出一副哭丧的脸孔，开口道：“正是，我们牵鱼的。”

“这几天，牵鱼的情形怎样?”

“寒冷的天气，我们是白天牵鱼的，到了春日暖和的时候，便要在夜里牵鱼了。昨夜风雪交加，冷气袭人，昼夜没有工作，这又要吃蚀了！我们三只船联合在一起（指着西南角的三只），每船三人。这几天在石湖里所捕获的，是塘鲤鱼、鲫鱼、白鱼、银鱼、土鲋鱼、蟹、虾、鳖、蟛蜞，一天可以牵到五六十斤，小鱼每斤七八十文，塘鲤鱼每斤四百多文，统统卖给这里的鱼行，合铜元八九千文，每船可得一元的样子。”他很率直地回答说。

返回镇上，访问开设鱼行的尤君，据说：“蠡墅的鱼市也很著名的，镇上每天可以销去一二百元的鱼。停歇在蠡墅镇的各帮捕鱼船，一百只左右是常有的。各网船在东西石湖，每年获鱼数量，约数十万元，接连石湖、太湖，出产更多了。”

石湖是某姓的私产，捕鱼船必须购买了荡票，才可以到石湖里捕捉，每船一年二百文，年有八九百元的收入。邑人李根源，预备出资一万元，收买石湖，行将成为事实，且有伟大的计划，布置石湖风景区。这一消息，在蠡墅镇上，现在传说甚盛。

（《星华》1937年第2卷第15期）

金昌三月记

叶楚伧

金昌亭为苏州胜游荟萃之地。香巢十里，金箔双开；夕照一鞭，玉骢斜系。留园之花影，虎丘之游踪，方基之兰桨，靡不团艳为魂，碾香作骨。亭午则绿云万户，鬟儿理妆；薄暮则金勒香车，搴帷陌上。迨灯火竞上，笙箫杂闻时，则是郎醉如醇、妾歌似水矣。

阿黛桥在后马路，为箫鼓渊薮，伎家栉比以居。同春、同乐诸坊，门临桥干，重阁覆云，下眺马路，斜照中，五陵年少，连骖而过，时与楼头眉黛眼波疾徐相映。余《金昌杂咏》云："阿黛桥头夕照斜，玉鞭金勒碧幢车。重楼十二珠帘启，看煞梁溪浦醉华。"

黛桥诸坊而外，则有美仁等里，在石路一方，毗接山塘，犹秦淮之有旧院。花栏琴榭，小林居之；插柳双门，遂成艳窟矣。

留园芙蓉花坞，菡萏池塘，为江南冠。春秋佳日，裙屐毕集，尤以四面厅为花影侧聚之薮。季春之兰花会，倾城士女，连翩而至，但汗香粉腻，笑倩语低。兰花此时，固不欲以解语媚人，人亦未尝以兰花之媚为媚也。

西园为某氏七姨舍资所建，中供罗汉五百，鸠五年之工而成，住持僧与七姨，常顶礼其间。广池一泓，虹桥六曲，繁英密采，虽不如留园，而清旷胜之，出留园西行百步即至，衣香鬓影，时与曲廊洞房相点缀金昌风景也。

方基画船，薄暮斯集。船娘多二十许丽人，织锦花鞋，青罗帕头，波光面影，一水皆香。最好是艄头笑语，月下微歌。

风华少年，挟艳买桨，游虎丘山塘间，夕阳欲下，缓缓归来，辄集于方基。野水上杯，名花列坐；笙歌隔水，珠玉回波。星转露稀，则两行红烛，扶醉而归，洵夜景之解人，欢场之韵迹也。

余好驰马，遍金昌无一骏者。武弁徐某，马声满吴下，未有能超乘过之者。

一日偶见小青骢一，扬鬣长嘶，栗耳瘦胫，状颇神骏，试以小走，平疾两备。时徐方放辔掠余侧过，余疾驰角之，自阿黛桥绕路三匝，如飞弹跳丸，破空而过。两岸采声与风齐起，微闻脆声唱好，嘤然入耳，回顾盈盈，仿佛是同春采影也。

小白兰花，名满全国，原姓浦，无锡之荡口人，柔曼斌媚，丰华高贵，有压倒群芳之概。时梁溪浦醉华，酒场诗阵，一时无两，与余同走金昌间，颇昵小白兰花。余笑调之曰："卿家故事不凡，特芍药一栏，恐非三郎所宜问讯耳。"醉华无以答。《金昌杂咏》云："绿影红蕤冠赵家，昵人小字白兰花。佳人丽字应须记，难煞风狂浦醉华。"

绿梅影与花翡，姊妹行也，一色衣裳，两般娇小，哕哕然有雏凤竞鸣之概。虞山钱镜英昵之，至终日匿迹妆阁间，奉匜刷鞋，执美人役。伊家玫瑰酒，冠绝北里，余又酒人，至辄索饮，饮毕竟去，几忘其为赵李家也。

花珍字采影，居同春坊，能读书，教以词，琅琅上口，喜作男子妆，丰姿翩然也。性抗爽，辄为其俦解事，人莫能诽，顾娇小轻盈，一十六岁小妮耳。尝与余语竟夕，金昌亭畔人，颇有以幺凤毁之者，采影曰："生遭不幸，至以歌舞媚人，尚何忍自文，益令人齿冷耶。"余为惋叹久之，赠以《减兰》一阕云："采香泾里。倾国名花双舫旎。微雨帘栊。茉莉吹来一段风。　蛮靴秃袖。一串歌喉珠跳走。堕落时流。值得为卿一度愁。"珍婢翠弟，亦娟妙无俦。

花绮字彩琴，居美仁里中，能绘花草，为金昌亭畔第一人。尝画一莲花便面，丐余题词，余为写《清平乐》一阕云："花容人面。些儿难分辨。鸂鶒波新妆潋滟。开到并头尤艳。　可堪分付花神。横塘遍种莲芬。一瓣结成一子。子子沁入郎心。"绮喜，为设酒宴余。

王三字宝宝，百花巷歌者女，居安乐里，丰腴朗润，尤以柔媚胜。豪于饮，百斗不醉，与余约，余作七绝一首，伊亦倍尽一觞，自夜戌初起至晓，余成《金昌杂咏》三十绝，伊亦连引三十觥，淹才垂尽，环颜亦酡矣。其婢阿巧，亦能饮。故角饮斗杯，每每令人思王三，《金昌杂咏》中联云："花笺涴遍题诗墨，值得王三醉一宵。"即此事也。

谢英字月，居同春坊，冶艳为金昌冠。初余随总兵张公饮留园，笑曰："君才子合耦佳人。”遮令英就余坐，余嘿然不知所语，似记纳罕日："海棠之娇，芙蓉之清，夭桃之媚，紫薇之柔，此人尽之矣。”后遂时征之席间，婉娈和顺，无现时习气，佳姝也。

李双珠，下驷也，顾其侍儿金凤绝佳，与双珠合唱《春秋配》、《乌龙院》，吴下歌场，一时无两。金凤父马翔云，为江湖名旦，双珠诸曲，皆受诸翔云。翔云老矣，乃留女以教双珠，主婢亦师生也。余七绝云："南朝法曲几回闻，捍拨檀槽旧典型。沦落江头老供奉，新声竞记马翔云。”

浦醉华陌上连车，楼头斗酒，俊游中气概，豪快不凡，昵王三。竞渡日，遍集曲中诸姝，开午饮，自午至酉，花气如云，衣香绕席。凡金昌名妹，如花绮、花珍、谢英等，莫不彩舆钿车以至，歌声笑声，与楼下喝彩声相应，洵色界之豪游，情场之盛史也。

左灵夫将军，以据鞍馀姿，入笙歌世界，缠头一掷，百万金豪，冠绝北里。旧时部曲，半江湖游侠客，香粉排衙，竹丝掩席。歌呼喑暗，居然东山携妓之遗；结驷翩翩，不少南郭寻春之乐。时邑令田宝荣，亦常过金凤家。余《金昌杂咏》一绝云："花扑双舆新使君，锦衣匹马旧将军。鸣驺齐向金昌里，偷解金泥簇蝶裙。”以两纪之。

金昌两金凤，一为李婢，一即田宝荣所眷者。田所眷者，为城内卖烟者妇，艳名遍吴下，而《姑苏尤物》数卷，专述金凤事，第惜其遣词粗俗，唐突姝丽。丰容媚骨，自擅奇姿；放浪形骸，无伤国色。不数锺毓之才，自宜令上天下地贤不肖共领略之。人谓金凤荡，余谓惟金凤斯可荡耳，戏系以诗云："狂简不妨称弟子，贞淫何事别佳人。天公未断烟花种，留得姑苏婪尾春。”

花珍好读书，曾为余背"黄河远上”一绝。一夕至其家，时方小别，于锦盒中得其《忆别》一绝云："碧罗衫子不知寒，念四桥边月影阑。事事不堪郎去后，夜深牛女带愁看。”一往情深，不数于灞桥残月中，听唱市桥杨柳矣。

王三家咸瓜，花翠家玫瑰酒，林霏家八宝鸭，周二宝家龙团茶，俱擅一时之美，而尤以王瓜、花酒为最。瓜着齿，脆嫩芬芳，咸不伤涩，令人有厌薄珍错之想。

李双珠之《春秋配》，花绮之《乌龙院》，沈媛媛之《富春楼》，皆极一时歌场之选，然终未若花珍之《小放牛》绝伦超群也。

吴俗谓主娘为花婢子叶，间有倡条冶叶，独占一时，寂寞花神，反而低首者，则操莽在侧，彼祭则寡人之主娘，仅司起坐迎送之职已耳。金昌亭下采影家，翠弟第一，金凤次之，小白兰花家阿弥又次之，馀则桧下诸什矣。

中秋日之留园，娇莺雏燕，联翩以至。余与朱、钱诸君，饮于木樨香处，当筵编《各园花影录》，品谢小林为第一，花绮第二，徐文玉第三，各系以身段衣饰之骈评。编末，余写一绝句云："名园别辟绮罗乡，云髻珠冠各擅场。新定谢娘为第一，万花丛里记时妆。"

一夕过王三家，时方为某伧所嗛，因唱别鹄离鸾之曲，声韵凄惋，不可卒听。余急止之曰："忧能伤人，卿好饮，余试以酒忏之。"乃设四碟，咸瓜、莲子、杏仁、云腿，出其自酿吹瑰酒，挑灯对饮，婢巧儿剥果温酒以侍，酌不计觞，酡然乃已，初不知朝曦上窗、好鸟催妆也。

余与浦醉华诸子，于竞渡节前后宴集始，至中秋前后止，日以时计，郇厨陶酒，到处品题。新太和之肆应，九华楼之明敞，皆为金昌冠，一夕集吴下诸俊人，饮九华楼，倾金昌之秀，无不莅止。故浦有诗云："帘内笙歌帘外月，几宵春满九华图。"

吴人歌喉之滑，娇莺乳燕，殆难伦比，恨语调不善，易入俚俗。云门诗云："吴人京语美于莺。"此为善体会者。必以吴人之喉，为京人之语，庶足为二美具乎。余涉足此中，辄作是想，而顾难得其人也。友人某曰："是南北二大美素，安得而遽人人合并之？君想得毋太奢。"余为之哑然。

金昌兵变事起，市廛栉比，几尽付劫灰，燕梁莺屋，大受创损。陈其年《平山堂感事诗》云："轻红桥上立逡巡，绿水微波渐作鳞。手把垂杨无一语，十年春恨细于尘。"余亦次其韵继作两首。其一云："迢迢楼阁劫灰新，脉脉垂杨绾旧春。惆怅金昌门外道，香车无复逐轻尘。"其二云："流絮飞花无那春，云烟重结此江滨。杜郎回首三年事，绮恨空情梦似尘。"吊人亦以自慨也。

（《小凤杂著》，叶小凤著，新民图书馆 1919 年初版）

严行废娼后之吴门

尧　昌

姑苏女闾，本负艳名，以故平津各埠，娼妓莫不冠以“姑苏”二字，一若“良乡之栗子”、“兴化之桂圆”，非此不足号召也。吴人土音柔媚，大都用以假冒。所谓文物之邦之大好姑苏，数千年来，留此一大污点，未能洗刷，良可叹也。乃者，废娼之声，高唱入云，京汉各处，多有废娼之举，而历史上甚负盛名之姑苏娼妓，犹公然存在。苏市当局，乃集合各机关有废娼运动委员会之组织，于九日上午，举行废娼大游行。爰将闻见所及，录之以实本谈。

大宣传轰动全城　该会于是日上午九时，在公共体育场集合，如市政府、妇女协会、县党部、县政府及各机关代表百数十人，及市公安局军乐队、骑行队、保安队等，整队出发，游行各热闹街市，如观前街、护龙街、东西中市、阊门马路，及娼妓最多处之民庆里、桃源坊等，沿途高呼口号，遍发传单。一般老鸨龟师，因之怒目仇视，吞声怨骂，其状殊可笑也。十日下午，由农民协会四出演讲废娼。十一日，城内青年会，城外普益社，更有废娼游艺会之举行。一时轰动全城，万人空巷，其宣传之广可知矣。

马路上黯淡冷落　自市公安局吊销公娼执照，实行取缔后，上中下三等妓院，为暂避锋头计，均关门闭户。惟城外各菜馆、各旅社，平日市面向藉娼妓维持者，自取缔令下，各商店乃门庭冷落，提早闭门，于是不夜之金阊一角，九时后冷落异常。马路商家，乃联合各商店联名具呈当局，要求保留歌妓，免致马路市面一落千丈云，不知能否批准也。

提议雇佣女招待　吴门夜市，仅金阊一角。金阊一角之所以有夜市，乃因上下等娼妓均集合于此，职是之故，该处旅社、菜馆特多，惟自当局严行禁娼后，旅社、菜馆营业大受影响。故有投机者，拟利用此项被禁娼妓为女招待或女茶房云。

（《申报》1929 年 6 月 14 日）

出　厂
——吴门画舫史的一页

范烟桥

苏州的船娘，是很香艳的名词。有许多人以为和江山船上的九姓姑娘，一般是以色相取悦于人。其实不然。伊们擅长烹调和伺应，只是一种圣洁的女子职业，不能和陆上单调底卖身的倡伎相提并论的。间或有几个过于风骚，而附带发生些风流史，却是属于秘密的，大体总是规规矩矩的。

不过在同光之际，苏州的倡伎，总是喜欢泥着狎客去坐船的，夕阳箫鼓，载着许多佳丽，软语清歌，真有一些诗情画意，是值得回忆的。

在光绪中叶，苏州的伎家，集中在仓桥浜，有三家是自己备着画船的，两家姓陈，一称大陈，一小陈，一家叫嘉福。倘然坐船，每天只须十二元，一切在内，并无酒钱小账等情，倒要吃两顿。中顿吃壳四冷盆，四热盆，六小碗，八点心，外加小碗鱼翅，点心的制作极精，都是象形的，至今那些菜馆还在模仿着，称为船点。夜顿鱼翅全席，估计价值，似须蚀本，所以有人说伊们上菜极快，一等停箸，即行收去，把剩馀的菜蔬，留作后用的。其实未必如此挖打。因为伊们的手段是长线放远鹞的，这一回蚀一点本，总有捞回机会的。

请来的客人，须出台面钱二元，俗名探眼镜。倘然叫局的，大先生三元，小先生二元，在临行时客人悄悄地放在茶托里的。伎女要给本家一元，名坐场钱，本家给客人的跟随轿饭钱六百文。当时请客所费无多，而极有面子，所以门庭如市了。

从七月十五日起，看三节会，开船谓之出厂。意思说夏天画船去抹油揩漆，这天才出厂下水。船上满装灯彩，一直到八月十八日行春桥串月下彩，中间三十三天，要连日有生意才好，假使有一天间断，就得下彩，是非常扫兴的。所以本家非用全力拉拢客人不可，有时竟肯贬价迁就的。

大陈家有一个本家叫阿嫂，大块头斜眼，生得臃肿可厌。但是伊说笑话打趣，是一等名家，客人就非此婆在座不欢。伊又很自高身价，不肯轻易出来应酬的，所以有些客特地在局票上写明“阿嫂乘轿出局”，当时伎女出局，都是徒步的，许伊乘轿，可算得隆重了。可是逢到生意清淡的时候，伊也要出来张罗的。伊斜乜着眼，很能鉴貌辨色，倘然这客人是吝啬的，伊决不空费唇舌去兜搭他的；要是伊来兜搭的，没有一个可以幸免的。伊的交际手段谁都佩服的。

画船近的到虎丘，远的要到天平山观音山，四平八稳，艺术真不差。逢到挤船的地方，船家把长篙子在船头前一点，船就立刻撑住，船家身子向上跳起，和现在撑篙跳的姿势一般，叫做“蜻蜓躲”。

这些话当然不摩登了，这们的旱荒，还有这种么出厂的盛典么？虽是说腐化生活，却也见得当时苏州的繁荣，真有一点天堂味呢。

（《苏州明报》1934 年 8 月 24 日，署名鸥夷）

姑苏台游记

王兆埙

四年五月，余到苏后，即访姑苏台。良以此台为吴中最要古迹，著于史册，咏于诗人，览古寻幽，皆宜注意。

读《吴地记》有曰："姑苏台在吴县西南三十五里。"《吴郡图经续记》有曰："姑苏山在吴县西三十五里，连横山之北，或曰姑胥，或曰姑馀，其实一也。传言阖卢作姑苏台，一曰夫差也。盖此台始基于阖卢，而新作于夫差。昔太史公尝云：'登姑苏，望五湖。'而今人殆莫知其处。"云云。由《吴地记》之说，于此台所在之处，并未指明。由《图经续记》之说，姑苏山以台得名，或以山名台，亦不可考。且谓今人莫知其处，问诸吴人，亦多不知。

翌年，遇吴颖芝先生，就问姑苏台故址所在。先生稽古好游，告以在吴县西南和合山上，和合山者，即姑苏山之俗名也。案牍无暇，久而未往。

八年五月下旬，张喆夫亚侄，自夷门赴沪，过苏小住，于三十日买舟同游，未几即至姑苏山下。泊舟登岸，问诸村童，指山上之高堆曰姑苏台。乃偕喆夫由山之西南，攀藤而上，转而向北，奋登台巅，方丈平坦，台址四围，绕以松柏草莱。鹿游之感，虽不胜情，然姑苏台之名，至今村童犹能言之，考古者又乌可忽乎哉？因以摄影镜，留其风景，下山解缆而去。

按地理考之，姑苏山距吴县二十五里，距木渎二里，在横山西南，七子山西北，而《吴地记》、《图经续记》所言道理，既不相合，方向亦有歧误，所谓连横山之北者，而实连七子山之西北，盖横山在横塘之西，其山南北横列，不与他山相连。吴颖芝先生谓《苏州府志》误七子山为横山，窃疑根于《图经续记》，以讹传讹，未之深察耳。且姑苏山既近木渎，遥想当年吴王造馆娃宫于灵岩山上，又造姑苏台于此山上，台宫相对，游幸其间，亦为必有之事。姑苏台故址，今既犹存，而《图经续记》引史迁之言，谓今人莫知其处，其说似不可信。姑苏山距城虽有二十五里，然登城垣西南隅，凝睇横山、七子山之间，亦可悠然见之。至古今里法参差之数，行箧无书，不能考证，俟异日再讨论之。

（《青年进步》1919年第27期）

保圣寺访罗汉记

金松岑

六直，古甫里也，天随故居，在今白莲寺后。白莲寺，震川以为保圣寺之别院。保圣寺创建于梁天监朝，而白莲位其西庑。天随故居今尚存光明阁、桂子轩、清风亭，亭祀天随像，一水环之，因谓即斗鸭池云。保圣寺大雄殿中供释迦文佛，厥高六丈，迦叶、阿难立侍，志称其旁十八罗汉为杨惠之塑作，今存其五，而骨法衣纹赋色，以其中两尊为尤生动，背影云气，皆唐人皴法。昔东坡咏凤翔八观，有杨塑维摩诘像，在天柱寺；《中吴纪闻》载慧聚寺有毗沙门天王像，形模如生，唐杨惠之所作，寺在昆山境。两塑今皆不可见，阅世千年，独灵光巍然存于甫里。夫寺创于梁日，塑起于唐年，市朝陵谷，迭废迭兴，盖至南渡而像设之存于世者，已等凤毛麟角。《纪闻》固言天王左右侍女，为俗工修治，失其初意，今保圣寺殿宇，业为乾隆制度，杨塑之存于是者，其果无毫发之损益与？虽不能无损益，然赵宋以来，笃嗜锺、张、二王书，钩橅覆刻，犹若渊乎其有神味，吾信世之考古艺者，求惠之之遗范，必将于是焉取之矣。惠之与吴道玄同师僧繇笔迹，见道玄名成为天下第一，乃焚弃笔砚，独精思于塑作，卒夺僧繇画相，与道玄争衡。儒者学古则志于古，虽圣贤豪杰，视吾心力之所向，迟速必几于成，况于艺术哉？寺既圮而不蔽风雨，此五尊者，移置光明阁下。寺门之左，有宋熙宁七年尊胜陁罗尼真言经幢一，八面六级，高丈二。寺内有唐大中甲戌佛顶尊胜陁罗尼真经幢一，亦八面，丧其顶；又有西方三圣铜像三，方石四面造佛像一，审非近代物，皆可珍。

（《天放楼文言》卷五）

甪直观塑记

熊适逸

“中国没有雕塑家!”这一句话并不是太瞧不起中国人，实在是中国没有一件好雕塑品。现在的两位雕塑家——李金发和江小鹣先生——也没有什么作品给社会鉴赏。谈到从前的呢?简直没有人提起过!“泥塑木雕”，是一句表示中国雕塑不行的成语。中国的雕塑真不行么?不然!“世有伯乐，然后有千里马。”没有伯乐，所以中国的好雕塑物都被埋没了，甚且不仅埋没，还糟蹋毁坏了!中国不常有伯乐，外国却常有伯乐；你瞧，我们的“千里马”被外国的伯乐牵去了多少呵!江苏吴县和昆山县合辖的甪直镇里，有一座保圣寺，是梁天监中造的。年代久了，照着“天演”的公例，是要倒了，——里边许多不相干的泥塑罗汉，也要随着它同归于尽了!看过《甫里志》(甫里即是甪直的旧名)的先生们，虽然知道这些罗汉是开元中杨惠之所塑的，仍然觉得与他们风马牛不相及，倒毁了算了!民国七年，顾颉刚先生偶然看见了，知道是名塑，赞叹了一番，也就算了。不料再过五年(民国十一年)，重游的时候，才知道破庙会倒的，泥塑会坍的，美术品会变成瓦砾的!恼怅得说不出话来，和陈万里先生拍几张罗汉的像片，向各处接洽，做保存的运动。据说运动了一年，没有见着什么效果，便在《努力周报》上做了一篇《记杨惠之塑罗汉像》，为它呼救。后来高梦旦和任叔永两位先生，向江苏当道请求保存，这才算是救得了几尊历劫不毁的罗汉。怎么叫做“保存”呢?怕要我解释几句才明白。就是把罗汉由瓦砾中搬了出来，放在一所大约三五年内不致倒坍的，而且空气极流通的破屋子里边。想必是怕空气不流通，于罗汉爷的卫生有碍!若是移到精美一点的屋子里去，又怕养成罗汉爷的骄奢习惯罢!当时送了六张照片，顾先生还做了几段文章，在民国十三年的《小说月报》第十五卷第一号和第五号上面登载了。我们中国人对于这几位该坍毁而未坍毁的唐塑罗汉，所做的便终止于此，也可算是仁至义尽（?）了。

“千里马”是有了，但是“伯乐”呢？顾先生陈先生不能算，高先生任先生也不能算，江苏的当道更不能算了！我现在硬要把日本东京美术学校的教授大村西崖氏比做“伯乐”，想必诸位不致于不顾事实说我媚外亲日吧？大村在东京，得着朋友陈彬龢先生一封信，和《小说月报》中几张相片，便不远万里而来，到角直去参观。真惭愧，他出国的时候，还怕这种宝物保存得太严密，外国人恐怕看不到，觉得一切事宜都踌躇可虑，然而毕竟冒点危险来了。我们这一些正在喝凉风的罗汉，被他饱看了五天。他请摄影师照了二十八幅相，回国去便出了一本《吴郡奇迹：塑壁残影》，前面做了一篇洋洋万言的考。这本书卖价日币十二元，前年初版，今年已经再版了。人家出的《塑壁残影》在那里畅销，我们的塑壁残佛还在那所破房子里喝凉风呢！我在到角直去之先，及回来之后，和人谈到杨惠之塑像，许多人还问我“杨惠之是什么人呢”？我不得不藉这个机会和大家介绍一下子。

杨惠之系唐代开元时人，可算是中国空前绝后（到今日止，以后的我不敢说）的大雕塑家。元代的刘秉元，还是赶他不上。他和吴道子两个人同师梁代张僧繇的笔法作画（有人以为他们两个都是张僧繇的学生，这便错了），两人的艺术都好，命运却有穷有通。吴道子的名气偏偏比他大，他不甘居人下，抛了笔砚来专攻雕塑，于是也名重一时，和吴道子相伯仲，当时便有“道子画，惠之塑，夺得僧繇神笔路”的话了。唐代的寺观，最盛行画壁，吴道子所画的壁，两京的寺观，差不多都画遍了，真是大名满天下了。杨惠之要和他对抗，便创作塑壁，壁上的山、水、云，比画的还要像真一点，不愧为雕塑圣手。宋代郭河阳所创的影壁，就是师杨惠之的塑壁而作的。杨惠之有一部著作，名曰《塑诀》，可惜不传了。

杨惠之的作品，据纪载中看来，有京兆长乐乡太华观的玉皇大帝像，汴州安业寺（睿宗延和元年改名大相国寺）净土院大殿内的佛像和枝条千佛，经藏院后三门上的两座神像，和那个殿里面的维摩居士像，还有洛阳广爱寺三门上的罗汉，和山亭院的楞伽山。楞伽山塑得极好，唐末广明的时候，黄巢之乱，所有京洛间的寺观多被毁了，惟有杨惠之所塑的东西，却没有弄去，想必是爱惜它的精美罢。后人看了多半题诗在壁上，相传都被留守刑部侍郎晁直谅划去了。还留了二诗，一首是李琪的："善高天外远，方丈海中遥。自有山神护，应无劫火烧。坏文侵古壁，飞剑出寒霄。何以苍苍色，严妆十七朝。"他一首少了头两句，是唐沙门净显的："灵异不能栖鸟雀，幽奇终不著猿猱。为经巢贼应无损，纵使秦躯也谩劳。珍重昔贤留像迹，陵迁谷变自坚牢。"塑壁的名贵，可想而见了。陕西临潼县骊山的福严寺，传是用开元时华清宫的馀材所建的，寺里佛殿的塑壁，也是杨惠之的作品。江苏昆山的慧聚寺，也有杨惠之所塑的毗沙门天王像，他旁边的两个侍女，形态尤妙。宋龙图阁学士徐林（字稚山）做了一篇记，说它是塑品中的杰作，后人千万不可妄加修治，使得反失去其真。但是毕竟被后人修改了，以致失了初意。凤翔县东天柱寺里的维摩像，也是杨惠之塑的，苏东坡的诗说："……今观古塑维摩像，病骨磊嵬如枯龟。……此叟神完中有恃，谈笑可却千熊罴。……至今遗像兀不语，与昔未死无增亏。……"看这几句诗，可想见它的神妙了。《太平清话》中说："杨惠之以塑工妙天下，为八万四千手眼观音，不可措手，故作千手眼。今之作者皆祖惠之。"至于杨惠之的画，据张爱宾的《历代名画记》里说，西京千福寺东塔院的壁画、涅槃变相和鬼神图都是精妙绝伦的。关于杨惠之的塑像，还有一段轶事，相传他在京兆的时候，曾塑了一座当时的名倡留杯亭的像，故意把它放在热闹的大街上，过路的人看见它，都以为是留杯亭出游，认识的人简直上前去招呼它。你想他的艺术像真到什么地步呵！

继杨惠之而起的雕塑家，有吴道子的门人张仙乔（原名爱儿）、王耐儿等，和元伽儿、李岫、张智庄等，都比不上。到晚唐五代，塑作妆銮的名匠尤其来得多，然较之杨惠之更差远了。

中国一千二百年前的艺术神品，居然还留在人间，无怪大村说："此种名手真迹，禹域虽广，至今尚得岿然可见，则研究古代美术者，其谁不惊且喜哉？方余披读陈氏来书之顷，不禁雀跃，纵使真迹业经后人修补，第其原作之美，固犹尚存典型，则其仍不失为美术史上一大创获也可知。向往之情，颇难自默，遂以语之正木校长，校长乃复为余与外务省文化事业部长冈部子爵谋，遂由该部给以膏秣之赀，而作甪直镇之游焉。”

人家不远万里，漂洋过海来看这种东西，我们近在邻县的，还不该去参观吗？前一个月，我和黄任之先生无意中谈及雕塑的事，他便说将有甪直之行，我当然马上就和他订了一个同游之约。十一月十七日早晨八点五十分，由北站坐特别快车动身，十点多钟到了昆山。同伴相约下车，一共六个人：黄伯雨老先生、江问渔、沈信卿、黄任之、周静涵先生和我。黄老先生今年七十二岁，这次的游兴最好，他是专为塑像事而来的。沈老先生也有六十五岁，年来深居简出，这种阴云密布的冷天，难得他撑雨伞、穿皮靴、披大衣出游。

由昆山到甪直的小火轮，每天只有一次，是在下午两点钟开。我们六人先到方唯一老先生家里去，约他同游，因为甪直的乡董沈伯安先生是他的学生。他们几位这次来，都因为这是江苏的古物，本省的人自然要比别人格外关心一点，特来商议筹款建筑保存所的事。黄老先生便告诉方先生，说大学院已经答应出一万元，还要一万元，由大家募。他知方先生还有张仲仁先生，三人共担任一千元，总可以做到。方老先生慨然说：“可以的，我怕还可以多担任一点。”这种热心公益的精神，令人钦佩！时间尚早，便在此处看方先生收藏的字画书籍和金石。

在黄先生家饭后，我们就上小火轮到甪直去。头等票价三角二分，也只有一间，通只能容我们七个人。船开了，在这种弯弯曲曲的小直港里漫漫地走。“原来小小的港里，也有很大很大的船往来呵！”沿途碰见了好几只大帆船；到了吴淞江，船更多了。

我们上岸后，便有人来迎接。但是我们都以先睹佛像为快，所以先到保圣寺去。走不到两里路，便是保圣寺。吴县县立甫里小学就在这里，我们也不参观学校，便请他们带我们到塑像前去。那时已经是五六点钟，初冬的太阳，早已通电下了野，要等到明天才肯为苍生而东山再起了。暮色朦朦，我们在像边徘徊了好一会，沈伯安先生便借了一个手电灯来照给我们看。这实在不是鉴赏艺术的道理！我们只看见五尊佛像堆在一所旧屋子里，地下铺满了的“塑壁溅块”。前面中央一尊像，当然不是罗汉，沈先生说是达摩。但是照着大村的考内说，“一尊瞑目定坐，高四尺，邑人呼之为梁武帝”，显然是这一尊。不过我们不能说沈先生不是邑人，到底这是谁，因此不敢决定。他身穿龙袍，面目短小，和后面几位罗汉却大不同。后面右边第一尊罗汉，圆颅，大颏，长眉，巨目，隆鼻，阔口，肥耳，粗颈，和上海英租界街上的红头阿三是一模一样的，左手看不见，右手置膝上，神气极自然，盘着左脚，右足的一只大番鞋还没有坏。向左一点便是中央，放的是一尊盘双膝而坐的佛像，像貌温和，眉目上斜，足以表示中国人的面容，右手握住，左手张开，都置在膝上。再左又是一位太戈尔的同乡了，张开口作狞笑的样子，右手举起来，展左手置在膝上，这一位的神气也很好。最左又是一位“温良恭俭让”的同胞，容貌比中央的一尊还要和气一点，两只手都在袖子里面，所以看不见。这几尊佛像是什么颜色，他们的衣服和袈裟是什么颜色，微弱的手电灯光下，是辨不出的。这一下实在没有看够，所以仍留连不忍走。但是再看也没有用，只得缓步出来，往沈伯安先生家中去。

我这篇东西，对于塑像的纪载，假使只有这一点，读者一定是很失望，而要骂我的。我这次出游，对于塑像，假使只看了这一会儿，也要和读者一样地失望而要骂我自己的。所以当晚在沈先生家中，便商量来日的计划。七个人当中，方老先生是不成问题的，他以半主人自居，陪我们来逛，佛像是他千百遍见惯了的。我私心非多看一天不可，但是有这几位老前辈在那里，我便默不作声听他们说好了。黄伯雨老先生的游兴极浓，很有留连的倾向。无奈昆山教育局和县立初级中学请江问渔先生次日下午一点钟讲演，所以明天非走不可。小火轮在清早八点钟开，而且只有这一次，民船怕不能坐，岂不是就此游完了吗？不然！一方是游兴未尽，一方是主人留客意诚，所以说妥了明天十二点钟包一只小火轮走。这一只小火轮，八点钟载客由甪直去，十点钟可到昆山，马上回头，十二点钟不是便可停舶待命吗，载我们至昆山，正好赶上它的两点钟由昆山到甪直的原定时间。只不过累了江先生失一点钟的信就是，但是可以打电话招呼昆山教育局，告诉他们要迟一点钟才能到。像这样说定了才安心休息。我们那天晚上便在沈先生家里把那本大村的《塑壁残影》看好，那里面有成片的塑壁是现在没有的。我们看见几尊光罗汉，尚恋恋不舍，无怪大村看见许多塑壁，竟一连看了五天呵！

有许多我们没有看见的，大村却看得很仔细。他的《塑壁残影》里面说："该寺外门，为乾隆砖造，形似牌坊，石作雕饰，虽交错其间，然于考古学术上殊不足道。复进数十武，门屋在焉，支柱微倾，有壁分立于东北及西北两隅，是盖昔置二神王像者。更越数十步，为大殿，其前厢乃后人所增筑，殿之营造颇古，察其柱脚之朽腐，即知其为五六百年前遗物，室已颓败，由承尘隙处，竟可仰觇白云动荡。佛坛后壁，亦塌损几尽。坛以石筑，高四尺五寸，左右二十二尺，前后八尺，上置丈六坐身之释迦，左迦叶，右阿难，均为高约八尺之像。阿难像心柱已折，倾倚本尊；本尊趺座，亦已破坏。三尊作风，虽非唐代，尚具古致。东西两壁，顾氏所谓之罗汉像，散置其间。壁端山岩、树石、云水之配景，有关文献，殊足令余惊喜！多年臆测之塑壁，今日始获亲睹，诚幸事也。……至顾氏等，则只知有像，而不知有壁，良以塑壁之真价值，于今日之美术界中，尚未为人所认识故耳。今余乃于无意中得之，又安能不对之流连而不忍去乎？出殿后数十步，复有一殿，栋宇崩落过半，野草幽花，争妍殿上，此室较大殿略小，而构造与大殿神王门正同，是可证为同时所建者。殿后之像，为后人所作，不足比拟大殿。盖余此行研究之主要事，端在大殿及塑壁二者而已。"

他这一段记载，除了牌坊式的外门，我们在次日看见了之外，其馀的都没有看见。数十武内的"门屋"，现在成了一座"过风亭"，添了一些近年不可少的点缀——标语和广告。更越数十步的大殿，已经用竹篱围住，里边都拆去了，佛坛又用竹席包着了。这三尊"虽非唐代，尚具古致"的佛像，无从瞻仰了。至于成片的塑壁，也没有看它的眼福，故不得不再引用大村的考了，他说："塑壁起于殿前与金柱相并之檐柱，由东南两壁，折入后壁，经隅角至第二之檐柱终。东西各横四十二尺，高十二三尺，下部高约一尺五寸，前后造四尺许石坛，侧面虽有浮雕，以瘗于浅土而不易见。坛上壁面，塑有山云、石树、洞窟、海水等，其间上下各处，配置罗汉像。惜乎后壁大部分与全壁之下方，剥落殆尽，土块山积，更越数年，恐除此影片以外，将无复若何形状可睹矣。观其作法，柱间砖壁，添附若干小柱，心木支材，则纵横斜直，任意伸出。下部构以高低大小种种不同之木架，式承以叠砖，而附以捏泥。崇卑之土坡，突兀之山岩，卷舒之云气，由是而起。或植天然树木，配以根株；或缠龙身于梁上，手术之纯熟，可谓已届炉火纯青之候。而在其初益泥层之时，则束以麻华，复以麻交缠于外层泥上，宋李明仲所称之泥作制，举此损裂破片之状，可推而知。至其所塑山顶、石尖、云头，高及三尺，与昂身互相参差，致遮掩其所支之桁，自壁前观之，有如覆盖，其浮雕之处，仅石间深处与水波而已。妆銮色彩，业已剥落，全体多灰白色，或间有黑褐色。制作之妙，虽山水画名手，亦难相与比肩。”

自然，大村的“更越数年，恐除此影片以外，将无复若何形状可睹”一句话，成了谶语！并且他所看见的，“罗汉之尚存于壁上者，东壁二人，一趺坐窟内，两手作持物状；一拱两手，如正注视何物。……西壁亦有二人，举左手而伸右手者一，曲右手而伸左手者一。尚有二人，垂首相对，度为随侍人物，不在罗汉之列”。这六尊像也无从看了，真是不幸呵！

次日一早起来，沈先生陪着用过茶点稀饭之后，便又往寺里去。先到寺前的香花桥，由桥直行百馀步，便是该寺的外门。门上有“辅扬显秘”四字，门内右侧有一座八面刻经的小石塔。再往前走，便是前段说的“过风亭”式的“门屋”。向左转便是县立小学。五尊拆下来的佛像，放在校舍左侧前面的屋子（光明殿）里。今天天气好，看得很清楚，而且沈先生又命人把前面的活门一起拆下来，更是好看。这几张照片，便是此时用快镜拍的。拍时为十五秒至二十秒，成绩不甚好，想是拍时太多了一点。前面中央的一尊（像一，即梁武帝或达摩），雍容正坐，很有四大皆空的样子，惟面纹衣褶，都不显著，当然是后人修饰过了无疑。后面最右的一尊（像二），真有天竺人的模样，不但他的身体五官像，连他眉宇间那副神气都像极了！要是妆銮没有剥落，和活的没有多大分别，右手放在膝上，食指微微屈起，手背上的筋脉隐约可以看见，真是神品！后面中间那一尊（像三），比较起来差多了，便有呆板板的样子。稍左的一尊（像四）又好极了！面作恶笑，张口欲言，那种神气也栩栩欲活，举起的右手，指头略断了一点，身段很适当，衣褶极自然，非名手何能出此？最左的一尊（像五），神态也很好，颇有"善哉善哉"的样子，可惜面容混沌，不见肌肉，不晓得是原作如此，还是修饰过多，以致失了原意。五像的周围，放满了的"塑壁残块"，又破碎，又剥落，叫人无法鉴赏，反觉得有碍我们观察这五尊佛像。大村对于这五像说："其馀业经移置于陆祠前楼之罗汉，计有五尊。其一尊（即像二）高四尺五寸，据王氏所赠摄影而考之，则此仰观石壁之罗汉，于未曾移置之前，其位置乃在寺中西壁北向垂首僧之后方上部；一尊瞑目定坐（即像一），高四尺，邑人呼之为梁武帝；一尊状貌魁梧（即像四），高举右手，且张口似欲与人对语者，其高度为三尺八寸；一尊温颜端坐（即像三），双手置膝上者，高四尺；最后之一尊（即像五），高三尺七寸，眉目清朗，作俯视之状。此五罗汉尚存有崇祯时所补修之色彩，其技术之精，即其状貌衣褶，较之南宋罗汉专门画名手西金居士之作，实亦未遑多让。东壁北端，旧有降龙一尊，毁于昨岁，今已不获睹其全豹矣；惟馀残存梁上之龙尾，尚足供吾人凭吊之资耳。……尝读奚士柱（字中石，清初人）《保圣寺罗汉歌》，其中有云：'一僧咒钵起龙珠，一僧飞锡扰於菟。独撑赤掌擒山鬼，更或青矑睇雁奴。亭亭鹿女衔花荐，猎猎鸟巢风扑面。鹈听讲时贝叶宣，猿惊定处松阴转。'首句适与前述中之一尊相符，由是可知尚有扰虎、擒鬼等七尊。现存诸像中，有无与诗句暗合之像，则以斑驳过甚，殊难论定矣。……至于罗汉像衣褶样式，宛然与宋画之罗汉图相同，其为后代重建时所作也无疑。然更就其移置之二尊塑法以观，则其一为半跏坐而仰视之状（即像二），其一则为定坐之形（即像一），面容衣褶，与其他各像微有不同，尤以前者双肩所垂衣端作卷云形状，更显特致，是则或于其不同凡俗之面相，同为惠之之原作乎？要正未可知耳。此像若在壁上原来位置，俯首详审，其眦锐如生之状态，诚有不可言传之妙趣在焉。若夫当阳之三尊像，以其别无传说，当为祥符重建时所作，而经崇祯时所修治者无疑，较之日本古像，实与承久二年（南宋嘉定十三年）所作兴福寺之世亲、玄奘两躯，颇有相似之处；其非唐作，宁待赘言。”照他说的看起来，像一、像二两尊，他也说极好，当是惠之的作品，这与我们大家的眼光是相同的。但是对于图四，却一概抹煞了，我们觉得有点怀疑，这是要待别的考古家来研究了。

但是《甫里志》里说：“大雄殿内供有释迦牟尼，旁列罗汉十八尊，为圣手杨惠之所摹，神光闪耀，形貌如生，诚得塑中三昧，江南北诸寺所不能及。”又有明万历时长洲的许自昌（字玄祐，号去缘居士）说：“保圣寺十八尊罗汉塑像，位置错落古雅，形模如生，乃唐代杨惠之所作。……历朝粉饰，渐异原本，然古致犹存，为别处所无。”再考《吴县志》和《昆邑志》，也说是杨惠之塑的，所以我们可以不必怀疑了。大村所以对它有点怀疑的缘故，是说保圣寺不是唐开元中建的，乃会昌灭法废寺之后，祥符时重建，明崇祯时再加修葺。不过在祥符重建以前，这个寺里已经有了杨惠之的塑壁。但是从开元时到那个时候，有了二百六七十年之久，殿堂同塑壁都损坏了很多，所以在重建的时候，仍然仿着老式子做去。没有十分破坏的，便加起妆銮来还可以用，破坏不可修饰的，便摹着旧式弄起来。还有不足的，就添补起来，凑足十八尊的数目。四围的配景，也规橅原作而做，所以真态还不致全失。他详细地说：“更进而观其配景岩石，以心木支材，定于屋壁，其移动之难，虽非罗汉中比，第欲将其截离为若干部分，与心木共致之于新壁，饰新彩以存旧形，固亦未始不可也。至其岩石皴法，全属唐风，不似宋式。征之古画遗迹，如正仓院之枫苏芳染螺钿琵琶捍拨皮画骑象鼓乐图，黑柿苏芳染金银泥绘箱，……智证大师之赤不动尊，心觉阿阇梨写传之唐本大佛顶及毗沙门天王像等，均为唐画，或为其摹本，或受其影响而成者也。图中石皴，随处胥表现唐人作风，亦即后代和绘皴法渊源之所自。是故保圣寺塑壁之石皴，与此正复相同。降及五代及北宋，此风丕变，顿易旧观，征诸今日尚有存在其真迹之董源、巨然之披麻皴，李成、郭熙之渲染法，范中正之雨点皴，燕文贵之斧劈皴等，可以概见。若此塑壁不规仿祥符中之旧作，而使之为全新之物，则非第与同时代之作风迥不相似，且于皴法之沿统上，亦不无抵触，是乃所谓杨惠之手迹之传说所自本也。”

姑无论他猜疑得对不对，他对于保圣寺的建筑，确费了一番功夫去考究。他说：“据《吴郡甫里志》所载，保圣寺创立于萧梁武帝天监二年，明崇祯七八年重修时，大殿梁栱最高处之板，刻有岁月。……归有光之《保圣寺安隐堂记》，谓保圣寺创立于唐大中年间，僧明理《保圣寺法华期忏田记》（元元统二年立碑）亦云建于唐代，但《甫里志》则以为实始于梁而不始于唐也。寺之殿堂，殆为梁时之物，同书所纪，宋祥符六年赐紫僧惟吉重建者即此。……就予所见，则该寺当建于晚唐会昌灭法废寺之后，祥符重建后，除崇祯时曾加修葺外，其馀事实，皆无征可考。惟今之砖门大殿，及大雄宝殿之匾额，成于乾隆间，则较可取信耳。然乾隆时并未重修，殿堂、大殿、前厢之增筑，屋内架栋变更旧制等，均成于崇祯时之补修，以屋脊、抟风、飞檐之属，尽失古致。到神王门与后殿，并无增筑，构架柱础，与大殿旧部无异，此亦为祥符时所重建无疑。

“兹更按照前年紫江朱氏见赠之宋李明仲《营造法式》一书考之，其料拱即明仲图说之五铺作，坐料之上，架以重栱，其外方二翘之一端，支以单昂嘴，头翘之卷头，与昂嘴伸出两跳（二手先）；铺作之上，承以正心桁，挑檐桁则承于昂嘴料栱，其法式固完全吻合也。又柱及大额枋上之铺作，以昂身斜伸屋内，其端用单栱以支金桁，此种法式，亦见于明仲图说。惟此殿于上述法式之外，加以插昂，以其端料支长昂身之半。复以欲不掩佛像之光背，因之殿中遂不设天花板，栋桁椽桷，均由屋中可见。金柱檐柱间与抟风，均于枋上用重梁，从月梁之制，单步梁以双步梁上之棁支其端，梁端皆用重栱，此种梁制，亦与明仲图说相合。昂身后端支以金桁之制，日本镰仓时代僧哲通（金泽大乘寺僧）入宋所图《五山诸堂记》中，及杭州径山之寺殿，均能见之。椽桷之制，虽不见于明仲图说，而保圣寺之旧构似屋角之扇椽者，固亦宋制也。更就保圣寺柱础观之，圆径二尺五寸，神王门、大殿、后殿略同；檐柱础石，用铺地之宝莲花；金柱，用压地隐起之牡丹花；花间复琢有化生童子，此与明仲图说相同。第较诸盛唐以上佛像之花趺，及唐碑花纹，则各异其趣，非宋代以前之作品。

“由是观之，可知保圣寺实为宋时所建筑，然若唐代或已有此法式，则仍无以决非其是非。更征于日本古代建筑，其属模仿唐风之遗构，如飞鸟、奈良时代之法隆寺、药师寺、唐招提寺，以及平安朝之诸堂塔，有所谓二手先、三手先等。其所谓手先者，出于外部而不横开，在隅角则由肱木之端而成，如宋时营造法式之重栱，左右均较二翘栱中之头翘栱为长，且较长于三翘栱中之二翘栱。栱眼下广上狭者，为绝无之事，有之，当在俊乘坊重源仿宋式重建东大寺以后。以昂身支桁之法式，及扇椽之制亦然，盖唐代并无此式也。深镌于长安大慈恩寺雁塔壁上之唐刻佛殿古图，亦足明征。日本古刹中，宋式营造最显者，首推镰仓圆觉寺之舍利殿，及美浓多治见永保寺之开山堂，此种宋式营造，亦即李明仲图兑，一卷头两昂三跳之六铺作，其昂身伸出屋内，支桁之法式及扇椽，殆与保圣寺无异。惟舍利殿稍异插昂法式，永保寺不用插昂，而以头昂支二昂，为不同耳。前者相传为北条时贞（弘安七年执政，应长元年卒，即元至元二十一年至至大三年）所建，当属元初；后者文和元年（元至正十二年）建立，当属元末。不独表现宋风，且足旁征保圣寺为宋代所营造。《甫里志》所谓保圣寺相传宋真宗大中祥符六年（距今九百十三年）重建之说，殊可征信。此寺实为中国木材建筑之最古者，以其僻处穷乡，故能独逸红羊之劫，岿然鲁殿，诚不可谓非大幸事也。”

就是对于这些罗汉，他也很用了一番考据的功夫去研究的。他的论调，非介绍不可：“十六罗汉，其事出于玄奘三藏所译之《法住记》，吴道子弟子卢楞伽之遗作中亦有小本图，及南宋邓椿，始录之公也。画之真伪既莫辨，恐不足凭信。据可知者，十六罗汉画塑，实始于唐末五代之禅宗，昭宗乾宁光化之际，蜀画人赵德奉，描罗汉像于成都大圣慈寺竹溪院壁，此为文献上之嚆矢；次之者，后梁乾化中洛阳之沙门智耀，构应真浴室，列十六罗汉像于西庑；前蜀杜子怀、杜齯龟及罗汉妙手张元（有张罗汉之称），各于东律院大圣慈寺之揭谛院及同寺灌顶院罗汉堂画罗汉像；而禅月大师贯休之十六罗汉，尤见称于世，遗迹至今尚有流传；李华亦善画罗汉，有李罗汉之称号。

其他若大圣慈寺之有罗汉阁；后唐同光元年，宋州广寿院之沙门智江，其住院堂宇，亦塑有十六罗汉；唐山（直隶）宣雾山摩崖中，亦具十六罗汉，与天成中诸人各躯造像并列；左礼、张南及吴越王道求所画十六罗汉，载于郭若虚著录；南唐之陆守立，画罗汉一堂于李后主之金水阁上。入宋以后，罗汉之画塑，更为盛行，文献不胜枚举，终成五百罗汉；《弥勒下生经》之四大声闻中，加入迦叶与君屠钵叹二尊，或迦叶与《法住记》作者难提密多罗（庆友尊者），画塑为十八罗汉。此事盖起于五代。至张元、贯休等之作，则于苏东坡、曾吉甫、沙门德法等之图赞见之。由此观之，杨惠之有十六罗汉或十八罗汉之作，究难取信。则保圣寺之十八罗汉塑像，不得不谓为与本尊佛像同为祥符重建时之物也。虽然，称十六不称十八，而作罗汉声闻之像，日本法隆寺壁画亦有之。至于画宾头卢尊（十六罗汉之首位一人），圣僧，行道罗汉，或传法二十四祖、四十二贤等，五代之前，即已不少。唐之《壁画录》，曾详细载之，是则不言数之罗汉像，为杨惠之所作，或亦理所应有者。回忆《甫里志》记载，明代以来，其所认为惠之遗作而不疑者，似未可全然否认。”

前面关于建筑的几段文章，真是难得的。因为该寺既倒，除了这点文章，便无从考证了。他对于我国的古代建筑学，真用了一番苦功。唐以前的，没有什么，唐以后的，宋代的，他真有点研究。我很希望他说的日本法隆寺、药师寺、唐招提寺、圆觉寺、永保寺等等，也有中国人去考察一番，做一番引证，为我们中国挽回一点面子！话说得太远了，我们就保圣寺说，大殿是没有了，塑壁也几乎全毁了，还有一丈左右未坍，里面还有一尊半罗汉，现在都围在竹篱里面，我们没有看见，不能报告，所谓本座的释迦牟尼大佛像，前面已经提过，包在竹席子里，他旁边两侍者，却同盟罢工回西天去了。大小共馀七尊半佛像，只看见五尊，塑壁是一片成东西都没有看见，只看见一些泥块，未尝不是一件大憾事，待新屋落成，再去看罢。

末了，我还要声明：这里面引用了许多大村西崖的《塑壁残影》前面的考，原为日文，大概系陈彬龢先生译为中文的，阅者应感谢他才对。

（《东方杂志》1930 年第 27 卷第 2 号）

甪直保圣寺古物馆记

蔡元培

甪直保圣寺有唐杨惠之塑壁，久已不为世人所注意。自十一年顾颉刚、陈万里两君始探检及之，摄影公之于世，并由顾君说明杨氏塑像之重要。十二年，余与周峻君行婚礼于苏州，胡适君以兹事驰书见告，且谓君奚不发起修缮，为新婚纪念。余与周君方有欧洲之游，仅捐银百圆为倡，丐戚友留苏者经营之，未及躬往勘视也。十六年，日本美术史专家大村西崖氏感于顾君之记载，间关造访，著《塑壁残影》一编，并于塑像外，兼说塑壁之重要。十七年，叶恭绰君感于大村西崖氏之记载，往瞻残影，见寺多倾堕，壁未圮者仅一堵，其塑像之脱落者，赖沈柏寒君之力，保存于甫里先生祠中而已。叶君乃发起唐塑保存会，醵金以修缮之，并请大学院拨款。余方长院，亟允之。未几，大学院改组为教育部，部长蒋梦麟君、次长马叙伦君提倡益力，组织保存甪直唐塑委员会，设委员十九人，以教育部马叙伦、陈剑修诸君，江苏省政府钮永建、叶楚伧、缪斌诸君，古物保存会张继、陈去病、张一麐、茅祖权诸君，唐塑保存会叶恭绰、黄涵之、李云书、狄葆贤、王震、关炯之诸君，最初发见人陈万里、顾颉刚二君，甪直学者金家凤君，及余充之。讨论及进行保存计划，于是采吴敬恒君之提议，定名古物馆。以建筑之任，委之建筑专家范文照君；以修理塑物之任，委之雕塑专家江小鹣君。庀材程工，十阅月而蒇事，凡用银□万□千□百圆，其中教育部拨银一万圆，江苏省政府拨银三千圆，所不足皆叶君与其他诸委员之所募集也。向使余于十二年顷能积极进行，使顾、陈两君所见之状况得以保持勿替，岂不甚善。然使倾圮以后，不得叶君以急起直追、彻始彻终之精神主持兹事，及其他保存会诸委员之努力进行，则保存之工，能至何等程序，殊未可知。今则建筑之形式，虽仿旧视，而易木材为水泥，可避火险，且馆中布置均适于陈列古物之用，使角直镇继续发见之物，皆得次弟安置而不致散失。此则余所引以自宽，而不胜其对于叶君及其他诸君之感谢者。故对于兹事之经过，不问钜细，悉举所知著于篇，使后之览者，得以详其始卒焉。

中华民国十九年六月，蔡元培撰，马叙伦书。

（碑文原稿）

重装甪直保圣寺唐代塑像记

叶恭绰

甪直保圣寺大殿，传为宋代建筑，其内唐代塑壁及罗汉像十六尊，迭见邑镇各志。近年殿宇倾覆，壁像均渐圮坏，仅馀东壁一堵、罗汉像四尊，又先拆存之罗汉五尊及塑壁碎片若干。民国十八年，教育部、江苏省政府及唐塑保存会同人醵资议修，复于大殿趾建古物馆以覆之，推蔡元培、陈去病、马叙伦、金家风、陈万里、陈剑修及叶恭绰等主其事，乃请江君新董司修理工作。以东壁年久不固，又所塑已毁失过半，不能复东西两壁之旧，乃于古物馆北壁前，筑细棉土垣一堵，合东西两壁所塑及布景之折入东北、西北两隅者，并移装于新垣。凡夫结构、形态、色泽，务不失其旧，无任增改。始任塑匠卫国庆及胡某与匠工十馀人，所作未善，改由监工滑君田友手自布置，务令塑壁主要部分得复旧观。罗汉像九尊之毁坏部分，则不加补缀。间有为稳固计须加功者，亦仅令足以支柱为止。其罗汉像原来位置，已不可考，则以意为联属，期得俯仰呼应之意。凡像之附于壁上者，昔用木杙、沙土、麻捣为胶连具，今则塑壁主要木柱，均附于细棉土垣上之铁筋，以期坚实。古物馆房舍，则全体不用木材，藉防水火。塑像以外，原建造之斗栱、柱础、石幢及碎甓零砖，悉移置馆内外，以免毁失。自民国十九年秋开始，至二十一年秋工成，共计用款凡二万零千元。主任工师为江新、滑田友，房屋建筑师为范文照、施嘉幹。

民国廿一年

（《遐庵汇稿》，叶恭绰著，1946 年 10 月增订本）

唐塑波澜

范烟桥

一、小引

甪直保圣寺之唐塑，因顾颉刚君之发见赞叹，而名闻国内外。因日人大村西崖《吴郡奇迹：塑壁残影》之著，而引起保古者之兴奋。因蔡元培氏之倡议重修，以及各方之同情，而有今年总理诞日保圣寺古物馆之揭幕。因此不可多得之盛典，而朱梁任先生暨其公子天乐君与傅紫雯君作无谓之牺牲。其间波澜起伏，蔚然为中国美术史上一大公案，钩元提要，而著于篇。

二、保圣寺

保圣寺在离苏州三十六里之甪直镇。《吴郡甫里志》云，保圣寺创立于萧梁武帝天监二年，明崇祯七八年间重修。大殿梁栱最高处之版，刻有岁月。惟归有光《保圣寺隐安堂记》云，保圣寺创立于唐大中年间。僧明理之《保圣寺法华期忏田记》（元元统二年立碑）亦云建于唐代。大村西崖以为保圣寺当建于唐会昌灭法废寺之后。宋祥符六年赐紫僧维吉重建。盖根据于宋李明仲《营造法式》一书，谓其建制十九相合，故云。

三、罗汉

《甫里志》云，保圣寺有罗汉十八尊。就大村西崖考证所得，云，其年出于玄奘所译之《法住记》（庆友尊者所著），仅有十六尊。五代时蜀赵德奉描罗汉像于成都大圣慈寺竹溪院壁。后梁乾化中，洛阳沙门智耀构“应真浴室”，列十六罗汉于西庑。以后画师作罗汉为数皆十六。宋以后乃增为五百，而别以迦叶与君屠钵叹二尊者加入十六之数而成十八（或以迦叶与庆友二尊者加入）。是则保圣寺之十八罗汉，或为宋时所塑，亦未可知。在大村西崖参观时，已仅存其半。康熙《甫里志》载奚士柱（太仓嘉定人）《保圣寺罗汉歌》，描写甚详，则当时尚完好也，诗云：

“鳌掷鲸跳海水立，奔涛骇浪排天黑。只履昙摩能蹈芦，走入空山僵面壁。应真五百自天台，若忆于思老衲騃。遗教寻取少林道，瓶钵随身得得来。伊昔昆山海口揭，豕峰触浪舟沉没。沧桑变定白莲开，环绕莲台行脚歇。埏土流传凭巧匠，搅扰支那匪一状。擎拳踏步诧风魔，屈伸坐立纷相向。一僧咒钵起龙珠，一僧飞锡扰于菟。独撑赤掌擒山鬼，更或青矑睇雁奴。亭亭鹿女衔花荐，猎猎鸟巢风扑面。鹅听讲时贝叶宣，猿惊定处松阴转。半疑身悟辟支禅，又似心皈净土莲。竭来震旦空嘶乱，说是灵山十八贤。色空空色原无相，游戏神通何跌宕。瞿昙冷坐笑拈花，笑杀空门此亦障。圆顶岐嶷白足嘉，群肤挂塔会龙华。精灵蜕去遗躯在，拥护梵云帝释家。甫里千秋镇名迹，吴中少此奇抟埴。低眉努目互庄严，霄斧风斤谁肖得。肖得形骸并性灵，伐毛洗髓真宁馨。写生不数三毫颊，谛视如开十幅屏。肖像传闻罗汉度，神镂鬼刻当年塑。徘徊展拜炙芳徽，皈心谩向天台路。”

就诗中所描画而言，有“隆龙”，有“伏虎”，有“捉鬼”，有“看雁”等等，此外尚有牡鹿、鹅、猿，而顾颉刚君《四记杨惠之塑像》云：

“民国七年，我第一次到甪直的时候，保圣寺的大殿尚未坍败。友人告我：‘这十八尊罗汉，下面一排，都曾经过修饰，只有上面的四尊，这是杨惠之的原迹。’这没有修饰过的四尊，我后来去时，已经塌坏了两尊，我也想不全了，只记得一尊在趺坐，一尊在题壁，一尊在高瞩（即奚氏诗中所谓“更或清矑睇雁奴”的），还有一尊，不知什么样子，问别人也不知道。……尤其是伏虎一尊，……我看见的时候，这尊罗汉毫无意思，同别个寺院里的差不多，不过旁边这只老虎还大而已。降龙的一尊，则虽经修饰，还是精神饱满的（但筋肉已没有充分表现，色彩亦不浓厚）。这条龙，蟠在梁上，更觉夭矫有致。……至于歌中的“赤掌擒山鬼，鹿女衔花荐”，以及猿、鹅之类，我都想不起。不知道是我看了忘记了呢？还是我看见的十八罗汉的样子，已经不是完全奚士柱时代的样子呢？”

则大殿未毁以前（民国七年以前），罗汉十八，在数目上完全无恙，且有“还大而已”之虎，与“蟠在梁上”之龙也。

四、塑壁

以前之赏鉴家，仅注意其塑像，而未及塑壁，大村西崖至，乃大事表襮，有云：

“塑壁起于殿前，与金柱相并之檐柱，由东南两壁经隅角至第二之檐柱而终。东西各横四十二尺，高十二三尺，下部高约一尺五寸，前后造四尺许石坛，侧面虽有浮雕，以瘗于浅土而不易见。坛上壁面，塑有山云、石树、洞窟、海水等。崇卑之土坡，突兀之山岩，卷舒之云气，由是而起。或植天然树木，配以根株，或缠龙身于梁上。……至其所塑山顶、石尖、云头，高及三尺，与昂身互相参差，致遮掩其所支之桁。自壁前观之，有如覆盖，有浮雕之处，仅石间深处与水波而已。至其岩石皴法，全属唐风，不似宋式。……是乃所谓杨惠之手迹之传说所自本也。”

所谓“塑壁”，即“云海”，今日大寺院中大雄宝殿之后壁，往往有之，然恶俗了无画意。惠之之塑壁，从画中得来，王氏《居易录》云：“唐杨惠之变画而为塑。”而广爱寺之楞伽山，为惠之杰作。此等塑艺，殊不易觏，保圣寺有此奇迹，自后难能可贵，故杨塑之传说，非前人有意高攀，亦有使人信从之可能也。

五、杨惠之

《闻见后录》云：“杨惠之与吴道子同师张僧繇学画，惠之见道子笔法已至到，不服居其次，乃去学塑，亦为古今第一。”宋刘道醇《五代名画补遗》所说略同，并云：“时人语曰：‘道之画，惠之塑，夺得僧繇神笔路。’”王谠《唐语林》云，惠之为唐开元间人，而其著籍，不可得而考矣。惟正德《姑苏志》列惠之于人物门，目为“姑苏人物”，乃依据《中吴纪闻》而致沿误也。近人莫天一著《塑述》(《东方杂志》第二十七卷第二号) 第六《塑之名流》首列惠之，引王氏《画苑》云：

“杨惠之尝于京兆府长乐乡北太华观塑玉皇尊像，及汴州法王院大殿内佛像，及枝条千佛，东经藏院殿后三门二神，当殿维摩居士像。又于河南府广爱寺三门上五百罗汉，及山亭院楞伽山，皆惠之塑也。……惠之尝于京兆府塑倡优人留杯亭像，成之日，惠之亦手装染之，遂于市会中面墙而置之，京兆人视其背，皆曰：‘此留杯亭也。’”

则其行踪，每在汴京一带，似未曾南渡也。宋邓椿《画继》亦云：“中原多惠之塑山水壁。”未尝言及南方有其手泽也。

六、重修之经过

熊适逸君之《甪直观塑记》谓，顾颉刚君于民七发见此奇迹后，于民十一重游，见庙貌益见零落，乃于《努力周报》作《记杨惠之塑罗汉像》，以唤起国人之注意。高梦旦、任叔永两先生请于省当局，乃有保存之计画。

十一月十二日保圣寺古物馆行揭幕礼，蔡元培有《唐塑保存与重修之意义》之演辞云：

“今日为总理诞辰，总理民族主义演讲上，力言我等规复固有能力。能力也者，不仅在科学之发明与应用，而亦在美术之创造与纪述。我等于总理诞辰举行此古物馆之落成，表示我等于恢复固有能力上，稍稍尽些义务，亦是有意义的事。按塑像为我国特殊之艺术，其古代作品，仅存于今者，以山东灵岩之宋塑罗汉，及北平、宝砥两处之元刘兰所塑释道各像为最著，然唐像尚付阙如(陕晋豫鲁各深山穷谷中，有无存物，则不敢知)。自甪直保圣寺唐塑罗汉像发见，吾国艺术界乃为之一震。保圣寺相传始于萧梁，陈迹莫考，而塑壁及罗汉十八尊，则志中且详为唐之杨惠之所塑。惠之本画家，在唐代与吴道子齐名，因不愿与吴争胜，乃遁为塑造。保圣寺之塑造，是否确为杨惠之手造？除志书外，别无确证。然《昆山志》曾详述玉峰慧聚寺杨惠之塑像之事实，则距离不远之保圣寺，同为惠之所塑，亦属可能之事。各像前经顾颉刚先生首先注意，宣布于众，引起中外人之研究。鄙人曾议集资保存，因循未及实施，而大殿已毁，前之塑壁，为东西北三面者，仅馀东部一面，连先已拆存之罗汉像，仅馀九尊，同人以全部破坏为虞，佥议妥善保全之策，应建一新屋，以覆各遗物，其旧日之碎片，应装新壁之上，各罗汉像亦咸装入。鄙人方掌大学院，乃议拨款一万元为之倡，旋省政府允拨款三千元，各方善信又集资一万元有奇。由教育部组一委员会主持其事，复推元培及叶恭绰、陈去病、马叙伦、陈万里、陈剑修、金家凤七人为常委，经营三年之久，今日乃克告成，此实为我国艺术界考古界所可庆幸之一事。盖不但唐代名手之作品，藉此得以延寿，而因此可推见当时艺术之真象，且因以引起人研究之兴味与线索，在此时代，不能不认为一小小的贡献。抑保圣寺为著名古刹，其大殿之建筑，审为宋物，惜已倾圮，今仅能就其旧料凑合为二枓栱，以存形式，并将寺中古物，竭力搜集，藉供参考。”

叶恭绰氏有《保存与重修之经过》之演词云：

“保存委员会于十八年秋着手进行，中间曾因战事，致告顿停。建筑系由某建筑公司承造，以该公司不派员负责监造，致工程辄多不合，于是自行解约。因工程费仅一千馀元，幸得史君设法，由常熟之建筑公司承包，始得完工。十八年秋九月，开始工作，移出大佛于金刚殿，由上海塑佛匠卫同庆雇宁波塑工，及当地小工三十人，拆卸东部塑壁一小部分并罗汉像，存放学校内。同年冬起手建筑为塑壁之必要部分，附水门汀墙一座，并附角铁，以备附塑壁木架用。十九年六月建筑墙壁屋顶工毕，开始修塑壁，将存放学校内罗汉像九尊及塑壁残块移新屋，先筑石台一座，以本有之石台改造，原来之石台狭而高者，改成稍低而阔，石台造就后，着手柱木，主柱自地平及顶，均附于角铁，以作基础。续将罗汉九尊及残块塑壁移上，配置构图，时雇工人六人，且并未十分注意于原来塑壁之全部构图，仅就料（罗汉塑壁残块）构图，加以塑工多以普通经验及传统观念工作，虽由江君（小鹣）构图作样，未曾以此为准，故七八个月工程完全无效。因再另觅能手，雇苏州塑匠胡寿康主持重修，四个月亦不能满意，此十九年一年内工程可称完全废工。二十年，塑匠驻甪工作，至沪战起时，大致全部告竣。至今岁夏初整理最后工作，现已完全成功。塑壁诸料，计用料泥、糠、棉、麻。外用麻布、皮纸、桐油、色粉，并依照原留残块色，罗汉像则亦依旧样，以存真迹。全部工程计费时三年，每日平均约四人，计共费银二万四千馀元，尚未及预算三万之数。除教育部拨一万元，苏省府三千元，各方捐募一万一百馀元，银行利息五百馀元外，尚欠一千馀元。”

关于以后之保管，有甪直保圣寺古物馆董事会之设，会置董事七人，以教育部常务次长、社会教育司长、江苏省教育厅长、建设厅长为当然委员，其馀三人，为古物保存会江苏分会代表陈去病及保存甪直唐塑委员会委员蔡元培、叶恭绰。各董事不能常驻甪直，故委托甪直公安分局及区公所代为保管。常用经费，由吴县建设局负担。其继续进行之工作，为修复金刚殿及寺门，预算约需银五千元。

七、杨塑说之推翻

顾颉刚君于民国十二年六月作《记杨惠之塑罗汉像》一文，载《努力周报》；同年十二月续作一文，载《小说月报》；十五年六月作《杨惠之塑像续记》，载《现代评论》；十八年十二月作《四记杨惠之塑像》，载《燕大月刊》，皆深信保圣寺之罗汉，为唐杨惠之所塑。迨十九年一月得见守山阁丛书本范成大《吴郡志》“方技”门，方觉前说为武断。原文云：

“昆山慧聚寺大殿佛像，及西偏小殿毗沙门天王像，并左右侍立十馀人，皆凛凛有生气，塑工妙绝，相传为唐杨惠之所作。惠之塑工妙当时。或又云：

‘张爱儿所作也。’龙图阁学士徐林尝叹息其妙，而大殿三世佛已为庸僧妄加涂饰，天王像采色亦已故暗，恐不免，乃题殿壁以志之云：‘慧聚寺重塑天王，予连日观瞻徘徊不能去，二彩女尤胜绝，绝与顾恺之画相类。按此寺成于大中年，为此塑者，得非杨惠之之流乎？今大殿龙象，再加彩绘，古意已索然，予惧无知者又将以脂泽污圭壁，使唐人遗迹扫地，将叹恨莫及，故书以告之。初寺以此像，及半山普贤像，并《涅槃图》，为山中三绝。淳熙十一年寺焚，殿阁皆烬，惟普贤像，一僧背负之而逃，得免，馀悉不存。’”

前以昆山慧聚寺之杨塑，而推想保圣寺罗汉为同出一手。今慧聚寺塑像，已非杨手，则保圣寺之为杨塑，自然更难置信，故顾君于《五记》中，自行推翻前说，然其结论谓：

“因为我们所以看重杨惠之，为的是他的塑艺高超，我们所要保存的是高超的艺术作品。保圣寺的罗汉像，虽非杨惠之所作，但是塑得‘神光闪耀’（康熙二十三年《长洲县志》语），这是众口一辞的，在杨塑的传说未起时，已这样地被称赞了，所以这些罗汉像，在艺术上的价值，并不因其成于无名作家之手而低落。”

张爱儿名仙乔，《历代名画记》云：“时有张爱儿学吴画不成，便为捏塑。玄宗御笔改名仙乔，杂画虫豸亦妙。”张爱儿为何处人？曾来江南否？不可知，恐仍是传说，未必即为其手笔，慧聚寺如此，保圣寺更可想矣。

八、保圣寺古物馆一瞥

动机　余见同学顾颉刚君在《小说月报》表扬唐塑后，即欲一往瞻仰，人事卒卒，久久未果。此次闻重修告成，颇欲随众一与其盛，故未得柬，弗敢冒昧。当时甚异朋旧之主持其事者不齿及余，迨闻梁任先生之噩耗，则深幸余之未获主持者之眷顾矣。爰于开幕后八日，与东吴同事数辈附轮往。隔夕细雨萧萧，甚恐明日不能成行，而惑于朋侪之言，以为逗留之时间甚促，乃预贮干糗，以待果腹焉。

小竺天　孰意天公厚我，是晨乃大放晴光。八时发自金阊门外，十一时有半，已抵甪直。迳至保圣寺，觉距泊处甚迩，所谓一二里者，诳也。寺之山门，为乾隆时所建，上题“西圣居”三字，而其背题“小竺天”，不可解。余于佛学智识极肤浅，仅知天竺之为佛国，即印度之古名，不知“竺天”之为何义也？

大如来　前行数十步，有一殿，四壁无存，方弗凉亭。中坐巨佛，盖如来也。据土人云，本在大殿中央，端拱而坐，今以非唐塑而被遗弃于此。背有窟窿，一小佛偃蹇于其中，如来殆怀鬼胎矣！一笑，闻保古诸君子将继续修理此殿，以容如来，盖从考据上发见此殿亦宋制也。

推进　殿后十数步，为一石阙，铁扉阻焉。乃问得区公所所在，而乞钥以启。阙题“保圣寺古物馆”，谭延闿遗墨。门启，入庭，右为巨钟，左为宋经幢。登阶，复有阙，则于右任题字。周匝以红砖，外观极庸俗，虽涂以藻饰，无有古致。观门复启，伟观突呈。

瞻望　正面设石座，高三尺许，座置塑壁，长三丈强，高二丈弱，错落置罗汉九，上四下五。上之一（自右而左）作仰视，或即降龙，色彩犹在，如对古画，龙虽破壁飞去，而观龙之姿未改。上之二垂睫如入定，有幞，衣绣服，殆即达摩与梁武帝两说争讼未定者。上之三一目开，一目合，且举其已断之左臂，似为伏虎。上之四端坐静穆，若无所营者。下之一（亦自右而左）于思于思，不失印度人本来面目。下之二为青年而儒雅者。下之三哆口似与人说法。下之四垂目不知何所视。下之五亦端坐无所表示。各具面目、神气，惜手臂皆断，精神为减。至于艺术之高超，虽求之画像中，亦无其奕奕如生也。尤为难得者，其衬托之塑壁，石势崔巍，极有丘壑，且其气魄，甚形伟大，绝非江南柔美之山所能方弗。其隙处，补以海浪与云气，可当作唐宋人卷子看也。

旧雨今雨　方欢喜赞叹，忽闻有人呼余名，回首视之，则同学沈君长吉也。同时并为余介绍滑田友先生，即始终擘画此重修之工作者。余即叩滑先生以旧时面目如何？滑先生谓，塑壁毁损太甚，今仅就较能整理者七拼八凑之。大概左右两端，尚存旧观，中间颇有变动矣。沈君亦为之证明云，右端一部分，尤能保持原有精神，惟其他附属之物，已无法收集，无法补缀矣。滑先生又言，初欲为之加手，惟已不审原状何若？加之不当，反使损色，故不如缺之，色彩不施，亦是故耳。

东方西方 左右两壁悬未重修时之摄影，大半皆《塑壁残影》之翻印。立碑三，一为宋熙宁白莲寺使帖刻石，一为元元统《法华期忏记》碑，一为新锓之《甪直保圣寺古物馆记》（蔡元培撰，马叙伦书）。而唐大中石经幢，已断而为三，旧时大殿之斗栱、鸱吻、盖瓦、础石等，各保存若干，以为稽考之资。馆内略存旧制，其顶作方罫，而未施文章。先一日，余在刘公鲁先生席上，晤何亚农先生，谓："开幕日有日人某，华服往观，归语何云：'塑既大失本来面目，而馆舍非今非古，尤不相称，既欲保存，宜以今日之材仿古时之制为之，日本某寺至今犹作唐时建制也。'"沈君导余仰视庭左右经幢之顶，有裸女张翅而垂鸟足，虽丧其元，犹可方弗其为习见之西方女神像也，沈君疑为希腊之制。而馆外破殿之前，有石柱，所以立天灯者，石端键贝叶两层，沈君云是罗马之制。果而则西方艺术之东流，固已旧矣！

宋殿 沈君复言馆外作凉亭状之殿，据一般人之考证，亦为宋制。旧时有联云："梵宫敕建梁朝，甫里禅林第一；罗汉溯源杨子，江南佛像无双。"为今日努力于保古之金家凤君之先世默堂先生（成）所作。"溯源"两字，颇有意思，盖不啻明白表示非惠之之手泽而仅作"杨惠之之流"之观念也。

唐墓 馆左为唐陆龟蒙先生祠墓，祠塑像，白皙微髯，塑技极平庸。闻旧有像甚肖，清初为一醉汉负之投吴淞江中，不知何仇于天随子也。龛柱悬一聊，为"触即碎，潭上月；抵不灭，玉上尘"。甚难解，盖用唐人祭陆先生语云。祠后为墓，墓前置两石槽，其一端有圆孔，可以泄水，不知何所用？闻叶誉虎先生目为天随子斗鸭之栏，恐附会也。

尾声 沈君导游既周，复饷余以酒食，江乡风味，突胜城市，沈君并言鲃鱼汤亦较木渎石店为腴美，惜无于骚心为之揄扬耳。余曰："甪直有唐塑，已足傲视一切，何妨让此一汤与灵岩欤。"众大笑。返舟经某机关，于门内见古柏，槎枒斜立，干成枯木，而顶发翠枝，其年当不在百岁下，亦考古之尾声欤。

九、为考古而牺牲者

朱梁任先生暨哲嗣天乐，与傅子文君，俱以参与开幕典礼，遭灭顶之凶。朱先生有考古癖，近攻甲骨文字甚专。其事详于其婿查东初君所为《事略》。

《朱梁任先生事略》（安吴查旭敬述）：

“朱梁任先生，讳锡梁，一字夬膏，江苏吴县人。清武进士小汀公长子，幼读书学剑，倜傥自喜，既而究心经世之学。走日本，挈比政治得失，慨然自任以天下之重。会孙中山始设同盟会于东京，先生致身为会员。潜归与江南子弟言革命，以士习僿陋，与黎里柳亚子立南社，结交字交，罗英俊千百人，声气西讫川陕，南至滇粤。岁戊辰，清太后万寿，苏吏举庆典，先生白衣冠而往哭之，曰：‘嗟我汉族子孙，乃甘为奴，何不肖一至于此！’吏执而讯之，先生抗辩不屈，大吏谩以为狂，斥之去。民国元年，先生参议北伐军，军淮上，及南北和议成，先生遂隐居不出，授徒以自给，岁乙卯，袁世凯叛国称帝。先生招同志十八人，登狮子峰，招国魂，放歌痛哭，事闻当道者，惎之甚。先生主笔《苏报》，因摭拾文字周内之，捕入狱，将治以军法，而军阀谋沮，遂释先生。先生乃遣子天乐往广州，习兵旅事。旋任钱大钧师连长，转战赣闽屡捷。先生闻之抚掌曰：‘儿子辈能杀贼矣。’迨国民政府成立，北伐事功亦定，天乐归侍，任成烈体育专门学校教习，具菽水以为养，而先生亦讲学于沪苏间。先生治学博涉，顾喜考据古文字之在龟甲兽骨者，一览辄精辨之。生平购藏书籍碑帖甚富，东南学者莫不善先生，先生固硁硁未尝有近名之意，而盱衡当世，凡政教之不餍于人者，又未尝不侃侃论之也。今年十一月，甪直唐塑委员会设保圣寺古物馆，邀先生挈天乐偕，舟行至半途覆溺，先生死之。天乐自水中旁行出覆舟，知先生未出，复入求之，亦溺以死。时壬申十一月十二日，先生年六十八，天乐才三十耳。先生配祝夫人，与先生齐年。女长士瑛，字戬法，适安徽泾县查东初。次天婺，字山绿，字同邑庄氏。媳王氏，亦吴中宦裔。女孙三，尚有遗腹焉。”

惟登狮子山招国魂，乃逊清光绪二十九年十月一日事，非袁氏叛国时也

（讣告时，查文已有所订正）。详见陈佩忍先生所辑《江苏革命博物馆月刊》，陈先生撰有《狮子山招国魂记》，并系梁任先生所作《题招魂幡》诗云："归去来兮我国魂，中原依旧属公孙。扫清膻雨腥风日，记得当时一片幡。"

余更忆及在陈氏浩歌堂席上，梁任先生曾言："革命博物馆所陈不及我家一长物。"长物维何？即当时树于狮子山颠大声疾呼以招国魂之"招魂幡"也。余叩以幡状，谓绘睡狮猛醒之图，不知此幡尚在其家否？

梁任先生性强毅，敦朴不华，所居三六湾在城外，每入城访友，恒徒步，未尝命车。诗不多作，作亦随手弃去，不留稿。见于《南社丛刻》者仅数什，如《蓝关谒韩庙访马迹井》云："秋风匹马上蓝关，旅思诗情不可删。博爱有亭过客喜，归儒题寺野僧闲。潮阳庙貌同千古，唐代衣冠镇百蛮。一勺蹄涔偶然耳，长留名字在青山。"《慧山》云："结伴来游日未晡，城西五里走通衢。方圆水味泉清浊，今古山名锡有无。祐主可怜馀胜国，吾生只合醉当垆。亚欧多难且行乐，自写诗篇待覆瓿。"《题亚子分湖旧隐图》云："一曲分湖水，高贤此卜居。手磨三尺剑，腹贮五车书。旧隐今何处，长吟入画图。秋风弹指起，岭外忆莼鲈（原注，余时将有粤行）。"

今秋章太炎先生讲学于吴会，先生亦日拄朱杖来听。一日共为文酒之会，金松岑先生歌岳武穆之《念奴娇》词，李印泉先生歌汉高祖之《大风歌》。群嬲先生歌昆曲，先生辞弗能，乃以反切诵张继《枫桥夜泊》诗，谓太炎先生深谙音韵，当能解之，然章先生未曾谛听，座中更无能解者，仍赖先生之自解，一时兴会飙举。距今不过两月，而先生遽逐屈大夫游，呜呼！

天乐君余未之识，无由知其梗概，而此次与其尊人同为波臣，实出于孝行。缘先生既遭覆舟之祸，天乐君必以援之使出为急，而为窗篷所阈，救父之志未逮，且不遑自脱。否则天乐君为三十壮男儿，曾入行伍，何至不能挣扎而出于水乎？以救父而殉父，尚有天道可言耶！

傅君紫雯，诚挚有古道，今夏以《弱者老土》（中篇小说）一篇示余，为无产阶级作沉痛之呼吁，余叩以是否君之大作？君诿为其友所撰，今已无从质证，余惟有揭布以请作者之自白。设果为傅君之作，则余不能及其未死以前，公诸文坛，为滋痛耳！然而读者若能于其所作，得一同情之反应，则傅君或可稍慰于九泉耳。

傅君曾以其友幼波君所摄关中风景见饷，制版而未印者尚有数帧，一为展对，如见故人。不知幼波君何在？余颇欲以原璧归赵，设幼波君不欲索还，余当永远宝藏，大书于箧衍曰："此故友傅紫雯君助我《珊瑚》之纪念也。"

十、馀绪

本期画报所列五阿罗汉像，为民十五所摄，尔时张仲仁先生曾言于江苏督军孙馨远，孙欲一见颜色，乃招叶柳村君往摄。大殿已毁，像置甪直小学中，故甚清晰，今底片已无存，弥觉可珍矣。后为锺锺山君所见，谓其间斜襟者，系宋时服制，恐非全出唐工一手。金鹤望师《保圣寺访罗汉记》有云："今保圣寺殿宇，业为乾隆制度，杨塑之存于是者，其果无毫发之捐益欤？"盖已疑之。《记》又云："保圣寺大雄殿中供释迦文佛，厥高丈六，迦叶、阿难立侍。"今释迦被摈于馆外，迦叶、阿难殆即踞于腹与偃蹇于侧之两塑耳。又云："又有西方三圣铜像三，方石四面造佛像一，审非近代物，皆可珍。"铜像不知何之？方石已考得为"元元统法华期忏原石础"，今列馆左焉。

（《珊瑚》1933 年第 2 卷第 1 号）

姑苏三大石刻

沈祖光

吴郡多胜迹，艳称江左，惟自南宋建炎乱后，所有公私建筑，旁及艺术之品，半付劫灰！迨至明末鼎革，中历清季洪杨之乱，下迄丁丑事变，损失之大，尤难胜计。吾人欲于今日就留存在的许多古物名迹中间，选择它饶有文献价值者，提供研讨于邦人君子之前，这是一件很困难的事情。但一切自然力或人力的摧毁，到底是有相当限度的，以苏州地区之大，蕴藏之富，至今犹保持完整而尚未湮灭者，就艺术品的范畴内说，还可以举出三点：（一）即玄妙观露台前的石栏刻画，（二）为城内临顿路北端的白塔子桥石栏雕刻，（三）为保存于北寺塔报恩寺内的张吴王纪功画像碑。在我分列叙述之前，先得说明一下：历来金石刻画，国人素重铭文，因为有了铭文题记，来考查它的来源价值，比较的便利。如果只有刻画，而无款识，大家都认为是一件不完全的艺术品，非但考释为难，并且也无此兴趣去追索它的来源与价值。因此，历来古刻，凡属于无款识的一类东西，大家多很忽视，即使志乘笔记，偶然提着一笔，均属略而不详，吾们在研究艺术的立场上来估量它的价值，倒并不在乎有没有款识这一个细节上面，何以言之？因为一件艺术品的真价值，在乎思想表现与技术手法，能否深刻地反映出某一时代所特具的精神，而作忠实的表白。同时，在这一件作品中间，有无宗教的、民俗的、历史的线索可资研究，这是批判一件艺术作品的最重要的条件。反过来说，如果对上列的条件，并不具备，那么，即使有题记，也并无十分价值之可言。以上是笔者对于一般艺术品批判时所守的信条。本文所要讨论的三大石刻，它的本身，均无铭文，因之一般人所得的印象，也比较的薄弱，历代金石记录、地方志乘，虽有采入，但亦失之简泛。同时，对此三项石刻的观察、研究，与时代问题，亦均有模糊不清之弊。笔者不自量力，来写这篇文章，一则正士大夫之短视，二则纯粹地抱着研究态度，想集思广益，促起文化界的注意，庶几商榷研讨，获得一个圆满的结果。这是吾执笔为文时心头涌现着的一个企求。

苏城古刻，实际上被保存于公私藏家之手者，当不止我所列举的三处，现在指出的不过是最便利于民众公开欣赏而值得研究者，今就上列三处石刻，分别加以考释。

玄都露台石刻

苏州城内寺观建筑最古、最宏敞的，要算城中心区的玄妙观。考玄妙观建于晋咸宁中，初名真庆道院，唐称开元宫，宋真宗大中祥符间又更名天庆观，建炎南渡，金兵屠戮平江，观毁于兵，旋经王唤、陈岘、赵伯骕等次第修复，雄冠浙右。就苏州府学文庙所藏南宋绍定年间的《平江图碑》，观其规模尚可窥见淳熙重建后之概况。元明后虽屡重修，但旧制犹存，是可断言。现在三清殿的营造法式，根据我国建筑学家刘敦桢、梁思成的考证，认为是宋代遗构。至于本文所提出的石栏刻画，则在露台四周，总数共计若干，目前甚难统计，因为整个道观，自辟作市场以后，摊贩杂沓，商肆林立，有的已被掩蔽，非但查访困难，并且一时也无从统计。现计露台北首（即紧靠三清殿的那一面）东西两面，在理发店内者，尚馀五六石，露台朝南一面，尚馀二三石外，馀已无法查考。这许多石刻的题材，多半是描写人物走兽之类，乃属于平地凸起的阳文雕法，就艺术领域上估价，此种作风，系属于半肉雕型，若与我国山东武梁祠汉画及南阳画像石刻的技术相比较，显然是两个时代的作品，因为汉代所盛行的石雕，如仅以阴线泐成者，为减地阴文平钑像（如曲阜的周公负扆画像、金乡朱鲔墓画像、邹县食斋祠园画像等均属此），如仅将像身陷入而饰以阴阳文互用之文理，为减地阴阳文陷入像，或从减地阴文平钑像四边石地，镂成文理，谓之镂地阴文隐起像。就减地阳文陷入像将四边石地镂成文理者，谓之镂地阳文陷入像。前者见山东嘉祥武氏祠画像与登封三阙画像，后者见嘉祥刘村洪福院中之画像石。总而言之，汉画石刻，都是平面型的，绝无肉雕、浮雕一类的手法，实为纯粹的中国雕刻。迨至魏晋以后，印度的佛教艺术传入中土，始有浮雕、半肉雕的作风。统观玄都石画，像身的凹凸，隆起显著殊甚，足证为魏晋以后的作品。虽无款识可作证明，但观其刻画作风，已能确信。然则玄都石刻，究为晋代还是唐宋时代的东西？前曾聚讼莫决，民初，临桂词人况蕙风老人所著的《餐英庑漫笔》，曾证此处石刻为晋代太元年间所作，谓有款识可寻，但况老先生的记述，是否根据目击，还是凭藉前人笔记，一时无法证明。不过就我个人的观察，玄妙观三清殿既于金兵南下时被毁，至淳熙间始行重建，吾怀疑它不是真庆道院的旧石，已非晋代原物。石栏上的人物文饰，不论题材与手法，都显出唐宋时代的写实作风。盖晋代去汉未远，即使雕刻上已有变化，但其取材上必有许多相同之点可以找寻出，现尚留存的布刻，显然地没有一丝一毫的汉画像石的气息，故对晋代遗石的考证，我不敢贸然同意。

白塔子桥石刻

白塔子桥位于苏城临顿路北段，在西白塔子巷东口，按康熙《苏州府志》载，白塔子桥旧名东章家桥。冯《志》金石门："白塔子桥有咸淳五年二月重建字。"《吴郡金石目》："常熟县将仕郎朱□典《重建白塔子桥记》，咸淳五年三月初六日，正书，在桥洞内。"《志》称白塔子桥重建于咸淳五年（按咸淳为宋度宗之纪元，时为公元一二六九年），可知这座石桥的历史，尚往南宋之前。本文提出的白塔子桥石栏刻画，综计两石，石质作紫褐色，长约一丈有奇，两面镌有状似狻猊的猛兽十馀对，以每两头成一组，表现戏逗、跳踉、蹤跃、伏卧的姿态，曲尽写实之能事。就石刻的表现手法观察起来，与河北省赵县的安济桥、济美桥石栏雕刻，同属我国古石刻中的仅见的东西，但白塔子桥的雕法，较之赵县诸桥，直有过之而无不及。这种手法，上承隋唐之馀绪，足为后世浮雕艺术之法则。关于此桥石栏刻画的时代问题，吾们虽然确认桥的本身，或许是南宋以前的东西，但这两条饶有生动刻画的石栏，最早当不出唐代。上面所举河北赵县诸古桥同作风的雕兽为例子，颇足证明我所考释观察的，不至如何的虚讹吧?

张吴王纪功画像碑

苏城报恩寺，以北寺塔而驰名远近，因之一般人都喜欢登塔闲眺，而很少的去注意这座造像。关于这座造像的来源，据我的观察，似乎与塔及寺，均无什么关系，有的说是从别处移置于此的，也有人说是从殿前掘出的，大概它的出土时期，距今不过数十年。南海康有为先生游苏见之，指为汉画，这是一种传闻，我相信康老先生决不致这样的浅视吧。石在今报恩寺内殿东侧一小阁内，倚壁耸立，高达丈许，上悬一额，颜曰“隆平造象”，为陈去病所书。盖隆平为元末时代入据姑苏的张吴王（士诚）的年号，金石用肉雕型的手法，镌成人物、殿阁、官吏、兵丁，多至一百馀事。描写张吴王当年南面称王雄踞姑苏时的一种威严气象，表现得相当有力。殿陛之下，列侍卫兵卒，一人捧折启奏，卫卒张旗勒马，顾盼生姿，上层为执事官员，分列左右，桌帏飘然。中为正殿，张吴王中坐，峨冠修髯，旁坐左右二丞，馀若张盖侍臣、幕宾录事，刻画分明。惟金石不着一字，致后人对此造像的时代问题，发生许猜度，惟细审群像之中，第二层左右两旁有戴元代蒙古官吏之帽者数人，从石像的装饰衣冠上及作风上考证起来，确非唐宋以前之物。按张士诚于至正十六年二月入姑苏城，勤政爱民，颇有功于吴下，此像乃为张士诚称王后的纪功造像，纯粹是一件纪念碑，似无疑义。环顾吴门贞石，属于元明两代之画像石刻，而以精美著称者，实无出其右。

本文所纪姑苏三大石刻，纯以画像石为主，且久处阛阓之间，而注意者极鲜，故不惮辞费，特为文以彰之！甚愿国人之治金石学者，及从事于雕刻艺术者，对于这一类不甚惹人注意的石刻，多多研索查访，同时希望负责保管文物的当道，不要把先贤遗留下来的许多名迹，日就澌灭，而亟图妥善保存之策，这是我草写这篇文章的本意。

（《江苏文献》1942 年第 3、4 期合刊）

苏城发现宋代石刻考

沈祖光

我近来对于古石刻的研究兴趣很浓，尤其留心在作者所住的苏州城区一带，一则取其便利，二为事变以来，研究古学的人，均已星散，如能就近访查，不论参考上，商酌上，都可收事半功倍之效。依据上述两点，我很愿集中心力，来做这件工作。

四月十五日那天下午，我和沄秋先生，从小曹家巷访友归来，路过小太平巷，在广生庵门前，瞥见赤褐色的石栏两条，偃卧道旁。我看到石条的颜色，与近代的糙黄石（即花岗石）有些不同，同时我回忆到上次访查白塔子桥和百狮子桥（均在苏州城内）的时候，这两座石桥的石质，也颇相似。一时为好奇心所驱使，遂决定前往看一个仔细。

这两条石栏的长度，约合今市尺一丈五尺许，文字刻在石栏的一面。其中有一条已告折断，那折断的一截，约长三四尺许，因属于端末，与题记文字无妨。石栏表面呈现着风化剥蚀的痕迹，可是上面的文字，尚能辨认。两端刻有虎头形的装饰图案，在朴拙的手法上，充分现出一点写实的生动的意味，使我感到莫大的兴趣。

当时就细细观察石上的文字，字作楷书，径约三寸有奇。在靠街的一条上面，书有“长洲县凤池乡钱都衙巷，居住弟子曹文迺，及妻夏氏三娘，并男仲言玘仲先，与阖家眷属等造，报答四恩三有，保安家眷者”。靠里的一石，书有“皇宋庆历伍年，岁次乙酉十二月壬子朔，十六日丁卯树”。第一石计四十八字，第二石共廿二字。按庆历为北宋仁宗第六改元，五年适当公元一千零四十五年，距今已历八百九十五年。前岁李印泉先生访古西山，在支硎山中峰得北宋治平四年残碑，认为一绝大收获，如以此石年代计之，则庆历犹在治平前二十馀年，不能不算是苏垣古石刻中至伟大的发现。

文中所记钱都衙巷，今已无从访查，惟案王佩诤所著《宋平江城坊考》卷四，载有钱官人巷，下注王《志》著录作碧凤坊巷。碧凤坊巷与此桥石栏相去极近，或许钱官人巷，就是石刻上所说的钱都衙巷。自南宋建炎乱后，苏城街巷民舍，被金兵焚毁殆尽，追劫后复兴，里巷之面目已改，于是钱都衙巷之旧名称也没有了。以上的推考，不过是我个人主观的见解，是否妥当，尚待博学之士的研讨。

其次，我们要考证"钱都衙"究作何解释？按卢《志·氏族门》著录，吴越广陵王元璙之后，《吴郡志》有钱桥。卢《志》引祥符《图经》有吴钱桥、钱驸马桥，而钱都衙桥，则为广陵王第三子所建。由此，我们知道钱都衙桥建造者为谁，已有相当线索了。按《钱氏家乘》载，广陵王元璙，为中吴军节度使，检校太师，兼中书门下，同平章事，守太傅彭城郡王，判苏州，追封广陵王，葬吴县太平乡荐福山，建寺敕封赐名。生六子，第三子文恽，中吴军节度使，赠太傅。从上面的记述上考证起来，所得的结果如下：钱都衙桥为中吴军节度使钱文恽所建，已甚明确。不过还有一个连带发生的问题，石桥题记仅书钱都衙巷居住弟子曹文迺发愿树立，这座石桥，是否就是钱都衙桥，亦有考证之必要。在此，我还须补叙一笔，当此石发见之后，沄秋先生就得杨云裳先生的电招，并出示拓片，云此石之发现，尚在事变之后，当整理临顿路的钱都尉桥（今名）时，这两条石栏，被人丢弃在垃圾堆旁，因见上面有庆历纪年字样，就把上面的字迹拓了下来，并商得当地士绅沈挹芝先生的同意，拟雇工扛入广生庵暂置，不料石质綦重，一时不易运进，不得已，只好放在庵前云云。从杨先生口中说出石栏的原处，与搬运经过，才知道此石确为钱都衙桥的石栏，并悉钱都衙桥即今之钱都尉桥，年代久远，并历经修建。主事者罔不关心，把宋代刻石，随意弃置，而代以新刻，故今日钱都尉桥旁，犹有钱都尉桥字样的复刻废石栏弃置在那里。最后，我更获得一个有力的证据，就是树立在学府里面的宋《平江图碑》上面及范、卢、王三《志》，王佩诤《宋平江城坊考》均著录，明书"钱都衙桥"而无"钱都尉桥"，其位置在临顿路钮家巷口。于是这两条石栏，确认其为钱都衙桥的原石，与今日所称之钱都尉桥应正为钱都衙桥，已无疑问。

《吴县志·名宦列传》载："钱元璙，字德辉，吴越王镠第四子。乾化（五代梁太祖年号）二年（公元九一二年），以功迁苏州刺史，治苏三十年，俭约镇静，郡政循理。"这三十年的悠久岁月之中，在吴郡一带，不论政治、建设均有相当的贡献，如今之南园，犹系当年遗址。其第二子文奉、第三子文恽，对于苏州的建设，自亦参预规划。"都衙"二字，查《文献通考》、《宋史·职官志》，均无著录。惟按都尉官制，《文献通考》载，秦于三十六郡各置尉，掌佐守，典武事，汉景帝更名都尉，而不遍设，惟于边陲之郡置之，秩比太守。其后名号渐多，不仅限于郡守。历代不置郡都尉，惟仍有都尉名号，如轻车都尉、奉车都尉、骑都尉、驸马都尉等。宋制：骑都尉为勋官，驸马都尉为尚主之官，奉车都尉则无。遍查《钱氏家乘》，广陵王的纪载很多，第二子文奉也很详尽，惟三子文恽则寥寥数句，文恽之父兄即极显贵，坐镇吴中，当然他也是尚勋之官的一员。我对都衙名称，不愿作都尉之门解，而疑心都衙正是《宋史》所未经著录的一个官职。果真我的见解是不虚讹的话，那么这两条石栏上的题记，所称钱都衙巷，这都衙的官职名称，正可以补史乘之阙漏。同时，它的研究价值，亦因之提高，挺吴越钱氏立国，在宋代之前，钱氏立国时之职官制度，要靠宋代以后的人来编列详载，错误漏列之处，当然难免，这是颇堪注意之点。

石栏题记"巷"字，写作"衖"，颇似六朝人的别体书，亦为饶有趣味之一。曹文迺二子名字之间，有一"玘"字，从文意上观察，当为一连接辞，我解作"暨"，音义皆同与暨，不过是否正确，尚待研究。

我更细细欣赏题记文字的书体，遒劲秀美，兼擅胜场，颇有黄山谷的丰韵。但按之史载，黄生于庆历五年，那么这题记决非黄氏所书，但当时流行的书体，已可窥测一斑，或者黄氏的书法就受那时流行书体的影响，亦未可知。

总之，我们不要小觑了这两条破黄石，它正有苏州地方志乘上、宋代以前的官制上、宋代书法艺术上的伟大研究价值存在。我费了许多心力，来研究它的来历出处，并不是多事，实在有鉴于今人对古代石刻，太看得一文钱多不值，听让它餐风宿露，委实可痛可恨。所以不自量力，来写这篇文章，今政府维护名胜古迹，已有明令发表，那么地方赏局，负责保管者，应该如何考求永久保存的方法，是毋庸逡巡徘徊的了。最后，我敬掬诚以告，全苏文化界同人，注意及此。

（当我写好了这篇文字以后，吴县的文物保管委员会，奉到苏教厅的训令，已经开会议决，交由省立苏州图书馆负责保管。从此这两条北宋遗留下来的石栏，得免顽童之摧残，风雨之剥蚀，而使关心文献古物的人，可以欣赏研究，这是一个值得称道的消息。）

（《国艺》1940 年第 2 卷第 3 期，署名沈祖光）

吴中文献之欣赏

雪　岑

严肃冷落的冬季已渐渐地过去，人们都怀着一颗活跃的心，在期待着明媚的春光，而消息传来，梅花已经开放，所以虽在这几天沈沉阴雨的天气里，我们都充满了愉快，在准备一次初春的旅行。恰巧吴中文献展览会在这梅花初放的时节要开幕了，地点是吴县的沧浪亭，当然我们是不肯放过这样一个机会的。于是二月二十一日的沪京特快早车，又把我们带到了山明水秀的姑苏，虽然那天上午还在下着毛毛雨咧。

下车后天气有放晴的样子，我们便沿着城内的护龙街，步行向南。过观前街后沿途都是些书画古董店，收拾得很精雅，不像上海邑庙附近的古玩店都凌乱无章，这也许可以表示吴中人士对于书画古物比较上更有热烈的爱好。过三元坊左转，便是沧浪亭，四周环境幽静，确是吴中胜地。我们在人丛中签了名，走进文献展览会的大门，先翻阅了一张出品简目。

是会出品都二千馀种，包括昆山、吴县、常熟、吴江四县的文献，分图籍、画像、金石、书画、史料五门，共陈列十四室。会场房屋系可园旧址，稍嫌狭仄，而吴中人士对于文献展览会，似乎都感到极大兴趣，所以各室都有人满之患。我们因为时间所限，在短短的三四小时里，参观了四县千百年的文献，当然是走马看花，但是一鳞片爪，也自有相当的价值，而屐痕所至，亦不愿无丝毫的纪录，现在就凭记忆所及，拉杂写一些。

展览品中以图籍书画为最多，有宋刻本《注东坡先生诗》一册，最为观众所注目，虽因年代久远，已多破碎，但字迹古朴大方，仍跃然纸上，而历朝名人鉴定的图章，更鲜明可辨。其他像元刻的《范文正公集》和《资治通鉴》二种，都是极可珍贵的孤本。批校本中有顾千里手校《史通》二种，硃笔密楷，改之又改，使人感到古人治学的刻苦。

书画最多，明代作品，所谓沈、唐、文、仇，在吴人脑海中，固早已深深印着，故会中陈列亦独多。而就事实而论，他们在艺术史上，自有其不灭的地位。此次有仇十洲白描观音一幅，骤视之几认为现代西洋图案画，其作风的特殊，用笔的平和，可谓仇画中别开生面之作。尚有沈石田、文徵明、唐六如合作壁轴一大幅，集三人精心之作于一处，更觉名贵。居商谷有《赤壁图》一帧，虽寥寥几笔，而东坡的胸襟豁达，赤壁的天高水远，已活跃纸上，使读画的人如身入其境，可谓不朽之作。

祝枝山草书一轴，笔墨飞舞奔腾，好像可以看到作者振臂疾书，一挥而就的样子。其他像文衡山的小楷，端正秀逸；范石湖的行书，潇洒不拘，都足以代表作者的个性。

古迹名胜书画中，有文徵明《龙池叠翠图》一幅，最为可爱，结构的雄伟和描写的细腻，正足以表示作画时的胆大心细，而设色古雅，运笔圆活，处处都透着炉火纯青的意象。

明苏州太守寇公去任图咏册，也在会陈列，很足以引起吴人纪念这位贤明的太守（寇慎）。他的事迹，在方志上记着道："当明季魏珰祸国时，周忠介公被逮，激起五人之变，几兴大狱，赖太守寇公从中救护，得少株连。太守去官时，吴人绘图送之，有文震孟等诸巨公题咏。"

服御器物中，有唐六如双印、周恭肃公牙笏等件。亭林的遗履也从昆山移来，履较普通的鞋子几乎要大上一半，旁有像片一张，说明原有遗履经久风化，现在所陈列的是依原式而仿做的替代品。就在亭林遗履的附近，陈列着钱牧斋的雕玉龙首嵌玉杖。以玉杖比布履，似乎玉杖贵于布履，但是以亭林先生的气节比之钱牧斋，则玉杖的价值反而远不及布履了。

史料方面，有朱梁任先生狮子山招国魂旛一面，旛作三角形，黑地白字，上面赫然是"魂兮归来"四字，见之真有些不寒而栗。

太平天国史料，有翼王石达开告示一张，最惹人注目，格式有些和以前公安局所出的告示相仿佛，但是纸张和书写，都不很讲究。可见那时太平的政治是极不安定，所以处处草率从事。

走出展览室，就去欣赏那初开放的梅花。此间梅花以盆景著名，就是所谓病梅了。但是病梅确也有病梅的妙处，它们都是在虬龙般的老干上，探出三二枝姣艳而疏朗的梅花，一股清幽的芳香，充满屋宇间。我们在屋子里小坐一刻，享受些清闲的生活，对这几盆梅花已经感到非常满足了！

（《京沪沪杭甬铁路日刊》1937 年第 1828 期）

吴中文献展览会琐记

陈济龚

一

不论读历史或看小说传奇的人们，心中大概都渴望着认识一认识原作者是怎么样的一个人物，而对于历史上所记载的器物服御，也莫不有喜欢看见一些真东西方才甘愿似的神情。在现代，有了一架照相机，什么都好办，在古时就很难了。而且传留下来的古物，往往经过多次水火兵灾而损毁。所以许多古物，尤其是关于文献方面的，极可珍贵，不但能表现古人的精神，而且能作为历史记载正误的参考资料。像这次在吴中文献展览会中所看见的许多家谱和历代人物画像，《三笑》中的唐伯虎画像，至今还使我不曾忘记，而且那些东西，平常是绝对不易看到的。

吴中文献展览会系江苏省立图书馆主办，在吴县沧浪亭对面可园内举行，已于二月二十日开幕，将于本日闭幕。里面所陈列的古物，均逐日抽换。所有陈列房屋，系拨用省立图书馆原有阅览室和办公室，所以地位尚称宽裕。布置方法亦极可取，画像等巨幅的悬在壁上，小幅的用玻璃板压在桌上，而各种珍玩，就置在玻璃柜中，每格均有玻璃板间隔，使观者极感便利。每一件古物旁边，置有小卡片一，加以说明，卡片系仿古花笺，雅致可爱，并极醒目。

陈列的东西，都系征自昆山、常熟、吴江、吴县四县各收藏家。内容约分五项 ;（一）图籍，包括刻本、版片、书影、稿本、校本、钞本、方志、谱牒，舆图记 ;（二）画像，包括先哲遗像、古迹、名胜 ;（三）金石，包括器物、石刻、拓本、文玩、服御、著录 ;（四）书画，包括乡贤、流寓、方外、闺秀、名宦 ;（五）史料，包括革命、科第、政治、书院等。

会中陈列的东西，曾由鉴审委员会分组鉴审。鉴审委员都是社会上的知名之士，像柳亚子、叶楚伧和张仲仁先生等，他们的鉴审力是很可信任的。惟是陈列品太丰富了，去参观的人决不能一件件细细鉴赏，最好拣个人喜欢的东西，多费一些时间，其馀的约略看过，方不致错失机会。

二

跑进可园，目睹长廊回绕，池水清漪，真像进了古书上所描写的诗人们酬唱的所在。在那儿浏览陈列品，实在太富幽雅的气氛了。在池旁廊檐下，有一株宋梅，名叫“胭脂红”，正破绽初放，远远望去，恰如点点胭脂，鲜艳夺目。

三

在第一室内看见许多先哲遗像。如王文恪鏊的画像，上题自制的像赞一首，内有“穷年劬书，结发励行”；“贵戚赤炎，不能附丽。权珰狂猘，不能撿阿。一有违言，超然去之”；“遇事直前，不知顾忌。见利思后，不知规画”；“知希止足之疏傅，而不能为应变之姚崇”等句，实在不是自谀之词。宋滕忠节公茂实的遗像，系照片，面方，双目炯炯。原稿为宋绢本，如今还在无锡荡口滕家藏着。宋绍兴十九年九月一日，高宗亲自敕题道：“于戏！尔工部侍郎滕茂实像，双瞳炯然，双毛卷然，若平原骂贼、北塞守膻时也。壮哉，烈矣！非我之不竞，无以宣汝之忠名；非汝之大节，无以重我之国势。然自宣和靖康间立节者比比，何以能国哉？予则有感于斯！”此外尚有祝枝山、唐伯虎的画像。祝枝山的面貌，上瘦下尖，两颧突出，确不大高明。唐解元的面貌，虽也不见得十分漂亮，但面形长圆，骨肉丰满，像一个精力强壮、身材硕健的男子，不似祝枝山那样骨瘦如柴。

服御类中有一根钱牧斋的手杖，制造最为精巧。又有“冷月疏钟琴”，系明隆庆年间虞山严天池先生遗制，上题“声清韵逸”四字，断纹底亦有题咏，中有一首道："身冥默兮同顽石，心澄清兮若止水。听万壑之松风，弹朱弦兮抱缘绮。"顾亭林遗履也陈列在室中，履旁是昆山陈仲庵先生的象牙画碟，碟似藕形，中有一蟹，作横爬状，一边是荷花荷叶，一边是莲蓬和一朵荷花蓓蕾。还有一串松子，计二十四粒，上面有谢小松刻的全部《西厢记》内的人物肖像，极生动，真是很难得的事。除掉六如居士的双印，石面刻有"江南第一风流才子"等字，实在太狂悖一点以外，顾云美（苓）的"传是楼"石章，也是极名贵的。

苏州顾二娘的刻砚，素负盛名。当初王渔洋先生曾谓足与濮仲谦的竹刻、时大彬的壶、吴十九的杯、江千里的螺甸相媲美。会中陈列有二砚，作不规则的椭圆形。石是旧明歙石，从纹理看来，像是用一石劈作两砚的。石小而薄，长有十二公分，阔八公分。全砚作鹿行山地、衔芝回顾状。两砚作法虽同，然琢工绝不见有板复处，而且琢法浑成，望之如画，神情毕露，巧而不纤，而砚背亦神气活跃。在砚边墙略厚处，刻有"二娘"两字之阳文篆印。爱好金石者不妨去鉴赏一番。其他有周芷岩（嘉定人）的刻竹笔筒，作火黄色，系浅雕邓尉别峰图。而才从灵岩山掘出的周白玉戚，犹似一雏形的北平城，更为难得。

四

第二室内陈列的都是历代珍板书籍，其中有秀水南樵朱声蜚的诗集，所载诗词，极为动人，像《咏雪》一首道："飘飘不住洒帘前，一望琼瑶万壑连。絮舞半空迷旭日，花开六出兆丰年。拥炉静女红盈袖，压担行人白满肩。顷刻装成银世界，无暇玉琢别坤乾。"

昆山图书馆的珍藏书籍，这次在会陈列，有《安亭志》、《昆山县志》、《信义志》、《菉豁志》、《昆山人物传》、《玉山景物略》、《名迹录》（元朱珪钞本）、《金石录补》（清叶奕苞著钞）、《惧谋录》（顾炎武著）等。至全室中最珍贵的，要算何义门的手校《水经注》和明刻本《东坡全集》。

第三室内陈列方志和善本最多，内中有不少昔贤钞本文稿，大半是未经刊印的。闺阁诗钞中像常熟钱湘舲、吴江吴琼仙女史的遗诗，字体既赛如珠玉，辞句复极哀感顽艳之致。例如吴琼仙《咏新月》诗云："庭院黄昏寂寂秋，花扶月影上帘钩。怜他不解团栾意，偏画新愁上眉头。"此外摅怀橐的刻本，最为精工。吴窓斋手书《古玉考》两册，极有价值，平常不易见到。涵芬楼藏明常熟毛晋撰的《虞乡杂志》稿本，也极名贵。至于方志孤本，计有潘景郑先生藏嘉靖《同里志》、《庵郇志》（曹锡缵著）精钞本；省馆所藏的有《梅里志》、《光福志》（徐傅著）、乾隆《元和县志》（沈德潜辑）、乾隆《吴县志》（施谦辑）、乾隆《长洲县志》（沈德潜辑）；潘景郑先生所藏的康熙《浒关志》（清孙佩纂修），薛公侠先生所藏的屈运隆《吴江县志》十六卷，皆系康熙刊本。尚有昆圃所藏的传是楼原藏《天下郡国利病书》钞本（按传是楼即是书作者亭林先生之甥徐乾学所有），和顾公雄、顾公硕所藏的祝枝山手写稿本《兴宁县志》二册一匣，均极珍贵可爱。

五

第四室内陈列的是吴中出土古物，第五室中陈列的是木刻板片。我最感兴趣的，还是那些古物。因为那些古物能表现古代先民生活，并可看出历代文化递嬗的痕迹。至于木刻，因为缺乏兴趣，没有去看。古物重要者凡有六项：（一）平门外出土的有汉匋缶、汉匋鎗、汉匋罍、汉匋鉴、汉千秋万岁残匋片、汉砖等，大都身大口小，纯系用泥烧成，毫无釉光，花纹甚简单，仅有圜纹，砖上则刻有图案形，其中有"千秋万岁"等字，极觉可爱；（二）相门外出土的有汉瓦当，上有图案甚美；（三）横山治平寺出土的六朝瓦当；（四）吴子城匋鬲足；（五）虎丘山出土的，亦为六朝瓦当，惟不全；（六）相门外陆家村汉代建筑残迹照片四帧，系张子其君所摄，极可窥见先民生活状况，都是研究史学的绝好资料。

六

第六室地位比较狭隘，陈列的物品，多是古代史料。因此看的人越多，挤得水泄不通。实因那里每一件东西，都能使人感到趣味，尤其是太平天国石达开的告示、杨秀清的亲笔供状、辛亥光复时苏人朱葆诚带领军队攻打南京天保城时的炮弹壳。其他像进士登科录、硃卷、旧时的委任状、前清御赐的父母诰命、太平天国忠王李秀成所签发的商凭、太平天国作战时所用的火铳和武器、报恩牌坊碑、《缙绅录》四册，以及张仲仁先生所藏的“南书房”三字的匾额（潘祖荫代清德宗所书）等，都值一看。

七

从第八室起，陈列的都是书画，而且都是珍品，使人如入山阴道上，目不暇接。其中像江文棣女史遗墨卷、吴愙斋（大澂）《虞山十景册》、顾炎武题华山碑跋，均很名贵。吴渔山《珊瑚钩诗话图》，上题款系“墨井老人”，有清道人所题跋语，称该画为翁相国所藏，为王廉生所称。其所绘风景，实有“平畴交远风，良苗亦怀新”的诗意，画山画石，绝不落入窠臼，深有西洋画立体法的奥妙，而且绘的松叶，笔锋直下，排比直点，好像飒飒作涛声，韵味盎然。仇十洲的画，素以精细擅长，其在会中陈列的《白描观音轴》一幅，神妙之至。王忘庵的《梅竹轴》，红色梅，蓝色竹，墨色石，极为别致。唐寅有二幅名作，一是《东方朔轴》，上题“唐寅为守斋索奉马守庵寿”，并有题诗一首，钤“南京解元”、“六如居士”两颗印鉴；另一幅为《茅屋青山图》，图上山石的气派，实与他人有特殊处。各品中最可爱的，要算许多名迹图，像明沈石田的《虎丘纪游图卷》、明金元玉的《灵岩胜迹卷》、明谢思忠的《金阊佳丽图卷》，此卷系彩色绘成，并有明朝小品文名家王百穀的题跋。尤以明谢时臣的《虎丘纪游图卷》最佳，情景逼真，深有写生意味，其中像双吊桶、剑池等景，和现在相仿，惟塔旁亭台楼阁，辉煌雄杰，和现在情形大不相同。我想倘能把这些名迹图卷，摄成照片，编入《游览指南》，定为国内外人士所欢迎。至墨宝，则有宋范石湖的墨迹等，而以周茂兰的血疏卷最使人感动。周茂兰是周顺昌（蓼洲）的儿子，顺昌是吴县人，被倪文焕诬陷，给魏忠贤害死的。当时茂兰到京，寓在姚文毅公家里，第一次他用十指的血，写成血疏，请求诛戮倪文焕，可是疏内有“鼎湖劝进”一语，当时给姚公看出，因恐触犯皇帝的忌讳，就请他重写，但是他指血已尽，乃用舌血书成，所以那疏能留到现在，陈列展览。读疏后明贤黄宗羲的跋题，益使人引起一种爱国的情绪。那跋道：“甲辰五月，过姑苏，与子洁上灵岩，归至芸斋，子佩、子辉夜话，佩兄出血疏贴黄，读之血光尚与灯影相射。计不见佩兄已二十六年，距京师颂冤之日三十七年矣，此时余方十九岁，两人相期，所以报答君父者，正未有量。岂料今日相对，霜髯雪鬓，家国破碎，泫然者久之。同难弟黄宗羲恭跋。”

此外如明末邹元标、高攀龙、周顺昌给姚文毅公的手札，瞿式耜同钱谦益在狱中的投赠手札，和其他顾炎武等名人的手札，会中陈列的也很多，极可表见古人精神所寄，读之殊足引发思古之幽情。

八

在陈列古印和碑拓的室中，有孙权玉印、吴王之玺、吴郡首郡丽娃乡神印，和旧藏北寺塔的隋朝的铜龟。室中最有文化上的价值的，要算南北朝的造像，因为在那时南朝禁止立碑，所以留传下来的造像极为罕见。现在室中陈列的，是在洞庭山华山寺古址出土的，造像上除有骑士等像外，上刻“大宋元嘉二年岁在乙丑”、“元嘉三年丙寅三月徐州刺史杨谟造象”等字。根据那尊造像，我们可以补充南北朝史舆服志上的阙漏。此外尚有一室，专陈列潘家（潘文勤公）文献，因为时间关系，不及细阅而别。

九

费了许多的光阴，把一件一件古物欣赏之后，突然到了思古堂内，觑着那一盆一盆的梅桩，枝上满开着散发幽香的梅花，不论绿萼和红梅，一般的有着无限的风韵，蕴蓄着许多诗情画意，使每一个到会的宾客，得将紧张的心弦缓和一些，真是无限的快慰。

（《京沪沪杭甬铁路日刊》1937年第1829—1831期）

参观吴中文献展览会记

又 一

惟中华民国二十六年二月十九日，江苏省立苏州图书馆，开吴中展览会于其可园馆址。筹备三月，费用六百元，合江苏省吴县、常熟、无锡、昆山四县的人、文、图、史于一会，分为图籍、画像、金石、书画、史料五部，陈列十四室。会期本为七日，展期至十日。第一日行开幕礼，第二日起乃任人参观，虽连日阴雨，上至国府要人，下至古董掮客，男男女女，纷然莅止。第六日天晴了，竟将铁门也挤坏，乃改售门券，每位一角，作为爱国捐，藉少疏通，诚大典也！小子生长乡间，僻居寡陋，躬奉盛事，也特冒雨上城来趁个热闹，以长见识，乌可无记？只是一不知功名勋业，二不知古董字画，三不知板刻石拓，真叫“乡下人吃麦东，一懂也不懂”，然也绝不敢人云亦云，谨就见闻所及，率书于左。

第一室所陈列的是图像、文玩、服御器物，进去一看，误疑走错了谁家的祠屋，正月里挂满了老祖宗的行乐图。全身，半身，大的，小的，手卷，册页，坐的，立的，骑马的，男女老少，都有。就凄惨在珍藏这些图像的并不都是自己子孙，而刻薄者乃谓之自家掮不出“老牌位”，故沾亲带故，借别人的祖宗来扎扎台形。

最使别人注意的当为申文定公像，大众看了，面上都浮起一层会心的微笑，下意识地道声“就是他”，不期的会想到光裕社员口中的三师太。

王文恪公一帧最大，红袍纱帽，青草胡子连鬓生，活像是个曹操，拟虽不伦，貌实相如。

唐、祝、文、周四位老相好，本是一桌现成的麻将搭子，为了地区关系，遂把周阿二屏诸域外，竟不得一见美人颜色，大是遗憾。

顾亭林先生一只遗履，与钱牧斋的御赐雕牙龙首嵌玉杖，并陈左右二玻璃橱中，而杖实居于上，这大约也是执事先生们深意的布置，毕竟贰臣所沾的便宜居多。

第二室为掌故图书，第三室为先哲著述，第五室为版片书影，人们好像都与书无缘，匆匆而过，毫不浏览。版片书影室更门庭冷落，人迹罕到。

据说，这里头刻本、稿本、钞本、孤本、方志、谱牒、舆图、传记，一应俱全，独未有党义。

第四室吴中古物，纯为最近开辟城门、建筑道路、拆毁古墓中新出土的汉瓷、泥瓶，颇多碎片。女太太见了，忙吐口馋沫，连喊“新年新岁，阿要泥土气”不置。相形之下，不知第一室中诸位乡先生，曾否感到入土不安？

第六、七两室乃历史革命文献，中多先朝制书，及太平军的事迹。近人朱梁任的一面国魂旛，黑质白字，大书“魂兮归来”，甚觉触目惊心。

书画出品特多，占八、九、十、十一、十二五室，宛若五月五日斗宝。一幅沈石田探梅图，系吴中某古刹的镇山之宝，曾有一小绅士尝欲干没之，几致涉讼。今日陈列到会，苏州人道是和尚的慈悲、施主的势力。

唐六如有一偷桃图堂幅，状殊猥琐可哂。因悟孩子们骂人曰：“偷你娘的红桃子。”亦有典故在也。

更有一万年桥长卷，系前朝太守修桥的功绩图。恰值此胥门外之万年桥最近为建设局改建竣工，似乎有意在暗中抬杠。

第十四室潘氏文献，竟是一家掌故，不知是否特示漂亮，晓得红顶花翎的祖宗，不能与古装喜神同日而语，自占一室，以矜家世。

此外，尚有许多出品，因为小子是个乡下曲死，不甚懂得，只好从略不记。若干年后，倘得后人收拾，则此记亦不便成为文献欤？懿欤休哉！懿欤休哉！

（《论语》1937 年第 108 期）

吴中文献展览会出品要略叙例

瓠　庐

建国之十有八年，余承乏振华女学校国学教务，与史学专家张君漱石、周君振鹤辈扬榷风雅，颇称相得。因建议校中主持人物，有文化事业展览会之创举。吴家长曾善集《南史》王俭、萧允传语，作楹帖来祝曰："手笔典裁，为当时所重；图画贤哲，托异代之交。"至今乡邦人士，尤为称道弗衰。越一年，而最高教育机关始举行第一届全国美展；又越六年，而最高保存文化机关始举行故宫博物伦敦艺展；又越一年，而浙江省府始举行浙江全省文献展览；又越三月，而江苏省立苏州图书馆始举行吴中文献展览；又越两月，而最高教育机关又举行第二届全国美展。古人有言，请自隗始，余实无似，其何足当。惟吴中文献展览举行之日，余职司编辑。每凌晨入馆，则物品杂沓，簿书鞅掌。逮乎日之夕矣，退食自公；复就荒斋寒舍，篝灯围炉。著录一日所见尤精之品，列为简目，或并撰提要，非夜分不寐，自冬徂春，往往而然。下列叙例如简目一通，尤当时所悉心结撰，而愿广为就正于有道者，故不惮明日黄花之诮，而特录之于此。

发扬文化，推进学术，首重保存文献，而保存文献，则自各地文化机关，群策群力，保存乡邦文献始。本馆同人，有鉴于此，爰有搜集吴中掌故丛著、先哲遗书之举。比年以来，征购所及，无虑千馀种，而散见各丛书之数十百种，尚不在其列。并世吴中大藏家，若群碧楼邓氏、宝山楼潘氏、所居住在廉让之间斋沈氏、海粟楼王氏之于长元吴，黎里柳氏、莘塔凌氏、芦墟陆氏、同里叶氏薛氏之于江震，甫里马氏、信义赵氏、玉峰王氏之于昆新，罟里瞿氏、初园丁氏、虞阳庞氏之于常昭，所藏乡邦掌故书籍，多者数千百，少亦不下百数十种。而吴县梅景书屋吴氏、过云楼顾氏、宝山楼潘氏、所居住在廉让之间斋沈氏、吴江芦墟陆氏、雪巷沈氏，以及海虞、玉山诸乔木世家，更庋藏乡贤名书法绘，不遗馀力。间亦出其绪馀，蒐罗先贤遗物，及乡邦出土古器。而本馆特藏库，亦夙藏乡贤书画，以及乡邦古迹名胜之图、先贤遗像之册，历史博物室亦贮存乡邦出土古器物若干种。爰商诸上述诸藏家，逮夫海内文化美艺专门名家，而计画举行此展览会。南海一老，首为之倡，窗斋公孙，滂熹诸群从子姓，更如骖之靳。用是海内公私藏家，竞出所储，光兹盛举。不崇朝而缥缃黄卷，蚁聚云屯；异物奇珍，蜂起泉涌。雪钞露纂之编，则书左校文，瘁于奏笔；筐筥笼簦之移，则驺从舆台，疲于奔命。懿欤休哉，于斯为盛。爰编简目，以告当世人士。

一曰图籍。班氏作史，聿著艺文；遂初订目，始著私藏。郡邑方志，于乡邦文献，著之每详，而无征不信，有杞宋翳如之叹。爰征集乡先哲之刻稿、批校、钞写、版片，凡前贤精力所寄者，靡不在搜罗之列，而兼及于方志、舆图、谱牒、传记。海上涵芬楼发其邺藏，若钱遵王、毛子晋、金俊明、何义门、惠定宇、黄荛圃、王莲泾诸家之校勘，程海虞、严昆山、顾大石、袁嘉趣之刊刻，陆敕先、彭尺木、钱也是、毛汲古之稿草，无虑半百。此外北平图书馆，及之江王氏九峰旧庐之于古方志，宝山楼潘氏之于乡邦谱牒，浙江图书馆之于四库真本，邓氏群碧楼之于名贤批校，松鳞潘氏之于先德著述，海禺瞿氏、甫里马氏、信义赵氏、玉峰王氏、宝山楼潘氏、海粟楼王氏、所居在廉让之间斋沈氏之于先哲著作，均泱泱乎有大国之风。此外诸家所出品，有若张堰高氏、金山姚氏、吴江周氏、海虞庞氏、南陵徐氏、四明张氏、可过桥潘氏、辟疆园顾氏辈，虬鳞片爪，均足珍奇。爰集大要，著图籍第一。

二曰画像。《虞书》有言："予欲观古人之像。"三代而还，若楚太庙、武梁祠、鲁灵光殿、孝堂山郭巨石室，均图画先哲遗像及祥瑞怪异之形。晚出书所谓"七世之庙，可以观德"；《吕氏春秋》所谓"五世之庙，可以观怪"者，洵非无据。兹所陈列，无取乎翳经博物，齐谐志怪，而要以正史方志所载，立德立功立言三不朽之乡贤、名宦、寓公、闺秀、方外为断，不则亦必一艺精能，足以信今而传后者，始得列入。沧浪五百名贤石刻图赞而外，专像若范文正、滕忠节、王文恪、严文靖、唐解元、祝京兆、沈隐士、文待诏祖孙父子、陆五湖、袁裕春、俞仲蔚、彭孔嘉、周寿谊、李天木、陆包山，或以劳定国，或学艺自高，或德行足式，或风操相尚，而河东君晚节不渝，大义凛然，迥非陈圆圆、顾横波之流所可企及，故特附入焉。古迹名胜卷册，为山水寺观之图像，实事求是，非空中楼阁所可比拟。梅影公孙所藏最富，发箧通假，粲然大备。白阳大姚，济之虎阜，玄玉灵岩之迹，仙期兰雪之图，殿以邓尉四柏、虞山十景，数典不忘其祖，相得乃以益彰。至于积学斋之红豆楼图，则叔美畹芬之俪居也；安石君之江曲庄图，则翠岭飏生父子之书藏也。胥江屏迹，禹声励蘼芜之操；壶园饯春，大鹤志宾谯之雅。外此竹堂探梅，师林纪胜，图记归帆，诗传觞月。或为名贤尊宿，志一时缟综之谊；或为墨客骚人，记绝胜盘游之境。方诸兰亭修禊，西园雅集，图画流传，彪炳奕叶者，迨无多让。故以次于先哲遗像之列焉，人杰则地灵。后之续修方志者，或有赖于此乎。著画像第二。

三曰金石。阐幽表微，补阙正误，凡竹帛所不能尽者，端赖金石以补苴之。矧先贤遗物，手泽犹在；往哲奏艺，流风未远。此雕刻服御之所以附金石古物而陈列也。神州掘土读史之风，尚未大盛，吴越楚汉之器，著录者犹寥寥无几。吴公之彝，未详其出土之地；季札之剑，莫考其流传之迹。子吴之鼎，仅见陈编；郳桱之钟，亦为侨寓。外黄令高君碑，早成佚石；开元寺佛像，迥非旧观。南朝脂像，本稀如星凤；江左名迹，乃久别梓桑。有若陈宝齐梁宫玉之流，或远度岭峤，或长流瀛海。元嘉千叶莲堪脂像，实为硕果仅存。吴无吉金，莫为之先；苏有乐石，当推不祧。俯视楞伽大业塔槃，包山开成经幢，律以谱牒，奚啻云仍。他若三贤合作，七姬权厝。董美以下，谁与抗衡；常丑而外，难相颉颃。征之原石既如彼，考之拓本复如此。吴中两绝，意在斯乎。瞿氏木夫，始编吴刻；潘子瘦羊，绩拓苏碑。今世鉴家，闻风而慕，或刺舟而求之水澨，或蜡屐而搜夫绝壁。宝山不徒入于西碛，乃得毡蜡干通；冠冕更卓著乎南州，尽拓封龙四麓。曲石国老，则有两山三学著录之编；玉峰鉴家，则作一邑四乡见存之目。方之稚蘅之竹册，泉馆之残编，不仅推陈出新，抑且后来居上。矧恭肃象笏，文恪鸲研，绛云玉杖，亭林布鞋，俟斋苕生之名印，稼堂又恺之铭器。三桥碧玉之赋，细逐蝇头；古塔飞瓦之文，怪成鸱吻。三万六顷波中，神龙蜕角；七十二峰深处，香象镌牙。匠门宗庙，滇国有长生之当；吴宫子城，晏台有坟左之砖。汲古早存修绠，读史乃胜左图。尚友古人，如群集一堂；博稽遗物，正无事五车。好古敏求之士，当有观止之叹矣。著金石第三。

四曰书画。《法书要录》，张彦远名著李唐；《图绘宝鉴》，夏文彦声驰蒙元。自昔书林藻鉴，雅重艺林；画学心印，竞推宿学。书画著录，由来尚矣。况乎弗兴误笔，蝇竟集屏；僧繇点睛，龙乃破壁。顾恺之《女史箴》，长流海外；陆探微《圣贤像》，已佚寰中。范怀约之善隶书，见于《述书赋》；陆柬之之能行草，载于《墨池编》。他若史维则、孙虔礼、张从申、张伯高、李成、赵伯骕伯驹昆仲、顾逵、李立，见于书画谱录者，不知凡几，要之皆吴人也。然而孔子删书，断自唐虞，江左风流，南朝精能，尚矣。即隋唐五代，亦未易斥赝鼎而登真虎。兹所征集，法书名画，均断自明吴门派始，在吴言吴，庶无讥乎。沈、唐、文、仇，脍炙人口者几五百年，然真者亦不数数见。前有杜东原、周东邨，后有雅宜、白阳、商谷、凤丘辈。所谓莫为之前，虽美弗彰；莫为之后，虽盛弗传者。洵知言哉。渔山石谷，世居虞阳，风气所染，雅近娄东，以视吴门，有彼可取而代之之概，而吴门一派，嗣是亦稍稍不振矣。俟斋气节，突过前修；彦冲妍雅，迥出侪辈。故举以附焉。闺秀自文端容而外。惟叶秋霞画兰，娴雅有致，与伊家小鸾沆瀣一气。冰仙、湘蘋、香轮、畹芳、问琴、申林之流，亦各有所长。明清两朝玉台画史，有陆韵梅、江静芳两女史为之殿军，前茅虑芜，中权后劲，均有声色矣。书法中兴于有明，枝山草书，衡山小楷，三桥古篆，均为古今绝作。明贤诗札暨南明遗民手迹，尤为彪炳赫奕，俟百世而不惑者，表而出之，征文考献之微旨申矣。发绣濯足，露香锺馗，为美艺中之别开生面者，附庸蔚为大国，亦阐幽表微之道也。范文穆不以书名，然物以人重，保而存之，谓非恭敬梓桑之道欤。著书画第四。

五曰史料。《鳞经》之作，宣圣周游列邦；《通鉴》之编，温公稾盈一屋。

是以害已去籍，子舆氏引为深忧；累世守藏，太史公因以成史。况乎周虽旧邦，其命维新。易服改朔，旧染之污尽涤；革故鼎新，开创之勋已纪。凌烟杰阁，当绘功臣；森柏神祠，应褒忠烈。凡此日汉族之光荣，皆当时先烈所赐予。文秀之区，夙少武功，而文字鼓吹，运筹帷幄，则不让他地也。馀杭大师，早寓吴中；燕子龛僧，亦来茂苑。风声所布，云集景从，遗物之存，零金碎玉。至若狮山招魂之旛，东夷结义之刀。青丝马饰，献俘则居然锦车夫人；金线勋章，奋武乃有若长缨壮士。是曰革命，此史料之当保存者一也。河渠食货，史志所尊；兵事刑章，国宪所重。他若五花紫诰，锡命有荣；九品金章，信威所系。追念汉官仪，舆服兼征卤簿；历数职官表，典籍乃录缙绅。凡朝章国故之所关，与夫先哲名宦之所遗，虽簿书牒诉之征文，亦梼机春秋之张本。是曰政治，此史料之当保存者二也。制科肇自汉唐，时艺盛于明清。英雄入彀，饶有隽才；宏博设科，更多实学。是以异国育才，三舍定点分之法；新邦先觉，五权标考试之文。科场条例，防范细于牛毛；制艺法程，剖析精于蚊睫。二千年经明行修，实皆由是道出；六百载乡贤名宦，何莫非此中来。是曰科第，此史料之当保存者三也。宋代讲学，初设书院；清儒擘经，乃宏讲舍。学海诂经之苴汇，蜀秀湘学之镌刊。义理考据词章，三方尽备；天文舆地数术，诸法咸修。书院首出，教兼三长；学校晚兴，理无二致。凡作育人才之掌故，皆养成先哲之始基。是曰书院、学校，此史料之当保存者也。汇后先之两编，铸新旧于一炉。承学之士，庶得温故而知新之益，而无蔑古荒今之病欤。著史料第五。

（《振华季刊》1937 年第 15 期）

南社二十周年纪念虎丘雅集纪

朱剑芒

南社为宣传革命之机关，创始于胡清季世，我乡柳亚子、陈佩忍两君，均为发起者之一。亚子广交游，名满天下，故自南社成立，海内文士以气节自重，莫不后先加入，在民国四五年间，社友达千人以上。厥后，国中多故，有为利禄所薰而中道变节者，为甄别计，故复有新南社之组织，主持坛坫仍属于亚子。顾自新南社成立后，亚子辈奔走国事，绝无宁日，在三四年间，未尝作一度雅集。今岁旧历十月初一，为南社二十周年之纪念日，恰逢革命告成，全国统一，亚子辈复发起举行纪念会于苏之虎丘，盖二十年前南社第一次开会，亦即在该处举行也。

先期三日，余接社中通告，知是日莅会者必众，因决计参加，俾与同社诸君一倾积愫。是日上午八时许，余自沪启行，天已微雨，过昆山，雨已大作，隔窗眺望，昏濛至不辨山色。因忆往时雅集，天恒晴朗，而所至者不过四五十人。今值天雨，人数或更锐减，宁非扫兴。且以新历计，又值我总理诞辰，有在政治机关或团体中服务者，必参加庆祝典礼。设虎阜山头来者寥寥，则此纪念大会将何以举行？思至懊闷时，出箧中所携《侧帽词》，藉以解愁。阅止半卷，苏城雉堞及北寺塔巅悉已在望。既抵站，下车即晤邵力子、吕天民、吴豹军、余疚侬、朱秋岑、冯心侠，及心侠之两子培风、北海，彼此握手为礼，即分坐人力车，取道山塘，迳往虎丘。力子已数年不见面，面容较前丰腴。心侠别才年许，益形瘦弱，询之，则沈约多愁，时感疾病，故腰围因之大减。时雨下如注，力子、疚侬均未穿革履，疚侬仅携纸伞，且为风所折，不堪使用，乃弃之道周。山塘有石梁二，未经改筑，车行其间，恒虞颠覆，乘者必下车徒步，使空载过桥。余以疚侬无御雨具，因取伞共张，然彼自肩及膝，衣服已湿其泰半。既抵虎丘，乃循山麓拾级以登，若短簿祠、

虎丘

真娘墓、憨憨泉、试剑石等处，均低首疾行，不容逼视矣。既至冷香阁，已有十数人先在，所相识者，只庞独笑、黄宾虹、唐忍安、朱梁任、范烟桥诸君。历一时许，姚石子、胡朴安、胡寄尘、胡惠生、高介子、陶小柳、费公直、沈道非、陈緐祥、陆翥双、狄君武、陆简敬诸君，亦冒雨莅止。因悉亚子病虐，少屏亦患足疾，未能偕来。陈佩忍、包天笑两君已在山下靖园。盖陈本不良于行，包以体重畏攀登，拟在园设席，邀众人并下。有主冷香阁地址，系最初拟定，不能临时改易者，有主将陈包两君负荷登山者，一时喧笑大作。佩忍之女公子緐祥君，更力责陆君简敬之多事，谓改变地址之说，实简敬所创，而进诸佩忍者。纷争未已，黄君宾虹忽称携有稀世宝物，愿与诸同社共赏。众闻黄君言，哗声顿止，宾虹乃抹拭短几，出一包袱，启视之，乃史阁部之墨迹，装成尺叶，上书五古一章，为赠人所作，所赠之人亦一明季殉国者，词既高古，字更矫健，确为不可多觏之精品。阁部殉难后，遗骸弗获，葬其衣冠于扬州梅花岭。今于冷香阁下，展读阁部遗墨，尤为适合。惜余记力殊弱，阁部之诗暨所赠者之姓氏，胥已遗忘，他日得间，当向宾虹假抄一过也。据宾虹云，最近在海上所得，值仅四百金云。

鉴赏甫毕，雅集地址之迁移，又嚣然争论，梁任、翥双往复相商，始决定已登山者先在千人石畔摄影，再往靖园宴叙。摄影时，雨尚猛下不已，于是各以雨盖蔽顶，惟余与胡君惠生既不张盖，复不戴冠，兀立雨中，任其霑濡，一若枯槁之苗，得雨而反呈其特挺者。摄影师叶某，手续至缓，开镜时犹频呼："勿动，勿动，将面目糊涂矣。"吾侪有高呼："不妨糊涂，所谓难得糊涂也。"闻者咸大噱。余更顾凌君莘子而笑曰："今日之兴会，真可称淋漓尽致者矣。"凌君亦大笑。摄影既毕，始相率下山，趋赴靖园。当余与豹军、秋岑、烟桥辈共登冷香阁，瞻眺雨中景物，豹军问狮子山所在，烟桥遥指西南，谓形似伏狮者即是，并谓吴谚有"狮子回头望虎丘"一语。余依其所指处视之，果于烟雨迷濛中，有一山低伏，绝肖狮形。烟桥寓苏久，苏地之名胜最熟。若余虽亦尝作苏台寓公，而虎丘之游，今仅第二次，其他更非所知矣。

既至靖园，检点莅会者，适共四十人，为余所熟识者，则有四分之三。朴安、寄尘、道非等因携有眷属，故入席最迟。余与凌莘子、庞独笑、陆简敬、陶小柳、范君博、韩亮父、胡栗长，暨心侠父子，同据一席。旋由佩忍发起，谓二十年前第一次开会有曾参与者，更宜共浮一大白，所谓纪念中之纪念也。调查结果，只有栗长、心侠、道非、宾虹、梁任及佩忍六人，乃各满酌一斝，相对立饮。緐祥本豪于酒，时已微醺，忽向别席闯饮，以示不弱。烟桥笑语："緐祥君豪迈至此，得毋今之柳如是耶。"众咸为之抚掌。余因忆及往岁雅集，必有女社友三四人，若石门徐自华君、亚子夫人郑佩宜君、少屏夫人蔡景明君、朴安女公子胡伟平君，常来参与。今自华在乡，佩宜、景明在申，各以事牵，未能莅临，而伟平且已物化，此次四十人中，女社友只緐祥一人，可谓寥落极矣。幸緐祥性最洒落，高谈剧论，略无寻常女子态，且新自扶桑归来，又尝漫游各处，见闻既广，故较前益复健谈。若緐祥者，无论其诗词清隽，学有渊源，即以广座中之一种豪迈言之。呐呐如余，盖亦深愧弗如也。

筵散后，即举行议会，众谓吾辈宜不拘形式，立谈可耳。于是推佩忍为临时主席，君博为纪录。佩忍即略述南社之所以成立，及二十年来之历史。继请各抒意见，共商今后之社务进行。乃相率提议，开始讨论，计共议决十一件。兹择其较为重要者，摘录如次：一、社务继续进行，本日签到者，均为筹备员；一、背反本社主旨者，经审查后，加以除名；一、发行二十周年纪念特刊，推举胡朴安、柳亚子、陈佩忍、姚石子、朱梁任担任编辑；一、另推审查员，修改社章；一、特刊经费，由席间同人分认。议毕后，拟在靖园更摄一影，因雨既不止，光亦渐黯，遂作罢。

出园赋归，分乘两舟。舟中天明、佩忍、心侠、公直、天笑各谈已往之革命事迹及吴门掌故，娓娓不倦，篷背雨声，亦为之不闻。舟抵金阊，已电炬明耀，唐君忍安邀余同寓新苏台，盖唐君于前日即携眷来此，且尚须小作勾留也。有居城内者，即相别各归。力子、豹军、疚侬等于当晚即乘车离苏，馀则散寓于惠中、苏州各旅社。余与忍安拟持螯对酌，而心侠已折柬相招，谓本日集资有羡馀，尚堪作垆头一醉也。乃偕忍安同饮，至则舍心侠乔梓外，緐祥、梁任、公直、翥双等已先在，闻天民及朴安昆季均作寓铁路饭店，因复饬侍者往邀，返命时，谓悉往清水花家张绮席去矣。余疑吕胡诸公皆岸然道貌，似不乐游历花丛者，岂偶尔兴至，欲向阿黛桥畔一识吴娘丰采乎，是可异矣。遂重修一柬，更饬侍者迳往清水花家招邀。未几，来一三十许之徐娘，问谁招清水花？余侪愕然，询其何以来此？则云："适来之柬，非招清水花堂唱乎？因清水花已他出，故余亲来一觇究竟耳。"始知来者为清水花之假母，余适发之柬，彼竟误认作局票，为之哑然失笑。更问其家中有无客至？连称无有，遂挥之使去。

既入座，以客少，众主用西菜。天笑用巨杯，众讶其量宏，察之，盖搀以汽水，而非纯粹之酿也。余与忍安及心侠两子分罄葡萄酒两瓯，繇祥谈锋仍健，酒仅沾唇，想午醉犹未醒也。菜未及半，君武适至，乃相邀入座。君武亦太仓籍，与余相叙在十年以前，彼此已觌面不识，互通姓氏，始各记忆。天笑忽询君武，京中近事有无可资谈助者？缘君武任中央党部秘书，并兼苏省党部委员，凡所见闻，必较在座诸人广且碻耳。君武因缕述最近中央开会，议及处绑匪众多，颇为民害，应如何处治？多数主张，凡被绑之家，宜即报告官厅，万勿私相论值，秘密取赎，致满绑匪之欲，而无所忌惮。更有主私相取赎者，宜治被绑家以纵匪之罪。时有深谙法律者，谓依纵匪论罪，宜处死刑。则凡被绑而得赎者，可概予枪决乎？亦有主凡被绑而取赎者，宜处以罚金，而所罚之数，倍于赎票之值，以为私相取赎之重戒。有闻而长喟者，谓苟若是，则官府之为虐，不将视绑匪为更甚，是岂党治下所可行者？君武述至此，余曹亦为失笑。谈倦酒阑，公直出所摄影片三十馀页，有风景，有静物，各臻精妙。公直自云，研究此术，已达数十年，其最近所购之摄影器，更非常用者可拟，故为值颇钜，异日将遍游各处，摄取风物景象。心侠亦出其狸奴留影三纸，嘱代交苕狂，为刊载于《红玫瑰》上。心侠爱猫成癖，家中所摄猫影，或更不止此也。

余既返逆旅，于灯下成诗一绝，以识虎丘雅集之盛。诗云："白社撑持二十年，重兴文教藉群贤。今朝冲雨成高会，即此精神亦可传。"诗成，睡魔亦至，拥衾酣卧，更不问窗外雨声已止与否也。

（《红玫瑰》1928 年第 4 卷第 32 期）

星社溯往

天　命

动　机

二十年前，上海的出版界呈着蓬勃的气象，小说定期刊物多至十数种，写作者有许多是苏州的文人，由于文字的应求，就常有琴樽的雅集。其间有一个小小的团契，称为“星社”。起始只有范君博、范烟桥、范菊高、顾明道、赵眠云、郑逸梅、姚苏凤、屠守拙八人，在民国十年的七夕，集会于苏州留园拥翠山庄。因为当时在又一村合摄一影，要题几个字以留纪念，就由范烟桥题了“星社雅集”。他的取义是这天正是双星渡河之夕，并且星的象征，是微小而发着灿烂的光芒，正和他们“不贤识小”的襟怀相合。想不到后来星斗满天，蔚成东南一个文艺的集团。

范君博、赵眠云、郑逸梅、顾明道、屠守拙原来住在苏州的，范烟桥、范菊高却是从吴江的同里镇移家到苏州的，菊高和苏凤是工专的同学，年纪都比其馀的几个人轻得多，但是已经很爱好文艺了，所以这一个偶然的结合，虽然只是友情的契投，实际也有着心灵的吸引力。这种力成了以后扩大的推动，到了战事爆发，消灭了这种力，就风流云散了。

苏州的留园，好像一个工笔山水的长卷，在那里吃茶谈天，是很相宜的，并且深藏在卷心里的拥翠山庄，更是幽静得像深山萧寺，他们这一回的集合，有意无意间留下了文艺交流的种子，也算得佳话了。

在当时他们并没有准备把这个星社如何具体组织起来，因此像水面的萍草一般，给微风吹了拢来，也就给微风吹了开去。更像天上的星，有时光彩烂然，有时却浮云遮蔽得黯淡无光了。

茶　话

苏州人是喜欢吃茶，并不是认真吃茶，不过借此作为不期而会，因此物以类聚，各就其事业性情的相合，而分成许多的小群，散布在城市里几家茶坊里。到了四五点钟的时候，从各方面走来，三三两两团坐着一桌子，上自国家大事，下至米盐琐屑，远至五洲万邦，近至饮食男女，无所不谈，无所不话，破钞有限，而乐趣无穷。说得坏一点，群居终日，言不及义。说得好一点，竟是乡校之遗风，村社之变态。城中的吴苑深处，比较最为高尚，士大夫阶级都到那里去消磨半日，有时地方兴革也会在苕边烟角得到商兑的。在吴苑深处的东角话雨楼的前面一方空地，上面盖着芦席棚，下面放着七八个桌子，这爱好文艺的一群就常在那里开着极端自由的座谈会。费了一个铜子，可以看一份上海的报纸，从报纸的副刊上得到文艺的消息，就成了座谈的题材。今天来了一位上海某报的主笔，明天来一位某杂志的编辑，神交已久，相见恨晚。由于甲的介绍，认识了常写小说的乙，由于丙的说起，约了擅长小品文的丁，如此攀引，一见如故，这集团就逐渐增大。为了友情的热络，约定了一个日期，到某人的家里去尽一日之欢，扰了一顿茶点，便得答谢，第二回就到另一家去。彼此相邀，周而复始，这种车轮转的茶点，不断地举行了半年多。

他们都是世居苏州的，多数有着几间很宽敞的屋宇，有的还有着明窗净几的厅堂，空庭中几拳太湖石，足以憩坐，几树花木，足以徘徊其下，所以消磨半天，还觉得馀兴未尽。并且苏州人家的主妇，大半能做些点心的，盐的甜的，干的湿的，各尽所长，各擅其美，那就比在茶坊里有上下床之别了。

这种消闲如六朝人的生活，无论哪一个文艺团体都望尘莫及的。而最奇怪的，自始至终，没有定过一个社约，只要经过若干人的介绍，大家认为吾道中人，就引为社友。不过也有一个例外，要是这个人，多方证明，不宜相交的，当时并不拒绝，到了下一次的茶会，不去邀他，给他一个心照不宣就算了。

酒集

无论什么事，总是踵事增华的。茶话到了后来，所费超过了一席酒的价值，因此就有人主张索性改为酒集，每月一次，照聚餐办法，要奢要俭，定于公议。苏州有着不少的园林，可以假座，如狮子林、汪义庄、鹤园、网师园、怡园、拙政园、程公祠，凡是有林泉亭榭胜的都到过。中间次数最多的是鹤园，因为地点适中，主人又属素稔，佣僮伺应也周到，有宾至如归之乐。

还有两次是船集，一次坐着苏州的画舫到天平山去，一次到黄天荡去，上海的文友，也来参与，因了这个因缘，星社也渗入上海分子了。战前苏州的物价比上海低得多，尤其是饮食，这么闹了一整天，有吃有玩，每人不过派上十几块钱。因此上海的文友，最喜欢到苏州来，而星社的社友也乐于尽地主之谊。某年包天笑、江红蕉、范烟桥、黄转陶到无锡去主持《苏民报》，就在无锡公园多寿楼举行一次雅集，这是一个可纪念的举动，好像当时一般学术团体的年会。

星社的主干是由口头推举的，总是赵眠云和范烟桥应选，因为这两个人最富友情，又是最肯负责。自从范烟桥到了上海，就事明星公司，星社在苏州的雅集，便停顿了。可是在上海却逐步发展，半淞园、豫园、冠生园以及其他酒肆的雅集，一年中举行了六七次，每次都有新社友加入。正谊社的夜饮，可说是全盛时代，可是盛极必衰，以后也就烟消云灭了。当时有人提议，星社不比别的团体，社员多多益善，应当求道义的淬砺，不尚声气的标榜，以一百八人合打梁山天罡地煞之数而止。这个提议颇得同情，因此相约不再介绍新友，所以记录于社友录的，一百五人。

二十六年二月二十一日，社友蒋吟秋在所主的江苏省立图书馆举行吴中文献展览会，折柬相邀，星社就趁此机会在沧浪亭举行雅集，这是结束了星社在苏州的文酒之会。

刊　物

星社的结集前七天，赵眠云、范烟桥已在苏州刊行一种小型报，名《星》，因为周刊，所以题这个名字，到三十五期而止。上面说范烟桥因了七夕而题星社之名，固然是有理由的，可是先星社而生的《星报》，未尝不是后来作为社名的一个传本。这里应该加以补充的。

苏州虽然是人文渊薮，可是多数到外地去发展，留着几个抱残守缺者，间或寻章摘句，却没有人挺身而出，做文艺的鼓吹的。因此当时苏州的报纸十分落后，那些副刊，更是充满着低级趣味。《星》的内容虽不算得精湛，却已戛戛独造了。但是为了上海离开苏州特近，上海的文艺刊物朝发夕至，执笔者又是仅有的几个，自然难以博得多量的读者，所以不久就知难而退了。

十五年六月，他们又死灰复燃了，由赵眠云、范烟桥、黄转陶、吴闻天合辑三日刊，仍名《星报》，这时候组织较为完密，内容相当充实，一切都取法于上海的《晶报》，并且委托《晶报》在上海分销，每期销一千馀份，到七十期而止。

在这时期，有一件值得记载的事。苏州的报纸，从来没有向邮局“立券”过，《星报》为了外埠销数较多，便进行“立券”，经过许多手续以后，得到邮务管理局的认可。可是苏州的邮局还没有“立券”的特定邮戳，又过了许多日子，方始颁发下来，而开印大吉，第一次印在报纸上的“立券”邮戳，却是《星报》。经管这立券事宜的，是设在观前醋坊桥的邮政支局，不久就裁撤的。这是苏州文化史料上有趣的一个小记录。

此外赵眠云、范烟桥还编印过两册《星光》，是星社社友的小说集。赵眠云为某书局编印《小说家言》，郑逸梅为某书局编印《罗星集》。

星社并没有像其他文艺团体的大张旗鼓，可是每一次雅集，总有社友记录下来，在报纸上发表，因此知道有这么一个文艺团体的很多。而主编上海报纸副刊、杂志、小型报的，更多星社社友，在声应气求的原则上，星社社友的作品自然占着文艺界相当的地位。起初以小说作者为多，后来书画、金石、电影、戏剧一切从事于文艺工作的，都有参加。从此这发动于八颗小星的星社，形成了无所不包的集团了。

感　逝

二十二年来，世局剧变，星社社友，真成了星散。有的天涯海角，消息不通；有的分道扬镳，不相为谋。在中间有几个已经物故了，盖棺论定，不妨在此谈谈。

一个是七十衰翁的孙企渊，做得一手好词章，是南菁书院的高材生，在民初主编《新申报》，后来一度到济南去办《新鲁日报》。他在星社，和包天笑同年而坐着第二把交椅，比他年高的只有许月旦。可是他老有童心，一点没有龙锺之态，有时说起笑话来，搭着标准的苏白，是最软熟没有了。并且他有一种好处，对朋友，总是十二分热情的，尽是后辈，提携奖掖，惟恐不及。可惜有了一点嗜好，早把朝气挫尽，又是命途多舛，到死还是两袖清风。他在报界资望极深，掌故罗胸，曾经写过许多《报海回澜录》，足以供给“报史”作者取材。

一个是滑稽之雄的程瞻庐，一向住在苏州，难得出国门一步，他不仅写滑稽小说，常使读者绝倒，就是他谈言微中，亦足以拊掌绝缨。战后到上海掌教某中学，表示非“春回大地”，不再握笔写小说。课后听听书，吃吃酒，很能自得其乐。但是去年回到苏州以后，环境恶劣，竟在今年的正月里去世了。他的一部《唐祝文周四杰传》，可以比诸《儒林外史》，而对于《三笑》弹词诬讥唐伯虎的地方多所纠正，极有价值。此外刊布在《申报》的《众醉独醒》，更是近代的《儒林外史》，据说这些材料都是从茶坊书场中得来的。在《红杂志》里，更多他的作品，真是嬉笑怒骂，皆成文章。因为论起文学根柢来，他是最有深造的。不过他一贯的书生本色，并且澹泊自守，始终没有得意过。在承平时代，笔耕砚耨，足以生活，在这多难时代，两子又远入内地，这一副家庭重担如何肩得起，就不免抑郁以终了。

一个是画家兼雕塑家江小鹣，他是文学家江建霞的儿子，少年时风度翩翩，在苏州草桥中学被称为美男子的。读书不求甚解，可是于艺术却有专好，前年客死滇池。记得在正谊社雅集那夜，他捧了一头黑猫，一同摄影，他说这是艺术的商标。那时他留着一撮羊角须，已非张绪当年了。

馀　绪

文社的结合，以明末为最盛，几复两社的文章气节，足使史乘生色不少。因此流风遗韵，三百年后，还影响到士林。清末的南社，固然彪炳一时，其他社团，多不胜举，星社真是渺乎其小。可是十馀年来文酒往还，各以道义相尚，始终无间，也是难能可贵了。凡是一个社团，能够久延其生命，一定有几个中坚人物在主持着，而这些人物，必须具有坦白真率的胸襟，恳挚圆熟的手腕，和一种富有吸引的热情。星社的所以逐渐发展和后来的衰歇，枢机就在这里。

在星社产生后若干时，上海有一个小说作者的集团名“青社”，论起分子来比星社健全，一切组织规模都比星社完备，参加者也比较严格，星社社友列名青社的只有寥寥数人，可是只举行了几次聚餐，和刊行了几期《青报》就无形消灭了。所以有几次星社雅集，有人提议定社约及入社书、交社费、印社友录等，终于不愿意成为合法的团体而否决。可是就因了这一种只重情感、不重形式的精神，从来没有发生过纠纷。

在孙企渊到济南去办《新鲁日报》的时候，有几个星社社友随着去的，因为南方的革命空气非常浓厚，两方面志趣不同，苏州有几个星社社友恐怕涉及政治问题，曾经登报声明脱离星社。但是孙企渊等南归以后，大家仍吻合无间了。所以，战后星社的主干主张冬眠，连雅集都没有举行过，不是我今天提起，大家快要淡忘了。

（《万象》1943 年第 3 卷第 2 期）

星社感旧录

范烟桥

星社元老赵眠云兄中道崩殂，使我对星社的过去，不禁有点思古幽情。因为星社的发起与其说是我，无宁说是他。当民国十一年间我离开故乡，移居吴门时，首先和眠云相识。那时他正是张绪翩翩，而且在胥门开着赵义和米行，不是寒酸的书生。既然臭味相投，自然一见如故，便接连着酒食征逐好几回。在七夕的那一天，他约我和郑逸梅、顾明道、屠守拙、孙纪于诸君，以及族叔君博到留园去，我和姚赓夔（苏风）及舍弟菊高同去，在涵碧山庄闲谈，大家觉得这一种集合，很有趣味，就结成了一个社。我说，今夕是双星渡河之辰，可以题名为“星社”。星社就是在这样有意无意之间诞生了。

以后常作不定期的集合，所谈的无非是文艺而已。同声相应，同气相求，自然陆续有人来参加。我们并无成文的章则，只要大家话得投机，也就认为朋友了。所以到民国二十一年，我在《珊瑚》半月刊上，写了一篇《星社十年》，说：“这一天的情况，平淡得很，只是有一桩巧事，孙东吴先生和周瘦鹃先生欣然加入星社，新旧社友就凑成了天罡之数——三十六。我们是不是文坛的魔君？我们倒不敢断定呢。不过，过去的十年中间，我们三十六天罡，有何作为？有何贡献？实在恧于落笔；我们应当自励，虽不能像梁山上朋友的横行诸郡，也得分文坛一席地来掉臂游行，这才不负这一回的结合，而更使星社的存在为有意义了。”十年之间，只从八人进而为卅六人，见得我们重质而不重量，重精神而不重形式，重实际而不重名义了。

在十年间，我们常有茶会，而点心都出于自制，因为苏州人家的主妇，和老起家，很能别出心裁制几种比市沽不同风味的点心的。至于肆筵设席，作较具规模的聚餐，一年不过两三回而已。

所谓三十六天罡，除掉初次结合九人及最后加入二人以外，是江红蕉、蒋吟秋、朱枫隐、顾诚安、徐桌呆、程小青、赵芝君、陶冷月、黄醒华、黄转陶、黄南丁、尤半狂、尤次范、尤戟门、徐碧波、范佩萸、杨剑花、周克让、陈莲痕、吴闻天、程瞻庐、金芳雄、严独鹤，加上未隶社籍而常为摄影的徐新夫——可说是梁山的额外头领。

一般结社的组织法，我们是没有的，每年推举二人为值年干事，总是我和眠云当选的。

十周年纪念在苏州鹤园举行，我曾经记着："苏州的鹤园，和文起八代之衰的韩昌黎祠、文学家俞曲园先生的故居春在堂都很近。我们向主人——庞鹤缘借了来作苏州文艺种子的集会，大概也算是人地相宜了吧。"那天是"九·一八"一周纪念，所以又说："九·一八是中华民国受着巨创的纪念，我们要努力于文化救国，去雪此奇耻大辱。"族叔君博所撰的雅集小启，也是一种文献：

"时维七夕，社历十年。宜作优游，藉为嘉会。乃以炎惊秋虎，惮征逐之烦；冰语夏虫，厌衣冠之累。爰移佳序，期逾中秋。乃者暴日熏天，胡尘扑地。吴都词客，心迟暮而兴悲；海角诗人，发伤秋而渐短。杞忧靡已，吾恨有因。共济危亡，遑论文字。今则止戈黄歇，暂告安澜；尝胆勾吴，应坚誓水。脔鼎何堪蚕食，易上闻歌；酒淮岂待鲸吞，新亭有泪。招朋折柬，伫看千里停云；会友以文，共证十年说梦。天未寒而有鹤，竹可看兮入园；星际秋发以愈明，月微缺其可思。时乎不再，于意云何。报之短书，企夫高躅。是约。"

更可纪念的是，这一期的《珊瑚》半月刊，寄给日本的订户，给神户邮局扣留，说是有不友好的文字。

在十年之间，我们出版了二十五期的周刊《星》，七十期的三日刊《星报》，小说杂文的汇刊《星光》和《小说家言》，在一向沉静枯燥的苏州文坛，燃起一点星星之火，而使苏州芜杂肤浅的报纸副刊，知所警觉，提高了一些水准。尤其是东南一隅，爱好文艺者，有了"星社"一个微小的印象。所以到了民国二十六年，我在上海，佣书明星影片公司，先后在漕河泾冠生园、城内豫园、城南半淞园雅集，陆续加盟者达六十八人，著录于下，以留鸿印。

许月旦　包天笑　许息盦　孙筹成　张善子　陈迦盦　丁慕琴　赵苕狂

颜文樑　陆澹盦　马直山　施济群　钱诗岚　易君左　高天栖　芮鸿初

尤彭熙　谢闲鸥　黄白虹　陈听潮　张枕绿　钱释云　俞逸芬　吴吉人

沈秋雁　朱其石　周鸡晨　陆一飞　锺山隐　郭兰馨　范系千　徐沄秋

毛子佩　陈蝶衣　范叔寒　金寒英　姚民哀　方慎盦　吴莲洲　柳君然

蒋蒋山　凌敬言　应俭甫　张一敬　张碧梧　张舍我　朱大可　徐耻痕

薛逸如　唐大郎　郑过宜　金健吾　钱瘦铁　江小鹣　任乐天　刘春华

杨守仁　胡叔异　丁翔熊　丁翔华　黄觉寺　顾肖虎　陶寿伯　匡雄勋

杨清磬　朱庭筠　陈巨来　杨家乐

其间只有杨家乐是女性，为徐碧波君的佳偶，而且她是殿军，因为我们在正谊社雅集那夜，决定不再扩展了。接着东寇来犯，星社就成了星散，在抗战的八年中，一直无声无息，有许多社友，站住本位，没有落入泥淖。胜利后，很想重振旗鼓，但是已过中年，曾经沧海，要保持过去的光明，让星社在中国文化人的口头挂着一个已成陈迹的名词，也许还能引起些人的回忆，何必使死灰复燃、枯井重波呢！

嘤其鸣矣，求其友声。中国的结社，是自古有之的。明季更盛，复社为其中眉目，而他们以道义为交，是最有力的凝和力。我们的星社，在第一期的十年，可以说是能够继武前修的。后来逐渐扩大，无可讳言是稍稍冲淡了。但是我们偶然相值，提起了星社，似乎还能微微地起着一种友情。而社外人也常以星社为一个可爱慕的结合，那么星社或许和其他文艺团体有些不同的意味。

在这里，我对地赵眠云兄，特别有着“既悲逝者，行自念也”的感慨。二十年前，他的豪情胜概，历历难忘。放眼看去，今日复有此种人物否？曾共北海之樽，与南皮之游者，还记得此蹭蹬半世、憔悴晚年的星社盟主否？

（《宇宙》1948 年第 3 期）

苏州的藏书家

范烟桥

苏州的“文风”，是自昔称盛的，从来著作家产自苏州的，真是指不胜屈，他们的著作，何止汗牛而充栋。因此藏书家也代有其人。欧阳永叔所云“物常聚于所好”，所好者是书，也值得一述了罢。

据蒋吟秋兄所辑的《吴中藏书先哲考略》，凡是见于著录的藏书家，自宋迄今，共有一百四十馀人。他是把叶菊裳的《藏书纪事诗》作为蓝本，再增入晚清诸家，或流寓吴中，为叶氏所未及采考，虽然未能算得搜罗无遗，却已粲然大备了。最后记到叶焕彬为止，生存者不录，是以前史家的惯例。

就我所知道的，苏州的藏书家，还有今年去世的费仲深先生，他有几种孤本小说，是不肯轻易给人看的。此外健在的，有孝先先生的群碧楼藏书，金松岑师的天放楼藏书，章太炎先生的葑汉楼藏书，陈石遗先生的石遗室藏书。此外能世守楹书，继续收藏的，有潘氏、顾氏。

刘石鲁兄和铁瓶巷王佩诤兄也藏着不少的书，刘重善本，王重僻本，尤其爱故乡文献。许博明兄兼藏新书，并且他是用图书馆编目法的，还另辟了一室，陈列多方面的杂志。

其他藏书数千百卷的，不能尽记。

公共藏书处，一为沧浪亭的省立图书馆，有几种宋元善本的；一为公园里的吴县图书馆，新书较多。学校图书馆以东吴大学为最宏富，其次是苏州中学和振华女学。

收藏民国以来新小说的，有杨剑范兄，十六年以前，差不多没有一种不买的，十六年以后，兴会渐淡。而凌敬言兄收藏明清两代的弹词，也称得上尽心竭力了。据他最近所发表弹词目录，有一百多种，如九海图书馆和郑按氏所未得者。我很爱清末插图的石印小说，如点石斋、同文书局、广百宋斋所出版的，有几种是吴友如、周慕桥所画，十分工致，可惜不多，就中以《长生殿》和《聊斋》两书最精，不知海内有没有和我同癖，很愿互相比对，写成一个目录。

国学会有一部徐菊人捐赠的《晚晴籍诗汇》，是别的藏书家所不易得的，因为它是非卖品。

还有一个不喜书籍的书画家，姑隐其名，家里有很多的珍藏，在楼上，不去整理它，恐怕都要给蝉儿蠹食以尽了。

（《大上海人》1935 年第 4 期）

苏常三日记

阿　英

五日八日下午，得寿昌兄苏州发来长途电话，知道他和翰笙兄一行，已于当日中午抵苏，约作洞庭山之游。当时以事不能成行，直至十日晚，他们从洞庭山回苏，才和尤兢、王惕予二兄赶去一晤。乘晚十二点车启行，到苏州已二点，在东吴旅社下榻。

十一日，上午八时起身，同去苏州饭店看寿昌、翰笙。九时，彼等作虎丘之游，我们进城看书。先到玄妙观，在摊头买得清初刊本《玉娇梨》一残册，字较予所藏明刊本为大，然无其工致，又买得清末小说《新痴婆子传》二册。看至十一时半，尤兢、惕予去吴苑吃茶，我仍留玄妙观检书，直至下午一时始竣事。所得晚清书籍，约达百种。主要者有杂志《新世界小说社报》，《竞立社小说月报》二全份。单行本有《牺牲》(按即《狄四娘》最初译本)、《女子救国美谈》(热诚爱国人著)、《情天恨》(顽石)、《侠客谈》(冷血)、《双泪碑》(南梦)、《嫖赌现行记》(冶员)、《女界风流史》(陆士谔)、《医界现行记》(郁闻尧)、《黑革囊》(平山懒禅)、《文明贼》(大爱)、《埋香记》(陈伯熙)、《钱塘狱》(讷夫)、《女狱花》(王妙如)、《裴迺杰奇案》(张默君)、《黄金藏》(香港日报译)、《泰西奇谈侦探新语》(昌明本)、《雷电志异录》、《海上梨园新历史》(苕水狂生)、《海国妙喻》(梅侣)、《法兰西近世史》(马君武)、《万国青楼沿革史》(美珊芽原著，护花使者译)、《中国学术史纲》(杨志洵)、《罗马文学史》(何震彝)、《血史》(梁启勋)。传记也收得十多种，主要的有《黑旗刘大将军事实》，管斯骏著，木刻本；帮助清廷剿灭太平天国之英人《戈登将军传》；翰笙作剧本《李秀成之死》，久寻不得，此番亦收到。以外，有苏格拉底、凯撒、释迦牟尼、亚历山大、英殖民大臣张伯伦诸人传记。五四以后之绝版书，亦有收得者。旧小说，只买得光绪连史石印小本《海上花列传》

一部，计十六册，二函，版本与前此所购得者完全不同。

下午一时，到吴苑小休，旋同往松鹤楼午饭。饭后，尤兢往女中去看左兵，惕予往访亲戚。我至护龙街看旧书。于摊头得《小说七日报》二册，系前所未见者，亦晚清文学刊物之一。又《评花宝鉴》、《如意君》各一部。弹词小说，收到乾隆四十一年原刊本《陶朱富》一部，二十卷，今年在苏所收弹词，当以此种及兰蕙轩刊本《芭蕉扇》二十八回为最佳。旋至公园东斋，尤兢与左兵等已在，惕予亦继来。谈至六时，相偕出城，移住铁路饭店。晚十时，寿昌、翰笙、汉文来，谈新南剧社及海上剧运事，至夜二时，并将《戈登将军传》交翰笙携去。

十二日上午，往苏州饭店，寿昌已去东吴大学讲演，与翰笙及其夫人等至上海粥店早饭。尤兢决随十二时车返沪，留阊门外，我复与惕予进城。我照例的还是去买书。在玄妙观又买得几种，并在摊头吃了饭。旋与惕予分手，我到护龙街，看彼等新收书，无佳者，仅买得木刻本《英雄谱》、申报馆本《西青散记》各一部，又抱愧翁《百一诗》一册，系记旱灾者，颇可读。旋至存古斋购得《紫薇花馆杂纂》一部，计《南浦行云录》、《北征日记》、《文稿》各一册，震泽王廷鼎著。《南浦行云录》记当时苏州说书事尚详，予购此书，动机在此。二时，往大华公司晤惕予，打电话到上海，问可华《群莺乱飞》昨日试演结果，据云已通过，惟不得其详。适焕堂亦在院，电话中亦略谈数语。三时出城，有微雨，至江苏饭店，寿昌、翰笙等在，据云尤兢又复被人喊进城去，未返沪也。

下午四时，与惕予乘长途汽车至常熟，车行甚慢，误点至三十分钟之久。下车后，即至寺前，住大新旅社，惕予去找龚鉴平女士，我去看书。此地有旧书店两家，书虽不少，竟无精品，木板小说则绝无。旋至一新旧书肆，竟买得顺治京都文兴堂刻、毛声山评本《第一才子书》一百二十回一部，及顺治刻桐庵老人评本七十回本《水浒传》一部，又买得旧刻木板本小调一百馀种。归后，鉴平及惕予已在，即同去山景园吃晚饭。饭后回旅社，就灯下翻阅新得册籍，并足成《晚清曲录》一稿。至十二时，倦甚就寝。

十三日，惕予绝早起，下乡买红豆。我去南门外坛上看书，毫无所得。归后复至街头，又买得光绪上海书局连史石印插图本《珍珠塔》一部，计插图二十四幅。《珍珠塔》一书版本甚多，自乾隆本起，予虽得有十数种，尚未见到此册，因购之。又得钞本宝卷多种。归旅社，惕予尚未回，因理昨所得小调，尽多佳者，而以苏州恒志书局刊者为最多，其印行时间，为清光绪末年及民初，不知此书肆现尚存在否，下次往苏，当一访也。小调主要者，有《十二月鸟名》、《百勿得》、《六门山歌》、《六堂妹》、《十大姐》（以上五种，皆清刊，无出版处）、《十把扇》（常熟刊本）、《十占郎》、《五更十送》（以上文远堂光绪刊本）、《三十杯酒》（光绪春阳堂本）、《打弹弓》（光绪椿源堂本）、《汝河山歌》、《姐牵郎》（常熟玉槐本）、《十请郎》、《十告姐》、《十告郎》、《十谢郎》、《十张郎》、《十望郎》、《十看姐》、《十怨命》、《十只台子》、《十双拖鞋》、《新法十送郎》、《十条缏子》、《哭小郎》、《叹十声》、《大傲郎》、《麻雀五更》、《等郎五更》、《五更梳妆台》、《臈塔五更调》、《苏州景致》、《无锡景致》、《上海码头》、《男女十样景致》、《留园景致》、《三百六十行》、《初见情人面》、《情郎望姐》、《念大姐》、《姐送才郎》、《二十四枝花》、《侉侉调》、《四季相思》、《泗洲调》、《老媛嫁人》、《拾杯青酒》、《汲洗红裙》、《徒居相会》（以上四种为一部）、《采桑山歌》、《后私情》、《游春山歌》、《合欢情》、《新人歌》、《闹新房》（以上六种为一套）、《知心客》、《沈七官》、《断私情》、《打孩子》（以上三种合称小杨清山歌）、《刁刘氏山歌》、《汝河山歌》、《岳传山歌》、《孟姜女》、《过关唱春》、《哭七七》、《西河栏杆》、《告阴状》、《小民僧》、《和尚采花》、《卖草囤》、《竹木相净》、《杨柳青》、《小丁香》、《女哭沉香》、《男哭沉香》、《打牙牌》、《打纱窗》、《新谈迷》、《湘江郎》、《沈万三得聚宝盆》、《香烟花名》（以上恒志书局本）。

上次在苏，曾于东大街购得数十种，与此皆不同。惕予得红豆归，打电话约鉴平来，我们去看碑帖拓本，我选购二种，甚佳。回旅馆后，即与鉴平同出西门，雇船游西湖，并一看剑门风景。船至剑门附近，忆及适夷十年前曾游此，并作啸歌，而今则永锢狱中，中心惨然，无心游览。十二时回，去鸿运楼午饭，便买湖园瓜子送若青。惕予则再去找红豆，大有鞠躬尽瘁、死而后已之慨。二时，惕予回，赶至车站，乘三时车返苏。

车中遇雨，四时到苏州，在大东旅社歇脚。往苏州饭店，寿昌等已行。惕予留旅馆休息，我再去护龙街，买得道光辛亥本《珍珠塔》及申报馆本《茶馀谈荟》各一部。五时半到阊门，与惕予同去上海粥店吃晚饭。旋即赶至车站，乘六时五十二分车返沪，于九点抵埠。

综计此行，为日凡三，两住苏，一至常熟，除与寿昌、翰笙等晤谈外，复得书数百种，亦可谓不负此行矣。适景深兄征日记，因拉杂书此归之。时一九三七年五月十四日，返沪后一日也。

（《中国新文学大系续编·散文二集》，香港文学研究社 1978 年 5 月初版）

苏州书市

阿　英

苏州书市有三中心，自察院场至饮马桥一段护龙街，为旧书肆集中地；自察院场至玄妙观，为新书市场；自玄妙观广场折入牛角浜，为小书摊。护龙街东段、东大街、大华路、闾邱坊巷，亦各有一二家。

上海书价昂贵，且精品不多，故余每喜往苏购取。晨间自北站乘飞快车，凡一时零十四分即可到达。觅定住处后，雇车进城，至察院场。于是，始文学山房，依次而松石斋、存古斋、来青阁、适存庐、觉民书店、艺芸阁、宝古斋、灵芬阁、集成、勤益、琳琅阁、振古斋、欣赏斋，一路访书，直达饮马桥。整个上午，完全耗之于此。

然后至西园粥店，或玄妙观，略进饮食，即作观内摊头之访问。由此折入牛角浜，旋复回至庙后，雇车入牛东大街，访来晋阁老店。再折入大华路，大华书店，并其主人家小休。然后则往闾邱坊巷看书，最后乃巡回玄妙观前之新书肆。

至此亦大约夕阳在山矣，乃携所得书出城，至旅馆稍休。至上海粥店，买活虾一盆并一菜。晚饭后，略略闲走，即回旅店。灯下翻阅所得，其佳者一气读之，读尽则酣然入梦。有时亦留居城中，其日程与阊门同。惟时间若早，则约一二书商，至西园或公园品茗谈书。

每次往苏，居留时期无定，有当日返，有隔日返，亦有三日或再由此他往者，要看是否等待已接洽或在接洽中之书籍决定，盖书有时非书肆所有，出自故家，须经书商往返接洽，自己且须极有耐性等待也。如此，遂又有时不得不挟一卷书，到汪裕泰楼上，唤精茗而品之读之，以待书商之携好消息来矣。

此一切，如昨日事也，然苏州沦陷，达半载上矣。杭州书肆储书，已全为日人运去。不知护龙街诸家，亦曾遭受同样之命运否？玄妙观地摊，闻近极繁荣，然购者不多，大华路则已变为咖啡市场。过去欢乐，宛如一梦，吾心目中之苏州，今不知究变成若何状态矣。

无国防即无文化，由今视之，无国防且并买书之乐亦不能获得。此持久抗战，以争取民族独立与生存，无论自任何一点言之，皆属必要之先着，有赖于国人群策群力，努力完成之也。

（《文汇报》1938 年 5 月 9 日）

吴门访书
——《书林谈屑》片断

苦竹斋主

苏城风物，吴市烟花，余心向往者久矣。丙戌之秋，承国立社会教育学院之邀，赴苏讲学，课馀之暇，茗话园林，策杖荒郊，览古寻胜，几无虚日。有时则为结习所驱，踝躞于玄妙观内、护龙街头，入坊肆，拨寒灰，冀获一善本而归。

吴门书坊，盛于前清乾嘉间，黄荛翁、顾听玉辈之风流韵事，至今犹为人所乐道。荛翁晚年，且自设滂喜园书籍铺于玄妙观西，其时坊肆林立，估人麇集，其人其事，虽无李南涧辈为之记述，而荛翁每获一书，辄题其上，追溯源流，委曲尽情，发人雅兴。间及坊主船友，叶焕彬复为录出，共得五十家。百馀年来，战乱频仍，当年坊肆，不知几经沧桑，叶氏谓玄妙观前无一旧书摊，无一书船友，感慨无已！惟叶鞠裳日记所载，尚有绿润堂、世经堂、来青阁、述古书肆、大成坊书肆，书估侯念椿、陈某及曲阜孔某等。鞠裳晚年喜研金石之学，搜求碑版，不遗馀力，然其所获善本，亦不在少数。足见吴门书业虽式微，而尚不至完全绝迹也。

今护龙街之来青阁，为当年坊肆之硕果仅存者，主人仍为杨姓，分号设于上海三马路，苏店日趋衰落，故不得不兼营文具，以苟延残喘。廿年前，观前街尚有一肆名文津书林，规模颇大，主人周姓，殁后，其嗣改营新书文具，境况大佳，是即今之文艺书局也。又有含光阁书肆，主人陈方恪彦通，江西义宁人，为宿儒陈三立前辈之哲嗣，家藏图书千馀箱，陈列店中，琳琅满目，缥帙之富，为一时之甲。惟彦通出身望族，雅好儒素，不谙商情，店务悉交一伙计主持，对书籍版本，完全外行，开业未久，其中善本，尽为沪估辇去，不数年间，即行歇业。余曾邂逅彦通于沪上某骨董店，面容清癯，发言时带咳声，与谈书林掌故，娓娓不倦。余问含光阁歇业原因何在？彼云："某次，海军名宿杜锡珪来店购书，书款未付，屡催无着，最后清付时，不料为杜寓阍侍强索赏资数成。余出身儒门，受此奇辱，顿感商途可畏，乃将店屋连书全部顶出，仅得万馀元。”言下犹欷歔不已！文学山房在护龙街，从外表观出，尚能保持旧书店之本来面目，惟营业亦极清淡，闻近日售书与无锡江南大学，稍获济窘之资。主人江姓，沉默寡言，应对谦谨，惟店伙喜伪作旧刻，私造古今藏书家名章，熏染纸色，改头换面，矇混顾客，凡与往还者，咸怀戒惧之心。余曾在该肆获初印本《居易录》、道光木活本《杜东原遗集》、汉阳叶氏平安馆翻刻初印《宋明状元图考》、明郭刻《欧阳文粹》等。某次，余访该肆，主人出示目录一本，首列宋板《诸儒校正唐书详节》六十卷，黑口，黄纸，每半页十四行，行二十四字，栏线上有每事标题，又帝纪列传俱记其名于栏线之左，宋讳缺笔，有海源阁杨氏藏书印。余试细审其纸质与书法，即疑非宋刻，及查海源阁杨氏书目，果无此书，藏书印记显属伪造，从各家目录考之，可断其为元刻《十七史》详节本也。其次宋板《晋书载记》，白棉纸而染成灰黄，一望而知为赝鼎。后闻此两书为已故国史馆馆长张溥泉先生购去，果获厚利，黠估欺人，有如此者。余又见叶氏缘督庐藏书一批，内有元刻《遗山先生诗集》，黑口，四周双栏，每半页十行，行三十一字，书法仿松雪体，有袁氏五砚楼藏印，沈筠初、徐康等私印；嘉靖翻宋刻《世说新语》、嘉靖刻《莆田集》、万历刻《赐闲堂集》、嘉靖乙酉川上草堂刻《周恭肃公集》，有蒋重光藏印；嘉靖刻袁水之袁鲁望两集、成化覆金刻《政和经史证类本草》、缪氏艺风堂钞叶氏手校本《元秘书监志》等，书品较前次为精，惟索值颇昂，未敢问津。文学山房右邻为求智书店，主人孙姓，原充来青阁学徒，数年前始独创此店，除旧书之外，兼营文具。彼对苏州、无锡、常熟一带之故家藏书，知之甚稔，一有散出，即捷足先得。某次，主人约余至肆中观书，及登其楼，则缥帙盈室，精椠秘笈，触目均是。询其所自，方知为吴兴许氏怀辛斋物。许氏居苏州，业商而好古，其藏书大多购自上海古书流通处，凡卷首有“四明卢氏抱经楼”图记者是也。抱经楼乃浙江鄞县卢青厓藏书之所，子孙不能守，于二十馀年前散出，为沪估陈立炎所得，后又转入沈知方所设立之古书流通处。据陈乃乾先生所撰《上海书林梦忆录》载："抱经楼藏书之出售也，价在二万元以上，其时上海旧书店寥寥无几，营业皆狭小，资本亦短浅，对此无敢问鼎。立炎得沈知方、魏炳荣诸君之赞助，毅然往购。比至宁波，为范氏所知，诉于当地官绅，援旧案拘之。上海书业公会同人联名电请保释，复倩人再三疏通，历旬日而事解。卢氏书虽全部运沪，惟其中旧刻《四明志》数部，则仍留归甬人保藏。时知方任中华书局副经理，别自设进步书局编辑所于三马路惠福里，遂辟进步书局下西厢房，以陈抱经楼书，而颜曰古书流通处。"又载："抱经楼藏书目录，钱竹汀曾为之作序，但仅记书名册数，尚未刊传。余拟据原书勘对，笺其板刻，但古书流通处主人以迫于偿债，匆遽散售。其第一批于某君者，不论钞刻，任选一千册，获值一万元。书皆原装，每册厚至二三百叶，且大半有曹倦圃、朱竹垞诸人手跋。若在今日，每一册加衬纸，可改装六册，其价当百倍矣。"陈先生所谓某君者，未知所指何人，但许氏之收购抱经楼书，或即在斯时也。孙君复出视一目，余按目纵览，宋元明刻本共计一四九种，明钞本十六种，内有多称为范氏天一阁物，清钞本八十三种。惟其中多种有目无书，询之主人，方知已于数日前为张溥泉先生所购去，张先生与钱大钧先生同来，选购各书，尽属精品，如明内府刻《大明一统志》、旧钞本《康熙宁波府志》（海内只有二部，一部藏北平图书馆，有缺卷）、日本活字本《皇宋事实类苑》、明刻篆文《六经白文》、万历刻《淑问汇编》、嘉靖刻《大明集礼》、正德慎独斋刻《山堂考索》、明钞本《云笈七签》等，均属海内罕见之本。钱先生喜读兵书，购去明蓝格钞本《阵纪》四卷。余获宋刻《春秋左氏传句解》、元刻《礼部韵略》、元刻十行本《仪礼》、元刻《韵府群玉》、元刻《周易程朱先生传》、元刻《礼经会元》等二十馀种。许氏藏书，不止此数，闻尚有百馀箱，明刻居多，屡经飞凫人奔竞，终未成交，惟《东方杂志》及《国闻周报》全套现已脱售，得价约一亿元，尚不为贵。

吴门坊肆，十之八九集中于护龙街，除文学山房、来青阁及求智书店之外，尚有松石斋张氏、翰海书店吴氏、觉民书社陈氏等数家，规模狭小，门庭冷落，奄奄一息，已在存没之间。惟余曾从瀚海破纸中，获孙毓修氏手稿《涵芬楼读书录》二册，及明嘉靖刻白棉纸印胡可泉《拟厓翁古乐府》二卷，两书均颇有价值，后者尤属罕见。玄妙观内有文庐书庄及新新、新生、大公、新民等书店，非经营新书文具，即形同冷摊，毫无生气。观前则高楼敞肆，百货纷陈，更无旧书业立足之馀地矣。

（《上海市立图书馆馆刊》1947年第4号）

假　山

叶圣陶

佩弦到苏州来，我陪他看了几个花园。花园都有假山，作为园子的主要部分。假山下大抵是荷花池。亭台轩榭之类就环拱着假山和池塘布置起来。佩弦虽是中年人，而且身子比较胖，却还有小孩子那样的心性，看见假山总得爬。我是在幼年时候，爬熟了这几座假山的了，现在再没有这种兴致，只是坐定在一处地方对着假山看看而已。

假山实在算不得一件好看的东西。乱石堆叠起来，高高低低，凹凹凸凸，且不说天下决没有这样的山，单说阳光照在上面，明一块，暗一块，支离破碎，看去总觉得不顺眼。石块和石块的胶黏处所不能不显出一些痕迹，旧了的还好，新修的用了水门汀，一道道的僵白色真教人难受。玄墓山下有一景，叫做"真假山"，是山脚露出一些山石，有洞穴，有皴襞，宛如用湖石堆成的一般。胶黏的痕迹自然没有，走近去看还可以鉴赏山石的"皴法"。然而合着玄墓山一起看，这反而成为一个破绽，跟全山的调子不相协调。可观的"真假山"，依浅见的我说起来，要算太湖中洞庭西山的石公山了。那里全山是湖石，洞穴和皴襞俯拾即是，可是浑然一气。又有几十丈高的嶂壁，比虎丘"千人石"大得多的石滩，当得"雄奇"二字。看了这个再来看花园里的假山，只觉得是不知哪一个石匠把他的石料寄存在这里罢了。

假山上大都种树木，盖亭子。往往整个假山都在树木的荫蔽之下，而树数并不多，少的简直只有一株。亭子总得摆一只石台，坐得下几个人，一座亭子镇压着一个所谓"山峰"也是常有的事情。这就显得非常之不相称。你着眼在山的方面，树木和亭子未免太大；如果着眼在树木和亭子的方面，山又未免小得可笑了。《浮生六记》里的《闲情记趣》开头说："留蚊于素帐中，徐喷以烟，使其冲烟飞鸣，作青云白鹤观，果如鹤端云端，怡然称快。于土墙凹凸处，花台小草丛杂处，常蹲其身，使与台齐，定神细观，以丛草为林，以虫蚁为兽，以土砾凸者为丘，凹者为壑，神游其中，怡然自得。”这不失为很好的幻想。作者所以能“怡然称快”，“怡然自得”，在乎比拟得相称。以烟为云，自不妨以蚊为鹤；以丛草为树林，以土砾为丘壑，自不妨以虫蚁为走兽。假若在蚊帐中“徐喷以烟”，而捕一只麻雀来让它逃来逃去，或者以丛草为树林，而让一只猫蹲在丛草之上，这就凝结不成“青云白鹤”和“林壑幽深”的幻想，也就无从“怡然”了。假山上长着大树，盖着亭子，情形正和上面所说的相同。不相称的东西硬要摆在一起，只教人觉得是大树长在乱石堆上，亭子盖在乱石堆上而已。

据说，假山在花园中有一种障蔽作用。如果全园的景物一目了然，东边直望得到西边，南边直望得到北边，那就太不曲折，太没有深致了。有假山这么障蔽着，“峰回路转”，又是一番景象，这才引人入胜。这个话当然可以承认，而且有一些具体的例子证明这个作用的价值。顾家的怡园，靠西一带假山把全园景物遮掩了，你走到这一带假山的西边去，回廊和旱船显得异常幽静，假山下的一湾水似乎从远处的泉源通过来的（其实就是荷花池中的水），引起你的遐想。还有，拙政园的进园处类乎从前衙署中二门，如果门内留着空旷处所，从园中望出来非常难看。当初设计的人为弥补这个缺陷，在门内堆了一座假山，教你身在园中简直看不见这一道门。可见假山的障蔽作用确有它的价值。然而，障蔽不一定要用假山。在园亭建筑上，花墙被看得很重要，也为它的障蔽作用。墙上砌成各式的镂空图案，透着光，约略看得见隔墙的景物。这种“隔而不隔”的手法，假若使用得适当，比较堆假山还要有意思。此外，丛树也可以作障蔽之用。修剪得法，一丛树木更可以当一幅画看。用假山，固然使花园增加了曲折和深致，但是也引起了一堆乱石之感。利弊相较，孰轻孰重，正未可断言呢。

依传统说法，假山并不重在真有山林之趣，假山本来是假山。路径的盘曲，层次的繁复，凡是山上所有的景物，如绝壁、危梁、岩洞、石屋，应有尽有，正合“麻雀虽小，五脏俱全”的谚语，在这等地方，显出设计的人的匠心，而假山的可贵也就在此。有名的狮子林，大家都说它了不起，就为那假山具有上面所说的这些条件。我小时候还没有到过狮子林，长辈告诉我说，那里的假山曲折得厉害，两个人同在山上，看也看得见，手也握得着，但是，他们要走到一条路上，还得待小半天呢。后来我去了，虽然不至于小半天，走走的确要好些时间。沿着高下屈曲的路径走，一路遇见些“具体而微”的山上应有的景物。那里层次多，阻隔多。就从这个诀窍，产生了两人看得见而不能立刻碰在一起的效果。要堆这样一座假山当然不是容易事情，不比建筑整整齐齐的房屋，可以预先打好平面和剖面的图样。这大概是全凭胸中的一点意象，堆上了看看不对再卸下，卸下了想得妥当再堆上，这样继续地经营，直到完工才得休歇的吧。然而不容易的事情，不一定做成功具有艺术价值的东西。在芝麻大的一粒象牙上刻一篇《陋室铭》，难是难极了，可是这东西终于是工匠的制品，无从列入艺术之林。你在假山上爬来爬去，只觉得前后左右都是石块，偪窄得很。遇见一些峭壁悬崖，你得设想自己缩到一匹老鼠那样小才有味。如果你忘不了自己是个人，让躯体跟峭壁悬崖对照，那就像走进了小人国一般，峭壁悬崖再没有什么气魄，只见得滑稽可笑了。爬到“绝顶”的时候，且不说一览宇宙之大，你总该要想来一下宽广的眺望。但是糟得很，什么堂什么轩的屋顶就挤在你的眼前，你可以辨认那遗留在瓦楞上的雀粪。真山真水若是自然手创的艺术品，假山便是人类的难能而不可贵的“匠”制。凡是可以从真山真水得到的，假山完全没有。

看既没有可看，爬又无甚意趣，为什么花园里总得堆一座假山呢？山不可移。叠起一堆乱石来，硬叫它山，石块当然不会提抗议，而主人翁便“怡然自得”，心里想：“万物皆备于我矣，我的花园里甚至有了山。”舒服得无可奈何的人往往欢喜“万物皆备于我”，古董，珍宝，奇花，异卉，美人，声伎，样样都要，岂可独缺名山？堆了假山，虽然眼中所见的到底不是山，而心中总之有了山了，于是并无遗憾。兴到时吟吟诗，填填词，尽不妨夸张一点儿，“苍崖千丈”呀，“云气连山”呀，写上一大套，征求吟台酬和，作为消闲的一法。这不过随便揣想罢了，从前的绅富爱堆假山究竟是这个意思不是，当然不能说定。

（《宇宙风》1936 年第 27 期）

说 书

叶圣陶

因为我是苏州人，望道先生要我谈谈苏州的“说书”。我从七八岁的时候起，私塾里放了学，常常跟着父亲去“听书”。到十三岁进了学校才间断，这几年间听的“书”真不少。“小书”像《珍珠塔》、《描金凤》、《三笑》、《文武香球》，“大书”像《三国志》、《金台传》、《水浒》、《英烈》，都不止听一遍，最多的到三遍四遍。但是现在差不多忘记干净了，不要说“书”里的情节，就是几个主要人物的姓名也说不齐全了。

“小书”说的是才子佳人，“大书”说的是江湖好汉跟历史故事，这是大概的区别。“小书”在表白里夹着唱词，唱的时候说书人弹着三弦；如果是两个人，另外一个人就弹琵琶或者打铜丝琴。“大书”没有唱词，完全是表白。说“大书”的那把黑纸扇比较说“小书”的更为有用，几乎是一切“道具”的代替品，李逵手里的板斧，赵子龙手里的长枪，胡大海手托的千斤石，诸葛亮不离手的鹅毛扇，都是那把黑纸扇。

说“小书”的唱唱词据说是依“中州韵”的，实际上十之八九是方音，往往ㄣ、ㄥ不分，“真”、“庚”同韵。唱的调子有两派：一派叫做“马调”，一派叫做“俞调”。“马调”质朴，“俞调”婉转。“马调”容易听清楚；“俞调”抑扬太多，唱得不好，把字音变了，就听不明白。“俞调”又比较是女性的，说书的如果是中年以上的人，勉强逼紧了喉咙，发出撕裂似的声音来，真叫人坐立不安，浑身肉麻。

“小书”要说得细腻。《珍珠塔》里的陈翠娥私自把珍珠塔赠给方卿，不便明言，只说是干点心。她从闺房里取了珍珠塔，走到楼梯边，心思不定，下了几级又回上去，上去了又跨下来，这样上下有好多回；后来把珍珠塔交到方卿手里了，再三叮嘱，叫他在路上要当心这干点心。这些情节在名手都有好几天可以说。于时听众异常兴奋，互相提示说，“看今天陈小姐下不下楼梯”，有的说“看今天叮嘱完了没有”。

“大书”比较“小书”尤其着重表演。说书人坐在椅子上，前面是一张半桌，偶然站起来，也不很容易回旋，可是同戏子上了戏台一样，交战，打擂台，都要把双方的姿态做给人家看。据内行家的意见，这些动作要做得沉着老到，一丝不乱，才是真功夫。说到这等情节自然很吃力，所以这等情节也就是“大书”的关子。譬如听《水浒》，前十天半个月就传说“明天该是景阳冈打虎了”，但是过了十天半个月，还只说到武松醉醺醺跑上冈子去。

说“大书”的又有一声“咆头”，算是了不得的“力作”。那是非常之长的喊叫，舌头打着滚，声音从阔大转到尖锐，又从尖锐转到奔放，有本领的喊起来，大概占到一两分钟的时，算是勇夫发威时候的吼声，张飞喝断灞陵桥就是这么一声“咆头”。听众听到了“咆头”，散出书场去还觉得津津有味。

无论“小书”和“大书”，说起来都有“表”跟“白”的分别。“表”是用说书人的口气叙述，“白”是说书人代书中人的说话。所以“表”的部分只是说书人自己的声口，而“白”的部分必须起角色，生旦净丑，男女老少，各如书中人的身分。起角色的时候，大概贴旦丑角之类仍用苏白，正角色就得说“中州韵”，那就是“苏州人说官话”了。

说书并不专说书中的事，往往在可以旁生枝节的地方加入许多“穿插”。“穿插”的来源无非《笑林广记》之类，能够自出心裁编排一两个“穿插”的当然是能手了。关于性的笑话最受听众欢迎，所以这类的“穿插”差不多每回可以听到。最后的警句说了出来之后，满场听众个个哈哈大笑，一时阖不拢嘴来。

书场设在茶馆里。除了苏州城里，各乡镇的茶馆也有书场。也不止苏州一地，大概整个吴方言区域全是这种说书人的说教地。这直到如今还是如此。听众是所谓士绅以及商人，以及小部分的工人、农人。从前女人不上茶馆听书，现在可不同了。他们在书场里欣赏说书人的艺术，同时得到种种的人生经验：公子小姐的恋爱方式，何用式的阴谋诡诈，君师主义的社会观，因果报应的伦理观，江湖好汉的大块分金、大碗吃肉，超然力的宰制人间，无法抵抗……也说不尽这许多，总之，那些人生经验是非现代的。

现在，书场又设到无线电播音室里去了。听众不用上茶馆，只要旋转那“开关”，就可以听到叮叮咚咚的弦索声或者海瑞、华太师等人的一声长嗽。非现代的人生经验却利用了现代的利器来传播，这真是时代的讽刺。

（《未厌居习作》，叶绍钧著，开明书店 1935 年 12 月初版）

昆　曲

叶圣陶

昆曲本是吴方言区域里的产物，现今还有人在那里传习。苏州地方，曲社有好几个，退休的官僚，现任的善堂董事，从课业练习簿的堆里溜出来的学校教员，专等冬季里开栈收租的中年田主少年田主，还有诸如此类的一些人，都是那几个曲社里的社员。北平并不属于吴方言区域，可是听说也有曲社，又有私家聘请了教师学习的，在太太们，能唱几句昆曲算是一种时髦。除了这些“爱美的”唱曲家偶而登台串演以外，“职业的”演唱家只有一个班子，这是惟一的班子了，就是上海大千世界的仙霓社。逢到星期日，没有甚么事情来逼迫，我也偶而跑去，看他们演唱，消磨一个下午。

演唱昆曲是厅堂里的事情。地上铺了一方红地毯，就算是剧中的境界；唱的时候，笛子是主要的乐器，声音当然不会怎么响，但是在一个厅堂里，也就各处听得见了。搬上旧式的戏台去，虽然在一个并不广大的戏院子里，就不及平剧那样容易叫全体观众听清。如果搬上新式的舞台去，那简直没有法子听，大概坐在第五六排的人就只看见演员拂袖按鬓了。我不曾做过考据工夫，不知道甚么时候才有演唱昆曲的戏院子。从一些零星的记载上看来，似乎明朝时候只有绅富家里养着私家的戏班子。《桃花扇》里有陈定生一班文人向阮大铖借戏班子，要到鸡鸣埭上去吃酒，看他的《燕子笺》，也可以见得当时的戏不过是几十个人看看的东西罢了。我十几岁的时候，苏州城外有演唱平剧的戏院子两三家，演唱昆曲的戏院子是不常有的，偶而开设起来，开锣不久，往往因为生意清淡就停闭了。

昆曲彻头彻尾是士大夫阶级的娱乐品，宴饮的当儿，叫养着的戏班子出来串演几出，自然是满写意的。而那些戏本子虽然也有幽期密约，盗劫篡夺，但是总之归结到教忠教孝，劝贞劝节，神佛有灵，人力微薄，这除了供给娱乐以外，对于士大夫阶级也尽了相当的使命。就文词而论，据内行家说，多用词藻故实是不算希奇的，要像元曲那样亦文亦话，才是本色。然而就是像了元曲，又何尝能够句句同口语一般，听进耳朵就明白？况且昆曲的调子有非常迂缓的，一个字延长到了十几拍，那就无论如何讲究辨音，讲究发声跟收声，听的人总之难以听清楚那是甚么字了。所以，听昆曲先得记熟曲文；自然，能够通晓曲文里的词藻跟故实那就尤其有味。这又岂是士大夫阶级以外的人所能办到的？当初编撰戏本子的人原来不曾为大众设想，他们只就自己的天地里选取一些材料，演成悲欢离合的故事，藉此娱乐自己，教训同辈，或者发发牢骚。谁如果说昆曲太不顾到大众，谁就是认错了题目。

昆曲的串演，歌舞并重。舞的部分就是身体的各种动作跟姿势．唱到哪个字，眼睛应该看哪里，手应该怎样，脚应该怎样，都由老师傅传授下来，世代遵守着。动作跟姿势大概重在对称，向左方做了这么一个舞态，接下来就向右方也做这么一个舞态，意思是使台下的看客得到同等的观赏。譬如《牡丹亭》里的《游园》一出，杜丽娘小姐跟春香丫头就是一对舞伴，自从闺中晓妆起，直到游罢回家止，没有一刻不是带唱带舞，而且没有一刻不是两个人互相对称的。这一点似乎比平剧跟汉调来得高明。前年看见过一本《国剧身段谱》，详记平剧里各种角色的各种姿势，实在繁复非凡；可是我们去看平剧，就觉得演员很少有动作，如《李陵碑》里的杨老令公，直站在台边尽唱，两手插在袍甲里，偶而伸出来挥动一下罢了。昆曲虽然注重动作跟姿势，也要演员能够体会才好，如果不知道所以然，只是死守着祖传表演，也就跟木人戏差不多。

昆曲跟平剧在本质上没有多大差别，然而后者比较适合于市民，而士大夫阶级已无法挽救他们的没落，所以昆曲的被淘汰是必然的。这个跟马将代替了围棋，豁拳代替了酒令，是同样的情形。虽然有曲社里的人在那里传习，然而可怜得很，有些人连曲文都解不通，字音都念不准，自以为风雅，实际上却是薛蟠那样的哼哼，活受罪。等到一个时会到来，他们再没有哼哼的馀闲，昆曲岂不将就此“绝响”？这也没有甚么可惜，昆曲原不过是士大夫阶级的娱乐品罢了。

有人说，还有大学文科里的“曲学”一门在。大学文科里分门这样细，有了诗，还有词，有了词，还有曲，有了曲，还有散曲跟剧曲，有了剧曲，还有元曲研究跟传奇研究，我只有钦佩赞叹，别无话说。如果真是研究，把曲这样东西看做文学史里的一宗材料，还它一个本来面目，那自然是正当的事。但是人的癖性，往往会因为亲近了某一种东西，生出特别的爱好心情来，以为天下之道尽在于此。这样，就离开“研究”二字不止十里八里了。我又听说某一个大学里的“曲学”一门功课，教授先生在教室里简直就教唱昆曲，教台旁边坐着笛师，笛声嘘嘘地吹起来，教授先生跟学生就一同爱爱爱……地唱着。告诉我的那位先生说这太不成话了，言下颇有点愤慨。我说，那位教授先生大概还没有知道，仙霓社的台柱子，有名的巾生顾传玠，因为唱昆曲没有前途，从前年起丢掉本行，进某大学当学生去了。

这一回又是望道先生出的题目。真是“漫谈”，对于昆曲一点也没有说出中肯的话。

（《未厌居习作》，叶绍钧著，开明书店 1935 年 12 月初版）

《吴歌甲集》序

胡 适

我在七年前，曾说：

“并且将来国语文学兴起之后，尽可以有‘方言的文学’。方言的文学越多，国语的文学越有取材的资料，越有浓富的内容和活泼的生命。如英国语言虽渐渐普及世界，但它那三岛之内至少有一百种方言，内中有几种重要的方言，如苏格兰文、爱耳兰文、威尔斯文，都有高尚的文学。国语的文学造成之后，有了标准，不但不怕方言的文学与它争长，并且还要倚靠各地方言供给它的新材料、新血脉。”（答黄觉僧君，《胡适文存》一集，一，页一五三）

当时我不愿惊骇一班提倡国语文学的人，所以我说这段话时，很小心地加上几句限制的话，如“将来国语文学兴起之后”，如“国语的文学造成之后，有了标准”等话，在现在看来，都用不着了。

老实说罢，国语不过是最优胜的一种方言；今日的国语文学在多少年前都不过是方言的文学。正因为当时的人肯用方言作文学，敢用方言作文学，所以一千多年之中积下了不少的活文学，其中那最有普遍性的部分遂逐渐被公认为国语文学的基础，我们自然不应该仅仅抱着这一点历史上遗传下来的基础就自己满足了。国语的文学从方言的文学里出来，仍须要向方言的文学里去寻它的新材料、新血液、新生命。

这里从“国语文学”的方面设想。若从文学的广义着想，我们更不能不倚靠方言了。文学要能表现个性的差异，乞婆娼女人人都说司马迁、班固的古文固是可笑，而张三李四人人都说《红楼梦》、《儒林外史》的白话也是很可笑的。古人早已见到这一层，所以鲁智深与李逵都打着不少的土话，《金瓶梅》里的重要人物更以土话见长，平话小说如《三侠五义》、《小五义》都有意夹用土话。南方文学中自晚明以来昆曲与小说中常常用苏州土话，其中很有绝精彩的描写。试举《海上花列传》中的一段作个例：

"……双玉近前，与淑人并坐床沿，双玉略略欠身，两手都搭着淑人左右肩膀，教淑人把右手勾着双玉头项，把左手按着双玉心窝，脸对脸问道：'倪七月里来里一笠园，也像故歇实概样式一淘坐来浪说个闲话，耐阿记得?' ……"（六十三回）

假如我们把双玉的话都改成官话："我们七月里在一笠园，也像现在这样子坐在一块说的话,你记得吗?"——意思固然一毫不错,神气却减少多多了。

所以我常常想，假如鲁迅先生的《阿 Q 正传》是用绍兴话作的，那篇小说要增添多少生气呵! 可惜近年来的作者都还不敢向这条大路上走，连苏州的文人如叶圣陶先生也只肯学欧化的白话而不肯用他本乡的方言。最近徐志摩先生的诗集里有一篇《一条金色的光痕》，是用硖石的土白作的，在今日的活文学中，要算是最成功的尝试，其中最精彩的几行：

昨日子我一早走到伊屋里，真是罪过!
老阿太已经去哩，冷冰冰欧滚在稻草里，
野勿晓得几时脱气欧，野呒不人晓得!
我野呒不法子，只好去喊拢几个人来，
有人话是必饿煞欧，有人话是冻煞欧，
我看一半是老病，西北风野作兴有点欧。

这是吴语的一个分支，凡懂得吴语的，都可以领略这诗里的神气。这是真正白话，这是真正活的语言。

中国各地的方言之中，有三种方言已产生了不少的文学。第一是北京话，第二是苏州话（吴语），第三是广州话（粤语）。京话产生的文学最多，传播也最远。北京做了五百年的京城，八旗子弟的游宦与驻防，近年京调戏剧的流行，这都是京语文学传播的原因。粤语的文学以"粤讴"为中心，粤讴起于民间，而百年以来，自从招子庸以后，仿作的已不少，在韵文的方面已可算是很有成绩了。但于今海内和海外能说广东话的人虽然不少，粤语的文学究竟离普通话太远，它的影响究竟还很少。介于京语文学与粤语文学之间的，有吴语的文学，论地域则苏、松、常、太、杭、嘉、湖都可算是吴语区域，论历史则已有了三百年之久。三百年来凡学昆曲的无不受吴音的训练；近百年中上海成为全国商业的中心，吴语也因此而占特殊的重要地位。加之江南女儿的秀美久已征服了全国的少年心，向日所谓南蛮鴂舌之音久已成了吴中女儿最系人心的软语了。故除了京语文学之外，吴语文学要算最有势力又最有希望的方言文学了。

吴语文学向来很少完全独立的，昆曲中的吴语说白往往限于打诨的部分，弹词中也只有偶然插入的苏白，直到近几十年写娼妓生活的小说，也只有一部分的谈话用苏白，记叙的部分仍旧用官话。要寻完全独立的吴语文学，我们须向苏州的歌谣里寻去。

顾颉刚先生编的这部《吴歌甲集》是独立的吴语文学的第一部。《甲集》分为二卷，第一卷里全是儿歌，是最纯粹的吴语文学。我们读这一卷的时候，口口声声都仿佛看见苏州小孩子的伶俐、活泼、柔软、俏皮的神气，这是“道地”的方言文学。（“道地”起于古代分全国为诸道，宋严羽答吴景仙书云：“世之技艺犹各有家数，市缣帛者必分道地。”今日药店招牌还写着“川广道地药材”。这两字用来形容方言的文学最适宜。）第二卷为成人唱的歌，其中颇有粗通文事的人编制的长歌，已不纯粹是苏白的民歌了。其中虽然也有几首绝好的民歌——如“快鞋”、“摘菜心”、“麻骨门闩”——然而大部分的长歌都显出弹词唱本的恶影响，浮泛的滥调与烂熟的套语侵入到民歌之中，便减少了民歌的朴素的风味了。

颉刚在他的自序里分吴歌为五类：一、儿歌，二、乡村妇女的歌，三、闺阁妇女的歌，四、农工流氓的歌，五、杂歌。我读第二卷的感想是嫌他收集的闺阁妇女的歌——弹词式的长歌一太多，而第二和第四类的真正民歌太少。这也难怪，颉刚生长苏州城里，那几位帮他收集的朋友也都是城里人，他们都不大接近乡村的妇女和农工流氓，所以这一集里就不免有偏重闺阁歌词的缺点。这些闺阁歌词虽然也很能代表一部分人的心理习惯，却因为沿袭的部分太多，创造的部分太少，剪裁不严，言语不新鲜，它们的文学价值是不很高的。

我们很热诚地欢迎这第一部吴语文学的专集出世。颉刚收集之功，校注之勤，我们都很敬服。他的《写歌杂记》里有许多很有趣味又很有价值的讨论（如论“起兴”等章），可以使我们增添不少关于《诗经》的见识。但我们希望颉刚编辑《乙集》时，多多采集乡村妇女和农人流氓的歌。如果《甲集》的出版能引起苏州各地的人士的兴趣，能使他们帮助采集各乡村“道地”民歌，使《乙集》以下都成为纯粹吴语的平民文学的专集，那么，这部书的出世真可说是给中国文学史开一新纪元了。

胡适，十四，九，二十夜，北京

（《吴歌甲集》，顾颉刚辑，北京大学歌谣研究会 1926 年 7 月初版）

苏州的嘲笑咀骂的歌谣

吴立模

诚然的，歌谣是一处民俗的结晶，所以在我们所搜集得的歌谣之中，十之二三是属于嘲笑咀骂之类的。虽然我不能够说嘲笑咀骂是苏州人的特长，但这一类之技能，苏州人的确是比别处人高一等，而这一类的措词，苏州人的确比别处人尖刻一点，这实在是无用隐讳的，况且歌谣是民俗间的产出品，自然脱除不了这类的色彩的。

现在我把所搜集得的苏州的嘲笑咀骂的歌谣，分类抄录如下：

甲，关于形貌方面的

瘌痢和麻面，正是最好的嘲笑的资料，关于这一类的歌谣，当然是到处有的，但恐怕总没有以下几支的尖刁而刻毒罢。

（一）

瘌痢瘌，偷鸡杀，
偷个鸡来甏里杀，
刀亦纯，鸡亦叫，
引得瘌痢家婆哈哈笑。

（二）

一瘌痢生病，
二瘌痢张病，[1]

[1]“张病”是探病。

三瘌痢说："请郎中。"[1]

四瘌痢说："好哉!"

五瘌痢说："死脱哉!"

六瘌痢说："啥个棺材?"

七瘌痢说："屎坑板棺材。"

八瘌痢说："啥个钉?"

九瘌痢说："毛竹钉。"

十瘌痢说："多钉两只钉，钉杀俚格瘌虫筋!"

（三）

小麻子，吃粽子，

打碎一只小盆子，

拾着一粒西瓜子，

炒炒一镬子，

撒撒[2]一裤子，

阳城湖里去汏[3]裤子，

碰着一个洋鬼子，

一打打子三棍子。

（四）

麻子麻鼻头，

夜壶滚绣球，

一滚滚到狮子口，

"搽搭"一刀头。

---

[1] "郎中"就是医生。

[2] "撒"就是下粪。

[3] "汏"就是洗。

（五）

鸡啄西瓜皮，

翻转石榴皮，

雨落灰堆里，

钉鞋踏烂泥。

瞎子，自然是该受嘲咀的人了，但大眼睛和迷砌眼，也各有各的可以嘲咀之处。

（六）

瞎子瞎连牵，

拾着一个小铜钿，

买对瞎蜡烛，

点拉瞎门前，

拨拉瞎风吹隐了，

瞎得勿能点。

（七）

大眼睛，捉蜻蜓，

蜻蜓捉勿着，

别直子只脚。

（八）

迷砌眼[1]，打尺版，

尺版头挂油盏，

[1]“迷砌眼”就是近视眼。

油盏头浪搭戏台，
戏台塌下来，
压杀倷个迷砌眼。

嘲咀肥人的，有：

（九）
大块头，呒亲头，
吃饭吃子三碗六钵头，
撒屎撒拉灶前头。

（十）
肥，
虚气，
臭肚皮，
容易出蛆，
马怕狗欢喜，
施棺材压脱底，
拖坏牢洞重新砌。

这是一首通俗的宝塔诗，咀骂得何等的恶毒。

嘲笑长子同矮子的，有：

（十一）
长子看戏，
矮子吃屁。

（十二）

矮，

一尺，

古凳石，

蜡烛照牌，

……

灶堂里看火着。

（十三）

矮，

矮子，子矮，

矮子肚，肚子矮

矮子肚里，里肚子矮，

矮子肚里臁，臁里肚子矮，

矮子肚里臁搭，搭臁里肚子矮，

矮子肚里臁搭多，多搭臁里肚子矮。

嘲笑歪头的：

（十四）

侧，

……

听隔壁，

推窗望月，

……

掮笆斗勿吃力，

两行泪作一行滴。

这一首很有趣，我最喜欢它的是“两行泪作一行滴”一句，这实在是富有思想的嘲笑。

嘲咀小辫子的是：

（十五）
小辫子，
笃笃豁，
要吃饭，呒说法，
扒高墩，活跌杀。

乙，关于姓名的

嘲笑姓“王”的是：

（十六）
王先生，
登野坑，
呒不草纸喊爷娘。

嘲笑叫“阿二”的是：

（十七）
阿二！阿二！
屎头滴滴，
开门勿及，
撒得满地。

嘲笑叫“阿三”的是：

（十八）

阿三！阿三！
买块豆腐蘸蘸，
蘸到昆山，
拍拍屁股，连忙转弯，
拾着一只破篮。

（十九）

阿三！阿三！
屁股头老鹰来哉，
连忙转弯。

嘲笑叫“阿六”的是：

（二十）

阿六！阿六！
马桶盖上切肉，
夜壶里熝肉，
熝得勿热，敲杀阿六！

丙，关于职业的

嘲笑卖青盐豆腐干的是：

（二十一）
青盐豆腐干，
今年卖勿完，
卖到开年二月半，
还剩一担豆腐干。

这是模仿卖青盐豆腐干的叫卖的声调。

嘲咀开小酒店的是：

（二十二）
一爿小酒店，
两个极东家，
三个开勿起，
四个小酒甏，
五香豆腐干，
六色煮盐豆，
开了七日天，
赚了八个小铜钿，
究（九）竟纳亨？
实（十）在真关店。

嘲笑和尚的是：

（二十三）
和尚！和尚！
一记耳光，打到里床，

里床一只缸，
缸里一个蛋，
蛋里一倜黄，
黄里一个小和尚，
“唔呼”“晤呀”要吃绿豆汤。

嘲笑道士的是：

（二十四）
精精阁，阁精精，
……
道士念经，
早上吃粥——萝卜瓜丁，
中上吃饭——三样荤腥，一块老壮，
关拉篮里，无人问信。
如个样式，
苦啊天尊！

嘲笑尼姑的是：

（二十五）
阳山头浪一蓬烟，
私姑堂里哭青天，
过路朋友问俚啥佬哭？
“死脱子老和尚做周年。”

嘲笑和咀骂先生的是：

（二十六）

先生先，
屁股尖，
骑拉骑浪颠勒颠，
要吃豆腐自家煎，
铜钿坑拉枕头边，
拨拉家主婆偷来用脱点。

（二十七）

先生教我《大学》，我教先生懒学。
先生教我《中庸》，我教先生送终。
先生教我《神童》，我教先生挑粪桶。
先生教我《孟子》，我教先生吃屎。

丁，关于服饰的

嘲咀戴风帽的人的是：

（二十八）

乌老老，命勿好，
种田种了三角草，
买肉买子猪尿泡，
买鱼买子烂鲹条，
出门就跌倒。

（二十九）

乌老老，卖灯草，

卖子三日三夜呒人要，
关子房门打家小。

戊，其馀的

嘲笑遗尿的人的：

（三十）
唉！
出哉，
弗关碍，
自家铺盖，
横竖棉花胎，
晒晒干再好盖，
省得夜里爬起来。

咀骂懒学的人的：

（三十一）
懒学胚，上灰堆，
灰堆高，跌断腰。

咀骂讨便宜的人的：

（三十二）
讨得便宜，
发个寒热，

发到二月二，
扛到田里，
葬拉泥里。

咀骂打人的：

（三十三）
打一记，
勿发财，
借我铜钿买棺材。

我们所搜集得的苏州的歌谣，一共不过一二百首，但关于这一类的，竟占了三十多首，也可以见苏州人的嘲笑咀骂的特长了！

十三年四月二十三日，龙华

（《歌谣周刊》1924 年第 53 号）

苏州的唱本

重　九

可怜的唱本，实在是太民俗了，太不古了，哪里够得上文人学士们的注意，挤得上玛瑙经房和扫叶山房的陈列着古书的架上，自然，只得摈列到晚间沿街点着煤气蓬勃的油灯的书摊上去。苏州的书摊是到处有的，晚灯上了，卖书的人，掮着他小小的青布的书夹子——同戏园子里的布的假城很相像，不过比较小一点——拣着大街通衢，把书夹张了，没罩的油灯点了，营业就开始了。于是机工和小孩们麇集了，他们或低声地歌唱，或翻阅着书中的画图，很欢乐地围立着。因为书摊既不若书坊的沾着贵族的习气，而唱本又不若经书的奥深而难解，所以小小的书摊，较着书坊，真热闹得多咧。

唱本是很便宜的，自然讲不上装订和印刷上的美好工整了，最考究的是用木版印在极薄极劣的有光纸上的，把四五页纸，黏贴起来，就算是一册了。本来，卖书的人，目的只在贸利，也讲不到有什么旁的思想；而买书的人，只要看得清楚同价值低廉，也顾不到印刷和装订上去，本只要“因陋就简”就够了。

苏州的唱本，实在是不少，我们（我和颉刚）所搜集得的，虽不过是小小的一部分，但已有二三百本了。在二三百本之中，十之二三是别地传来的，十之二三是很生僻的，其馀都是很普通，几乎是人人能唱，人人知道的，里头也有许多是无谓的，但大部分可说是很有价值。至此我联想到人们是一样有智慧的，一样有抒写他的情感的才能的，文人学士们的抒写，不过像人工的盆景的花草一般，而民俗间的抒写，乃像幽谷中的蕙兰，或田野间的花草，虽则比较朴质一点，但自有它们的天然的美丽，万万非一般矫揉造作的人工的盆景花草所能及得的。在唱本之中，的确有不少极婉转、极细腻、极深刻、极美丽的作品，现在先拣几支普通的抄在下面：

送情郎五更

一更里，跳过墙，手扒窗棂细端详。美貌佳人灯前坐，十指尖尖绣鸳鸯。

二更里，掩门听，二姐开门笑盈盈。双手搂抱奴怀内，亲亲哥哥叫几声。

三更里，进绣房，手扯手儿上牙床。用手揭开红绫被，满脸胭脂桂花香。

四更里，月过西，咱二人顽耍有谁知。奴的臂膀与你枕，仔细顽耍五更里。

五更里，大天明，街上人儿闹哄哄。叫声情郎起去罢，外人闻知了不成。

不要慌，不要忙，不要错穿奴的衣裳。奴的衣裳红挽袖，哥哥衣裳袖儿长。

休要慌，休要忙，手扯手儿送情郎。送郎送在影壁桥，两泪汪汪告诉郎。今日为你打一顿，明日为你骂一场。打奴骂奴皆为你，舍了皮肉舍不了郎。

送郎送在大门前，赶上情郎打一拳。我问情郎哪里去，休要吃酒去赌钱。

送郎送在大门外，老天又刮西北风。我劝老天下雪雨，我留情郎过一冬。

送郎送在御花园，腰间取出两串钱。一串与你雇驴骑，一串与你作盘川。

送郎送在玉河涯，腰里拿出红绣鞋。这只绣鞋与了你，想起奴来看绣鞋。

送郎送在玉桥头，手扶阑杆望水流。水流千遭归大海，露水夫妻不到头。

送郎送在十字坡，再送几里也不多。路上若有人盘问，就说妹妹送哥哥。

送郎送的要起程，咱二人何日再相逢？二人要得重相逢，等到来年二月中。

说书的一言难追未来事，说到这里把笔封。

女哭沉香

秋天明月桂花香，多情美女暗心伤。只听得窗外寒虫声不绝，又听得檐前铁马响丁当。风吹紫竹嗖嗖警，不见愁人也断肠。那多娇独坐呆思想，想起亡故才郎好惨伤。记得奴出家之时郎相送，送奴上轿泪汪汪。锁紧咽喉只顾对奴哭，泪淋淋两泪落胸膛。“呀哥哥呀！有何言语对小妹说，何必腹内做文章。”他说道：“男不娶来女不嫁，到如今抛却前言好惨伤！你是嫁到夫家去，只做自己寻欢把我忘。忘却当初恩情重，抛散我孤单好惨伤！我是阳间不好与你打官司，死后阴间告阎王。阎王差了小鬼来捉你这无情女，看你夫妻怎久长！”那时奴只得将言劝：“何必这样苦心伤！哥哥呀，非是奴忘却山盟誓，奴只因配亲在前相交后，爷爷母亲作主张。奴只得嫁到夫家去，自然满月回门转，娘家与你再成双。还要赠你花银子，你去选一个美貌红妆做妻房。”才郎听，变面庞，说道：“无情女子太轻狂。你却笑我家中多贫苦，没有银钱娶妻房。我若要你卖命花银子，如非我死子买棺枋！”他是说不尽多多少少断头话，奈因诸亲百眷在高堂。那时傧相堂前来催促，奴只得硬了头皮撇了郎。奴是上了花花轿子哀哀哭，旁人只道奴舍不得爷共娘。谁知我点点滴滴都是那相思泪，一心放不下有情郎。谁知道不上半个月，说道奴的才郎有病在牙床。奴是暗暗通诚来祝告，保佑才郎得安康。奴恨不得到床前来看看你，奈因未曾满月一新娘。哪知你不到一个月，说道奴才郎一命亡。那时奴闻凶音信，几番哭死还魂转，悠悠哭倒在牙床。那时丈夫来盘问，只说腹中疼痛好难当。恨不得亲到灵前来相送，奈因年老公婆在高堂。哥哥呀！只得暗暗带你三分孝，三尺白绫束胸膛。白头绳一根藏在乌云内，四时花朵不去满头妆。芙蓉脸上不去擦脂粉，做双弓鞋玄缎帮。白罗衫一件长不脱，外罩一件素衣裳。叫丫鬟要去买块沉香木，刻雕才郎俏面庞。日间恐防丈夫来知道，只得梳妆匣内做祠堂。到晚间暗藏被里同奴睡，伴郎若时刻在身旁。倘然丈夫身出外，奴就请出才郎诉衷肠。奴是要寻其短见归冥府，奈因掉不下堂前爷共娘。待奴生下一男并二女，好立夫君接代后嗣香。那时寻其短见归地府，好同着才郎一路上西方。再不然，离却红尘就把家来出，削发为尼诵金刚，超度才郎去上西方。

十二月花虫名调

正月梅花阵阵香，螳螂叫船游春场。蜻蜓相帮橹来摇，蚱蜢挡篙把船撑。

二月杏花满树开，蜜蜂开起茶馆来。杨三太（蝶的一种）相帮倒开水，坐柜姐姐祝英台（蜻蜓的一种）。

三月桃花满树红，来个茶客石胡蜂。菊栗黄（蟋蟀的一种）代管家常事，蟋蟀吐丝难过冬。

四月蔷薇朵朵开，蚕宝宝做丝上山来。蚊子夜把营生做，苍蝇回头明朝会。

五月榴花一点红，洋蝴蝶伴在花当中。知了一叫活吓煞，地皮虫吓得动也不敢动。

六月荷花结青莲，织布娘房里哭青天。蚱耳哥哥来相劝，蛉蛉子登在姐身边。

七月凤仙梗上青，赖团发极跳进门。有火虫提灯来照看，壁虎挖洞进房门。

八月桂花满园香，叫哥哥夜夜偷婆娘。满檐吉蛛偷眼看，结识私情纺织娘。

九月菊花朵朵黄，出兵打仗是蚂蝗。背包蚰蜒来破阵，千万蚂蚁尽阵亡。

十月芙蓉应小春，青花田鸡要偷人。金钱乌龟做人好，香哑虫出子臭名声。

十一月山茶满树开，蛇蚤买狠摆擂台。红头百脚咬一口，灰骆驼发怒打进来。

十二月腊梅朵朵开，跳虱有做开典当。壁虱上柜做朝奉，白虱强当破衣裳。

（有许多虫名很难注释。）

蚊虫山歌

一只蚊虫生得嘴又尖来脚又长，登浪青草里头做家乡。有朝一日狂风起，飘飘荡荡进香房。日里躲在青纱帐，夜转躲在姐胸膛。被那姐姐十指尖尖来拍死，蚊子死了也风光。

好的歌是多咧，因为篇幅有限，恕我不再抄录了。以上四支各有各的长处，像《女哭沉香》一篇，已早得读者的赏识和赞美了，至于《送情郎》同《十二月花虫名》，前者有意义上的美，后者有音韵上的美。实在的，这一类的作品，即使叫文人学士们，摇着他们自以为博古通今的头脑，运着那鼠须狼毫上上等的笔，恐怕写出来及不到它们的万一，因为他们的心和手早被那无限的桎梏拘束住了。

苏州的唱本，包罗着一切，有戏剧，有小曲，有弹词，有山歌，详细地分别起来，至少总有一二百种，研究起来是很有趣味的，例子是不能再举了。我很想把苏州的唱本，拣好的都抄录出来，这确是一件应做而饶有兴趣的事，可惜屡屡被懒惰和烦忙阻止了。但我想，这总有实践的那一天的，其馀的话就留在那时再说了。

十三年六月十日，上海

（《歌谣周刊》1924 年第 60 号）

苏州识小录

观　钦

市　招

苏州著名之酱园有二，一曰潘氏之所宜酱园，一曰顾氏之得其酱园，命名至为特别。“所宜”者，《乡党》朱注所谓“食肉用酱，各有所宜”也；“得其”者，《乡党》所谓“不得其酱不食”也。然“所宜”二字，尚嫌笼统，肉店亦可用，初不限于酱园一业也。又有知足袜厂，用《孟子》“不知足而为履”之义，亦属勉强。数年前胥门外有茶肆曰“丹阁轩”，盖借用苏字“耽搁歇”三字谐音，其命名至滑稽也。

毛上珍为刻字铺，月中桂为香粉铺，均甚著名。曩年余与枫隐张春灯谜于观前街，余以“人间能得几回闻”射“月中桂”，枫隐以“满头珠翠”射“毛上珍”，均能恰如题分。

里　巷

苏州里巷桥梁之名，往往辗转误读，致与原名不合。如邵磨针巷之误为“撞木钟巷”，游马坡巷之误为“油抹布巷”，均可笑也。阊门外有鸭蛋桥，其名本俗，今有写作阿黛桥者，则化俗而为雅。城内有钩玉弄，其名本雅，今人辄呼为“狗肉弄”，则化雅为俗。

或有联合苏州城内街名以征对者，其出联曰：“卫前街，道前街，观前街，卫道观前街。”此四街均在城中，因字复颇难属对，或对之曰：“洋货店，广货店，京货店，洋广京货店。”亦颇工稳。

数十年前，城内之鲤鱼墩与城外之庄基及小郝弄同日均有火灾，苏人相

苏州街巷

传谓之烧“大三牲”。盖鲤鱼之“鱼”，庄基之“鸡”（谐音），小郗之“猪”（谐音），合而言之，适成三牲也。

城内有四街，性质各异，仓街冷落无店铺，北街多受阳光，观前街食铺林立，护龙街衣肆栉比。苏人之谣曰：“饿煞仓街，晒煞北街，吃煞观前街，着煞护龙街。”

茶　寮

城内著名之茶寮，元妙观有雅聚（今仍旧），观前街有玉楼春（今改组），临顿路有望月（今停歇）。好事者曾凑合以成出联曰：“雅聚玉楼春望月。”惜无有对之者。

苏人吃板茶之风颇盛，按日必往茶寮，谓之板茶，亦有每日须至茶寮二三次者。一次泡茶以后，茶罢出门，茶博士不收壶去，仅将壶倚戤一边，以待其再至三至，名曰“戤茶”。取得“吃戤茶”之资格者，非老茶客不可，仅出一壶茶之费，而可作竟日消遣。茶博士贪其逢节有犒赏，故对于此辈吃戤茶者，奉承之惟恐不至也。

（《红杂志》1922 年第 18 期）

吴侬趣谈

程瞻庐

排　骨

近数年中，苏州风行一种油煎猪肉，名曰排骨，骨多肉少，每块售铜元五六枚，前此所未有也。一入玄妙观，排骨之摊，所在皆是，甚至茶坊酒肆，亦有提篮唤卖排骨者，见人辄曰："阿要买排骨？"老先生闻而叹曰："排骨二字，音同败国，宜乎国事失败，一至于是也！"

外国面子

自毛织品之哔叽、直贡呢风行一时，而丝织品遂受一打击。吴中时髦少年之夹袍、夹褂，恒以哔叽、直贡为表，以绸缎为里，美恶倒置，成为风气。老先生见而叹曰："优美之国货，只做夹里，黯然无光之外国货，却做面子。无怪中国人之面子，都被外国人占去也。"

苦啊……当光

苏州通行人力车后，有街车，有自置之车。自置之车，装潢颇丽，行时，车夫捏橡皮喇叭，以辟行人，街车则摇小铃而已。犹忆去年腊尽时，余与友人行道中，往来之车，络绎不绝，铃声与喇叭声，此唱彼和，喧成一片。友人曰："岁除闻此声，殊令人攒眉。"余叩其故，友人曰："喇叭声似言苦啊、苦啊，铃声似言当光、当光，连声叹苦，吃尽当光，岁阑闻此声，乌得不令人攒眉！"

（《红杂志》1924 年第 95 期）

苏州妇女口中的生活

程瞻庐

苏州妇女口中的生活很多，向顾绣庄领取绣件，叫做“捉生活”；刺绣，叫做“做生活”；顾绣庄派人送绣件，叫做“放生活”；派人收绣件，叫做“收生活”；绣得精细的，叫做“好生活”；绣得粗糙的，叫做“粗生活”。以上所说的生活，都是关系绣件的。其他尚有“老生活”，是骂人老厌物，“真生活”是说真厉害，“吃生活”是说捱打，“上生活”是说工作开始，便是罚疟疾的上班，也叫做“上生活”。

把以上十个生活，编做苏白，借着妇女口中道出来，便觉得脱口如生，栩栩欲活。闲话少说，这两个吴侬软语的妇女来了。

“哙！姊姊，耐是啥场化来呀？”

“吠！妹妹，我是捉生活转来呀。”

“耐为啥拉自家去捉生活介？”

“放生活个长远弗来哉，要做生活，只好自家去捉碗。”

“姊姊，耐阿要健——读如茄——啊，做得一手好生活。”

“妹妹啥说话？我有啥健介？只会做几针粗生活。”

“耐去捉生活，路是蛮远个碗。”

“个段路远得来，真生活，走得脚也——读如匣——痛哉。”

“耐为啥弗差老王去介？”

“个个老生活，提起子俚也惹气，吃饱仔黄汤，瞎三话四，看见仔女眷，就想发魇，闯出祸来，常常吃生活个。”

“嘎唷！倒是一个老弗入调。耐为啥弗差小王去介？”

“小王拉笃罚疟疾，今朝盖子两条被头，亦拉笃上生活哉。”

“个件生活，阿要几时做好介？”

“霹雳火箭，来得要紧，隔仔三天，就要来收生活个。”

“姊姊，耐去做生活罢，弗要耽搁耐个辰光，晏歇会。”

“妹妹，我去做生活哉，晏歇会。”

（《红玫瑰》1928 年第 3 卷第 50 期）

苏空头考

程瞻庐

“苏空头”三字，久已成一名词，他乡人言及苏人，辄曰“空头空头”，而未尝一考此“头”之名之所由来也。余系苏人一份子，数典而忘其祖，可乎？爰本所闻，以研究此“空头”之历史。昔人言及吴侬，有言“空心”者矣，有言“空心发”者矣，意者“空头”二字，即由“空心”与“空心发”蝉蜕而来乎。称苏人为“空心”者，见褚石农《坚瓠五集》；称苏人为“空心发”者，见褚石农《坚瓠馀集》。今录其语如后。

《坚瓠五集》卷二“吴评”条云：“吾苏辖一州七县，旧有评语曰：金太仓，银嘉定，铜常熟，铁崇明，豆腐吴江，叫花昆山，纸长洲，空心吴县。言金银富厚，铜臭，铁钢，豆腐淡，叫花龌龊，纸薄，空心虚伪也。”

《坚瓠馀集》卷四“空心发”条云：“俗谚以苏人发尽空心，尽谓发无中虚理，讥苏人作事空虚也。不知人之发中无有实，《酉阳杂俎》载，魏有句骊客，善用针，取人发斩为数段，以针贯取之，皆联络相承。可见发皆中虚，不独苏人为然也。设使天下独苏人之发空心，正见苏人玲珑剔透处。”

以上二条，“空心吴县”四字，或含讥讽之意，至“空心发”云云，则未必意存讥讽。而褚子龂龂焉与之辩，亦已过矣。夫“空心发”者，空心髻之谓也，言吴中妇女所挽之髻，嵌空玲珑，异乎寻常也。俗有“苏州头，扬州脚”之说，苏州妇女多巧髻，扬州妇女多纤足，“空心发”三字，正形容苏州妇女之多巧髻，赞美则有之，讥讽则未也。褚子误会“发”字之意，谓人言苏人“空心发”，系嘲苏人之发皆中虚，未免近于穿凿。苏人称髻不曰髻，而曰“头发团”。然则“空心发”者，空心之“头发团”也，非如褚子所云，每茎之发皆中虚也。苏人称髻为“头发团”，简言之则曰“头发”，即髻，髻即“头”。故“空心发”者，“空心头”也（苏人称梳髻为梳头，以“头”字代“髻”字，由来已久矣）。明清之际（褚子系明末清初人），苏州妇女，既有善挽“空心发”之称，相沿至今，由“空心发”而易称“空心头”，由“空心头”而简称“空头”。于是“苏空头”三字，腾播远迩。不知者，以为嘲苏人之头脑空虚；其知者，则谓此“空头”之“头”字，不作头颅解，仅发髻之代名词耳。吾故曰：“赞美则有之，讥讽则未也。”因考其缘起，以告世之嘲苏空头者。

（《红杂志》1924 年第 93 期，署名瞻庐）

吴　语

徐志摩

吴依软语，倾藉一时，盖柔转如环，令人意消也。然男子作之不方且俗，即女子其喉音粗者，则其语不纯。坊间类操吴语，其实真苏产亦少。娟姐语予，尝去苏州，有张七小姐者，此真妙绝尘寰矣，使腔宛好如玉盘珠走，而其发音尤天赋清越，迥异寻常；固毋须其软语生风，即声欬微闻，已足令神魂飞越，且不特语妙已也。其秋波，其皓腕，其檀口，其樱唇，并周旋流转，若合节奏，宜嗔宜喜，此之谓矣。所谓国色者，允宜擅此，俗夫但识检貌，抑未喻也。

（《永安月刊》1948 年第 109 期）

苏 白

范烟桥

苏白在中国的各地方言中，算得最美了。因为它的读音最正确，发音最清澈，尤其动听的是声调的抑扬顿挫，最自然而活泼。所以他方人士对于苏白，没有不推许的。老友毅盦说，除掉京话以外，苏白最干脆爽朗了（大意如此）。这大概不是阿私所好罢。

毅盦又说，一般人都误认苏州低级人所说的话为苏白的标准，不知苏白在苏州，也不一致（也是大意），葑门外的苏白，都是柔媚而摇曳生姿的，《海上花列传》里的苏白，属于此类者居多。因为上海人听到的苏白，大概是从窑子里来的，窑子里的苏白，以柔媚为能动人，所以那语尾的几种特殊的字像"啘"、"哉"等等，在苏州的士大夫阶级里，是不易听到的。

研究苏白的学者，除掉《苏州府志》的方言门，有几个特殊字，和已成古物的专门术语以外，找不到什么具体的说明。近来中大教授汪旭初曾经从古文里找出几个合于苏白的字来，在《苏州旅言》上发表。老友瞻庐常在小说中写出几句不失本义的苏白，校正许多误字。此外竟没有人注意了。依我的见解，以为苏白中四支韵读得最不正确，几乎和五虞六鱼差不多。从前在学校里，常把英文中 TH 和 S 的词头的拼音去难苏州同学的。因为我们吴江人，比较的读得有分别些。

苏州人学国语，能够把"十"、"石"、"日"、"入"、"蚀"、"热"几个字，分别得清楚，基本练习已有了成功。这是老话，因为苏州人用苏白读起来，是全无分别的。但是他方人士要学苏白，也得把"诗"、"水"、"尿"、"屎"、"世"、"书"、"梳"几个字读准了，就容易解决其他的字音了。

范成大《吴郡志》云："吴音，清乐也，乃古之遗音。唐初古曲渐缺，管弦之曲多讹失，与吴音转远，议者请求吴人使之传习。贞观中，有赵师者，善琴独步。尝云：‘吴声清婉，若长江广流，绵绵徐游，国士之风。’今乐府有吴音子，世俗之乐耳。”于此可知吴音的价值了。正因了古曲渐缺，苏白也渐渐变异。这几年交通便利，他处方言混入苏白中的也不少，况且真正道地的苏州人，据说只有四五家，那么苏白的难得标准，更是事实。

八月一日起，国语统一会将推行苏州注音符号，从此苏白有了标准，以后可以统一了。他方人士要学苏白，也得了门径了。

不过说话的最要条件是在“神气”，苏白的好坏，也在神气上判别。学苏白的在读准字音以外，第一要注意神气，千万不可向低级人群里去揣摩，失掉了苏白的美。

（《新闻报》1935 年 8 月 9 日，署名含冷）

杀千刀

伊　马

我原籍苏州，但生在开封，好像不能算是道地的苏州人。求学时代则北京也去过，而大部分的时间却在上海，与苏州的缘分实在很浅。事变以后，曾在南京住上一年，最近才又在苏州耽了三年，假如不以原籍为准，我实在不是苏州人，而且据长者言，我的祖先却是宁波人。因此，要“闲话苏州”，也只可站在旁观的立场，说一些旁观的话了。

苏州虽然出过许多状元，但也只是出过许多状元而已，在文化上、商业上、政治上，总之在中国的历史上，总归并不是一个怎样了不得的地方。吴王虽然曾在苏州称王，但也只是有人在此称过王而已，所谓盘古以迄所谓民国，真正值得一提的，当然轮不到苏州。所以，要写“闲话苏州”，实在是毫无准备的，好在所谓闲话，亦无非闲话而已。

那末苏州真是一钱不值吗？不是的。但看许多要贵人等，大都爱在苏州造别墅住宅，以得退休之所，可见苏州倒是一个修道院似的好地方也。

有人曾经写过《闲话扬州》，被扬州人攻击得头昏眼花。我虽不怕攻击，但扬州尚有女人可被闲话，苏州却空无所有。有之，只惟“来嘘！来嘘”！

“来嘘！来嘘”是苏州话，也就是说，苏州别无所有，只有说话的音调与态度是不同凡响的。

譬如杀千刀，杀千刀是苏州女人骂人时的口头禅，看字眼，非常凶险，但其实，毫无道理，而且此三字者，出诸苏州女人之口时，竟全使北方人、广东人以及宁波人等闻而魂销的。这所谓魂销，当然不是吓得魂飞魄散的意思，被骂者不但不吓，而且会说：“一千刀太少了，就杀一万刀也愿。”这就是因为虽然凶到杀千刀，却以音调美妙与骂姿（骂人的姿态）可爱，反而使被骂者魂灵儿飞去半天，惟恐不被杀千刀矣。据说这是实在的，可惜我提不起挨骂的兴致，否则，略一尝试，倒也未为不可。有志者，愿志我言，当知言之不谬。

不过，如杀千刀之类的口头禅，仅是一般低级妇女的本领，与高等妇女无关，这是必须说明的，要不然，她们群起而攻之，那就吃不消了。前面我说不怕攻击，其实还是害怕，这大概因为我虽不是十足空头，却终脱不了苏州人的懦弱性，这是可以悲哀的。

苏州人的口头禅足为外方人所惊奇者很多，一时说不了许多，只好让大家自去领会，至如目前时常可以听到的洋盘、大菜盆子、十三点之类，那是舶来品，大都在上海，苏州其实是没有的。

（《作家季刊》1944 年第 1 期）